미들섹스 2

Middlesex

MIDDLESEX

by Jeffrey Eugenides

Korean translation edition is published by arrangement with
Jeffrey Eugenides c/o Janklow & Nesbit Associates through Imprima Korea Agency.

세계문학전집 460

미들섹스 2

Middlesex

제프리 유제니디스

이화연 · 송은주 옮김

민음사

일러두기

1 이 책은 Jeffrey Eugenides, *Middlesex*(New York: Farrar, Straus and Giroux, 2002)를 저본으로 번역하였다.

2 본문의 각주는 모두 옮긴이 주이다.

차례

3부

지중해식 식이 요법

그녀는 세상에 홀로 남겨지는 걸 원하지 않았다. 미국에 혼자 남고 싶지 않았다. 그녀는 사는 데 지쳤고 층계를 오르기가 점점 더 어려워졌다. 남편이 죽고 나자 여자로서의 생애는 끝났다. 누군가 그녀에게 사악한 눈빛으로 저주를 퍼붓는 것 같았다.

할머니가 당신 방에 틀어박힌 지 사흘째 되던 날 마이크 신부가 전한 답변은 그러했다. 우리 어머니는 마이크 신부에게 부탁해서 할머니를 손님채에서 나오게 하려고 했지만 할머니 방에서 나오는 마이크는 약간 짜증이 나서 프라 안젤리코[1]의 눈썹을 추켜올리곤 이렇게 말했다.

1) Fra Angelico(1400~1455). 가톨릭 교회 수사이다.

"걱정 마요. 조금 지나면 괜찮을 겁니다. 과부들한테서 늘 볼 수 있는 증세이지요."

우리는 그의 말을 믿었다. 그러나 날이 갈수록, 몇 주가 지나도록 할머니는 점점 더 우울해하고 의기소침해지는 것이었다. 늘 아침 일찍 일어나던 버릇도 간데없이 할머니는 늦잠을 자기 시작했다. 우리 어머니가 아침 식사를 쟁반에 가져가면 할머니는 한쪽 눈을 뜨면서 놓고 가라는 손짓만 했다. 달걀은 식었고 커피는 위에 얇은 막이 생겼다. 할머니를 깨우는 것은 오로지 시간대별로 포진한 일일 드라마밖에 없었다. 할머니는 바람을 피우는 남편들과 계략을 꾸미는 아내들을 언제나와 같이 충실하게 지켜보았지만 이제 더 이상 그들을 나무라지 않았다. 마치 잘못된 세상을 고치려는 일이 다 부질없다는 듯이. 침대 머리판에 기대어 머릿수건을 이마에 왕관처럼 바짝 죈 할머니는 늙은 빅토리아 여왕처럼 고색창연하고 꿋꿋해 보였다. 기껏해야 한 마리 앵무새밖에 살지 않는 침실의 통치권을 쥐고 다스리는 여왕. 추방된 여왕에게는 겨우 시종 둘밖에 남지 않았다. 어머니와 나.

"내가 죽도록 기도해라." 할머니가 내게 명령했다.

"야야가 죽어서 파푸한테 가도록 기도하거라."

그러나 할머니의 이야기를 진행하기에 앞서 줄리 키쿠치와는 어떻게 되었는지 일러 줘야 할 것 같다. 중요한 점을 지적하자면 진전 상황은 전혀 없었다. 포메른에서의 마지막 날 우리, 그러니까 줄리와 나는 매우 친해졌다. 포메른은 동독에 속했다. 헤링스도르프의 해안가 별장들은 오십 년 동안 돌보지 않고 내버려둔 채였는데 통일이 되고 나서 지금은 부동산 붐이 일고 있었다. 줄리와 나는 미국인인지라 이에 민감할 수밖에 없었다. 우리는 손을 잡고 널찍한 판자를 깐 산책로를 거닐면서 이걸 살까, 아니면 저 낡고 쓰러져 가는 별장을 사서 수리를 할까 하는 궁리에 여념이 없었다.

"우리도 저 나체주의자들에게 익숙해질 거예요." 줄리가 말했다.

"우리 포메라니안도 한 마리쯤 키우고."

내가 맞장구쳤다. 어쩌다가 우리란 말을 자연스럽게 하게 되었는지 모르겠다. '우리'라니. 우리는 '우리'란 말을 남용했고 그 의미에 대해 별로 신경 쓰지 않았다. 예술가들은 부동산에 대한 직감이 좋다. 그리고 헤링스도르프는 줄리에게 힘을 실어 주었다. 우리는 몇 군데 새로 나온 공동 주택도 알아보고, 두세 군데 별장도 둘러보았다. 모든 것이 꼭 결혼한 사람들 같았다. 19세기 여름 별장에선 그 오래되고 귀족적인 분위기의 영향으로 줄리와 나도 구식으로 행동했다. 우리는 잠자리도 한번 같이하지 않은 처지에 살림 차릴 의논을 하고 있었다. 그렇지만 우리는 말할 것도 없이 사랑이나 결혼 따위는 입 밖에 내지 않았다. 단지 계약금에 대해서만 얘기했다.

그런데 베를린으로 돌아오는 길에 예의 익숙한 공포가 엄습해 왔다. 길에서 콧노래를 흥얼거리던 나는 앞을 보기 시작했다. 난 다음 행보에 대해, 내가 해야 할 일에 대해 생각했다. 마음의 준비와 구구한 설명, 충격을 받고 공포에 질려서 없었던 일로 하자며 퇴짜를 놓을 가능성이 농후했다. 그게 일반적인 반응이었다.

"왜 그래요?"

줄리가 내게 물었다.

"아무것도 아니에요."

"말이 없어진 것 같아요."

"좀 피곤해서요."

베를린에서 나는 그녀를 보냈다. 난 차갑고 거만하게 껴안았다. 그녀는 내 응답기에 메시지를 남겼지만 나는 응답하지 않았다. 그러자 줄리도 전화가 시들해졌다. 그렇게 줄리와 끝이 났다. 시작하기도 전에 끝이 난 것이다. 그리하여 누군가와 함께 미래를 공유하기보다 나는 돌아가서 과거와 함께 남기로 한다. 미래를 전혀 원하지 않았던 할머니처럼…….

저녁 식사는 내가 갖다 드렸고, 어떤 때는 점심도 가져갔다. 갈색 금속 기둥이 박힌 복도를 따라 쟁반을 날랐다. 위에는 일광욕장이 있었지만 거의 사용하지 않았고 삼나무는 썩어갔다. 내 오른쪽엔 잔잔하게 물이 고인 목욕장이 있었다. 손님채는 본채와 마찬가지로 깔끔하고 직선적인 라인이 반복되었다. 미들섹스의 건축 이념은 순수한 원천을 재발견하는 데 있었다. 그때는 그게 뭔지 몰랐다. 하지만 햇빛이 들어오는 손님채 문을 밀고 들어섰을 때 난 그 불균형을 알았다. 상자 같은 방, 일체의 장식이나 응접실다운 꾸밈도 없이 시간도 초월하고 역사도 뛰어넘고 싶은 방, 그 한가운데에 역사로 흠뻑 젖은 나의 할머니가 있었다. 미들섹스의 모든 것이 망각을 이야기하는 동안 할머니의 모든 것은 피할 수 없는 추억을 이야기했다. 뗏목 같은 베개에 기대어 수증기 같은 비애를 발산하면서도 할머니는 상냥했다. 그것은 우리 할머니 세대 그리스 여자들의 특징이었다. 절망할 때조차 상냥한 것. 끙끙대며 신음하면서도 그들은 사탕을 건네주었으며 몸이 아파 투덜거리면서도 우리의 무릎을 어루만져 주었다. 내가 가면 할머니는 언제나 좋아했다.

"오, 너 왔구나, 우리 귀염둥이."

이렇게 말하며 얼굴에는 미소를 지었다. 내가 침대에 앉으면 할머니는 내 머리를 쓰다듬고 그리스어로 달콤한 말을 해주었다. 오빠와 함께 가면 할머니의 얼굴에는 오빠가 있는 내내 행복한 표정이 가시지 않았다. 그러나 내가 갈 때는 십 분만 지나면 상기됐던 눈이 주저앉고 할머니가 본심을 털어놓는 것이었다.

"이제 난 너무 늙었어. 너무 늙었구나, 아가."

평생 앓아 온 우울증이 활개를 치기엔 이보다 더 좋은 기회가 없었다. 처음 기둥 네 개짜리 침대라는 마호가니 감옥에 스스로를 연금했을 때 할머니는 그저 평소대로 가슴 떨림에 대해서만 불평을 늘어놓았다. 그러나 일주일이 지나자 할머니는 피로와 현기증, 순환기 장애를 겪기 시작했다.

"다리가 아프구나. 피가 통하지 않는다고."

"괜찮아." 필로보시안 박사가 삼십 분 동안의 진찰을 끝낸 뒤 우리 부모에게 말했다.

"이제 젊은 나이도 아니고, 심각한 문제는 없소."

"숨도 못 쉬겠는걸요!" 할머니가 우겼다.

"폐는 건강해요."

"다리가 바늘 꼬챙이처럼 됐다고요."

"그럼 좀 문질러 줘요. 순환이 잘되게 말이오."

"박사님도 이젠 너무 늙으셨어."

할머니는 필로보시안 박사가 가고 나자 이렇게 말했다.

"나보다 먼저 죽게 생긴 의사 말고 새 의사를 데려와라."

우리 부모는 복종했다. 필로보시안 박사에 대한 우리 가족의 신의를 저버리고 부모님은 뒷구멍으로 새로운 의사들을 불러들였다. 터틀스워스 박사. 카츠 박사. 그중 콜드 박사는 이름이 불길했다. 모두들 하나같이 할머니에게 아무 이상이 없다는 무시무시한 진단을 내렸다. 그들은 자두같이 검붉은 할머니의 주름진 눈꺼풀을 뒤집어 보고, 마른 살구 같은 귓속을 들여다본 뒤 심장에서 나는 불굴의 펌프질 소리를 유심히 들었다. 그러고는 건강하다고 선포했다.

우리는 할머니를 달래서 침대 밖으로 나오게 하려 했다. 큰 텔레비전으로 「일요일은 참으세요」를 보라고 불렀다. 뉴멕시코에 있는 리나 할머니에게 전화를 건 뒤 전화기를 인터컴에 대기도 했다.

"얘, 데스야. 너 여기 놀러 오지 그러니? 여긴 너무 더워서 아마 한증막에 들어온 기분일 거다."

"말이 잘 안 들려, 리나 언니!" 폐가 안 좋다면서도 이럴 때 할머니는 크게 소리를 질렀다.

"저 기계는 도무지 쓸모가 없다니까!"

마침내 어머니는 할머니의 신앙에 호소하기로 마음먹고는 몸을 움직일 수 있으면서 교회를 가지 않는 것은 죄악이라고 말했다. 그러자 할머니는 매트리스를 만지작거리며 말했다. "이제 교회에는 관에 실려서 갈 일밖에 없다."

할머니는 마지막 준비를 하기 시작했다. 침대에 앉아 할머니는 내 어머니에게 옷장을 정리하라고 시켰다.

"파푸의 옷가지는 자선 단체에 줘도 좋다. 내 예쁜 드레스들도 같이. 이젠 나랑 같이 묻힐 것만 필요해."

남편이 살아 있을 적에는 그를 돌봐야 한다는 의무감이 할머니를 움직이게 만들었다. 불과 두세 달 전만 해도 할머니는 할아버지가 먹을 부드러운 음식을 끓이고 껍질을 벗기고, 할아버지의 기저귀를 갈아 주고, 침상과 잠옷을 빠는가 하면 젖은 수건과 면봉으로 할아버지의 몸을 구석구석 닦아 주었다. 그런데 이젠 일흔 살의 나이에 돌봐야 할 사람은 당신밖에 없다는 심적 부담이 하룻밤 새에 할머니를 늙어 버리게 만들었다. 반백이었던 머리는 이제 완전히 백발이 되었고, 건장했던 체구는 서서히 쪼그라들어 할머니는 나날이 바람이 빠지는 것 같았다. 얼굴은 갈수록 창백해졌고 핏줄이 보였으며 작고 붉은 검버섯이 가슴에 돋아났다. 할머니는 이제 거울을 들여다보는 일이 없었다. 가련한 틀니 때문에 할머니는 몇 년간 입술 없이 지냈다. 그러나 이젠 입술이 있어야 할 자리에 립스틱조차 바르지 않았다.

"밀티야." 어느 날 할머니가 아버지에게 말했다.

"파푸 옆에 내가 묻힐 자리 사 뒀지?"

"걱정 마세요, 엄마. 거긴 이인용 자리예요."

"누가 빼앗아 가지 않겠지?"

"거기에 엄마 이름을 써 놓았어요."

"거기엔 내 이름이 없어, 밀티! 그래서 내가 걱정하는 거야. 한쪽에 파푸의 이름이 있고 다른 쪽엔 풀밖에 없더라. 난 네가 거기다가 이렇게 써넣으면 좋겠다. 이 장소는 야야를 위한 겁니다. 다른 여자가 죽어서 내 남편 옆에 들어가려고 할지도 모르잖니."

그러나 할머니의 장례 준비는 여기서 그치지 않았다. 할머니는 당신 장지를 골라 놓았을 뿐 아니라 장의사까지도 물색해 놓았다. T. J. 토머스 장의사에 근무하는 소피 서순의 남동생인 조지 파파스가 (해마다 폐렴으로 일손이 바빠지는) 4월 어느 날 미들섹스에 도착했다. 그는 시신용 관과 유골함과 꽃꽂이 견본 사진을 손님채로 가지고 와서 할머니의 침대 옆에 앉았다. 할머니는 여행 책자를 이리저리 뒤적이는 사람처럼 흥분을 감추지 못하며 사진들을 넘겨 보았다. 할머니는 아버지에게 어느 정도까지 해 줄 수 있느냐고 물었다.

"엄마, 그런 얘긴 하고 싶지 않아요. 엄마는 안 돌아가신다고요."

"난 '임페리얼'은 안 하련다. 조지 말이 '임페리얼'이 이 중에서 최고래. 하지만 야야한테는 '프레지덴셜' 수준이면 되지."

"때가 되면 뭐든 원하시는 대로 해 드릴게요. 하지만……."

"그리고 안에는 공단으로 꼭 부탁한다. 그리고 베개도. 여기

이런 걸로. 8쪽 5번에 있구나. 잘 들어 둬! 참, 조지한테 안경은 씌우지 말라고 일러라."

할머니에게 죽음이란 단지 종류가 다른 이민일 뿐이었다. 배를 타고 튀르키예에서 미국으로 왔다면 이번에는 지상에서 하늘로 여행할 것이다. 레프티가 이미 시민권을 받아 놓고 자리 잡고 있을 테지.

점차 우리는 할머니가 가족의 공간에서 사라지는 데에 익숙해졌다. 이 무렵, 그러니까 1971년 봄에 아버지는 새로운 '벤처 사업'으로 바빴다. 핑그리 거리의 재난이 있은 후로 아버지는 똑같은 실수를 다시는 저지르지 않으리라 결심했다. 부동산에서 입지적 한계를 어떻게 벗어날 수 있을까? 입지적 한계……. 해답은 간단하다. 동시에 도처에 있는 것이다.

"핫도그 판매대야."

아버지가 어느 날 저녁 식사 때 선포했다.

"서너 개로 시작해서 되는대로 추가하는 거야."

남은 보험금으로 아버지는 디트로이트 시내 한복판에 있는 세 군데에 장소를 빌렸다. 노란 종이 위에 아버지는 판매대의 디자인을 그려 보았다.

"맥도날드는 골든 아치가 있지? 우리는 헤라클레스 기둥이 있고."

1971년에서 1978년 사이에 아무 때나 미시간주에서 플로리다로 통하는 블루하이웨이(국도)를 자동차로 가 본 사람이라면 우리 아버지의 핫도그 체인점 측면에 있는 환한 백색의 네온 기둥을 봤을지도 모르겠다. 그 기둥들은 아버지가 물려

받은 그리스 전통과 아버지가 태어나 자란, 사랑하는 나라의 식민지 양식을 혼합한 형태였다. 아버지의 기둥은 파르테논과 대법원 건물에서 따왔다. 또 그것은 신화 속 헤라클레스이기도 했지만 동시에 할리우드 영화에 나오는 헤라클레스이기도 했다. 그 기둥은 사람들의 시선을 끌기에 충분했다.

아버지는 헤라클레스 핫도그점 세 군데로 시작했지만 이윤이 생기는 대로 빠르게 프랜차이즈를 늘려 갔다. 시작은 미시간주에서 했지만 곧 오하이오로 번졌고, 거기서부터 아래로 주간(州間) 도로를 타고 내려가 남부 깊숙이까지 파고들었다. 상표 디자인은 맥도날드보다 데어리퀸[2]에 가까웠다. 좌석은 최소로 줄이거나(기껏해야 피크닉 테이블 한 쌍 정도) 아예 없앴다. 놀이 공간이나 경품도 없고, '해피밀'도 없었으며, 공짜로 나누어 주지도 않았고, 프로모션도 벌이지 않았다. 있는 거라곤 핫도그뿐으로 디트로이트에서 하는 말로 코니아일랜드 스타일이었다. 이 말은 칠리소스와 양파를 같이 낸다는 뜻이다. 헤라클레스 핫도그는 길가에 위치했는데 그리 좋은 자리는 아니었다. 작은 도시에서 좀 큰 곳으로 가는 도중에 있는 볼링장이나 기차역 옆자리 같은 곳, 땅값이 저렴하고 자동차나 사람이 많이 지나다니는 곳이면 어디든지 가능했다.

나는 그 매점을 좋아하지 않았다. 나에게는 그게 제브러룸의 낭만적인 시절로부터 수직 강하한 것처럼 느껴졌다. 아기자기한 장식품과 주크박스, 파이를 진열한 반짝이는 선반과

---

2) 낙농 식품 전문 체인점이다.

깊숙한 밤색 칸막이 좌석은 다 어디 갔단 말인가? 단골손님들은 어디 있단 말이지? 난 이 핫도그 매점이 어떻게 해서 예전 식당보다 훨씬 더 많은 돈을 벌어들일 수 있는지 이해할 수가 없었다. 그렇지만 분명 그것은 돈벌이가 되었다. 아슬아슬한 첫해를 넘기고 나자 핫도그 체인점은 아버지를 안락한 부자로 만들어 주기 시작했다. 좋은 자리를 확보한 것 외에 아버지의 성공에는 또 하나의 비결이 있었다. 깜짝 고안품이 있었는데 요즘 전문 용어로 말하자면 '브랜딩'이다. 볼파크의 프랑크푸르트소시지는 조리할 때에 주저앉아 버렸지만 헤라클레스 핫도그는 뭔가 달랐다. 헤라클레스 핫도그도 겉 포장은 평범하게 암소의 젖통 같은 연분홍색 비엔나소시지 포장을 썼다. 하지만 일단 불 위에 올라가면 놀라운 변신을 했다. 그릴 위에서 지글거리는 동안 핫도그는 가운데가 부풀어 탱탱해지더니 아니, 이럴 수가! 구부러지는 것이었다.

이건 챕터 일레븐 오빠가 고안한 것이었다. 어느 날 밤 이제 열일곱 살이 된 오빠가 야참을 만들어 먹으려고 부엌으로 내려갔을 때였다. 오빠는 냉장고에서 핫도그를 찾아냈다. 물을 끓이는 동안 기다리기가 싫었던 오빠는 프라이팬을 꺼냈다. 그다음 오빠는 핫도그를 반으로 자르기로 했다.

"표면적을 늘리고 싶었거든."

나중에 오빠가 내게 설명해 주었다. 핫도그를 길게 자르는 대신 오빠는 재미로 여러 가지를 시도해 보았다. 그래서 여기저기 칼집과 금을 낸 채 핫도그를 한꺼번에 팬에 올리고는 무슨 일이 벌어지는지 지켜보았다.

그날 밤에 있었던 일은 그리 대단치 않았다. 하지만 오빠가 칼집을 낸 핫도그는 뜻밖에 재미있는 모양이 되었다. 그다음부터 오빠는 핫도그 모양 내기를 일종의 놀이로 삼았다. 오빠는 점점 핫도그 모양을 다듬는 기술이 늘어 갔고, 재미로 프랑크푸르트 개그를 개발해 냈다. 뜨거워지면 똑바로 서는 핫도그가 있었는데 그건 피사의 사탑이었다. 달 착륙을 기념하여 아폴로 11호도 있었는데 껍데기가 서서히 늘어나고 터지면서 소시지가 공중으로 발사될 것처럼 보였다. 오빠는 새미 데이비스의 히트곡 「보쟁글스」에 맞춰 춤추는 핫도그도 만들었고, L과 S 모양이 되는 핫도그도 생각해 냈으나, 점잖은 Z 모양은 한 번도 만들지 못했다.(친구들을 위해 오빠는 핫도그로 다른 짓도 했는데 늦은 밤 부엌에서 와하는 웃음소리가 터져 나왔다. 오빠의 목소리가 들렸다. "이건 해리 림스이고." 그러면 다른 친구들이 소리쳤다. "아니야! 스테퍼니데스야!" 우리가 그 문제에 골몰해 있을 때 볼파크의 광고에서 붉은 프랑크푸르트소시지가 부풀고 길어지는 장면을 보고 놀란 건 비단 나만이 아니었다. 검열은 모두 어디 갔단 말인가? 그 광고가 나올 때 어머니들은 표정 관리를 어떻게 했을까? 그리고 그 광고가 방영된 직후 사람들은 어떤 '롤빵'[3]을 제일 좋아하는지 갑론을박하곤 했다. 난 분명히 깨달았다. 왜냐하면 그때 나는 여자아이였고, 그 광고는 나의 관심을 끌도록 고안된 것이었기 때문이다.)

한번 헤라클레스 핫도그를 먹어 본 사람은 그 맛을 잊지

---

3) 속어로 여자의 성기를 가리킨다.

못했다. 헤라클레스 핫도그의 명성은 삽시간에 퍼져 나갔다. 대형 식품 가공 회사에서 우리 핫도그를 상점에서 팔 수 있는 판권을 사겠다고 제의해 왔지만 아버지는 이 인기가 영원히 이어지리라는 오만한 생각으로 거절해 버렸다.

헤라클레스 프랑크푸르트소시지를 발명해 낸 것 말고 오빠는 집안 살림에 거의 관심이 없었다.

"난 발명가야. 핫도그 장수가 아니라." 라고 오빠는 말했다.

그로스포인트에서 오빠는 어떤 또래 그룹에 들었는데 인기가 없다는 공통점으로 똘똘 뭉친 무리였다. 무지하게 더웠던 어느 토요일 밤, 그들은 오빠 방에 모여 앉아 에스헤르(에셔)의 판화 작품을 뚫어지게 바라보았다. 몇 시간 동안 그들은 판화 주인공을 따라 내려가는 것처럼 올라가는 계단을 따라 갔고, 오리가 변해 물고기가 되었다가 다시 오리가 되는 장면을 가만히 쳐다보았다. 오빠들은 치아 사이에 온통 범벅을 해가며 땅콩버터 크래커를 먹으면서 서로 원소 주기율표에 관한 문제를 냈다. 챕터 일레븐의 단짝 친구인 스티브 멍거는 철학적 논쟁을 불러일으켜 아버지의 화를 돋우곤 했다.("그런데 있잖아요, 스테퍼니데스 아저씨, 어떻게 아저씨가 존재하고 있다는 사실을 증명할 수 있나요?") 학교에 있는 오빠를 보면 언제나 처음 보는 것처럼 낯설었다. 오빠는 기인이었다. 오빠의 몸은 튤립 같은 두뇌를 떠받치는 줄기였다. 자동차로 걸어갈 때면 줄기가 하늘거리는 탓에 튤립 같은 머리가 종종 뒤로 기울었다. 오빠는 스타일이나 유행을 따르지 않았다. 어머니는 그래도 아들을 위해 새 옷을 사 주었다. 왜냐하면 그는 맏이였고, 난 그를 숭배했으니까. 하지만 난 여동생이기 때문에 우월감을 느꼈다. 하느님은 오빠와 나에게 얼마 안 되는 재능이나마 나눠주면서 중요한 것들은 다 내게 주었기 때문이다. 수학적 소질은 오빠에게. 언어적 소질은 내게. 물건 고치는 솜씨는 오빠에게. 상상력은 내게. 음악적 재능은 오빠에게. 외모는 내게.

아기 적에 예뻤던 나는 자랄수록 더 예뻐졌다. 클레멘틴 스타크가 나한테 키스 연습을 하자고 했던 것도 무리가 아니었다. 모두 그러고 싶어 했으니까. 나이 든 웨이트리스들은 허리를 굽히고 내 주문을 받았다. 얼굴이 빨간 남자아이들은 내 책상 옆에 나타나서 말을 더듬었다.

"너, 너, 너 지우개 떨어졌어."

심지어 어머니까지도 뭔가에 화가 나서 날 — 클레오파트라 같은 내 눈을 — 내려다보다가 뭣 때문에 화가 났는지 잊어버리곤 했다. 일요일의 사랑방 모임에 내가 마실 것을 들고 들어갈 때면 언제나 작은 천둥소리가 나지 않았던가? 피트 아저씨, 지미 피오레토스, 거스 파노스 같은 오륙칠십 대의 남자들이 남산만 한 배 너머로 날 넘겨다보곤 은연중에 같은 생각을 하지 않았던가? 비티니오스 시절이었다면, 숨을 꼭 참고 나이를 되짚어 다시 괜찮은 총각이 된다면, 그래서 내 또래 남자가 된다면 나 같은 아가씨의 손을 잡아 볼 수도 있을 텐데. 그들은 우리 집 소파에서 소일하며 그 시절을 회상했을까?

"여기가 미국이 아니라면 난 아마……?"

나는 모르겠다. 지금 돌아보면서 생각나는 것은 다만 그때는 세상에 100만 개의 눈이 있는데 내가 가는 곳마다 슬그머니 눈을 뜨는 것 같았던 느낌뿐. 대개는 녹색 나무에서 눈을 감고 있는 녹색 도마뱀처럼 위장을 하고 있었다. 하지만 그러다가 눈을 떴을 때는 — 버스에 올랐을 때나 약국에 갔을 때 — 뚫어지게 쳐다보는 눈빛과 마주쳤고, 거기서 나는 강렬한 욕망과 절망을 느꼈다.

때로 몇 시간씩 나는 거울 앞에서 스스로의 모습에 감탄해 마지않았는데, 이리저리 돌려 보기도 하고 일상생활에서 남들 눈에 내가 어떻게 보일까 궁금해서 일부러 한가한 자세를 취해 보기도 했다. 손거울을 쥐면 옆모습을 볼 수 있었는데 여전히 조화를 이룬 모습이었다. 기다란 머리를 빗기도 하고 어떤 때는 어머니의 마스카라를 훔쳐서 내 눈에 발라 보기도 했다. 그러나 그처럼 자기도취적인 즐거움도 내가 들여다보던 거울 상태가 점점 나빠지는 탓에 빛이 바래고 말았다.

"오빠가 또 여드름 터뜨려 놨어!"

나는 어머니에게 불평을 늘어놓았다.

"그렇게 깔끔 떨지 좀 마라, 칼리. 그건 그냥…… 여긴 내가 닦아 낼게."

"더러워 죽겠어!"

"네가 여드름 나 봐라!"

오빠는 부끄럽기도 하고 화도 나서 크게 소리 질렀다.

"난 안 날 거야."

"너도 분명히 난다고! 누구든지 사춘기가 되면 지방샘이 과도하게 분비된단 말이야!"

"조용! 두 사람 다."

어머니가 이렇게 말했지만 불필요한 말이었다. 난 이미 알아서 조용해졌기 때문이다. 사춘기란 말 때문이었다. 내 딴에는 당시 엄청나게 마음 졸이던 근원이 바로 그것이었다. 날 기다리면서 저만치 누워 있다가 시시때때로 튀어나와 겁에 질리게 하던 말. 그건 모두 그 단어의 뜻을 몰랐기 때문이었다. 그러나 이제 최소한 한 가지는 알았다. 어떤 식으로든 오빠가 관련되었다는 사실. 아마도 그 덕분에 여드름에 대해서만 아니라 최근 들어 오빠에 대해 알게 된 다른 사실들도 이해할 수 있었을 것이다.

할머니가 자리보전을 시작한 지 얼마 지나지 않아 오빠를 둔 여동생이 흔히 그러듯이 나는 챕터 일레븐이 혼자서 새로 시작한 소일거리를 어렴풋하게 알아채기 시작했다. 그것은 잠긴 욕실 문밖에서도 느낄 수 있는 일이었다. 문을 두드리면 "잠깐만." 하는 대답에 담긴 얼마간의 긴장감이 그걸 말해 주었다. 그러나 난 오빠보다 훨씬 어렸기 때문에 청소년기 소년들의 절박한 욕구에 대해 알지 못했다.

그러나 일 분만 뒤로 돌려 보자. 삼 년 전 챕터 일레븐이 열네 살, 내가 여덟 살이었을 때 오빠는 내게 장난을 걸곤 했다. 그 일은 부모님이 외식하러 나간 밤에 벌어졌다. 비가 오고 천둥이 치는 밤이었다. 내가 텔레비전을 보고 있을 때 오빠가 느닷없이 나타났다. 오빠는 레몬 케이크를 들고 노래 부르듯이 말했다.

"내가 뭐 갖고 왔게!"

오빠는 내게 한 조각을 후하게 썰어 주었다. 내가 먹는 걸 쳐다보더니 오빠가 이렇게 말하는 것이었다.

"말해 주지! 그 케이크는 이번 일요일에 먹으려던 거야!"

"비겁해! 말도 안 돼!"

난 오빠에게 달려들어서 때리려고 했지만 오빠가 내 팔을 붙잡았다. 우리는 서서 난투극을 벌였고, 마침내 오빠가 조건을 제시했다.

아까 말했듯이 그때는 세상이 온통 타인의 시선으로 가득 찬 시절이었다. 여기 두 개의 시선이 더 있었으니 다름 아닌 우리 오빠의 눈이었다. 오빠는 화장실에서 예쁜 그림들이 그려진 수건들 사이로 내가 팬티를 내리고 치마를 올리는 것을 서서 지켜보았다.(내가 그렇게 하면 오빠는 이르지 않겠다는 조건이었다.) 오빠는 넋이 빠져서 멀찍이 서 있었다. 목젖이 오르락내리락거렸다. 놀라고 겁에 질린 것처럼 보였다. 무엇에 비유해야 할지는 알 수 없었지만 그렇다고 그가 본 것이 틀리지는 않았다. 분홍색의 살집, 갈라진 자국. 십 초 동안 챕터 일레븐은 나를 꼼꼼히 살피고 위조의 흔적이 없음을 확인한 끝에 머리 위의 안개구름을 걷어 냈다. 그리고 난 오빠에게서 케이크 한 조각을 더 얻어먹었다. 십중팔구 챕터 일레븐의 호기심은 여덟 살짜리 여동생을 들여다본다고 해서 만족되지는 않았을 것이다. 지금 생각해 보면 오빠는 실물 사진을 보고 있었던 것 같다.

1971년은 우리 집 남자들이 모두 떠나 버린 해였다. 할아버지는 돌아가시고, 아버지는 헤라클레스 핫도그점으로, 챕터 일레븐은 혼자 목욕탕으로. 어머니와 나만 남아서 할머니를 돌봤다.

우리는 할머니의 발톱을 깎아야 했고, 할머니 방으로 들어가려는 파리를 잡아야 했다. 또 할머니의 새장을 빛에 따라 움직여 주어야 했으며, 일일 연속극을 보기 위해 텔레비전을 켰다가 저녁 뉴스에 살인 사건이 나오기 전에 꺼야 했다. 그러면서도 할머니는 위엄을 잃지 않으려고 했다. 화장실에 가고 싶을 때면 할머니는 인터컴으로 우리를 불렀고, 우리는 할머니가 침대에서 내려와 화장실에 가실 수 있게 도와드렸다. 그걸 가장 간단히 말한다면 한마디로 세월이 흘렀다고 할 수 있다. 창밖으로 계절이 바뀌는 동안, 하늘하늘 흔들리는 버드나무가 100만 개의 잎사귀를 떨어뜨리는 동안, 납작한 지붕 위로 눈이 내리고 태양의 각도가 기울어지는 동안에도 할머니는 침대에서 내려오지 않았다. 눈이 녹고 버드나무에 새로 움이 틀 때에도 여전히 그랬다. 태양이 높아져서 할머니가 그토록 오르고 싶어 몸살이 난 하늘나라로 오르는 사다리처럼 채광창을 통해 태양 광선이 내리쬐는 계절이 돌아와도 할머니는 침대를 지켰다.

할머니가 자리를 지키는 동안 무슨 일이 벌어졌을까? 리나 할머니의 친구인 왓슨 부인이 죽었다. 너무 슬플 때는 매양 판단이 흐려지듯이 리나 할머니는 어도비 벽돌집을 팔고 가족 곁인 북쪽으로 이사하기로 마음먹었다. 1972년 2월에 리나 할머니는 디트로이트에 도착했다. 디트로이트의 겨울은 그녀가 기억하던 것보다 훨씬 추웠다. 설상가상 남서부에서 지내는 동안 할머니는 달라져 있었다. 어찌 됐거나 그동안에 수멜리나 할머니는 완전한 미국인이 되어 버렸던 것이다. 예전의 자취는 이제 그녀에게 전혀 남아 있지 않았다. 그와 반대로 누에고치가 되어 버린 그녀의 사촌은 도대체 옛 정취를 버리지 못하고 있었다. 두 사람 다 칠십 대 노인이었지만 데스데모나 할머니가 백발의 늙은 미망인이 되어 죽음을 기다리는 데 반해 리나 할머니는 완전히 다른 종류의 미망인이 되어 있었다. 그러니까 머리를 빨갛게 물들이고 데님 스커트에 벨트를, 그것도 청록색 버클이 달린 벨트를 매고 파이어버드를 몰고 다녔다. 성적(性的)으로 대항문화[4]를 실천해 온 리나 할머니는 우리 부모와 같은 이성 간의 결합을 진기한 본보기로 여겼다. 챕터 일레븐이 여드름이 난 것을 보고 리나 할머니는 깜짝 놀랐다. 오빠와는 같은 샤워기를 쓰지 않으려고 했다. 수멜리나가 우리 집에 있는 동안 분위기가 사뭇 긴장됐다. 지나치게 야한 차림의 수멜리나는 은퇴한 라스베이거스의 쇼걸이 우리 집 거실에 앉아 있는 것처럼 어색했다. 또 우리는 리나 할머니를 너무 가까이에서 색안경을 끼고 보았기 때문에 할머니가 하는 모든 행동이 너무 소란스러웠고, 할머니가 뿜어내는 담배 연기는 집 안 곳곳에 들어찼으며, 저녁 식사 때는 와인을 너무 많이 마셨다.

우리는 새로운 이웃들을 사귀게 되었다. 우선 피컷 씨네가 있고, 넬슨 씨도 알게 되었다. 넬슨 씨는 전에 조지아 테크[5]에서 수비수로 뛰었으나 지금은 제약 회사에 다녔으며, 그의 부

---

4) 왓슨 부인과의 동거 생활을 말한다.

5) 미식축구 팀이다.

인 보니는 늘 《가이드포스트》에 나오는 신기한 이야기들을 읽었다. 길 건너편에는 버번과 술집 여급을 좋아하는 공업 부품 외판원인 "천리안" 스튜 피들러가 있었고, 그의 아내 미지는 머리를 (기분에 따라 색이 변하는) 무드 링처럼 오묘한 색깔로 물들였다. 같은 블록 끝에는 샘과 헤티 그로싱어 부부가 살았다. 이들은 우리가 처음으로 만난 정통파 유대인이었고, 그들 부부의 외동딸인 맥신은 수줍음을 잘 타는 바이올린 신동이었다. 샘은 재미있는 사람이었고 헤티는 목소리가 컸으며 두 사람 모두 돈 얘기를 거리낌 없이 했기 때문에 우리는 그들과 있을 때 편안했다. 아버지와 어머니는 그로싱어네를 자주 식사에 초대했는데 가리는 게 많아서 좀 당혹스러웠다. 예를 들어 어머니는 크림소스와 함께 대접하기 위해 코셔[6] 고기를 사러 시내까지 차를 몰고 갈 때도 있었다. 그러지 않으면 고기와 크림을 아예 빼 버리고 게살 케이크를 내기도 했다. 자기들 종교에 충실하기는 했지만 그로싱어 부부는 이웃과 잘 어울리며 살아가는 중서부의 유대인이었다. 그들은 키프로스 담장 뒤에 숨어 있다가 크리스마스가 되면 환하게 불을 밝힌 산타클로스를 내놓았다.

1971년에 미국 지방 법원의 스티븐 J. 로스 판사는 디트로이트 학교에 차별적인 제도가 존재한다는 판결을 내렸다. 로스 판사는 즉각적으로 각급 학교가 인종 차별을 철폐하도록 지시했다. 문제는 오로지 하나였다. 1971년에는 디트로이트의

---

6) 유대인의 율법에 합당한 음식으로 결정된 것이다.

학생 인구 가운데 80퍼센트가 흑인이었다.

"버스[7] 좋아하는 판사님이니 뭐든지 버스로 실어 나르게 생겼군."

신문 기사를 읽은 아버지는 의기양양하게 말했다.

"이젠 하나도 겁낼 것 없어. 여보, 이제 알겠어? 당신의 믿음직한 서방님이 왜 애들을 거기서 빼내 왔는지 알겠냐고. 만일 내가 안 그랬더라면, 망할 놈의 로스 녀석이 우리 애들을 시내의 나이로비까지 버스로 실어 나를 뻔했잖아."

1972년, 164센티미터인 S. 미야모토가 — 키높이 구두를 신었건만 — 170센티미터의 자격 요건에 미달하여 디트로이트 경찰 시험에서 퇴짜 맞은 일을 호소하기 위해 「투나잇 쇼」에 출연했다. 난 미야모토를 거들기 위해 직접 경찰청장에게 편지를 썼지만 답장을 받지 못했고, 미야모토는 경찰복을 입지 못했다. 두어 달 뒤 니콜스 경찰청장이 퍼레이드를 하던 중 말에서 떨어졌다.

"고것 참 쌤통이다!" 내가 한마디했다.

1972년. 경찰의 만행에 400만 달러의 소송을 걸었던 H. D. 잭슨과 L. D. 무어가 배상금이 25달러인 데 불만을 품고 쿠바행 '서던 항공기'를 납치했다. 1972년. 로먼 깁스 시장은 디트로이트의 상황이 호전되었다고 선언했다. 이제 1967년 폭동의 상처도 극복했다. 그래서 깁스 시장은 재선에 도전하지 않을

---

7) 백인과 흑인 학생을 섞어 놓기 위해 아동을 거주 구역 밖의 학교로 보내는 강제적인 셔틀버스 통학 제도이다.

계획이었다. 새로운 후보자가 나타났다. 디트로이트 최초의 아프리카계 미국인 시장이 될 콜먼 A. 영이었다. 그리고 나는 열두 살이 되었다.

그로부터 몇 달 전, 그러니까 6학년이 된 첫날이었다. 캐럴 호닝이 얼굴 가득 자신만만한 미소를 지으며 교실에 들어왔다. 그 미소 아래에는 선반에 진열해 놓은 트로피인 양 지난여름에 솟아오른 두 개의 싱싱한 젖가슴이 있었다. 캐럴만 그런 것이 아니었다. 한창 자랄 시기인 그 몇 달 새 제법 많은 급우들이 — 어른들의 말마따나 — "처녀티"가 나기 시작했다.

난 이에 완전 무방비 상태는 아니었다. 난 그 전해 여름에 포트휴런항 근처에서 여름 캠프에 참여했다. 그 지루하던 여름날에 나는 호수 건너편에서 끈덕지게 울리는 북소리를 의식하듯이 내 친구들의 몸 안에서 뭔가가 스르르 풀려나오고 있음을 느끼게 되었다. 여자아이들이 얌전해지고 있었다. 그 애들은 돌아서서 옷을 입기 시작했다. 어떤 아이들은 반바지와 양말만 아니라 스포츠용 브래지어에도 자기 이름을 수놓았다. 대부분은 내놓고 얘기하지 않는 개인적 문제였다. 그러나 이따금 극적으로 드러날 때가 있었다. 어느 날 오후 수영 시간에 탈의실의 양철 문이 요란한 소리를 내며 열렸다 닫혔다. 그 소리는 소나무 밑동에 부딪혔다가는 보잘것없는 해변에서 튜브를 탄 채 『러브 스토리』를 읽고 있던 내게까지 전해졌다.(나는 수영 시간밖에 책 읽을 시간이 없었다. 캠프 선생님이 날 꼬드겨서 자유형을 연습시키려고 했지만 나는 거기 굴하지 않고 매일같이 우리 어머니의 침대 옆 탁자에서 찾아낸, 당시 베스트셀러였던 그 책을 읽느라 여념이 없었다.) 문득 고개를 들어 보았다. 솔잎이 드리운 먼지 자욱한 밤색 길을 따라 제니 시몬슨이 빨강, 하양, 파랑이 어우러진 수영복 차림으로 걸어오고 있었다. 그 광경에 산천초목이 숨을 죽였다. 새들도 입을 다물었고 호수의 백조들도 힐끗 보려고 기다란 목을 길게 뻗었다. 먼데서 들려오던 줄톱 소리마저 조용해졌다. 나는 당당한 제니의 모습을 지켜보았다. 늦은 오후의 황금빛 햇살에 제니는 한층 돋보였다. 그녀의 수영복은 다른 애들과 판이하게 부풀어 올라 있었다. 쭉 뻗은 허벅지 근육이 유연하게 움직였다. 제니는 부두 끝까지 달려가 한 떼의 요정들(세다 라피드에서 온 그녀의 친구들)이 기다리고 있는 호수로 풍덩 뛰어들었다. 책을 내리고 나는 내 몸을 내려다보았다. 언제나와 같이 내 몸은 그대로였다. 절벽 가슴, 아무것도 아닌 엉덩이, 모기가 물어뜯은 두 갈래 다리. 호수 물과 태양 때문에 피부가 벗겨졌고 내 손가락은 말린 자두처럼 쪼글쪼글했다.

필 박사는 너무 늙었고 우리 어머니는 얌전을 뺐기 때문에 나는 뭐가 어떻게 되는지도 모르고 사춘기를 맞아 버렸다. 필로보시안 박사는 부인과 병원 근처에 아직도 사무실을 가지고 있었지만 병원 업무는 그 무렵 거의 문을 닫은 상태였다. 그의 업무는 상당히 달라져 있었는데 남은 환자라고는 너무 오랫동안 그의 진료만 받아 왔기 때문에 의사를 바꾸기가 두려워진 몇몇 노인이 전부였고, 그 외는 생활 보호를 받는 가정이었다. 로잘리 간호사가 그 일을 꾸려 갔다. 로잘리 간호사와 필은 나를 받다가 서로 눈빛을 주고받은 지 일 년 후에 결혼을 했다. 지금은 그녀가 예약을 잡고 주사를 놓았다. 애팔래치아 산맥에서 어린 시절을 보낸 그녀는 정부 보조금에 익숙했던지라 지금도 정부의 저소득층 의료 보험 양식에는 전문가였다.

팔십 대에 접어든 필 박사는 그림을 그리기 시작했다. 그의 진료실 벽은 온통 두껍게 소용돌이치는 유화로 뒤덮여 살롱 분위기를 자아냈다. 그는 붓 대신 팔레트 나이프를 주로 사용했다. 그렇다면 그는 어떤 그림을 그렸을까? 스미르나일까? 여명의 부둣가일까? 그 참혹했던 화재일까? 아니다. 많은 아마추어가 그러듯이 필 박사는 예술에 적합한 소재는 현실 생활과 무관한 아름다운 풍경뿐이라고 생각했다. 그는 한 번도 가본 적 없는 산골 마을과 한 번도 본 적 없는 바닷가 전경 같은 것들을 그렸다. 그런 곳에서 통나무에 기대어 파이프를 피우는 인물과 함께. 필로보시안은 스미르나에 대해 한마디도 한 적이 없을뿐더러 누군가 스미르나를 화제로 삼으면 슬그머니 자리를 떴다. 첫 아내나 살해당한 아들, 딸들에 대해 입을 뗀 적도 없었다. 그랬기 때문에 그는 오늘까지 살아남을 수 있었으리라.

그래도 필 박사는 점점 살아 있는 화석이 되어 갔다. 1972년 그에게 연례 건강 검진을 받으러 갔을 때 그는 아득한 1910년대의 의대에서 많이 쓰던 진단 방법을 사용했다. 안구 반사를 검사하기 위해 짐짓 내 얼굴을 때리는 척하는가 하면 와인 잔을 가지고 하는 청진법도 사용했다. 그가 머리를 숙여 내 심장에 귀를 갖다 대면 나는 헬리콥터를 타고 갈라파고스 섬들을 시찰하듯 그의 대머리에 생긴 상처 딱지들을 내려다보았다.(그 상처의 섬들은 매년 위치가 바뀌곤 했는데 절도 있게 박사의 머리통을 가로질러 옮겨 다녔지만 결코 완치되지는 않았다.) 필로보시안 박사에게선 낡은 의자 냄새, 머릿기름과 엎지른 수프 냄새, 또 깜박 졸음의 냄새가 났다. 그의 의대 졸업장은 마치 양피지 위에 쓴 것처럼 낡아 보였다. 난 열병을 치료한답시고 필로보시안 박사가 거머리를 처방전에 쓴다 해도 놀라지 않았을 것이다. 그는 내게 엄했으며 친근하게 군 적이 한 번도 없었다. 말을 할 때는 대부분 구석 의자에 앉아 있는 어머니에게만 했다. '필로보시안 박사가 나를 쳐다보지 않으려던 것은 피하고 싶은 어떤 기억이 있어서였을까?' 하는 의아심이 든다. 연약하기 이를 데 없는 내 쇄골을 보고서, 혹은 나의 작고 충혈된 폐에서 나는 새소리를 듣고서 레반트 소녀들의 환영이 그 형식적인 검사 중에도 어른거렸던 걸까? 그는 수궁(水宮)과 풀어 헤친 잠옷에 대해 떠올리고 싶지 않았던 걸까? 아니면 그저 피곤하고 늙어서 눈도 가물가물한데 단지 자존심 때문에 그걸 인정하고 싶지 않아서였을까?

그 해답이 무엇이든 어머니는 박사가 이제는 잊어버리고 싶은 그 전란 중에 베푼 자선 행위에 대한 보답으로 해마다 충실하게 나를 그에게로 데려갔다. 대기실에서 나는 매번 갈 때마다 똑같은, 너덜너덜해진 잡지 《하이라이트》를 볼 수 있었다. 안쪽 면에 숨은그림찾기가 있었다. 무성한 밤나무 속에 칼, 강아지, 물고기, 할머니, 촛대가 그려져 있었는데 그것들은 이미 오래전에 내가 귀앓이 때문에 떨리는 손으로 동그라미를 쳐 둔 것이었다.

나는 부엌에서 조 고모가 무심코 내뱉은 말을 듣고 여자들에게는 흔히 원하지 않는 일들, 그러나 남자들은 겪을 필요가 없는 뭔가가 일어난다는 것을 알았다. 그게 무엇인지는 잘 모르겠지만 어쨌든 결혼을 한다거나 아이를 낳는 일처럼 나하고는 먼 일 같았다. 그러던 어느 날 캠프에서 레베카 울바누스가 의자 위에 올라섰다. 레베카는 사우스캐롤라이나 출신이어서 노예를 부리던 조상으로부터 잘 훈련된 목소리를 물려받았다. 이웃 캠프에서 온 남자아이들과 춤을 추는 동안 그 애는 마치 부채를 부치는 것처럼 얼굴 앞에서 손을 흔들어 댔다. 어째서 그 애는 의자 위에 올라섰을까? 그때 우리는 장기자랑을 하고 있었다. 레베카 울바누스는 아마 노래를 부르거나 월터 드 라 메어의 시를 낭송하고 있었던 것 같다. 아직도 해가 지려면 멀었고 그 애의 반바지는 흰색이었다. 그런데 그때 갑자기 그 애가 노래 혹은 낭송을 하는 동안 하얀 반바지의 뒤가 검게 물들기 시작했다. 처음에는 그저 주변 나무들의 그림자인 줄로만 알았다. 어떤 아이가 손을 흔들었다. 그런데 아니었다. 캠프 티셔츠를 입고 인디언 머리띠를 두르고 앉아 있던 열두 살의 우리는 레베카 울바누스가 보지 못한 것을 보았다. 그녀의 상반신이 열심히 노래를 부르는 동안 그녀의 하반신은 뭇시선을 독차지했다. 얼룩이 커졌고, 다시 보니 붉은색이었다. 캠프 선생님들은 어쩔 줄을 몰랐다. 레베카는 손을 뻗으며 노래했다. 그 애는 의자를 가운데 두고 원형 극장의 객석 앞에서 빙글빙글 돌았다. 우리는 눈을 빤히 뜨고 당황해하다가 급기야 겁에 질렸다. 몇몇 '조숙한' 여자애들은 이해했다. 다른 애들은 나처럼 이렇게 생각했다. 칼에 베였거나 곰의 습격을 받았다고. 바로 그때 레베카 울바누스도 우리가 본 것을 보았다. 그 애는 자기 몸을 내려다보았다. 그러고는 비명을 지르며 무대에서 뛰어 내려왔다.

캠프에서 돌아온 나는 더 까매진 얼굴에 더 여윈 채 달랑 배지(역설적이게도 길잡이 배지였다.) 하나를 얻었다. 그러나 캐럴 호닝이 학교 첫날에 그토록 자랑스럽게 과시했던 또 다른 배지는 아직 달지 못했다. 이 점에 대해 난 두 가지 기분이 들었다. 하나는, 레베카 울바누스의 불운한 사고가 어떤 지표가 된다면 차라리 이대로 머무는 편이 나을 것 같다는 생각이었다. 나도 똑같은 일을 겪으면 어떡하지? 난 서랍을 뒤져서 하얀 옷은 무조건 내다 버렸다. 노래란 노래는 아무것도 부르지 않았다. 스스로 통제할 수도 없고, 미리 알 방법도 없었다. 언제든 생길 수 있는 일이었다.

다만 나의 사정은 그렇지 않았다. 같은 학년의 여자애들 대부분이 나름의 변화를 겪는 가운데 나만 점점 미연의 사태에서 뒤처지고 제외되고 있다는 사실에 걱정이 되기 시작했다.

6학년 겨울의 어느 날 수학 시간이었다. 햇병아리 그로토프스키 선생님이 칠판에 등식을 쓰고 있었다. 선생님의 등 뒤에서는 학생들이 나무 책상에 대고 선생님의 계산을 따라 하거나 졸거나 혹은 서로 발길질을 해 댔다. 미시간의 잿빛 겨울이었다. 바깥의 잔디는 백랍 같았고 머리 위에서는 형광등 불빛이 이 계절의 희끄무레함을 물리치려 애쓰고 있었다. 벽에는 인도의 위대한 수학자 라마누잔의 사진(우리는 처음에 그로토프스키 선생님의 외국인 남자 친구인 줄 알았다.)이 걸려 있었고, 교실은 특유의 숨 막히는 공기로 꽉 차 있었다.

선생님 뒤로 책상에 앉아 있는 우리는 시간 속을 날고 있었다. 여섯 줄로 잘 맞춰 앉은 우리 서른 명의 아이들은 우리가 느낄 수 없는 속도를 탔다. 그로토프스키 선생님이 칠판에 등식을 적어 나가는 동안 내 주변 아이들이 달라지기 시작했다. 제인 블런트의 허벅지를 예로 들면 매주 조금씩 길어지는 것 같았다. 스웨터 앞품은 부풀었다. 그러던 어느 날 바로 내 짝인 비벌리 마스가 손을 드는데 소매 속에 시커먼 것이 보였다. 밝은 갈색의 털이었다. 언제 그게 났을까? 어제였을까? 그저께였나? 등식들은 날이 갈수록 길어지고 복잡해졌다. 아마 온통 숫자와 곱셈표로만 이루어졌을 것이다. 우리가 합산을 구하는 동안 새로운 공식에 의해 육체들은 예기치 못한 답에 도달했다. 피터 퀘일의 음성은 지난달보다 두 옥타브 낮아졌지만 본인은 알아차리지 못했다. 왜 모르냐고? 너무 빨리 날고 있기 때문이다. 남자아이들은 윗입술 언저리에 보송보송한 솜털이 나기 시작했다. 이마와 코에서 뭔가 돋아나기 시작했다. 가장 두드러진 것은 여자아이들이 여인이 되어 간다는 사실이었다. 정신적으로도 부족하고 더군다나 감정적으로는 어림도 없는데 육체적으로만 성숙해졌다는 뜻이다. 자연의 섭리가 채비를 차리는 것이다. 우리 종족에 정해진 시한이 닥쳤던 것이다.

오직 둘째 줄에 앉은 칼리오페만이 미동도 않고(어쨌든 책상이 그대로 못 박혀 있으니) 있었기에 실상 주변의 변신이 얼마나 진행되고 있는지 진정으로 알 수 있는 사람은 칼리오페밖에 없기는 했다. 증명 문제를 풀다가 칼리오페는 트리샤 램의 지갑과 그날 아침에 곁눈질했던 탐폰 — 대체 저걸 어디다 쓰는 걸까? — 이 책상 아래 바닥에 떨어진 것을 알았다. 그걸 누구에게 물어봐야 할까? 아직 예쁘기는 했지만 칼리오페는 반에서 가장 작은 여자아이였다. 그녀가 지우개를 떨어뜨리면 어떤 남자아이도 주워 주지 않았다. 크리스마스 행렬 때는 예전처럼 마리아로 뽑히는 대신 요정으로 뽑히곤 했다. …… 하지만 아직 희망은 있다. 그렇지 않겠는가? …… 왜냐하면 날마다 날마다 책상이 날고 있으니까. 학생들은 겹겹이 대열을 지어 시간을 뚫느라 아우성을 쳤고, 그리하여 칼리오페는 어느 날 오후 문득 잉크로 얼룩진 종이에서 눈을 들어 지금이 꽃 피는 봄이란 걸 알았다. 개나리가 한창이고, 느릅나무에 물이 올랐다. 으슥한 곳에선 처녀 총각들이 손을 잡고 때로는 나무 뒤에서 입을 맞추었다. 칼리오페는 속은 기분이었다.

"내가 있다는 걸 잊어버렸니? 난 기다리고 있어. 아직 여기 있다고."

그녀는 이렇게 자연의 섭리를 향해 물어보았다.

데스데모나 할머니도 마찬가지였다. 1972년 4월 하늘로 간 남편과 합류하려는 할머니의 노력은 번잡한 절차상의 관례를 통해서 한층 비상해졌다. 자리보전을 시작할 무렵만 해도 흠 잡을 데 없이 건강한 할머니였건만 여러 달, 여러 해 동안 꼼짝도 않고 스스로를 없애 버리려는 강인한 의지력을 불태운 덕에 이제는 질병에 관한 『내과 의사를 위한 핸드북』이 될 만했다. 자리에 몸져누워 있는 동안 할머니는 폐에 물이 차고 요통과 점액낭염에 크론병까지 겹쳤다. 그중에서 특히 만성 위 질환인 크론병은 반세기 뒤에 밝혀지듯 전혀 원인도 없이 생겨났다가 어느 날 감쪽같이 낫는 바람에 할머니를 그만 애석하게 했다. 또한 악성 대상포진에 걸려 갈비뼈와 등이 잘 익은 딸기처럼 물컹하고 빨갛게 되었고, 꼬챙이로 찌르듯이 아팠다. 감기만도 열아홉 차례. 말 그대로 '걸어 다니는' 폐렴이었으며, 궤양과 심인성 백내장이 있어서 남편의 기일만 되면 눈앞이 흐려졌고, 그럴 때면 할머니는 그냥 목 놓아 엉엉 울었다. 거기다 뒤퓌트랑 연축으로 손의 피부가 벌겋게 부어오르고 가운뎃손가락을 제외한 나머지 손가락들이 고통스럽게 오그라드는 바람에 할머니는 언제나 외설적으로 가운뎃손가락만 쳐들고 있었다.

어떤 의사는 장수를 연구하는 논문에 할머니의 이름을 올렸다. 그는 의학지에 '지중해식 식이 요법'에 관한 논문을 쓰는 중이었다. 논문을 쓰기 위해 그는 할머니에게 고향의 조리법에 대해 물어보았다. 어렸을 때 요구르트를 얼마나 많이 먹었는가? 올리브오일은 어떠한가? 마늘은? 할머니는 하나도 빼놓지 않고 모두 대답해 주었는데 그건 당신과 뭔가 중대한 관련이 있어서 그런다고 여겼기 때문이며, 또 한편 어린 시절을 추억하는 기회를 한 번이라도 놓치지 않으려는 마음 때문이었다. 그 의사의 이름은 뮐러였다. 독일 혈통을 타고났지만 요리법에 이르면 그는 자기 출신을 부인했다. 전후의 죄책감 때문에 그는 브라트부르스트[8]와 사워브라튼[9], 쾨니히스베르크 경단[10] 얘기가 나오면 마치 거기에 독이라도 들어 있는 것처럼 독일 음식들을 깎아내렸다. 그 요리들은 음식에서 히틀러였다. 그 대신에 뮐러 박사는 우리 그리스의 고유한 식생활 — 토마토소스에 재운 가지와 그리스식 오이 드레싱, 어란 스프레드, 필래프, 건포도와 무화과 — 에 대해서는 원기를 북돋고, 동맥을 청소하고, 피부를 매끄럽게 해 주는 신비의 영약으로 기대했다. 뮐러 박사의 말은 사실인 것 같았다. 그의 얼굴은 아직 마흔두 살인데도 쪼글쪼글했고, 목도 늘어져 있었으며, 양옆에는 백발이 삐죽 고개를 내밀었다. 반면 마흔여덟 살의 우리 아버지는 비록 눈 밑에 커피 반점이 있기는 했지만 여전히 주름 한 점 없는 올리브 혈색을 간직했고, 머리털은 잘잘 윤기가 흐르고 숱이 많은 검은색이었다. '그리스식 조리법'이 그냥 빈말은 아니었다. 비결은 바로 음식이었다! 우리의 돌마데스와 타라마살라타, 그리고 바클라바야말로 진정한 젊음의 원천이며, 이런 음식들에는 절대로 정제된 설탕을 쓰지 않고 오로지 벌꿀만 사용했다. 뮐러 박사는 디트로이트 도심 지역에 사는 이탈리아인과 그리스인, 불가리아인의 이름과 출생일을 기입한 자신의 그래프를 보여 주었다. 우리 그리스

8) 구운 순대 요리이다.

9) 식초에 절인 쇠고기를 기름에 볶아 물에 끓인 남부 독일 요리이다.

10) 쾨니히스베르크는 2차 세계 대전 중에 특히 치명적인 피해를 입은 곳이다.

측 참가자는 데스데모나 스테퍼니데스로서, 아흔한 살로 각국 대표들 가운데 건재했다. 킬바사[11]로 명을 재촉한 폴란드인이나 폼므 프리테[12]로 한 방에 간 벨기에인, 또 푸딩으로 길이 막혀 버린 앵글로색슨인이나 초리조[13]로 뚝 끊어져 버린 스페인인 등 나머지 대표들의 점선들이 뒤얽힌 하강 곡선을 그리며 끝나 버린 데 반해 우리 그리스인의 점선만이 계속되고 있었다. 누가 알았겠는가? 지난 수천 년간 우리 민족은 자랑스러워할 것이 그리 많지 않았다. 뮐러 박사가 집에 왔을 때 할아버지의 골치 아팠던 중풍 병력을 말하지 않았던 것도 아마 그런 맥락에서 이해할 수 있을 것이다. 우리는 새로운 데이터를 추가해 그래프가 삐뚤어지게 하고 싶지 않았다. 그래서 데스데모나 할머니가 실은 아흔한 살이 아니라 일흔한 살이라는 것과 할머니가 늘 칠십 대와 구십 대를 혼동한다는 것을 말하지 않았다. 우리는 할머니의 이모들인 탈리아와 빅토리아가 둘 다 젊어서 유방암으로 죽었다는 사실도, 아버지의 매끄럽고 젊어 보이는 외양 속에 혈관을 혹사시키는 고혈압이 존재한다는 사실도 말하지 않았다. 아니 말할 수가 없었다. 우리는 이탈리아인이나 불가리아인에게 1등 자리를 빼앗기고 싶지 않았던 것이다. 그리고 뮐러 박사는 자기 연구에만 몰두한 나머지 할머니 침대 바로 옆에 널려 있는 장례식 관련 물건들을 눈여겨보지도 못했다. 할아버지 무덤을 찍은 사진과

11) 폴란드 전통 음식으로 뜨겁게 먹는 소시지이다.
12) 튀긴 감자 요리이다.
13) 향신료나 마늘로 짙은 맛을 낸 스페인 소시지이다.

나란히 있는 할아버지의 사진, 그리고 지상에 내버려진 과부의 산더미 같은 소지품들을. 할머니는 올림포스산에서 내려온 불사의 종족이 아니었다. 그저 살아남은 유일한 사람일 뿐이었다.

그러는 동안 나와 어머니 사이에 긴장은 고조되고 있었다.

"그렇게 큰 소리로 웃지 마!"

"미안하다, 얘. 하지만 넌 하려고 해도…… 괜히……."

"엄마!"

"가릴 게 있어야지."

울화통을 터뜨리는 고함 소리. 열두 살 먹은 두 발이 층계를 다다다 뛰어 올라가고, 그러는 사이에 어머니는 더 큰 소리로 불러 대고.

"칼리오페, 그렇게 신경질 부리지 마라. 네가 하고 싶으면 브래지어 사 줄게."

내 방에 올라간 나는 방문을 걸어 잠근 뒤 셔츠를 벗고 거울 앞에 섰다. ……엄마가 옳았다! 아무것도 없어! 아무것도 솟아오를 기미가 안 보였다. 난 좌절감과 분노에 차서 울음을 터뜨렸다. 그날 저녁 결국 밥을 먹으러 내려갔을 때 난 나름의 유일한 방법으로 기운을 되찾았다.

"왜 그러니? 배 안 고프니?"

"정상적인 음식을 먹고 싶어."

"정상적인 음식이라니 무슨 말이냐?"

"미국 음식 말이야."

"엄마는 야야가 좋아하시는 걸 만들어야 해."

"그럼 내가 좋아하는 건 어쩌고?"

"넌 스파니코피타를 좋아하잖아. 스파니코피타라면 사족을 못 쓰면서."

"흥. 이젠 아냐."

"좋아, 그럼. 먹지 마. 먹기 싫으면 굶어. 엄마가 주는 게 마음에 안 들면 모두 다 먹을 때까지 식탁에 앉아만 있어라."

거울에서 피할 수 없는 증거를 확인하고, 친엄마에게 비웃음을 당한 나는 성숙해 가는 친구들에 둘러싸인 채 참혹한 결과에 도달하게 되었다. 난 지중해식 식단이 우리 할머니를 어쩔 수 없이 오래 살게 하는 것과 마찬가지로 나의 성숙을 재수 없게 지연시키는 것이라고 믿기 시작했다. 어머니가 모든 음식 위에 떨어뜨리는 올리브오일이 육체의 시간을 멈추게 하는 신비한 힘을 가진 데 반해 식용유가 뚫고 들어가지 못하는 정신은 계속 성장한다는 결론에 이르렀다. 할머니가 쉰 살의 혈관을 가지고서도 아흔 살에 맞먹는 절망과 피로를 느끼는 것도 바로 그 때문이었다. 내가 성적으로 발달하지 못하는 것도 오메가3 지방산과 끼니때마다 세 가지 야채를 먹는 습관 때문이 아닐까 의심했다. 아침마다 먹는 요구르트가 나의 젖가슴 발육을 저해하였을까? 있을 수 있는 일이었다.

"왜 그러니, 칼리오페?" 석간신문을 읽으면서 식사를 하던 아버지가 물었다.

"너는 백 살까지 살고 싶지 않니?"

"이걸 다 먹어야 한다면 백 살까지 안 살고 말래요."

그러자 이번엔 어머니가 나섰다. 어머니는 이제 근 이 년 동안 침대에서 내려오지 않으려는 노인네를 돌보고 있었다. 남편은 아내보다 핫도그를 더 사랑했다. 어머니는 아이들의 장운동을 남몰래 눈여겨보면서 기름진 미국 음식이 소화 작용을 얼마나 저해할 수 있는지를 정확히 이해했다.

"뭐 사 먹는 건 안 된다." 어머니가 눈물을 글썽이며 말했다.

"넌 아직 몰라. 이 정상적인 음식만 찾는 아가씨야, 지난번 약국에 갔던 게 언제였더라? 선반마다 가득 쌓여 있던 거 못 봤니? 변비약이었다고! 약국에 갈 때마다 앞사람들이 '엑스랙스'를 사. 그것도 한 통이 아니라 박스로 산단 말이야!"

"노인들이나 그러지."

"노인들만 그런 게 아냐. 젊은 엄마들도 그걸 사고. 십 대들도 사고 있어. 사실을 알고 싶니? 이 나라는 한마디로 큰 일을 못 보는 나라라고."

"정말 입맛 당기는 말만 하네."

"칼리, 브래지어 때문이니? 그렇다면 엄마가 말했잖니……."

"엄마아!"

그러나 너무 늦었다.

"무슨 브라 말이야?" 챕터 일레븐 오빠가 묻더니 이내 히죽 웃었다.

"우리 납작 절벽한테 브라가 필요하다고?"

"입 닥쳐."

"어디 보자. 안경이 더러워서 잘 안 보이나. 닦아야겠어. 아, 훨씬 낫네. 자, 어디 한번 보자……."

"닥치래도!"

"아니네. 난 또 납작 절벽에 지각 변동이라도 일어난 줄 알았지."

"그래, 누구는 여드름 박사이고!"

"지금도 납작한걸. 달리기 시합하면 딱 좋겠다."

하지만 그때 아버지가 고함을 질렀다. "빌어먹을!" 오빠와 나를 집어삼킬 듯한 소리였다.

우리는 아버지가 우리의 입씨름에 화가 난 줄 알았다.

"빌어먹을 판사 놈!"

아버지는 우리를 보고 있는 게 아니었다. 아버지가 뚫어져라 들여다보던 건 《디트로이트 뉴스》의 머리기사였다. 아버지는 — 우리가 입 밖에 내지 않았던 바로 그 고혈압으로 — 얼굴이 빨갛게 변하더니 거의 자주색이 되어 버렸다.

그날 아침 미국 지방 법원의 로스 판사는 학교에서 인종 차별을 폐지하는 아주 영악한 방법을 생각해 냈다. 디트로이트의 백인 학생 수가 모자라면 다른 지역에서 백인 학생들을 충당하겠다는 거였다. 로스 판사는 전 시내에 이 사법권을 선포했다. 디트로이트시와 인근 쉰세 곳의 교외를 포함해서. 거기에는 그로스포인트도 들어갔다.

"그 지옥 구덩이에서 너희를 데려오자마자 로슨지 뭔지 하는 그 빌어먹을 놈이 도로 채 가려는구나!"

아버지는 고래고래 소리 질렀다.

울브렛, 유일한 목격자

"여러분은 지금 손에 땀을 쥐게 하는 필드하키의 명승부를 듣고 계십니다. 시즌 마지막 게임의 최종 오 초를 남겨 두고 BCDS 호니츠와 B&I 울브렛 사이에 숙명적인 대결이 펼쳐지고 있습니다. 스코어는 4대 4 동점. 미드필드에서 시합이 개시되었습니다. ……공은 현재 호니츠에게 있습니다. 체임벌린이 스틱을 휘둘러 날개에 있는 오루크에게 패스, 공을 받은 오루크 선수는 왼쪽으로 가는 척하다 오른쪽으로 가는군요. …… 울브렛 선수 한 명이, 앗, 또 한 명이 앞을 막습니다. ……마침내 오루크 선수, 필드를 가로질러 (크로스필드의) 에이미글리어토에게로 공을 넘기는 장면입니다. ……이제 베키 에이미글리어토 선수, 사이드라인으로 갑니다! 남은 시간은 십 초, 구 초! 울브렛에게 기횝니다. 스테퍼니데스 선수네요. 어, 그런데

이 선수는 에이미글리어토가 오는 걸 못 봤군요! 저럴 수가? ……여러분, 나뭇잎을 쳐다보고 있습니다! 칼리 스테퍼니데스 선수는 새빨갛고 거대한 낙엽에 넋이 나갔군요. 하지만 지금이 그럴 땐가요? 에이미글리어토 선수가 옵니다. 오 초! 사 초! 여러분, 주니어 대표팀 시즌의 우승이 눈앞에 있습니다. …… 그런데 잠깐만…… 스테퍼니데스 선수가 알았군요. 올려다보네요. ……이어서 에이미글리어토 선수가 슬랩샷을 때렸습니다! 세상에, 총알입니다! 여기 중계석까지 그 느낌이 전해지는 듯합니다. 공이 스테퍼니데스 선수의 머리에 정통으로 맞았습니다! 스테퍼니데스 선수, 낙엽을 떨어뜨렸습니다! 눈으로 쳐다보고 있군요. ……쳐다보다가는…… 저런, 여러분, 이런 장면은 차마 못 보겠습니다."

(필드하키 공에 맞아서든 다른 것에 맞아서든) 죽음의 문턱에 이르게 되면 살아온 날들이 주마등처럼 스쳐 간다는 말이 사실일까? 아마도 전 생애는 아닐지라도 어떤 장면은 분명 떠오르는 것 같다. 그 가을날 베키 에이미글리어토의 슬랩샷이 내 머리를 때렸을 때 지난 반년 동안 일어났던 중요한 일들이 이제 곧 꺼져 버릴지 모르는 의식 속에서 깜박거렸다.

맨 먼저 우리 집 캐딜락 — 그때는 황금색 플리트우드였는데 — 이 떠올랐다. 이 차는 지난여름 내내 베이커 잉글리스 여학교의 기다란 보도를 뻔질나게 오르내렸다. 뒷좌석에는 심기가 아주 불편한 열두 살의 내가 강제로 면접을 보러 가야 했다.

"난 여학교 다니기 싫어. 차라리 버스 타고 다녔으면 좋겠어."

이렇게 나는 불평하는 중이었다.

그다음에는 그해 9월, 7학년 첫날에 날 태우러 온 또 다른 차가 떠올랐다. 그전에 나는 트롬블리 초등학교까지 언제나 걸어 다녔다. 하지만 예비 학교는 여러 가지로 달랐다. 예를 들어 새로운 교복에는 격자무늬에 학교 문양이 있었다. 또한 카풀 제도도 달랐는데 이 연녹색의 스테이션왜건을 모는 것은 드렉슬 아줌마였다. 그 아줌마는 머리카락이 가느다랗고 기름이 흘렀다. 아줌마의 입술 위에는 털이 나 있었는데 나는 다음 해 영어 시간에 그것이 '콧수염'이란 사실을 배웠다.

어느덧 스테이션왜건을 타고 다닌 지도 몇 주가 되었다. 난 드렉슬 부인의 담배 연기가 밧줄처럼 똬리를 트는 동안 창밖을 내다보았다. 우리는 그로스포인트의 중심부를 향했다. 게이트가 있는 긴 보도를 지나갔는데 우리 식구가 늘 경이와 두려움으로 바라보던 곳이었다. 그런데 지금 드렉슬 부인이 그 보도 위에 모습을 드러냈다.(그 끝에는 나의 새로운 학급 친구들이 살고 있었다.) 우리는 쥐똥나무 울타리와 아치 장식을 지나 호젓한 호숫가 주택가에 이르렀다. 여자아이들이 손가방을 든 채 꼿꼿이 서 있었다. 그 아이들도 나와 같은 교복을 입었지만 어쩐지 더 깔끔하고 멋스러워 보였다. 가끔 머리에 두건을 쓴 아줌마가 정원에서 장미를 따는 장면도 보였다.

다음은 두 달 뒤 가을 학기가 끝나 갈 무렵이었다. 스테이션왜건은 이제 익숙해진 학교를 향해 언덕을 오르는 중이었다. 차에는 여자아이들이 가득 탔고 드렉슬 부인은 또 담배에 불을 붙이고 있었다. 아줌마는 연석에 다가가면서 우리에게 한차례 저주를 내릴 참이었다. 그 광경 — 녹음이 우거진 캠퍼스 언덕과 멀리 호수 — 에 머리를 흔들면서 아줌마는 말했다.

"아가씨들이야 지금이 한창 놀기 좋을 때이다. 뭐니 뭐니 해도 젊을 때가 제일이거든."

(열두 살이었던 나는 아줌마가 그런 말을 하는 게 싫었다. 어린아이한테 해 줄 얘기 중 그보다 더 나쁜 말을 상상할 수 있을까? 하지만 또 어쩌면 그해에 시작된 다른 변화들 때문에 난 행복한 어린 시절이 이대로 끝나는 게 아닌가 걱정스럽기도 했다.)

하키 공에 맞았을 때 또 뭐가 떠올랐더라? 필드하키 공이 상징할 수 있는 것이라면 뭐든지 생각났다. 필드하키란 '올드' 잉글랜드[14]가 뉴잉글랜드에 물려주었다는 점에서 우리 학교의 다른 것들과 하나도 다를 바 없었다. 소리가 윙윙 울리는 기다란 복도와 교회 냄새, 납으로 만든 창틀, 침울한 고딕식 분위기. 표지가 멀건 죽을 떠오르게 했던 라틴어 입문서. 오후에 마시는 차. 무릎을 뒤로 빼며 고개를 숙이는 테니스 팀의 인사법. 그런가 하면 수업과 교과 과정은 딱딱하지 않았다. 고대 그리스의 전통에 따라 사뭇 낭만적으로 호메로스에서 시작했다가 그 뒤 곧바로 초서로 건너뛰고, 셰익스피어와 존 던, 스위프트, 워즈워스, 디킨슨, 테니슨, E. M. 포스터로 넘어갔다. 포스터의 『하워즈 엔드』의 제사 "Only Connected"처럼. 오로지 영국 문학으로 이어졌다.

---

14) 대영 제국을 말한다.

1911년 이 학교를 설립한 베이커 여사와 잉글리스 여사는 헌장에 "여학생들에게 인성과 학문을 교육하고 배움에 대한 사랑과 단정한 품행, 우아하고 상냥한 마음씨를 기르게 하며 무엇보다 시민의 의무에 투철하도록 교육하기 위해서"라고 명시했다. 두 여자는 캠퍼스 맨 끝의 '오두막집'에서 함께 살았는데 널빤지로 지붕을 얹은 이 그늘집은 전설적인 건국 신화에 나오는 링컨의 통나무 오두막집과 마찬가지로 이 학교의 전설적인 초창기 신화에 빠지지 않고 등장한다. 해마다 봄이면 5학년생들이 이곳을 방문했다. 학생들은 한 줄로 서서 침실 두 개를 순회했다. 설립자의 책상에는 아직도 만년필과 감초로 만든 눈깔사탕이 널려 있었고, 수자[15]의 행진곡을 틀었던 축음기가 있었다. 베이커 여사와 잉글리스 여사의 유령은 실물 흉상과 초상화와 더불어 학교 여기저기서 출몰했다. 뜰에는 이들 두 안경잡이 교육자의 동상이 비현실적인 봄맞이 분위기 속에 서 있었다. 하늘에 축복이라도 내리려는 것인지 베이커 여사는 교황과 같은 자세를 취하고 잉글리스 여사는 (언제나 아래쪽을 차지했는데) 자기 동료가 뭘 가져왔는지 보려는 듯이 살짝 돌아선 자세였다. 잉글리스 여사는 헐렁한 모자를 쓰고 있어서 그 소박한 얼굴이 잘 보이지 않았다. 이 작품에서 유일하게 아방가르드적인 면이 있다면 베이커 여사의 머리에서 쭉 뻗어 나온 한 가닥의 굵은 철사인데 그 끝에는 놀

---

15) 미국 밴드 음악의 거장 존 필립 수자(John Philip Sousa, 1854~1932). 를 말한다.

랍게도 벌새 한 마리가 앉아 있었다. 이것들은 모두 뱅뱅 도는 하키 공 때문에 떠오른 단상이었다. 그런데 어째서 내가 그 과녁이 되었을까? 이에 대해 좀 색다르고 보다 개인적인 설명을 해야겠다. 골키퍼였던 칼리오페가 한 일은 대체 뭐였을까? 어째서 그 아이는 마스크와 가슴받이를 귀찮아했을까? 스토크 감독이 상대편 득점을 방해하라며 칼에게 소리 지른 이유는 뭐였을까?

간단히 대답하자면, 난 운동에 소질이 없었다. 소프트볼, 농구, 테니스 등의 모든 운동에 난 희망이 없었다. 필드하키는 한술 더 떴다. 난 그 우스꽝스럽게 생긴 작은 막대기나 어지럽기 짝이 없는 유럽식 전략들이 생소하기만 했다. 선수를 구하다 못한 스토크 감독은 날 골대로 밀어 넣고서 잘해 주기만을 바랐다. 그런 일은 거의 없었지만. 어떤 울브렛 아이들은 의리도 없이 날 가리켜 도대체 근육 운동이 안 되는 아이라고 주장했다. 그런 욕을 해서 무슨 소용이 있다고? 지금 내가 사무직에 종사하는 것과 육체적으로 처지는 것이 무슨 관련이 있을까? 그러나 나도 한마디 하자면 운동 신경이 뛰어난 친구들은 몸에 아무런 문제도 없었다. 그 애들의 서혜부에는 고환이 두 개씩이나 멋도 모르고 들어앉지는 않았다는 것이다. 그 무정부주의자 같은 고환은 나도 모르는 사이에 내 배에 자리를 잡고 심지어 다른 기관들과 접촉까지 하고 있었다. 내가 다리를 잘못된 방향으로 꼬거나 너무 빨리 움직이면 허벅지를 가로질러 쥐가 났다. 하키장에서 난 곧잘 거꾸러지면서 눈물을 펑펑 쏟았는데 그럴 때면 스토크 코치는 내 엉덩이를 찰싹

치며 이렇게 말하는 것이었다.

"스테퍼니데스, 그건 그냥 경련일 뿐이야. 뛰어서 풀어라."

(그런데 지금, 슬랩샷을 막으려고 움직일 때 그와 똑같은 통증이 날 휩쓸었다. 내장이 온통 꼬이면서 용암과 같은 통증이 터져 나왔다. 난 스틱을 짚은 채 앞으로 고꾸라졌다. 그러고는 뒹굴고 넘어지고…….)

그러나 아직 두어 가지 신체적 변화를 기록할 시간은 있다. 7학년에 들어섰을 때 난 치열 교정기를 달았다. 위와 아래의 잇몸을 고무줄로 잡아 거는 장치였다. 복화술사의 인형이 되어 턱에 용수철을 단 느낌이었다. 매일 밤 자러 가기 전에 나는 중세 시대의 투구같이 생긴 기구를 의무적으로 끼워야 했다. 그러나 어둠 속에서 나의 치아가 천천히 교정되어 가는 동안 나머지 얼굴은 점점 더 강력하게, 태어나기 전부터 정해진 대로 비뚤어지기 시작했다. 니체의 말을 덧붙이자면 그리스인에는 두 가지 유형이 있다. 아폴론적인 인간과 디오니소스적인 인간. 태어날 때 나는 구릿빛 피부와 곱슬머리가 드리운 아폴론적인 여자아이였다. 그러나 열세 살이 될 무렵에는 디오니소스적인 요소가 내 용모를 슬그머니 덮쳤다. 코가 처음엔 살짝만 그런가 했는데 나중엔 아주 매부리코가 되어 버렸다. 눈썹도 덥수룩하고 구부정해졌다. 불길하고 교활하며, 말 그대로 '사티로스' 같은 뭔가가 내 표정에 스며들었다. 그리고 마지막으로 (이제 더 가까워져서 더 이상의 설명은 용납하지 않으려는) 하키 공을 떠올린 것은 바로 시간이었다. 한순간도 쉬지 않고 우리 육신이 매여 있는 그 시간의 영속성. 하키 공은 로

켓처럼 앞으로 돌진했다. 공은 내가 쓴 마스크 옆을 치고 꺾어져서 네트 중앙에 맞았다. 우리는 졌다. 호니츠가 이겼다.

여느 날과 같이 나는 불명예스럽게 체육관으로 돌아갔다. 마스크를 들고 나는 야외극장처럼 생긴 녹색 하키 구장을 기다시피 내려갔다. 보폭도 작게 자갈길을 걸어서 학교로 돌아갔다. 저 멀리 길 건너 언덕 아래에 세인트클레어 호수가 누워 있었다. 나의 외할아버지인 지미 지즈모가 죽음을 가장했던 곳. 호수 물은 지금도 겨울이면 얼지만 그 위를 건너는 주류 밀매업자는 이제 어디에도 없다. 세인트클레어 호수는 불길한 광택을 잃었고 다른 것들과 마찬가지로 교외 지역이 되었다. 화물선들이 여전히 뱃길을 오고 갔지만 흔히 볼 수 있는 것은 '크리스 크래프트'나 '산타나', '플라잉 더치먼', '470s' 같은 유람선이었다. 화창한 날에 보면 호수 물이 아직은 이래저래 푸른빛이었다. 그러나 평소에는 푸르죽죽하니 차갑게 식은 콩죽 색깔이었다. 하지만 그런 것은 아무래도 좋았다. 나는 될 수 있는 대로 천천히 가려고 발걸음 수를 헤아리고 있었다. 그러면서 겁먹고 경계하는 표정으로 체육관 문을 바라보았다.

다른 사람에게는 시합이 끝난 지금이야말로 내게는 시작의 순간이었다. 같은 팀원들이 숨을 죽이는 동안 난 마음을 다지고 있었다. 난 명예롭게, 운동선수와 같이 민첩한 타이밍으로 행동해야 했다. 마음속으로 나는 이렇게 소리쳐야 했다.

"머리 들어, 스테퍼니데스!"

난 감독이자 스타급 선수, 치어 리더까지 한꺼번에 맡아야 했다. 왜냐하면 내 몸 안에서 (교정기 때문에 잇몸이 욱신거리고 코가 제멋대로 미워져 가는) 디오니소스 축제가 한바탕 벌어졌어도 나의 모든 것이 바뀌지는 않았기 때문이다. 캐럴 호닝이 신제품 젖가슴을 내밀고 학교에 온 지 일 년 육 개월이 지났건만 내겐 아직 그럴 기미조차 보이지 않았다. 어머니를 설득해서 겨우 얻어 낸 브래지어는 고차원적인 물리학처럼 기껏해야 이론적인 용도밖에 없었다. 젖가슴은 없었다. 생리도 없었다. 6학년 내내, 그리고 여름 방학 내내 기다렸다. 이제 7학년이 되었어도 여전히 기다리고만 있었다. 희망적인 징조가 나타났다. 이따금 젖꼭지가 따끔거렸다. 조심스럽게 손을 대 보면 분홍색의 성난 살갗 아래로 부드러운 자갈 같은 것이 만져졌다. 나는 이제 곧 뭔가 시작될 거라고 여겼다. 곧 봉오리가 만개할 거라고. 그러나 시간이 흘러 부었던 것이 가라앉고 따끔거리는 느낌도 사라지고 나면 아무 일도 생기지 않았다.

그러니까 내가 새 학교에서 가장 적응하기 어려웠던 것은 로커룸이었다. 시즌이 끝난 지금까지도 스토크 감독은 문간에 서서 컹컹거리며 소리 질렀다.

"좋아, 아가씨들, 단숨에 샤워하고! 빨리 끝내고 나와!"

그녀는 내가 다가오자 나오지 않는 미소를 억지로 지었다.

"수고했어."

이 말과 함께 감독은 내게 타월을 건넸다.

세상 어디나 서열은 있게 마련이지만 특히 로커룸은 더 심했다. 축축한 속에서 벌거벗고 있다 보면 우리 본연의 자세가 나오게끔 되었다. 얼른 분류해 보자. 샤워기 제일 가까이에는 팔찌 클럽 아이들이 있었다. 그 옆을 지나가면서 난 뿌연 수증기가 피어오르는 통로에서 벌이는 그 애들의 신중하고도 여성스러운 몸짓을 훔쳐봤다. 팔찌 클럽 아이 하나가 앞으로 수그린 채 젖은 머리를 수건으로 감쌌다. 그러곤 몸을 곧추세우고 머리털을 꼬아 터번처럼 만들었다. 그 옆의 다른 팔찌는 푸른 눈으로 허공을 멍하니 바라보면서 몸에 수분 로션을 바르고 있었다. 또 다른 팔찌는 물병을 들어 입에 대는데 기다란 목선이 드러나 보였다. 멀뚱히 쳐다보기가 싫어서 나는 고개를 돌렸지만 그 애들이 옷을 입는 소리는 여전히 귀를 간질였다. 샤워기 소리와 타일 딛는 발소리를 넘어 딸랑딸랑하는 소리가 높고도 가늘게 들려왔는데 그것은 마치 축배를 들기 전 샴페인을 딸 때 나는 소리 같았다. 그게 뭐였을까? 짐작할 수 있겠는가? 이 아이들의 가느다란 손목에 매달린 조그만 은장식이 한꺼번에 울린 소리였다. 조그만 테니스 라켓이 조그만 스키에 부딪히고, 모형 에펠탑이 1센티미터가 조금 넘는 발레리나에 부딪혀 난 소리였다. 티파니 개구리들과 고래들이 서로 부딪치고, 강아지들은 고양이들과 부딪치고, 코에 공이 달린 물개들은 손풍금을 든 원숭이들과 부딪치고, V 자형 치즈는 어릿광대의 얼굴에 부딪치고, 딸기는 잉크병에 부딪치고, 밸런타인데이의 하트는 스위스 암소의 목에 걸린 종에 부딪쳐 소리를 냈다. 이처럼 장식품들이 부드럽게 울리는 가운데 어떤 여자애가 마치 향수를 권하는 숙녀처럼 자기 팔찌를 빼서 친구들에게 보여 주었다. 아버지가 출장 선물로 사다 준 것이었다.

팔찌 클럽 — 그들은 이 학교의 통치자들이었다. 그 애들은 유치원, 아니 유아원 때부터 베이커 잉글리스에 다녔다. 그 애들은 호수 근처에 살면서 그로스포인트의 주민들이 모두 그렇듯이 이 야트막한 호수가 실은 호수가 아니라 대양이라고 여기며 자라 왔다. 대서양. 그렇다, 그들 팔찌 클럽과 그 애들의 부모는 마음속으로 자기네가 중서부인이 아니라 동부인이라는 은밀한 염원을 간직했던 것이다. 그래서 옷차림도 동부인 흉내를 냈고, 말을 할 때도 파상풍 초기 증세처럼 턱을 꼭 다물고 했다. 여름에 마사의 포도원에 갔던 얘길 할 때도 "동부에 다녀왔다."가 아니라 마치 이 미시간이 여행지인 양 "동부로 돌아갔다."라고 표현했다.

예절 바르고, 코가 작으며, 신탁 자금이 넉넉한 나의 친구들에 대해 뭐라 말할 수 있을까? 뼈 빠지게 일해서 알뜰하게 먹고사는 산업주의자들의 후손(우리 반에는 미국 자동차 회사 이름과 같은 성을 가진 아이가 셋 있었다.)으로서 그 애들이 수학이나 과학을 잘했을까? 그 애들이 기계를 다루는 솜씨가 뛰어났을까? 아니면 프로테스탄트의 노동 윤리를 잘 지켰을까? 한마디로 아니올시다이다. 유전적 결정론에 반대되는 증거로 부자들의 자녀보다 더 설득력 있는 건 없을 것이다. 팔찌 클럽은 공부를 하지 않았다. 수업 시간에 손을 드는 일이라곤 눈 씻고 봐도 없었다. 그 애들은 뒷자리에 께느른하게 앉아 있는 것이 전부였고, 소도구와도 같은 노트를 들고 집과 학교를 왔다 갔다 했다.(그래도 팔찌 클럽 애들이 나보다 인생을 더 잘 이해했던 것 같다. 어린 시절부터 그 애들은 세상 사람들이 책을 얼마나 하찮게 여기는가를 잘 터득해서 그따위 것에 시간을 낭비하지 않았던 것이다. 반면에 난 여태까지도 이 하얀 바탕 위의 검은 표식에 무슨 대단한 의미라도 있는 양 쓰고 쓰고 또 쓰면 무지개와도 같은 의식을 항아리 안에 담을 수 있으리라 믿고 있다. 내가 가진 유일한 신탁 자금은 이 이야기이고, 분별력 있는 와스프[16]들과 달리 난 대출한 자금을 탕진하다시피 하는 중이다.)

로커룸을 통과하던 7학년 시절엔 아직 이런 걸 몰랐다. (루스 박사가 시키는 대로) 가만히 돌아다본다. 열두 살의 칼리오페가 그때 수증기 가운데에서 벌거벗은 팔찌 클럽 애들을 지켜보는 동안 무얼 느꼈을까? 어떤 떨리는 각성이 내부에 일어났을까? 골키퍼의 가슴받이 밑으로 어떤 육욕이 꿈틀거렸을까? 기억을 더듬어 보려고 하지만 돌아오는 건 겨우 한 움큼의 감정뿐. 샘이 나면서도 깔보는 마음. 열등감과 우월감의 공존. 그러나 제일 심한 감정은 공포감이었다.

내 앞에서 여자애들이 샤워장을 들락거렸다. 벌거벗은 몸들이 언뜻언뜻 보일 때마다 마치 고함 소리가 들리는 것 같았다. 일 년 전만 해도 이 아이들은 도자기 인형 같은 모습으로 풀장의 소독 물에 조심스레 발을 담갔다. 그런데 지금 그들은 사뭇 당당한 존재가 되었다. 축축한 공기를 가르며 난 마치 스노클링을 하는 기분이었다. 앞으로 갈수록 더욱 환상적으로 펼쳐지는 수중 생태계 속을 나는 물먹은 솜처럼 무거운 다리를 차면서 골키퍼 마스크 사이로 입을 빠끔거리며 지나갔다. 동급생들의 다리 사이로 말미잘이 솟아올랐다. 색깔도 검정,

16) WASP는 미국 사회의 주류 계층을 지칭한다.

갈색, 금속성의 노랑, 새빨간 색 등 가지가지였다. 위로 올라가면 젖가슴이 해파리처럼 부드럽게 울렁거렸고, 톡 쏘는 듯한 분홍색이 그 끝을 장식했다. 모든 것이 물살을 따라 부드럽게 너울거렸고, 눈에는 보이지 않는 플랑크톤을 먹으며 일 분 일 분 더 커졌다. 부끄러움을 타는 살진 아이들은 바다사자처럼 깊은 곳에 은신했다.

바다 표면은 다양한 진화의 여정을 보여 주는 거울이다. 바다 위에는 날짐승이, 바다 밑에는 물짐승이 있다. 하나의 행성 안에 두 개의 세계가 있다. 복어가 제 가시에 놀라지 않는 것처럼 내 친구들은 자신들의 호사스러운 몸매에 놀라지 않는다. 그들은 나와 다른 종류의 생물 같았다. 그 애들에게는 야생에서 살아남을 수 있도록 사향 분비선과 유대류(有袋類) 짐승의 주머니, 생식과 번식 능력이 갖춰져 있지만 가축처럼 길이 든 나는 그들과 전혀 무관한 털 없는 말라깽이였다. 로커룸의 소음이 귀를 울리는 가운데 나는 고독한 마음으로 발걸음을 재촉했다.

팔찌 클럽 다음은 킬트 핀스의 구역으로 접어들게 된다. 인원이 가장 많은 킬트 핀스는 로커만도 세 줄이나 차지했다. 뚱보, 말라깽이, 흰 얼굴, 주근깨 얼굴들이 거기서 엉성한 자세로 양말을 신거나 어울리지 않는 속옷을 끌어 올리고 있었다. 그 아이들에 대해 뭐라고 말할 수 있을까? 칼트 핀스는 우리를 한데 묶어 주는 장치 같았다. 눈에 띄지 않고 멍청하지만 나름대로 필요한 아이들이라는 테두리로. 기억을 한껏 되살려 보려 해도 그 아이들 중 생각나는 이름은 하나도 없다. 팔찌 클럽과 킬트 핀스를 지나 로커룸 깊숙이 들어가면 칼리오페가 웅크리고 있었다. 타일은 깨지고 석고는 누렇게 바랜 곳에, 조명등마저 깜박거리는 아래, 누가 언제 붙여 놓았는지 모를 껌이 배수구에 달라붙어 있는 식수대 쪽으로 나는 서식지를 찾아가듯 내가 있어야 할 자리를 찾아 걸음을 빨리했다.

그해에는 나만 환경이 바뀐 것이 아니었다. 인종 통합을 위한 버스 통학을 끔찍하게 여긴 부모들이 사립 학교를 수소문하기 시작했던 것이다. 교정은 인상적이나 들어오는 기부금이 적었던 베이커 잉글리스로서는 학생 수가 늘어나는 것에 반대할 이유가 없었다. 그렇게 해서 우리는 1972년 가을에 도착했다.(가을로 접어들자 샤워기에서 뿜어 나오던 수증기가 엷어지고 차츰 나의 옛 친구들이 보이기 시작한다.) 노란 눈동자가 커다랗던 개미허리 리티카 추라스와미, 굽은 다리를 교정받던 조운 마리아 바바라 페라치오는 존 버치 협회[17]의 회원이었다(는 사실을 밝혀야 할 것 같다.) 노마 앱도우는 아버지가 메카 순례를 떠났다가 다시는 돌아오지 않았다. 체코 혈통인 티나 쿠벡, 그리고 반은 스페인, 반은 필리핀인인 린다 라미레즈는 가만히 서서 안경의 수증기가 걷히기를 기다렸다. 우리는 '이국적인' 아가씨라고 불렸는데, 사실 말뜻을 캐고 보면 당시에 '이국적이지' 않은 사람이 어디 있었겠는가? '팔찌 클럽'도 말이야 바른말이지 머리끝에서 발끝까지 이국적이지 않았던가? 그 애들은 늘 이상한 의식과 음식을 즐기지 않았던가? 그것

17) 극우 반공 단체이다.

도 자기들만의 부족 언어를 사용하면서? 그 애들은 비위에 안 맞을 때는'보그(bogue)', 뭔가 수상할 때는 '퀴어(queer')란 말을 사용했다. 또 가장자리를 잘라 낸 하얗고 조그만 샌드위치 — 오이와 마요네즈, '물냉이'라는 것을 넣은 — 를 먹었다. 베이커 잉글리스에 오기 전까지 내 친구들과 나는 우리가 완전한 미국인인 줄 알았다. 그런데 지금 팔찌 클럽 아이들의 들창코를 보면 우리가 도저히 들어갈 수 없는 또 다른 미국이 있는 것 같았다. 갑자기 미국은 햄버거와 핫도그의 나라가 아닌 메이플라워호와 플리머스 바위[18]의 나라가 되었다. 중요한 것은 400년 전에 단 이 분간 벌어졌던 일들이지 그 이후의 일은 아무것도 아니었다. 지금 벌어지는 일들은 아무 축에도 못 들었다!

이 마지막 절규에서 잠시 멈춰 보자.(나는 수년간 이러한 학교 생활의 분노와 맞서 싸웠다. 그리고 이제는 극복했다. 정말이다.) 7학년에 올라온 칼리오페가 그해 새로 들어온 아이들과 한 패가 되어 서로 집에도 놀러 가고 밥도 같이 먹고 하며 친구가 되었다는 사실만 말해도 그건 충분히 알 수 있을 것이다. 내가 로커를 열었을 때 친구들은 구멍이 송송 뚫렸던 나의 골수비에 대해 아무 말도 하지 않았다. 그 대신 고맙게도 리티카가 다가올 수학 시험을 화제로 삼아 주었다. 조운 마리아 바바라 페라치오는 천천히 무릎까지 오는 양말을 끌어 내렸다. 외과 교정 기구를 끼운 탓에 조운의 오른쪽 발목은 빗자루만

18) 메이플라워호가 상륙한 곳이다.

큼이나 가늘어져 있었다. 그 모습을 보면 언제나 나 자신에 대해 위안을 느꼈다. 노마 앱도우가 자기 로커를 열고 들여다보더니 소리를 꽥 질렀다. "우웩!" 난 그대로 서서 가슴받이를 풀었다. 친구들은 양쪽에서 오싹 한기를 느끼며 재빨리 옷을 벗고 수건으로 몸을 감쌌다.

"너희, 샴푸 좀 빌려줄래?"

린다 라미레즈가 물었다.

"내일 점심때 내 하녀가 된다면."

"말도 안 돼!"

"그럼 샴푸는 없어."

"알았어, 알았다고."

"뭘 알았다고?"

"알아 모시겠습니다요, 마마."

난 그 애들이 나간 뒤에야 옷을 벗었다. 먼저 무릎까지 오는 양말을 벗고 허리춤에 손을 넣어 바지를 끌어 내렸다. 목욕 수건으로 허리를 감싼 후 상의 어깨 쪽 단추를 풀고 머리 위로 벗었다. 그러자 수건과 쫄티만 남았다. 이제 위장을 할 차례였다. 내 브래지어는 30AA 사이즈였다. 양쪽 컵 사이에 조그만 장미꽃 장식과 "어린 숙녀를 위한 올가"라고 쓰인 라벨이 붙어 있었다.(어머니는 내게 구식의 스포츠 브래지어를 입으라고 했는데 그건 이름도 없는 상표에 디자인도 빈약했다. 그러나 나는 친구들처럼 보이고 싶었기 때문에 패드가 들어간 것이 좋았다.) 난 브래지어를 허리에 둘러 앞에서 채운 뒤 뒤로 돌려 제자리를 잡았다. 그러고는 티셔츠에서 한 팔씩 빼내 상의를 소매 없는 망토처럼 어깨로부터 늘어뜨렸다. 그 안에서 브래지어를 가슴께로 밀어 올리고 팔을 소맷자락으로 쑥 밀어 넣었다. 그러고 나서 수건으로 감싼 아래에서 짧은 치마를 끌어 올렸다. 이윽고 쫄티를 벗고 블라우스를 입은 뒤 수건을 팽개쳤다. 나는 한순간도 알몸을 내보이지 않았다.

내 술책의 유일한 목격자는 우리 학교의 마스코트였다. 내 뒤의 벽에 걸린 색이 바랜 펠트 깃발에 이렇게 쓰여 있었다. "1955년도 미시간주 필드하키 우승." 그 아래에는 B&I 울브렛이 평소의 무심한 자세로 서 있었다. 구슬 같은 두 눈, 날카로운 치아, 끝이 가느다란 코를 내민 채 울브렛은 오른발을 왼쪽 발목에 엇갈리게 해서 하키 스틱에 기대어 서 있었다. 붉은 견대를 늘어뜨린 푸른색 상의를 입고 털 귀마개를 한 사이에는 빨간 리본을 매었다. 웃고 있는지, 으르렁대고 있는지 알 수가 없었다. 우리 울브렛에는 예일 출신의 불도그다운 끈질김 같은 것이 있었는데 우아함도 없지 않았다. 울브렛이 경기하는 건 우승을 위해서만이 아니었다. 몸매를 지키기 위해서였다.

나는 옆 식수대에 가서 손가락으로 구멍을 눌러 물이 공중으로 솟구치게 만들었다. 그리고 그 물줄기 아래 머리를 들이밀었다. 스토크 감독은 우리가 돌아가기 전에 젖었는지 확인하기 위해 항상 머리를 만져 보는 버릇이 있었다.

내가 사립 학교에 처박힌 해에 챕터 일레븐은 대학교에 갔다. 오빠는 로스 판사의 기다란 팔로부터는 안전했지만 다른 팔들이 오빠를 향해 뻗어 오고 있었다. 그 전해 7월의 어느 뜨겁던 날 우리 집 2층 복도를 지나다가 오빠 방에서 나는 이상한 소리를 들었다. 남자 목소리였는데 숫자와 날짜들을 읽고 있었다.

"2월 4일, 32. 2월 5일…… 320. 2월 6일……."

접이문이 잠겨 있지 않아서 나는 슬쩍 들여다보았다.

오빠는 어머니가 떠 준 낡은 숄을 둘둘 감고 침대에 누워 있었다. 한쪽 끝으로 두 눈이 번쩍이는 머리가 나와 있고, 다른 쪽 끝엔 하얀 다리가 삐죽 나와 있었다. 맞은편에는 스테레오 앰프가 반짝거렸고 라디오 바늘은 춤을 추고 있었다.

그해 봄에 일레븐 오빠는 두 통의 편지를 받았는데 하나는 미시간 대학교의 합격 통지서였고, 또 하나는 미국 정부로부터 징병 대상자가 될 수 있음을 알리는 서신이었다. 정치하고는 담을 쌓고 지내던 우리 오빠가 그때부터 시사 문제에 비상한 관심을 가지게 되었다. 매일 밤 아버지와 함께 뉴스를 시청했고, 군대의 움직임을 뒤쫓았으며, 헨리 키신저가 파리 평화회담에서 발표한 신중한 성명을 꼼꼼하게 살펴보았다.

"권력은 최고의 최음제이다."

키신저의 유명한 말인데 이 말은 틀림없는 진리이다. 챕터 일레븐이 밤이면 밤마다 텔레비전에 들러붙어 외교 정책을 섭렵하는 것만 보아도 그랬으니까. 그 무렵 아버지는 부모 된 사람, 특히 아버지들만의 이상한 욕망에 사로잡혀 자식에게도 당신이 겪었던 고생을 그대로 겪게 하고 싶어 했다.

"군 복무를 해 보는 건 꽤 도움이 될 거다."

아버지가 이렇게 말하면 오빠는 이렇게 대꾸했다.

"전 캐나다로 가겠어요."

"안 된다. 상부에서 불러올리면 내가 했던 대로 나라를 위해 복무해야지."

그러면 어머니가 이렇게 덧붙였다.

"걱정 마라. 널 부르기 전에 전쟁이 다 끝날 테니."

그러나 1972년 여름, 내가 숫자에 정신이 팔린 오빠를 쳐다보던 그때는 전쟁이 아직 공식적으로 진행 중이었다. 닉슨 대통령의 크리스마스 폭격이 개시되는 휴일만을 기다렸고, 키신저는 여전히 파리와 워싱턴을 오가며 성적 매력을 과시했다. 사실상 파리 평화 협정은 다음 해 1월에 조인될 터였고, 베트남에서는 3월에 마지막 미군이 철수하게 되어 있었다. 그러나 내가 우리 오빠의 둔한 몸을 엿보던 그때는 아직 아무도 모르는 사실이었다. 나는 남자가 된다는 것이 얼마나 신기한 일인지 어렴풋이 알게 되었다. 물어볼 것도 없이 우리 사회는 여자에 대해서 차별 대우를 했다. 그러나 전쟁터로 가는 차별은 어떻게 된 걸까? 남성과 여성 중 어느 쪽이 진정한 소모품으로 여겨지는 걸까? 나는 난생처음으로 오빠에 대해 연민과 보호 본능을 느꼈다. 난 군복을 입은 오빠가 정글에서 엎드린 모습을 떠올렸다. 부상을 입고 들것에 실려 가는 오빠라니, 난 울음을 터뜨렸다. 라디오에서 단조로운 음성이 계속 흘러나왔다.

"2월 21일…… 140. 2월 22일…… 74. 2월 23일…… 206."

난 오빠의 생일인 3월 20일까지 기다렸다. 아나운서가 오빠의 모병 번호 — 290번이었는데 오빠는 전쟁에 나갈 생각이 없었다 — 를 발표할 때 난 오빠의 방으로 뛰어 들어갔다. 오빠는 침대에서 용수철처럼 튀어 내려왔다. 우리는 서로를 바라보다가 — 아무 말도 없이 — 꽉 끌어안았다.

그해 가을, 오빠는 캐나다가 아니라 앤아버로 떠났다. 예전에 오빠의 알이 먼저 떨어져 나갔을 때처럼 나는 다시 한번 혼자 남았다. 저녁 뉴스를 볼 때마다 점점 늘어만 가는 아버지의 신경질 또한 나 혼자 보게 되었다. (네이팜 폭탄이 있으면 뭐 하나.) 미국인들이 끌고 가는 "머저리 같은" 전쟁에 아버지는 분통을 터뜨렸고, 점점 더 닉슨 대통령에게 공감하는 것이었다. 어머니가 스스로를 쓸모없는 존재로 여기기 시작한 것도 나만이 알아차렸다. 오빠는 떠나가고 나는 껑충 커지면서 어머니는 갑자기 당신 시간이 너무 많아졌다. 어머니는 지역사회 센터의 전쟁 강좌들을 들으며 넘치는 시간을 때우기 시작했다. 어머니는 데쿠파주[19]를 배웠고, 화초 걸이를 엮었다. 우리 집엔 어머니가 손수 만든 장식물들이 늘어 가기 시작했다. 페인트칠을 한 바구니부터 구슬 커튼, 여러 가지 물건을 매달아 놓은 문진, 드라이플라워, 색을 입힌 곡물과 콩알들이 그런 물건이었다. 어머니는 예스러운 취향을 즐기게 되어 벽에 낡은 빨래판도 걸어 놓았다. 그리고 요가도 시작했다.

반전 운동에 대한 아버지의 적대감에 어머니의 인생무상감이 더해져서 두 사람은 '그레이트 북스' 시리즈의 115권 전집을 읽기로 했다. 피트 아저씨는 오랫동안 성가시게 그 책을 권

---

19) 종잇조각을 붙여 그림을 만드는 기법이다.

유해 왔을 뿐 아니라 일요일의 논쟁에선 그레이트 북스를 인용함으로써 말 그대로 우위를 점하곤 했다. 그리하여 이제는 집 안에 넘치는 학구적인 분위기를 몰아(일레븐 오빠는 엔지니어링을 전공하고, 나도 윌버 여사에게 라틴어 기초를 배우고 있었다. 그런데 윌버 여사는 수업 시간에도 선글라스를 꼈다.) 아버지와 어머니는 당신들이 교육받은 것을 다시 한번 돌아볼 때라고 결정했던 것이다. '그레이트 북스'는 스탬프가 찍힌 상자 열 개에 담겨 도착했다. 아리스토텔레스와 플라톤, 소크라테스가 한 권에, 키케로와 마르쿠스 아우렐리우스와 베르길리우스가 또 한 권에 같이 있었다. 미들섹스의 붙박이 책장에 전집을 정리하다 보니 (셰익스피어처럼) 익숙한 이름도 많았지만 보에티우스[20]처럼 들어 보지 못한 이름도 많았다. 그때만 해도 규범을 깨뜨리는 것이 유행은 아니어서 '그레이트 북스'는 투키디데스와 같은 우리 그리스 이름으로 시작했고, 그 바람에 우리는 덩달아 한자리 차지한 기분이었다.

"여기 좋은 게 있네."

아버지는 당신 이름과 똑같은 밀턴을 집어 들며 이렇게 말했다. 아버지가 이 전집에 섭섭한 점이 한 가지 있다면 그건 에인 랜드[21]가 들어 있지 않다는 것이었다. 그렇긴 해도 저녁을 먹은 뒤 아버지는 어머니에게 큰 소리로 책을 읽어 주기 시

---

20) Anicius Manlius Severinu Boëthius(?~524). 고대 로마의 철학자이다.

21) Ayn Rand(1905~1982). 러시아 태생의 미국 소설가. 자본주의 가치를 옹호하는 작품으로 크게 성공했으며 특히 『아틀라스』는 지금도 베스트셀러이다.

작했다.

'그레이트 북스'는 시대순으로 1권부터 시작해서 115권까지 이어졌다. 부엌에서 숙제를 할라치면 드릴처럼 울려 퍼지는 아버지의 목소리가 들려왔다.

"소크라테스, '예술이 전락하는 데에는 두 가지 이유가 있는 것 같소.' 아데이만토스, '그게 뭡니까?' 소크라테스, '이미 말한 대로 부와 빈곤이오.'"

플라톤 부분에 이르러 난해해지자 아버지는 마키아벨리로 뛰어넘자고 했다. 며칠이 지나자 어머니는 토머스 하디를 읽어 달라고 했지만 한 시간 만에 아버지는 무감동한 얼굴로 하디를 덮어 버렸다.

"히스[22]가 너무 많이 나와. 여기 가도 히스, 저기 가도 히스니 원." 아버지는 이렇게 불평을 늘어놓았다. 그러고 나서 아버지와 어머니는 어니스트 헤밍웨이의 『노인과 바다』를 읽었다. 『노인과 바다』를 재미있게 읽고 나서 부모님은 당초 계획을 포기해 버렸다.

우리 부모님이 '그레이트 북스'를 공략하지 못한 사연을 털어놓는 데에는 한 가지 이유가 있다. 내 성장기를 통틀어 '그레이트 북스'는 황금빛 골격을 자랑하며 중후한 제왕처럼 우리 집 서고에서 큰 자리를 차지했다. 그때에도 '그레이트 북스'는 내게 영향을 미치고 있었다. 그 책들은 허무하기 짝이 없는 인간의 꿈, 다시 말하자면 그들과 어깨를 나란히 할 만한

---

22) 황무지에 무성한 상록 관목이다.

책을 써서 표지에는 스테퍼니데스란 기다란 그리스식 이름을 달고 '그레이트 북스'의 116권이 되려는 나의 꿈을 말없이 부추기는 듯했다. 그건 내가 아직 어려서 거창한 꿈으로 가득했을 때의 얘기이다. 이젠 이름을 오래 남기겠다거나 완벽한 문학 작품을 쓰겠다는 희망은 접은 지 오래다. 위대한 책을 쓰는 문제는 더 이상 관심 없다. 다만 내게 중요한 것은 어떤 부족한 점이 있더라도 나의 이 있을 수 없는 생애의 기록을 남겨야 한다는 점이다. 선반에 책을 올리는 동안 이윽고 그 주인공이 나타났다. 우리의 칼리오페가 바로 그 자리에서 또 다른 상자를 열고 있었던 것이다. 칼리오페는 45권(로크와 루소)을 끄집어내고 있다. 이제 그녀는 팔을 뻗어 발돋움할 필요도 없이 맨 위 칸에 그 책을 집어넣는다. 어머니가 바라보며 이렇게 말한다.

"많이 컸구나, 칼."

실제로는 그보다 훨씬 더했다. 7학년이던 1월부터 그해 8월에 이르는 동안 그 이전까지 꽁꽁 얼어붙어 있던 내 몸은 이상할 정도로 훌쩍 자라서 전혀 뜻밖의 결과를 낳았다. 집에서는 아직 지중해식 식사를 하고 있었지만 새로운 학교에서 먹는 음식 — 치킨 파이와 튀긴 감자, 주사위 모양의 젤리 — 들 덕분에 '청춘의 샘 효과'는 사라져 버리고 나는 자라기 시작했다. 딱 한 부분만 빼고. 나는 지구 과학 시간에 배운, 녹두가 자라는 속도로 빠르게 싹이 돋기 시작했다. 광합성을 배우면서 우리는 어두운 곳과 밝은 곳에 각각 녹두를 담은 쟁반을 놓고 매일 자로 쟀다. 녹두처럼 내 몸은 하늘의 거대한 램프를 향해 뻗어 나갔는데 나의 경우는 어둠 속에서도 계속 자란다는 점에서 한층 의미심장했다. 밤이 되면 관절 부위가 아팠다. 아파서 잠이 안 올 때면 다리에 온열 패드를 감고 아픈 가운데에서도 빙그레 웃었다. 왜냐하면 키가 부쩍 크는 것과 함께 뭔가 다른 것이 마침내 시작되었던 것이다. 있어야 할 곳에 털이 생기기 시작했다. 밤이면 방문을 잠가 놓고 털의 개수를 세기 시작했다. 첫 주에는 세 가닥이던 것이 둘째 주에는 여섯 가닥, 두 주 후에는 열일곱 가닥. 의기양양해진 나는 어느 날 빗으로 거길 빗었다. "시간이란……." 이렇게 말하는 것도 예전과 달랐다. 왜냐하면 내 목소리가 변하기 시작했기 때문이다.

그건 하룻밤 새 벌어진 일이 아니었다. 갑자기 쩍 하고 갈라진 적은 없었다. 그 대신에 내 목소리는 이 년 정도의 시간 동안 서서히 낮아지기 시작했다. 오빠에게 무기로 사용했던 찢을 듯한 음색은 사라졌다. 국가를 부를 때 "자유로운"의 음을 꼭 맞추던 일은 과거지사가 되어 버렸다. 어머니는 줄곧 내가 감기에 걸렸다고 생각했다. 상점의 판매원들은 다른 여자가 부르는 소리에 대꾸하느라 날 지나쳐 버렸다. 딴은 매혹적인 음성이었다. 플루트와 바순을 합친 듯한 음색. 내 자음은 약간 뭉개졌으며, 발음에는 급한 듯한 숨소리가 섞였다. 그리고 언어학자들만이 감지할 수 있는 표지가 몇 가지 있었는데, 중산층 특유의 모음 생략과 그리스어에서 배운 장식음이 중서부의 콧소리로 변한 것은 다른 모든 것과 마찬가지로 나의 조부모와 부모로부터 물려받은 유산이었다.

나는 키가 커지고 목소리도 성숙해졌다. 그런데 하나도 이상하지 않았다. 몸집이 작고 허리가 가늘고 머리와 손발이 작은 것은 다른 사람의 눈에 전혀 이상하게 비치지 않았다. 날 때부터 남자인 아이는 여자아이처럼 양육된다 해도 그처럼 쉽게 동화되지 않는다. 그런 경우에는 아주 어려서부터 생김새도 다르고 움직임도 다르기 때문에 신발이나 장갑도 딱 맞는 것을 찾을 수가 없다. 다른 아이들은 그런 애들을 '톰보이'라거나 더 심하게는 '원숭이 여자'나 '고릴라'라고 부른다. 내 경우엔 너무 말라서 속았던 것이다. 1970년대 초반은 절벽 가슴에게 좋은 시절이었다. 남녀 양성에게도 해당되는 말이다. 쓰러질 듯 껑충한 키와 망아지 새끼 같은 다리 덕분에 난 마치 패션모델 같은 자세를 지닐 수 있었다. 옷차림이나 얼굴은 그렇지 않은데 바싹 마른 것이 그랬다는 말이다. 난 뭐랄까, 살루키[23]와 같은 모습이었다. 게다가 이유야 어찌 되었든 — 꿈꾸는 듯한 기질에 책밖에 모르는 성격하며 — 난 영락없는 계집애였다. 그런데도 순진하고 예민한 여자애들은 자기도 모르게 내 존재에 반응하는 일이 드물지 않았다. 릴리 파커 생각이 난다. 그 애는 로비의 긴 의자에서 내 무릎을 베고 누워 올려다보며 이렇게 말하곤 했다.

"넌 턱이 정말 멋져."

또 준 제임스는 내 머리를 끌어다 자기 머리 위에 갖다 대고는 텐트를 치듯이 은밀한 분위기를 만들었다. 내 몸에서 발

---

23) 그레이하운드처럼 날씬한 사냥개이다.

산하는 페로몬이 급우들에게 영향을 미쳤던 게 아닐까 싶다. 그러지 않고서야 친구들이 날 끌어당기고 내게 기대던 것을 어떻게 설명할 수 있겠는가? 이 어린 시절에, 그러니까 남성의 이차 성징이 나타나기 전에, 여자애들이 복도에서 나에 대해 수군거리며 내 무릎을 베고 싶어 하기 전인 그 7학년 시절에 머리카락은 부스스하지 않고 매끄러웠으며 두 볼은 여전히 부드러웠고 근육은 아직 불완전했지만 나는 보이지 않게, 그러나 달리 생각할 여지도 없이 남성다움을 발산하기 시작했다. 예를 들면 지우개를 던져 올렸다가 받는 동작, 혹은 다른 사람의 디저트에 내 숟가락을 내리꽂는 행동, 찌푸린 눈썹이 촘촘하다든가 반에서 누구하고든 무슨 일이든 논쟁을 벌일 때 열렬하다는 것. 내가 완전히 바뀌기 전에, 그러니까 과도기적 인간이었을 때 난 새 학교에서 꽤 인기가 좋았다. 그러나 그것도 잠깐. 얼마 안 있어 나의 안면부는 꼬부라지고 비틀어진 복병에게 패하고 말았다. 아폴론이 디오니소스에게 굴복했다. 아름다움이란 본시 어느 정도 변덕스러운 것이지만 열세 살이 되던 해 나의 몸은 어느 때보다 더 변덕스러워졌다.

그해의 기념 앨범을 보자. 가을에 찍은 필드하키 팀 사진에서 난 한쪽 무릎을 꿇은 채 앞줄에 있다. 봄날 학급 회의 시간에는 뒤에서 몸을 수그리고 있다. 내 얼굴은 자의식으로 그늘져 있다.(난감해하는 나의 표정 때문에 사진사들은 여러 해 동안 심란해하곤 했다. 나로 인해 학급 사진과 크리스마스카드를 망쳤고, 결국은 대형 사진 속의 내 얼굴을 통째로 지워 버리는 사태까지 발생했다.)

아버지는 예쁜 딸을 갖고 싶었겠지만 난 그걸 알 턱이 없었다. 결혼식에 가면 아버지는 언제나 내게 춤을 추자고 했다. 우리의 모습이 얼마나 우스꽝스럽게 비칠지는 생각지도 않고.

"이리 와라, 귀염둥이." 아버지는 이렇게 말했다.

"카펫이 찢어지도록 춤을 추자꾸나."

우리는 스윙에 맞춰 춤을 추기 시작했다. 땅딸막하고 뚱뚱한 아버지가 자신만만하게 구식 폭스트롯의 스텝을 밟으면 기도하는 사마귀 같은 딸이 어색한 동작으로 따라가느라 진땀을 뺐다. 우리 부모는 나의 외모에 상관없이 날 사랑해 주었다. 그렇지만 당시 내 모습이 변해 가면서 부모님의 사랑에도 일종의 슬픔이 배어들었다고 말해야겠다. 부모님은 내가 남자들에게 인기가 없을까 봐, 조 고모처럼 무도회 같은 데에서 꿔다 놓은 보릿자루가 될까 봐 걱정이었다. 춤을 추다가 아버지는 어깨를 쭉 펴고 마치 누군가에게 기회를 줄 테니 와 보라는 듯이 주변을 둘러보는 일도 있었다.

이런 모든 변화에 맞서 난 머리를 기르기 시작했다. 내 몸의 나머지 부분은 모두 제멋대로인 데 반해서 머리카락만은 마음대로 주무를 수가 있었다. 그래서 할머니가 YWCA에서 비극적으로 머리를 잘리고 난 다음처럼 나는 아무도 내 머리를 자르지 못하게 했다. 7학년 내내, 그리고 8학년에 접어들어서도 목표를 수정하지 않았다. 대학생들이 반전 시위를 벌이는 동안 칼리오페는 머리 자르기에 반대했다. 비밀리에 캄보디아에 폭탄이 떨어지는 동안 칼리는 자신의 기밀을 지키기 위해 최선을 다했다. 1973년 봄, 전쟁이 공식적으로 끝났다. 닉슨 대통령은 이듬해 8월이면 물러날 예정이었고, 록 음악은 디스코에 자리를 물려주었다. 온 나라의 머리 모양이 바뀌고 있었다. 그러나 칼리오페의 머리만은 언제나 유행을 늦게 받아들이는 중서부인답게 1960년대를 고집했다.

내 머리털이란! 열세 살짜리의 것이라곤 믿을 수 없을 만큼 숱이 많은 내 머리털! 열세 살에 이런 머리털을 가진 머리가 과연 몇이나 있을까? 머리털 때문에 '뚫어 뻥' 아저씨를 나처럼 자주 부른 여자애가 도대체 어디 있겠는가? 한 달에 한 번, 한 주에 한 번, 어떤 때는 한 주에 두 번씩 우리 집 하수구가 막혔다. "제기랄!" 아버지는 결제 수표를 또 한 장 적으면서 불평이었다.

"넌 저 망할 놈의 나무뿌리보다 더 나빠."

머리털은 잡초 더미처럼 미들섹스의 방마다 굴러다녔고, 아마추어가 만든 뉴스 영화의 검은 회오리바람처럼 휘날렸다. 머리털은 마치 자체적으로 기상청을 보유한 것처럼 날씨 변화를 빨리 알아챘다. 머리털 끝이 바짝 말라 정전기에 갈라질 때에도 두피 근처로 들어가면 열대 우림처럼 따뜻하고 촉촉했다. 할머니의 머리카락은 길고 윤기가 흘렀지만 내 머리털은 지미 지즈모를 닮아 삐죽빼죽했다. 아무리 포마드를 발라도 소용이 없었다. 잘사는 부인네라면 돈 주고 사지도 않을 머리였다. 미노타우로스 영화에서 우글거리는 뱀을 모두 합친 것보다 더 꼬불꼬불 뒤엉킨 뱀 같아서 아마 메두사가 내 머리를 봤더라면 자기가 돌로 변해 버렸을 것이다.

식구들 고생이 막심했다. 집 안 구석구석 내 머리털이 출현하지 않는 곳이 없었다. 서랍 안, 음식 속에 이르기까지. 심지어 냉장고에서 꺼내기 전 정성스럽게 하나하나 기름종이로 덮은 어머니의 라이스 푸딩, 그러니까 예방 의학적으로 완벽한 그 디저트에까지 내 머리털은 파고들었다! 욕실에 가면 칠흑 같은 머리털이 비누를 칭칭 감아 돌고, 책갈피 사이에는 말린 꽃처럼 머리털이 눌려 있었다. 안경집과 생일 카드는 물론 — 이건 맹세코 사실인데 — 어머니가 방금 깨뜨린 달걀 속에도 내 머리털은 있었다. 이웃집 고양이가 어느 날 캑캑거리며 뱉어 낸 털 뭉치는 분명 고양이의 것이 아니었다.

"너무해!" 베키 턴불이 소리 질렀다.

"SPCA[24]에 신고해야겠어!"

아버지는 당신 종업원들이 법적으로 써야 하는 종이 모자를 하나 갖다주었지만 헛수고였다. 어머니는 내가 여섯 살 먹은 아이라도 된 것처럼 브러시로 머리를 빗겨 주었다.

"나는…… 모르겠구나……. 왜…… 네가…… 소피한테…… 머리를…… 부탁하지…… 않는지를."

"소피 아줌마도 별수 없던걸, 뭐."

"소피는 머리 모양이 아주 예쁜데 왜?"

"우웩!"

"그럼 대체 어떻게 했으면 좋겠니? 이건 완전 시궁창이다."

"그냥 둬."

24) 동물 학대 예방 협회이다.

"가만히 있어 봐."

그러면서 잡아당기고 빗질을 해 주었다. 내 머리는 어머니의 손에 따라 이리저리 왔다 갔다 했다.

"칼리, 지금은 짧은 게 유행이란다."

"이제 끝났어?"

이윽고 자포자기에 다다른 마지막 손놀림. 그러곤 어머니는 애원조로 말했다.

"제발 묶기라도 해라. 얼굴을 자꾸 가리잖니."

어머니에게 내가 뭐라 말할 수 있었겠는가? 바로 그 점이 머리를 기르는 유일한 목적이라고? 머리로 얼굴을 가리는 게? 물론 내가 도러시 해밀[25]처럼 보이지는 않았을 것이다. 그보다는 점점 휘휘 늘어진 버드나무를 닮아 가기 시작했다. 그래도 내 머리카락에는 좋은 점이 있었다. 우선 치아 교정기를 가려 주었고, 비꼬는 듯이 보이는 코도 가려 주었다. 얼굴의 결점을 숨겨 주었고, 무엇보다 좋은 것은 날 숨겨 주었다는 점이다. 그런 머리를 자르라고? 천만에! 나는 계속해서 머리를 길러 나갔다. 내 꿈은 어느 날 그 안에서 사는 것이었다.

그 불행했던 열세 살에 8학년이 된 내 모습을 상상해 보자. 키 178센티미터에 몸무게는 59.4킬로그램이었다. 코 양옆으로는 커튼처럼 검은 머리털이 드리워 있었다. 사람들은 내 앞에 와서 공중에 노크를 하고는 이렇게 불렀다.

"안에 누구 있니?"

---

25) 도러시 해밀(Dorothy Hamill, 1956~). 피겨 스케이팅 선수이다.

물론 나는 그 안에 있었다. 거기 아니면 갈 데가 어디 있었겠는가?

좀 더 감상적으로

예전에 다니던 길에 다시 왔다. 혼자 쓸쓸히 걸어가던 빅토리아 파크. 내가 피우던 로메오 이 훌리에타[26]와 다비도프 그랜드 크루. 내가 갔던 대사관의 접견실, 필하모니 음악회, 밤이면 한 바퀴 돌곤 했던 펠슨켈러 호텔. 지금은 일 년 중 내가 제일 좋아하는 가을이다. 싸늘한 공기가 가볍게 스쳐 가면 머릿속이 싸해지면서 불현듯 어린 시절 학교에서의 가을 추억이 묻어난다. 여기 유럽의 빛깔은 뉴잉글랜드와 사뭇 다르다. 잎사귀들은 연기에 그을린 것 같지만 결코 불타오르는 법이 없다. 아직은 따뜻해서 자전거를 타기가 좋다. 어젯밤 나는 자전거를 타고 쇠네베르크에서 미테의 오리아넨부르크슈트라세까

26) 세계적인 시가 브랜드이다.

지 갔다. 친구와 한잔하기 위해서였다. 길을 나서서 거리를 누비는 가운데 나는 은하게 매춘부들의 환영을 받았다. 만화 속 주인공 같은 옷차림에 두꺼운 부츠를 신은 그들은 헝클어진 인형 같은 머리를 휙 올리며 "이봐요, 이봐." 하고 나를 불렀다. 어쩌면 그들이야말로 내게 꼭 맞는 상대일 것이다. 어떤 것도 돈을 받고 견뎌 낼 테니. 어떤 것에도 충격을 받지 않을 테니. 그러나 페달을 밟고, 줄지은 그들의 덫을 지나칠 때 내 심경은 남자의 그것이 아니었다. 정숙한 아가씨처럼 그들을 나무라고 경멸하는 기분이 들기도 했고 육체적으로 그들에게 공감이 가기도 했다. 그들이 엉덩이를 흔들며 검게 칠한 눈으로 나를 홀릴 때, 그러나 내 마음속에 드는 생각이란 그들과 어떻게 해 볼까가 아니라 밤이면 밤마다 시시각각으로 저렇게 해야 하는 저 여자들의 기분은 어떨까 하는 것뿐이었다. 창녀들도 날 아주 유심히 뜯어보지는 않았다. 그들은 나의 실크 스카프와 맵시 좋은 바지와 반짝반짝 윤이 나는 구두를 보고 있었다. 그들이 보는 것은 내 지갑이었다.

"이봐……." 여자들이 소리쳤다.

"어이, 여기 좀 봐."

*

그때도 가을이었다. 1973년 가을. 두어 달만 있으면 열네 살이 될 참이었다. 주일 예배가 끝난 어느 날 소피 서순이 내 귀에 속삭였다.

"얘, 너 코밑에 수염이 조금 났구나. 엄마한테 우리 가게에 데려다 달라고 해라. 내가 해 줄 테니까."

콧수염이라고? 드렉슬 부인처럼? 난 화장실로 달려갔다. 칠루라스 부인이 립스틱을 덧바르고 있었고, 난 그녀가 나가기 무섭게 거울에 얼굴을 들이댔다. 완전한 수염은 아니고, 입술 위로 거뭇거뭇한 털이 몇 가닥 보이는 정도였다. 그때까지만 해도 이건 그리 놀랄 일이 아니었다. 사실 은근히 그러고 싶기도 했으니까.

우리가 사는 이 복잡다단한 세상에는 선 벨트[27]라든가 바이블 벨트[28]처럼 헤어 벨트가 실제로 존재한다. 그것은 남부 스페인의 무어 영향권에서 시작해 이탈리아의 검은 눈동자 지대를 포함하고 그리스 거의 전역과 튀르키예 전체를 아우른 뒤 남쪽으로 구부러져 모로코와 튀니지, 알제리와 이집트까지 펼쳐진다. 계속해서 그 색상은 (지도에서 바다의 심도를 나타내기 위해 색이 짙어지듯이) 시리아와 이란, 아프가니스탄까지 짙어졌다가 인도로 가면서 점차 밝아진다. 그다음 헤어 벨트는 일본의 아이누족[29]을 나타내는 작은 점 하나에서 끝난다.

뮤즈여, 그리스 여인들이 볼썽사나운 털과 벌인 전쟁에 대해 노래하라! 탈모 크림과 족집게를 노래 불러라! 표백제와 밀랍에 대해서도! 보기 싫은 검은 솜털이 다리우스의 페르시아

---

27) 미국 남부의 온난 지대이다.

28) 미국 남부와 중부의 정통파 기독교 신앙이 두터운 지대이다.

29) 홋카이도에 사는 소수 민족이다.

군단처럼 어떻게 해서 아카이아[30] 본토의 채 열세 살도 안 된 여자아이들을 뒤덮어 버렸는지를! 칼리오페는 윗입술 위에 검은 그림자가 나타났다고 해서 결코 놀라지 않았다. 조 고모도, 우리 어머니도, 수멜리나 할머니와 심지어 내 사촌 클레오마저도 모두 원하지 않는 곳에 자라는 털 때문에 애를 먹었다. 눈을 감고 어린 시절 좋아했던 냄새들을 떠올리면 오븐에서 구워지는 생강빵 냄새나 크리스마스트리의 상큼한 솔 냄새가 느껴질까? 꼭 그렇지는 않다. 내 기억의 콧구멍을 찌르는 것은 유황과 털의 단백질이 녹는 지독한 냄새이다.

어머니는 욕조에 두 발을 담근 채 톡 쏘는 거품이 끓어올라 몸을 자극해 주기를 기다리고 있었다. 수멜리나 할머니는 스토브 위에서 밀랍이 든 냄비를 데우고 있다. 매끈해지기 위해 그들이 치러야 하는 고생이란 정말! 크림을 바르면 빨간 자국이 남았지만 모든 일이 허사였다. 우리의 적인 털은 난공불락이었다. 그 자체가 질긴 생명이었다. 나는 어머니한테 말해서 이스트랜드 몰에 있는 소피 서순의 미용실에 예약을 잡았다.

영화관과 잠수함 모양의 건물 사이에 샌드위치처럼 꼭 끼어 버린 '황금 양털'은 이웃들과 사회적으로 거리를 두기 위해 최선을 다했다. 입구 위에는 파리의 귀부인을 실루엣으로 넣은 멋진 차일이 드리워져 있었고, 안쪽 프런트 데스크에는 꽃들이 놓여 있었다. 소피 서순도 그 꽃들처럼 화려했다. 낙낙한 자주색 통짜 원피스를 입고 팔찌와 보석으로 치장한 소피는

30) 고대 그리스 남부 지방을 말한다.

의자들 사이를 미끄러지듯이 오갔다.

"손님은 어떠세요? 아, 정말 끝내주는걸요. 그 색으로 하니까 십 년은 젊어 보여요."

그러고는 다음 손님에게로 간다.

"그렇게 걱정 안 하셔도 돼요. 절 믿으세요. 이게 요즘 유행하는 스타일인걸요. 레이날도, 손님에게 잘 말씀드려요."

그러자 꼭 끼는 골반 바지를 입은 레이날도가 입을 열었다.

"「악마의 씨」에 나오는 미아 패로랑 똑같네요. 영화는 시시했지만 미아 패로는 대단했어요."

그때쯤이면 소피는 이미 다음 사람에게로 넘어가 있다.

"손님, 제가 얘기해 드릴까요? 머리를 드라이어로 말리지 마시고 자연스럽게 말리세요. 저희한테 좋은 컨디셔너가 있는데 깜짝 놀라실 거예요. 저희 가게가 공식 판매처랍니다."

여자들이 이곳을 찾는 이유는 소피 서순의 세심한 배려와 이 미용실이 주는 안도감, 그리고 여기서는 무슨 허물을 털어놓아도 부끄럽지 않게 소피가 해결해 주리라는 믿음 때문이었다. 그들이 목말라 찾아온 것은 분명 사랑이었을 것이다. 그렇지 않고서야 정작 미용 상담이 절실한 사람은 바로 소피 서순이란 사실을 모를 리 없었을 테니까. 여자들은 마치 매직 마커로 그은 것 같은 소피의 눈썹을 분명 보았을 테고, 그녀가 위탁받아 판매하고 있는 프린세스 보르게제 화장품 때문에 소피의 얼굴이 벽돌색이 된 것도 눈치챘을 것이다. 그런데 내가 그 사실을 알아챈 게 바로 그날이었는지, 아니면 몇 주 후였는지 모르겠다. 다른 사람들과 마찬가지로 나는 소피 서순의 화장술의 최종 결과를 판단하기보다 그 복잡한 절차에 깊은 인상을 받았다. 매일 아침 소피 서순이 "얼굴을 둘러쓰는데" 최소한 한 시간 사십오 분이 걸린다는 사실은 어머니나 다른 아줌마들은 물론 나까지도 아는 일이었다. 소피는 우선 아이크림과 언더아이크림을 바른 다음 겹겹이 무수한 층을 얼굴에 쌓아 올렸다. 마치 스트라디바리[31]에 정성껏 광택제를 입히듯이. 벽돌색의 마지막 외피를 입힌 뒤에도 아직 갈 길이 멀었다. 붉은 기를 감추기 위해 녹색을 두드리고, 홍조를 더하기 위해 핑크를, 그리고 눈 위에는 파란색을 더했다. 그녀는 펜슬 아이라이너와 리퀴드 아이라이너, 립 라이너와 립 컨디셔너, 무광택 하이라이터와 모공 축소제를 사용했다. 소피 서순의 얼굴, 그것은 티베트의 승려들이 한 알갱이씩 입으로 불어서 만드는 모래 그림처럼 고통을 통해 창조되었다. 그러곤 하루밖에 못 버티고 스러져 버렸다.

그 얼굴이 이제 우리에게 말을 걸었다.

"여러분, 바로 이쪽이에요."

소피는 언제나 따뜻했고 언제나 사랑으로 넘쳤다. 매일 밤 주름살 커버 크림을 주물럭거리는 그녀의 두 손이 날갯짓하듯이 우리를 감싸고 다독거리고 어루만져 주었다. 소피의 귀걸이는 슐리만[32]이 트로이에서 건져 올린 것 같았다. 그녀를 따라 우리는 세트를 말고 있는 여자들을 지나 숨 막히는 드라

31) 이탈리아의 유명한 바이올린 제작자 이름을 딴 바이올린 브랜드이다.
32) 하인리히 슐리만(Heinrich Schliemann, 1822~1890). 고대 그리스의 유적을 발굴한 19세기 독일의 고고학자이다.

이어의 소굴을 뚫고 푸른 커튼 안쪽에 당도했다. '황금 양털'은 사람들의 털을 밖에서는 다듬고 안에서는 뽑는 일을 했다. 푸른 커튼 뒤에서는 반라의 여자들이 밀랍을 바르려고 몸을 드러낸 채 있었다. 바닥에 누워 있는 우람한 여자는 배꼽이 보일 정도로 블라우스가 말려 올라가 있었고, 또 한 여자는 허벅지에 바른 밀랍이 마르는 동안 엎드려서 잡지를 읽는 중이었다. 의자에 앉은 여자는 짧은 구레나룻과 턱에 진한 황금색 밀랍을 발랐고, 예쁘장한 아가씨 둘은 비키니 라인을 만들려고 허리 아래를 벗은 채 누워 있었다. 밀랍 냄새는 강렬하고 상쾌했다. 뜨겁지만 않다뿐이지 그곳은 터키탕처럼 께느른하고 만사가 느긋한 느낌인 것이 실제로 밀랍 단지에서는 수증기가 올라오고 있었다.

"전 얼굴만 하면 돼요."

내가 소피에게 한 말이었다.

"꼭 자기가 돈 낼 것처럼 말하는군요."

소피가 어머니에게 농을 건네자 우리 어머니는 소리를 내어 웃었고, 다른 여자들도 분위기에 합세했다. 모두들 웃는 낯으로 우리가 하는 양을 바라보았다. 나는 학교에서 바로 왔기 때문에 아직 교복 차림이었다.

"얼굴뿐인 걸 다행으로 알아라, 얘."

비키니 라인을 만들던 아가씨 중 하나가 말을 붙였다.

"이제 몇 년만 있으면 그게 남쪽으로 내려갈걸."

나머지 한 아가씨도 거들었다.

웃음소리가 터져 나오고 서로들 눈을 깜박거렸다. 우리 어머니의 얼굴에도 엉큼한 미소가 스치는 바람에 나는 깜짝 놀라고 말았다. 마치 푸른 장막 뒤로 가자 어머니가 딴사람으로 돌변한 것 같았다. 이제 우리가 함께 밀랍을 바르게 된 이상 나를 어른으로 대우하려는 듯했다.

"소피, 칼리한테 제발 머리 좀 자르라고 얘기해 줘요."

어머니의 말이었다.

"좀 숱이 많긴 하구나, 네 얼굴에 비해서 말이야."

소피가 솔직하게 내게 말했다.

"밀랍만 발라 주세요." 내가 말했다.

"원, 애 고집도." 어머니의 말이었다.

(헤어 벨트의 변방인) 헝가리 출신의 여자가 손님 접대를 맡았다. 그 여자는 지미 파파니콜라스가 즉석요리를 만들 때처럼 효율적으로 우리를 그릴 위의 음식처럼 방 안에 빙 둘러 놓았다. 한쪽 구석의 우람한 여자는 캐나다산 베이컨 조각처럼 분홍색이었고, 아래쪽의 어머니와 나는 얇게 썬 삶은 감자를 버터로 볶은 것처럼 한 덩어리로 뭉쳐졌다. 왼쪽 위편에는 비키니 라인 아가씨들이 서니 사이드 업[33]이 되어 누워 있었다. 헬가는 우리를 계속 지글지글 굶였다. 알루미늄 쟁반을 든 채 그녀는 이 몸에서 저 몸으로 움직이며 납작한 나무 숟가락으로 필요한 곳에 메이플 시럽 색깔이 나는 밀랍을 펴 바른 뒤 굳기 전에 기다란 거즈를 눌러 놓았다. 우람한 여자가 한쪽 면을 끝내자 헬가는 그녀를 뒤집었다. 어머니와 나는 의자에 누

33) 노른자를 터뜨리지 않은 달걀프라이이다.

워 밀랍 마른 것을 거칠게 뜯어내는 소리에 귀를 기울였다.

"아야얏!"

우람한 여자가 외마디 비명을 질렀다.

"괜찮아요."

헬가가 아무렇지도 않다는 듯이 되받았다.

"자알됐어요." "어머나!"

비키니 라인 아가씨 중 하나였다. 그러자 헬가는 어울리지 않게 페미니스트적 입장을 취했다.

"남자들 때문에 지금 이러고 있지? 눈물 나게 고생해 봐야 다 헛일이야."

이제 내 차례였다. 헬가는 내 턱을 잡더니 찬찬히 살피며 머리를 좌우로 움직였다. 그러고는 내 윗입술 위에 밀랍을 펴 바르고 어머니에게로 가서 똑같이 했다. 밀랍은 삼십 초 만에 굳었다.

"널 놀라게 할 일이 있어."

어머니가 말했다.

"뭔데요?"

그때 헬가가 마른 밀랍을 잡아떼었다. 난 분명히 느낄 수 있었다. 솜털 같던 콧수염과 함께 내 윗입술도 떨어져 나갔다.

"오빠가 크리스마스에 집에 올 거야."

내 눈에서는 눈물이 흘렀다. 난 눈만 깜박거리며 아무 말도 못 하고 잠시 벙어리가 되어 버렸다. 헬가가 또 어머니 쪽으로 몸을 돌렸다.

"그게 다예요?"

간신히 내가 물었다.

"오빠가 여자 친구를 데려온단다."

"여자 친구를요? 오빠랑 놀아 주는 애도 있대요?"

"이름이 뭐냐 하면……."

헬가가 잡아뗴었다. 잠시 뒤 어머니가 말을 이었다.

"메그야."

그 후로 내 얼굴 털은 소피 서순이 관리해 주었다. 한 달에 두 번 정도 갔는데 면도를 하고도 그걸 유지하기 위해 필요한 필수품 목록은 갈수록 길어졌다. 나는 다리와 겨드랑이 털을 면도하기 시작했다. 눈썹도 뽑았다. 우리 학교는 규정상 화장품을 사용하지 못하도록 되어 있다. 그러나 주말이면 나는 적당히 알아서 실험을 해 보곤 했다. 리티카와 함께 그 애 방에서 손거울을 앞뒤로 보아 가며 얼굴에 화장을 했다. 난 특히 드라마틱 아이라이너에 심취했다. 이 경우 내가 모델로 삼은 인물로는 마리아 칼라스 아니면 「퍼니 걸」에 나오는 바브라 스트라이샌드였다. 의기양양하고 코가 긴 여주인공 말이다. 집에서는 어머니의 욕실을 기웃거렸다. 부적처럼 생긴 유리병들과 보기에는 꼭 먹을 수 있을 것 같은 달콤한 향의 화장품들이 난 참 좋았다. 난 어머니의 안면 훈증기도 써 보았다. 고깔 모양의 플라스틱 안에 얼굴을 들이밀면 뜨거운 바람이 불었다. 유분이 많은 보습제는 여드름이 돋을까 봐 멀리했다.

챕터 일레븐이 대학에 간 뒤로(오빠는 그때 2학년이었다.) 목욕탕은 내 차지였다. 욕실장만 보아도 그건 알 수 있었다. 분홍색의 데이지 면도칼 두 개가 작은 컵에 세워져 있었고, 그 옆에는 샴푸가 든 스프레이 통이 자리를 채웠다. 소프트드링크처럼 달착지근한 닥터 페퍼 립 스매커 튜브가 "이런, 머리 냄새가 죽여주는데."라는 문구가 박힌 병에 입을 맞추고 있었다. 내 브렉 크렘 보디 린스는 날 "털 아가씨"로 만들어 주겠노라 약속했다. (하지만 이미 난 털 아가씨이지 않은가?) 거기서부터 얼굴 용품으로 옮겨 가 보자. '크레이지 컬' 고데기, 언젠가는 나에게도 필요하길 바라는 철분 비타민제 약병이 하나, '러브 베이비 소프트' 보디 파우더 한 통이 있었다. 그리고 끈적임이 없는 '소프트 드라이' 발한 억제제가 담긴 에어로졸 캔과 향수병이 두 개 있었다. 그중 오빠가 크리스마스 선물로 준 '우드휴'는 뭔가 불안하게 만드는 향이어서 한 번도 사용하지 않았고, 니나리치에서 나온 '레르 뒤탕'(오직 로맨틱한 분위기 연출에만 필요한 향수)이 있었다. 난 졸렝 표백 크림도 한 통 있었는데 그건 '황금 양털'에 가는 사이사이에 사용하기 위한 것이었다. 이와 같은 토템 신앙적인 물건들 사이로 길 잃은 Q 팁스 면봉과 화장솜, 립 라이너와 맥스 팩터 아이 메이크업과 마스카라, 볼 터치, 그 밖에 예뻐지려는 나의 처절하고도 헛된 몸부림에 사용되는 물건들이 여기저기 흩어져 있었다. 마지막으로 욕실장 맨 뒤에는 어머니가 어느 날 가져다준 생리대 한 통이 숨어 있었다.

"여자는 항상 손 닿는 곳에 이게 있어야 해."

어머니의 이 말에 난 깜짝 놀라고 말았다. 그 이상은 아무 설명도 없었다.

1972년 여름에 챕터 일레븐을 껴안아 준 게 결과적으로는 일종의 작별이 되고 말았다. 왜냐하면 대학교 신입생 딱지를 떼고 집에 왔을 때 오빠는 완전히 딴사람이 되어 있었다. 머리를 (나만큼은 아니라도 엄청 많이) 길렀고, 언제부턴가 기타를 배운 모양이었다. 콧잔등에는 할머니들이 쓰는 둥근 금테 안경을 올려놓고 익숙한 일자바지 대신 색 바랜 나팔바지를 입은 모습이었다. 우리 식구는 언제나 자기 변신의 비법을 아는 것 같다. 내가 베이커 잉글리스에서 첫해를 마치고 두 번째 해를 맞는 동안 땅꼬마 7학년이 몰라볼 정도로 쑥 자라 버린 8학년이 되는 동안, 챕터 일레븐은 대학교에서 과학 실험에 몰두한 괴짜에서 존 레넌의 닮은꼴이 되어 버렸다.

오빠는 오토바이를 샀고 명상을 시작했다. 그는 「2001 스페이스 오디세이」를 마지막 부분까지 이해할 수 있다고 주장했다. 그러나 오빠가 아버지와 탁구를 하려고 지하실에 내려올 때까지 나는 그 숨은 내막을 몰랐다. 우리 집에는 몇 년째 탁구대가 있었지만 오빠와 나는 아무리 연습을 해도 이제까지 아버지를 꺾는다는 것은 상상도 할 수 없었다. 내가 기다랗게 패스를 해도, 오빠가 눈썹을 찡그리며 정신을 집중해도 아버지의 약아빠진 스핀이나 '살인 샷'에는 속수무책으로 가슴에 피멍이 들 뿐이었다, 그것도 옷을 뚫고서. 그런데 그해 여름엔 뭔가가 달랐다. 아버지가 초고속 서브를 넣자 오빠는 별로 힘도 안 들이고 그걸 받아쳤다. 아버지가 해군에서 배운 '잉글리시' 전법을 구사하자 챕터 일레븐은 역 스핀으로 응수했다. 심지어 아버지가 강타로 승부수를 때렸을 때조차 챕터 일레븐은 불가사의한 반동으로 공을 되날려 버렸다. 아버지는 진땀을 빼면서 얼굴이 벌게졌지만 챕터 일레븐은 아무렇지도 않아 했다. 오빠의 얼굴엔 딴전을 피우는 듯한 이상한 표정이 떠올랐다. 그의 동공이 넓어져 있었다.

"잘해! 아빠를 무찔러!"

난 오빠를 응원했다. 12대 12. 12대 14. 14대 15. 17대 18. 18대 21! 챕터 일레븐이 해냈다! 오빠가 아빠를 이겼다!

"나, 약했어."

나중에 오빠가 설명해 주었다.

"뭐라고?"

"윈도페인인데 세 방 맞았어."

그 약은 모든 것을 느린 동작으로 만드는 효과가 있었다. 아버지의 빠르디빠른 서브며 포물선으로 꺾어진 스핀 샷과 스매시, 그 모두가 허공에 뜬 것처럼 보였던 것이다.

LSD라고? 세 방이라고? 그동안 오빠가 내내 환각 상태에 있었다니! 저녁을 먹는 동안에도 그랬을 거 아냐?

"그게 제일 어려웠어." 오빠의 말이었다.

"아버지가 닭을 써는데 닭이 날개를 퍼드덕거리더니 날아가 버리지 않겠어?"

"쟤 어떻게 된 거 아냐?" 아버지가 어머니에게 하는 말이 벽을 사이에 두고 들려왔다.

"이제 와서 공학과를 그만두겠다는 거야. 뭐 너무 지겹대나."

"한동안 그러다 말 거야."

"그래야지."

그러고 나서 얼마 지나지 않아 챕터 일레븐은 대학교로 돌아갔다. 오빠는 추수 감사절 때도 오지 않았다. 1973년 크리스마스가 다가오자 우리는 모두 그가 어떤 모습으로 다시 나타날지 궁금했다.

우리는 곧 알게 되었다. 아버지가 우려하던 대로 챕터 일레븐이 엔지니어의 꿈을 버렸다는 것을. 그는 우리에게 인류학을 전공하고 있노라고 통보해 왔다.

그 수업 과제물로서 챕터 일레븐은 방학 기간의 대부분을 이른바 '현지 조사'로 보냈다. 늘 녹음기를 들고 다니면서 우리가 하는 말을 죄다 녹음했다. 오빠는 우리의 '관념화 체계'와 '혈족 유대 의식'에 대해 주석을 달았다. 그는 결과에 영향을 미치고 싶지 않다며 자기 자신은 한마디도 하지 않았다. 그러나 우리 대가족이 먹고 농담하고 입씨름하는 것을 관찰하다 챕터 일레븐은 다른 사람은 알 수 없는 '유레카'라도 외치듯이 이따금 큰 소리로 웃음을 터뜨리곤 했다. 그럴 때면 오빠는 의자 뒤로 벌렁 넘어가 두 발을 공중에서 버둥거렸다. 그러고 나서는 몸을 앞으로 숙이고 미친 듯이 자기 공책에 뭐라고 적기 시작하는 것이었다.

앞에서 언급했듯이 오빠는 자랄 때 내게 큰 관심을 기울이지 않았다. 그러나 그 주말 동안에는 관찰이란 것에 새로 맛을 들여 내게도 전에 없이 관심을 가졌다. 금요일 오후였다. 부엌 식탁에 앉아 열심히 예습 숙제를 하고 있는데 오빠가 옆에 다가왔다. 그러더니 한참 동안 날 유심히 들여다보았다.

"라틴어구나. 뭐 하려고 너희 학교에선 그런 걸 가르칠까?"

"난 좋은걸."

"너 시체 애호증이라도 있니?"

"시체 뭐라고?"

"죽은 사람 위에 올라타는 거 말이야. 라틴어는 죽었잖아?"

"난 모르겠어."

"나도 라틴어 좀 아는데."

"그래?"

"쿤닐링구스."[34]

"야한 소리 마."

"펠라티오."[35]

"하하."

"몬스 베네리스."[36]

"웃다가 죽겠어. 오빠 때문에 죽는다고. 봐, 나, 죽었지."

오빠는 한동안 조용히 있었다. 나는 계속 공부를 하려고 했지만 오빠의 시선이 느껴졌다. 결국 약이 오른 나는 책을 덮어 버렸다.

"오빠 지금 뭐 보는 거야?"

오빠는 머뭇머뭇 멈추는 버릇이 있었다. 할머니 같은 안경 너머 오빠의 눈은 온화해 보였지만 그 뒤에서는 열심히 머리가 굴러가고 있었다.

"내 꼬마 여동생을 보고 있지."

---

34) 여성의 성기를 입으로 자극하는 행위이다.

35) 음경을 입으로 자극하는 행위이다.

36) 비너스의 언덕, 즉 음부이다.

오빠가 대답했다.

"알았어. 이제 봤으니까 가 봐."

"그런데 이젠 그 애가 내 꼬마 여동생 같지 않단 말이야."

"그게 무슨 말이야?" 내가 물었다.

다시 머뭇거림.

"나도 몰라. 왜 그런지 알고 싶지만."

"그렇담 알아낸 뒤에 연락해 줘. 지금은 내가 바쁘시단 말이야."

토요일 아침에 챕터 일레븐의 여자 친구가 도착했다. 메그 젬카는 우리 어머니만큼 작았고 나만큼 절벽 가슴이었다. 머리카락은 칙칙한 갈색이었고 치아는 불우한 어린 시절을 보낸 탓에 관리 상태가 영 좋지 않았다. 그녀는 부랑아, 고아, 난쟁이에다 오빠보다 여섯 배는 힘이 좋았다.

"메그는 대학교에서 뭘 공부하고 있지?"

식사하는 자리에서 아버지가 물어보았다.

"정치학요."

"흥미롭군."

"글쎄, 아저씨는 저랑 생각이 다를걸요. 전 마르크스주의자예요."

"오, 그래, 아가씨가?"

"아저씨는 식당을 여러 개 운영하고 계시죠?"

"맞아. 헤라클레스 핫도그점이지. 먹어 본 적 있나? 어디 한번 가서 대접해야겠는걸."

"여보, 메그는 고기를 안 먹잖아."

어머니가 기억을 상기시켰다.

"맞아. 깜빡했네." 아버지가 말했다.

"어쨌든 프렌치프라이는 먹을 거 아냐? 우리 식당엔 프렌치프라이도 있으니까."

"직원들에게 월급을 얼마나 주시지요?"

메그가 물었다.

"카운터 뒤의 애들 말인가? 그야 최저 임금을 받고 있지."

"그리고 아저씨는 여기 이 그로스포인트의 커다란 집에서 살고 있고요."

"그거야 내가 전체 사업을 관리하는 만큼 위험도 따르게 돼 있으니까."

"저한테는 착취로 들리는데요."

"그럴 수도 있지, 그럴 수도. 만일 누군가에게 일자리를 주는 게 그들을 이용하고 착취하는 거라고 한다면, 그렇다면 나도 착취하는 사람이겠지. 그렇지만 그런 일자리들은 내가 사업을 시작하지 않았더라면 애초 생겨나지도 않았을 거야."

"그 말은 농장을 세우기 전에는 노예들에게 일거리가 없었다는 말과 같아요."

"자네, 어디 한번 해보자는 건가?" 아버지가 오빠를 돌아보며 물었다.

"너 어디서 저런 여자앨 주워 왔니?"

"주운 쪽은 저예요." 메그가 대꾸했다.

"엘리베이터 위에서."

그때 우리는 처음으로 챕터 일레븐이 대학교에서 무얼 하며 시간을 보내는지 알게 되었다. 오빠가 제일 좋아하는 소일거리는 기숙사 엘리베이터의 천장을 뜯어내고 그 위로 기어올라가는 것이었다. 거기서 오빠는 몇 시간 동안 어둠 속을 오르락내리락했던 것이다.

"맨 처음 했을 땐 엘리베이터가 꼭대기까지 올라가는데 이제 꼼짝없이 오징어가 되겠구나 싶었어요. 하지만 여유 공간이 좀 있더라고요."

그제서야 챕터 일레븐이 털어놓았다.

"그거 하라고 등록금 준 줄 아니?"

아버지가 물었다.

"아저씨는 그 등록금 마련하느라 노동자들을 착취하고 말이죠."

메그의 말이었다.

어머니는 챕터 일레븐과 메그를 떨어진 방에서 자도록 했지만 한밤중이 되자 어둠 속에서 발끝걸음 소리와 낄낄거리는 소리가 요란했다. 언니라곤 가져 본 적 없는 내게 큰언니가 되어 주고자 메그는 내게 『우리의 육체, 우리 자신』을 한 권 주었다. 그러한 성 혁명의 와중에 챕터 일레븐 또한 나를 교육하고자 했다.

"칼, 너 자위해 본 적 있어?"

"뭐라고?"

"부끄러워할 거 없어. 그건 자연스러운 거니까. 이 친구 말이 누구든 자기 손으로 할 수 있다는 거야. 그래서 난 화장실로 들어가서……."

"그만. 듣고 싶지 않아, 더 이상……."

"그걸 하려고 했어. 갑자기 내 페니스의 근육들이 수축하기 시작하는 거야……."

"우리 화장실에서?"

"그러고 나서 난 사정을 해 버렸어. 그런 느낌은 처음이었어. 칼, 너도 해 봐야 돼, 아직 안 해 봤다면. 여자들은 좀 다르겠지만 생리학적으로 그게 그거지 뭐. 내 말은 그러니까 페니스와 클리토리스는 구조가 유사하단 말이야. 어떻게 되는지 너도 실험을 해 봐야 해."

나는 손가락으로 귀를 틀어막고 콧노래를 흥얼거렸다.

"나한테 부끄러워할 필요는 없어. 난 네 오빠잖아."

챕터 일레븐이 큰 소리로 말했다.

오빠에 관해 말하자면, 록 음악에 빠지고, 마하리시[37]를 숭배하고, 창턱에서 아보카도를 싹 틔우고……. 그 밖에 또 뭐가 있더라? 아, 그렇지, 오빠는 이제 데오도란트를 사용하지 않았다.

"오빠한테서 냄새나!"

어느 날 오빠 옆에서 텔레비전을 보다가 내가 투덜거렸다. 오빠는 보일락 말락 하게 어깨를 으쓱했다.

"난 인간이야. 이 냄새는 인간 냄새이고."

"그러면 인간한테선 악취가 나는군."

"메그, 너도 나한테서 냄새나니?"

---

37) 마헤시 요기(1917~2008). 힌두교의 성자이다.

"아니, 전혀." 이 말과 함께 메그는 오빠의 겨드랑이에 코를 비벼 댔다.

"날 흥분시키는 냄새야."

"두 사람 다 나가 있어! 난 이 쇼를 봐야겠단 말이야."

"자기야, 내 여동생은 우리가 찢어지길 바라나 봐. 이 작은 색시한테 해 줄 말 없어?"

"아주 자극적이야."

"이따 보자 동생아. 우리는 위층에 가서 '플라그란테 델릭토'[38]를 할 거란다."

결과가 어떠했겠는가? 가족 간의 불화에 누가 누가 크게 소리치나 하는 시합과 가슴이 찢어지는 아픔이 뒤따랐다. 섣달 그믐밤에 아버지와 어머니는 콜드덕을 와인 잔에 따라 신년 축배를 들었고, 챕터 일레븐과 메그는 엘리펀트 몰트 리커[39]로 병나발을 부는 모자라 틈틈이 밖으로 나가서 몰래 마리화나를 피우는 것이었다. 아버지가 입을 열었다.

"너희도 알겠지만 죽기 전에 한 번 그리스 여행을 다녀올까 생각하고 있다. 가면 파푸 할아버지와 야야 할머니의 고향 마을도 볼 수 있을 거고."

"당신이 약속한 대로 교회도 고치고."

어머니가 말했다.

"네 생각은 어떠니? 이번 여름에 가족여행을 떠나면 좋을

---

38) 성행위를 말한다.

39) 덴마크 맥주이다.

것 같은데."

아버지가 챕터 일레븐에게 물었다.

"전 빼 주세요."

오빠의 답이었다.

"왜지?"

"여행이란 형태만 다른 식민주의에 지나지 않아요."

그 후의 상황은 알아서 상상하면 된다. 곧 챕터 일레븐이 아버지와 어머니의 가치관을 따르지 않겠다고 공언하는 사태가 뒤따랐다. 아버지는 당신들의 가치관이 뭐가 잘못되었느냐고 성을 냈고, 챕터 일레븐은 자본주의에 반대한다고 말대꾸했다.

"아버지는 돈밖에 모르세요. 전 그렇게 살고 싶지 않아요."

오빠는 손으로 방을 가리키면서 아버지에게 대들었다. 챕터 일레븐은 우리의 거실과 우리가 가진 모든 것, 아버지가 이루어 온 모든 것에 반대했다. 그는 미들섹스에도 반감을 가졌다! 그러고 나서 챕터 일레븐은 큰 소리로 아버지에게 두 마디를 던졌는데 첫 단어는 f로 시작하고 두 번째 단어는 y로 시작하는 말이었다. 끝으로 그는 자기 고함 소리보다 더 큰 괴성을 내며 뒤에 메그를 태운 채 오토바이를 타고 가 버렸다.

챕터 일레븐에게 무슨 일이 있었던 걸까? 어쩌다 그렇게도 많이 변해 버린 걸까? 집에서 떨어져 있어서라고 어머니는 말했다. 시대가 그러했다. 온통 전쟁 때문에 골머리를 앓았다. 그러나 나는 다른 데서 답을 찾는다. 나는 오빠의 변신이 침대 위의 숫자 추첨에 의해 인생이 결정되던 바로 그날로부터 상당 부분 비롯되지 않았나 생각한다. 상상력이 지나치다고? 우연과 필연에 압도된 내가 오빠에게 같은 부담을 지운다고? 그럴지도 모른다. 그러나 우리가 (아버지가 전쟁으로부터 헤어났을 때 이미 약속된) 여행을 계획했을 때 챕터 일레븐은 강보에 싸였을 적부터 어렴풋이 깨달았던 무엇으로부터 벗어나 자기만의 화학 여행을 떠나려는 것 같았다. 군번뿐 아니라 이 세상 모든 것이 우연에 의해 결정될지 모른다는 가능성. 챕터 일레븐은 이러한 발견으로부터 도피하고 있었던 것이다. 창유리 뒤로, 엘리베이터 위로, 치열이 엉망인 이를 드러내며 "오."라는 감탄사를 남발하는 메그 젬카의 침대 속으로. 사랑을 나눌 때 메그 젬카는 그의 귀에 이런 소리를 불어넣었다.

"남자라면 가족을 잊어버려! 그들은 부르주아 돼지니까! 네 아빠는 착취자야! 그들은 잊어버려. 죽은 거나 마찬가지니까. 이것만이 현실이야. 바로 여기, 자기, 이리 와서 날 가져!"

모호한 대상

오늘 나는 문득 깨달았다. 생각했던 것만큼 멀리 오지 않았음을. 나의 이야기를 털어놓는다 해서 내가 바라던 대로 용감하게 헤어날 수 있는 건 아니었다. 글을 쓴다는 것은 고독하고 은밀한 작업이다. 나도 알고 있다. 언더그라운드 생활엔 내가 전문이니까. 내가 양성 권익 운동에 뛰어들지 않는 것은 정말로 내 성향이 비정치적이어서일까? 두려움 때문이진 않을까? 모습을 드러내야 한다는 두려움. 또 그런 사람들 중 하나가 되어야 한다는 두려움.

그렇지만 사람은 자기가 할 수 있는 일만 하게 마련이다. 이 이야기가 순전히 나만을 위해 쓰인 거라면 뭐, 그렇다고 해 두자. 하지만 느낌이 다르다. 난 거기 앉아 이 책을 읽는 당신이 느껴진다. 친근하면서도 불편하지 않은 유일한 관계. 여기 어둠 속에 당신과 나, 우리 단둘이다.

늘 이랬던 건 아니다. 대학교 때 난 여자 친구가 있었다. 올리비아라는. 우린 둘 다 상처를 입었다는 공통점 때문에 서로에게 끌렸다. 올리비아는 겨우 열세 살 때 야만스러운 폭행, 아니 강간을 당한 일이 있었다. 경찰은 범인을 붙잡았고 올리비아는 법정에서 수차례 증언을 했다. 그러한 시련이 그녀의 성장을 붙들어 맸다. 올리비아는 고등학생이 되어도 그 또래 여학생들이 하는 정상적인 일을 못 하고 증언대의 열세 살 소녀로 머물러 있어야 했다. 올리비아와 나는 둘 다 지적으로는 대학 과정을 잘해 나갈 수 있고, 심지어 남들보다 더 잘할 수도 있었지만 정작 중요한 면에서는 정서적으로 청소년에 머물러 있었다. 우리는 잠자리에서 많이도 울었다. 우리가 처음 서로의 앞에서 옷을 벗던 때가 생각난다. 그것은 마치 붕대를 푸는 것과 같았다. 당시 올리비아가 견딜 수 있는 남자란 딱 나 정도였다. 나는 그녀의 초보자용 도구였던 것이다.

대학교를 마치고 나는 이 나라 저 나라로 여행을 떠났다. 쉴 새 없이 몸을 움직임으로써 나의 육체를 잊어버리려고 했다. 구 개월 뒤 집에 돌아온 나는 외무부 입사 시험을 치렀고, 그로부터 일 년 뒤에는 국무부에서 일하기 시작했다. 내게는 완벽한 일자리였다. 여기서 삼 년, 저기서 이 년. 결코 누군가와 돈독한 유대를 맺을 만큼 긴 시간이 아니었다. 브뤼셀에서는 어떤 바텐더와 사랑에 빠졌는데 그녀는 내 몸이 처한 평범하지 않은 상황에 개의치 않는다고 했다. 나는 너무나 고마워서 결혼하자고 했다. 그녀가 아둔하고, 아무런 꿈도 없으며,

목소리도 행동도 너무 크다는 걸 알면서도 그랬다. 다행히 그녀는 내 청혼을 거절하고 다른 사람과 달아났다. 그 후로 누가 있었더라? 여기저기에서 몇 명을 만났지만 오래가지는 못했다. 그래서 당분간 나는 정해 놓은 일과처럼 유혹은 하되 끝까지 가는 일은 피하게 되었다. 만나서 수다 떠는 일이라면 자신 있다. 저녁을 먹고 술을 마시고. 문간에서 끌어안기. 그러고 나면 내가 뜰 때다.

"아침에 대사님과 회의가 있어서요."

이렇게 말한다. 그러면 그대로 통과다. 그들은 다가올 에런 코플런드[40] 추모 사업에 대해 내가 대사에게 브리핑을 해야 한다고 믿어 버린다.

날이 갈수록 더 어려워진다. 올리비아와 그 후의 여자들을 겪으면서 나는 내가 처리해야 할 사실을 깨달았다, 나의 크나큰 신체적인 조건. 하지만 그 모호한 대상과 만났을 때만 해도 그런 건 전혀 모르는 상태였다, 천만다행히도.

*

그 난리법석이 일어난 후 그해 겨울 미들섹스에는 정적만이 감돌았다. 너무나 깊었던 그 정적은 흡사 대통령을 모시는 수행 비서의 왼발처럼 공식 기록의 상당 부분을 지워 버렸다. 그 맥 빠지고 덧없는 때에 아버지는 차마 아들 때문에 상

---

40) Aaron Copland(1900~1990). 미국의 유명한 현대 작곡가이다.

심했다고 인정하지는 못하고 그 대신 눈에 띄게 자주 화를 내기 시작했다. 아버지는 거의 매사에 발끈했다. 빨간 신호가 너무 길다고 화를 냈고 후식으로 아이스크림 대신 아이스 밀크가 나왔다고 성을 냈다.(그건 소리만 큰 침묵과도 같았다.) 그 겨울 동안 어머니는 자식들 걱정 때문에 거의 꼼짝도 하지 못했다. 그래서 사이즈가 안 맞는 크리스마스 선물을 반환하는 시기를 놓치는 바람에 보상도 못 받고 그대로 옷장에 처박아 두고 말았다. 솔직하지 못했던 이 상처투성이의 계절이 끝나 갈 무렵, 그러니까 (이른 봄에 아름다운 꽃이 피는) 크로커스가 지하 세계에서 돌아와 모습을 드러낼 즈음 칼리오페 스테퍼니데스 역시 존재의 토양에서 뭔가 솟아나는 것을 느끼고 고전을 읽게 되었다.

8학년 봄 학기에 나는 다 실바 선생님의 영어 수업을 듣게 되었다. 학생이 다섯 명밖에 안 되어서 2층 작은 온실에서 공부했다. 접란이 유리 천장으로부터 덩굴을 늘어뜨렸고, 우리의 머리 바로 위에는 무성한 제라늄이 감초 같기도 하고 알루미늄 같기도 한 냄새를 뿜어냈다. 학생으로는 나 말고 리티카와 티나, 조운, 맥신 그로싱어가 있었다. 그중 그로싱어의 부모는 우리 부모와도 친구 사이였지만 난 맥신과 그다지 친하지 않았다. 맥신은 미들섹스의 아이들과 별로 어울리지 않았다. 언제나 바이올린만 연습하고 있는 그 아이는 우리 학교에서 유일한 유대인이었다. 점심도 혼자 타파웨어에 담아 온 코셔 음식만 숟가락으로 떠먹었다. 난 그 애 얼굴이 창백한 이유가 늘 실내에 있어서이고, 관자놀이에서 거칠게 뛰는 파르스름한 정맥은 몸속의 메트로놈 같은 거라고 생각했다.

다 실바 선생님은 브라질 태생이었지만 겉보기에는 그렇지 않았다. 딱히 카니발을 즐길 만한 사람이 아니었다. 소년 시절에 받은 라틴 문화의 영향(그물 침대와 야외 욕조)은 북아메리카식 교육을 받고 유럽 소설에 빠져들면서 말끔히 지워졌다. 지금은 민주적 자유주의자로서 급진적인 대의명분을 지지하는 검은 완장을 차고 다녔다. 일요일이면 성공회의 주일 학교 교사로 활동했고, 시를 읊을 때에는 지적인 분홍색 얼굴 위로 암갈색 머리카락이 눈을 살짝 가릴 듯 말 듯 했다. 때로는 온실의 엉겅퀴나 야생화를 꺾어 재킷의 옷깃에 꽂기도 했고, 단신이지만 다부진 몸으로 수업 시간 내내 근거리 왕복 운동을 하곤 했다. 선생님은 리코더도 불었는데 그의 방 보면대에는 대개 바로크 초기 시대의 악보들이 꽂혀 있었다.

다 실바 선생님은 훌륭한 교사였다. 5교시 시간에 선생님은 우리 8학년생들이 마치 수 세기 동안 학자들이 논쟁해 온 문제를 해결하기라도 할 것처럼 매우 진지하게 우리를 대접해 주었다. 머리카락이 눈을 찔러 대도 선생님은 우리가 지저귀는 소리에 귀를 기울여 주었다. 그리고 당신이 입을 열 때는 완전한 문단을 갖추어 말했다. 주의해서 들으면 선생님의 말 중에 대시와 쉼표는 물론 심지어 콜론과 세미콜론까지 고스란히 들렸다. 다 실바 선생님은 자기 눈앞에 벌어진 모든 일에 대해 적절한 인용을 갖다 붙였고, 그런 식으로 현실을 비껴갔다. 점심을 먹는 대신 그는 『안나 카레니나』에서 오블론스키와 레빈이 점심으로 무얼 먹었는지를 말했다. 언젠가는 『다니

엘 데론다』[41]의 일몰 장면을 묘사하다가 그만 미시간의 지는 해를 그대로 놓쳐 버린 일도 있었다.

다 실바 선생님은 이전에 그리스에서 육 년간 지낸 적이 있었는데 아직도 그 분위기에서 헤어나지 못했다. 마니아[42]에 대해 얘기할 때면 목소리가 한층 감미로워지고 눈동자에선 빛이 났다. 어느 날 밤 호텔을 잡지 못해 길거리에서 노숙을 하게 되었는데 다음 날 아침 일어나 보니 올리브나무 아래였다는 이야기도 들려주었다. 다 실바 선생님은 그 나무를 결코 잊을 수 없다고 했다. 올리브나무는 몸을 뒤틀어서 말하는 친근한 생명체이다. 어째서 선인들이 그 안에 인간의 영혼이 갇히면 못 나온다고 믿었는지 알 만하다. 다 실바 선생님이 침낭에서 눈을 뜨면서 깨달은 사실도 바로 그것이었다.

물론 나도 그리스에 대해 알고 싶은 것이 많았고 꼭 가 보고도 싶었다. 다 실바 선생님은 그런 나의 마음에 한층 더 불을 질렀다.

"스테퍼니데스 양……." 어느 날 선생님이 내게 말을 걸었다.

"호메로스와 같은 고향 출신이니까 오늘은 자네가 한번 시작해 보겠니?"

이 말과 함께 선생님은 목청을 가다듬었다. "89쪽."

그 학기 동안 공부에 취미가 덜한 동무들은 『초원의 빛』[43]

41) 조지 엘리엇이 1876년에 발표한 소설이다.

42) 펠로폰네소스반도 남부에 위치한 곳이다.

43) 콘래드 리히터(Conrad Michael Richter, 1890~1968)의 청소년 고전 작품이다.

을 읽고 있었다. 그러나 우리는 온실 속에서 『일리아스』를 착실히 답파해 나갔다. 그것은 보급판으로 나온 산문시 번역본이었는데, 원문의 운율을 많이 잃어버렸을 뿐만 아니라 고대 그리스어의 음악성도 상실한 요약본이었지만 그럼에도 그것은 대단한 책이었다. 난 정말 뭐라 말할 수 없이 그 책이 좋았다! 막사에서 토라져 버린 아킬레스(그 대목에서 나는 워터게이트 사건과 녹음테이프를 내놓지 않으려는 닉슨 대통령이 떠올랐다.)에서부터 헥토르가 발을 묶인 채 온 시내를 끌려다니는(여기서 나는 펑펑 소리 내어 울어 버렸다.) 장면에 이르기까지 모든 것이 내 마음속에 깊은 울림을 남겼다. 『러브 스토리』는 댈 바도 아니었다. 배경에서부터 하버드 교정 정도는 트로이와 상대가 안 된다. 그리고 시걸의 소설은 처음부터 끝까지 죽는 사람이 단 한 사람밖에 없다.(아마 이것은 내 몸속의 호르몬이 소리 없이 아우성치는 또 다른 증표였을 것이다. 왜냐하면 내 친구들은 수많은 남자가 공식적으로 등장하기가 무섭게 서로 살육을 벌이는 『일리아스』의 내용이 너무 잔인하다고 느꼈지만 나는 칼로 찌르고 목을 베고 눈알을 도려내고 피범벅이 되어 내장을 빼내는 장면에서 전율을 느꼈다.)

나는 책을 펴고 머리를 수그렸다. 내 머리카락은 맥신과 다실바 선생님과 온실의 제라늄 모두를 시야에서 차단했지만 『일리아스』만은 온전했다. 벨벳 커튼 뒤에 숨은 나의 대역 배우가 만족스러운 듯이 가르랑거리기 시작했다.

"아프로디테가 그 유명한 허리띠를 벗었다. 허리띠에는 사랑의 주문과 전능, 욕망, 사랑의 속삭임, 그리고 아무리 이성적인 사람이라도 예지력과 판단력을 잃게 하는 유혹의 능력이 담겨 있었다."

1시가 되었다. 점심 후 식곤증이 교실을 뒤덮었고, 밖에서는 비가 들이치고 있었다. 누군가 문을 두드렸다.

"미안하다, 칼리. 잠깐만 멈춰 볼래?"

다 실바 선생님이 문을 향했다.

"들어와라."

다른 아이들과 마찬가지로 나는 고개를 들었다. 문간에는 빨간 머리의 여자아이가 서 있었다. 구름 두 뭉치가 하늘 위에서 쾅 부딪쳤다간 서로 비껴가면서 한 줄기 빛을 내려보냈다. 이 빛이 온실의 유리 지붕을 때렸고, 늘어진 제라늄을 통과하면서 장밋빛을 띠고는 얇은 막처럼 여자아이를 감싸 주었다. 어쩌면 그것은 태양하고는 아무 상관없는 일인지도 모른다. 그것은 내 눈에서 비롯되는 어떤 강렬함, 영혼의 광선인지도 모른다.

"지금 수업 중인데 웬일이니, 얘야?"

"저도 이 수업을 들어야 해요."

여자아이는 기분이 좋지 않은 듯이 말했다. 그녀의 손에는 종이 한 장이 들려 있었다. 다 실바 선생님이 그걸 살펴보더니 말했다.

"정말 더렐 선생님이 이 교실로 옮기라고 하셨니?"

"램프 선생님은 이제 자기 수업에 들어오지 말랬어요."

소녀의 대답이었다.

"자리에 앉거라. 책은 다른 사람하고 같이 보고. 스테퍼니네스 양이 『일리아스』 3권을 읽고 있던 중이다."

나는 다시 읽기 시작했다. 그러니까 다시 말해서 눈으로는 문장을 훑어 내려가고 입으로는 계속 말을 만들어 내고 있었다는 뜻이다. 그러나 내 마음은 더 이상 그 의미들을 새기고 있지 않았다. 다 끝난 뒤에도 나는 머리를 늘어뜨린 채 뒤로 쓸어 넘기지 않았다. 그러고는 열쇠 구멍 같은 머리카락 사이로 엿보기 시작했다. 그 아이는 내 건너편 자리에 앉아 있었다. 책을 같이 읽느라 그런지 몸은 리티카 쪽으로 기울였지만 눈은 식물들에게 가 있었다. 지푸라기 냄새에 그녀는 콧잔등을 찌푸렸다.

내 관심은 일견 과학적이고 동물학적인 것이었다. 나는 그렇게 주근깨가 많은 생물체는 태어나서 한 번도 본 적이 없었다. 콧마루 위에서 빅뱅이 일어나 이 폭발의 힘으로 은하수 같은 주근깨가 떠밀려서 따뜻한 피가 흐르는 그녀의 굴곡진 우주 구석구석으로 흩뿌려졌다. 팔 윗부분과 손목에도 주근깨 무리가 있었고, 이마를 가로지르는 은하수에서 성미 급한 몇몇 천체는 벌레 구멍 같은 귓구멍 속에 풍덩 빠져 있었다.

지금은 영어 수업 중이므로 시 한 구절을 인용해 보자. 제라드 맨리 홉킨스[44]의 「얼룩의 아름다움」은 이렇게 시작한다.

"얼룩덜룩한 것을 만드신 신께 영광 있으라."

그 빨간 머리 여자애를 처음 봤을 때의 느낌이란 지금 생각하니 아마도 자연의 아름다움을 감상하는 마음에서 비롯

---

44) Gerard Manley Hopkins(1844~1889). 19세기 독창적인 영국 시인이다.

되었던 것 같다. 내 말은 그러니까 얼룩무늬 잎사귀, 혹은 양피지처럼 몇 겹으로 글자를 써넣은 프로방스 지방의 플라타너스 껍질 같은 것에서 느껴지는 흡족한 마음 말이다. 그녀의 색상 조합에는 뭔가 강렬한 매력이 있었다. 하얀 우윳빛 살결 위에 생강 조각처럼 떠도는 주근깨, 황금색으로 하이라이트를 준 딸기색 머리. 그녀를 쳐다보면 가을 느낌이 들었다. 그와 같은 색을 보려면 북쪽으로 차를 몰아야 하리.

그러는 동안 그 아이는 풀이 죽어서 책상에 가만히 있었다. 무릎까지 오는 파란 양말을 신은 두 다리를 바깥쪽으로 쭉 내밀고 있어서 다 닳아 버린 신발 뒤축이 보였다. 다 실바 선생님은 그 아이에게 그날이 첫 수업이었으므로 아무것도 시키지 않았지만 그 애의 태도에 근심스러운 표정을 지었다. 이 새로 온 아이는 도무지 주의를 집중하지 않았다. 밝은 오렌지색 옷을 입은 채 엎드리는가 하면 졸린 듯이 눈을 깜박거렸다. 어느 순간에는 하품을 하다 중간에 아차 싶은 것처럼 뚝 멈췄다. 그 아이는 뭔가를 꿀꺽 삼키고는 주먹으로 가슴을 탕탕 두드렸다. 그러고는 소리 없이 트림을 하고 혼자 속삭였다.

"아이, 카람바!"[45)]

수업이 끝나자마자 그 여자아이는 나가 버렸다.

그 애는 누구지? 어디서 왔을까? 왜 전에는 한 번도 못 봤을까? 분명 베이커 잉글리스에 새로 전학 온 아이는 아니었다.

---

45) 스페인어로 '제길'이란 뜻이다.

그녀의 옥스퍼드 신발은 뒤축이 너무 닳아 버려서 나막신처럼 슬쩍만 밀어 넣어도 되었다. 이런 건 팔찌 클럽 아이들이 잘하던 짓이었다. 더욱이 그 애도 진짜 루비가 박힌 낡은 반지를 끼고 있었다. 그 애의 입술은 얇고 엄격한 프로테스탄트의 그것이었다. 코는 정말이지 코라고 할 수가 없었다. 그건 생기다 만 코였다.

그 애는 매일 수업에 들어올 때마다 똑같이 냉담하고 지루한 표정을 지었다. 옥스퍼드 나막신은 미끄러지거나 스케이트 탈 때처럼 질질 끌면서 무릎은 구부정하고 몸무게는 앞으로 쏠렸다. 그래서 전체적으로 산만한 인상이 더해졌다. 그 애가 들어올 때 나는 다 실바 선생님의 식물들에 물을 주고 있었다. 선생님은 수업 시작 전에 내게 그렇게 하라고 일렀다. 그래서 매일매일 하루의 시작이 똑같았다. 즉 크리스털 룸 한쪽 끝에서 나는 제라늄 꽃송이에 포위되어 있고, 건너편에서 그 빨간 머리가 응답하듯이 들어서고.

그 애가 발을 끄는 걸 보면 우리가 읽고 있는 괴상하고 오래되어 죽어 버린 시를 그 애가 어떻게 느끼는지 알 수 있었다. 그 애는 수업에 도무지 관심이 없었고, 숙제도 하는 법이 없었다. 그럴듯하게 속여서 수업 시간을 때웠고, 시험이나 문제는 적당히 고쳐서 얼렁뚱땅 해치웠다. 만일 '팔찌 클럽' 아이가 같이 있었더라면 공부는 뒷전이고 수업 시간 중에 쪽지깨나 돌려 댔을 것이다. 혼자서는 그저 일없이 어슬렁거릴 수밖에. 다 실바 선생님은 그 애에게 뭔가를 가르치기를 포기했고 되도록이면 그 애에게 시키지도 않았다.

나는 교실 안에서, 그리고 교실 밖에서도 그 애를 보았다. 학교에 도착하자마자 나는 망루에 올랐다. 로비에서 노란 의자에 앉아 숙제를 하는 척하면서 그 애가 지나가기를 기다렸다. 무뚝뚝한 그녀의 모습이 나타나면 난 언제나 압도되었다. 만화 속 주인공처럼 그 순간 내 머리 주위에는 별이 빙빙 돌았다. 그 애는 모퉁이를 돌아 껌을 씹으며 아무렇게나 슬리퍼에 발을 넣는다. 항상 그 애의 발걸음은 바빴다. 그 애가 땅을 찍듯이 앞발을 내리꽂지 않았다면 납작해진 슬리퍼는 일찌감치 도망갔을 것이다. 이 때문에 그 애는 종아리에 근육이 생겼고, 거기에도 주근깨가 생겼다. 그건 거의 일광욕이라 할 수 있었다. 그 애는 미끄럼을 타듯이 앞으로 돌진하더니 어떤 팔찌 클럽 아이 하나와 얘기했는데, 그 둘은 할 수 있는 한 거드름을 피우며 오만하게 굴었다. 어떤 땐 나와 눈이 마주쳐도 전혀 알은척하지 않았다. 눈꺼풀을 스르르 내리며 그냥 가 버렸다.

내가 얼마간 시대착오적이라 해도 양해하기 바란다. 루이스 부뉴엘의 「욕망의 모호한 대상」은 1977년까지 세상에 나오지 않았고 그 무렵이 되도록 빨간 머리 소녀와 나는 더 이상 친해지지 않았다. 난 그 애가 그 영화를 봤는지도 의심스럽다. 그렇지만 난 그 애를 생각할 때마다 「욕망의 모호한 대상」이 떠오른다. 난 그 영화를 마드리드에 머물 때 어떤 스페인 술집에서 텔레비전으로 보았다. 대사도 거의 알아듣지 못했지만 전체 줄거리는 명확하다. 페르난도 레이가 연기하는 초로의 노신사가 캐롤 부케가 분한 젊고 아름다운 아가씨에게 반한다. 그런 것은 아무래도 상관없었다. 날 사로잡은 것은 그 영화의 초현실주의적인 터치였다. 영화의 많은 장면에서 페르난도 레이는 어깨에 무거운 짐을 멘 모습으로 나타난다. 이 짐에 대해선 설명이 없다.(아니면 설명이 있었더라도 내가 못 알아들었거나 둘 중의 하나이다.) 노신사는 이 짐을 짊어지고 여기저기 다닌다. 식당 안으로, 택시와 공원 안으로. 나 자신의 "모호한 대상"을 따라다니는 동안 내가 느낀 게 바로 그와 같았다. 마치 나 자신이 불가사의하고 설명할 길 없는 부담 혹은 짐을 떠메고 다니는 것처럼. 그래서 독자 여러분이 개의치 않는다면 그 애를 "모호한 대상"이라고 부르기로 하겠다. 이는 감상적인 이유에서이다.(또한 그 애의 신원을 보호해야 하는 탓도 있다.)

그 애는 체육 시간에는 꾀병을 부렸고, 점심시간에는 발작적으로 웃었다. 식탁 위에 엎어져서는 다른 아이가 한 농담 때문에 그렇게 됐다고 우겼다. 입에는 우유 거품이 잔뜩 묻었고 코에서는 뚝뚝 우유 방울이 떨어져서 보는 애들마다 더 크게 웃어 댔다. 다음 날 방과 후에 나는 그 애가 낯선 남자애랑 자전거를 타고 있는 모습을 보았다. 남자애가 페달을 밟고 그 애는 뒤에 앉아 있었는데 남자애의 허리를 감싸안고 있진 않았다. 그 애는 오로지 균형 감각에 의지해 자전거를 타고 있었다. 이 사실이 내게 희망을 불러일으켰다.

어느 날 다 실바 선생님이 모호한 대상에게 큰 소리로 읽으라고 시켰다. 그 애는 보통 때처럼 의자에 느긋하게 기대어 있었다. 여학교에서는 무릎을 모으거나 치마를 내리려고 그다지 신경을 곤두세울 필요가 없다. 모호한 대상의 무릎은 옆으로 벌어져 있었고 묵직해 보이는 허벅지는 제법 위까지 드러나 보였다. (책상은 덩치 작은 소녀들을 위해 족히 이삼십 년 전에 만들어진 것들이라 녀석은 거기 억지로 구겨 넣어진 것 같은 모습이었다. 아마 그 애가 거의 반응을 보이지 않은 데에는 그런 이유도 있었을 것이다. 무릎만 붙이고) 일어나지도 않은 채 그 애가 말했다.

"책을 안 가져왔어요."

다 실바 선생님이 입술을 오므렸다.

"칼리하고 같이 보면 되잖니."

그 애는 내 쪽으로 전혀 움직이지 않았다. 알아들었다는 유일한 표시는 얼굴에서 머리카락을 쓸어 낸 일이었다. 그 애는 이마에 한 손을 얹더니 쟁기질을 하듯 머리카락을 뒤로 넘기며 밭이랑을 만들었다. 그 손놀림이 마지막에 이르자 그녀는 머리를 홱 움직이며 여봐란듯이 화려한 동작을 취했다. 거기 그녀의 볼이 내게 접근해도 좋다는 신호를 보내고 있었다. 나는 돌진하다시피 책상과 책상 사이의 갈라진 틈으로 내 책을 미끄러뜨렸다. 모호한 대상이 몸을 기울였다.

"어디서부터이죠?"

"112쪽 맨 윗부분이야. 아킬레스의 방패 묘사 장면이지."

전에는 모호한 대상과 이렇게 가까이 앉아 본 적이 없었다. 내 유기체 바로 옆에 그 애가 있다니. 내 신경계는 「호박벌의 비행」[46]을 개시했다. 현악 파트는 서걱서걱 등뼈를 톱질하고, 팀파니는 둥둥 가슴판을 울렸다. 동시에 나는 그 모든 것

46) 러시아 작곡가 니콜라이 림스키코르사코프(Nikolai Rimsky-Korsakov, 1844~1908)의 현란한 관현악곡이다.

을 위장하기 위해 털끝 하나 움직이지 않았다. 숨도 쉬지 않았다. 그것은 근본적으로 부정 거래였다. 겉으로는 긴장병의 증후를 보이면서 속으로는 열광하는.

그 애한테서 시나몬 껌 냄새가 났다. 그 껌은 아직도 그 애의 입천장 어딘가에 들러붙어 있었다. 난 그 애를 바로 쳐다보지 못했다. 오로지 책만 봤다. 붉은 기가 도는 그 애의 금발 머리카락 한 올이 우리 사이의 책상에 떨어졌다. 태양이 머리카락을 비추자 프리즘 효과가 생겼다. 그러나 내가 1.3센티미터 무지개를 바라보는 동안 그 애는 책을 읽기 시작했다.

나는 잘못된 발음으로 알아들을 수 없는 단조로운 콧소리가 나올 줄 알았다. 쿵 하고 부닥친 뒤 중앙선을 넘고 뒤이어 끼익거리는 브레이크 소리와 함께 정면충돌이 일어날 줄 알았다. 그러나 모호한 대상의 음성은 책 읽기에 아주 훌륭한 목소리였다. 분명하고 또랑또랑하며 나긋한 리듬도 있었다. 그것은 그 애가 집안에서 배운 목소리로 시를 읊어 대는 술꾼 삼촌들로부터 얻은 것이었다. 그 애는 표정도 바뀌었다. 전에 없던 차분한 위엄이 그 애의 자태에 깃들었다. 거만한 목 위에 머리를 세우고 턱은 치켜들었다. 그 목소리는 열네 살이 아니라 스물네 살처럼 들렸다. 난 내가 어사 키트의 목소리를 내는 게 더 이상할까, 아니면 그 애가 캐서린 헵번의 목소리를 내는 게 더 이상할까 궁금했다. 그 애가 다 읽고 나자 교실이 조용해졌다.

"고맙다."

다 실바 선생님이 우리와 마찬가지로 놀라서 말했다.

"아주 잘 읽었다."

종이 울리기가 무섭게 모호한 대상은 내게서 멀어져 갔다. 그 애는 샤워기에서 머리를 헹굴 때처럼 다시 한번 머리를 쓱 뒤로 넘겼다. 그러곤 책상에서 쏙 빠져나와 교실 밖으로 나갔다.

어떤 때, 온실의 조명이 딱 그만큼만 밝혀지고 모호한 대상의 블라우스 단추가 두 개쯤 풀려 있고 브래지어 컵 사이로 슬쩍 견갑골이 조명을 받을 때 칼리오페는 자신의 진정한 생물학적 정체를 알아차렸을까? 모호한 대상이 홀을 지나갈 때 칼은 자기 느낌이 잘못된 것이라고 생각해 본 적이 있을까? 대답은 예스와 노, 둘 다이다. 이 모든 일이 벌어진 배경을 다시 한번 생각해 보자.

베이커 잉글리스에서는 동급생에게 반했다고 해서 이상하게 취급받거나 하지는 않았다. 여학교에서는 남학생에게 향하는 감정적인 에너지의 상당 부분이 여학생들 사이의 우정으로 변하게 된다. 이 학교에서는 프랑스 여학생들처럼 학생들이 팔짱을 끼고 걸어 다녔다. 그들은 애정을 놓고 서로 겨루었다. 질투도 생겨났고 배신도 드물지 않았다. 화장실에 가면 누군가 한 칸을 차지하고 훌쩍이는 소리를 간간이 들을 수 있었다. 소녀들은 아무개가 점심때 자기 옆에 앉지 않겠다고 했다는 이유로, 혹은 가장 친한 친구를 새로운 남자 친구에게 빼앗겼다는 이유로 울곤 했다. 이런 분위기를 부채질한 것은 학교 행사였다. 먼저 '반지의 날'이 있었는데 이날은 상급생들이 하급생들에게 어른이 되어 가는 것을 축하하면서 꽃과 황금색 머리띠를 선물하는 날이었다. 봄에는 '물레질 댄스의 날'이 있어서 남자도 없이 메이폴[47]을 세웠다. 두 달에 한 번씩 '가슴에서 가슴으로' 행사가 있었는데 이는 교목이 주관하는 고해의 만남으로서 끝날 때에는 예외 없이 발작적인 포옹과 흐느낌으로 막을 내렸다. 그런데도 학생들은 활발하게 이성애를 지향했다. 내 동급생들만 봐도 낮 동안에는 얌전히 행동하지만 방과 후에는 단연 남자가 1등 화제였다. 여자 친구에게 끌리는 혐의를 받는 여자애는 도마에 올라 희생되었으며 기피 인물이 되었다. 난 이 모든 사실을 알고 있었다. 겁이 났다.

나는 모호한 대상에 대해 느끼는 감정이 정상인지 아닌지 알 길이 없었다. 내 친구들은 다른 여자애들에게 질투 어린 연애 감정을 가지는 편이었다. 리티카는 앨린 브리어가 「핀란디아」를 피아노로 연주하는 걸 보고 기절해 버렸고, 린다 라미레즈는 소피아 크라키올로가 3개 국어를 동시에 선택했기 때문에 한눈에 반해 버렸다. 그런 거였을까? 내가 모호한 대상에게 반한 건 그 애의 멋들어진 낭독 때문이었을까? 아닌 것 같았다. 내 경우엔 뭔가 육체적인 것이 있었다. 그것은 이성적인 판단이 아니라 내 혈관을 끓어 넘치게 하는 격정이었다. 그런 이유 때문에 나는 아무 말도 하지 않았다. 난 지하실 화장실에 숨어서 그 사실을 곰곰이 생각해 보았다. 매일같이 시간이 날 때마다 나는 뒷계단을 통해 아무도 찾지 않는 화장실로 내려가 적어도 삼십 분 정도 문을 닫아 버렸다.

전쟁 전 오래된 공공 기관의 화장실처럼 안락한 곳이 세상

---

47) 5월 축제를 위해 꽃과 리본으로 장식한 기둥이다.

에 또 있을까? 그것은 미국이 예전에 잘나가던 시절에 지은 그런 화장실이었다. 베이커 잉글리스의 지하 화장실은 오페라 극장의 박스석 같았다. 에드워드 왕조풍의 조명 설비가 머리 위에서 내리쬐었고 세면대는 푸른 석판 안에 하얀 도기로 속이 깊었다. 거기 수그리고 얼굴을 씻을 때면 명나라 도자기에서와 같은 미세한 금이 보였다. 하수구 마개는 금줄을 매단 채 제자리에 있었고, 수도꼭지 아래로는 물방울에 팬 도자기에 녹색 줄이 나 있었다.

세면대마다 위에 달걀형 거울이 걸려 있었다. 난 그걸로 아무것도 하고 싶지 않았다.("중년에 시작되는 거울에 대한 증오"가 내게는 일찍 찾아왔던 것이다.) 거울을 쳐다보지 않도록 조심하면서 나는 화장실 안으로 직행했다. 모두 세 칸이 있었는데 가운데를 골랐다. 다른 칸과 마찬가지로 대리석으로 이루어져 있었다. 뉴잉글랜드의 그레이 마블. 수백 년간 화석과 함께 못 박혀 있다가 19세기에 채석된 5센티미터 두께의 대리석. 나는 문을 닫고 걸쇠를 걸었다. 그리고 변기 커버를 한 장 뜯어내어 변기에 깔았다. 세균으로부터 방어하면서 나는 팬티를 내리고 치마를 걷어 올린 다음 앉았다. 금방 몸이 편해지면서 새우등이 바로 펴지는 것이 느껴졌다. 난 앞이 잘 보이도록 머리털을 얼굴 뒤로 넘겼다. 눈앞에는 양치류 같은 화석이, 오도 가도 못하게 찰싹 달라붙어 죽은 전갈 같은 화석들이 보였다. 내 다리 사이의 변기에도 오래된 녹 자국이 있었다.

지하 화장실은 우리 로커룸과 정반대였다. 천장의 높이는 2미터에 달했고 마루가 있는 곳까지 쭉 뻗어 있었다. 화석이 깃든 대리석은 머리털보다 더 잘 나를 숨겨 주었다. 지하 화장실에서는 시간의 흐름이 훨씬 편안했다. 저 위층의 교실에서처럼 격심하고 무의미한 경쟁이 벌어지는 것이 아니라 발생학적으로 초기의 진흙으로부터 식물과 동물 생태가 형성되어 가는 지구의 진화 속도를 따르는. 수도꼭지에서 느리지만 거역할 수 없는 간격으로 물이 떨어졌고, 나는 혼자 거기 있으면서 편안함을 느꼈다. 모호한 대상에 대한 혼란스러운 감정으로부터 편안했고, 또 우리 부모님 침실에서 엿들은 대화의 조각들로부터도 편안했다. 바로 그 전날 밤 아버지의 화난 목소리가 들려왔다.

"당신, 또 머리가 아파? 아스피린을 먹으라고."

"벌써 먹은걸." 어머니의 대답이었다.

"소용이 없어."

그러자 우리 오빠의 이름이 나오고 내가 알아들을 수 없는 소리로 아버지는 뭐라고 투덜거렸다. 그러고 나서 어머니가 말했다.

"난 칼리도 걱정이 돼. 아직도 생리가 없어."

"거 뭘, 겨우 열세 살인걸."

"열네 살이나 됐어. 키는 또 얼마나 큰데. 뭐가 잘못된 것 같아."

잠시 침묵. 다시 아버지가 물었다.

"필 박사는 뭐래?"

"흥, 그놈의 필 박사! 그 사람은 아무 말도 안 해. 다른 사람한테 데려가야 할까 봐."

내 방의 벽 뒤에서 들려오는 부모님의 잔잔한 목소리는 어린 시절 내게 안도감을 심어 주었지만 이제 그것은 걱정과 두려움의 원천이 되었다. 그래서 나는 대리석 벽으로 바꿔 버렸다. 여기서는 물 듣는 소리, 변기 내리는 소리, 그리고 내가 부드럽게 큰 소리로 읽는 『일리아스』 소리만이 울렸다. 호메로스가 지겨워지면 벽을 읽기 시작했다.

지하 화장실은 또 이 점에서 유리하다. 즉 낙서로 뒤덮여 있다는 점. 위층에서는 나란히 줄지어 선 학생들의 얼굴 사진을 볼 수 있다. 그러나 여기 아래층에서는 대개 몸을 보게 된다. 파란색 잉크로 그려진 것은 거대한 성기를 가진 작은 사람들이다. 여자들도 엄청나게 큰 젖가슴을 가졌다. 그리고 여러 가지 교체 편성을 볼 수 있는데, 예를 들면 아주 작은 페니스를 가진 남자들과 역시 페니스를 가진 여자들. 이런 교육은 가상적인 것이지만 현실적이기도 했다. 그레이 마블 위에는 이처럼 몸으로 어떤 동작을 하고, 신체 일부가 자라고, 서로 맞아떨어지고, 모습을 바꾸고 하는 새로운 그림들이 삐뚤빼뚤 새겨져 있었다. 거기에 우스갯소리와 "지혜 있는 자들은 들을지어다." 식의 충고와 사적인 고백까지. 어떤 낙서에는 "난 섹스를 좋아해." 다른 곳에는 "패티 C.는 걸레다." 나와 같은 여자애가 여기 아니면 세상 어디서 이런 자기도 모를 소리를 얻어듣겠는가? 사람들이 입으로는 차마 말 못 할 내용을 적고 부끄러운 소망과 지식에 돌파구를 만들어 놓은 이 지하 영역보다 칼리에게 더 편안한 곳이 다른 어디에 있겠는가?

그해 봄 크로커스가 만발할 때, 교장 선생님이 수선화를 화단에 심는 동안 칼리오페도 뭔가가 싹트는 걸 느꼈다. 그녀가 혼자 있고 싶은 것 외에 지하 화장실로 내려가는 이유는 자신이 하나의 모호한 대상이란 사실 때문이었다. 꽃이 피기 직전의 크로커스처럼 새로 깔린 녹색 이끼를 뚫고 분홍 꽃대가 올라왔다. 그러나 이상한 종류의 꽃이었다. 왜냐하면 하루에도 여러 계절을 오락가락했기 때문이다. 땅 밑에서 잠을 잘 때는 분명히 휴면기인 겨울이었다. 그런데 오 분이 지나자 은밀한 봄기운에 몸을 떠는 것이었다. 무릎에 책을 얹고 교실에 앉아 있거나 카풀로 집에 돌아갈 때 나는 다리 사이에 해동의 기미를 느끼곤 했다. 토양에 물기가 스미고, 기름진 토탄 냄새가 피어오른다. 그러고 나면 (마치 라틴어 동사를 외우려는 것처럼) 내 치마 속의 따뜻한 대지에서 갑작스레 생명이 꿈틀대었다. 어떤 때 크로커스를 건드리면 벌레의 살갗처럼 말랑말랑하고 미끈덕거렸다. 또 어떤 때는 뿌리와도 같이 딱딱했다.

칼리오페가 자신의 크로커스에 대해 어떻게 느꼈을까? 이 질문에 대한 대답이야말로 가장 쉬우면서도 가장 어렵다. 한편으로 그녀는 그걸 좋아했다. 교과서 한 모퉁이를 거기 대고 누르면 기분이 좋아졌다. 이건 뭐 처음 느끼는 건 아니었다. 거기에 뭘 대면 언제나 좋았다. 어쨌든 크로커스는 그녀의 일부였으니까. 물어보고 말고 할 것도 없었다. 그러나 어떤 때는 뭔가가 다르게 느껴지곤 했다. 캠프장의 눅눅한 합숙소에서 나는 자전거 좌석과 울타리 말뚝들이 어린 나이의 내 친구들을 유혹한다는 사실을 알았다. 리즈 바튼은 꼬챙이에 꿴 마시멜로를 구우면서 우리에게 가죽 안장을 입힌 말뚝을 자기가 얼마나 좋아하는지 말해 주었다. 마거릿 톰슨네는 우리 동네에서 처음으로 마사지용 샤워 헤드를 들여놓았다고 한다. 나는 이러한 임상적인 역사 기록들에 나 자신의 감각 자료(그해는 내가 체육관의 밧줄과 사랑에 빠진 해이기도 하다.)를 더해 보았지만, 내 친구들이 얘기하는 떨림과 내가 직접 겪은 노골적인 경련의 환희 사이에는 모호하고도 아리송한 차이가 있었다. 가끔 침대 꼭대기에 매달려 누군가의 눈빛과 마주치면 "너 그거 아니?"라고 물으면서 스스로를 살짝만 드러낼 때도 있었다. 그러면 어둠 속에서 머리가 엉클어진 서너 명의 소녀들이 고개를 한 번 끄덕이고는 입술을 살짝 깨물다가 이내 눈길을 딴 데로 돌려 버리곤 했다. 그 애들은 몰랐던 것이다.

때로는 나의 크로커스가 너무 예민한 게 아닐까 걱정이 됐다. 흔하게 볼 수 있는 다년생 풀이 아니라 온실에서 자라는 꽃, 아니면 어떤 품종의 장미처럼 맨 처음 만들어 낸 사람의 이름을 따서 붙이는 잡종이든가. 무지갯빛 헬렌이라든가 창백한 올림포스, 혹은 그리스의 불꽃처럼. 그러나 아니다, 그것도 적절하지 않았다. 나의 크로커스는 보여 주기 위한 것이 아니었다. 그것은 변해 가는 과정이었고, 내가 참을성 있게 기다리면 좋은 결과에 이를 것이다. 어쩌면 이런 일은 누구에게나 매일같이 벌어지는 일인지도 몰랐다. 그런 걸 가지고 난 공연히 지하실까지 내려가는지도 몰랐다.

베이커 잉글리스에는 또 한 가지 전통이 있었다. 매년 8학년생들이 고전적인 그리스 연극 의상을 입는 전통이 그것이다. 원래 이 연극은 중학교 강당에서 발표를 했다. 그러나 다 실바 선생님이 그리스 여행을 다녀온 후로 장소를 필드하키장으로 바꾸었다. 경사면에 자리 잡은 외야석과 천연의 음향 시설을 갖춘 필드하키장은 그야말로 완벽한 작은 에피다우로스였다. 관리인들이 잔디에 무대를 세웠다.

내가 모호한 대상에 넋을 빼앗긴 해에 다 실바 선생님이 고른 작품은 『안티고네』였다. 오디션은 없었다. 다 실바 선생님은 주역들을 '고급 영어반'의 애제자들로 채웠다. 그 외 학생들은 코러스에 집어넣었다. 따라서 출연진은 다음과 같다. 크레온 역에 조운 마리아 바바라 페라치오, 유리디체 역에 티나 쿠벡, 이스메네 역에 맥신 그로싱어. 주인공인 안티고네 역에는 — 육체적인 견지에서 보더라도 절대 있을 수 없을 것 같은 일이 벌어지고야 말았는데 — 모호한 대상이 뽑혔다. 그 애의 중간 학기 성적은 겨우 C 마이너스였지만 다 실바 선생님은 한눈에 스타를 알아보았다.

"이 대사를 전부 외워야 해요?" 우리의 첫 번째 리허설에서 조운 마리아 바바라 페라치오가 물었다.

"두 주 만에?"

"외울 수 있는 데까지 외워." 다 실바 선생님이 말했다.

"모두 그리스 의상을 입을 거니까 그 밑에 원고를 감출 수 있어. 이글 선생님도 대사를 불러 주실 거야. 오케스트라 좌석에 계실 거다."

"오케스트라도 있어요?"

맥신 그로싱어가 궁금해했다.

"오케스트라는……." 다 실바 선생님은 당신 리코더를 가리키며 말했다.

"바로 나야."

"비가 오지 말아야 할 텐데."

모호한 대상의 말이었다.

"다다음 주 금요일에 비가 올까?" 다 실바 선생님이 말했다. "우리의 테이레시아스에게 물어봐야겠구나."

그러면서 선생님은 나를 돌아다보았다.

누군가 다른 사람일 줄 알았다고? 천만에. 모호한 대상이 앙갚음을 하는 누이동생 역에 적격이라면 나는 늙고 눈먼 예언자 역에 당선이 확실한 터였다. 제멋대로 자란 머리털은 혜안을 암시했고, 구부정한 새우등은 늙은이 같았으니까. 반쯤 변성한 내 목소리는 어딘가 영감이 깃든 듯이 비현실적으로 들렸다. 물론 테이레시아스도 처음엔 여자였다. 그러나 그때는 그걸 몰랐다. 그리고 대본에는 그 내용이 적혀 있지 않았다.

난 내가 어떤 역을 맡든지 상관없었다. 중요한 것은 오로지 이제 모호한 대상과 가까이 있을 수 있다는 사실뿐이었다. 말 한마디 걸 수 없는 수업 시간처럼 가까이 있는 게 아니었다. 그 애가 심심하면 옆 테이블에 우유를 뱉는 점심시간처럼 가까이 있는 게 아니었다. 학교 연극을 연습하면서 자기 자신이 아닌 다른 사람을 연기함으로써 감정적으로 자유롭고 현기증이 날 정도로 강렬한 가운데 그 애와 가까이 있게 된 것이다.

"난 대본을 가지고 들어가선 안 된다고 생각해."

모호한 대상이 선언했다. 리허설에 맞춰 도착한 그 애는 전문 배우처럼 보였고, 그 모습은 노랗게 강조되어 있었다. 그 애는 스웨터를 망토처럼 어깨에 둘러 묶었다.

"우린 모두 대사를 외워야 해." 한 사람 한 사람의 얼굴을 들여다보며 그 애가 말했다.

"그러지 않으면 가짜 냄새가 난단 말이야."

다 실바 선생님이 빙그레 미소 지었다. 대사를 외우는 것은 모호한 대상의 경우에도 어려울 것이다. 신선한 시도였다.

"제일 길고 어려운 대사는 안티고네야." 선생님이 말했다.

"그러니까 안티고네가 대본 없이 해야 한다고 하면 나머지 사람들도 그래야 한다고 생각한다."

다른 아이들이 신음 소리를 냈다. 그러나 테이레시아스는 이미 미래에 대한 희망이 있었으므로 모호한 대상을 향해 돌아섰다.

"네가 원하면 네 대사를 같이 외워 줄게."

미래의 꿈, 그것이 벌써 이루어지려 했다. 모호한 대상은 날 쳐다보고 있었다. 눈꺼풀이 올라가 있었다.

"좋아." 그 애가 말했다.

"훌륭해."

우리는 다음 날인 화요일 저녁에 만나기로 했다. 모호한 대상은 자기 주소를 적어 주었고, 어머니는 날 그 집에 데려다 주었다. 내가 서재에 나타났을 때 그 애는 녹색 벨벳 소파 위에 앉아 있었다. 옥스퍼드 신발은 벗었지만 아직 교복 차림이었다. 기다란 빨간 머리는 뒤로 묶었는데 지금 하는 일을 생각하면 그편이 나았다. 그 애는 담배에 불을 붙이는 중이었다. 모호한 대상은 인디언 스타일로 몸을 숙이고 앉아 입에 문 담배에 국화꽃처럼 생긴 녹색 도자기 라이터로 불을 붙이고 있었다. 라이터에 기름이 조금밖에 없었다. 그 애는 라이터를 흔들고 엄지손가락으로 계속 버튼을 눌렀다. 마침내 조그만 불꽃이 켜졌다.

"넌 담배 피워도 혼 안 나니?" 내가 말했다.

그 애는 놀라서 고개를 들었다가 다시 자기가 하던 일로 관심을 돌렸다. 담배에 불을 붙여 깊게 빨아들이고는 천천히 내뱉었다. 그것도 아주 만족스럽게.

"부모님도 피우는걸." 그 애가 말했다.

"그러면서 날 못 피우게 하면 대단한 위선자지."

"하지만 부모님은 어른이잖아."

"엄마 아빠도 내가 원하면 담배를 피울 수 있다는 것쯤은 알고 있어. 못하게 하면 숨어서 할 텐데 뭐."

모양새로 보아하니 그렇게 지내 온 지가 벌써 오래된 모양이었다. 모호한 대상은 담배 피우는 데 초보가 아니었다. 이미 전문가 빰치는 수준이었다. 그 애는 날 평가하려는 듯이 눈을 가늘게 떴고 담배 연기가 그 애의 입으로부터 비스듬히 피어올랐다. 연기는 모호한 대상의 얼굴을 타고 맴돌았다. 이상한 대조였다. 산전수전 다 겪은 사설탐정 같은 표정이 사립 학교 교복을 입은 소녀의 얼굴에 어리다니. 마침내 그 애는 담배를 손으로 가져갔다. 재떨이를 찾을 것도 없이 그대로 재를 털었다. 재가 떨어졌다.

"난 너 같은 어린애가 담배를 피우는 건 좀 그래."

내가 말했다.

"그게 정답이겠지."

그 애의 대답이었다.

"너도 시작해 볼래?"

타레이톤 갑을 들어 올리며 그 애가 물었다.

"난 암에 걸리기 싫어."

모호한 대상은 어깨를 으쓱하며 담뱃갑을 밑으로 던졌다.

"내가 암에 걸릴 때쯤이면 암 치료법도 나와 있을 거야."

"나도 그러길 바라. 널 위해서."

그 애는 다시 담배를 빨아들였다. 아까보다 훨씬 더 깊이. 그 애는 연기를 들이마신 뒤 영화 사진처럼 잠시 멈추었다가 이윽고 다시 뱉어 냈다.

"넌 나쁜 습관 같은 건 하나도 없겠구나."

그 애가 말했다.

"웬걸, 몇 트럭 정도 되지."

"어떤 건데?"

"예를 들면 머리카락 씹기 같은 것."

"난 손톱을 깨물어."

그 애는 경쟁하듯 말해 놓고서는 한 손을 들어 내게 보여 주었다.

"엄마가 이걸 발라 놓았어. 맛이 아주 끔찍해. 이러면 손톱을 깨물지 않게 된대."

"그래서 효과가 있니?"

"처음엔 그랬어. 하지만 지금은 이 맛에도 길이 들었어."

모호한 대상이 미소를 지었다. 나도 따라 웃었다. 그러고 나서 그 애가 간단히 손톱을 물어뜯는 바람에 우리는 함께 웃어 버렸다.

"그래도 머리를 씹는 것만큼 나쁘지는 않아."

내가 다시 시작했다.

"어째서?"

"머리카락을 씹으면 점심때 먹은 음식 냄새가 나기 시작하거든."

"우웩."

학교에서라면 같이 얘기하는 게 어색하게 느껴졌겠지만 지금은 우리를 보는 사람이 아무도 없었다. 세상 밖으로 나와 좀 더 큰 잣대로 보면 우리는 서로 다르기보다 닮아 있었다. 우리는 둘 다 십 대였고, 둘 다 교외에서 살았다. 난 가방을 내려놓고 소파로 건너갔다. 모호한 대상은 입에 타레이톤을 물고 있었다. 내가 소파에 앉을 수 있도록 그 애는 책상다리를 한 채 양옆으로 두 손바닥을 댄 다음 요가에서 공중 부양을 하는 것처럼 몸을 움직여 자리를 비켜 주었다.

"나, 내일 역사 시험 본다."

그 애가 말했다.

"누구한테 배우는데?"

"실러 선생님."

"실러 선생님은 책상 안에 바이브레이터가 있어."

"바이브 뭐라고?"

"바이브레이터 말이야. 리자 클라크가 봤대. 맨 아래 서랍에 있대."

"믿기지 않는걸!"

모호한 대상은 충격과 함께 재미있어했다. 그러나 다음 순간 눈을 가늘게 뜨며 생각에 잠겼다. 비밀스러운 목소리로 그 애가 물었다.

"그런데 그게 뭐 하는 건데?"

"바이브레이터 말이니?"

"응."

그 정도는 알 줄 알았다는 내 생각을 그 애가 읽어 버렸다. 그러나 내가 자기를 놀리지 않으리라는 걸 모호한 대상은 믿었다. 그것은 그날 우리가 맺은 협정 같은 것이었다. 나는 예컨대 바이브레이터처럼 지적으로 깊은 문제를 다루고, 그 애는 사회적인 영역을 맡는다는.

"여자들은 대개 보통의 교접으로는 오르가슴을 얻을 수가 없대." 메그 젬카가 내게 준 『우리 몸, 우리 자신』에서 인용했다. "여자들은 클리토리스에 자극이 필요하대."

모호한 대상의 얼굴에 주근깨 뒤로 홍조가 피어올랐다. 말할 것도 없이 그 애는 내가 일러 준 정보에 못 박힌 듯 꼼짝도 하지 않았다. 난 그 애의 왼쪽 귀에다 대고 말했다. 나의 말은 그 애 얼굴에 눈에 보이는 흔적을 남기듯이 왼쪽 귀에서부터 반대편 귀로 홍조가 번져 나가게 했다.

"너는 어떻게 그런 걸 다 알아?"

"누가 아는지 내가 얘기해 줄게. 실러 선생님이야. 그 선생님이 다 안다고."

간헐천처럼 그 애의 입에서 웃음소리와 야유가 간간이 터져 나왔다. 그러더니 모호한 대상은 소파 뒤로 벌렁 넘어갔다. 그 애는 즐거움과 역겨움으로 꽥꽥 소리를 질렀고, 발버둥을 치다가 테이블 위의 담배를 바닥에 떨어뜨렸다. 그 애는 스물네 살이 아닌 열네 살로 돌아왔고, 여러 가지 난관에도 불구하고 우리는 친구가 되었다.

"친구도, 울어 주는 사람도 하나 없이, 축혼가도 없이, 나는 여기 두려움에……."

"서러움에……."

"서러움에 더 이상 미룰 수 없는 여행을 떠났네. 더 이상……."

"불행한 사람이여……."

"불행한 사람이여! 난 여기가 싫어! 더 이상, 불행한 사람이여, 태양의 신성한 눈을 쳐다보지 않으리. 내 운명을 위해 더 이상 눈물을 흘리지 않으리. 더 이상…… 더 이상……."

"친구라면 불평하지 않으리."

"친구라면 불평하지 않으리."

우리는 다시 모호한 대상의 집에서 대사를 외우고 있었다. 우리는 일광욕장의 캐리비언 소파에 드러누웠다. 모호한 대상이 눈을 감고 대사를 읊자 앵무새들이 그 애의 머리 뒤에 모여들었다. 우리는 그렇게 두 시간을 있었다. 모호한 대상은 거의 한 갑을 다 피웠다. 하녀인 베울라가 우리에게 샌드위치와 1.8리터짜리 탭 주스병을 쟁반에 갖다주었다. 샌드위치는 역시 가장자리를 잘라 내 시허옜지만 오이나 물냉이는 들어 있지 않았다. 그 대신 폭신한 빵 사이에 연어색 크림이 발라져 있었다.

우리는 자주 쉬었다. 모호한 대상은 끊임없이 재충전을 필요로 했다. 난 아직도 그 집이 편하지 않았다. 다른 사람이 시중들어 주는 것에 익숙해지지 않았다. 난 벌떡벌떡 일어서서 내가 직접 하곤 했다. 절대로 베울라가 흑인이라 해서 더 편하지는 않았다.

"너랑 이 연극을 같이 하게 돼서 정말 기뻐." 모호한 대상이 우물거리면서 말했다.

"너 같은 애하고는 얘기도 하지 않을 뻔했어."

여기서 그 애는 자기 말이 어떻게 들릴까 생각하느라 잠시 멈췄다.

"내 말은, 그러니까, 네가 이렇게 쿨한 아이인지 몰랐단 말이야."

쿨하다고? 칼리오페가 쿨하다니? 나로서는 한 번도 꿈꿔 본 적이 없는 일이었다. 그러나 이제 모호한 대상의 판단을 받아들일 마음의 준비가 되었다.

"그런데 내가 뭐 좀 얘기해도 될까?" 그 애가 물었다.

"너의 배역에 관한 얘긴데."

"그럼."

"너도 알지만 네가 맡은 역은 눈이 먼 그런 역이잖아? 버뮤다에서 호텔을 경영하는 사람이 하나 있는데 그 사람이 눈이 멀었어. 그런데 그 사람은 귀가 눈하고 똑같은 거야. 누가 들어오면 그 사람은 한쪽 귀를 그쪽으로 갖다 대는 거야. 너도 그렇게 해야 해." 여기서 그 애는 갑자기 말을 멈추고 내 손을 잡았다.

"너 나한테 화난 거 아니지?"

"그럼."

"그런데 표정이 너무 안 좋아, 칼리!"

"내가?"

모호한 대상은 내 손을 잡고 놓으려 하지 않았다.

"너 분명히 화 안 났지?"

"나 화 안 났어."

"그리고, 있잖아, 눈먼 연기를 할 때 비틀거리거나 넘어지는 일이 많잖아. 그런데 사실은 버뮤다의 그 사람은 한 번도 넘어지지 않아. 그 아저씨는 정말로 꼿꼿이 서서 뭐가 어디 있는지 다 알고 있어. 그 사람은 귀로 정확하게 초점을 맞춘다니까."

나는 얼굴을 옆으로 돌렸다.

"봐, 너, 화났잖아!"

"아냐."

"넌 화가 난 거야."

"난 눈이 먼 거야." 내가 말했다.

"난 귀로 너를 보고 있는 거란 말이야."

"아, 그래, 잘했어. 바로 그렇게 하는 거야. 정말 잘했어."

그 애는 손을 잡은 채 바짝 옆으로 다가왔고 내 귀에 그 애의 뜨거운 입김이 닿았다. 아주 달콤하게.

"안녕, 테이레시아스." 낄낄거리며 그녀가 말했다.

"나야, 안티고네."

연극 발표일(공연은 하루뿐이었지만 우리는 그날을 "개막일"이라고 불렀다.)이 되었다. 무대 뒤에 임시로 만든 분장실에서 우리 주역 배우들은 접의자에 앉아 있었다. 나머지 8학년들은 벌써 무대 위에 올라가서 커다란 반원형으로 서 있었다. 연극은 7시에 시작해서 해 지기 전에 끝날 예정이었다. 지금은 6시 55분이었다. 무대 장치 너머로 하키장에 사람들이 모여드는 소리가 들렸다. 낮게 덜커덩거리던 소리가 점점 커졌다. 목소리, 발소리, 외야석의 삐걱거리는 소리, 그리고 주차장에서 자동차 문을 쾅 닫는 소리까지. 우리는 모두 발까지 끌리는 의상을 입었는데 하나같이 검정이나 회색, 흰색으로 홀치기 염색한 것이었다. 모호한 대상은 하얀 의상을 입었다. 다 실바 선생님의 구상은 최소한으로 하자는 것이었다. 화장도 하지 않고 마스크도 쓰지 않고 말이다.

"저기 밖에 몇 명이나 왔을까?"

티나 쿠벡이 물었다. 맥신 그로싱어가 슬쩍 고개를 내밀며 말했다.

"몇 톤 분량."

"맥신, 넌 이런 데 익숙하겠구나." 내가 말했다.

"발표회를 많이 해 봐서."

"바이올린을 연주할 때는 긴장되지 않는데. 이건 그때보다 더 긴장되는걸."

"난 너무너무너무 긴장돼."

모호한 대상이 말했다.

그 애는 무릎 위에 롤레이즈 약통을 놓고 마치 사탕처럼 먹고 있었다. 어째서 첫 수업 시간에 그 애가 가슴을 쳤는지 이제 이해할 수 있었다. 모호한 대상은 늘 가슴앓이를 겪고 있었던 것이다. 이 병은 스트레스를 받으면 더 심해졌다. 몇 분 전에 그 애는 나가서 공연 전의 마지막 담배를 피웠다. 이제는 제산제 알약을 질겅질겅 씹어 댔다. 옛날 돈에 그려진 노인들의 습관 같은 것들, 어른들 세계의 추잡한 악취미, 자포자기한 변명들. 그 결과를 마주하기에 모호한 대상은 아직 너무 어렸다. 아직 그 애는 눈두덩이 부풀어 오르지도 않았고 손톱이 물들지도 않았다. 그러나 어른 세계에서나 볼 수 있는 파멸의 조짐이 어느덧 나타났다. 그 애 옆에 가면 담배 냄새가 났다. 위장은 엉망진창이었다. 그러나 얼굴에서는 언제나 가을 분위기가 묻어났다. 들창코 위의 고양이 같은 눈을 깜박이며 그 애는 바깥에서 점점 커지는 소음에 마음을 쓰고 있었다.

"우리 엄마하고 아빠다!"

맥신 그로싱어가 외쳤다. 그녀는 우리를 등지고 함박웃음을 지었다. 그전에는 맥신이 웃는 걸 한 번도 본 적이 없었다. 그 애의 이는 들쭉날쭉하고 사이가 벌어져서 모리스 센닥[48]의 그림을 연상시켰는데, 치아 교정기를 달고 있었다. 그렇게 드러내 놓고 즐거워하는 걸 보자 난 비로소 맥신이 이해되었다. 그녀는 학교와 완전히 동떨어지게 살아가고 있었던 것이다. 맥신은 키프로스 뒤의 자기 집에서는 행복했다. 그러는 사

48) Maurice Sendak(1928~2012). 어린이 그림책 삽화가이다.

이 음악적 재능이 넘치는 그녀의 섬세한 머리에서 곱슬머리가 나부꼈다.

"어머, 세상에." 맥신이 다시 고개를 내밀고 있었다.

"엄마 아빠가 맨 앞줄에 앉으셨어. 나를 정면에서 볼 건가 봐."

우리는 모두 차례차례 바깥으로 목을 빼고 보았다. 오직 모호한 대상만이 자리를 지켰다. 우리 부모님이 도착하는 것이 보였다. 아버지는 외야석 맨 꼭대기에 멈춰 서서 하키장을 내려다보았다. 아버지의 표정을 보니 눈앞에 펼쳐진 관중과 에메랄드빛 잔디, 하얀 목재 외야석, 그리고 멀리 보이는 학교의 푸른 슬레이트 지붕과 담쟁이 같은 것들이 만족스러운 것 같았다. 미국에서 민족적인 배경을 씻어 내려 한다면 영국을 모방하는 게 제일이다. 아버지는 파란 블레이저와 크림색 바지를 입고 있어서 꼭 크루즈 선박의 선장처럼 보였다. 아버지는 한 팔을 어머니의 등에 대고 점잖게 이끌면서 좋은 자리를 찾아 계단을 내려오고 있었다.

청중석이 조용해졌다. 그러자 플루트 소리가 났고, 다 실바 선생님이 리코더를 불었다.

난 모호한 대상에게 가서 말했다.

"걱정하지 마. 잘할 거야."

그 애는 줄곧 자기 대사를 소리 안 나게 반복하고 있었지만 지금은 그마저도 그친 상태였다.

"넌 정말 좋은 배우야."

내가 말했다. 그 애는 몸을 돌리고 입술을 다시 움직이며 고개를 숙였다.

"대사가 다 생각날 거야. 100만 번도 더 연습했잖아. 어제도 완벽하게……."

"너 좀 조용히 해 줄래?" 모호한 대상이 날카롭게 쏘아붙였다.

"지금 마음의 준비를 하는 중이란 말이야."

그 애의 눈이 날 향해 번뜩였다. 그러더니 몸을 홱 돌려 걸어 나갔다.

난 풀이 죽은 채 가만히 서서 그 애를 지켜보았다. 나 자신을 미워하며. 칼리오페가 쿨하다고? 나는 절대로 쿨하지 못했다. 이미 모호한 대상은 내게 염증을 내지 않았는가. 금방이라도 울음이 터질 것 같아서 나는 검은 커튼의 한 자락을 잡고서 스스로를 둘둘 말아 버렸다. 어둠 속에서 나는 죽어 버렸으면 좋겠다고 생각했다.

단지 듣기 좋으라고 한 소리가 아니었다. 그 애는 정말 훌륭했다. 무대 위에 서자 모호한 대상은 오히려 의연해졌다. 자세도 한결 나아졌다. 그리고 무엇보다 모호한 대상에게는 명백한 물리적인 사실이 있었다. 그 애는 핏빛을 띤 칼날, 혹은 모든 사람의 이목을 끄는 현란한 색채 그 자체였다. 플루트 소리가 뚝 끊기고 하키장이 다시 적막에 빠졌다. 사람들은 그 적막을 몸에서 몰아내려는 듯이 기침을 했다. 커튼에서 빠끔히 고개를 내민 나는 모호한 대상이 대기 중인 것을 보았다. 그 애는 가운데 아치의 정중앙에 서 있어서 나로부터 채 3미터도 떨어져 있지 않았다. 난 전에 모호한 대상이 그처럼 심각하고 그처럼 긴장하는 것을 한 번도 본 적이 없었다. 재능은 일종의 지능이다. 대기 중일 때조차 모호한 대상은 자신의 진가를 발휘하고 있었다. 그 애의 입술은 마치 소포클레스에게 소포클레스의 시를 읊어 주는 것 같았고, 그 애의 학교 성적이나 지적인 증거와는 반대로 이 작품이 그토록 오랫동안 사랑받아 오는 문학적 근거를 이해하는 것처럼 보였다. 그렇게 모호한 대상은 기다리며 서 있었다. 담배와 속물근성, 배타적인 친구들, 엉터리 철자법으로부터 멀찌감치 떨어져서. 그 애가 잘하는 것은 다름 아닌 이것이었다. 남들 앞에 나서기. 앞으로 걸어 나가 말하기. 그 애는 비로소 그걸 깨닫기 시작했다. 나는 자아의 능력을 발견하는 자아를 목격하고 있었다.

큐 사인과 함께 우리의 안티고네는 심호흡을 하고 무대로 걸어 나갔다. 그 애의 하얀 의상은 은색 끈으로 허리에 꼭 여며져 있었다. 따뜻한 산들바람이 불어 그 애가 발걸음을 내디딜 때마다 옷자락이 나부꼈다.

"그대는 내 손을 도와 죽은 자를 들겠는가?"

맥신이 분장한 이스메네가 대답했다.

"테바이에서는 금해진 일, 그대는 그를 땅에 묻으라."

"나는 내 역할을 하려는데, 그대는 아니라고 하는군, 오빠에게. 결단코 나는 그를 배신할 수가 없소."

내가 등장할 차례가 되려면 한참 더 기다려야 했다. 테이레시아스는 그리 큰 역이 아니었다. 그래서 나는 커튼 속에 숨어서 기다렸다. 내 손에는 지팡이가 들려 있었다. 내가 의지할 수 있는 것은 그것밖에 없었다. 나무색을 칠한 플라스틱 막대기.

조그맣게 숨이 막히는 소리를 들은 건 그때였다. 다시 한 번 모호한 대상이 말했다.

"결단코 나는 그를 배신할 수가 없소."

그런데 그 뒤 아무 소리도 나지 않았다. 나는 커튼 밖으로 빠끔히 내다보았다. 중앙 아치를 통해 무대 위의 두 사람이 보였다. 모호한 대상은 내 쪽으로 등을 지고 있었고, 무대 저쪽으로 맥신 그로싱어가 멍한 표정으로 서 있었다. 입은 벌렸지만 아무 소리도 나오지 않았다. 그 너머 무대 테두리 바로 지나서 패이글 선생님의 장밋빛 얼굴이 맥신의 다음 대사를 작은 소리로 일러 주는 게 보였다.

그것은 무대 공포증이 아니었다. 맥신 그로싱어의 뇌에서 동맥류가 터졌던 것이다. 처음에 관객은 그녀가 허둥대며 비틀거리거나 충격을 받은 듯이 멍한 것을 연극의 일부로 알았다. 어떤 사람은 이스메네 역을 맡은 여학생이 너무 과장된 연기를 한다며 킥킥거렸다. 그러나 그 얼굴에 어리는 고통의 표정을 누구보다 더 잘 알고 있던 맥신의 어머니는 객석에서 벌떡 일어나 크게 소리를 질렀다.

"안 돼." 그녀는 울부짖었다.

"안 돼."

6미터 떨어진 곳에서 석양을 머리 위에 이고 있던 맥신 그로싱어는 아직도 말을 못 하는 상태였다. 그녀의 목구멍에서 울컥 뭐가 흘러나왔다. 갑자기 조명이 그녀에게 쏟아지자 맥신의 얼굴은 파래졌다. 맨 뒷줄의 사람들까지도 맥신의 피에서 산소가 빠져나가는 것을 볼 수 있었다. 분홍 혈색이 이마로부터, 뺨과 목으로부터 서서히 사라져 갔다. 나중에 모호한 대상은 맥신이 자기를 애절하게 쳐다보았다고, 자기는 맥신의 눈에서 빛이 꺼지는 것을 보았다고 맹세했다. 그렇지만 의사들 말에 따르면 이는 아마 사실이 아닐 것이다. 검은 의상에 싸인 맥신 그로싱어는 벌써 숨이 끊어진 채 아직도 두 발로 서 있었다. 몇 초 뒤 그녀는 앞으로 넘어졌다.

그로싱어 부인은 기어오르다시피 무대에 올라갔다. 그녀는 아무 말도 하지 못했다. 다른 사람들도 마찬가지였다. 침묵 속에서 그녀는 맥신에게 다가가 의상을 찢어발겼다. 침묵 속에서 어머니는 딸에게 인공호흡을 하기 시작했다. 나는 오싹했다. 감았던 커튼을 원래대로 펴 놓고 앞으로 걸어 나가 얼이 빠져서 쳐다보았다. 별안간 하얀 얼룩이 아치를 가득 채웠다. 모호한 대상이 무대에서 달아나고 있었다. 한순간 나는 터무니없는 생각을 했다. 다 실바 선생님이 우리에게 이런 사실을 감추었다는 생각이 든 것이다. 어쨌거나 선생님은 전통적인 방식을 고수하고 있었다. 왜냐하면 모호한 대상은 마스크를 쓰고 있었던 것이다. 비극에서 쓰는 마스크, 눈에는 칼자국이 선명하고, 입은 슬픔으로 부메랑처럼 일그러진 마스크. 이런 끔찍한 얼굴로 그 애가 내 품에 뛰어들었다.

"세상에, 어쩜 이런 일이!" 그 애는 흐느껴 울었다.

"어쩜 좋아, 칼리!"

그 애는 떨면서 나를 필요로 했다.

결국 난 지금 눈물겨운 참회를 하지 않을 수 없게 되었다. 바로 이와 같이. 그로싱어 부인이 맥신의 육신에 생명을 다시 불어넣으려 혼신의 힘을 다하는 동안, 태양이 멜로드라마처럼 대본에도 없는 죽음 위에 저무는 동안 내 몸에는 순수한 행복의 파도가 넘실거렸음을 참회한다. 모든 신경 섬유와 모든 백혈구, 적혈구에 불이 들어왔다. 내 품에 모호한 대상을 안다니.

꽤 늦어서 집에 돌아온 나는 그제서야 울음을 터뜨렸다. 그러나 그 순간에도 내 눈물이 순수한 것인지, 아니면 그저 마음이 편하려고 위장한 것인지 확실히 알 수가 없었다.

사랑에 빠진 테이레시아스

"병원에 예약 잡아 놨다."

"며칠 전에 갔다 왔잖아."

"필 박사가 아니라 바우어 박사야."

"그게 누군데?"

"누구냐면…… 부인병 의사야."

속이 부글부글 뜨겁게 치밀어 올랐다. 마치 심장이 록 음악을 삼키는 느낌이었다. 하지만 난 쿨하게 굴었다. 호수를 내다보면서.

"내가 왜 부인이야?"

"몰라서 묻는 거니?"

"엄마, 나 병원 다녀온 지 얼마 안 됐잖아."

"그건 네 몸을 본 거고."

"그럼 이건 뭔데?"

"칼리, 여자는 누구나 나이가 차면 검사를 받으러 다녀야 한단다."

"어째서?"

"몸이 전부 괜찮은가 보려고."

"전부라니, 그게 무슨 뜻인데?"

"그건…… 전부는 그냥 전부야."

그때 우리는 차 속에 있었다. 두 번째로 좋은 캐딜락 안에. 아버지는 새 차를 구입하자 어머니에게 낡은 차를 주었다. 모호한 대상이 그날 밤 자기 클럽에서 놀자고 했기 때문에 어머니는 날 그 애 집으로 데려다주는 길이었다.

그때는 여름, 맥신 그로싱어가 무대에서 쓰러진 지 두 주 후였다. 학교는 방학을 했고, 미들섹스는 튀르키예 여행 준비로 부산했다. 아버지는 챕터 일레븐이 여행을 저주했다고 해서 이번 가족 행사를 망칠 수는 없다고 마음을 다져 먹었다. 그래서 비행기를 예약하고, 렌터카 업소와 가격 문제로 실랑이를 벌였다. 아버지는 아침마다 신문을 살피며 이스탄불의 날씨를 보고했다.

"27도에 화창함. 칼, 어떨 것 같으냐?"

그렇게 아버지가 물어 오면 난 집게손가락을 빙빙 돌렸다. 고국 방문은 내게 아무런 의미도 없었다. 난 교회에 페인트칠이나 하면서 여름을 보내고 싶진 않았다. 그리스, 소아시아, 올림포스산, 그게 나와 무슨 상관이란 말인가? 불과 몇 킬로미터 떨어진 곳에 나의 신천지가 있는 마당에.

1974년 여름에 튀르키예와 그리스는 다시 뉴스에 오르기 시작했다. 그러나 나는 고조되는 갈등 따위에는 전혀 신경도 쓰지 않았다. 내 코가 석 자인걸. 더욱이 난 사랑에 빠졌다. 아무도 모르게, 남부끄럽게, 제대로 알지도 못하면서, 사랑에 머리를 콱 처박았다.

우리의 아름다운 호수에는 쓰레기가 넘실댔다. 보통 6월에는 죽은 물고기가 떠오른다. 난간도 새로 만들었는데 그 옆으로 달릴 때면 나는 불길한 감정에 사로잡혔다. 우리 학교에서는 그해에 맥신 그로싱어만 죽은 것이 아니었다. 2학년생인 캐럴 헨켈이 자동차 사고로 죽었던 것이다. 어느 토요일 밤에 렉스 리즈라는, 그녀의 남자 친구가 술에 취해서 자기 부모의 차를 몰다가 호수에 뛰어들었다. 렉스는 기슭으로 헤엄쳐서 살았지만 캐럴은 차 속에 갇힌 채 죽었다.

우리는 베이커 잉글리스 옆을 지나갔다. 방학이라 문을 닫은 학교는 학교들이 으레 그렇듯이 여름에는 거기 없는 것처럼 느껴졌다. 커비 거리로 들어섰다. 모호한 대상은 토내커에 살았다. 회색 돌과 물막이 벽으로 지은, 풍향계까지 딸린 집이었다. 자갈 위에는 아무에게도 호감을 주지 못하는 포드 세단이 주차돼 있었다. 나는 우리 차가 이류급 캐딜락이라는 자의식이 들어서 얼른 뛰어내리곤 엄마가 빨리 가기를 바랐다.

벨을 누르자 베울라가 열어 주었다. 그녀는 날 층계참까지 안내해 주고 손가락으로 위를 가리켰다. 그게 다였다. 난 2층으로 올라갔다. 모호한 대상의 집 2층에 올라가기는 그때가 처음이었다. 우리 집보다 너절했고, 카펫도 새것이 아니었으며, 천장은 몇 년 전에 칠한 그대로였다. 그러나 가구는 기억에 남을 만큼 육중한 골동품으로 높은 안목을 보여 주는 동시에 앞으로도 오래오래 쓸 것 같은 인상을 주었다.

나는 방을 세 개나 열어 보고서야 모호한 대상을 찾아냈다. 그 방에는 차양이 쳐진 데다 거친 카펫 위에 옷가지들이 늘어져 있어서 나는 침대까지 건너가는 데 꽤 애를 먹었다. 그런데 정작 그 애는 레스터 래닌[49] 티셔츠를 입고 잠들어 있었다. 나는 그 애의 이름을 부르고 흔들어 보았다. 그 애가 이윽고 베개에 기대고 일어나 앉아 눈을 깜박였다.

"내가 꼭 개떡같이 보이겠군."

그 애가 잠시 뒤 내뱉은 말이었다.

나는 그 말이 옳은지 그른지 여부를 가려 주지 않았다. 모호한 대상에게 의문을 심어 놓는 편이 나의 입지를 굳히는 길이었다. 우리는 부엌 구석에 가서 아침을 먹었다. 베울라가 건성으로 접시들을 가져왔다 가져갔다 하면서 우리 시중을 들었다. 그녀는 진짜 하녀의 복장, 그러니까 검은색 옷에 하얀 앞치마를 두른 차림이었다. 다만 안경만큼은 딴 세상에서 온 것처럼 세련된 그녀의 취향을 보여 주었는데 왼쪽 렌즈에 금박 꼬부랑글씨로 이름이 새겨져 있었다.

모호한 대상의 어머니가 구두를 또각거리며 집에 들어왔다.

"좋은 아침, 베울라. 난 지금 동물병원에 가. 슈바가 이빨

---

49) Lester Larin(1907~2004). 미국 재즈와 팝 음악 밴드 리더이다.

을 하나 뽑아야 하거든. 슈바를 집에 데려다 놓은 다음엔 점심 약속이 있어. 이빨을 빼면 슈바가 머리가 띵할 거래. 아, 참, 커튼 일꾼들이 오늘 들를 거야. 그 사람들이 오면 들어오라고 해서 조리대 위의 수표를 주도록 해. 안녕, 얘들아! 아깐 못 봤구나. 칼리, 요즘도 공부 잘하고 있겠지? 9시 30분인데 이놈, 벌써 일어났어?"

이 말과 함께 그녀는 모호한 대상의 머리카락을 흩뜨려 놓았다.

"넌 오늘 리틀 클럽에서 지낼 거지? 그렇게 해라. 아빠하고 나는 오늘 밤 피터스 씨네하고 외출한다. 베울라가 냉장고에 먹을 걸 좀 넣어 놓을 거다. 그럼 모두 안녕!"

그러는 와중에 베울라는 유리컵을 닦았다. 자기 전략을 그대로 지키면서. 그로스포인트에서 살아남는 전략은 입 다물기였다.

모호한 대상은 레이지 수전[50]을 빙빙 돌렸다. 프렌치 잼과 잉글리시 마멀레이드, 기름이 묻은 버터 접시, 케첩 병이 빙그르 지나가고 마침내 그 애가 원하는 게 앞에 왔다. 그것은 절약형 사이즈의 롤레이즈 통이었다. 그 애는 병을 흔들어 세 알을 꺼냈다.

"가슴앓이가 대체 뭐야?"

내가 물었다.

"넌 한 번도 가슴앓이 안 해 봤니?"

---

50) 식탁에 설치된 돌림판 또는 쟁반이다.

모호한 대상이 놀랍다는 듯이 되물었다.

리틀 클럽은 별명일 뿐이었다. 그 클럽의 공식 명칭은 '그로스포인트 클럽'이었다. 장소는 호숫가였지만 거기엔 부두나 보트는 없고 단지 대저택처럼 지은 클럽하우스와 패들테니스[51] 코트가 두 개, 그리고 수영장이 하나 있었다. 그해 6월과 7월에 우리는 바로 이 수영장 옆에서 매일 빈둥거렸다.

수영복에 관한 한 모호한 대상은 단연 비키니를 선호했다. 비키니를 입은 그 애는 보기 좋았지만 완벽함과는 거리가 있었다. 그 애는 허벅지와 마찬가지로 엉덩이도 큰 축에 속했다. 말로는 나의 가늘고 긴 다리가 부럽다고 했지만 그 애는 그 자체로 만족했다. 칼리오페는 첫날 풀장에 나타난 이래로 계속해서 치마가 달린 구식 원피스 수영복을 입었다. 1950년대에 수멜리나 할머니가 입었던 수영복으로 내가 낡은 트렁크에서 찾아낸 것이었다. 본래의 목적은 섹시하고 예술가답게 보이려는 것이었지만 나로선 다 가려 주는 디자인이 고맙기만 했다. 나는 그 위에 비치 타월을 두르거나 악어 셔츠를 걸쳤다. 그 수영복은 몸통 부분도 좋았다. 컵은 고무로 만들어 끝이 뾰족했는데 타월이나 셔츠를 입으면 영락없이 가슴이 있는 것처럼 보였다. 우리 외에도 배가 펠리컨만 한 여자들이 킥보드를 잡고 풀을 왔다 갔다 했다. 그들의 수영복은 내 것과 무척 비슷했다. 수심이 얕은 가장자리에는 어린아이들이 물을 튀기

---

51) 큰 패들로 스펀지 공을 치는 운동이다.

면서 건너다녔다. 주근깨 소녀들이 피부를 태울 수 있도록 조그만 창도 마련돼 있었다. 모호한 대상은 그 안에 있었다. 그해 여름 기름을 바르고 타월 위에서 뒹구는 동안 모호한 대상의 주근깨는 버터볼 갈색에서 완전 갈색으로 구워졌다. 주근깨 사이의 피부도 따라서 새까매졌는데, 그 결과 주근깨들이 한데 이어져서 마치 어릿광대의 점박이 가면처럼 되었다. 오직 코끝만이 분홍색으로 남았고, 머리카락은 햇볕에 불이 붙은 것처럼 보이기도 했다.

가장자리가 파도처럼 넘실거리는 접시를 타고 클럽 샌드위치가 우리에게 헤엄쳐 왔다. 잘난 척하고 싶을 때는 프렌치 딥 소스를 주문했다. 밀크셰이크와 아이스크림, 프렌치프라이도 시켜 먹었고, 계산할 때에는 모호한 대상이 자기 아버지의 이름으로 서명했다. 그 애는 가족의 여름 별장이 있는 피터스키에 대해 이야기했다.

"8월에 거기 갈 거야. 너도 같이 가자."

"우리는 튀르키예에 가."

나는 시무룩해서 대답했다.

"아, 참, 그랬지, 잊고 있었네." 그러고는 이렇게 물었다.

"왜 교회에 페인트칠을 해야 되니?"

"우리 아버지가 그런 약속을 했대."

"어떡하다가?"

우리 뒤에서는 결혼한 부부들이 패들테니스를 치고 있었고, 클럽 하우스 지붕에서는 만국기가 바람에 날렸다. 과연 여기서 성 크리스토퍼 얘기를 꺼내야 할까? 우리 아버지의 전쟁 이야기를? 우리 할머니의 미신과 함께?

"너 내가 무슨 생각 하는지 알아?" 내가 말했다.

"뭔데?"

"맥신이 자꾸 생각나. 난 그 애가 죽은 게 믿어지지 않아."

"나도 그래. 정말로 죽은 것 같지가 않아. 꼭 내가 꿈을 꾼 것 같아."

"한 가지 분명한 사실은 우리 둘 다 똑같은 꿈을 꾸었다는 점이야. 그건 바로 사실이라는 뜻이지. 모든 사람이 함께 꾸는 꿈."

"깊은 얘기구나." 모호한 대상이 말했다. 내가 그 애를 철썩 때렸다.

"아야!"

"그건 네가 꾸는 꿈이고."

우리가 바른 코코넛오일에 벌레들이 꼬였다. 우리는 가차 없이 그것들을 죽였다. 녀석은 해럴드 로빈스의 『외로운 여인』을 읽으면서 점점 충격적인 대목으로 접어들고 있었다. 몇 쪽 읽을 때마다 그 애는 고개를 가로저으며 이렇게 중계했다.

"이 책은 너무너무너무 드러워."

나는 방학 중의 독서 목록에 있는 『올리버 트위스트』를 읽는 중이었다. 갑자기 해가 가려졌다. 내 책에 물방울이 튀었다. 그러나 모호한 대상이 받은 물벼락에 비하면 이 정도는 아무것도 아니었다. 우리보다 조금 더 나이가 많을 것 같은 남자아이가 옆에 기대어 더벅머리를 흔들어 대고 있었다.

"빌어먹을 자식……." 그 애가 말했다.

"저리 비켜!"

"왜 그래? 내가 시원하게 해 주는데."

"그만둬!"

그러자 남자애가 정말 그만뒀다. 그가 몸을 똑바로 펴자 수영복이 말라깽이 엉덩뼈에 반쯤 걸쳐진 게 보였다. 덕분에 그의 배꼽에서부터 한 줄로 내려가는 털이 개미 대열처럼 잘 보였다. 개미 대열은 붉은색이었다. 그러나 위로 눈을 돌려 보면 머리털은 완전히 검은색이었다.

"이번엔 얘가 너한테 걸려들었구나, 누군데?"

그 남자애가 물었다.

"칼리야."

모호한 대상이 대답했다. 그러곤 나를 보며 말했다.

"우리 오빠야, 이름은 제롬."

둘이 닮은 건 분명한 사실이었다. 똑같은 물감(기본적으로 오렌지색과 연파랑)이 들어간 것 같았다. 그러나 그의 경우 전체적인 밑그림이 투박해서 코는 뭉툭하고 눈은 옆으로 찢어졌으며 빛을 강하게 준 편이었다. 맨 처음 눈에 들어온 건 검은 머리였는데 윤기가 없어 염색한 것임을 금세 알아차렸다.

"너도 연극에 나왔던 애구나?"

"응."

제롬은 고개를 끄덕였다. 그러곤 쭉 째진 눈을 빛내며 말했다.

"비극 배우이지, 응? 꼭 너처럼 말이야. 누이야, 맞지?"

"제롬은 문제가 좀 많아."

모호한 대상이 말했다.

"야, 너희 여자애덜이 내 여엉화과안에 와 보면 아마 내 영화에 출연하고 싶을 거다." 그가 나를 쳐다보았다.

"내가 흡혈귀 영화를 만들 거거든. 너도 흡혈귀 하면 잘하겠다."

"내가?"

"어디 이 좀 보자."

난 그다지 다정하게 굴지 않는 모호한 대상의 본을 받아 제롬의 말을 듣지 않았다.

"얘는 괴물 영화를 만들어." 그 애가 말했다.

"공포 영화이지……." 제롬은 누이의 말을 고쳐 주면서 계속 내게 말을 걸었다.

"괴물 영화가 아니라. 내 동생은 늘 나의 엄선된 작품을 과소평가해. 제목이 뭔지 알아?"

"아니." 모호한 대상이 대답을 가로챘다.

"'예비 학교의 흡혈귀들'이야. 주인공은 바로 이 몸이시고. 그 흡혈귀는 부모가 돈이 많지만 끔찍하게 불행해서 이혼을 하지. 그 바람에 예비 학교에 보내지는데, 어쨌든 그는 기숙 학교에서 그다지 잘 지내지 못하는 거야. 옷도 잘 못 입고, 머리도 제대로 안 깎고. 그런데 어느 날 맥주 파티를 하고 학교를 걸어가는데 흡혈귀의 습격을 받은 거야. 그리고 — 이 부분이 중요한데 — 흡혈귀는 파이프 담배를 피우고, 해리스 트위드를 입고 있어. 알고 보니 망할 놈의 교장 선생이지 뭐야. 그래서 우리의 주인공은 다음 날 아침 일어나자마자 나가서 파란 블레이저와 톱 사이더 운동화를 사고는 — 아니, 글쎄, 하루 아침에 — 완벽한 예비 학교 학생이 된 거야!"

"제롬, 좀 비켜 줄래? 해를 가리잖아."

"그건 다 기숙 학교 경험을 비유한 거야." 제롬이 말했다.

"한 세대는 다음 세대에 깨문 자국을 남겨 놓고 산 채로 죽게 만들지."

"제롬은 기숙 학교에서 두 번이나 쫓겨났어."

"그러니까 난 꼭 복수를 하고 말 거야!"

제롬은 주먹을 흔들면서 무시무시한 목소리로 다짐했다. 그러고는 한마디 말도 없이 풀로 달려가 풍덩 뛰어들었다. 뛰어내리면서 그는 우리 쪽으로 반 바퀴 돌았다. 푹 꺼진 가슴에 피부는 크래커처럼 하얗고 뼈가 앙상한 제롬이 얼굴을 찌푸리고서 한 손은 아래쪽 급소를 움켜쥔 채 허공에 뜬 게 보였다. 그는 그 자세로 물에 들어갔다.

그때는 너무 어려서 우리가 갑자기 친해진 배경 같은 건 궁금하지도 않았다. 여러 날이 가고 여러 주일이 흘렀지만 난 모호한 대상의 동기나 진공 상태와도 같은 그 애의 사랑에 대해 깊이 생각해 본 적이 없었다. 그 애 어머니는 종일 약속이 있었고, 아버지는 아침 6시 45분이면 사무실로 떠났다. 제롬은 남자 형제라서 아무 소용이 없었고, 모호한 대상은 혼자 있는 걸 좋아하지 않았다. 혼자 즐기는 법을 터득하지 못했던 것이다. 그래서 어느 날 저녁 그 애 집에서 놀다가 자전거로 집에 오려고 했을 때, 그 애는 내게 자고 가라고 말했다.

"칫솔도 없는걸."

"내 걸 쓰면 돼."

"지저분하게."

"새것으로 줄게. 한 상자나 있거든. 계집애, 깔끔 떨기는."

난 괜히 마음에도 없는 까탈을 부려 본 것이었다. 사실 모호한 대상의 칫솔을 함께 쓴다 해도, 아니 내가 녀석의 칫솔이 된다 해도 개의치 않았을 것이다. 난 이미 그 애의 입냄새에 길이 들어 있었다. 흡연은 입에 좋은 습관이다. 담배를 피우게 되면 입을 한껏 오므렸다가 빠는 동작을 하게 된다. 혀는 틈틈이 출연해서 행여 필터가 끈끈함이라도 남겼을까 봐 연거푸 입술을 핥는다. 어떤 때 아랫입술에 종잇조각이 붙어서 그걸 잡아뗄라치면 설탕이 발라진 아래쪽 치아가 흐물흐물한 잇몸을 배경으로 모습을 드러낸다. 그리고 만일 담배 연기로 도넛을 만들 줄 아는 사람이라면 뺨 안쪽에 시커먼 벨벳도 함께 보일 것이다.

모호한 대상도 그와 같았다. 잠자기 전의 담배 한 개비는 하루의 종말을 고하는 묘비이자 다음 날 아침 소생토록 하는 숨통이었다. 혹시 행위 예술가에 대해 들어 본 적이 있는가? 모호한 대상은 말하자면 연기 예술가였다. 레퍼토리도 다양했다. 예컨대 '방울뱀'은 자기 입 한 귀퉁이로부터 점잖게 연기를 가늘게 뽑아 보내 상대방에게 이르렀을 때 깔때기 모양으로 퍼지게 하는 것이었다. 화가 났을 때는 시도 때도 없이 연기를 뿜는 '간헐천'을 했고, '드래건 레이디'는 양쪽 콧구멍에서 연기를 뿜어내는 것을 뜻했다. '프랑스식 재활용'은 입으로 내뱉은 연기를 다시 코로 빨아들이는 것이었다. 그리고 '꿀꺽'도 있었다. '꿀꺽'은 비상사태용이었는데 한번은 과학관 화장실에서였다. 모호한 대상이 길게 한 모금 빠는 순간 선생님이 들어온 것이다. 내 친구는 얼른 담배를 끄고 화장실 변기에 흘려보냈다. 그러나 연기는 어떻게 해야 하나? 연기가 어디로 가겠는가?

"이 안에서 담배 피우는 게 누구야?"

선생님이 물었다.

모호한 대상은 입을 다물고 어깨를 으쓱했다. 선생님은 그 애에게 다가와 코를 킁킁거렸다. 모호한 대상은 침을 꿀꺽 삼켰다. 연기는커녕 불씨도 얼씬거리지 않았다. 폐에서 일어난 체르노빌 사고의 유일한 흔적은 눈가에 맺힌 이슬 한 점뿐이었다.

나는 자고 가라는 모호한 대상의 초대를 받아들였다. 그 애 어머니는 우리 어머니에게 전화를 걸어 상황 설명을 했고, 그리하여 11시에는 친구와 둘이서 침대에 들게 되었다. 그 애는 내가 입을 티셔츠를 주었다. 앞에 "페선던"[52]이라 쓰인 티셔츠였다. 내가 그걸 입자 모호한 대상이 킬킬거렸다.

"왜?"

"그건 제롬 거야. 냄새 안 나?"

"왜 걔 걸 줬어?"

나는 뻿뻿하게 굳어져 옷에서 손을 떼었다. 그래도 벗지는

52) 레지널드 오브리 펜선던(Reginald Aubrey Fessenden, 1866~1932). 캐나다 출신의 미국 라디오 개척자의 이름이다.

않았다.

“내 건 너무 작아서. 그럼 아빠 걸 입을래? 그건 오드콜로뉴 냄새가 날걸.”

“너희 아빠는 오드콜로뉴 쓰시니?”

“우리 아빠는 전쟁이 끝나고 파리에서 살았대. 그래서 재미있는 습관이 아주 많아.” 그 애는 말을 하면서 이제 큰 침대에 기어 올라갔다.

“게다가 같이 잔 프랑스 창녀가 아마 100만 명도 넘을걸.”

“너희 아빠가 직접 말한 거야?”

“꼭 그렇다곤 할 수 없고. 하지만 프랑스 얘기가 나오면 아빠는 늘 흥분하거든. 아빠는 거기 군대에 있었대. 전쟁 후의 파리를 다스리는 일, 뭐 그런 거 있잖아. 엄마는 그 얘기만 나왔다 하면 진저리를 치지만 말이야.” 그 애는 자기 엄마 흉내를 냈다.

“오늘 밤 프랑스 예찬은 그 정도면 돼, 여보.”

여느 때와 다름없이 그 애는 뭔가 연극적인 것을 할 때는 아이큐가 쑥 올라갔다. 그러고는 다시 쿵 떨어져 버린다.

“우리 아빠는 사람도 죽였대.”

“그래?”

“응.” 이렇게 말하며 모호한 대상은 해명이랍시고 덧붙였다.

“나치 말이야.”

나도 큰 침대에 기어들었다. 우리 집에 있는 내 방엔 베개가 하나뿐인데 여기는 여섯 개나 있었다.

“등 마사지 해 줘.”

모호한 대상이 쾌활한 소리로 외쳤다.

"내가 해 주면 너도 해 줄 거지?"

"좋아."

나는 그 애의 엉덩이 위에 걸터앉아 어깨에서부터 시작했다. 중간에 놓인 머리털도 만지면서. 내가 마사지하는 동안 우리는 잠시 입을 다물었다. 그러다가 내가 먼저 입을 떼었다.

"부인과 의사한테 가 본 적 있니?"

모호한 대상은 베개 속에서 고개를 끄덕였다.

"어땠어?"

"고문받는 기분이었어. 너무 싫어."

"뭘 하는데?"

"먼저 옷을 벗고 작은 가운을 입으래. 종이로 만든 옷인데 찬 공기가 숭숭 들어오지. 그러고는 이런 테이블에 눕혀 놓고 팔다리를 벌리게 해."

"팔다리를 벌리게 해?"

"그럼. 다리는 이런 쇠로 만든 데에 넣어야 하고. 그러고 나면 의사가 내진을 하는데 이게 죽이는 거야."

"내진이란 게 뭐야?"

"난 네가 섹스 전문가인 줄 알았는데."

"아이, 어서."

"내진은 그러니까 '안'을 말하는 거야. 이렇게 생긴 조그만 도구를 몸 안에 집어넣는데 그동안 계속 팔다리를 벌리고 있어야 해."

"믿을 수가 없는걸."

"죽여줘. 그리고 얼마나 차가운데. 그게 단 줄 아니? 의사가 거기에 코를 갖다 대고 이상한 농담이라도 해 봐. 하지만 제일 끔찍한 건 의사가 손으로 하는 거야."

"뭐라고?"

"원래 의사는 편도(扁桃)를 찾을 때까지 손을 넣는 거야."

난 벙어리처럼 아무 말도 할 수가 없었다. 충격과 공포로 완전히 마비되었다.

"넌 누구한테 갈 거야?"

모호한 대상이 물었다.

"바우어 박사래."

"바우어라고! 그러면 레니의 아빠야. 그 사람은 완전히 변태야!"

"그게 무슨 말이야?"

"내가 레니네 집에 수영하러 간 적이 있거든. 그 집에 수영장이 있어. 바우어 박사가 나오더니 가만히 서서 날 쳐다보는 거야. 그러더니 뭐라고 했는지 알아? '네 다리는 황금 비율을 갖췄구나. 완벽한 황금 비율이야.' 세상에, 변태야! 바우어 박사라니, 안됐다, 얘."

그 애는 배를 들어 밑에 깔린 셔츠를 빼냈다. 나는 그 애의 아랫배를 문지르다 셔츠 밑에 손을 넣어 견갑골을 주물렀다.

모호한 대상은 그러고 나서 잠잠해졌고 나도 할 말이 없었다. 나는 산부인과를 생각하지 않으려고 등 마사지에 몰두했다. 어려운 일은 아니었다. 꿀 혹은 살구색이 나는 그 애의 등은 허리로 오면서 가늘어졌다. 나에게선 볼 수 없는 현상이었다. 등에는 또 여기저기 주근깨처럼 보이는 하얀 반점들이 흩어져 있었다. 어디를 주무르든 그 애의 피부는 붉어졌다. 난 살갗 밑에서 피가 흘러가고 빠져나가는 걸 알 수 있었다. 그 애의 겨드랑이는 고양이의 혀처럼 까칠까칠했다. 그 아래 부풀어 오른 양쪽 젖가슴이 매트리스에 납작 눌려 있었다.

"됐어." 한참 후에 내가 말했다.

"이제 내 차례야."

그러나 그날 밤도 다른 날과 똑같았다. 그 애는 졸려 했다.

내 차례는 절대 돌아오지 않았다.

모호한 대상하고 같이 지낸 그 여름의 흩어진 날들이 한 순간 한 순간 기념으로 뭉친 눈 덩어리처럼 내게로 돌아온다. 다시 한번 흩날려 볼까? 눈송이가 내려앉는 걸 지켜보자.

어느 토요일 아침 우리는 침대에 함께 누워 있었다. 모호한 대상은 바로 누워 있었고, 나는 한쪽 팔을 괴고 옆으로 기대어 그 애의 얼굴을 뜯어보고 있었다.

"너 눈곱자기가 뭔지 아니?" 내가 말했다.

"뭔데?"

"콧물 같은 거야."

"아냐."

"맞아. 콧물처럼 점액이야. 네 눈에서 나오는 점액이라고."

"너무 더러워!"

"너, 눈에 눈곱자기 있다, 얘."

내가 짐짓 목소리를 깔고 말했다. 그리고 손가락으로 모호한 대상의 속눈썹에 붙은 눈곱을 날려 버렸다.

"믿을 수가 없어. 네가 이러는데 아무렇지도 않다니." 그 애가 말했다.

"네가 내 눈곱자기를 만지는데도 말이야."

우리는 잠시 서로를 바라보았다.

"내가 네 눈곱자기 만졌다!"

내가 큰 소리로 외쳤다. 그러고 나서 우리는 베개를 던지고 소리를 지르고 하면서 마구 몸부림을 쳤다.

또 어느 날 모호한 대상은 목욕을 하고 있었다. 그 애는 자기 혼자 쓰는 목욕탕이 따로 있었다. 난 침대에서 시시한 잡지를 들추고 있었다.

"그 영화에서 제인 폰다가 진짜로는 벗지 않았대."

내가 말한다.

"그럼 어떻게?"

"보디 스타킹을 입었대. 여기 나와 있어."

난 목욕탕으로 가서 그 애에게 보여 주었다. 집게발 모양의 다리가 달린 욕조 안에서 보글보글한 거품을 한 겹 입은 채 모호한 대상은 빈둥거리며 속돌로 발꿈치를 문지르고 있었다.

그 애는 사진을 보더니 한마디 했다.

"너도 벌거벗지 않았잖아."

난 아무 말도 못 하고 그 자리에 얼어붙었다.

"너 무슨 콤플렉스 있니?"

"아니, 그런 거 없어."

"그러면 뭐가 두려운데?"

"두려운 거 없어."

모호한 대상은 내 말이 거짓인 걸 안다. 그러나 그 애는 악의를 갖고 한 말은 아니었다. 내 거짓말을 들통 내려는 게 아니라 단지 날 편안하게 해 주려던 것뿐이었다. 내가 빼는 바람에 그 애가 무안해졌다.

"난 네가 뭣 때문에 고민하는지 모르겠어." 그 애가 말했다. "넌 나한테 제일 친한 친구야."

난 잡지에 몰두한 척했다. 고개를 돌릴 수가 없었다. 그러나 마음은 행복감으로 터질 듯했다. 화산이 폭발해서 기쁨이 터져 나왔지만 난 잡지에 정신이 나간 것처럼 머리를 처박고 있었다.

늦은 시각이었다. 우리는 늦게까지 텔레비전을 보느라 자지 않고 있었다. 화장실에 들어갔을 때 모호한 대상은 양치질을 하고 있었다. 내가 팬티를 내리고 변기에 앉았다. 난 때때로 보상적 전술로서 그렇게 했다. 티셔츠는 무릎을 덮을 정도로 길었다. 나는 녀석이 양치질하는 동안 쉬를 했다.

연기 냄새를 맡은 것은 그때였다. 고개를 들어 보니 모호한 대상의 입에는 칫솔 외에도 담배가 물려 있는 것이었다.

"양치질하면서도 담배를 피우니?"

그 애가 날 옆으로 쳐다보며 대답했다.

"박하 향이거든."

그러나 유감스럽게도 그런 기념품들은 광채가 너무 빨리 사라져 버린다. 우리 집 냉장고에 붙여 놓은 한 장의 메모지가 날 현실로 돌아오게 했다.

"바우어 박사, 7월 22일 오후 2시."

나는 두려움에 떨기 시작했다. 변태적인 부인과 의사와 구석구석 후비는 기구들에 대한 두려움. 내 다리를 벌려 놓을 금속 도구들에 대한 두려움. 그리고 그렇게 벌려 놓았을 때 과연 뭐가 보일까 하는 두려움.

내가 다시 교회에 다니기 시작한 것은 이런 상태에서 어떤 감정적인 피난처를 찾기 위해서였다. 7월 초의 어느 일요일 어머니와 나는 옷을 차려입고(어머니는 구두를 신고, 나는 안 신고) 교회로 차를 타고 갔다. 어머니도 고민이 있었다. 챕터 일레븐이 오토바이를 타고 미들섹스를 뛰쳐나간 지 여섯 달이 지났건만 아직도 그는 돌아오지 않았던 것이다. 더욱이 4월에는 대학교를 그만뒀다는 비보를 터뜨렸다. 그는 친구들과 어퍼 반도로 이사할 계획이라고 했다. 그래서 자기가 말했듯이 대륙에서 떨어져 살겠노라고.

"그래 당신 생각엔 그 애가 미친 짓을 못 할 줄 알아? 도망을 가서 그 메그란 애하고 결혼도 할걸?"

어머니가 아버지에게 물었다.

"그러지 않기를 바랄 뿐이야."

아버지의 대답이었다. 어머니는 챕터 일레븐이 자기 몸도 제대로 챙기지 못할까 봐 걱정이었다. 오빠는 치과도 정기적으로 다니지 않았고, 채식을 한답시고 얼굴은 파리하기 짝이 없었다. 거기다 머리털까지 빠지고 있었다. 겨우 스무 살에. 그런 일들 때문에 어머니는 갑자기 늙은 것 같았다.

걱정 근심으로 뭉친 우리는 각기 다른 불편 사항(어머니는 당신 두통거리를 없애고자 했으며 나는 생리가 시작되기를 바랐다.)에 대해 해결책을 찾아 교회 문을 들어섰다. 내가 아는 한 이 그리스 정교회 교회에서 주일마다 벌어지는 일은 성직자들이 한자리에 모여서 성경을 큰 소리로 읽는 게 다였다. 그들은 「창세기」부터 시작해서 「민수기」와 「신명기」를 똑바로 훑어 내려갔다. 그러고는 「시편」과 「잠언」, 「전도서」, 「이사야」, 「예레미야」와 「에스겔」을 지나 신약으로 건너간다. 그러고 나서 그들은 그걸 또 읽는다. 미사 시간이 길어진다 해도 그 외의 가능성은 없다.

사람들은 교회 안이 천천히 채워지는 동안 찬송가를 불렀다. 중앙 샹들리에에 불이 켜지고 마이크 신부는 성상이 그려진 장막 안으로 불쑥 들어오는 모양이 마치 실물 크기의 꼭두각시 같았다. 일요일마다 거듭되는 고모부의 변신은 늘 놀라웠다. 교회에서 마이크 신부는 신성함이 더했다 덜했다 하는데 따라 모습이 보였다 안 보였다 했다. 어떤 때는 발코니에 나와 그 부드러운 음치 목소리로 한숨을 지었고, 다음 순간에는 1층에 내려와서 향로를 흔들고 있었다. 번쩍거리는 보석으로 주렁주렁 치장한 그의 조끼는 파베르제의 부활절 달걀처럼 보였다. 마이크 신부는 그런 모습으로 교회를 거닐다가 우리에게 하느님의 은총을 내리곤 했다. 이따금 그의 향로에서 너무 많은 연기가 피어오를 때면 마치 그에게 연기 속에 숨는 재주라도 있는 것처럼 보였다. 그러나 연기가 걷히고 그날 오후 늦게 우리 집 거실에서 보면 그는 다시 키 작고 수줍은, 폴리에스테르 혼방의 검은 옷에 플라스틱 깃을 단 사나이로 돌아와 있었다.

조 고모는 반대 방향에서 권위를 높여 갔다. 교회에서 고모는 유순했다. 고모가 쓰는 둥근 회색 모자는 고모를 의자에 고정시키려고 돌려 놓은 나사못의 대가리처럼 보였다. 고모는 아들들이 졸지 못하도록 끊임없이 꼬집어 댔다. 나는 우리 앞줄에서 근심에 싸여 매주 몸을 굽히는 사람이 일단 와인만 들어갔다 하면 우리 집 부엌의 정례 코미디에 출연하는 바로 그 사람이란 사실을 믿을 수가 없었다.

"당신네 남자들은 밖에 나가 있어!" 이렇게 고함을 지르며 고모는 어머니와 춤을 추었다.

"여긴 칼이 있다고."

교회에 출석하는 조와 와인을 마시는 조가 정반대인 데 충격을 받은 나는 미사 시간마다 고모를 가까이서 지켜보았다. 주일에 어머니가 뒤에서 어깨를 두드리면 고모는 살짝 미소로 답할 뿐이었다. 그럴 때 고모의 커다란 코는 비통함으로 부풀어 오른 것 같았다. 그런 뒤 고모는 다시 돌아앉아 성호를 긋고 미사가 진행되는 동안 잠자코 있었다.

그런데 7월의 그날 아침 교회에서의 일이었다. 향로의 향이 신도들의 막무가내 소망으로 매캐하게 피어올랐다. 안으로 들어가면(밖에서는 언제부턴가 이슬비가 내리고 있었다.) 비에 젖은

울 냄새가 났다. 신도석 밑에는 빗물이 듣는 우산들이 숨겨져 있었다. 그 우산들이 만든 실개천은 부실하게 지어진 우리의 울퉁불퉁한 교회 바닥을 타고 흘러 여기저기 웅덩이를 만들었다. 헤어스프레이와 향수, 싸구려 담배 냄새, 천천히 똑딱거리는 시곗바늘 소리. 점점 더 많은 사람의 위장에서 꼬르륵 소리가 들렸고, 이윽고 하품이 이어졌다. 꾸벅거리다가 코를 골고 팔꿈치에 찔려 후다닥 깨어나는 사람들. 우리의 미사는 끝이 없었고, 나의 몸은 시간이 흘러도 변하는 게 없었다. 그리고 내 앞에 앉은 조에 안토니우에게는 시간이 많은 상처를 안기고 지나갔다.

성직자의 아내로서 산다는 건 조 고모가 예상했던 것보다 훨씬 더 나빴다. 고모는 펠로폰네소스에서 살았던 시절을 증오했다. 그들은 난방도 안 들어오는 조그만 돌집에서 살았다고 했다. 밖에서는 마을 여자들이 올리브나무 아래에 담요를 깔고 올리브가 떨어질 때까지 나뭇가지를 두드렸다.

"아무리 해도 그 짓을 그만두지 않는 거야!"

조 고모가 투덜거리곤 했다. 죽을 때까지 두들겨 맞는 나무의 끊임없는 타작 소리에 맞춰 고모는 오 년 만에 아이 넷을 낳았다. 고모는 당신의 고충을 자세히 편지에 써서 우리 어머니에게 보냈다. 세탁기도 없고 자동차, 텔레비전은커녕 호박돌과 염소로 가득 찬 뒤뜰도 없다고. 그러고는 마지막에 이렇게 서명했다.

"교회에 목숨을 바친 순교자, 성 조에."

마이크 신부는 그리스를 더 좋아했다. 그곳에서 지낸 시절은 성직자로서 그의 황금기라 할 수 있었다. 작은 펠로폰네소스 마을에는 예로부터 내려오는 미신들이 그대로 남아 있었다. 사람들은 아직도 악마의 눈(이런 눈을 가진 사람의 응시를 받으면 재앙을 만난다는 미신)을 믿었고, 그가 성직자라 해서 동정하는 사람은 아무도 없었다. 반면 훗날 다시 찾은 미국에서는 교구민들이 언제나 그를 대할 때 다들 약간씩은 은혜라도 베푸는 투였다. 마치 미친 사람이 속이려 들 때는 믿어 주는 척해야 하는 것처럼 행동하는 것이다. 시장 경제에서 성직자로 살아가야 하는 굴욕감 같은 것이 그리스에 있는 동안은 없었던 것이다. 그리스에서는 자기를 차 버린 우리 어머니도 잊을 수 있었고, 자기보다 훨씬 돈을 잘 버는 우리 아버지와의 비교에서도 벗어날 수 있었다. 아내의 바가지 때문에 성직을 떠나야겠다는 생각은 아직 해 보지도 않았고, 아직은 막판에 닥칠 자포자기에 빠지지 않았을 때였다.

1956년에 마이크 신부는 미국의 클리블랜드 교회로 재선임되었다. 1958년에 그는 승천교단의 신부가 되었다. 조 고모는 고향에 돌아와서 기뻤지만 자신의 지위에는 결코 적응할 수가 없었다. 그녀는 남들의 모범이 되고 싶지가 않았다. 아이들을 깔끔하게 잘 입히는 것도 쉬운 일이 아니었다.

“무슨 돈으로?” 그녀는 남편에게 대들곤 했다.

“월급이 좀 많아지면 애들도 좀 훤해지겠지.”

나의 사촌들 — 아리스토텔레스와 소크라테스, 클레오파트라, 플라톤 — 은 기가 꺾인 채 겉만 번지르르한 전형적인 성직자의 아이들이었다. 남자아이들은 지나치게 화려한 싸구려 더블브레스트 양복을 입었고 흑인들처럼 부풀린 머리 모양을 했다. 클레오는 이름값을 하느라 예쁘장한 얼굴에 아몬드 같은 눈을 깜박거렸는데 몽고메리 워드의 옷을 대 놓고 입었다. 클레오는 말이 없었고 미사 시간에는 플라톤과 실뜨기 놀이를 했다.

난 항상 조 고모가 좋았다. 사람들을 즐겁게 해 주기 위해 짐짓 내는 커다란 목소리도 좋았고, 고모의 유머 감각도 좋았다. 고모는 대부분의 남자들보다 목소리가 더 컸고, 우리 어머니를 큰 소리로 웃게 만들었는데, 그렇게 할 수 있는 사람은 고모 말고 아무도 없었다. 예를 들면 일요일의 많고 많은 자장가 중 하나를 듣고 있을 때 조 고모가 돌아앉아 농담을 던졌다.

"테시 언니, 난 그렇다 치고 언니는 여기 왜 온 거야?"

"칼리하고 그냥 교회에 오고 싶어서."

우리 어머니의 답변이었다.

아버지를 닮아 키가 작은 플라톤이 나무라듯이 노래했다.

"칼리, 창피한 줄 알아야지. 너 뭐 했니?"

그는 오른쪽 엄지를 왼쪽 엄지 위에 계속 비벼 댔다.

"아무 짓도 안 했어." 내가 말했다.

"형, 소크라테스 형……." 플라톤이 자기 형에게 귓속말을 했다.

"칼리 얼굴이 빨개졌지?"

"무슨 짓을 해 놓고 말을 못 하는 게 틀림없어."

"얘들아, 이제 입 다물어라."

조 고모가 말했다. 왜냐하면 향로를 든 마이크 신부가 다가오고 있었던 것이다. 사촌들은 돌아앉았고 어머니는 고개를 숙여 기도를 했다. 나도 그렇게 했다. 어머니는 챕터 일레븐이 제정신을 차리도록 기도했다. 그리고 나는? 간단하다. 나는 내 생리가 제정신을 차리도록 기도했다. 여자로서의 성흔을 입게 해 달라고 기도했다.

여름에 가속도가 붙었다. 아버지는 지하실에서 여행 가방을 들고 올라와 어머니와 내게 짐을 꾸리라고 했다. 나는 리틀 클럽에서 모호한 대상과 일광욕을 했다. 바우어 박사가 머리에서 떠나지 않았고 난 내 다리 비율을 생각하지 않을 수 없었다. 예약이 일주일 앞으로 다가왔다. 그리고 반 주, 그러고 나서 이틀…….

그리고 결국 1974년 7월 20일, 여행을 떠나기 전 주의 토요일 밤이 되었다. 출발과 비밀스러운 계획으로 가득 찬 밤. 튀르키예 제트기들은 일요일 새벽(미시간은 아직 토요일 밤이었다.)에 미국 본토 기지를 출발했다. 제트기들은 남동쪽으로 지중해를 굽어보며 키프로스섬을 향했다. 고대 신화에서는 신들이 자기가 좋아하는 인간을 안개 속에 숨겨 놓는 일이 많다. 언젠가 아프로디테는 메넬라오스의 손에 죽게 생긴 파리스를 보이지 않게 해서 구해 준다. 전쟁터에서 아이네이아스를 구할 때는 외투에 싸서 숨겼다. 마찬가지로 튀르키예 제트기들은 괴성을 내며 바다 위를 날 때 구름에 가려졌다. 그날 밤 키프로스의 군 요원은 레이더 스크린이 불가사의한 기능 장애를 보였다고 보고했다. 스크린이 수천 개의 하얀 점들로 가득 찼다. 전자기 구름이었다. 그렇게 모습을 감춘 튀르키예 제트기들은 섬에 도착해서 폭탄을 투하하기 시작했다.

그동안 그로스포인트에서는 프레드와 필리스 무니가 역시 홈 베이스를 떠나 시카고를 향하고 있었다. 그들의 자녀인 우디와 제인은 손을 흔들며 현관에서 작별 인사를 했다. 물론 아이들에게는 나름의 비밀 계획이 있었다. 그 순간 나무통들이 맥주와 여섯 팩짜리 맥주 캔을 빼곡하게 탑재한 은색 폭격기가 무니네 집을 향해 날아올랐다. 십 대들을 태운 자동차들도 제 궤도에 올랐다. 모호한 대상과 나도 그랬다. 분을 두드리고 윤을 낸 뒤 머리는 고데를 해서 좌우로 빗어 넘겼다. 우리도 파티를 위해 출발을 했다. 얇은 코르덴 치마에 나막신을 신고 우리는 앞뜰로 들어섰다. 그런데 모호한 대상은 현관 앞에서 날 붙잡았다. 그러곤 입술을 깨물며 말했다.

"넌 제일 친한 내 친구야, 맞지?"

"맞아."

"좋아. 가끔 난 내 입냄새가 나쁘게 느껴져." 여기서 그 애는 잠시 말을 멈췄다.

"그러니까 자기 입냄새는 자기가 잘 모르잖아. 그래서 하는 말인데……." 여기서 그 애는 다시 멈췄다.

"나 대신 입냄새 좀 맡아 줘."

난 무슨 말을 해야 좋을지 몰라서 아무 말도 하지 않았다.

"너무 역겹니?"

"아니."

마침내 내가 말했다.

"좋아, 이리 와 봐."

그 애는 내게 몸을 기울이더니 내 얼굴에 대고 한 번 숨을 내쉬었다.

"괜찮아." 내가 말했다.

"좋아. 이제 너."

난 몸을 수그려서 그 애 얼굴에 숨을 내뱉었다.

"좋은데." 그 애가 단정적으로 말했다.

"좋아. 이제 파티에 가도 되겠다."

나로서는 처음 가 보는 파티였다. 부모들이 안됐다는 생각이 들었다. 아이들로 북새통인 집 안을 뚫고 가다가 나는 엄청난 파탄의 현장에 그만 몸이 움츠러들었다. 담뱃재가 피에르되 실내 장식품 위에 떨어지고 있었다. 법정 상속 동산이라 할 만큼 유서 깊은 카펫 위로 캔 맥주가 흘러나왔다. 그 야단법석의 소굴에서 나는 남자아이 둘이 낄낄대며 테니스 트로피 위에 오줌을 누는 광경을 보았다. 그건 제법 나이 든 애들이었다. 몇 쌍은 계단을 올라가 침실로 사라졌다.

모호한 대상은 좀 더 노숙하게 굴려고 했다. 그 애는 고등학교 여학생처럼 오만하고 지루한 표정을 흉내 내고 있었다. 그러고는 내 앞의 뒷문을 지나서 맥주를 기다리는 줄에 섰다.

"너 뭐 하니?" 내가 물었다.

"맥주 마시려고. 넌 무슨 생각하니?"

밖은 제법 어두웠다. 사교적인 상황에 처하면 대개 그러듯이 나는 머리카락으로 얼굴을 가렸다. 나는 처녀 귀신 같은 모습으로 녀석의 뒤에 서 있었다. 그런데 그때 누군가의 손이 뒤에서 내 눈을 가렸다.

"누구게?"

"제롬."

나는 그의 손을 내리고 돌아섰다.

"어떻게 난 줄 알았어?"

"이상한 냄새 때문에."

"아야."

제롬 뒤에서 난 목소리였다. 건너다본 순간 나는 충격을 받았다. 제롬과 같이 서 있는 사람은 렉스 리즈, 그러니까 캐럴 헨켈을 물에 빠져 죽게 한 놈이다. 렉스 리즈는 우리 동네에서 테디 케네디로 통했다. 지금 그는 그리 정신이 맑아 보이지 않았다. 검은 머리가 눈을 덮었고, 목에 두른 가죽 끈 위에는 푸른 산호 조각이 달려 있었다. 난 그의 얼굴에서 후회라든가 회개의 빛을 찾아보았다. 그러나 렉스는 내 얼굴에서 아무것도 찾지 않았다. 그는 모호한 대상에게 눈길을 보내고 있었다. 머리카락이 눈을 찌르고 있는 아래로 미소가 번졌다. 두 소년은 익숙한 솜씨로 우리 사이에 끼어들어 둘로 갈라섰다. 모호한 대상을 마지막으로 한 번 보고 놓쳤다. 그 애는 두 손을 코르덴 치마 뒷주머니에 찌르고 있었다. 그래서 자연스러워 보이는 동시에 가슴이 돋보였다. 그 애는 렉스를 올려다보고 미소를 던졌다.

"난 내일부터 영화 찍을 거야." 제롬이 말했다.

난 멍한 표정을 지었다.

"내 영화. 흡혈귀 영화 말이야. 너 정말 거기 출연하고 싶지 않니?"

"이번 주에 식구들이랑 휴가 가."

"저런, 안됐군." 제롬이 말했다.

"천재적인 작품이 될 텐데."

우리는 말없이 서 있었다. 잠시 후 내가 말했다.

"진짜 천재는 자기가 천재라고 생각하지 않아."

"누가 그래?"

"내가."

"어째서지?"

"왜냐면 천재란 10분의 9가 노력이잖아. 그런 말 못 들어 봤어? 자기가 천재라고 생각하는 순간 자격 상실이야. 너는 네가 하는 일마다 대단하다고 생각하잖아."

"난 그냥 소름 끼치는 영화를 만들고 싶어."

제롬이 대답했다.

"가끔 벗는 장면도 나오는."

"천재가 되려고 너무 애쓰지 않는다면 어쩌다가 우연히 천재가 돼 있을 수도 있지."

그가 날 이상하고도 강렬한 표정으로, 그러면서도 웃으면서 쳐다보고 있었다.

"왜?"

"아무것도 아냐."

"왜 그렇게 쳐다봐?"

"어떻게 쳐다봤는데?"

어둠 속에서 보니 제롬이 모호한 대상을 닮은 것이 더욱 뚜렷이 보였다. 황갈색 눈썹, 둥글게 뭉친 버터 같은 혈색 — 그런대로 생긴 게 괜찮았다.

"넌 내 누이 친구들 중에 제일 똑똑해."

"넌 내 친구 남자 형제들 중에 제일 똑똑해."

그가 내게 기댔다. 그는 나보다 키가 더 컸다. 제롬과 모호한 대상 사이의 가장 큰 차이는 바로 그것이었다. 그 정도면 비몽사몽에서 깨어나기에 충분했다. 나는 돌아섰다. 그리고 그에게서 몸을 돌려 다시 모호한 대상에게로 갔다. 그 애는 아직도 렉스와 밝은 얼굴로 눈을 맞추고 있었다.

"이리 와 봐." 내가 말했다.

"우리도 그런 데로 가야 할 것 같아."

"어떤 데?"

"너도 알잖아. 그런 데."

결국 나는 그 애를 억지로 끌어당겼다. 모호한 대상은 미소를 거두고 심각한 표정이 되었다. 현관을 나서자마자 그 애는 나에게 얼굴을 찌푸렸다.

"날 어디로 데려가는 거야?" 그 애가 화가 나서 말했다.

"저 소굴에서 나가자."

"잠시라도 날 혼자 내버려두지 못하겠니?"

"넌 내가 널 혼자 내버려두면 좋겠니?" 내가 말했다.

"좋아. 널 혼자 내버려두지." 난 꼼짝도 하지 않았다.

"파티에서 남자하고 말도 맘대로 못 하니?" 모호한 대상이 물었다.

"난 너무 늦기 전에 널 데려가려는 거야."

"그게 무슨 뜻이야?"

"네 입에서 나쁜 냄새가 나."

이 말에 모호한 대상은 차분해졌다. 내가 정곡을 찌른 것이다. 그 애는 풀이 죽어서 되물었다.

"진짜야?"

"약간 양파 냄새 같아." 내가 말했다.

우리는 비로소 뒤뜰로 나왔다. 돌로 만든 현관 난간에 아이들이 앉아 있었고, 어둠 속에서 그들이 피우는 담배 끄트머리가 반짝였다.

"너 렉스를 어떻게 생각해?" 모호한 대상이 속삭였다.

"뭐라고? 너 그 앨 좋아하니?"

"좋아한다고 안 그랬어."

난 대답을 찾아내려고 그 애의 얼굴을 훑었다. 그 애도 그걸 눈치채고 잔디밭 너머 멀찍이 걸어갔다. 나는 따라갔다. 앞서도 말했듯이 나의 감정은 대부분 잡종처럼 이것저것 뒤섞여 있다. 그러나 모든 감정이 그런 것은 아니다. 어떤 감정은 잡스러운 것이 전혀 섞이지 않고 순수하다. 예를 들면 질투같은 것.

"렉스, 그 녀석 괜찮은 애지." 그 애를 따라잡으며 내가 말했다.

"네가 도살자를 좋아한다면 말이야."

"그건 사고였어." 그 애가 말했다.

달은 4분의 3만큼 동그랬다. 달빛에 비친 통통한 나뭇잎들이 은색으로 보였다. 잔디는 축축했다. 우리는 둘 다 나막신을 벗고 잔디 위에 섰다. 잠시 뒤 모호한 대상은 한숨을 내쉬며 내 어깨 위에 머리를 기댔다.

"너는 가는 게 좋겠어." 그 애가 말했다.

"왜?"

"왜냐하면 이건 너무 괴상하니까."

나는 누군가 우리를 볼까 봐서 뒤를 돌아다보았다. 아무도 보고 있지 않았다. 그래서 나는 그 애를 팔로 안았다.

그다음 몇 분 동안 우리는 달빛에 하얗게 변한 나무 아래 서서 집 안에서 울려 나오는 음악 소리를 들었다. 얼마 안 있어 경찰이 올 것이다. 경찰은 항상 오니까. 그로스포인트에서 안심할 만한 점이기도 했다.

다음 날 아침 나는 어머니와 함께 교회에 갔다. 평소와 다름없이 조 고모는 앞줄에 엎드려 본보기를 보이고 있었다. 아리스토텔레스, 소크라테스, 플라톤은 갱 단원 같은 복장을 하고 있었다. 클레오는 검은 갈기 같은 머리카락에 얼굴을 묻고 손가락에 줄을 걸고 있었다. 교회의 뒷면과 측면은 어두웠다. 성상들은 주랑에서 어두운 표정을 짓거나 번쩍이는 예배당 안에서 뻣뻣한 손가락을 쳐들고 있었다. 둥근 지붕 밑에는 조명이 뿌연 안개처럼 쏟아졌고, 실내 공기는 향 때문에 이미 탁해져 있었다. 성직자들은 마치 터키탕에서 만난 사람들같이 앞뒤로 오락가락했다.

마침내 쇼 시간이 돌아왔다. 한 신부가 스위치를 올렸다. 거대한 샹들리에의 맨 아랫단에 활짝 불이 붙었다. 성상 칸막이 뒤에서 마이크 신부가 들어왔다. 등에 빨간 하트를 수놓은 밝은 청록색 예복을 입고 있었다. 그는 제단을 넘어 교구민들 쪽으로 내려왔다. 그의 향로로부터 연기가 피어오르며 고색창연한 향기를 뿜었다.

"주여, 우리를 불쌍히 여기소서." 마이크 신부가 선창을 했다.

"주여, 우리를 불쌍히 여기소서."

그 말은 내게 조금도, 혹은 거의 의미가 없었다. 나는 그 말의 무게와 오랜 시간을 두고 그 무게가 파 놓은 깊은 골을 느꼈다. 어머니는 성호를 그으며 큰아들에 대해 생각했다.

먼저 마이크 신부는 교회 왼쪽을 돌았다. 사람들의 머리 위로 향이 푸른 파도를 일으키며 굽이쳤다. 그로 인해 샹들리에의 원형 불빛이 무색해졌다. 이 때문에 과부들은 폐 상태가 악화되었고, 내 사촌들이 입은 번들번들한 옷 색깔도 한풀 꺾였다. 이윽고 향의 연기가 드라이아이스처럼 감쌀 때 나는 심호흡을 하고 기도하기 시작했다.

'하느님께 비옵나니, 바우어 박사가 제게서 아무 이상도 발견하지 않도록 하소서. 모호한 대상과의 우정을 지켜 나가게 하소서. 우리가 튀르키예 여행을 간 사이에 그 애가 날 잊지 않도록 하소서. 엄마가 오빠를 너무 걱정하지 않게 하소서. 오빠가 대학교로 돌아갈 수 있도록 도와주소서.'

그리스 정교회에서 향은 여러 가지 목적을 수행한다. 상징적인 의미에서 그것은 하느님에게 바치는 제물이다. 우상 숭배 시절에 바치던 불에 태운 희생물과 같이 그 향기는 위로 올라가 하늘에 닿는다. 향은 현대적인 방부 기술이 나오기 전에는 실용적인 목적으로 사용되었다. 장례 기간에 시체의 냄새를 막는 데 썼고, 또한 넉넉히 들이마시면 몽롱해져서 종교적인 몽환경에 빠지게 된다. 그리고 그 이상 마시게 되면 몸이 아플 수도 있다.

"왜 그러니?" 어머니가 내 귀에 대고 물었다.

"너 얼굴이 창백하구나."

나는 기도를 멈추고 눈을 떴다.

"내가?"

"너 괜찮은 거니?"

난 그렇다고 대답하려고 했다. 그러다가 순간적으로 멈칫했다.

"칼리, 너 얼굴이 하얗다." 어머니가 다시 말했다. 그러고는 내 이마에 손을 짚어 보는 것이었다.

구역질, 헛것, 신앙심, 허위…… 그 모든 것이 한꺼번에 달려들었다. 하늘이 돕지 않을 때는 스스로 도와야 하는 법이다.

"배가, 배가." 내가 말했다.

"뭘 먹었는데 그래?"

"아니, 꼭 배는 아닌데, 그보다 아래야."

"기운이 없니?"

마이크 신부가 다시 옆을 지나갔다. 향로를 어찌나 높이 드는지 하마터면 내 코끝을 칠 뻔했다. 그리고 나는 콧구멍을 더 크게 벌리고 얼굴이 더 하얘지도록 연기를 최대한 많이 들이마셨다.

"아무래도 배 속에서 뭔가 꼬였나 봐."

난 모험을 감행했다. 이 시도가 어느 정도 맞아떨어졌던 게 틀림없다. 왜냐하면 어머니가 이제 웃음을 짓는 것이었다.

"아, 됐다." 어머니의 말이었다.

"감사합니다, 하느님."

"내가 아픈데 그렇게 좋아? 감사하다니."

"아가야, 넌 아픈 게 아니야."

"그럼 뭐야? 기분이 안 좋은걸. 정말 아프다고."

어머니는 아직도 기뻐 어쩔 줄 모르면서 내 손을 잡았다.

"어서 가자, 어서." 어머니가 말했다.

"사고 치면 안 되니까."

교회 화장실 문을 걸어 잠글 무렵 튀르키예가 키프로스를 침공했다는 소식이 미국에 전해졌다. 어머니와 내가 집에 돌아와 보니 거실은 고함을 지르는 남자들로 그득했다.

"우리 전함이 그리스를 겁주려고 해안에 진을 치고 있어." 지미 피오레토스가 입에 침을 튀기면서 열변 중이었다.

"그래, 전함들이 해안에 진을 치고 있지." 이번엔 아버지였다.

"그래서 어쩌겠다는 거야? 군사 정권이 들어서서 마카리오스를 몰아냈잖아.[53] 그러니 튀르키예로서는 골칫거리지. 가변

53) 마카리오스 3세(Μακάριος Γ, 1913~1977)는 키프로스 대주교로서 그리스와 키프로스 통일 운동을 주도했으며 1959년 키프로스 공화국의 대통령이 되었다. 튀르키예계 소수 민족 분쟁이 해결되지 않자 1974년 그리스 본토 출신 장교들의 군사 쿠데타가 일어났고, 마카리오스는 런던으로 도망가고 튀르키예는 키프로스를 침공했다.

정국이라고."

"그래, 하지만 튀르키예를 돕는 건……."

"미국은 튀르키예를 돕는 게 아냐." 아버지가 말을 이어 나갔다.

"단지 군사 정권이 실각하지 않도록 하려는 거지."

1922년 스미르나가 불바다가 되었을 때 미국 전함들은 수수방관했다. 오십이 년 뒤 키프로스 해안에서 그들은 또다시 아무 일도 하지 않았다. 적어도 표면적으로는.

"밀트, 그렇게 순진해서야, 어디 원." 다시 지미 피오레토스였다.

"레이더를 방해한 게 자넨 누구라고 생각하지? 밀트, 그게 바로 미국이란 말이야. 우리 미국."

"그걸 어떻게 알아?" 아버지가 대들었다.

그러자 이번에는 거스 파노스가 목구멍에 뚫린 구멍으로 소리를 냈다.

"그 쌍놈의…… 스스스스 키신저야. 그놈이 분명…… 스스스스스스…… 튀르키예와 거래를 한 게 스스…… 틀림없어."

"그럼, 그럼." 피터 타타키스가 펩시콜라로 입을 다시면서 고개를 주억거렸다.

"이제 베트남 위기는 끝났고, 키신저는 다시 비스마르크 노릇을 할 수 있게 됐어. 그자가 튀르키예에 나토 기지가 있는 꼴을 두고 볼 것 같아? 그는 언제나 그런 식이라고."

이렇게 헐뜯는 말들이 사실이었을까? 난 잘 모르겠다. 내가 아는 건 단지 이것이다. 그날 아침 누군가가 키프로스의 레이

더망을 먹통으로 만들어서 튀르키예 침공을 확실하게 도왔다는 사실. 튀르키예에 그런 기술이 있었을까? 아니다. 미국 전함에는? 그렇다. 증명할 순 없지만…….

게다가 그 문제는 어쨌든 나와 상관이 없었다. 남자들은 욕을 퍼붓고, 텔레비전에 손가락질을 하고, 라디오를 쾅쾅 내리쳤다. 마침내 조 고모가 전원을 모두 꺼 버렸다. 그러나 불행한 사실은 남자들의 전원을 끌 수는 없었다는 점이다. 식사를 하는 내내 남자들은 서로에게 소리를 질러 댔고, 칼과 포크가 공중에 난무했다. 키프로스 논쟁은 수 주일을 끌었고, 주일 만찬 행사는 이제 최종적으로 막을 내렸다. 그러나 나에게 그 침공은 딱 한 가지 점에서 의미가 있었다.

짬을 봐서 나는 실례를 고하고 달려가서 모호한 대상에게 전화를 걸었다.

"무슨 일인지 알아맞혀 봐." 난 흥분해서 큰 소리로 외쳤다. "우리 휴가 안 가게 됐어. 전쟁이 터졌어!"

그러고 나서 나는 복통이 났는데 곧 괜찮아질 거라고 말해 주었다.

살과 피

나는 발견의 순간을 향해 빠르게 다가가고 있다. 나 자신에 의한, 나 자신의 발견. 줄곧 내가 알아 왔지만 아직도 모르고 있는 나 자신에 대한 발견. 이제 봉사가 다 된 가련한 필로보시안 박사가 내 출생 때 놓쳤으며 그 후로도 매년 신체검사 때마다 계속 놓쳐 온 발견. 내 부모가 낳은 아이가 어떤 아이인지(해답: 똑같은 아이지만 조금 색다름) 알게 되는 발견. 250년 동안 때를 기다리며 우리 핏줄 속에 묻혀 있다가 케말 아타튀르크가 공격하기를, 하지에네스티스 장군이 유리로 변하기를, 클라리넷이 뒤창으로 유혹의 선율을 연주하기를, 그리하여 마침내 자기와 똑같은 열성 쌍둥이를 다시 만나게 되고, 거기서부터 수많은 사건을 겪으며 여기 베를린에서 글을 쓰고 있는 내게 이르게 되는 돌연변이 염색체의 발견.

그해 여름에 접어들면서 갈수록 교묘해지는 대통령의 거짓말과 때를 같이하여 나는 내 월경 주기를 위조하기 시작했다. 닉슨과 같은 교묘한 술책으로 칼리오페는 사용하지도 않은 탐폰을 왕창 뜯어 화장실 변기에 흘려 버렸다. 나는 두통이다 피로다 해서 꾀병을 부렸다. 메릴 스트리프가 유난을 떠는 것처럼 생리통을 가장했다. 침대에 들면 양심의 가책과 멍한 아픔, 그리고 갑자기 한 방 얻어맞은 듯한 느낌에 몸이 오그라들었다. 비록 날조한 것이지만 나는 달력에 생리 주기를 꼬박꼬박 기록해 나갔다. 카타콤의 물고기 상징(*)으로 날짜를 표시했다. 12월까지 빼놓지 않고 계획을 세웠다. 그때쯤이면 반드시 진짜 초경을 하게 되리라 믿으면서.

내 기만술은 유효했다. 우선 어머니의 걱정이 잠잠해졌고 어쨌든 나도 한시름 놓았다. 이제 그 짐을 내가 떠맡아야겠다고 느꼈다. 더 이상 자연의 섭리에만 맡길 순 없었다. 그리고 진짜 잘된 일은 바우어 박사와의 예약뿐 아니라 부르사 여행까지 취소되면서 모호한 대상의 초대를 받아들일 수 있게 된 점이었다. 녀석의 가족과 함께 여름 별장에 놀러 갈 수 있게 된 것이다. 그 준비로 나는 밀짚모자와 샌들, 시골풍의 뽀빠이 바지를 샀다.

그해 여름에 미국에서 벌어지는 정치적 사건들에 내가 특별히 민감했던 건 아니다. 그러나 진행되는 사건 중 하나라도 놓치기란 불가능했다. 우리 아버지는 대통령의 과실이 눈덩이처럼 불어날수록 어찌 된 일인지 당신을 더욱더 닉슨 대통령과 동일시하는 것이었다. 장발의 반전론자들 가운데에서 그는 허름한 옷을 입은 흉악스러운 아들 녀석을 알아보았다. 워터게이트 스캔들로 온 세상이 떠들썩한 가운데 아버지는 그 옛날 폭동 때 당신도 수상한 행동을 했음을 깨달았다. 무단 침입을 놓고도 그는 딱히 잘했다는 건 아니지만 사실 그리 큰 잘못도 아니라고 믿었다.

"그래, 민주당원들은 그런 실수를 안 할 줄 알아?" 아버지가 일요일의 토론장에서 꺼낸 의제이다.

"자유주의자들이 대통령만 못살게 굴어. 대체 자기들은 얼마나 잘났기에."

저녁 뉴스를 보다가도 아버지는 생방송으로 이렇게 논평을 달았다. "아, 그러셔?" "젠장맞을." "프톡스미르[54]란 놈은 완전히 빵점이야." "머리에 먹물 든 놈들이 진짜 걱정해야 할 문제는 외교란 말이야. 저놈의 러시아와 중공을 어떻게 할 건지. 그 더러운 선거 사무실에 강도 좀 들었다고 우는소리 할 게 아니라." 아버지는 텔레비전을 앞에 놓고 소파에 웅크리고 앉아 좌익 언론 방송을 노려보았고, 그렇게 날이 갈수록 대통령을 닮아 갔다.

주중에는 밤마다 텔레비전과 싸우던 아버지가 일요일이면 생방송 방청객들과 마주했다. 먹은 것을 소화시킬 때는 뱀처럼 가만히 있던 피트 아저씨가 이번엔 웬일로 기운이 나서 팔팔했다.

"척추 교정사의 관점에서 보더라도 닉슨은 문제의 인물이

---

54) 민주당 상원의원이다.

야. 골격이 침팬지를 닮았거든."

이번엔 마이크 신부가 아버지를 놀리는 데 동참했다.

"그러면, 밀트, 자네 친구인 사기꾼 디키는 어떻다고 보는가?"

"제정신이라고 볼 수가 없지."

대화가 키프로스 쪽으로 바뀌면서 사태는 한층 악화됐다. 국내 문제에선 아버지와 지미 피오레토스가 같은 편이었다. 그러나 키프로스에 이르면 두 사람은 각기 당이 갈라졌다. 침공한 지 한 달 만에, 유엔(UN)이 평화 협정을 맺으려 하는 바로 그때에 튀르키예 군대는 또다시 침공을 했다. 이번엔 튀르키예 측이 키프로스의 상당 부분을 요구했다. 부랴부랴 철조망을 두르고 경비탑을 세웠지만 키프로스는 베를린이나 한국처럼 두 동강이 나려 했다. 더 이상 하나가 아닌 세상의 많은 것처럼.

"이제야 본색이 드러나는 거야." 지미 피오레토스가 말했다.

"'헌법을 지키고' 어쩌고 하는 건 그저 구실에 지나지 않았어."

"우리가…… 스스스…… 등을 돌릴 때…… 스스스…… 우리를 공격할 거야."

거스 파노스가 목쉰 소리로 한마디 했다.

"미국이 그리스를 배신했어!" 지미 피오레토스가 공중에 손가락질을 하며 말했다.

"그건 모두 두 얼굴을 가진 키신저 새끼의 짓이야. 한 손으로는 악수를 하면서 상대방에게 오줌을 갈기는 거지!"

아버지는 고개를 저었다. 공격적인 자세를 취하며 턱을 아래로 내리고 인정할 수 없다는 듯이 짖어 댔다.

"국익을 위해서라면 무슨 짓이든 할 수 있어." 그러고 나서 아버지는 턱을 쳐들며 말했다.

"그리스는 지옥에나 가라지!"

1974년에 아버지는 부르사를 방문해서 자신의 뿌리를 새삼 확인하는 대신 도리어 조국을 부인했다. 자기가 태어나고 자란 나라와 조상의 나라 가운데에서 택해야 할 때 그는 망설이지 않았다. 그러는 동안 우리는 부엌에서 모든 진행 상황을 들을 수 있었다. 고함 소리와 컵이 깨지는 소리가 들리고 영어와 그리스어가 뒤죽박죽된 욕설이 터져 나오더니 이윽고 쿵쿵거리며 집을 나가는 소리가 이어졌다.

"필리스, 옷 입어, 가야겠어." 지미 피오레토스가 자기 아내에게 말했다.

"이 더운 여름에." 필리스의 대답이었다.

"뭘 더 입어?"

"어쨌든 챙길 걸 챙기란 말이야."

"우리도…… 스스스…… 가지…… 난…… 스스스…… 입맛을…… 잃었어."

독학으로 오페라 전문가가 된 피트 아저씨마저 그 대열에 합류했다. "거스는 그리스에서 자라지 않았어." 가면서 그는 이렇게 말했다.

"하지만 난 그리스에서 자랐다는 걸 잘 알 거야. 밀턴, 자넨 내 조국에 대해서 말한 거야. 그리고 자네 부모의 진짜 고향에 대해서 말이야."

손님들이 떠나 버렸다. 그들은 다시는 오지 않았다. 지미와 필리스 피오레토스 부부, 거스와 헬렌 파노스 부부, 피터 타타키스, 그들 모두. 뷰익 자동차들은 미들섹스에 발길을 뚝 끊었고, 우리 거실에는 그들이 빠져나간 자리가 휑했다. 그 후로는 일요일의 만찬 같은 건 없었다. 코 큰 사나이들이 벙어리 트럼펫 수준으로 코 푸는 소리도 더 들을 수 없었고, 늘그막의 멜리나 메르쿠리를 닮은 여자들이 볼을 꼬집는 것도 더는 볼 수 없었다. 무엇보다 일요일의 토론이 없어졌다. 유명한 죽은 사람들의 말을 끌어대고 악명 높은 산 사람들을 혹평하고, 여기저기서 예를 들며 갑론을박하는 일도 끝이 났다. 우리 집 소파에서 꾸려 나가던 행정부도 없어졌다. 정부의 역할과 복지상태, (어울리지 않게 피오레토스 박사가 고안한) 스웨덴식 보건제도에 대한 철학적인 싸움도, 세제 개편에 대한 논의도 끝이었다. 한 시대가 막을 내렸다. 이제 다시는 돌아갈 수 없었다. 일요일엔 참았다.

남은 사람이라곤 조 고모와 마이크 신부, 그리고 우리의 사촌들이었다. 그들은 우리의 친척이었으니까. 어머니는 싸움을 일으킨 데 대해 아버지에게 화를 냈고, 아버지는 어머니에게 분풀이를 했다. 어머니는 그날 하루 동안 아버지에게 말을 하지 않는 징벌을 내렸다. 마이크 신부는 이 기회를 이용해 어머니를 일광욕장으로 불러냈다. 아버지는 차를 타고 어디론가 가 버렸고, 나는 조 고모와 함께 있다가 일광욕장으로 먹을 것을 가지고 갔다. 두꺼운 삼나무 사이에 깔린 자갈 위로 한 발 들어섰을 때 정원에서 보이는 것은 검은 철제 의자에 나란히 앉아 있는 어머니와 마이크 신부였다. 마이크 신부는 어머니의 손을 잡고 수염 난 얼굴을 갖다 댄 채 어머니의 눈을 들여다보면서 뭐라고 소곤거리고 있었다. 어머니는 얼른 보아도 울었던 흔적이 역력했다. 동그랗게 뭉친 휴지가 손에 쥐여 있었다.

"칼리가 아이스티를 가져왔어." 조 고모가 들어서면서 소리쳤다.

"그리고 내가 술을 좀 가지고 왔지."

그러나 그 순간 고모는 마이크 신부가 어머니를 어떤 눈으로 바라보고 있는지를 목격하고는 곧바로 입을 다물었다. 어머니는 얼굴을 붉히며 일어섰다.

"조, 난 술을 한잔해야겠어."

모두가 어색해하며 웃어 버렸다. 조 고모가 잔에 술을 따랐다.

"쳐다보지 마." 고모가 남편에게 말했다.

"당신 마누라가 주일에 술 좀 해야겠으니까."

그다음 주 금요일에 나는 모호한 대상의 아버지와 함께 피터스키 근방의 여름 별장으로 갔다. 복잡한 장식이 가득하고 외관을 황록색으로 칠한 빅토리아풍의 대저택이었다. 차를 타고 가면서 나는 그 전경에 눈이 휘둥그레졌다. 집은 언덕 위의 키 큰 소나무들에 살포시 둘러싸여 리틀 트래버스만을 내려다보고 있었으며, 창문은 모두 거울처럼 반들거렸다.

난 부모들과 잘 지냈다. 부모들은 내 전공과목이었다. 차를 타고 가는 동안 내내 모호한 대상의 아버지와 생생하고 폭넓은 대화를 나누었다. 모호한 대상의 색채는 아버지로부터 물려받은 것이었다. 그 애 아버지는 켈트족의 혈색을 띠었다. 오십 대 후반이었지만 그의 불그스름한 머리털은 색이 거의 다 빠져서 마치 홀씨만 남은 민들레 같았다. 주근깨가 많은 얼굴 역시 죽은 색이었다. 그는 카키색 포플린 양복에 나비넥타이를 매었고, 운전대에 앉아 시가를 피웠다. 중간에 그는 고속도로 변에서 파티용품 전문점에 들러 스미르노프 칵테일 여섯 개들이 한 팩을 샀다.

"마티니가 캔으로 나오다니, 칼리. 우린 정말 놀라운 시대에 살고 있구나."

다섯 시간 뒤에 전혀 말짱하지 못한 정신으로 그는 여름 별장으로 들어가는 비포장도로에 나타났다. 10시 무렵이었다. 달빛을 받으며 우리는 뒷문으로 짐들을 옮겼다. 가느다란 회색 소나무 사이의 길로 솔잎이 떨어져 있었고 군데군데 버섯이 고개를 내밀었다. 집 옆에는 아르투아식 우물[55]이 이끼투성이의 바윗돌 사이에서 노래하고 있었다.

부엌에 들어섰을 때 제롬이 보였다. 그는 식탁에 앉아 《위클리 월드 뉴스》를 보고 있었는데 그 창백한 혈색을 보니 한 달 내내 거기 있었던 것이 틀림없었다. 윤기 없는 검은 머리털은 유난히도 축 처져 보였다. 그는 프랑켄슈타인 티셔츠와 줄무늬 반바지, 하얀 톱 사이더를 맨발에 신고 있었다.

"스테퍼니데스 양을 데려왔다."

---

55) 펌프 없이 자연 압력으로 물이 솟아오르는 깊은 우물이다.

모호한 대상의 아버지가 말했다.

"오지에 오신 걸 환영합니다."

제롬은 일어서서 아버지와 악수를 한 뒤 포옹을 했다.

"엄마는 어디 계시니?"

"위층에서 파티 옷을 입는댔는데 아빠가 엄청 늦으셨네요. 엄마 기분이 아마 좀 그럴 거예요."

"칼리한테 방을 가르쳐 줘라. 한 바퀴 보여 주고."

"알았습니다요." 제롬이 말했다.

우리는 부엌에서 나와 뒷계단으로 올라갔다.

"손님방은 아직 페인트칠이 안 말라서 넌 내 동생하고 같이 있어야 될 거야." 제롬이 내게 설명했다.

"그 애는 어디 있는데?"

"뒤쪽 현관에 렉스하고 있어."

나는 피가 멎는 듯했다.

"렉스 리즈 말이야?"

"걔네 부모도 이 위에 별장이 있거든."

그러고 나서 제롬은 중요한 것들을 일러 주었다. 손님용 수건, 화장실 위치, 전등을 켜고 끄는 법. 그러나 그의 태도가 중요한 게 아니었다. 난 어째서 모호한 대상이 전화로 렉스에 대해 한마디도 하지 않았을까 의아해했다. 벌써 삼 주가 다 되도록 여기 있으면서 내게 아무 말도 안 했다니.

우리는 그 애 방으로 들어갔다. 흐트러진 침대 위에 구겨진 옷가지들이 팽개쳐져 있었고, 베개 위에는 비우지 않은 재떨이가 보였다.

“내 여동생은 지저분한 습관이 붙었어.” 제롬이 주변을 둘러보며 말했다.

“너는 깔끔하니?”

난 고개를 끄덕였다.

“나도 그래. 그게 최고야. 그런데…….” 제롬은 그러면서 뒤로 돌아 나와 마주 섰다.

“튀르키예 여행은 어떻게 된 거니?”

“취소됐어.”

“아주 잘됐구나. 그럼 이제 내 영화에 출연할 수 있겠다. 여기서 촬영할 거거든. 너 할 수 있지?”

“난 기숙사에서 찍는 줄 알았는데.”

“숲에 있는 기숙사로 바꿨어.”

제롬이 점점 다가섰다. 주머니 속에 든 손을 크게 돌리면서 뒤꿈치로는 바닥을 구르고, 그러면서 내 쪽을 곁눈질했다.

“아래층으로 내려갈까?” 내가 물었다.

“뭐라고? 아, 그렇지, 그래. 내려가자.”

제롬은 돌아서서 내빼다시피 허둥댔다. 나는 그의 뒤를 따라 부엌을 통과했다. 거실을 가로지를 때 현관 밖에서 말소리가 들렸다.

“그래서 셀프리지가, 그 말라깽이 녀석이 토하는 거야.” 렉스 리즈가 말하고 있었다.

“그것도 화장실이 아니라 바에다가.”

“설마, 그럴 리가! 셀프리지라니!” 모호한 대상이었다. 재미있어서 큰 소리로 떠들고 있었다.

"바로 자기가 마시던 칵테일 잔에다 먹은 걸 토해 내는데, 믿을 수가 없었어. 완전히 나이아가라 폭포였다고. 셀프리지가 바에서 이상한 소리를 내니까 다들 의자에서 튀어 일어나고, 뭔 말인지 알겠어? 셀프리지는 자기가 토한 것 위에 얼굴을 묻었고. 한 일 분 동안 완전히 조용해졌어. 그러더니 어떤 여자애가 웩웩거리기 시작하는데…… 꼭 연쇄 반응 같더라니까. 사람들이 모두 토하기 시작하고, 구토물이 질척거리고, 아예 바텐더는 거기다가 쉬를 해 버렸어. 덩치도 큰 녀석이 거시기도 대빵만 했어. 그 바텐더가 걸어오더니 셀프리지를 꼬나보대. 나는 그때 옆에서 그깐 녀석 모르는 척, 한 번도 본 적도 없는 것처럼 하고 있었지. 그런데 어떻게 됐는지 알아?"

"어떻게 됐는데?"

"그 바텐더가 셀프리지를 두 손으로 움켜쥐는 거야. 목깃하고 벨트를 잡아서 말이야. 그러곤 자기 발을 공중에 드는 것처럼 셀프리지를 번쩍 들어서…… 바 위를 깨끗이 쓸어 버렸어!"

"말도 안 돼!"

"농담 아니야. 그 녀석이 토한 걸 얼음판처럼 말끔히 치워 버렸다고! 자기가 토한 걸 싹쓸이했다니까!"

그 순간 우리는 현관 밖으로 나갔다. 모호한 대상과 렉스 리즈는 등나무 소파에 함께 앉아 있었다. 밖은 어둡고 쌀쌀했지만 그 애는 아직도 수영복을 입은 채였다. 클로버색 비키니 수영복을. 그 애는 다리에 비치 타월을 감고 있었다.

"안녕."

내가 큰 소리로 외쳤다.

모호한 대상이 돌아보았다. 나를 보는 표정이 멍했다.

"야." 그 애가 말했다.

"얘가 왔어." 제롬이 말했다.

"무사히. 아빠가 오다가 구르지 않았거든."

"아빠가 그렇게 운전을 못하는 줄 알아?"

모호한 대상이 쏘아붙였다.

"술 안 마셨을 땐 물론 잘하시지. 하지만 오늘은 앞자리에서 마티니가 보온병이 되도록 안고 온걸."

"너네 아빤 파티 하는 거 되게 좋아하나 보다!"

렉스가 쉰 목소리로 소리쳤다.

"우리 아빠가 오면서 갈증 난다고 뭐 마시는 거 봤어?"

제롬이 물었다.

"몇 번 봤어."

내가 대답했다. 그러자 제롬은 몸을 흔들면서 손뼉까지 치며 웃어 댔다.

그동안에도 렉스는 모호한 대상에게 말을 하고 있었다.

"됐다. 얘가 왔으니까. 이제 파티 하자."

"어디로 갈까?" 그 애가 말했다.

"야, 제 — 로마인(제롬)아, 숲속에 낡은 사냥 막사가 있다고 했지?"

"응. 1킬로미터쯤 가서."

"어두워도 찾을 수 있을까?"

"손전등이 있으면 찾을 수 있을 거야."

"가자." 렉스가 일어섰다.

"맥주를 좀 가지고 거기로 소풍 가자."

그 애도 일어났다.

"바지 좀 입고 올게."

그 애가 수영복 차림으로 현관을 건너갔다. 렉스가 그 모습을 지켜보았다.

"이리 와, 칼리." 그 애가 가다 말고 내게 말했다.

"방에 같이 가자."

난 모호한 대상을 따라 집으로 들어갔다. 그 애는 거의 뜀박질을 하며 나를 돌아다보지도 않았다. 그 애가 앞에서 층계를 올라갈 때 난 뒤에서 그 애를 세게 쳤다.

"나 너 싫어." 내가 말했다.

"뭐?"

"너무 태웠잖아!"

그 애는 자기 어깨를 내려다보며 살짝 웃었다.

그 애가 옷을 입는 동안 나는 방 안을 서성거렸다. 여기 위층에 있는 것도 하얀 등가구들이었다. 벽에는 아마추어 요트 경기를 찍은 사진이 몇 점 걸려 있고, 선반 위에는 피터스키 돌 3억 년 전에 살았던 산호의 화석으로 미시간 주를 대표하는 돌이다. 들과 솔방울, 곰팡내 나는 책들이 있었다.

"숲에 가서 뭐 할 건데?" 내가 불만스러운 투로 물었다.

모호한 대상은 대답하지 않았다.

"숲에서 뭐 할 거냐고?" 내가 재차 물었다.

"산책할 거야." 그 애가 말했다.

"너 렉스가 집적거리는 게 좋아서 그러지?"

"칼리, 너 정말 못됐구나."
"내 말 맞지?"
그 애는 돌아서서 웃음을 지었다.
"나도 너한테 집적거리고 싶은 사람을 알지롱."
한순간 억누를 수 없는 행복감이 북받쳐 올랐다.
"제롬이야." 그 애가 마무리했다.
"난 숲에 가기 싫어." 내가 말했다.
"벌레도 많고, 그렇단 말이야."
"쫀쫀하기는." 그 애가 말했다. 모호한 대상이 '쫀쫀하다'는 말을 하는 건 처음 들었다. 그건 남자애들, 그것도 렉스 같은 애들이나 쓰는 말이었다. 옷을 입고 나서 그 애는 거울 앞에 서서 부스스한 빰을 꼬집었다. 머리를 빗고 립글로스도 발랐다. 그러고 나서 내게로 돌아섰다. 그 애가 바싹 다가섰다. 그러더니 입을 벌리고 내 얼굴에 훅 숨을 뿜었다.
"괜찮아." 난 이렇게 말하고 옆으로 비켰다.
"넌 입냄새 검사 안 받을래?"
"그냥 이대로 갈래."

모호한 대상이 날 무시하고 렉스와 놀아난다면 나도 그 애를 무시하고 제롬과 놀아나야겠다고 결심했다. 그 애가 나가고 나서 나는 빗질을 했다. 화장대에 늘어선 스프레이 병들 가운데에서 하나를 골라 눌렀지만 향수가 나오지 않았다. 난 화장실로 가서 내 뽀빠이 바지의 단추를 끌렀다. 셔츠를 추켜 올리고 브래지어 속에 휴지 몇 장을 쑤셔 박았다. 그러고는 머리를 뒤로 흔들어 젖히고 옷을 여민 다음 서둘러 내려갔다.

그들은 현관 위에 걸린 노란 벌레잡이 등 아래에서 날 기다리고 있었다. 제롬이 은색 손전등을 들었고, 렉스는 어깨에 스트로스 맥주를 가득 채운 군용 배낭을 짊어졌다. 우리는 층계를 내려와 풀밭에 들어섰다. 풀밭은 들쭉날쭉, 언제 나무뿌리를 밟을지 몰랐다. 하지만 솔잎을 디디면 폭신했다. 잠시 더러운 기분 속에서도 난 그걸 음미했다. 북부 미시간의 바삭바삭한 기쁨이었다. 8월인데도 약간 썰렁한 것이 거의 러시아 수준이었다. 검은 만 위에 펼쳐진 쪽빛 하늘. 삼나무와 소나무 냄새. 숲 가장자리에서 그 애가 걸음을 멈췄다.

"축축할까?" 모호한 대상이 말했다.

"난 트레톤 운동화뿐인데."

"이리 와." 렉스 리즈가 그 애의 손을 잡으며 말했다.

"젖으면 되지 뭐."

그 애는 연극을 하는 것처럼 꽥 소리를 질렀다. 밧줄에 매달려 따라가는 사람처럼 몸을 구부린 채 그 애는 불안하게 나무들 사이로 끌려갔다. 난 제롬이 내게도 똑같이 해 주기를 기다리며 멈춰 서서 그걸 유심히 보았다. 그러나 제롬은 그러지 않았다. 오히려 늪으로 한 걸음 내딛더니 천천히 무릎을 꺾기 시작하는 것이었다.

"모래 늪이다!" 그가 고함을 질렀다.

"도와줘! 빠지고 있어! 제발 누가 좀 도와줘! ……꿀럭꿀럭 꿀럭꿀럭."

제롬이 머리만 남았다가 금방 사라져 버리는 동안 렉스와 모호한 대상은 큰 소리로 웃어 댔다. 그 삼나무 늪지대는 오래된 곳이었다. 여기서는 목재를 벌초한 역사가 없었다. 대지는 주택을 짓기에 적합하지도 않았다. 이곳의 나무들은 수백 년 된 것들로 한번 쓰러지면 영원히 쓰러지는 것이다. 여기 삼나무 늪에서는 위로 자라는 것만이 능사가 아니었다. 많은 삼나무가 위로 곧게 쭉 뻗었지만 옆으로 누운 것도 많았다. 또 어떤 것들은 근처 나무들 위로 기대거나 땅으로 밀고 들어가 뿌리를 찔러 대기도 했다. 그곳은 묘지 같은 기분이 들었다. 눈 돌리는 곳마다 잿빛의 나무 해골들이 보였다. 수풀 사이에 스며든 달빛이 은빛 웅덩이와 물안개 같은 거미줄을 밝혀 주었다. 내 앞으로 달음박질치는 모호한 대상의 빨간 머리가 그 빛에 반사되었다.

우리는 서툴고 엉성한 발걸음으로 늪지대를 건너갔다. 렉스가 동물 흉내를 낸답시고 전혀 동물 같지 않은 소리를 질렀다. 그의 등짐에 있는 맥주 캔들도 부대끼며 소리를 울렸다. 본거지에서 멀어진 우리는 터벅터벅 진흙길을 밟았다. 이십 분 만에 우리는 찾았다. 칠이 안 된 널빤지로 지은 방 한 칸짜리 사냥 막사를. 지붕이래 봐야 내 키보다 별로 높지도 않았다. 손전등의 동그란 불빛에 타르지를 바른 좁은 문이 보였다.

“에이씨, 잠겼어.” 렉스가 말했다.

“창문으로 가 보자.”

제롬이 제안했다. 남자애들은 모호한 대상과 날 남겨 둔 채 사라졌다. 난 그 애를 보았다. 별장에 온 이래 처음으로 그 애가 제대로 날 쳐다보았다. 우리가 말 없는 눈빛을 교환하기에는 그 정도 달빛이 딱이었다.

"여기는 어둡네." 내가 말했다.

"그렇네." 녀석이 대답했다.

사냥 막사 뒤에서 요란한 소리가 나더니 곧 웃음소리가 들렸다. 모호한 대상이 내게 한 걸음 다가섰다.

"재네, 저기서 뭐 하는 거지?"

"나도 몰라."

갑자기 막사의 작은 창에 불이 들어왔다. 남자애들이 안에서 콜먼 랜턴을 켰던 것이다. 그런 다음 앞문이 열리고 렉스가 밖으로 걸어 나왔다. 그는 외판원처럼 웃고 있었다.

"여기 널 만나고 싶어 하는 녀석이 있어." 그러면서 그는 딱딱하게 굳은 쥐가 대롱거리는 쥐덫을 들어 올렸다.

그 애가 비명을 질렀다.

"렉스!" 그 애는 펄쩍 뒤로 물러서서 내게 찰싹 붙었다.

"저리 치워!"

렉스는 낄낄거리면서 조금 더 흔들다가 그걸 숲으로 던졌다.

"알았어, 알았다고. 그렇게 지랄하지 마."

그가 안으로 다시 들어갔다.

모호한 대상은 아직도 내 옆에서 떨어지지 않았다.

"우린 집으로 가야 할까 봐." 내가 슬쩍 내비쳤다.

"넌 길을 찾을 수 있겠니? 난 완전히 헤맬 거야."

"난 찾을 수 있어."

그 애는 고개를 뒤로 돌리고 검은 숲을 들여다보았다. 돌아갈 생각을 하면서. 그런데 그때 렉스가 다시 현관에 모습을 드러냈다.

"이리 와." 그가 말했다.

"들어와서 보라고."

그리고 이젠 너무 늦어 버렸다. 그 애는 날 버려두고 어깨 뒤로 스카프 같은 붉은 머리털을 넘기면서 낮은 문턱을 넘어 막사 안으로 사라졌다.

안에는 허드슨 베이 담요가 깔린 간이침대 두 개가 있었다. 그들은 캠프용 휴대 난로가 딸린 보잘것없는 부엌으로 양쪽이 나뉜 작은 공간의 양 끝에 섰다. 창틀에는 다 마신 버번 병들이 즐비했고, 벽에는 지방 신문에서 오려 낸 누렇게 된 기사들이 서로 잘 보이는 자리를 차지하려고 경쟁이 붙어 열변을 토하고 있었다. 또 턱을 쩍 벌린 창꼬치 박제도 있었다. 등유가 얼마 남지 않은 랜턴에서는 바지직 소리가 났다. 불빛은 버터색이었으며 물결을 이룬 연기가 공기를 더럽혔다. 그건 아편 소굴의 불빛 같았는데 아닌 게 아니라 실제로 그랬다. 벌써 렉스가 주머니에서 마리화나를 꺼내 성냥으로 불을 붙이고 있었으니까.

한쪽 침대엔 렉스가, 다른 쪽엔 제롬이 있었다. 모호한 대상은 아무렇지도 않게 렉스 옆에 앉았고 나는 마루 한가운데에 구부정하게 서 있었다. 제롬의 시선이 느껴졌다. 나는 막사를 살펴보는 척하다 결국 돌아섰고, 그때 날 보는 그의 시선과 마주칠 줄 알았다. 그런데 그게 아니었다. 제롬의 눈은 나의 가슴에 가 있었다. 나의 위조품에. 그는 진작부터 날 좋아했다. 그런데 여기 또 다른 매력이 마치 호의로 주는 덤처럼 붙어 있었던 것이다. 아마 나는 넋이 나간 그를 보고 기분이 좋았어야 할 게다. 그러나 이미 나의 복수의 환상곡이 시작된 뒤였다. 내 마음은 이제 거기 있지 않았다. 그렇다고 다른 대안도 없고 해서 나는 그대로 밀고 들어가 제롬 옆에 앉았다. 맞은편에서는 렉스 리즈가 마리화나를 물고 있었다.

렉스는 반바지에 굵직한 글자가 쓰여 있는 셔츠를 입었는데 어깨 쪽을 터서 구릿빛 피부를 과시하고 있었다. 플라멩코 댄서와 같은 그의 목에는 붉은 자국이 보였다. 벌레가 물었거나 키스 자국이겠지. 그가 눈을 감고 깊이 빨아들이고 있었다. 기다란 속눈썹이 한데 모였다. 머리 위에 난 털은 수달의 모피처럼 숱이 많고 기름졌다. 마침내 그가 눈을 뜨고 마리화나를 모호한 대상에게 건넸다. 놀랍게도 그 애가 그걸 피웠다. 자기가 애용하는 타레이톤인 양 그 애는 입술 사이에 그걸 넣고 빨았다.

"그거 피우면 너 편집증에 걸리잖아?"

내가 끼어들었다.

"아냐."

"내 기억엔 네가 그렇게 말한 것 같은데."

"자연을 벗하고 있을 땐 안 그래."

그 애는 이렇게 말하곤 날 한 번 째려보더니 다시 한번 빨았다.

"혼자만 피우지 마."

제롬이 말했다. 그는 일어나더니 모호한 대상에게서 마리화나를 받아 들었다. 그러곤 엉거주춤한 자세로 잠깐 피우더니 돌아서서 내게로 넘겨주는 것이었다. 난 마리화나를 쳐다보았다. 한쪽 끝은 탔고, 다른 끝은 짓이겨진 채 젖어 있었다. 난 이게 남자아이들의 계획이란 걸 알았다. 숲, 사냥 막사, 간이침대, 마약, 그리고 침 나눠 먹기. 여기에 아직까지 풀 수 없는 의문이 생긴다. 내가 남자들의 속임수를 꿰뚫어 볼 수 있다는 것…… 그것은 나 자신도 그런 식의 계획을 짜는 종족에 속하는 운명이기 때문일까? 아니면 여자애들도 속임수를 꿰뚫어 보는데 단지 모르는 척하는 것일까? 한순간 나는 우리 오빠를 생각했다. 오빠는 숲속 사냥 막사에서 이렇게 생활하고 있었다. 난 오빠가 보고 싶은지 스스로에게 물어보았다. 그런지 안 그런지 얼른 대답할 수가 없었다. 나는 항상 때가 너무 늦은 뒤에야 깨닫는 사람이다. 챕터 일레븐은 대학교에 가서 처음 마리화나를 피웠다. 나는 오빠보다 사 년 빠른 셈이다.

"입에 물어." 렉스가 내게 코치했다.

"THC[56]가 네 핏줄에 들어가서 빵빵해지도록 가만둬야 해." 제롬이 말했다.

바깥의 숲에서 무슨 소리가 들렸다. 나뭇가지들이 툭툭 부러지는 소리였다. 모호한 대상이 렉스의 팔을 잡으며 말했다.

"저건 뭐지?"

"아마 곰인가 봐." 제롬의 대답이었다.

"너네 중에 생리하는 애가 없어야 할 텐데." 렉스가 말했다.

---

56) 마리화나의 활성 성분이다.

"렉스!" 그 애가 항변했다.

"야, 난 불안하단 말이야. 곰은 냄새를 잘 맡아. 옛날에 옐로스톤에서 캠핑을 하는데 어떤 여자가 나갔다가 진짜 죽었어. 회색곰은 피 냄새를 기막히게 잘 맡는대."

"그건 사실이 아냐!"

"정말이래도. 아는 사람이 가르쳐 줬어. 그 사람은 외국에 나가는 가이드야."

"칼리는 모르겠지만 난 아냐." 모호한 대상이 말했다.

모두들 날 쳐다봤다.

"나도…… 아냐." 내가 말했다.

"그럼 우린 안심해도 되겠네, 제 — 로마인."

렉스가 이렇게 제롬을 부르고 웃었다. 그 애는 아직도 보호받고 싶은 심정에 렉스를 붙들고 있었다.

"너 산탄총 해 보고 싶어?" 그가 모호한 대상에게 물었다.

"그게 뭔데?"

"그건……." 렉스가 그 애를 향해 돌아앉았다.

"그건, 한 사람이 입을 벌리고 있으면 다른 사람이 그 안으로 연기를 불어넣는 거야. 그러면 완전히 뽕 가게 돼. 얼마나 좋은데."

렉스는 마리화나를 입에 물고 모호한 대상에게 기댔다. 그 애도 똑같이 그에게 기댔다. 그 애가 입을 벌렸다. 그러자 렉스가 입김을 불어 넣기 시작했다. 모호한 대상의 입술은 완숙 달걀이 되었고, 그 과녁의 정중앙으로 렉스 리즈가 사향 냄새 나는 연기를 똑바로 쏘았다. 마리화나의 끝이 빨갛게 벌어졌다. 기둥으로 변한 재가 그 애의 입안으로 떨어지는 게 보였다. 그건 폭포수 위의 하얀 물거품처럼 그 애의 목구멍 안으로 사라졌다. 마침내 그 애가 기침을 했고 렉스는 멈췄다.

"잘 맞추는데. 이제 내가 해 줄게."

모호한 대상의 녹색 눈에서 물이 흐르고 있었다. 그래도 그 애는 마리화나를 받아서 입술 사이에 밀어 넣었다. 그러곤 렉스 리즈를 향해 수그렸고, 렉스는 자기 입을 크게 벌렸다. 그 둘이 끝내자 제롬도 그 애에게서 마리화나를 받아 들었다.

"어디 나도 한번 전문 기술을 배워 볼까?"

제롬의 말이었다. 다음 순간 그의 얼굴이 내 얼굴 가까이 온 걸 알았다. 그래서 결국 나도 그렇게 했다. 앞으로 구부리고 눈을 감고서 입을 벌렸다. 그러곤 제롬이 내 입안으로 길고 더러운 연기구름을 뿜어내도록 내버려뒀다.

허파에 연기가 차서 따끔거리기 시작했다. 난 기침을 해서 그걸 뱉어 냈다. 다시 눈을 떴을 때 렉스는 모호한 대상의 어깨에 팔을 두르고 있었다. 그 애는 아무렇지도 않은 척하고 있었다. 렉스가 마시던 맥주를 비웠다. 그는 맥주 두 개를 더 따서 하나는 자기가 마시고, 하나는 그 애에게 주었다. 그러곤 그 애 쪽으로 몸을 돌리며 미소를 지었다. 그가 뭐라고 말을 했지만 들리지 않았다. 내가 아직도 눈을 깜박거리고 있을 때 마리화나를 뿜어 대던 그의 잘생기고 시큼한 입이 모호한 대상의 입술을 덮쳤다. 가물거리는 막사 안에서 건너편에 앉아 있는 제롬과 나는 모르는 척하고 있었다. 이제 마리화나는 우리 쪽에서 마음 놓고 피워도 되는 상황이었다. 우리는 침묵 속에서 그걸 주거니 받거니 하면서 맥주로 입을 다셨다.

"이 요상한 짓을 하니까 내 발이 굉장히 멀리 있는 것 같아." 제롬이 한참 지난 다음에 말했다.

"너도 발이 굉장히 멀리 있는 것 같니?"

"난 발이 안 보여." 내가 말했다.

"여긴 너무 어두워."

그가 다시 마리화나를 건네주었다. 난 그걸 빨아들이고 연기를 안에 품었다. 가슴속의 아픔에서 벗어날 수 있다면 폐라도 태워 버리고 싶었다. 렉스와 그 애는 아직도 입을 맞추고 있었다. 나는 어둡고 더러운 창문 밖으로 시선을 돌려 버렸다.

"모든 게 정말 파랗게 보인다." 내가 말했다.

"너도 알고 있었니?"

"아, 그럼." 제롬이 말했다.

"하고 나면 다 그런 거야."

델피 신전의 제사장은 꼭 내 또래의 여자아이였다고 한다. 델피의 무녀는 종일 땅에 파 놓은 구멍, 즉 지상의 배꼽을 뜻하는 옴파로스에 앉아 땅 밑에서 새어 나오는 유황 가스를 들이마셨다. 십 대의 처녀, 그 무녀가 미래를 말했고, 역사상 최초의 운율시를 읊었다. 왜 갑자기 그게 떠올랐을까? 왜냐하면 칼리오페 역시 그날 밤 (적어도 조금 뒤까지는) 처녀였기 때문이다. 그리고 그녀도 환각제를 흡입했기 때문이다. 막사 밖에서는 삼나무 늪으로부터 유황 가스가 나오고 있었다. 투명한 옷 대신 뽀빠이 바지를 입은 칼리오페는 정말 웃긴다고 생각했다.

"맥주 한 잔 더 할래?" 제롬이 물었다.

"좋아."

그는 내게 황금빛이 번들거리는 스트로스 맥주 캔을 집어 주었다. 난 그 차가운 깡통을 입에 대고 들이켰다. 조금 있다가 또 마셨다. 제롬과 나는 둘 다 무거운 의무감을 느끼기 시작했다. 우리는 초조한 심정으로 마주 보고 웃었다. 나는 아래를 내려다보고 뽀빠이 바지로 덮인 무릎을 문질렀다. 그리고 다시 고개를 들었을 때 제롬의 얼굴이 옆에 와 있었다. 그는 맨 처음 다이빙에서 차마 발이 떨어지지 않아 눈을 감고 뛰어내리는 사내아이처럼 눈을 꼭 감고 있었다. 무슨 일이 벌어지는지 채 알기도 전에 그는 내게 입을 맞추고 있었다. 입맞춤이라곤 (물론 클레멘틴 스타크 이래) 해 본 적이 없는 여자애에게 입을 맞추고 있었다. 나는 그를 막지 않았다. 그가 자기 몫을 하는 동안 나는 손끝 하나 까딱하지 않았다. 머리가 어지러웠지만 다 느낄 수 있었다. 깜짝 놀랄 정도로 그의 입이 젖어 있다는 걸. 입술에서 느껴지는 수염의 감촉. 무례하게 쑥 밀고 들어오는 혀. 몇 가지 냄새도 났다. 맥주, 마리화나, 입안에 감도는 구취 제거제의 뒷맛, 그리고 이 모든 것 밑에 남자아이의 입에서 나는 진정으로 동물적인 맛. 나는 제롬의 호르몬이 풍기는 약간 썩어 가는 듯한 톡 쏘는 맛과 충치에 씌운 금속의 맛도 분간할 수 있었다. 그러다가 한쪽 눈을 떴다. 눈앞에 부드러운 머리털이 있었다. 다른 아이(모호한 대상)의 머리에서 보고 그토록 오랜 시간을 감탄했던 그 머리카락이었다. 이마에는 주근깨도 있었다. 콧마루를 넘어 귀에 이르기까지. 그러나 머리는 검게 물들였고, 내 앞에 보이는 것은 그 애의 얼굴도, 그 애의 주근깨도 아니었다. 무표정한 얼굴 뒤의 내 영혼은 이 불쾌한 짓거리가 끝나기만을 기다리며 공처럼 둥글게 웅크렸다.

제롬과 나는 아직도 앉아 있었다. 그가 얼굴을 내게 문질렀다. 잠시 나도 정신을 빼앗긴 척하면서 건너편의 렉스와 모호한 대상을 훔쳐볼 수 있었다. 둘은 이제 누워 있었다. 렉스의 푸른 셔츠 단이 가물거리는 빛 속에 펄럭이는 것 같았다. 그의 밑에 그 애의 다리 하나가 침대 밖으로 삐죽 나온 게 보였는데 바짓단에 진흙이 묻어 있었다. 게네들이 속삭이고 낄낄거리는 소리가 들렸다. 그러다간 다시 침묵이었다. 나는 진흙이 묻은 그 애의 다리가 춤추는 걸 지켜보았다. 그 다리에 어찌나 신경을 썼던지 제롬이 언제 날 침대 위에 끌어다 눕혔는지 알 수가 없었다. 난 한쪽 눈을 째지게 하고는 렉스 리즈와 모호한 대상을 계속 지켜보았다. 나는 몸을 맡기고 천천히 무너졌다. 그러면서 사팔뜨기가 되어 한쪽 눈으로는 끊임없이 렉스 리즈와 그 애를 지켜보았다. 렉스의 손이 이제 모호한 대상의 몸을 더듬기 시작했다. 그 애의 셔츠를 위로 끌어 올리고 손을 집어넣고 있었다. 그런 다음 둘은 몸의 위치를 바꾸어 내 편에서 옆모습을 볼 수 있게 되었다. 데스마스크처럼 굳어 버린 그 애의 얼굴이 눈을 감은 채 기다리고 있었다. 렉스의 옆모습은 맹렬하게 불타오르고 있었다. 그러는 동안 내 몸은 제롬의 손이 더듬고 있었다. 그가 내 뽀빠이 바지를 문질렀지만 나의 마음은 이제 그곳에 없었다. 모호한 대상에 대한 내 집착이 너무나 강렬했다.

엑스터시. 그것은 그리스어의 엑스타시스(Ekstasis)에서 온 말이다. 보통 생각하는 그런 의미가 아니다. 병적 쾌감이나 섹스에서의 절정을 뜻하는 것도 아니고 그렇다고 해서 행복을 의미하는 것도 아니다. 그 뜻은 문자 그대로 전치, 즉 제자리에서 쫓겨난 것으로 제정신을 잃었다는 의미이다. 3000년 전 델피 신전에서는 무녀가 근무 시간 중 한 시간마다 엑스터시 상태에 빠졌다. 북부 미시간, 사냥 막사에서의 그날 밤 칼리오페가 바로 그러했다. 처음 한 마약에, 처음 취한 술기운에 나는 몸이 녹아 수증기로 변하는 느낌이었다. 교회의 향처럼 나의 영혼이 둥근 두개골 천장으로 피어올랐다. 그리고 거기서 뚫고 나갔다. 나는 마루 판자 위에서 떠돌았다. 그 사냥막의 조그만 휴대 난로 위로 붕 떴다. 버번 병들을 지나 다른 쪽 침대로 날아간 나는 그 애를 내려다보았다. 그때 문득 나도 할 수 있다는 사실을 깨닫고 스르륵 렉스 리즈의 몸 안으로 미끄러져 들어갔다. 난 그의 안으로 귀신처럼 들어갔다. 마치 렉스가 아니라 내가 모호한 대상에게 입을 맞추는 것 같았다.

어디선가 나무에서 올빼미가 울었다. 벌레들이 불빛을 보고 창문을 습격했다. 델피 상태에서 나는 동시에 두 가지 이해 단계를 머릿속으로 의식했다. 한편으로 렉스의 몸을 빌려 모호한 대상을 껴안고 그 애의 귀를 코끝으로 비벼 댔다. …… 그러는 동시에 반대쪽 침대에 두고 온 육체는 제롬의 손길을 느낄 수 있었다. 제롬은 내 위에서 한쪽 다리를 눌렀다. 그래서 난 다리를 옆으로 벌리고 그가 사이로 들어오게 했다. 제롬이 작은 소리를 냈다. 난 팔로 끌어안으면서 그가 몹시 마른 데에 놀라고 감동받았다. 그는 나보다도 더 말랐다. 이제 제롬이 내 목에 입을 맞추고 있었다. 어떤 잡지 칼럼에서 본 대로 그는 내 귓불에 정성을 기울이고 있었다. 그의 손이 점점 올라오더니 나의 가슴을 향했다.

"안 돼."

그가 휴지의 비밀을 알아챌까 봐 내가 말했다. 제롬은 내 말을 들었다. 한편 반대편 침대의 렉스는 그러한 저항을 겪지 않았다. 신기에 가까운 기술로 렉스는 한 손으로 모호한 대상의 브래지어를 끌렀다. 아무래도 나보다는 그가 경험이 많았으므로 셔츠 단추는 렉스가 해결하도록 내버려뒀다. 하지만 드르륵 창문 차양을 걷듯이 그 애의 브래지어를 움켜잡고 젖가슴의 하얀 빛을 방 안에 들인 것은 내 손이었다. 난 그 젖가슴을 보았고, 그걸 만졌다. 하지만 그렇게 한 사람은 내가 아니라 렉스 리즈였기 때문에 나는 죄책감을 느끼거나, 혹은 자연스럽지 않은 욕망을 느끼고 있는 게 아닌지 스스로에게 물어볼 필요가 없었다. 반대쪽 침대에서 제롬과 시시덕거리고 있었더라면 어떻게 내가 그럴 수 있었겠는가? …… 그러다가 안전상의 문제로 나는 다시 제롬에게 관심을 돌렸다. 제롬은 이제 모종의 사투를 벌이고 있었다. 그는 날 문지르다가 갑자기 멈추었다. 그러더니 아래쪽으로 내려가 옷가지를 추슬렀다. 지퍼 소리가 들렸다. 나는 곁눈으로 그를 엿보았다. 그제서야 나는 그가 수수께끼 같은 뽀빠이 바지 때문에 고전하고 있음을 알았다.

그는 어디로 가야 할지 모르는 것 같았다. 그래서 나는 다시 한번 건너편으로 날아가 렉스 리즈의 몸 안으로 들어갔다. 잠시 나는 모호한 대상이 내 손끝에 놀라 조바심치며 깨어나는 것을 느낄 수 있었다. 그리고 뭔가 다른 느낌이 들었는데, 렉스, 아니면 내가 길어지고 부푸는 느낌이었다. 잠시 그런 느낌이 들자마자 뭔가가 날 사정없이 잡아당겼다. 제롬의 손이 맨살로 드러난 내 배 위에 있었다. 내가 렉스의 몸에 깃든 동안 내 어깨끈을 풀 기회를 얻었던 모양이다. 허리의 은색 단추도 이미 똑딱 풀려 있었다. 이제 그는 내 뽀빠이 바지를 내리고 있었고, 나는 정신이 들고 있었다. 이제 그는 팬티를 내리고 나는 내가 얼마나 취했는지를 깨닫고 있었다. 이제 그는 내 팬티 속으로 들어왔고, 이제 그는…… 내 안이었다!

그리고 아팠다. 칼처럼, 불처럼 아팠다. 그게 날 쪼개고 들어왔다. 내 배를 위까지 젖꼭지까지 벌려 놓았다. 나는 헐떡거리며 눈을 떴다. 올려다보니 제롬이 내려다보고 있었다. 우리는 입을 떡 벌리고 서로 바라보았고 나는 그가 안다는 것을 알았다. 제롬은 나의 정체를 갑자기 알아 버렸다. 마찬가지로 나도 머리에 털 나고 처음으로 내가 여자가 아니라 남녀 사이에 끼인 어떤 존재라는 것을 명백히 알게 되었다. 렉스 리즈의 몸에 들어간 내가 왜 그토록 자연스러운지 이제 알았다. 얼마나 잘 맞아떨어지는지를. 그리고 난 충격을 받은 제롬의 표정에서 알 수 있었다. 이 모든 일은 한순간에 벌어졌다. 바로 다음 순간 나는 제롬을 밀어냈다. 그는 뒤로, 밖으로 물러났고,

침대 아래 바닥으로 미끄러졌다. 아무 말이 없었다. 오직 우리 둘만이 숨을 죽이고 있었다. 나는 캠프 침대에 등을 대고 누웠다. 신문 기사들 아래에. 증인이라곤 오로지 창꼬치 박제뿐, 나는 뽀빠이 바지를 추켜올렸고 정말이지 아주 말짱해졌다.

이제 모두 끝났다. 내가 할 수 있는 일은 아무것도 없었다. 제롬은 렉스에게 말할 테고 렉스는 그 애에게 말할 것이다. 그 애는 더 이상 내 친구가 아니겠지. 학교가 시작할 무렵이면 베이커 잉글리스의 모든 학생이 칼리오페 스테퍼니데스는 별종이란 걸 알게 되겠지. 나는 제롬이 펄쩍 뛰어올라 달아나기를 기다렸다. 나는 공포에 질렸으면서도 이상하게 차분했다. 난 머릿속으로 모든 걸 짜맞추고 있었다. 클레멘틴 스타크와 키스 교습, 뜨거운 욕조에서 함께 빙빙 돌기, 수륙 양용의 심장과 크로커스의 개화, 솟아나지 않는 젖가슴과 혈기, 그리고 모호한 대상에게 반한 것…… 이 모든 일이 내 주위를 빙빙 돌았다.

잠시 모든 게 명백해지더니 다음 순간 공포가 다시 내 귓전을 울렸다. 이번엔 내가 달아나고 싶었다. 제롬이 무슨 말을 하기 전에. 누군가 찾아내기 전에. 오늘 밤 떠날 수 있을 것이다. 삼나무 늪을 지나 집으로 돌아가는 길을 찾을 수 있을 거야. 모호한 대상의 부모님 차를 훔칠 수 있을 거야. 북으로, 캐나다의 어퍼 반도로, 챕터 일레븐이 징병을 피해 가려던 곳으로 갈 수 있을 거야. 도주에 대해 생각하고 있을 때 나는 침대 모서리에서 제롬이 뭘 하고 있는지를 보게 되었다.

그는 등을 대고 누워서 눈을 감고 있었다. 그리고 혼자 미소를 짓고 있었다.

미소라고? 어떻게 미소가 나오지? 조롱하는 거야? 아니면 충격으로? 모두 틀렸다. 그럼 어떻게? 만족의 미소였다. 제롬은 여름날 밤에 할 일을 다 한 소년의 미소를 지었던 것이다. 그는 친구들에게 말하고 싶어 견딜 수 없는 소년의 미소를 짓고 있었던 것이다.

독자여, 믿을 수 없겠지만 이건 사실이다. 제롬은 아무것도 눈치채지 못했던 것이다.

벽에 걸린 총

잠에서 깨어 보니 그 집이었다. 어떻게 늪을 통과해서 걸어 왔는지 기억이 희미했다. 뽀빠이 바지는 아직 입은 채였는데 가랑이 부근이 열이 나고 축축했다. 모호한 대상은 벌써 일어났거나 다른 곳에서 잠을 잔 모양이었다. 나는 손을 내려서 피부에 착 달라붙은 속옷을 떼어 냈다. 이렇게 하니 공기가 좀 통하고 향기가 피어오르면서 스스로에 대한 아주 새로운 사실이 다시 떠올랐다. 그러나 그것은 엄밀히 말해서 사실이 아니었다. 그건 그때만 해도 사실로 확정된 일이 아니었다. 단지 나 자신에 대한 직감일 뿐 아침이 밝아 온다 해서 밝혀질 내용은 아니었다. 그건 그저 이미 잊히기 시작한 어떤 생각, 그 전날 밤 숲에서 술에 취했던 일의 한 부분일 뿐이었다.

델피의 무녀는 미치광이 같은 예언의 밤이 지나 잠에서 깨면 대개 자기가 한 말을 기억하지 못했다. 무녀가 알아맞힌 진실은 그에 따른 파장, 즉 두통과 새까맣게 탄 목구멍에 비하면 오히려 부수적이었다. 칼리오페도 마찬가지였다. 나는 더럽혀지고 이제사 눈을 뜬 기분이었다. 다 자란 것 같기도 했다. 그러나 계속해서 속은 느글거렸고 전날 밤 일에 대해선 생각하기도 싫었다.

샤워로 그 경험을 씻어 내려고 나는 비껴 내리는 물에 얼굴을 꼿꼿이 쳐든 채 꼼꼼하게 몸을 문질렀다. 수증기가 가득 차고 거울과 유리창에선 물방울이 주르륵 흘러내렸다. 수건도 축축해졌다. 나는 거기 있는 비누란 비누는 모조리 써 버렸다. 라이프뷰이, 아이보리, 거기다가 사포 같은 느낌의 촌스러운 시골 비누까지. 옷을 챙겨 입은 나는 조용히 층계를 내려왔다. 거실을 건너가던 중 벽난로 위의 사냥총이 문득 눈에 들어왔다. 벽에는 총이 또 한 자루 있었다. 나는 그 옆을 발끝으로 살금살금 지나갔다. 부엌에서는 모호한 대상이 시리얼을 먹으며 잡지를 읽고 있었다. 그 애는 내가 들어갔는데 쳐다보지도 않았다. 나는 그릇을 가져다 놓고 그 애의 맞은편에 앉았다. 아마 그러면서 얼굴을 찌푸렸을 것이다.

"왜 그래?" 모호한 대상이 코웃음을 쳤다.

"따가워?"

냉소하는 듯한 얼굴을 한 손으로 받치며 그 애가 물었다. 그러는 자기는 그다지 화끈거리지 않는 것 같았다. 눈 밑은 부어 있었다. 어떤 때는 그 애의 주근깨가 햇빛 때문이 아니라 부식되거나 녹슬어서 생긴 것처럼 보일 때가 있었다.

“네가 따가운가 보구나.” 내가 대꾸했다.

“난 전혀 안 따가워.” 그 애의 말이었다.

“굳이 알고 싶다면.”

“난 잊어버렸어.” 내가 말했다.

“너야 늘 하는 일이겠지만.”

갑자기 그 애의 얼굴이 분노로 가득 차 부들부들 떨렸다. 얼굴 피부 아래에서 누가 밧줄을 잡아당기는 것처럼 주름이 만들어졌다.

“넌 어젯밤에 완전히 암캐였어.” 그 애가 나무랐다.

“나 말이니? 넌 어떻고? 넌 내내 렉스한테 몸을 던졌잖아.”

“안 그랬어. 우린 그렇게 많이 하지도 않았어.”

“날 바보 취급했을지도 모르지.”

“어쨌든 걔가 네 형제는 아니잖아.”

여기서 그 애는 자리를 박차고 일어났다. 금방이라도 울음을 터뜨릴 것 같았다. 입가도 닦아 내지 않은 채. 그 애의 입 주변에 잼과 빵 부스러기가 묻어 있었다. 나는 내가 사랑했던 얼굴이 이렇게 증오스러운 모습으로 변해 버린 데 놀라 입을 다물어 버렸다. 내 얼굴 표정도 분명 달라졌을 것이다. 난 내 눈이 커지고 겁에 질리는 것을 느낄 수 있었다. 모호한 대상은 내가 무슨 말을 하기를 기다렸지만 나로서는 금방 떠오르는 말이 없었다. 그러자 마침내 그 애는 의자를 밀쳐 내고 말했다.

“제롬이 2층에 있어. 가 보지 그러니?”

그 말과 함께 그 애는 쏜살같이 나가 버렸다.

침울한 순간이 찾아왔다. 진작부터 날 흠뻑 적셔 온 후회감이 둑이 무너지듯 한꺼번에 밀려들었다. 그 감정은 다리를 적시고 이어서 가슴께까지 차올랐다. 친구를 잃어버렸다는 두려움에 겹쳐서 나는 갑자기 내 평판이 어떻게 될까 걱정에 휩싸였다. 내가 정말 암캐였을까? 내가 그걸 좋아하다니 말도 안 돼. 하지만 난 그걸 하지 않았던가? 그가 하도록 내버려두었어. 그다음엔 인과응보의 두려움이 엄습했다. 만일 임신했으면 어쩌지? 그러면 어떻게 하냐고? 아침 식탁에 앉은 나는 문득 날짜를 헤아리고, 액체의 양을 측정하는 수학 소녀의 얼굴이 되었다. 일 분은 족히 걸려서야 나는 임신됐을 리 없다는 결론에 이르렀다. 꽃이 늦게 피니 이런 땐 좋았다. 그래도 내 마음은 몹시 혼란스러웠다. 이제 모호한 대상은 틀림없이 내게 말도 걸지 않겠지. 나는 다시 2층으로 올라가 침대로 갔다. 그러곤 여름 햇살을 막으려고 얼굴을 베개로 덮어 버렸다. 그러나 어떻게 해도 그날 아침의 현실로부터 달아날 수는 없었다. 오 분도 안 되어 침대 스프링이 삐걱 새로운 체중에 눌리는 소리가 났다. 몰래 내다보니 제롬이었다.

그는 벌써 자리를 잡고 편안히 누워 있었다. 옷이랍시고 그가 입은 것은 오리 사냥 코트였고 닳아진 고무줄 반바지의 한 자락이 아래에 보였다. 한 손에는 커피가 든 머그잔을 들었는데 이제 보니 손톱이 검게 칠해져 있었다. 옆의 창으로 들어오는 아침 햇살에 그의 턱과 윗입술 언저리에 짧게 깎은 수염이 보였다. 윤기 하나 없이 염색된 머리털과 비교해 볼 때 오렌지색의 그 새싹들은 초토화된 풍경에 돌아온 생명 같았다. 제롬은 마치 자기는 남들이 매일매일 해야 하는 일상생활을 면제받은 듯이 빈정대는 태도를 취할 때가 많았다. 지금 그는 서투른 러브신을 연기하는 중이었다. 머리 밑에는 베개를 받치고 얼굴은 약간 기울여서 이마 위에 한 움큼의 머리카락이 드리워지도록. 그 바로 아래에는 침대 분위기에 어울리는 눈빛을 하고.

"안녕, 다알링." 그가 말했다.

"안녕."

"속이 좀 울렁거리지?"

"응." 내가 말했다.

"어젯밤 좀 많이 마셨어."

"내가 보기엔 그렇지 않았는데, 달링."

"아냐, 많이 마셨어."

얘기는 거기서 멈추고, 그는 털썩 베개에 기대어 커피를 한 모금 마시더니 한숨을 푹 내쉬었다. 그러곤 잠시 손가락 하나로 이마를 톡톡 두드리더니 이윽고 말했다.

"네가 혹시라도 흔해 빠진 그런 걱정을 할까 봐 하는 소린데 말이야, 이건 알아줬으면 해. 넌 전과 다름없이 나한테 소중하고, 왜, 그딴 거 있잖아."

나는 가만히 있었다. 거기서 뭐라고 한다는 것은 어제 있었던 일들이 사실이라고 인정하는 꼴이 될 텐데 나는 그 모든 것을 의혹으로 남겨 두고 싶었다. 잠시 후 제롬은 커피 머그잔을 자기 쪽으로 돌려서 내려놓았다. 그러고는 내게로 몸을 돌리고 내 어깨에 머리를 기댔다. 내 어깨 위에 그의 숨결이 느껴졌다. 그는 눈을 감고 고개를 들더니 내가 있는 베개 밑으로 들어왔다. 제롬은 내 코를 비벼 대기 시작했다. 자기 머리카락으로 내 뒷덜미를 간질이더니 점차 예민한 부분으로 옮겨 갔다. 그의 속눈썹이 마치 나비의 입맞춤처럼 턱에 와 닿았고 그의 콧김이 목덜미에서 불어제쳤다. 그런 다음 탐욕스러우면서도 어딘지 어색하게 그의 입술이 도달했다. 나는 그가 내게서 떨어지기를 바랐다. 그러면서도 속으로는 내가 양치질을 했는지 생각해 보았다. 제롬이 내 몸 위로 스르륵 올라왔다. 전날 밤의 느낌이랑 같았다. 눌러 으깨는 듯한 무게감. 남자란 애나 어른이나 그런 식으로 자기들의 속셈을 밝히는가 보다. 남자들은 대리석 관의 뚜껑처럼 여자를 덮어 버린다. 그러고는 그걸 사랑이라 부른다.

한순간은 참을 만했다. 그러나 곧 오리 사냥 코트가 배기고 제롬이 서둘러 대는 통에 부담스러워졌다. 그는 내 셔츠 아래에 손을 넣어 위쪽으로 더듬었다. 난 브래지어를 입고 있지 않았다. 샤워를 한 다음 브래지어는 안 입고 휴지는 변기에 내려 보냈다. 휴지가 필요한 일은 이제 없을 테니까. 제롬이 손을 더 위로 뻗었고 나는 상관하지 않았다. 그가 내 몸을 느끼도록 내버려뒀다. 그럴 만한 가치가 있으니까. 그러나 내가 제롬을 실망시키려 했다면 그건 실패였다. 그는 몸 아랫부분을 악어의 꼬리처럼 휘두르다 마침내 우겨서 찔러 넣었던 것이다. 그러고는 모처럼 빈정대지 않고 말했다. 열에 들떠서 이렇게 속삭였던 것이다.

"진짜로 들어갔어."

그의 다문 입술이 내 입술을 찾았다. 그의 혀가 들어왔다. 그렇게 한번 뚫리고 나면 다음은 쉽게 뚫리게 마련이다. 그러나 지금은 아니다, 이번엔 싫었다.

"그만해." 내가 말했다.

"뭐라고?"

"그만하라고."

"왜 그러는 거야?"

"왜냐하면……."

"왜 그러는데?"

"왜냐하면 널 그 정도로 좋아하지 않으니까."

그가 일어나 앉았다. 옛날 보드빌[57]에서 접히지 않는 간이 침대를 가지고 씨름하던 희극 배우처럼 제롬도 정신이 반짝 들어 상체를 발딱 세웠다. 그러더니 침대에서 뛰어내렸다.

"나한테 너무 화내지 마." 내가 말했다.

"누가 화났대?"

제롬은 이 말을 하고 떠났다.

그날은 더디게 지나갔다. 나는 방에 남아 제롬이 무비 카메라를 들고 집을 나서는 모습을 보았다. 이제 나더러 출연하라는 소리는 안 하겠지. 모호한 대상의 부모가 아침 테니스 복식 경기를 마치고 돌아왔다. 녀석의 어머니는 2층의 제일 좋

57) 텔레비전이 나오기 전에 미국 극장가에서 인기 있었던 짧은 버라이어티 쇼이다.

은 화장실로 올라갔다. 그 애 아버지는 책을 들고 뒤뜰의 그물 침대에 올라가는 것이 내 방 창문으로 보였다. 난 샤워기 트는 소리가 나기를 기다려 뒷계단으로 내려와 부엌문으로 해서 집을 나왔다. 난 우울한 심정으로 만을 향해 걸어 내려갔다.

그 집의 한쪽 옆에는 삼나무로 둘러쳐진 늪지대가 있었다. 반대쪽에는 진흙과 자갈이 깔린 길이 나 있었는데 그리로 쭉 가면 나무도 없이 노란 잔디만 무성한 공터가 나왔다. 그 자리는 특히 나무가 없어서 눈에 띄었는데 나는 이리저리 쑤시고 다니다가 잡초가 우거진 가운데 어떤 역사적인 이정표를 보게 되었다. 그게 무슨 성채였는지 대학살의 장소였는지는 잘 기억이 나지 않는다. 그 이정표의 돋을새김 글자에는 이끼가 가득해서 나는 중간까지 읽다가 그만두었다. 난 한동안 거기 서서 초기 정착민들에 대해, 그리고 그들이 비버와 여우 가죽을 놓고 서로 죽고 죽였던 일들을 생각해 보았다. 나는 싫증이 날 때까지 이정표를 밟고 서서 운동화 발로 이끼를 긁어냈다. 그때는 거의 정오 무렵이었고 만은 맑고 푸르렀다. 언덕 너머로 피터스키 시내가 느껴졌다. 화덕에서 피어오르는 연기와 그 아래 굴뚝들. 물가의 잔디는 축축했다. 나는 방파제에 올라가 균형을 잡으며 앞뒤로 걸어 보았다. 두 팔을 쭉 뻗고 올가 코르부트[58]처럼 의기양양하게 걸었다. 그러나 마음은 딴 데 가 있었다. 그리고 코르부트라고 하기엔 키가 너무 컸다.

---

58) Olga korbut(1955~1991). 1970년대 올림픽에서 금메달을 여러 번 딴 소련의 체조 선수이다.

얼마나 지났을까, 선외 엔진 소리가 들려왔다. 나는 멀리 가물거리는 물을 바라보려고 손으로 그늘을 만들어 보았다. 고속 모터보트가 쏜살같이 지나고 있었고 운전대에는 렉스 리즈가 앉아 있었다. 선글라스를 쓰고 가슴을 드러낸 채 맥주를 마시고 있었다. 그는 수상 스키를 매달고 속도를 높였다. 말할 것도 없이 뒤에 매달린 사람은 클로버색 비키니를 입은 모호한 대상이었다. 넓은 물 위에서 보니 그 애는 거의 벌거벗은 것처럼 보였고, 아래위에 걸친 얇은 천 쪼가리만이 아래와 위에서 그 애를 자연과 구분해 주는 듯했다. 그 애의 빨간 머리가 폭풍 경고처럼 너풀거렸다. 그런데도 그 애는 그리 아름다운 수상 스키 선수라고 할 수는 없었다. 몸은 너무 앞으로 기울었고 폰툰[59]을 디딘 다리는 오(O) 자로 벌어져 있었다. 그러나 물에 빠지지는 않았다. 렉스는 맥주를 홀짝이면서도 틈틈이 그 애를 살피며 선회하곤 했다. 이윽고 보트가 급선회를 하자 모호한 대상은 지나온 물살을 가르며 해안을 따라 물보라를 일으켰다.

수상 스키를 탈 때는 끔찍한 일이 벌어질 수 있다. 앞의 밧줄을 느슨하게 잡으면 잠시 물 위를 미끄러지듯 자유롭게 탈 수 있다. 그러나 조만간 앞의 속도를 따라잡지 못하는 순간이 도래한다. 물의 표면이 유리처럼 깨지고 깊은 물이 아가리를 벌리고 덤벼드는 것이다. 그 애가 스키 타는 모습을 지상에서 지켜보며 내가 받은 느낌이 그러했다. 그와 똑같은 곤두박질,

---

59) 발받침을 말한다.

절망적인 기분, 그 감정의 물리학.

저녁 식사에 맞춰 돌아갔을 때 모호한 대상은 아직 집에 돌아오지 않았다. 그 애 어머니는 날 혼자 내버려두는 실례를 범했다며 딸에게 화가 나 있었다. 제롬도 친구와 밖에 나가고 없었다. 그래서 나 혼자만 그 애의 부모님과 저녁을 먹었다. 그날 밤 나는 너무 우울해서 어른들의 분위기를 맞춰 줄 기분이 아니었다. 말 한마디 없이 식사를 마친 나는 거실에 앉아 책을 읽으려고 했다. 시계가 똑딱거렸다. 밤 시간이 삐걱거리며 힘겹게 제 갈 길을 가고 있었다. 산산조각이 날 것 같은 순간, 나는 화장실로 들어가 얼굴에 물을 끼얹었다. 그리고 따뜻한 수건을 눈 위에 올리고 손으로 관자놀이를 눌러 주었다. 모호한 대상과 렉스가 무얼 하고 있을지 궁금했다. 나는 허공에 그 애의 양말을 그려 보았다. 발꿈치에 작은 방울이 달린 귀여운 테니스 양말을, 핏빛으로 물들어 버린 그 방울이 달랑거리는 모습을.

그 애 부모는 나와 함께 있어 주기 위해 늦게까지 자지 않고 있었다. 그래서 결국 나는 인사를 하고 혼자 방으로 올라갔다. 방에 들어간 나는 곧바로 울기 시작했다. 소리를 삼키면서 한참을 울었다. 흐느끼는 중간중간에 나는 흥분해서 속삭였다. "왜 넌 날 좋아하지 않는 거니?" "미안해, 미안해!" 그 소리가 어떻게 들리든 상관없었다. 나는 몸에 퍼져 있는 독을 해독할 필요가 있었다. 그러고 있을 때 아래층에서 방충 문이 쾅 하고 닫히는 소리가 들렸다. 난 휴지로 코를 풀고 흥분을 가라앉히며 귀를 기울였다. 발소리가 층계를 올라오더니 다음 순간 방문이 열렸다 닫혔다. 어둠 속에 모호한 대상이 들어와 서 있었던 것이다. 그 애는 눈이 어둠에 익기를 기다리고 있었나 보다. 나는 옆으로 누워 잠자는 척했다. 그 애가 내 침대 쪽으로 걸어오는데 마룻바닥이 삐걱했다. 그 애가 옆에서 날 내려다보는 게 느껴졌다. 그러더니 침대 반대쪽으로 가서 신발과 반바지를 벗고 티셔츠를 입은 채 잠자리에 들었다.

모호한 대상은 똑바로 누워 잤다. 언젠가 그 애는 등을 대고 똑바로 누워 자는 사람들은 인생을 이끌어 가며 타고날 때부터 과시하기를 좋아한다고 나한테 말한 적이 있었다. 나처럼 배를 깔고 자는 사람들은 현실 도피적이며 직관과 명상에 의존한다고 했다. 이 이론은 우리의 경우에 그대로 들어맞았다. 엎드린 나는 울어서 눈과 코가 맹맹했고, 반듯하게 누운 모호한 대상은 하품을 하더니 (아마도 타고난 행동가답게) 곧바로 잠에 빠졌다.

난 그 애가 확실히 잠들기까지 십여 분을 기다렸다. 그러고는 잠자다 몸부림치는 것처럼 굴러가서 그 애를 들여다보았다. 반달을 넘긴 뚱뚱한 달이 방 안을 푸른빛으로 채웠다. 고리버들로 엮은 침대 위에 그 애가 잠들어 있었다. 맨 위에 그로턴 티셔츠가 보였다. 그 애 아버지가 입던 티셔츠로 구멍이 몇 개 나 있었다. 한 손을 얼굴 위에 가로지른 것이 마치 "손대지 마시오." 표지판의 사선처럼 보였다. 그래서 나는 손대지 않고 보기만 했다. 베개 위에는 머리털이 흩어져 있고 입술은 벌어져 있었다. 귓속에서 뭔가 반짝였는데 아마 해변의 모래알일 것이다. 저만치 서랍장 위의 분무기가 반짝했다. 저 위

어딘가에 천장이 있었고 어느 구석에선가 거미들의 움직임이 느껴졌다. 침대 시트는 시원했고, 두툼한 이불은 발밑으로 말린 채 오리털을 삐죽 내밀고 있었다. 나는 점차 정신이 깨어 방 안에서 떠도는 새 카펫 냄새와 건조기에서 막 꺼낸 뜨거운 폴리에스테르 셔츠 냄새를 알아차렸다. 여기 있는 이집트산 시트에서는 산울타리 냄새가 났고, 베개에서는 물새 냄새가 났다. 30센티미터 떨어져 있는 모호한 대상은 이 모든 것의 일부였다. 그 애의 혈색은 미국의 풍경과 잘 어울렸다. 호박색 머리와 사과주스 같은 피부. 그 애는 무슨 소리를 내더니 이내 잠잠해졌다.

조심스럽게 나는 모호한 대상의 이불을 걷어 내렸다. 어슴푸레한 빛 속에서 몸의 윤곽이 드러났다. 티셔츠 아래에 봉긋 솟은 가슴, 약간 언덕을 이룬 배, 그리고 팬티의 시커먼 듯 밝은 부분은 V 자의 가운데에 집중돼 있었다. 그 애는 전혀 움직이지 않았고 숨을 들이쉬고 내쉬는 데 따라서 가슴이 오르락내리락했다. 천천히 기척도 없이 나는 그 애 가까이 다가갔다. 불현듯 옆구리의 작은 근육들이, 전에는 나한테 있는지도 몰랐던 근육들이 갑자기 요긴해졌다. 그 근육들 덕분에 나는 1밀리미터씩 침대를 옆으로 질러 나아갔다. 낡은 침대 스프링이 골치였다. 내가 시치미를 떼고 다가갈 적에 침대 스프링은 날 불러 세우면서 추잡하게 부추기는 것이었다. 응원가를 부르며 나를 응원했다. 나는 줄곧 다가가다 멈추기를 계속했다. 쉬운 일이 아니었다. 나는 소리를 내지 않으려고 입으로 숨을 쉬었다.

십 분간의 악전고투 끝에 나는 모호한 대상에게 다가갈 수 있었다. 내 몸 옆에 그 애의 온기가 전해졌다. 우린 아직 닿지 않았지만 서로 온기를 주고받을 수 있는 위치였다. 그 애는 깊은 숨을 쉬었고 나는 심호흡을 했다. 우리는 호흡을 같이하는 셈이다. 마침내 용기를 모아서 나는 와락 그 애의 허리에 팔을 둘렀다.

그러곤 한참 그 상태로 있었다. 여기까지 왔지만 더 진행하기가 두려웠다. 그래서 나는 그 애를 반쯤 껴안은 채 얼어붙었다. 팔이 뻣뻣해지더니 얼얼해지기 시작했고, 마침내는 감각이 없어졌다. 그 애는 마약을 했거나 의식이 없는 상태일지도 몰랐다. 그래도 나는 그 애의 피부나 근육에 어떤 움직임이 없는지 관찰했다. 다시 한참이 흐른 뒤 나는 돌격했다. 우선 그 애의 티셔츠를 붙잡아 위로 올렸다. 난 한참 동안 그 애의 배를 들여다보았다. 그러고는 이윽고 슬픈 듯이 고개를 수그렸다. 그건 필사적인 열망의 신을 향해 고개를 숙인 것이었다. 나는 그 애의 배에 입을 맞추고 천천히 마음을 다지면서 위로 길을 잡았다.

나의 개구리 심장을 기억하는가? 그 개구리 심장이 진흙 제방에서 뛰어올라 두 개의 영역을 왔다 갔다 한 것은 클레멘틴 스타크의 방에서였다. 지금 그 개구리 심장은 훨씬 더 놀라운 일을 하는데 — 뭍으로 기어오른 것이다. 수천 년의 세월을 단 삼십 초로 압축해서 그 개구리 심장은 의식을 진화시켰던 것이다. 모호한 대상의 배에 입을 맞추는 동안 나는 비단 클레멘틴 때처럼 자극적인 쾌락에만 몰두한 건 아니었다.

제롬과 할 때처럼 내 몸을 비운 것도 아니었다. 이제 나는 무슨 일이 일어나는지 알고 있었고 거기에 열중했다.

내 생각엔 그거야말로 내가 늘 바라 마지않던 것이었다. 분명히 나만 사기꾼은 아니었다. 누군가 우리 모습을 본다면 무슨 일이 벌어질까 문득 궁금해졌다. 내 생각엔 그 모든 일이 지극히 미묘했고, 만일 그렇게 된다면 한층 더 복잡해질 것 같았다.

나는 손을 밑으로 뻗쳐 그 애의 엉덩이를 만졌다. 팬티의 고무줄 사이로 손가락을 찔러 넣었다. 팬티를 벗기려는 순간 모호한 대상이 엉덩이를 아주 살짝 들어 주어 한결 일이 수월했다. 그 애가 도와준 건 그뿐이었다.

그다음 날 우리는 그에 대해 한마디도 하지 않았다. 내가 일어났을 때 모호한 대상은 벌써 자리에 없었다. 그 애는 부엌에서 아버지가 스크래플[60]을 준비하는 것을 지켜보고 있었다. 스크래플 요리는 그 애 아버지가 일요일 아침이면 늘 치르는 행사였다. 자기 아버지가 지글거리는 비계와 기름을 주재하는 동안 모호한 대상은 이따금 프라이팬을 들여다보며 말한다.

"으, 너무 역겨워."

그러고는 접시에 한 점 올려놓고 내게도 권한다.

"난 시커멓게 속이 탄 걸 먹을래." 그 애가 말했다.

---

60) 잘게 저민 돼지고기로 만든 튀김 요리이다.

난 그 말에 담긴 의미를 곧 알게 되었다. 그 애는 어떠한 연출이나 죄의식도 원하지 않았다. 낭만적인 것도 물론. 그 애가 스크래플에 열중하는 것은 밤과 낮을 가르기 위한 것이었다. 밤에 벌어진 일, 밤에 우리가 한 일은 지금 낮 시간과 아무 관계도 없다는 걸 분명히 하려는 것이었다. 그 애는 또한 배우로서도 훌륭했다. 그래서 나는 전날 밤 그 일이 벌어지는 동안 그 애가 깨어 있었던 게 아닐까 의심스러울 때도 있었다. 그게 아니면 내가 꿈을 꾼 것인지도 몰랐다.

그날 모호한 대상은 우리 사이에 뭔가가 달라졌다는 걸 단 두 가지로 나타냈다. 오후에 제롬의 영화 동아리가 도착했다. 동아리라고 해 봐야 달랑 두 명의 친구였는데 그들은 상자와 케이블, 그리고 얼핏 봐서는 더러운 욕실 매트를 둘둘 말아 놓은 것 같은 길고 너덜너덜한 마이크로폰을 가지고 왔다. 그 무렵 제롬은 눈에 띌 정도로 나와 말하지 않고 있었다. 그들은 별장에 딸린 작은 헛간에 촬영장을 마련했다. 그 애와 나는 그들이 무얼 하는지 보기로 했지만 제롬이 나가 있으라고 해서 어쩔 도리가 없었다. 그 대신 우리는 나무들을 옮겨 타며 위로 기어 올라갔다. 나무를 타는 동안 우리는 웃음이 터져 나오려 해서, 또 서로 장난으로 치고받고 하느라 여러 번 멈춰야 했는데, 그래서 나중에는 아예 서로 쳐다보지 않기로 했다. 우리는 촬영장 뒤창으로 엿보았다. 구경거리가 그리 많지는 않았다. 제롬의 친구 하나가 벽에 테이프로 조명을 달고 있었다. 우리 두 사람이 작은 창으로 한꺼번에 들여다보기는 어려웠기 때문에 모호한 대상이 내 앞자리로 옮겼다. 그 애는 내 손을 자기 배에 올리고 내 손목을 잡았다. 그렇긴 해도 공식적으로 그 애의 관심은 창고 안에서 벌어지는 일에 쏠려 있었다.

제롬은 프레피풍[61]의 흡혈귀 차림으로 나타났다. 전통적인 드라큘라 조끼 안에는 분홍색 라코스테 셔츠를 입었고, 나비넥타이 대신 스카프 모양의 넥타이를 맸다. 검은 머리는 매끄럽게 뒤로 넘기고 얼굴은 화장을 해서 뽀얬으며 손에는 칵테일 셰이커를 들고 있었다. 그의 한 친구는 고무로 만든 박쥐를 빗자루에 매달았고, 또 한 친구는 카메라를 작동시켰다.

"액션."

제롬은 이 말과 함께 칵테일 셰이커를 들어 올리고 두 손으로 그걸 흔들기 시작했다. 그러는 동안 머리 위에서는 박쥐가 와락 내려왔다간 푸드덕 날아올랐다. 제롬은 셰이커의 뚜껑을 열어 마티니 잔 두 개에 피를 따랐다. 그러고는 자기 친구인 박쥐에게 한 잔을 들어 올려 주자 박쥐는 숨 쉴 겨를도 없이 그 잔에 머리를 처박았다. 제롬은 피의 칵테일을 한 모금 마시며 "맛이 어떠니, 머피."라며 박쥐에게 말을 붙였다.

"아주 드라이하군."

모호한 대상이 웃자 출렁이는 배의 감촉이 손끝에 전해 왔다. 또 그 애가 내게로 기대어 오자 내 품 안에 들어온 그 살덩이가 흔들거리며 항복을 고해 왔다. 나는 하복부를 그 애에

---

61) 부유층 자제가 많은 미국 예비 학교 학생들의 복장이나 태도를 가리키는 말로 고급 옷을 소탈하고 편하게 입는 것이 특징이다.

게 갖다 댔다. 이 모든 일은 창고 뒤에서 은밀하게 벌어졌다. 마치 식탁 아래에서 벌이는 엉큼한 발 장난처럼. 그런데 그때 카메라맨이 카메라를 아래로 내렸다. 그가 우리를 가리키자 제롬이 뒤를 돌아다보았다. 그의 눈이 내 손에 못 박히더니 다음으로 내 눈을 올려다보았다. 그는 드라큘라의 송곳니를 드러내면서 씹어 먹을 듯한 눈초리로 나를 노려보았다. 그러고는 평소의 음성으로 소리를 질렀다.

"이 나쁜 놈들, 어서 여기서 썩 꺼져 버려! 지금 영화 작업 중이란 말이야!"

그가 올라와서 창문을 치려고 했지만 우리는 이미 줄행랑을 친 뒤였다. 한참 뒤 저녁 무렵에 전화벨이 울렸다. 모호한 대상의 어머니가 받았다. "렉스다." 그녀가 말했다. 그 애는 우리가 주사위 놀이를 하던 소파에서 일어났다. 난 시간을 때우려 칩을 다시 쌓았다. 그 애가 렉스와 통화하는 동안 칩을 골백번도 더 예쁘게 쌓아 올렸다. 그 애는 내게 등을 보였고, 전화하는 동안 내내 전화선으로 장난을 치면서 방 안을 뱅글뱅글 돌았다. 난 계속 칩을 내려다보며 쌓았다 허물고. 그러다가 대화에 유심히 귀를 기울이게 되었다.

"별건 아니야, 그냥 주사위 놀이 하고 있어……. 칼리하고…… 제롬은 멍청이 같은 영화나 만들라지……. 난 안 돼. 금방 저녁 먹을 텐데……. 모르겠어. 나중에……. 정말 피곤해서."

그 대목에서 갑자기 그 애가 내 쪽으로 돌아섰다. 반사적으로 난 고개를 들었다. 모호한 대상은 전화기를 가리키며 입을 크게 벌리면서 손가락을 목 아래쪽으로 갖다 붙였다. 내 가슴이 가득 차올랐다.

다시 밤이 찾아왔다. 우리는 침대에 들어 예비 작업에 돌입했다. 베개를 부풀리고, 하품을 하고, 몸을 뒤척이며 편안한 자세를 찾았다. 그리고 말없이 적당한 시간이 흐르자 그 애는 무슨 소리를 내었다. 웅얼거림 같기도 하고, 잠꼬대처럼 무슨 말을 하다가 목구멍에 걸린 것 같기도 했다. 그러고 나서 숨소리가 깊어졌다. 이걸 신호탄으로 여기고 칼리오페는 침대 횡단의 기나긴 여정을 시작했다.

우리의 정사는 그러했다. 말 한마디 없이, 눈을 가린 채, 야음을 틈타 꿈결처럼 벌어지는 일. 물론 내게는 그만한 이유가 있었다. 내 정체가 무엇이든 간에 기왕이면 천천히 밝혀지는 게 나았다. 물론 그걸 두고 기왕이라 할 수는 없는 일이지만. 더욱이 사춘기 적에는 다 그런 것 아니겠는가. 뭔가 은밀하게 하려 들고. 술이나 마약을 하고는 충동적으로 행동하는 것. 지난날을 한번 떠올려 보라. 자동차 뒷좌석, 이인용 소형 텐트, 해변의 모닥불 파티. 그런 것을 인정하기 싫다면 단짝 친구와 뒤엉킨 적은 없었는가? 아니면 기숙사 침대에서 한 사람도 아닌 두 사람과 함께 있은 적은? 그동안에도 싸구려 스테레오에서는 바흐의 푸가가 오케스트라로 흘러나오고? 어쨌거나 그건 일종의 푸가[62] 단계, 초기 섹스 상태라고 할 수 있다. 일상화, 즉 사랑이 완전히 자리를 잡기 전의 단계. 딱히 정해 놓지 않고 더듬던 시절. 모래 놀이 통에서의 섹스. 십 대에 시

---

62) 의학적으로 푸가는 몽롱 상태, 또는 기억 상실증을 가리키는 용어이다.

작해서 스무 살, 스물한 살까지 지속되는 놀이. 그런 건 다 함께 나누는 것을 배워 가는 과정이다. 자기 장난감을 함께 나눠 가지는 것.

어떤 때는 내가 위로 올라가자 그 애가 거의 잠에서 깬 적도 있었다. 그 애는 몸을 움직여 내가 편하도록 해 주었다. 다리를 벌린다거나 내 등에 한 팔을 두른다거나. 모호한 대상의 눈꺼풀이 파르르 떨렸다. 그에 대한 화답이 그 애의 속으로 들어갔고, 그 애의 배가 내 배에 맞추어 부드럽게 물결쳤고, 그 애는 머리를 뒤로 꺾어 목을 위로 치켜세웠다. 나는 더 기다렸다. 나는 우리가 하는 일을 그 애가 인정해 주었으면 하고 바랐지만 동시에 겁이 나기도 했다. 그렇게 해서 매끄러운 돌고래는 내 다리 사이의 고리를 뚫고 솟아올랐다가는 다시 자취를 감추었다. 그러면 나는 뭉친 갯지네로 고기를 낚는 사람 모양 몸의 균형을 잡느라 바빠졌다. 그 아래는 온통 흥건했다. 내가 그런 건지, 그 애가 그런 건지 알 수가 없었다. 나는 위로 밀어 놓은 티셔츠 아래 그 애의 가슴에 머리를 갖다 댔다. 겨드랑이에서는 농익은 과일 냄새가 났고, 털이 성기게 나 있었다. "넌 좋겠구나." 낮의 일상생활에서라면 난 그렇게 말했을 것이다. "면도할 필요가 없으니." 그러나 밤 시간의 칼리오페는 그저 그 털을 쓰다듬거나 혀를 갖다 댈 뿐이었다. 어느 날 밤 내가 이런 짓을 하고 있을 때 문득 벽의 한 그림자를 보게 되었다. 처음엔 나방인 줄 알았다. 그러나 자세히 보니 그 애의 손이 내 머리 뒤에 올라와 있는 그림자였다. 그 손은 완전히 깨어 있었다. 그 손은 주먹을 쥐었다가 풀었다가 하며 자기 몸에서 일어나는 환희를 비밀스러운 꽃송이로 뽑아 올리고 있었던 것이다.

모호한 대상과 내가 함께했던 일은 이렇게 느슨한 규칙에 의해서 벌어졌다. 세부 사항에 대해서 우리는 그다지 신경 쓰지 않았다. 우리의 주의를 끌었던 사실은 그 일을 벌인다는 사실, 즉 섹스를 한다는 사실이었다. 중요한 건 그것뿐이었다. 정확하게 어떻게 한다든가 뭐가 어디로 들어가고 하는 문제는 부차적이었다. 또 우리는 비교해 볼 데도 별로 없었다. 엉겁결에 렉스와 제롬과 밤을 지낸 것 말고는 아무 경험이 없었기 때문이다.

크로커스에 관한 한 그건 나의 일부라기보다 우리가 함께 발견하고 즐기는 그 무엇이었다. 루스 박사라면 암원숭이들이 남성 호르몬의 지배를 받을 때 나무에 오르는 습성을 보인다고 설명할 것이다. 암원숭이들은 움켜잡거나 밀어 대지만 난 그러지 않는다. 아니, 처음부터 그러지 않았다. 크로커스의 개화는 내가 좌우할 수 있는 현상이 아니다. 우리를 한데 묶어 준 것은 모호한 대상을 외적으로 자극하는 것이 아니라 내적으로 관통하는 일종의 갈고리였다. 어쨌든 표면적으로 볼 때 그것은 충분히 효율적이었다. 왜냐하면 처음 며칠 밤을 지난 후부터 그 애는 거기에 몹시 열중하게 되었던 것이다. 물론 겉으로는 무의식을 유지한 상태였다. 내가 끌어안을 때, 우리가 잠에 빠진 채 위치를 바꾸고 서로 엮일 때 그 애는 무의식 상태에서도 자기가 좋아하는 자세를 취했다. 미리 준비하거나 손질한 것은 아무것도 없었다. 미리 목표로 삼은 것도 없었다. 그러나 연습에 연습을 거듭한 끝에 우리는 우아하고 부드러운 기계 체조에 맞먹는 수면 짝짓기를 할 수 있게 되었다. 세상에, 이것 좀 봐라, 손도 안 대고 하지 않는가! 그동안 내내 모호한 대상의 눈은 감긴 채 있었고, 머리는 살짝 옆으로 쏠릴 때가 많았다. 밤도깨비에 능욕을 당하는 동안에도 그 애는 잠에 빠진 여느 소녀들과 전혀 다를 바 없이 움직였다. 마치 몹쓸 꿈을 꾸거나 베개를 연인으로 착각하는 사람 같았다.

어떤 때에는 그 전이나 후에 내가 침대 등을 켤 때가 있었다. 나는 그 애의 티셔츠를 최대한 올리고 팬티는 무릎 아래로 내렸다. 그러고는 눈이 싫증 나도록 거기 엎드려 구경했다. 이걸 다른 무엇에 비하겠는가? 그 애의 배꼽 주변에서 황금빛 솜털이 살랑거렸다. 그 애의 늑골은 막대 사탕의 막대기처럼 가늘었다. 평퍼짐한 엉덩이는 나의 그것과 달리 붉은 과일을 대접하는 사발처럼 보였다. 그리고 내가 제일 좋아하는 곳, 그 애의 갈빗대가 젖가슴으로 부드러워지는 곳, 말랑말랑하고 하얀 모래 언덕이 거기 있었다. 등을 껐다. 그리고 나는 녀석을 누르기 시작했다. 허벅다리를 들어 올려 내 허리를 감도록 했다. 내가 밑으로 가고 그 애를 내 위에 올려놓았다. 그러고 나면 내 몸은 성당처럼 종을 치기 시작했다. 종루를 지키는 꼽추가 훌쩍 뛰어내려 미친 듯이 밧줄을 잡고 흔들어대는 것이다.

그러는 동안 나는 스스로에 대해 전혀 결론을 내리지 못했다. 믿기 어렵겠지만 사실이다. 마음이 저 스스로 편집을 했고, 저 혼자 수정했다. 몸의 바깥에 있을 때는 안에 있을 때와 사뭇 다르다. 밖에 있을 때는 쳐다보고, 살피고, 비교할 수가 있다. 안에서는 비교할 수가 없다. 그 전해에 크로커스는 몰라볼 정도로 길어져 있었다. 쭉 펴 보면 대략 2인치 정도나 되었다. 그러나 대개는 피부 덮개에 가려져 안에 들어 있다. 그리고 털도 있었다. 조용히 있을 때면 크로커스는 거의 있는지조차 알 수 없었다. 내가 아래를 내려다보면 있는 거라곤 삼각형의 시커먼 음모뿐이다. 내가 크로커스를 건드리면 길어지고 부풀어 마치 뻥튀기처럼 처음 들어 있던 주머니 밖으로 튀어나온다. 그러고는 공기 중으로 머리를 빠끔히 내미는데 아주 많이 내미는 것은 아니다. 수목 한계선으로부터 2.5센티미터나 될까. 이건 무얼 의미하는 걸까? 개인적 경험에 비추어 볼 때 모호한 대상도 역시 자신의 크로커스를 가지고 있었다는 말이다. 그것 역시 만지면 부풀어 올랐다. 내 것이 조금 더 컸고, 스며 나오는 감정도 좀 더 풍부했다. 내 크로커스는 감정 표현이 솔직했다.

핵심적인 사실은 바로 이것이다. 즉 크로커스의 끝에는 구멍이 없다는 사실. 이것은 분명 보통 남자아이들과 달랐다. 당신이 내 입장이 된다면 자신의 성별에 대해 어떤 결론을 내려야 할지 한번 생각해 보라. 당신이 나와 같은 생김새에다 나와 같은 것을 가지고 있다면 말이다. 소변을 볼 때 나는 앉아야 했다. 오줌 줄기가 안에서 나왔기 때문이다. 난 여자와 같은 인테리어를 갖추었다. 안쪽은 부드러워서 손가락을 집어넣으면 아플 지경이다. 내 가슴은 완전히 평평하다. 그런데 우리

학교에는 또 다른 다림판들이 있었다. 그리고 그 부분에서 어머니는 내가 당신을 쏙 빼닮았다고 우겼다. 근육은 어떠냐고? 그리 자랑할 바는 못 된다. 엉덩이도 그렇고, 허리도 역시 그렇다. 납작한 접시 같은 여자. 저칼로리 스페셜 요리.

내가 여자가 아니라고 생각해야 할 이유가 어디 있었겠는가? 내가 여자애들한테 인기 만점이라서? 그런 일은 언제나 일어났다. 1974년에는 다른 어느 때보다 더 많았지만. 그것은 전 국민이 즐기는 유희가 되었다. 나 자신에 대한 황홀한 직관은 이제 참아야 한다. 내가 얼마나 오랫동안 그걸 숨길 수 있을지는 각자의 상상에 맡기겠다. 그러나 마지막에는 내 뜻대로 되지 않았다. 큰일들은 늘 그렇다. 내 말은, 태어나고 죽는 일들 말이다. 그리고 사랑도. 우리가 태어나기 전에 사랑이 남겨 준 것들도 그렇다.

그 주 목요일 아침은 굉장히 더웠다. 그렇게 후덥지근한 날이면 대기가 헷갈려 한다. 현관에 앉아 있으면 느껴진다. 아, 공기가 물이 되고 싶어 하는군. 모호한 대상은 조금이라도 더운 날엔 활기가 없어졌다. 그 애는 자기 발목이 부었다고 투정을 부렸다. 아침 내내 그 애는 요구 조건이 많은 까다롭고 뾰로통한 친구였다. 내가 옷을 입고 있을 때 화장실에 들어갔다 나오더니 문간에서부터 잔소리였다.

"너 샴푸 어떻게 했어?"

"난 아무 짓도 안 했어."

"내가 창문틀에 바로 놓았는데 나 말곤 너밖에 쓰는 사람이 없잖아."

난 그 애 곁을 비집고 지나 욕실로 내려갔다.

"여기 욕조에 잘 있네."

모호한 대상은 내게서 그걸 낚아챘다.

"몸이 왜 이렇게 끈끈한지 몰라!"

그게 사과의 표시였다. 그러고 나서 그 애는 샤워를 하고 나는 양치질을 했다. 잠시 뒤 그 애는 달걀 같은 얼굴을 샤워 커튼으로 휘감고 쑥 내밀었다. 외계인처럼 대머리에다 눈만 커다랬다.

"미안, 내 머리가 오늘 어떻게 됐나 봐."

나는 골탕 좀 먹으라고 빗질만 계속했다. 모호한 대상이 이마를 찌푸리더니 마치 사정이라도 하듯이 눈을 사근사근하게 떴다.

"너 내가 싫으니?"

"어떤지 생각 좀 해 보고."

"치사해!"

이렇게 말한 그 애는 우스꽝스럽게 얼굴을 찌푸리고는 샤워 커튼을 드르륵 닫았다.

아침을 먹은 후 우리는 현관 그네에 앉아 레모네이드를 마시며 앞뒤로 흔들면서 바람을 일으키고 놀았다. 나는 다리로 난간을 밀어 댔고 그 애는 옆으로 길게 누워 머리는 그네 팔걸이에, 다리는 내 무릎 위에 두었다. 그 애는 낡은 청바지를 잘라 내어 올을 푼 반바지를 입었는데 어찌나 짧은지 주머니의 하얀 안감이 보일 지경이었고, 위에는 비키니 수영복을 입었다. 나는 카키색 반바지와 악어 셔츠를 입었다.

멀리 눈앞에는 만의 은빛 물결이 빛났다. 그건 꼭 생선 밑바닥의 비늘처럼 보였다.

"난 가끔 정말 내 몸이 거추장스러워져."

모호한 대상이 말했다.

"나도 그래."

"너도?"

"특히 이렇게 더울 땐 더 그래. 움직이는 게 고문이야."

"거기다 땀도 지겹게 나고."

"난 정말 땀이 싫어." 내가 말했다.

"차라리 개처럼 헐떡이는 게 낫겠어."

그 애가 큰 소리로 웃었다. 그 애는 놀랐다는 듯이 나를 보고 웃었다.

"넌 내가 말하는 건 뭐든지 잘 이해하는구나." 이렇게 말하다가 그 애는 고개를 저었다.

"네가 남자였으면 얼마나 좋을까?"

나는 할 말이 없어서 어깨만 으쓱했다. 나는 그 말이 담고 있는 뜻밖의 진리를 알아채지 못했다. 그 애도 마찬가지였다.

모호한 대상이 반쯤 뜬 눈으로 날 바라보았다. 작열하는 잔디로부터 솟아오르는 환한 열대 기류에 그 애의 눈이 유난히 녹색으로 보였다. 실제로는 반달처럼 길게 찢어진 눈이었지만. 그 애는 머리를 팔걸이에 바짝 대고서 날 올려다보았다. 그 때문에 그 애는 암고양이 같은 자세가 되었다. 내게서 눈을 떼지 않은 채 모호한 대상은 슬그머니 다리를 내 위에 쭉 뻗었다.

"넌 정말 눈이 대단해." 그 애가 말했다.

"네 눈은 굉장히 파란데. 꼭 만들어 박은 것 같아."

"박은 눈이야."

"정말 유리알이야?"

"응. 난 눈이 멀었거든. 나는 테이레시아스야."

이렇게 노는 건 처음이었다. 새롭게 발견한 방식이었다. 서로의 눈을 들여다보는 건 자질구레한 것들을 쳐다보지 않는, 일종의 눈을 감는 행위였다. 우리는 서로에게 철커덕 잠겨 버렸다. 난 그 애의 반바지 속에 나를 향한 언덕이 나 여기 있소 하는 것처럼 봉긋 솟은 걸 의식했다. 가만히 모호한 대상의 허벅지에 손을 갖다 댔다. 이렇게 서로를 응시하며 그네를 타는 동안 귀뚜라미가 풀밭에서 현악을 울렸다. 나는 손을 옆으로 미끄러뜨리며 그 애의 다리가 만나는 곳으로 향했다. 엄지손가락이 반바지 밑으로 들어갔다. 그 애의 얼굴은 아무렇지도 않았다. 무거운 눈꺼풀 밑의 녹색 눈동자를 내게 고정하고 있었다. 팬티의 보풀을 느끼며 지그시 손을 눌러 고무줄 밑을 통과했다. 그러고 나서 우리 둘은 눈을 크게 뜨고 더 이상 어쩌지 못하는 상태로 있는데 내 엄지손가락이 그 애의 안으로 미끄러져 들어갔다. 모호한 대상은 눈을 깜박이더니 이내 감고는 엉덩이를 조금 들었다. 나는 다시 반복했다. 그리고 그다음 또다시. 만에는 배들이 넘실대고, 작열하는 잔디밭엔 귀뚜라미의 현악 연주가, 그리고 우리가 마시던 레모네이드 잔에서는 얼음이 녹고 있었다. 그네가 앞뒤로 흔들리면서 녹슨 체인이 삐걱거렸다. 그건 옛날 자장가에 나오는 장면 같았다.

"리틀 잭 호너가 구석에 앉아 크리스마스 파이를 먹고 있네. 엄지로 건포도를 파먹네."

눈을 한 번 굴리면서 모호한 대상은 다시 나를 못 박힌 듯한 시선으로 쳐다보았다. 그제서야 그 애의 기분이 녹색의 심연으로부터 드러났다. 그 외에는 아무 움직임도 없었다. 오로지 내 손과 난간 위의 내 발만 까딱거리며 그네를 밀고 있었다. 이러고 있기를 삼 분, 아니 오 분, 아니 십오 분, 잘 모르겠다. 시간이 사라져 버렸으니까. 어쨌든 우리는 우리가 뭘 하는지 아직도 잘 모르고 있었다. 감각이 녹아서 그대로 망각이 되었다.

별안간 우리 뒤의 현관 마루가 삐걱거리는 바람에 나는 펄쩍 뛸 정도로 놀랐다. 모호한 대상의 바지에서 손가락을 빼고 바로 앉았다. 먼저 곁눈으로 눈치를 살피고 돌아보았다. 우리 오른쪽 난간에 제롬이 앉아 있었다. 그는 이 더운 날씨에도 흡혈귀 복장을 하고 있었다. 얼굴에 두드린 파우더는 군데군데 지워져 버렸지만 그래도 여전히 몹시 허옜다. 그는 그야말로 유령 같은 표정을 지으며 우리를 내려다보고 있었다. 어떤 압력을 행사할 때 짓는 '나사 조이기' 표정. 정원사가 타락시킨 젊은 주인. 우물에 빠져 죽은 정장 외투 차림의 소년. 다른 것은 모두 죽었고 눈만 살아 있다. 그 눈이 우리 — 내 무릎에 놓인 그 애의 허연 허벅지 — 를 주시했다. 얼굴은 여전히 시체처럼 방부 처리된 채.

유령이 입을 열었다.

"여자 호모."

"그냥 신경 쓰지 마." 모호한 대상이 말했다.

"여자 호모드으을." 제롬이 같은 말을 반복했다. 그 소리는 까마귀 울음처럼 들렸다.

"입 닥쳐!"

제롬은 난간 위에 아직도 그렇게 송장 먹는 귀신처럼 앉아 있었다. 머리털은 뒤로 빗어 넘기지 않아 양옆으로 흘러내렸다. 그는 마치 전통적 전례를 따르듯이 열의를 가지고 절도 있게 해야 할 말을 했다.

"여자 호모." 그가 다시 시작했다.

"여자 호모, 여자 호모."

지금은 단수로 변해 있었다. 자기 여동생에게 말하는 중이었다.

"제롬, 내가 그만두라고 했다."

그 애가 이제 주춤주춤 일어섰다. 다리를 내 무릎에서 내리고 그네에서 몸을 펴기 시작했다. 그러나 제롬이 먼저였다. 그는 재킷을 날개처럼 펼치며 난간에서 붕 뛰어내리더니 그 애에게 와락 덤벼들었다. 아직도 얼굴은 완전히 무표정했다. 입 말고 움직이는 데라곤 없었다. 그 애의 얼굴과 귀에 대고 그는 계속해서 야유하듯이 까마귀 소리를 내었다.

"여자 호모, 여자 호모, 여자 호모, 여자 호모."

"그만둬!"

모호한 대상이 제롬을 치려 했지만 그에게 팔을 붙들렸다. 그는 한 손으로 녀석의 두 손목을 잡았다. 제롬은 나머지 손으로 브이 자를 만들었다. 그러고는 브이 자를 입에 갖다 대고 삼각형을 만들어 혓바닥을 날름거렸다. 이 잔인한 동작에 그 애는 그만 침착성을 잃고 울컥 흐느끼기 시작했다. 제롬은 그럴 줄 알고 있었다. 그는 십 년도 넘는 세월 동안 여동생을 울려 왔기 때문에 그 방법을 잘 알았다. 그는 마치 돋보기로 점점 더 뜨겁게 만들어서 개미를 태워 죽이는 아이 같았다.

"여자 호모, 여자 호모, 여자 호모……."

그때였다. 모호한 대상이 폭발한 것이다. 그 애는 어린애처럼 소리를 지르기 시작했다. 얼굴이 벌겋게 되어서 주먹을 휘두르더니 결국 집 안으로 달려 들어갔다.

그러자 제롬의 잔인한 행동이 멈췄다. 그는 재킷을 매만졌다. 머리도 단정히 하고 현관 난간에 기대더니 태평하게 호수를 내려다보는 것이었다.

"걱정 마." 그가 날 보고 하는 소리였다.

"아무한테도 말 안 할 테니까."

"누구한테 뭘?"

"내가 자유분방하고 열린 사고의 소유자란 사실에 감사해야 할 거다." 그가 말을 이었다.

"대부분의 남자애들은 애인이 레즈비언인 데다가 자기 여동생하고 합작해서 배신한 걸 알았을 때 별로 좋아하지 않을걸. 아주 난처한 일이거든. 그렇게 생각하지 않니? 하지만 난 자유사상가니까 기꺼이 너의 기벽을 눈감아 줄게."

"제롬, 입 좀 다물어 줄래?"

"난 내가 하고 싶을 때만 입을 다물어." 그가 말했다. 그러고 나서 그는 고개를 돌려 나를 쳐다보았다. "너 여기가 어딘지 알아? 스테퍼니데스, 여긴 스플리츠빌이야. 여기서 나가, 다시는 돌아오지 말고. 그리고 내 여동생에게서 손을 떼."

난 이미 뛰어오르고 있었다. 내 피가 로켓처럼 돌진했다. 그건 내 척추에서 발사되어 내 머리에 땡 하고 종을 울렸다. 나는 분노의 격정에 휩싸여 제롬을 공격했다. 그는 나보다 컸지만 무방비 상태였다. 우선 얼굴을 한 방 먹였다. 그는 피하려고 했지만 내가 온몸으로 뛰어들었기 때문에 바닥에 나가떨어지고 말았다. 나는 그의 가슴을 타고 앉아 다리로 그의 팔을 꽉 눌렀다. 마침내 제롬이 저항을 멈췄다. 그는 누운 채로 억지로 재미있다는 표정을 짓고 있었다.

"네가 하고 싶을 때까지 해 봐라." 그가 말했다.

그의 위에 있으니 신이 났다. 챕터 일레븐이 이렇게 날 평생 동안 눌러 댔지. 다른 누군가를 이렇게 해 보기는 이번이 처음이었다. 그것도 나보다 더 나이 많은 남자애라니. 나의 긴 머리카락이 제롬의 얼굴 위로 떨어졌다. 난 머리털을 앞뒤로 흔들면서 그를 괴롭혔다. 그러고 있는데 나의 오빠가 잘하던 짓이 생각났다.

"안 돼." 제롬이 비명을 질렀다.

"야, 그러지 마!"

난 그걸 떨어뜨렸다. 빗방울처럼. 눈물처럼. 그러나 그런 액체는 아니었다. 정확하게 제롬의 눈 속으로 침이 풍덩 떨어졌다. 그때 우리 아래의 땅이 쩍 벌어졌다. 괴성을 지르며 제롬이 일어나더니 날 뒤로 밀어뜨렸다. 나의 패권은 너무도 짧았다. 이젠 달아날 차례였다.

나는 현관을 질러서 내닫기 시작했다. 층계를 단숨에 펄쩍 뛰어내리고 뒤뜰을 질주해 갔다. 맨발로. 제롬은 드라큘라 차림으로 날 쫓았다. 그 망토를 벗어 던지려고 그가 잠시 멈춘 사이에 나는 우리 사이의 간격을 벌려 놓았다. 이웃집 뒷마당으로 뛰어 들어가 소나무 가지 밑으로 쑥 들어갔고, 덤불과 바비큐 사이로 요리조리 홱홱 피했다. 솔잎을 밟으니 발바닥이 적당히 수축되어서 좋았다. 마침내 나는 널따란 공터에 이르렀다. 뒤를 돌아보니 제롬이 기를 쓰고 따라붙고 있었다. 만의 어귀를 따라 키가 큰 노란 잔디를 뚫고 우리는 달렸다. 역사적인 이정표를 훌쩍 건너뛰다가 발이 까졌지만 아픔 속에서도 계속 뛰었다. 제롬은 머뭇거리지도 않고 그 장애물을 잘도 넘었다. 들판 건너편에 집으로 돌아가는 길이 있었다. 이 언덕만 넘으면 난 제롬이 안 보는 사이에 갑자기 되돌아 뛸 수 있을 것이다. 그러면 모호한 대상과 함께 우리 방에서 바리케이드를 칠 수 있을 것이다. 나는 언덕을 올라가기 시작했다. 제롬은 무서운 얼굴을 하고 바짝 따라잡고 있었다.

우리는 건물 벽 위에서 달리는 사람들 같았다. 멀리서 보면 쉴 새 없이 다리를 들었다 내리고, 팔을 앞뒤로 휘젓는 것처럼 종아리를 채찍질하는 잔디를 뚫고 질주하고 있었다. 언덕 아래에 다다랐을 무렵 제롬이 속도를 늦추는 것 같았다. 그가 항복했다는 뜻으로 손을 휘저었다. 손을 흔들 뿐 아니라 뭐라고 소리를 질렀지만 들리지 않았다……. 저만치에서 트랙터가 막 이 길로 접어들었던 것이다. 운전하는 농부는 높은 데 앉아 있어서 날 보지 못했다. 나는 제롬을 보느라 계속 뒤를 쳐다보고 있었다. 마침내 앞을 돌아보았을 때는 이미 늦었다. 내 눈앞에는 트랙터의 타이어가 있었다. 나는 정통으로 거기 부딪혔다. 테라코타 흙과 함께 나는 공중에 빙글 떠올랐다. 맨 꼭대기에 왔을 때 나는 뒤에서 들어 올려진 트랙터의 날과 빙빙 돌아가는 흙투성이의 금속을 보았다. 그리고 경주는 끝났다.

나중에 깼을 때는 낯선 자동차의 뒷좌석이었다. 털털이 자동차로 좌석에는 담요가 씌워져 있었다. 갈고리에 걸린 펄펄 뛰는 송어가 뒤창 유리에 데칼코마니되어 있었다. 빨간 야구 모자를 쓴 사람이 차를 몰고 있었다. 그 모자의 조임 끈 위로 보이는 목의 상처 때문에 머리 모양이 지저분했다. 머리에 붕대를 감은 것처럼 부드러운 느낌이 들었다. 몸에는 낡은 담요가 덮여 있었는데 감촉이 뻣뻣하고 건초투성이였다. 고개를 돌려 올려다보았을 때 나는 아름다운 장면을 보았다. 밑에서 본 모호한 대상의 얼굴이었다. 그 애의 무릎을 베고 있었던 것이다. 그 애의 배를 덮은 따뜻한 천에 내 오른쪽 뺨이 뜨뜻했다. 그 애는 아직 비키니에 반바지만 입고 있었다. 무릎은 벌어졌고, 그 애의 빨간 머리가 내 위에 쏟아져서 시야를 어둡게 했다. 이 밤적색 혹은 적갈색 공간에서 나는 위를 응시하면서 그 애의 검은 수영복 끈과 앞으로 도드라진 쇄골로 내가 뭘 할 수 있을지 알았다. 그 애는 손톱 끝을 깨물고 있었다. 계속 그러면 피가 날 것 같았다.

"빨리 가요." 그 애가 늘어진 머리 반대편에서 말하고 있었다.

"빨리 가요, 버트 아저씨."

운전하는 사람은 농부였다. 내가 부딪힌 트랙터를 몰던 사람. 난 그가 그 말을 듣지 않기를 바랐다. 나는 빨리 가고 싶지 않았다. 할 수만 있다면 영원히 이렇게 가고 싶었다. 그 애가 내 머리를 어루만졌다. 전에는 낮에 한 번도 한 적이 없는 행동이었다.

"내가 제롬을 때렸어."

나는 뚱딴지같이 입을 열었다. 한 손으로 모호한 대상이 머리를 쓸어 넘기자 비수처럼 빛이 내리꽂혔다.

"칼리! 너 괜찮니?"

난 그 애를 보고 웃었다.

"내가 해치웠어."

"오, 세상에." 그 애가 말했다.

"난 너무 무서웠어. 네가 죽은 줄 알았어. 넌 그냥 땅에…… 그냥……" 그 애는 목이 메었다.

"길바닥에 그냥 누워 있었어!"

눈물이 나왔다. 아까와 같은 분노의 눈물이 아니라 감사의 눈물이. 그 애가 흐느껴 울었다. 그 애는 콧소리를 가라앉히고 젖은 얼굴을 내게 갖다 댔다. 그리고 처음이자 마지막으로 우리는 입을 맞췄다. 좌석 등받이 뒤에 숨어서, 머리카락에 가려서, 그리고 앞자리의 농부가 무슨 상관이랴? 번뇌에 찬 모호한 대상의 입술이 내 입술에 닿자 달콤하면서 짭짤한 맛이 났다.

"내가 너무 지저분하네."

이렇게 말하며 그 애는 얼굴을 다시 들어 올렸다. 그러고는 애써 소리 내어 웃었다. 그러나 어느덧 차가 멈춰 있었다. 농부가 뛰어내려서 뭐라고 소리 지르고 있었다. 그는 와락 뒷문을 열었고 병원 직원 두 사람이 나타나서 날 들것에 실었다. 그들은 보도를 통과해 병원 문으로 날 밀고 들어갔다. 모호한 대상은 내 옆에 붙어서 손을 잡아 주었다. 잠시 그 애는 벌거벗다시피 한 자신의 옷차림을 의식하는 것 같았다. 차가운 바닥재를 디딜 때 그 애는 자신의 맨발을 내려다보았다. 그러나 어깨만 으쓱할 뿐이었다. 넓은 홀로 내려간 직원들이 못 들어오게 할 때까지 그 애는 내 손을 꼭 쥐고 있었다. 마치 피레에프스의 실타래인 양.

"아가씨는 여기 들어올 수 없어요." 직원들의 말이었다.

"여기서 기다려요."

그래서 녀석은 그렇게 했다. 그러면서도 내 손을 놓지 않았다. 아직은 놓지 않았다. 들것이 복도를 굴러 내려갈 때 내 팔은 그 애를 향해 길게 늘어졌다. 나는 이미 여행길에 올랐다. 바다를 건너 또 다른 나라로 항해하는 중이다. 이제 내 팔이 5미터, 10미터, 12미터, 15미터가 되었다. 나는 그 애를 한 번 더 보려고 들것에 누워 목을 들어 올렸다. 모호한 대상을 한 번 더 보려고. 내게 그 애가 또다시 불가사의로 남는 순간이었다. 그 애가 어떻게 되었을까? 지금은 어디 있을까? 모호한 대상은 홀 끝에서 길어지는 내 팔을 붙들고 있었다. 그 애는 추워 보였고, 말라빠졌고, 와서는 안 될 곳에 온 것 같았고, 길을 잃은 것처럼 보였다. 마치 이젠 우리가 서로 다시 만날 수 없다는 걸 알고나 있는 것처럼. 들것이 속도를 높였다. 이제 내 팔은 공기 중에 감겨드는 가느다란 끄나풀이 되어 버렸다. 마침내 피할 수 없는 순간이 찾아왔다. 그 애가 놓아 버린 것이다. 내 손은 잡히는 것 하나 없이 홀가분하게 하늘로 떠올랐다.

내가 태어날 때처럼 환하고 둥근 조명이 머리 위를 밝혔다. 하얀 구두들이 또각거리는 것도 똑같았다. 그러나 필로보시안 박사는 어디에도 없었다. 나를 보고 미소 짓는 의사는 젊고 머리가 황갈색이었다. 그는 시골 말씨를 썼다.

"지금 몇 가지 물어보려고 하는데, 가능하니?"

"네."

"이름부터 말해 봐."

"칼리요."

"칼리, 몇 살이지?"

"열네 살요."

"이 손가락이 몇 개로 보이지?"

"두 개요."

"나한테 숫자를 거꾸로 세어 봤으면 좋겠다. 10부터 해 볼래?"

"10, 9, 8……."

그러는 중에도 그는 내 몸에 어디 부러진 데가 없나 계속 눌러 보고 있었다.

"여기가 아프지?"

"아뇨."

"여긴?"

"아아."

"여긴 어때?"

갑자기 정말로 아팠다. 번개를 맞은 것처럼, 코브라한테 물린 것처럼 배꼽 아래가 아팠다. 얼마나 아팠는지는 내가 지른 비명을 들으면 알 수 있다.

"됐다, 됐어. 안 아프게 해 줄게. 어디 보자. 한번 가만히 누워 봐라."

의사가 인턴에게 눈짓을 했다. 그러자 한쪽씩 차례로 내 옷을 벗기기 시작했다. 인턴이 머리 위로 셔츠를 벗겼다. 푸르스름하고 황량한 가슴이 드러났다. 그들은 특별히 주의를 기울이지 않았다. 나도 마찬가지이고. 그러는 동안 의사가 내 벨트를 풀었다. 카키색 반바지의 걸쇠도 끌렀다. 난 그러도록 내버려 두었다. 바지가 내려갔다. 난 멀리서 바라보는 느낌이었다. 머릿속으로 다른 생각을 하고 있었다. 내가 모호한 대상의 팬티를 벗길 때 그 애가 어떻게 엉덩이를 들어 올렸던가를 추억하고 있었다. 순종과 욕망의 귀여운 표시. 난 그 애가 그렇게 할 때 얼마나 좋았던지를 생각하고 있었다. 마침 인턴이 내 밑에 손을 집어넣었다. 그래서 나는 엉덩이를 들어 올려 주었다.

팬티가 내려갔다. 사람들이 내 팬티를 끌어 내렸다. 고무줄이 피부를 잠시 조이다가 마침내 포기하고 느슨해졌다. 의사가 몸을 구부리고 가까이 오면서 혼잣말로 중얼거렸다. 인턴은 한결 비전문적인 태도로 한 손을 목에 갖다 대고 자기 옷깃을 바로잡는 시늉을 했다.

체호프가 옳았다. 벽에 총이 걸려 있다면 발사를 해야 한다. 실제 상황에서는 그러나 어디에 총이 걸려 있는지 알 수가 없다. 내 아버지의 베개 밑에 있던 총은 결코 한 방도 발사되지 않았다. 모호한 대상의 벽난로 위에 걸려 있던 사냥총도 결코 발사되지 않았다. 그러나 응급실에서는 사정이 달랐다. 포연도 없고, 탄약 냄새도 없었고, 소리라고는 전혀 나지 않았다. 다만 의사와 간호사가 보인 태도를 보아하니 내 몸이 체호프의 극작 요건을 충실히 따랐다는 점이 확실했다.

내 생애의 이 대목에서 한 장면을 더 묘사해야겠다. 배경은 일주일 뒤, 미들섹스에서, 등장인물은 나, 소도구는 여행 가방과 나무 한 그루. 나는 내 방 창가의 의자에 앉아 있었다. 정오가 채 안 된 시간이었다. 나는 블라우스에 회색 정장을 입고 길 떠날 채비를 하고 있었다. 창밖으로 손을 내밀어 오디를 땄다. 지난 한 시간 동안 나는 안방에서 들려오는 소리로부터 벗어나려고 줄곧 오디를 먹고 있었다. 오디는 지난주에 다 익어서 통통하고 물이 많았다. 손에 오디 물이 들었다. 밖에는 보도 여기저기에 자줏빛 얼룩이 남았고, 잔디와 화단의 바위들도 마찬가지로 물이 들었다. 안방에서 들려오는 소리란 어머니가 흐느끼는 소리였다.

나는 일어났다. 여행 가방을 열고 뭐 빠진 게 없나 다시 한 번 살펴보았다. 난 부모님과 함께 한 시간 뒤에 떠날 참이었다. 뉴욕시의 유명한 의사를 만나 볼 예정이었다. 나는 우리가 얼마나 오래 가 있을지, 혹은 내가 뭐가 잘못됐는지를 모르고 있었다. 자세한 내용에는 신경 쓰지 않았다. 내가 아는 거라곤 내가 다른 여자애들과 다르다는 것뿐이었다.

6세기에 정교회 수도사들은 중국으로부터 비단을 밀수했

다. 그들은 그 비단을 소아시아로 들여왔다. 거기서부터 비단은 유럽으로 퍼져 나가 마침내 바다를 건너 북아메리카에 이르게 되었고, 벤저민 프랭클린은 미국 혁명이 일어나기 전에 펜실베이니아에 양잠 산업을 육성했다. 미국 전역에 뽕나무를 심었다. 그러나 내가 창밖의 오디를 따 먹을 때만 해도 나는 우리 집 뽕나무가 비단 교역과 관련된 사실, 또 우리 할머니가 튀르키예에 있을 때 똑같이 집 뒤에 뽕나무들을 키웠다는 사실을 모르고 있었다. 미들섹스의 내 방 옆에도 뽕나무들이 서 있었지만 그 나무들은 결코 그 중요한 의미를 내게 누설하지 않았다. 그러나 지금은 다르다. 지금은 내 생애의 모든 말 없는 것들이 내가 관심 있게 들여다보면 시간을 거슬러 올라가 나에 관한 얘기를 해 주는 것 같다. 그렇기 때문에 이 대목을 접으면서 다음과 같은 사실을 말하지 않을 수 없다.

가장 널리 사육되는 누에 품종인 밤빅스 모리의 유충은 이제 세상 어디에도 자연 상태로 남아 있지 않다. 나의 백과사전은 이를 따끔하게 집어낸다.

"누에의 유충은 다리가 퇴화되어 성충이 되어도 날지 못한다."

4부

신비스러운 음문

들키지 않고 나와 함께 태어난 내 생식기는 (오줌 줄기 때문에) 신부를 누르고 더 눈길을 끌었던 세례식으로부터 별로 하는 일도 없이 빈둥거리다가 한꺼번에 일을 저지른 골치 아팠던 사춘기에 이르기까지 나에게 일어났던 일들 가운데 가장 의미심장하다. 어떤 사람은 집을 물려받고, 또 어떤 이들은 그림이나 거액의 보험을 든 바이올린 활을 물려받는다. 일본식 약장이나 유명한 가문의 이름을 물려받는 사람도 있다. 내가 물려받은 것은 정말이지 희귀하기 짝이 없는 가보로서 다섯 번째 염색체의 열성 유전자다.

우리 부모는 날 샅샅이 뜯어보라며 처음에 응급실 의사가 마구잡이로 밀어붙일 때 그의 말을 믿으려 하지 않았다. 전화로 진단 결과를 들은 아버지는 무슨 말인지 거의 이해도 못

했을뿐더러 어머니를 위해 외설적으로 들릴 만한 부분은 다 빼 버렸기 때문에 호르몬 결핍과 함께 내 요도관의 구조에 뭔가 문제가 있다는 정도의 막연한 근심에 그쳤다. 피터스키의 그 의사는 핵형[63]에 대해서는 문외한이었다. 그가 맡은 소임은 뇌진탕과 타박상을 처치하는 일 정도였고, 그 일을 마치자 날 보내 주었다. 우리 부모는 다른 의사의 소견을 들어 보고 싶어 했다. 아버지가 우긴 덕에 나는 마지막으로 한 번 더 필 박사의 진찰을 받게 되었다.

1974년, 니샨 필로보시안 박사는 여든여덟 살이었다. 목에는 여전히 나비넥타이를 매고 다녔지만 이젠 셔츠 목깃이 헐렁해졌고, 머리끝에서 발끝까지 바야흐로 동결 건조되는 중이었다. 그렇긴 해도 박사는 녹색 골프 바지에 하얀 코트를 쫙 빼입고, 숱도 없이 텅 빈 머리에는 비행사 스타일의 색안경을 걸쳤다.

"안녕, 칼리, 잘 지냈니?"

"네, 필 박사님."

"학교부터 다시 물어볼까? 이제 몇 학년이지?"

"올해 9학년이 돼요. 고등학교요."

"고등학교라고? 벌써? 나도 이제 늙어 가나 보다."

그의 품격 있는 태도는 예나 지금이나 달라진 게 없었다. 구대륙 출신 특유의 이국적인 억양마저도 그대로여서 나는 어느 정도 위안을 받았다. 나는 언제나 고상한 외국인들에겐

---

63) 염색체 수와 형태를 말한다.

귀염둥이요, 응석받이였던 것이다. 애정 어린 레반트인의 부드러운 손길에는 특별히 약했다. 내가 아직 어릴 적에 필로보시안 박사는 날 무릎에 앉히고 손가락으로 내 등뼈를 짚으면서 추골을 헤아리곤 했다. 그런데 이제 노박사보다도 더 키가 크고 뻣뻣한 몸매와 별난 머리카락 때문에 여자 타이니 팀[64]처럼 보이는 내가 브래지어, 팬티에 가운만 걸친 채 가황(加黃) 처리된 고무 발받침이 달린 의료용 침대 한끝에 앉아 있었다. 박사는 내 심장과 폐에 청진기를 갖다 댔다. 마치 나뭇잎을 먹어 보려는 브론토사우루스처럼 긴 목에 대머리를 길게 빼고서.

"아버지는 어떠시냐, 칼리?"

"잘 지내세요."

"핫도그 사업은 잘되고?"

"네."

"이제 핫도그 점포가 몇 개나 되지?"

"한 쉰 개 될걸요."

"겨울마다 로잘리 간호사랑 놀러 가는 근처에도 한 군데 있지. 폼파노 해변 말이다."

필로보시안 박사는 내 눈과 귀를 검사한 다음 점잖은 태도로 내게 일어서서 팬티를 내리라고 일렀다. 그는 오십 년 전 스미르나에서 오스만 제국의 귀부인들을 치료하며 생활을 꾸려나갔다. 그의 예절 바른 태도는 오랜 세월 몸에 밴 것이었다.

---

64) 본명은 허버트 부로스 카우리(Herbert Butros Khaury, 1932~1996). 미국의 남자 가수이다.

나는 피터스키에서처럼 멍청하지 않았다. 지금 무슨 일이 벌어지고 있는지, 신체검사의 초점이 어디에 맞춰지고 있는지 환히 꿰고 있었다. 무릎까지 팬티를 내리고 나자 갑자기 화끈 달아오르는 부끄러움에 난 반사적으로 몸을 가렸다. 필로보시안 박사는 부드럽지만은 않은 태도로 내 손을 밀어냈다. 거기에는 노인들 특유의 조바심 같은 게 묻어 있었다. 그는 잠깐 평정을 잃고 비행사용 렌즈 뒤에서 두 눈을 부라렸다. 그러면서도 나를 들여다보기 위한 시선을 내리지 않았다. 손으로 뭔가 단서를 찾듯이 더듬는 동안 박사의 눈은 멀리 벽 쪽을 노려보고 있었다. 우리는 마치 춤이라도 추듯 붙어 있었다. 박사의 숨소리는 거칠었고 손은 약간 떨렸다. 난 딱 한 번 내 몸을 내려다보았다. 당황한 나머지 내 몸은 잔뜩 오그라들어 있었다. 그렇게 내려다보니 난 다시 여느 소녀처럼 하얀 배와 거뭇한 음모, 깨끗이 면도한 두 갈래 다리밖에 없는 것 같았다. 가슴에는 브래지어까지 두르고.

겨우 일 분이었다. 도마뱀처럼 등이 굽은 늙은 아르메니아인은 구부정하게 서서 누리끼리한 손가락으로 내 몸 여기저기를 훑었다. 여태껏 그가 아무 눈치를 못 챘다 해서 놀랄 일은 아니었다. 그럴지 모른다는 경계경보가 울린 지금 이 순간까지도 그는 알고 싶지 않은 것 같았다.

"이제 옷을 입어도 좋아."

그게 다였다. 그는 돌아서서 매우 조심스럽게 싱크대로 걸어갔다. 물을 틀고 쏟아지는 물줄기 속에 손을 넣었다. 어느 때보다 더 심하게 손을 떠는 것 같았다. 항균 물비누를 잔뜩 짜내며 그가 방을 나가는 내게 한마디 했다.

"아버지께 안부 전해라."

필 박사는 나를 헨리포드 병원의 한 내분비학자에게 넘겼다. 그 내분비학자는 내 팔의 정맥에 구멍을 뚫어 뽑은 피로 기막힐 정도로 많은 유리병을 채웠다. 왜 그렇게 많은 피가 필요한지에 대해선 한마디 말도 없이. 물어보기도 무서웠다. 그날 밤, 난 무슨 일이 벌어지는 건지 엿들을까 싶어 내 방 벽에 귀를 대 보았다.

"그래서 의사가 뭐래?" 아버지가 묻고 있었다.

"칼리가 태어났을 때 필 박사가 발견했어야 하는 거래." 어머니의 대답이었다.

"그때 다 고칠 수 있었다는데." 다시 아버지가 말했다.

"그분이 그런 걸 놓쳤다니 믿을 수가 없군." ("어떤 걸?" 난 벽에 대고 소리 죽여 물었지만 벽은 아무 대답도 없었다.)

사흘 후 우리는 뉴욕에 도착했다.

아버지는 이스트 30번 거리에 있는 로크무어 호텔에 미리 예약을 해 두었다. 이십삼 년 전 해군 소위 시절에 묵었던 곳이기도 하고 항상 알뜰하게 여행하는 아버지에겐 그 호텔의 요금도 마음에 들었다. 우리는 언제까지 뉴욕에 머무르게 될지 알 수 없었다. 아버지가 미리 연락해 둔 의사 — 진짜 전문가 — 는 직접 나를 검사해 보기 전에는 자세한 얘기를 하지 않으려 했다.

"호텔은 맘에 들 거야." 아버지는 장담했다.

"내 기억으로는 진짜 멋진 데였거든."

사실은 그렇지가 못했다. 라과디아 공항에서 택시를 잡아 타고 도착한 우리의 눈앞에는 과거의 영광에서 몰락한 로크무어가 서 있었다. 데스크 직원과 출납계원은 방탄유리 뒤에서 일하고 있었다. 빈풍의 카펫은 라디에이터에서 새는 물로 젖어 있었으며, 거울을 떼어낸 자리에는 네 귀퉁이의 회반죽 자국과 장식 나사못이 유령같이 남아 있었다. 세계 대전보다 더 오래된 엘리베이터 안에는 도금칠한 새장 속 횃대 같은 바가 있었다. 엘리베이터 걸이 있던 시절도 있었지만 이젠 다 옛날얘기였다. 우리는 그 비좁은 공간에 가방을 억지로 구겨 넣고 겨우겨우 문을 닫았다. 엘리베이터 작동 상태도 엉망진창이어서 세 번이나 시도한 끝에 겨우 전기가 들어왔다. 이 근사한 엘리베이터가 드디어 움직이자 스프레이로 페인트칠을 한 바 너머로 지나가는 각 층의 모습이 보였는데 제복을 입은 여자 종업원이나 문밖에 놓인 룸서비스 쟁반, 신발 정도만 구분될 뿐 모든 게 다 침침하고 똑같아 보였다. 그래도 올라가는 기분은 들었다. 낡은 상자를 타고 구덩이에서 빠져나오는 기분. 그러다가 로비보다 하나도 나을 것이 없는 8층에 내려섰을 때의 실망감이란. 우리 방도 형편없기는 마찬가지였다. 그 방은 원래 큰 스위트룸이었던 것을 나눈 방이어서 네 모서리도 귀가 맞지 않았다. 몸집이 작은 어머니조차 갑갑해할 지경이었다. 욕실만큼은 웬일인지 거의 침실만 했다. 듬성듬성 타일이 떨어져 나간 바닥 위에 변기가 덩그렇게 놓였고, 물이 계속해서 샜으며, 욕조는 배수구 쪽에 타이어 자국 같은 얼룩이 져 있었다.

아버지, 어머니가 사용할 퀸 사이즈 침대가 있었고 한쪽 구석에 내가 쓸 간이침대가 보였다. 나는 내 가방을 끌어다 그 위에 올려놓았다. 그 가방은 어머니와 나 사이에서 분쟁의 씨앗이었다. 키프로스 여행을 위해 어머니가 내게 사 준 가방이었는데 거기 새겨진 청록색과 초록색의 꽃무늬가 난 끔찍이도 싫었다. 사립 학교에 들어가면서부터 — 그리고 모호한 대상 옆을 얼쩡거리면서부터 — 난 취향이 바뀌어 내 생각에는 세련되어졌다. 가엾은 어머니는 이제 내게 뭘 사 줘야 할지 몰랐다. 그녀가 고른 것은 뭐든지 꼴도 보기 싫다는 악담을 들어야 했다. 난 셔츠고 침대 시트고 간에 폴리에스테르가 조금이라도 섞인 것은 죽어라고 싫어했다. 우리 부모님은 진짜배기 물건을 찾는 내 새로운 기벽을 재미있어했다. 아버지는 손가락으로 내 셔츠를 비벼 보고 이렇게 선포하곤 했다.

"폴리에스테르 하나도 없다!"

가방에 대해 어머니는 나와 상의할 짬이 없었고, 그리하여 지금 여기에 식탁 매트 같은 디자인의 가방이 있게 된 것이다. 가방 지퍼를 열고 속을 펼쳐 놓고 나서야 기분이 좀 나아졌다. 속에 있는 것들은 내가 직접 고른 것들이었다. 프레피 스타일의 원색 라운드넥 스웨터, 라코스테 셔츠, 짜임새가 성긴 코르덴. 녹색의 패퍼갤로 코트에는 뼈로 만든 뿔 단추가 달려 있었다.

"짐을 풀까요, 아니면 그냥 가방에 둘까요?"

내가 물었다.

"옷을 꺼내고 가방은 옷장 속에 넣어 두는 게 낫겠는데."

아버지의 대답이었다.

"그래야 방을 조금이라도 더 넓게 쓰지."

나는 스웨터를 곱게 개어 양말, 속옷과 함께 옷장 서랍에 넣고 바지는 걸어 두었다. 세면 가방은 욕실 선반에 올려놓았다. 세면 가방에는 립글로스와 향수도 챙겨 왔다. 유통 기한이 지난 건지도 모르지만.

나는 욕실 문을 걸어 잠근 뒤 거울에 바짝 다가서서 얼굴을 찬찬히 뜯어보았다. 윗입술 위에 아직 짧은 검은 털 두 가닥이 눈에 띄었다. 세면 가방에서 족집게를 꺼내 뽑아 버렸다. 아파서 눈물이 났다. 옷이 꼭 끼고 스웨터 소매는 너무 짧았다. 나는 머리를 빗고 희망과 절망이 반쯤 섞인 미소를 지었다.

뭔지는 몰라도 난 내가 처한 상황이 일종의 위기라는 걸 알고 있었다. 부모님이 억지로 명랑한 척하는 거나 우리가 서둘러 집을 떠나온 것만 봐도 알 수 있는 일이었다. 아직 아무도 내게 말해 주지 않았지만. 아버지와 어머니는 날 예전하고 똑같이, 그러니까 당신들의 딸로서 대해 주었다. 그들은 나의 문제가 의학적인 것이고 따라서 고칠 수 있을 것처럼 행동했다. 그래서 나도 그런 희망을 가지게 되었다. 불치병에 걸린 사람 모양 눈앞의 징후들은 무시한 채 결정적인 치료에 필사적으로 희망을 걸었다. 희망과 절망의 양극단 사이를 오가면서 뭔가 내가 끔찍하게 잘못되었다는 확신이 커져만 갔다. 그러나 어떤 것도 거울을 들여다보는 것만큼 절망스럽지는 않았다.

나는 문을 열고 침실로 돌아갔다.

"이 호텔 정말 싫어." 내가 입을 열었다.

"지저분해."

"썩 좋은 데는 아니지." 어머니가 동의했다.

"옛날에는 괜찮았는데……." 아버지가 말했다.

"어쩌다가 이렇게 됐는지 모르겠네."

"카펫에서 냄새나."

"창문을 열자."

"여기 그리 오래 있진 않을 거야."

어머니가 지친 목소리에 희망을 담아 말했다.

저녁이 되자 우리는 먹을 걸 찾아 외출을 감행했다가 텔레비전을 보기 위해 방으로 돌아왔다. 얼마 뒤 불을 끈 다음 나는 간이침대에 누워 물었다.

"내일은 뭘 할 거야?"

"아침에 의사한테 가야지." 어머니가 말했다.

"그러고 나서 브로드웨이에 공연 티켓을 알아봐야겠구나." 아버지가 말했다.

"뭘 봤으면 좋겠니, 칼?"

"아무거나 상관없어요." 난 우울하게 말했다.

"뮤지컬을 보는 게 좋겠는데." 어머니의 말이었다.

"「메임」에서 에설 머먼[65]을 본 적이 있는데……." 아버지가 기억을 떠올렸다.

"이만큼 크고 긴 계단을 내려오면서 노래를 불렀지. 노래가 끝나자 온통 열광의 도가니가 돼서 난리법석이었어. 할 수 없

65) Ethel Merman(1908~1984). 브로드웨이 뮤지컬 배우이다.

이 머먼은 쇼를 중단하고 계단을 도로 올라가서 처음부터 다시 노래를 불렀단다."

"뮤지컬을 볼까, 칼리?"

"아무거나."

"쇼를 중단했어도……." 아버지가 말했다.

"에설 머먼은 진짜 멋지게 노래를 했어."

그다음에는 더 이상 아무도 말하지 않았다. 우리는 어둠 속에서 그 이상하게 생긴 침대에 누워 잠들 때까지 기다렸다.

다음 날 아침 식사를 마친 후 우리는 전문가를 만나러 나섰다. 우리 부모님은 호텔을 나오자 택시 창밖으로 보이는 광경을 이것저것 가리키면서 신이 난 것처럼 분위기를 잡았다. 아버지는 곤경에 처할 때만 부리는 호들갑을 떨었다.

"여기 대단하군." 차가 뉴욕 병원으로 들어설 때 아버지가 말했다.

"강 경치 좀 봐라! 내가 입원하고 싶은걸."

여느 십 대들처럼 나는 내 어색한 몰골을 대개는 잊고 지냈다. 황새 같은 움직임으로 두 팔을 퍼드덕거리며 긴 다리를 차면 옅은 황갈색 웰러비를 신은 작은 발이 올라왔다. 이 모든 부속이 머리라는 관제탑 아래에서 절거덕거렸지만, 난 너무 가까이 있어서 볼 수가 없었다. 하지만 부모님 눈에는 보였다. 보도를 건너 병원 정문을 향하는 내 모습은 그들에게 아픔이었다. 알 수 없는 힘의 손아귀에 붙잡힌 자식을 본다는 건 끔찍한 일이다. 지난 일 년 동안 그들은 내가 변해 가는 현실을 한사코 부인하며 그저 나이 탓이라고 여겨 왔다.

"크면 괜찮을 거야."

아버지는 항상 이렇게 어머니에게 말하곤 했다. 그러나 이제 그들은 내가 손쓸 수 없게 되어 가고 있다는 두려움에 사로잡혔다. 우리는 엘리베이터를 타고 4층까지 올라갔다. 그러곤 화살표를 따라 신경 호르몬 병동이라는 곳으로 갔다. 아버지는 방 번호가 적힌 카드를 꺼내 들었고 마침내 우리는 목표 지점을 찾았다. 회색 문에는 중간쯤 높이에 다음과 같은 표지가 잘 보이지도 않는 조그만 글씨로 적혀 있었다.

성적 장애와 성 정체성 클리닉

우리 부모님은 그 표지를 보고도 못 본 척했다. 아버지는 황소처럼 고개를 숙이고 문을 밀어젖혔다. 접수계원이 우리를 맞아 의자를 권했다. 대기실은 전형적인 분위기였다. 의자들이 벽을 따라 줄지어 있고, 사이사이에 잡지 테이블이 놓여 있으며, 구석에는 흔해 빠진 고무나무가 죽어 가고 있었다. 카펫은 얼룩이 져도 잘 보이지 않게 어지러운 무늬가 있는, 대기실에 흔히 까는 종류였다. 심지어 공기 중엔 약 냄새마저 감돌았다. 어머니가 보험 양식에 기재하고 나자 우리는 의사의 진료실로 안내되었다. 진료실 또한 신뢰감을 불러일으켰다. 책상 뒤에는 임스 체어[66]가, 창가에는 크롬과 쇠가죽으로 만든 르

66) 인체공학적으로 디자인한 의자이다.

코르뷔지에[67]의 긴 침대 의자가 있었다. 책장에는 의학 서적과 잡지들이 빼곡했고 벽에는 미술품으로 균형을 맞췄다. 유럽적인 감수성에 조율된 대도시의 세련미. 정신 분석학적 세계관의 자신만만한 분위기. 거기다 창밖에는 이스트강의 전망까지. 우리는 아마추어 유화와 저소득 국민 의료 보장 제도가 있는 필 박사의 진료실로부터 아득히 멀어졌다.

뭔가 이상한 걸 알아챈 건 이삼 분이 지나서였다. 첫눈에는 미술품과 동판화들이 진료실의 학구적인 집기들과 잘 어울리는 것 같았다. 그러나 앉아서 기다리는 동안 우리는 주변이 온통 소리 없는 아우성에 휩싸였음을 알아챘다. 그건 땅을 쳐다보다가 문득 그 땅이 개미 떼로 뒤덮인 걸 깨닫는 것과 같았다. 평온한 진료실이 움직임으로 소용돌이치고 있었다. 예를 들어 책상 위에 놓인 문진은 그냥 단순하고 무기력한 바위가 아니라 돌로 조각한 프리아포스[68]였다. 벽에 걸린 모형들도 자세히 들여다보면 나름대로의 주제를 보여 주었다. 노란 비단 천막 아래 페이즐리 무늬의 베개 위에서는 무굴의 왕들이 터번 하나 흩뜨리지 않고 곡예를 하듯 여러 명의 상대와 성교를 하고 있었다. 어머니는 낯을 붉히며 쳐다보았고, 아버지는 곁눈질로 힐끔거렸다. 그리고 나는 평소대로 머리카락 안에 숨었다. 우리는 눈 둘 곳을 찾다가 책장으로 눈길을 모았다. 그러나 거기도 안전지대는 아니었다. 미국의학협회지

67) Le Corbusier(1887~1965). 스위스의 건축가이다.
68) 거대한 남근을 지닌 다산의 신이다.

《JAMA》나 《뉴잉글랜드 의학 저널》처럼 지루한 책자들 가운데 몇 권은 눈이 튀어나올 만한 제목을 달고 있었다. 뱀들이 책등을 타고 뒤엉킨 책의 제목은 "일대일 에로토섹슈얼 짝짓기"였고, 자주색의 팸플릿 같은 책자에는 "의례화된 동성애: 세 건의 현장 조사"라는 제목이 붙어 있었다. 책상 위에는 "우연한 페니스: 여성에서 남성으로의 성전환에 관한 외과적 기술"이란 제목의 소책자가 서표가 꽂힌 채 버젓이 놓여 있었다. 문에 붙은 팻말이 아니더라도, 루스의 진료실은 내가 어떤 분야의 전문가를 보게 될지를 확실하게 알려 주었다.(그리고 더 나쁜 건 그가 날 보리라는 사실이었다.) 조각품도 있었다. 구자라호 사원을 본뜬 모형 작품들이 커다란 옥색 식물들과 함께 방 구석구석을 차지하고 있었다. 부드러운 녹엽을 배경으로 멜론 젖가슴을 가진 힌두 여인들은 몸을 구부려서 기도하는 자세로 자신들에게 화답해 주는 건장한 남자들에게 음부를 바치고 있었다. 눈 돌리는 곳 어디에나 지나치게 후끈 달아오를 대로 달아오른 분위기 속에 몸을 비비 꼬는 추잡한 게임이 있었다.

"계속 보고 있을 거야?" 어머니가 속삭였다.

"실내 장식이 별스럽기도 하군." 아버지의 말이었다.

나도 한마디 했다.

"우리 여기서 뭐 하는 거예요?"

바로 그때 문이 열리고 루스 박사가 등장했다.

당시에 나는 그 분야에서 그가 얼마나 매혹적인 위치를 차지하고 있는지 몰랐다. 루스의 이름이 관련 저널이나 논문에 얼마나 자주 등장하는지도 알 턱이 없었다. 하지만 그의 행색이 예사롭지 않다는 사실만큼은 금방 알 수 있었다. 그는 의사 가운 대신 술 달린 스웨이드 조끼를 입었으며 은색 머리카락은 베이지색 터틀넥 칼라까지 내려왔다. 또 나팔바지에다가 옆에 지퍼가 달린 앵클부츠를 신고 은테 안경을 썼으며 회색 콧수염까지 길렀다.

"뉴욕에 잘 오셨습니다." 그가 말했다.

"제가 루스 박사입니다."

그는 아버지, 어머니와 악수를 나눈 다음 마지막으로 내 앞에 섰다.

"네가 칼리오페로구나." 그는 부드럽게 미소를 지으며 말했다. "어디 보자, 내가 아직 신화를 안 잊어버렸나. 칼리오페는 뮤즈들 중 하나였지?"

"맞아요."

"무얼 관장하더라?"

"서사시요."

"네가 그걸 모를 리 없겠지."

루스가 말했다. 그는 애써 태연한 척했지만 난 그가 흥분 상태라는 걸 알 수 있었다. 누가 뭐래도 난 희귀한 사례였으니까. 루스 같은 과학자 입장에서 나는 성적으로나 유전학적으로나 카스파에 하우저[69]에 못지않은 존재였다. 저명한 성 의

69) Kaspar Hauser(1812~1833). 19세기에 수수께끼 같은 출생 때문에 떠들썩한 이야깃거리였던 독일 청년이다.

학자이자 「딕 카벳 쇼」의 게스트이며 《플레이보이》의 정규 기고가인 그가 거기 있었다. 그리고 그의 방문 앞에는 '아베롱의 원시 소년'처럼 느닷없이 디트로이트의 밀림을 뛰쳐나온 나, 열네 살의 칼리오페 스테퍼니데스가 출현해 있었다. 나는 흰색 코르덴과 페어아일 스웨터를 입은 실험용 생체였다. 목 부분에 화환 무늬를 걸친 이 연노란색 스웨터를 보고 루스는 자신의 이론이 예측한 그대로 내가 자연을 거스르고 있다고 여겼다. 나를 앞에 놓고 그는 자제하기가 무척이나 힘들었을 것이다. 그는 영리하고 매력적인 일벌레였는데 책상 뒤에서 날카로운 눈으로 줄곧 나를 관찰했다. 이야기를 하면서 주로 부모님의 신임을 얻어 내려 노력하는 와중에도 머릿속으로는 이것저것 새겨 넣고 있었다. 나의 테너 음성도 그의 머리에 기록되었다. 내가 한쪽 다리를 아래로 접어 넣거나 손톱을 들여다볼 때, 또 손바닥 위에 손가락을 구부릴 때도 모습 하나하나를 놓치지 않았다. 그는 내가 기침을 하거나 소리 내어 웃거나 머리를 긁적거리거나 말을 할 때도 유심히 관찰했다. 한마디로 말해서 그런 건 모두 그가 말하는 성 정체성의 외적 표증이었다. 그러면서도 그는 내가 마치 발목이라도 삐어서 온 것처럼 겉으로는 아무렇지도 않은 척했다.

"우선 간단한 검사부터 해야겠군요. 두 분은 여기서 잠시 기다려 주시겠습니까?"

그가 일어섰다.

"같이 갈까, 칼리오페?"

나는 의자에서 일어섰다. 그때를 놓치지 않고 루스는 마치 접어 놓은 접자를 펴 보는 것처럼 나의 몸을 부분별로 뜯어 보았다. 내 몸이 다 펴지고 나자 박사보다도 2.5센티미터 정도 더 컸다.

"이제야 제대로 찾아왔나 봐, 여보."

어머니가 말했다.

"우린 여기서 기다리마."

아버지의 말이었다.

피터 루스는 양성 인간 분야에서 세계 최고의 권위자로 인정받았다. 1968년 그가 설립한 '성적 장애와 성 정체성 클리닉'은 애매한 성과 관련된 문제들의 연구와 치료에서 독보적이었다. 그는 유명한 성 의학서인 『신비스러운 음문』을 저술했으며, 이 책은 유전학과 소아 의학부터 심리학에 이르기까지 다양한 분야에서 표준이 되었다. 《플레이보이》에는 1972년 8월부터 1973년 12월까지 같은 제목의 칼럼을 기고했는데 모르는 게 없는 의인화된 여성의 음순이 남성 독자들의 질문에 재치 있게, 때로는 예언자같이 답해 주는 글이었다.

휴 헤프너[70]는 성적 자유를 주장하는 시위에 관한 신문 기사를 읽다가 피터 루스의 이름을 처음 접했다. 컬럼비아 대학생 여섯 명이 학교 잔디밭에 텐트를 치고 난교 파티를 계획했다가 경찰에 의해 무산된 일이 있었다. 캠퍼스에서의 이런 행동에 대해 어떻게 생각하느냐는 질문에 당시 마흔여섯 살이었

---

70) Hugh Hefiner(1906~2017). 《플레이보이》 창립주이다.

던 피터 루스 교수는 다음과 같이 대답했다.

“난교 파티라면 어디서 하든 찬성입니다.”

이 답변이 헤프너의 눈길을 끌었던 것이다. 헤프너는 《펜트하우스》에 실리는 자비에라 홀랜더의 칼럼 「마담이라 불러 주세요」를 따라 하고 싶지는 않았으므로 루스에게는 성의 과학적이고 역사적인 측면을 다룬 글을 부탁했다. 그래서 칼럼 「신비스러운 음문」은 처음 3회 연재에서 ‘일본 화가 히로시 야마모토의 에로틱한 그림’, ‘매독의 역학(疫學)’, ‘성 아우구스티누스의 성생활’에 관한 연구를 다루었다. 칼럼은 인기 폭발이었다. 비록 지적인 질문이 나오는 경우는 드물었고 독자들은 “플레이보이 조언자”의 쿤닐링구스 요령이나 조루 치료법 따위에 더 큰 관심을 보이긴 했지만. 결국 헤프너는 루스에게 질문까지 직접 써 달라고 부탁했고, 그는 기꺼이 그렇게 했다.

피터 루스는 양성 인간 두 명, 성전환자 한 명과 함께 그와 같은 사례의 의학적, 심리학적 측면에 대해 토론하기 위해 「필 도나휴 쇼」에 나온 적이 있었다. 그 프로그램에서 필 도나휴는 이렇게 말했다.

“린 해리스 씨는 태어날 때나 자랄 때나 여성이었습니다. 1964년에는 캘리포니아 오렌지카운티에서 열린 미스 뉴포트 해변 선발 대회에서 미스 뉴포트로 뽑히기도 했죠? 잠깐, 객석이 너무 흥분했군요. 조용히, 그러니까 스물아홉 살까지 여성으로 살다가 남성으로 성전환을 한 거지요? 이분은 여성과 남성의 해부학적 특징을 모두 가지고 있습니다. 이게 거짓말이면 제 목을 내놓겠습니다.”

도나휴는 또 이런 말도 했다.

“이건 웃을 일이 아닙니다. 우리는 모두 하느님의 아들딸, 그 무엇으로도 바꿀 수 없는 살아 있는 인간입니다. 다른 모든 걸 떠나서 사람은 있는 그대로의 모습으로 사람이라는 사실을 잊지 말아야겠습니다.”

가끔 어떤 유전자나 호르몬 이상 때문에 갓난아기의 성별을 결정짓기 어려운 경우가 있었다. 스파르타인들은 이런 아기가 태어나면 바위산 틈에 버려 죽게 만들었다. 루스의 조상이기도 한 영국인들은 그런 문제를 입에 올리기조차 꺼렸다. 알쏭달쏭한 생식기 때문에 잘 굴러가던 상속법이 꼬이지만 않았던들 영국인들은 그런 문제에 대해 영원히 입을 다물었을 것이다. 17세기 영국의 위대한 법학자인 쿡 경은 어떤 사람이 “남자일 수도 있고 여자일 수도 있다면 어느 성이 더 우세한가를 기준으로 상속해야 한다.”라고 선언함으로써 토지 상속에 관한 분쟁을 해결하려 했다. 물론 어떤 성이 우세한지 그 판별 방법을 꼭 집어서 명시하진 않았지만. 20세기 의학계는 줄곧 1876년에 클레프스[71]가 체계화한 원시적인 성별 판단 기준을 사용했다. 클레프스는 생식선이 성별을 결정한다고 주장했다. 성별이 불확실한 경우에는 생식선 조직을 현미경으로 들여다보면 된다. 만일 그 조직이 고환 쪽이면 남자이고 난소 조직이면 여자인 거다. 생식선이 특히 사춘기에 이르러 성적인 성장을 주관하리라는 추측에서 나온 얘기였다. 하지만 사

71) 에드윈 클레프스(Edwin Klebs, 1834~1913). 독일의 세균학자이다.

실을 알고 보면 그보다 훨씬 복잡했다. 이 문제는 클레프스가 팔을 걷어붙이고 시작했지만 피터 루스가 나타나 마무리 짓기까지 100년이란 시간을 더 기다려야 했다.

1955년, 루스는 "로마로 가는 길은 많다: 양성 인간의 성적 개념들"이란 제목의 논문을 발표했다. 스물다섯 쪽 분량의 이 직설적이고도 고상한 글에서 그는 젠더가 염색체, 생식선, 호르몬, 내부 생식 구조, 외부 생식기와 같이 많은 요소에 의해 결정되며, 그중에서도 가장 중요한 것은 어떤 성으로 양육되는가라고 주장했다. 루스는 뉴욕 병원 소아과 내분비 클리닉 환자들을 대상으로 한 연구에서 여러 가지 사례를 통해 이 다양한 인자들이 어떻게 성별 결정에 관여하는지와 많은 경우 환자의 성 정체성이 생식선과는 반대로 결정된다는 것을 보여 주었다. 이 논문은 엄청난 반향을 일으켰다. 몇 달 안 되어 사람들은 모두 클레프스 대신 루스의 기준을 채택했다.

루스는 이 성공에 힘입어 뉴욕 병원에 신경 호르몬 병동을 개설할 기회를 잡았다. 그 무렵 그는 여성 양성 인간 중 가장 흔한 형태인 부신성기증후군[72]이 있는 아이들을 진료했다. 연구실에서 최근에 합성된 코르티솔[73] 호르몬이 이런 소녀들이 통상적으로 겪는 남성화를 억제하고 정상적인 여성으로 성장하게 해 준다는 사실이 밝혀졌다. 내분비학자들은 코르티솔을 투여했고, 루스는 소녀들이 성 심리학적으로 어떻게 발전

72) 안드로겐의 과도 분비로 인한 외부 성기의 남성화를 말한다.

73) 스테로이드 호르몬의 일종이다.

해 나가는지 보게 되었다. 그는 많은 것을 배웠다. 십 년 동안 독창적으로 착실히 연구한 끝에 루스는 위대한 발견 2탄을 내놓았다. 즉 성 정체성은 아주 어린 두 살경에 확립된다는 사실이었다. 젠더는 모국어와 같아서 태어나기 전에는 있지도 않던 것이 어린 시절 뇌에 각인되면 결코 지워지는 법이 없다. 아이들은 영어나 프랑스어로 말하는 법을 배우듯이 남성이나 여성으로 말하는 법을 배우는 것이다.

루스는 1967년 《뉴잉글랜드 의학 저널》에 「성 정체성의 초기 확립: 최종적인 두 가지」라는 논문을 발표했다. 그 후로 그의 명성은 하늘 높은 줄 모르고 치솟았다. 록펠러 재단, 포드 재단, N. I. S.로부터 기금이 물밀듯이 쏟아져 들어왔다. 성 의학자들은 호시절을 구가했다. 성 혁명은 야심 찬 성 연구가들에게 새로운 기회를 제공했다. 여성의 오르가슴에 관한 역학 조사가 몇 년간 국가적인 관심사로 대두했다. 아니면 길거리에서 성기를 노출시키는 남자들의 심리학적 이유를 파헤쳐 본다든가 하는 그런 것들도. 1968년 루스 박사는 '성적 장애와 성 정체성 클리닉'을 개설했는데 이 클리닉은 개설되자마자 성적인 재정립을 다루는 데서 주도적인 중심으로 자리 잡았다. 루스는 모든 종류의 환자를 다루었다. X 염색체가 하나밖에 없는 터너 증후군으로 목에 갈퀴막이 형성된 십 대 소녀들, 안드로겐 성 불감증에 시달리는 다리가 미끈한 미녀들, 또 몽상과 고독에 빠지는 경향이 강한 XYY 염색체를 가진 소년들. 병원에서 판별하기 힘든 생식기를 가진 아기가 태어나면 루스 박사가 불려 가 당황해하는 부모들과 그 문제를 놓고 의논했다. 루스는 또한 성전환 환자들도 받았다. 누구든 클리닉에 오면 자기 몸을 — 살아 숨 쉬는 — 연구 재료로 루스의 처분에 내맡겼다. 일찍이 어떤 과학자도 누려 본 적이 없는 일이었다.

이제 난 루스의 손에 들어갔다. 검사실에서 그는 내게 옷을 벗고 종이 가운을 입으라고 일렀다. 피를 좀(이번에는 딱 한 병만) 뽑고 나서 그는 나를 침대에 눕히고 다리를 유 자 모양의 등자에 얹도록 했다. 내 몸을 아래위로 나누어 가릴 수 있도록 종이 가운과 같은 연두색의 커튼이 있었는데 첫날에는 이 커튼을 치지 않았고 나중에 관객이 들어올 때만 쳤다.

"아프진 않을 거다. 하지만 기분이 좀 이상할걸."

나는 천장에 달린 고리 모양의 전등을 뚫어져라 쳐다보았다. 루스는 스탠드에 전등을 하나 더 켜고 잘 보이도록 각도를 맞추었다. 그가 나를 누르고 쑤실 때마다 다리 사이에 그 열기가 느껴졌다.

처음 몇 분간은 둥근 전등에만 신경을 모았지만 결국 나는 턱을 당기고 시선을 낮추어 루스가 엄지와 집게손가락 사이에 크로커스를 쥐고 있는 모습을 보게 되었다. 그는 한 손으로 그걸 쭉 잡아당기면서 다른 손으로 치수를 재고 있었다. 그러고는 자를 내려놓고 기록했다. 충격을 받거나 질린 것 같지는 않았다. 사실대로 말하자면 오히려 미술품 감식가처럼 대단한 호기심에 차서 나를 살폈다. 얼굴에는 경외감, 혹은 감상하는 듯한 표정이 역력했고 검사하는 틈틈이 기록을 했지만 말은 한 마디도 하지 않았다. 대단한 집중력이었다.

잠시 후 여전히 내 다리 사이에 허리를 구부린 채 루스는 다른 기관을 조사하기 위해 머리를 돌렸다. 내 무릎 사이의 시야로 그의 귀가 출현했다. 불룩한 테두리가 있는 소용돌이 모양의 그것은 밝은 조명 아래 반투명한 것이 그 자체만으로도 놀랄 만한 기관이었다. 그 귀가 내 몸에 거의 닿을락 말락 했다. 한순간 루스가 나의 몸에 대고 귀를 기울이는 것 같았다. 마치 내 다리 사이에서 흘러나온 수수께끼에 힌트라도 얻으려는 듯이. 그러나 그 순간 그는 자신이 찾던 것을 찾았고, 다시 원래 자세로 돌아갔다.

그가 내부를 살펴보기 시작했다.

"긴장 풀어." 그가 말했다.

그는 윤활제를 아무렇게나 발라 넣었다.

"긴장 풀라니깐."

명령조의 목소리에 짜증이 섞였다. 나는 숨을 깊이 들이쉬고 할 수 있는 한 최선을 다했다. 루스는 손을 깊숙이 찔러 넣었다. 잠깐은 그가 말했듯이 그저 기분이 좀 이상할 따름이었다. 그러나 곧 날카로운 통증이 나를 꿰뚫고 지나갔다. 나는 홱 뒤로 빼면서 비명을 질렀다.

"미안."

그러나 그는 멈추지 않았다. 그는 움직이지 못하도록 한 손으로 내 골반을 눌렀다. 아픈 부위는 피하면서 더욱 깊이 들어갔다. 내 눈에는 눈물이 가득 고였다.

"거의 다 했어."

그가 말했다.

하지만 그건 시작에 불과했다.

나와 같은 경우 반드시 지켜야 할 사항은 문제가 되는 아기의 성에 대해 의심하는 기색을 전혀 보이지 말아야 한다는 것이다. 갓 태어난 아기의 부모에게 이렇게 말해선 안 된다.

"댁의 아기는 양성 인간입니다."

그 대신 이렇게 말하는 거다.

"따님은 보통 여자 아기들보다 조금 더 큰 클리토리스를 가지고 태어났습니다. 보통 크기로 만들려면 수술이 필요하겠는데요."

루스는 부모들이 아기의 성별이 확실치 않을 때 이에 대처할 능력이 없음을 깨달았다. 그들에게 딸을 낳았는지 아들을 낳았는지 말해 줘야 한다. 그 말은 곧 알려 주기 전에 더 우세한 성이 어느 쪽인지 확인해야 한다는 뜻이다.

내 경우에 루스는 아직 그렇게 할 수가 없었다. 그는 사전에 헨리포드 병원에서 실시한 내분비학과 테스트 결과를 통해 나의 XY 핵형이라든가 혈장 테스토스테론 수치는 높으면서 혈액 속에 디하이드로테스토스테론이 없다는 것 따위를 알고 있었다. 다시 말하자면 그는 나를 만나기도 전에 경험으로 내가 남성 가(假)양성 인간, 즉 유전학적으로는 남성이지만 5알파환원효소결핍증후군 때문에 여성처럼 보인다는 사실을 짐작하고 있었다. 그러나 그의 생각으로는 그렇다고 해서 내가 남성의 성 정체성을 가졌다고 볼 수는 없었다.

내가 십 대라서 한층 더 복잡했다. 유전자와 호르몬 인자 외에도 루스는 내가 '여성'으로 양육되었다는 점을 고려하지 않으면 안 되었다. 그는 내 몸속에서 만져진 조직 덩어리가 고환이 아닐까 의심했다. 표본을 떼어 현미경으로 확인하기 전에는 확신할 수가 없었다. 나를 대기실로 돌려보내면서 루스의 머릿속에서는 이런 생각들이 스쳐 갔을 것이다. 그는 어른들과 할 얘기가 있으니 얘기가 끝나면 어른들을 내보내겠다고 내게 말했다. 그는 집중하던 태도를 한결 누그러뜨리고 다시 친근하게 웃으면서 내 등을 두드렸다.

방에 돌아온 루스는 임스 체어에 앉아 밀턴과 테시를 쳐다보면서 안경을 고쳐 썼다.

"스테퍼니데스 씨, 그리고 부인, 솔직히 말씀드리죠. 이건 복잡한 경웁니다. 복잡하다고 해서 고칠 수 없다는 뜻은 아니고, 이런 경우 여러 가지 효과적인 치료법이 있지요. 다만 치료에 들어가기 전에 여러 가지 질문에 답해 주셔야 합니다."

어머니와 아버지는 이 말을 들을 때 겨우 30센티미터밖에 떨어져 있지 않았지만 두 사람이 들은 것은 전혀 다른 내용이었다. 아버지는 곧이곧대로 들리는 것만 들었다. 아버지는 "치료법"과 "효과적인"이란 말에 귀가 번쩍했다. 반대로 어머니는 입 밖에 내지 않은 말을 들었다. 예컨대 의사는 내 이름을 입에 올리지 않았다. 그는 "칼리오페"라거나 "칼리"라고 하지 않았을뿐더러 "따님"이란 말도 안 했다. 대명사는 아예 쓰지 않았다.

"좀 더 검사를 해 봐야겠습니다." 루스가 말을 이었다.

"심리 평가 검사를 제대로 해 봐야겠습니다. 일단 필요한 정보를 얻으면 적절한 치료법에 대해 자세히 의논할 수 있을 겁니다."

아버지는 벌써 고개를 끄덕이고 있었다.

"그 시한은 언제쯤이 될까요, 박사님?"

루스는 생각에 잠긴 듯 아랫입술을 내밀었다.

"실험실 검사를 다시 해 보고 싶군요. 그냥 확실히 해 두기 위해서이죠. 결과는 내일 나올 겁니다. 심리 검사는 좀 더 시간이 걸리겠고요. 적어도 일이 주 정도는 댁의 아이를 매일 만나야 할 것 같습니다. 어릴 때 찍은 사진이나 가족 필름 같은 걸 주시면 도움이 될 텐데요."

아버지가 어머니 쪽을 보며 물었다.

"칼리가 언제 개학이지?"

어머니는 남편의 말을 듣지 못했다. 그녀는 루스가 "댁의 아이"라고 한 말에 온통 정신을 빼앗기고 있었다.

"무슨 정보를 얻으시려는 거죠, 박사님?"

어머니가 물었다.

"혈액 검사로 호르몬 수치를 알 수 있습니다. 심리 분석 검사는 이런 경우에 보통 하는 절차이고요."

"호르몬 문제라는 말씀이신가요?" 아버지가 물었다.

"호르몬 불균형 말입니까?"

"필요한 검사를 해 봐야 알 수 있습니다."

루스의 말이었다.

아버지는 일어나 박사와 악수했다. 상담은 끝났다.

알아 둬야 할 사실은 아버지도 어머니도 몇 년 동안 내가 벗은 모습을 한 번도 본 적이 없다는 사실이다. 그들이 어찌 알겠는가? 아는 것은 고사하고 어떻게 상상이라도 할 수 있었겠는가? 그들이 손에 넣을 수 있는 정보라곤 간접적인 것뿐이었다. 내 허스키한 목소리, 밋밋한 가슴 따위. 하지만 이 정도는 아무것도 아니었다. 호르몬 문제, 그보다 더 심각한 건 없었다. 그래서 아버지는 믿었거나, 적어도 믿고 싶어 했고, 어머니를 납득시키려고 애썼다. 나는 나대로 반발했다.

"심리 검사를 왜 해?" 내가 물었다.

"내가 미친 것도 아닌데."

"의사가 원래 다 하는 거래."

"하지만 왜?"

이 질문은 문제의 핵심을 찔렀다. 훗날 어머니는 심리 검사를 하려는 진짜 이유를 직관적으로 알았지만 거기에 대해 깊이 생각하지 않기로 마음먹었다고 말했다. 아니, 차라리 아무 마음도 안 먹기로 했다. 아버지가 알아서 하도록 놔두자. 아버지는 실제적으로 문제를 다루는 편이었다. 기껏해야 — 내가 정상적으로 잘 자란 여자아이라는 — 명백한 사실을 확인시켜 줄 심리 검사에 마음을 졸여야 할 이유는 없었다.

"심리 검사 나부랭이로 추가 보험금을 노리는지도 모르지."

아버지의 말이었다.

"미안하다, 칼. 하지만 참아야지. 어쩌면 그가 네 신경증을 치료해 줄지도 모르잖니? 이제 툴툴 털어 버릴 때다."

아버지는 내 몸에 팔을 둘러 꼭 껴안고는 우악스럽게 이마에 입을 맞추었다. 그는 모든 게 다 잘될 거라는 확신에 넘쳐서 화요일 아침에 플로리다로 일을 보러 갔다.

"이 호텔에서 공연히 시간만 축낼 필요가 없지." 아버지가 우리에게 남긴 말이었다.

"이 지옥에서 나가고 싶으신 거겠죠." 내가 응수했다.

"그 대신에 말이다, 오늘 저녁에 너랑 엄마랑 최고로 좋은 저녁을 먹으러 가도록 해라. 어디든 가고 싶은 데를 말해 봐. 방값을 아꼈으니 이젠 물 쓰듯이 써도 좋아. 여보, 칼리를 델모니코에 데려가면 어떨까?"

"델모니코가 뭐예요?" 내가 물었다.

"스테이크 식당이란다."

"난 바닷가재를 먹고 싶은데. 알래스카산 구이로."

내가 말했다.

"알래스카산 구이라! 아마 거기도 있을걸."

아버지가 떠나자 어머니와 나는 그의 돈을 물 쓰듯이 쓰려고 했다. 먼저 블루밍데일 백화점에서 쇼핑을 하고, 오후에는 플라자에서 차를 마셨다. 델모니코에는 가지 않고 로크무어 근처에 있는 비싸지 않은 이탈리아 식당에 갔는데 거기가 더 편안했다. 우리는 매일 거기서 저녁을 먹으면서 진짜 여행, 그러니까 휴가를 온 것처럼 지내려고 애썼다. 어머니는 평소보다 많은 와인을 마시고 취했고, 나도 어머니가 화장실에 간 틈을 타서 남은 와인을 마셔 버렸다. 보통 때 어머니의 얼굴에서 가장 감정이 많이 드러나는 부분은 앞니 사이의 벌어진 틈이었다. 내 말에 귀를 기울일 때엔 그 틈새를 문으로 알고 혀가 와서 밀어 대곤 했다. 어머니가 관심 있어 한다는 신호였다. 내가 하는 얘기라면 어머니는 뭐든지 한마디도 놓치지 않았다. 내가 재미있는 얘기를 해 주면 어머니의 혀는 어느새 사라지고 입을 크게 벌린 채 고개를 뒤로 젖히는 바람에 갈라진 앞니만 위로 올라가곤 했다. 이탈리아 식당에서 나는 매일 밤 이런 모습을 보려고 애를 썼다. 아침이면 어머니는 예약 시간에 맞춰 나를 클리닉에 데리고 갔다.

"취미가 뭐지, 칼리?"

"취미라니요?"

"아무거나 네가 특별히 좋아하는 것 있니?"

"전 취미 같은 거 안 키워요."

"스포츠는 어때? 좋아하는 스포츠 있니?"

"탁구도 돼요?"

"그럼."

루스는 책상 뒤에서 미소 지었다. 나는 그 건너편에 놓인 르코르뷔지에 침상의 소가죽 위에 느긋이 누워 있었다.

"남자애들은 어떻지?"

"어떠냐니요?"

"학교에 좋아하는 남자애 없어?"

"우리 학교에 안 와 보셨군요, 선생님."

그는 파일을 훑어보았다.

"저런, 여학교구나, 맞지?"

"네."

"여자애들한테 성적으로 끌리니?"

루스는 이 질문을 한달음에 해치웠다. 고무망치로 한번 툭 쳐 보듯이. 하지만 난 반사 작용을 꾹 참았다. 그는 펜을 내려놓고 손가락을 깍지 꼈다. 그러곤 앞으로 수그리며 부드럽게 말했다.

"칼리, 이건 우리끼리만 하는 얘기이다. 여기서 네가 하는 말은 한마디도 부모님께 말하지 않을 거야."

마음이 흔들렸다. 갈게 기른 머리에 앵클부츠를 신고 가죽 의자에 앉은 루스의 모습은 아이들이 마음을 열어 보일 수 있는 그런 어른이었다. 그는 아버지와 같은 연배였지만 신세대였다. 나는 모호한 대상에 대해 털어놓고 싶은 열망에 사로잡혔다. 누구든 아무한테라도 얘기하고 싶어 미칠 지경이었다. 그 애에 대한 내 감정이 아직 너무나 강렬해 목에 울컥 치밀어 올랐다. 하지만 신중한 태도로 나는 다시 감정을 눌렀다. 이런 얘기가 계속 비밀로 남아 있을 리가 없었다.

"어머니 말로는 아주 친한 친구가 하나 있다던데."

루스가 다시 시작했다. 그는 모호한 대상의 이름을 입에 올렸다.

"그 애한테 성적으로 끌리니? 아니면 그 애하고 성적으로 어떤 관계를 가져 본 적이 있니?"

"우린 그냥 친구예요."

난 다소 큰 소리로 우기다가 다시 의식적으로 조그맣게 말했다.

"그 앤 제일 친한 친구예요."

그 응답으로 루스의 오른쪽 눈썹이 안경 뒤에서 치켜 올라갔다. 마치 자기도 날 제대로 봐야겠다는 듯이 은신처에서 모습을 드러낸 것 같았다. 순간 빠져나갈 방법이 떠올랐다.

"그 애 남동생이랑 섹스한 적은 있어요." 나는 솔직히 털어놓았다.

"2학년이에요."

그래도 루스는 놀라지도 부인하지도, 그렇다고 관심을 보이지도 않았다. 그는 고개를 한 번 끄덕이고는 수첩에 기록했다.

"좋았니?"

이건 사실대로 얘기해 줄 수 있었다.

"아팠어요." 내가 말했다.

"거기다 임신할까 봐 겁났어요."

루스는 공책에 적어 넣으며 혼자 웃었다.

"걱정 안 해도 돼." 그의 말이었다.

그런 식이었다. 매일 한 시간씩 그의 진료실에서 나는 일상생활, 기분, 좋아하는 것과 싫어하는 것에 대해 이것저것 주워섬겼다. 루스는 모든 종류의 질문을 던졌다. 내가 한 말보다 어떤 식으로 말하는가가 더 중요할 때도 있었다. 내 얼굴 표정을 주시했고, 내가 어떤 식으로 따지고 드는가를 유심히 관찰했다. 여자는 남자에 비해 대화 상대에게 더 자주 웃어 주는 경향이 있다. 여자들은 말을 잇기 전에 잠깐 멈추고 상대방이 동의하는지 살핀다. 남자들은 대략 가운데쯤을 들여다보면서 말을 해 나간다. 여자들은 이야기를 좋아하고, 남자들은 추론을 좋아한다. 루스의 작업대에 앉으면 반드시 그와 같은 고정 관념에 갇혔다. 물론 그 한계는 루스 자신도 알았다. 하지만 임상적으로는 유용한 장치였다. 일상생활이나 감정에 대해 질문을 받지 않을 때에는 그에 대한 글을 썼다. 나는 거의 매일같이 앉아서 루스가 말하는 나의 「심리학적 이야기」를 타이프로 쳤다. 그 초창기의 자서전은 "나는 두 번 태어났다."로 시작하지 않았다. 번지르르한 미사여구는 내가 타도해야 할 대상이었다. "내 이름은 칼리오페 스테퍼니데스다. 나는 열네 살이다. 곧 열다섯 살이 된다."처럼 단순하게 시작하는 글이었다. 나는 있는 사실에서 시작했으며 될 수 있는 한 사실만을 썼다.

노래하라, 뮤즈여, 약아 빠진 칼리오페가 저 닳아 빠진 스미스코로나 타자기에 대고 뭐라고 써 내려갔는지를! 그녀의 정신 병리학적 고백에 타자기가 어떤 콧노래를 부르고 어떻게 전율했는지 노래하라! 하나는 타이프용, 하나는 수정용의 카트리지 두 개가 유전이라는 도장과 외과 수술이라는 수정액 사이에서 오도 가도 못하는 그녀의 곤경을 얼마나 사실적으로 대변해 주었는지를 노래하라. 그 타자기에서 나던 WD-40 윤활유와 살라미 소시지를 섞어 놓은 것같이 묘한 냄새에 대해서, 누군가 먼젓번 사람이 끼워 놓은 데이글로 형광 잉크가 데칼코마니로 찍어 낸 꽃 모양에 대해서, 고장 난 F 키에 대해서 노래하라. 신형이지만 머지않아 무용지물로 전락할 그 기계에 대고 나는 중서부에서 자란 아이라기보다 슈롭셔에서 자란 성직자의 딸처럼 글을 썼다. 그때 쓴 「심리학적 이야기」의 사본은 지금도 어디엔가 찾아보면 있다. 루스는 내 이름을 빼고 그걸 자기 전집 속에 넣어 출간했다. "내가 살아온 이야기를 해 보겠다." 그 이야기의 한 대목이다. "또 우리가 지구라고 부르는 이 행성 위에서 수만 가지 기쁨과 슬픔을 빚어낸 나의 경험들에 대해서도." 어머니에 대해서는 이렇게 썼다. "그녀의 아름다움은 슬픔이 안도감에 던져 넣은 그런 아름다움이다." 어떤 대목에는 "신랄하고 심술궂은 중상모략 — 칼리쏨"이란 부제를 달기도 했다. 반은 서투른 조지 엘리엇처럼, 반은 서투른 샐린저처럼 썼다. "내가 혐오하는 것이 하나 있다면 그건 바로 텔레비전이다." 이건 사실이 아니다. 난 텔레비전을 정말 좋아한다! 하지만 그 스미스코로나에 사실대로 쓰는 건 거짓으로 지어내느니만 못하다는 걸 난 한눈에 알아차렸다. 더욱이 지금은 관객 — 루스 박사 — 을 위해 쓰는 중이고, 내가 지극히 정상으로 보이면 그가 날 집으로 돌려보내리란 걸 눈치챘다. 그런 이유로 고양이를 좋아한다느니("고양이의 사랑"), 파이 요리법이니, 자연에 대해 느끼는 깊은 감흥 따위 글들이 나온 것이다.

루스는 그걸 모조리 읽어 치웠다. 진짜이다. 믿어 마땅한 데에선 믿어 줘야 한다. 루스는 처음으로 내 글을 칭찬해 준 사람이었다. 매일 밤 그는 낮에 내가 타자기로 친 것을 읽어 댔다. 물론 그는 몰랐을 것이다. 내가 부모님이 바라는 지극히 미국적인 딸 흉내를 내며 거의 모든 이야기를 꾸며 대고 있다는 사실을. 나는 어린 시절의 '섹스 놀이'와 좀 더 커서는 남자애들한테 반한 얘기들을 꾸며 냈다. 모호한 대상에 대한 내 감정은 제롬에 대한 것으로 바꿔 놓았는데 이게 얼마나 잘 먹혀드는지 놀랄 지경이었다. 아무리 터무니없는 거짓말이라도 손톱만큼의 진실만 있으면 그럴듯하게 포장되는 법이다. 물론 루스의 관심사는 내 글에서 무의식적으로 드러나는 성 정체성이었다. 그는 내 글이 얼마나 직설적인가에 비추어 나의 주이상스(희열) 정도를 측정했다. 그는 내 글에서 빅토리아식 미사여구, 고풍스러운 어법, 여학교적인 얌전함을 포착해 냈다. 이 모든 것이 그의 최종 평가에 큰 영향을 미쳤다.

포르노가 진단 도구로 등장하기도 했다. 어느 날 오후 예약 시간에 맞춰 도착해 보니 그의 진료실에 영사기가 하나 놓여 있었다. 책장 앞에는 미리 스크린을 설치하고 블라인드를 쳐 두었다. 달콤한 불빛 속에서 루스는 스프로킷[74] 사이로 셀룰로이드 필름을 밀어 넣었다.

"아빠가 찍은 영화를 다시 보여 주시는 건가요? 제가 어렸을 때부터요?"

"오늘은 좀 다른 걸 가져왔다." 루스가 말했다.

나는 나의 고정석이 된 침상에 앉아 팔짱을 끼고 소가죽에 몸을 기댔다. 루스 박사는 전등을 끄고 곧 영화를 틀었다. 그 영화는 피자 배달을 하는 아가씨의 이야기인데 실제 제목은 '당신의 문 앞까지 오는 배달부 애니'였다. 첫 장면에서 애니는 짧게 잘라 버린 청바지와 배꼽을 드러내는 엘리메이 블라우스를 입고 해변의 어떤 집 앞에 이르러 차에서 내린다. 벨을 누르지만 집에는 아무도 없다. 피자가 아까워진 그녀는 풀장

74) 필름 구멍이 걸리는 톱니바퀴이다.

옆에 앉아 먹기 시작한다. 형편없는 영화였다. 풀장을 관리하는 청년은 잔뜩 취해서 도착했다. 뭐라고 말하는지 알아듣기도 힘들었지만 그나마 곧 입을 다물어 버렸다. 애니가 옷을 벗기 시작했던 것이다. 여자가 무릎을 꿇으며 앉자 남자도 옷을 벗어 던졌다. 두 사람은 계단 위에서, 풀장에서, 다이빙대에서 몸을 비틀어 대며 정사를 치렀다. 난 눈을 감아 버렸다. 그토록 원색적인 영화는 좋아하지 않았다. 그건 루스의 진료실에 있는 작은 그림들처럼 전혀 아름답지도 않았다.

어둠 속에서 루스가 거침없는 음성으로 물었다.

"어느 쪽에 흥분되니?"

"네?"

"어느 쪽에 흥분되느냐고? 남자야, 여자야?"

사실대로 대답한다면 어느 쪽도 아니었다. 그러나 사실대로라니 가당치도 않았다. 나는 「심리학적 이야기」의 작가로서 지조를 지키며, 아주 작은 소리로, 가까스로 답을 끄집어냈다.

"남자요."

"저 풀장 관리인 말이니? 좋아. 난 피자 배달 아가씨가 마음에 드는데, 대단한 몸이야."

보수적인 장로교 집안에서 과보호 대상이던 루스는 이제 섹스 혐오주의에서 벗어난 해방된 민족이었다.

"젖가슴이 대단해." 그가 말했다.

"넌 저 유방이 안 좋아? 흥분되지 않니?"

"흥분 안 돼요."

"그럼 저 남자 고추를 보면 흥분되니?"

나는 제발 빨리 끝나기만을 바라면서 간신히 고개를 끄덕였다. 하지만 아직도 한참 멀었다. 애니는 배달해야 할 피자가 많기도 했다. 루스는 그 하나하나를 다 보고 싶어 했다. 루스는 어떤 때 다른 의사들을 데려오기도 했다. 대개는 이런 식이었다. 즉 진료실 뒤편의 전용 집필실로부터 내가 호출된다. 루스의 진료실에는 정장 차림의 두 남자가 기다리고 있고. 그들은 내가 들어서자 자리에서 일어난다. 이어서 루스의 소개말.

"칼리, 크레이그 박사님과 윈터스 박사님이시다."

박사들은 나와 악수를 한다. 나와의 악수, 그건 그들의 첫 번째 자료였다. 크레이그 박사는 내 손을 꽉 쥐었고, 윈터스 박사는 그보다 덜 꽉 쥐었다. 그들은 너무 열중한 티를 내지 않으려고 꽤 신경을 썼다. 패션모델을 만난 남자들처럼 내 몸에서 눈을 돌리고 그냥 보통 사람을 대하는 척했다. 루스가 말했다.

"칼리는 겨우 일주일 전에 진료실에 왔습니다."

"뉴욕이 맘에 드니?" 크레이그 박사가 물었다.

"별로 둘러보질 못했어요."

박사들은 내게 관광을 시켜 주고 싶다고 제안했다. 가볍고 친근한 분위기였다. 루스가 내 허리께에 손을 갖다 댔다. 남자들은 늘 그런 식으로 짜증을 돋운다. 마치 거기 핸들이라도 달려 있어서 자기들이 원하는 방향으로 몰고 가려는 듯이 등에 손을 대는 것이다. 아니면 아버지 같은 태도로 머리 위에 손을 얹는다든가. 남자들, 그리고 남자들의 손. 한시도 눈을 떼지 말아야 할 요주의 대상이다. 지금 루스의 손은 이렇게 선포하고 있는 것이다. 즉 "얘가 바로 그 아이입니다." 스타로서 나의 매력이란 참. 환장할 노릇은 나도 그게 싫지 않다는 사실이다. 루스가 내 등에 손을 짚으면 기분이 좋았다. 주목의 대상이 되는 것이 마음에 들었다. 여기 이 사람들은 다 날 보려고 온 것이다.

루스의 손은 곧 복도 끝 검사실로 나를 호송한다. 난 또 올 것이 왔음을 알아챘다. 내가 칸막이 뒤에서 옷을 벗는 동안 박사들은 기다린다. 초록색 가운이 의자 위에 개켜져 있다.

"가족이 어디 출신이래, 피터?"

"원래는 튀르키예에서 왔답니다."

"내가 알기로는 파푸아뉴기니의 사례밖에 없는데." 크레이그가 말했다.

"아, 삼비아 말이군, 맞지?" 윈터스가 물었다.

"맞아요, 맞습니다." 루스의 대답이었다.

"거기도 돌연변이 발생률이 높은 곳이죠. 삼비아는 성 의학적 관점에서도 아주 재미있습니다. 그 사람들은 관습적으로 동성애를 하거든요. 삼비아 남자들은 여자와의 접촉을 지극히 불결한 것으로 간주하기 때문에 사회 구조도 최대한 여성에게 노출되지 않도록 이루어져 있어요. 애고 어른이고 간에 남자들은 마을 한쪽에서 자고 여자들은 반대편에서 잠을 자는데, 남자들은 오로지 번식을 위해서만 여자들의 기다란 공동 주택을 찾죠. 그냥 들어갔다 나오는 겁니다. 사실 '질'을 뜻하는 삼비아 말을 그대로 풀어 보면 '정말 아무짝에도 쓸모없는 것'이란 뜻이죠."

가볍게 킬킬거리는 소리가 칸막이 저편에서 들려왔다. 나는 어색한 기분으로 나왔다. 나는 그들보다 몸무게가 훨씬 덜 나갔지만 키는 방 안에서 제일 컸다. 맨발에 차가운 바닥의 감촉을 느끼면서 방을 가로질러 침대에 훌쩍 올랐다. 반듯하게 눕는다. 누구 말을 들을 것도 없이 다리를 들어 산부인과용 등자에 발을 집어넣는다. 방 안엔 괴괴한 침묵이 감돈다. 박사들 세 명이 앞으로 다가와 뚫어지게 들여다본다. 그들의 머리가 내 위에서 삼각형을 이루고, 루스가 드르륵 가운데 커튼을 친다. 루스의 안내에 따라 그들은 내 위에 몸을 구부리고 각 부분들을 조사하며 한 바퀴 돈다. 대부분 무슨 뜻인지 알 수 없는 말들이지만 서너 번 하고 나자 다음엔 무슨 말이 나올지 줄줄이 꿸 수 있었다.

"근육성 체질…… 유방 이상 비대 현상은 전무하고…… 요도하열…… 비뇨 생식기강…… 질와 폐색……."

이것들 덕분에 내가 유명해진 거다. 유명세는 느끼지도 못했지만. 사실 커튼 뒤에 있으면 난 그 방에 없는 사람 같았다.

"몇 살이지?" 윈터스 박사가 물었다.

"열네 살입니다." 루스가 대답했다.

"1월이면 열다섯 살이 되고요."

"그러니까 자네 견해로는 염색체 상태가 양육 방식에 의해 완전히 역전됐단 말이지?"

"틀림없습니다."

루스가 고무장갑을 끼고 자기 할 일을 하는 사이에 나는 거기 누워서 사태를 알아챘다. 루스는 그들에게 자기 연구의 중요성을 인식시키고 싶었던 것이다. 클리닉을 계속 운영하려면 기금이 필요했다. 그가 성전환자들에게 해 주는 외과수술로는 '마치 오브 다임스'의 지갑을 열게 할 수 없었다. 그들의 관심을 끌려면 심금을 울릴 만한 뭔가가 필요했다. 고통에 찬 얼굴을 들이밀어야 하는 것이다. 루스는 날 가지고 그 작업을 하는 중이었다. 교양 있는 중서부 출신인 나는 완벽한 재료였다. 나에게선 복장 도착자들의 술집이라든가 수상쩍은 잡지의 뒷면 광고와 같은 혐오스러운 분위기는 티끌만큼도 찾아볼 수 없었으니까. 크레이그 박사는 그래도 미심쩍어했다.

"아주 혹하는 사례인데, 피터. 물어보나 마나지. 하지만 우리 연구소에선 적용 사례를 알고 싶어 할 걸세."

"대단히 희귀한 경웁니다." 루스가 동조했다.

"정말로 찾아보기 힘들지요. 그러나 연구란 관점에서 보면 그 중요성은 아무리 강조해도 모자랄 겁니다. 그 이유에 대해서는 아까 진료실에서 말씀드렸지만 말이죠."

내 편에서 보면 여전히 막연했지만 다른 사람들 편에서 보면 루스는 충분히 설득력이 있었다. 로비스트의 재능이 없었다면 지금 저 자리까지 오지도 못했을 것이다. 그러는 동안에도 난 루스가 건드릴 때마다 움찔움찔하다가 소름이 돋다가 잘 안 씻었다고 걱정도 하면서 그 방에 있는 것도 같고 없는 것도 같은 기분에 젖었다.

이런 기억도 떠오른다. 병원의 다른 층에 있던 좁고 긴 방. 방 한쪽 끝에 마련된 발 디딤대와 면포를 씌운 전등. 카메라에 필름을 넣고 있는 사진사.

"좋아, 준비됐다." 그가 말했다.

나는 겉옷을 벗었다. 이젠 어지간히 익숙한 태도로 도량 도표 앞의 디딤대에 올라섰다.

"팔을 조금 바깥으로."

"이렇게요?"

"좋아. 그늘이 질까 봐 그래."

그는 내게 웃으라고 하지 않았다. 내 얼굴이야 교과서 출판업자들이 알아서 가리겠지. 검게 칠한 네모 모양은 치부를 드러내는 동안 내가 누군지 모르게 하려고 무화과 잎을 뒤집어 놓은 것이었다.

아버지는 매일 밤 우리 방에 전화를 걸었다. 어머니는 남편을 위해 목소리를 밝게 했다. 아버지는 나와 통화할 때면 쾌활한 투로 말했다. 그러나 나는 기회를 놓치지 않고 우는소리를 하며 투덜거렸다.

"이 호텔 지겨워 죽겠어요. 집엔 언제 갈 수 있어요?"

"네가 좋아지는 대로 곧." 아버지가 말했다.

잘 시간이 되면 우리는 창문 커튼을 치고 전등을 껐다.

"잘 자라, 얘야. 아침에 보자꾸나."

"안녕히 주무세요."

하지만 나는 잠이 오지 않았다. "좋아지면"이란 말이 계속 머릿속에서 맴돌았다. 아버지는 무슨 뜻으로 그 말을 한 걸까? 사람들이 나에게 무슨 짓을 하려는 걸까? 반대편 건물에 부딪힌 거리의 소음이 이상할 정도로 분명하게 방까지 메아리쳤다. 경찰 사이렌 소리와 성난 경적 소리에 귀를 기울였다. 베개는 얇았고, 담배 냄새가 났다. 어머니는 카펫 저쪽에서 벌써 잠이 들었다. 나를 임신하기 전에 어머니는 내 성별을 정하겠다는 아버지의 기상천외한 계획에 동조했다. 외롭지 않으려고, 집 안에 여자 친구를 두고 싶어서 그렇게 했다. 그리고 이제껏 난 그 친구가 되어 주었다. 난 항상 어머니와 친밀한 관계였다. 우리는 성격이 서로 비슷했다. 우린 공원 벤치에 앉아서 지나가는 사람들 얼굴 관찰하기를 무엇보다 좋아했다. 지금 내가 보고 있는 얼굴은 옆 침대에서 잠든 어머니의 얼굴이었다. 하얗고 무표정해 보였다. 콜드크림이 화장뿐 아니라 그녀의 개성마저 지워 버린 것 같았다. 하지만 어머니의 눈은 눈꺼풀 아래에서 스케이트를 타듯 앞뒤로 미끄러지고 있었다. 그때는 상상도 못 했다. 어머니가 꿈에서 무얼 보고 있을지. 하지만 지금은 알 수 있다. 어머니는 가족의 꿈을 꾸었던 것이다. 데스데모나가 파드의 설교를 들은 뒤 꾸었던 악몽 같은 꿈. 아이의 배아가 보글보글 끓어오르면서 분열하는 꿈. 희미하게 보이는 거품 속에서 자라나는 흉측스러운 생명체. 낮에는 이런 생각을 하지 않으려고 자제했기 때문에 어머니는 밤만 되면 이런 꿈을 꾸었다. 그녀의 잘못이었을까? 아버지가 자연을 당신의 의지대로 굴복시키려고 했을 때 저항했어야 옳을까? 다 제쳐 두고 정말 신이 있어서 지상의 인간들에게 벌을 내렸던 것일까? 이러한 구세계의 미신은 어머니의 깨어 있는 마음에선 추방당했지만 꿈속에서는 여전히 살아 움직였다. 옆

침대에 누운 어머니의 잠든 얼굴 위에서 나는 그 어두운 세력들의 움직임을 관찰했다.

웹스터 사전에서 나를 찾아내다

난 매일 밤잠을 이루지 못하고 뒤척였다. 마치 침대 시트 아래 완두콩을 넣고 자는 공주처럼.[75] 불안이 작은 콩알처럼 내 잠자리를 불편하게 했다. 어떤 때는 위에서 조명이 내리쪼이는 것 같은 기분에 잠을 깼다. 내 몸이 에테르로 변해 천장 근처에서 천사들과 대화를 나누는 것도 같았다. 눈을 뜨면 달아나는 천사들. 그러나 대화의 뒷자락, 여운을 남기는 크리스털 종소리 같은 건 들을 수 있었다. 어떤 중요한 정보가 내 몸 깊숙이로부터 솟아올랐다. 이 정보는 혀끝에 맴돌지만 결코 표면화되지는 못한다. 분명한 사실은 모든 것이 어떤 식으로든

75) 안데르센 동화 가운데 진짜 공주를 가려내기 위해 침대 시트 아래 완두콩 하나를 넣고 자게 해서 누가 조그만 불편에도 못 견디는지를 보고 귀하게 자란 공주를 찾아냈다는 이야기가 있다.

모호한 대상과 연관돼 있다는 것이었다. 난 그 애를 생각하며, 그 애는 어떻게 지낼까 궁금해하며 연모와 비탄의 마음으로 밤을 지새웠다.

나는 또 디트로이트를 생각했다. 가압류된 집들과 아직 가압류당하지 않은 집들 사이에 시들시들한 오시리스 잔디가 자라는 그곳의 공터를, 그리고 죽은 잉어가 흰 배를 내보이며 떠다니고 땅 위를 흐르는 빗물이 쇳물에 섞여 흘러드는 강을. 미끼가 든 양동이랑 굽 높은 컵을 들고 라디오에서 나오는 야구 경기를 들으면서 콘크리트로 만든 화물선 선창에 서 있는 어부들을 생각했다. 어린 시절에 받은 정신적 외상은 영원히 지워지지 않는 낙인을 찍고 "거기 있어. 움직이지 마."라고 말하면서 그를 대열에서 끌어낸다고 한다. 클리닉에서 내가 보낸 시간이 바로 그랬다. 나는 호텔 담요 아래 무릎을 세우고 있는 소녀에게서 뻗어 나온 선이 지금 아론 의자에 앉아 글을 쓰는 나에게까지 이어져 있음을 느낀다. 그녀의 임무는 현실 세계에서 신화적인 삶을 살아 내는 것이었고, 나의 임무는 이제 그것을 이야기하는 것이다. 열네 살 때는 능력도 없었고, 제대로 아는 것도 없었으며, 그리스인들은 '올림포스'라 부르고 튀르키예인들은 청량음료 이름과 똑같이 '울루닥'이라 부르는 아나톨리아산에 가 본 적도 없었다. 살아갈수록 미래를 향해 가는 것이 아니라 어린 시절, 출생 이전의 과거로 점점 거슬러 올라가 마침내는 죽은 자들과 소통하게 된다는 사실을 깨닫기에도 아직은 너무 어렸다. 나이를 먹으면 계단에서 숨을 몰아쉬면서 아버지의 몸이 된다. 거기서 눈 깜짝할 새 조

부모의 몸으로 건너뛰면 자기도 모르는 사이에 이미 시간 여행이 시작된 것이다. 이승에서 우리는 거꾸로 자란다. 당신에게 에트루리아 사람[76]들에 대해 뭔가 말해 줄 수 있는 사람은 이탈리아 버스에 탄 머리가 희끗희끗한 여행객들뿐이다.

결국 루스는 꼬박 이 주 만에 나에 대한 결정을 내렸다. 그는 다음 월요일에 나의 부모님을 만나기로 했다. 그동안 제트기를 타고 돌아다니면서 헤라클레스 체인점들을 점검하던 아버지는 약속 날짜에 앞서 금요일에 뉴욕으로 돌아왔다. 우리는 주말 동안 말 없는 근심 걱정에 시달리면서 억지로 관광을 다녔다. 월요일 아침, 나의 부모님은 루스 박사를 만나러 가면서 나를 뉴욕 공립 도서관에 내려 주었다.

그날 아침 아버지는 특별히 신경 써서 옷을 차려입었다. 겉으로는 아무렇지도 않은 척했지만 낯선 두려움을 떨칠 수가 없어서 가장 위풍당당한 차림새로 무장한 것이었다. 뚱뚱한 몸에는 가는 세로줄 무늬가 있는 검은 양복을 차려입고, 황소개구리를 연상시키는 목에는 카운테스 마라 넥타이를 매고, 셔츠 소매의 단춧구멍에는 '행운을 부르는' 그리스 드라마 커프스단추를 달았다. 아크로폴리스에 밤새 켜 놓는 등같이 생긴 그 커프스단추는 그리스 타운에 있는 재키 할라스의 선물가게에서 산 것이었다. 아버지는 은행 대출 담당자나 IRS에서 나온 감사역 같은 사람들을 만날 때면 꼭 그걸 달았다. 하지만 월요일 아침에는 그 커프스단추를 다는 데 애를 먹었다.

---

76) 기원전 6세기 이탈리아에서 도시 문명을 꽃피웠던 고대 민족이다.

손이 너무 떨렸던 것이다. 그는 짜증이 나서 어머니에게 해 달라고 부탁했다.

"당신 왜 그래?"

어머니가 부드럽게 물었다. 그러나 아버지는 딱딱거렸다.

"커프스단추 좀 채워 달라는데 그것도 안 돼?"

그는 자신의 몸이 약점을 드러낸 데 당황하여 눈길을 돌리면서 팔을 내밀었다. 어머니는 말없이 한쪽 소매에는 비극을, 다른 쪽에는 희극을 채워 주었다. 그날 아침 호텔을 나올 때 그것들은 이른 아침의 햇살을 받아 반짝거렸고, 이 양면적인 액세서리의 영향을 받아서인지 그 후 일어난 일들도 대조적인 색을 띠었다. 나를 도서관에 내려 주었을 때 아버지의 표정은 사뭇 비극적이었다. 그동안 멀리 떨어져 있던 탓에 나는 아버지의 머릿속에서 일 년 전의 소녀로 되돌아가 있었다. 그런데 지금 그는 현실의 나와 재회한 것이다. 도서관 계단을 올라가는 내 어색한 몸놀림이며 패퍼갤로 코트 안에 숨은 넓은 어깨가 그의 눈을 아프게 했다. 택시에서 이 모습을 보면서 아버지는 출생 이전부터 결정된 것, 아무리 기를 쓰고 도망치려 해도 도저히 피할 수도 어찌해 볼 수도 없는 비극의 본질을 정면으로 마주했던 것이다. 어머니는 남편을 통해 세상을 보는 데 익숙해져 있었으므로 내 문제가 더 악화되었을 뿐 아니라 가속도가 붙고 있다는 사실을 깨달았다. 그들의 가슴은 비통함으로 찢어질 듯했다. 부모 된 자로서의 고통, 부모로서 느끼는 애정이 클수록 더욱 깊이 파고드는 아픔, 이 모든 비극을 응축한 한 쌍의 커프스단추.

그러나 이제 택시는 출발하려 했고, 아버지는 손수건으로 눈가를 문질렀다. 그의 오른쪽 소매에 매달린 커프스의 얼굴은 이를 드러낸 채 싱긋 웃고 있었는데 그날 일어난 사건들엔 희극적인 면도 없지 않았다. 아버지는 나 때문에 계속 걱정하면서도 한쪽 눈은 요금이 올라가는 택시 미터기에서 떼지 못했다. 클리닉의 대기실에서 어머니가 무심코 읽은 잡지의 기사가 어린 붉은털원숭이들이 벌이는 성적인 예행연습에 관한 것이었다는 점도 희극적이다. 의사들이 모든 것을 해결해 줄 수 있다는 미국인들의 틀에 박힌 믿음에서 나온 그들의 모든 노력이 이미 한 편의 신랄한 풍자극이었다. 하지만 그게 희극적일 수 있는 건 먼 훗날 돌이켜 보았을 때의 얘기이다. 아버지와 어머니는 루스 박사를 만날 마음의 준비를 하면서 뜨거운 거품이 배 속에서 부글부글 끓어오르는 기분이었다. 아버지는 젊은 날의 해군 시절 상륙정에서 보냈던 시간을 회상했다. 꼭 그때 같은 기분이었다. 문이 확 열리면 곧바로 거친 파도 속으로 뛰어들어야 할 것만 같은…….

진료실에서 루스는 다짜고짜 본론으로 들어갔다.

"따님의 사례에 대해 개괄적으로 말씀드리겠습니다." 그가 꺼낸 말이었다. 어머니는 단박에 변화를 알아차렸다. '딸이라. 그가 "따님"이라고 했어.'

성 의학자 루스는 그날 아침따라 정말 의사다워 보였다. 캐시미어 터틀넥 위에 진짜 흰색 가운을 걸쳤고 손에는 공책을 들었다. 볼펜에는 제약 회사의 이름이 박혀 있었다. 블라인드를 치고 조명은 어두웠다. 무굴 모형 속에 엉켜 있는 남녀들도 그림자 속에 몸을 감추었다. 학술 서적과 저널들을 배경으로 디자이너가 만든 의자에 앉은 루스 박사의 모습은 진지했고, 자기 말마따나 전문 지식으로 무장한 듯했다.

"제가 여기 그리는 것이……." 그가 말을 시작했다.

"태아의 생식기 구조입니다. 설명을 하자면 이게 아기의 생식기인데요, 임신된 후 몇 주 동안은 자궁처럼 보이지요. 남자애든 여자애든 똑같습니다. 여기 두 개의 원이 우리가 만능 생식선이라고 부르는 거지요. 이 짧고 구불구불한 작은 선이 볼프관입니다. 또 하나가 뮐러관이고요. 아시겠습니까? 누구나 다 시작은 이렇다는 걸 기억해 두세요. 우린 모두 잠재적으로는 남자아이 일부와 여자아이 일부를 가지고 태어나는 셈이지요. 스테퍼니데스 씨나 부인이나 저…… 모두 말입니다."

그는 다시 그림을 그리기 시작했다.

"이제 태아가 자궁 속에서 성장하면서 호르몬과 효소들이 분비됩니다……. 화살표로 표시합시다. 이 호르몬과 효소들이 무슨 일을 하겠습니까? 자, 이 원과 선들을 남자아이의 생식기나 여자아이의 생식기로 바꾸는 겁니다. 이 원, 만능 생식선이 보이십니까? 이건 난소가 될 수도 있고 고환이 될 수도 있어요. 이 짧고 구불구불한 뮐러관은 쇠퇴해서 사라져 버릴 수도 있고……."

그는 선을 지웠다.

"아니면 성장해서 자궁, 팔로피우스관,[77] 질의 내부가 될 수

77) 난자를 자궁으로 운반하는 관이다.

도 있습니다. 이 볼프관은 사라져 버리든가 아니면 자라서 정낭, 부고환, 수정관이 되지요. 호르몬과 효소가 어떤 영향을 미치느냐에 달려 있는 겁니다."

루스는 고개를 들고 미소를 지었다.

"전문 용어는 신경 쓰실 거 없습니다. 중요한 건 이겁니다. 모든 아기는 여자아이의 생식기로 성장할 뮐러 구조와 남자아이의 생식기로 성장할 볼프 구조를 다 갖고 있다는 거죠. 이것들은 내재된 생식기입니다. 그렇지만 외부 생식기는 똑같은 것에서부터 나오지요. 페니스는 크기만 클 뿐이지 클리토리스랑 같은 거예요. 둘 다 같은 뿌리에서 나온 거니까."

루스 박사는 잠시 말을 멈추더니 손을 깍지 꼈다. 나의 부모님은 의자에서 몸을 내밀고 기다렸다.

"설명드렸다시피 성 정체성을 결정하는 데는 아주 많은 요소를 고려해야 합니다. 따님의 경우에 가장 중요한 건……."

이 대목에서 다시 한번 자신 있는 태도로 힘주어 말했다.

"그 아이가 십사 년간 소녀로 양육되어 왔고, 자신을 정말로 여성으로 생각하고 있다는 점입니다. 따님의 관심사, 몸짓, 성 심리학적 구조…… 이 모든 것이 여성적입니다. 좀 더 말해볼까요?"

아버지와 어머니는 고개를 끄덕였다.

"5알파환원효소의 결핍 때문에 칼리의 육체는 디하이드로테스토스테론에 반응하지 않고 있습니다. 이게 무슨 뜻이냐 하면, 자궁에선 여성으로서의 성장 과정을 주로 따라가고 있다는 거죠. 특히 외부 생식기의 관점에서 보면 말입니다. 이것이 칼리가 소녀로 양육되었다는 사실과 결부되어 그녀의 사고나 행동, 외모가 소녀처럼 보이는 결과를 가져온 거죠. 문제는 사춘기에 들어서면서부터입니다. 사춘기가 되면 다른 남성 호르몬, 즉 테스토스테론이 강한 영향력을 발휘하기 시작합니다. 아주 쉽게 말씀드리면 이런 얘깁니다. 칼리는 남성 호르몬이 좀 과다한 소녀입니다. 이걸 바로잡아 주자는 겁니다."

아버지도 어머니도 입을 열지 않았다. 그들은 의사가 한 이야기를 전부 다 이해하진 못했지만 사람들이 의사를 대할 때 보통 그러듯 문제의 심각성을 이해하려 애쓰면서 그의 일거수일투족에서 눈을 떼지 않았다. 루스의 낙관적이고 자신에 찬 모습에 어머니와 아버지의 마음도 희망으로 부풀기 시작했다.

"이건 생물학입니다. 어쨌거나 대단히 희귀한 유전학적 병례이지요. 이런 돌연변이가 나오는 것으로 알려진 집단은 도미니카 공화국, 파푸아뉴기니, 튀르키예 남동부 정도입니다. 두 분도 부모님이 그 부근 출신이시지요. 한 500킬로미터 정도 떨어진 곳."

루스가 은테 안경을 벗었다.

"가족 중에서 따님과 생식기 형태가 비슷한 사람이 있습니까?"

"우리가 아는 한으로는 없는데요." 아버지가 말했다.

"양친께선 언제 이주하셨습니까?"

"1922년입니다."

"아직도 튀르키예에 남은 친척이 있습니까?"

"이젠 없어요."

루스는 실망한 듯 보였다. 그는 안경다리 한쪽을 입에 물고 잘근잘근 씹었다. 아마도 5알파환원효소 돌연변이를 보유한 전혀 새로운 집단을 발견하지 않을까 기대했던 모양이다. 그는 나를 발견한 것으로 만족해야 했다. 그는 안경을 다시 썼다.

"제가 따님께 추천하고 싶은 치료법은 두 부분으로 이루어집니다. 첫 번째는 호르몬 주사입니다. 두 번째는 성형 수술이고요. 호르몬 치료를 실시하면 가슴이 커지면서 여성으로서의 이차 성징이 강화됩니다. 수술을 하면 칼리가 스스로 생각하는 것과 똑같은 소녀의 모습을 갖출 수 있게 됩니다. 실제로 그런 소녀가 되는 거지요. 외면과 내면이 서로 조화를 이루어 정상적인 소녀로 보이게 되는 겁니다. 아무도 흠잡을 데가 없을 거예요. 그러면 이제 칼리는 마음껏 원하는 삶을 누릴 수 있습니다."

집중해서 듣느라 아버지는 여전히 이마에 주름을 잡고 있었지만 눈은 안도감으로 빛났다. 그는 어머니 쪽으로 몸을 돌리고 그녀의 다리를 가볍게 두드렸다. 그러나 어머니는 갈라진 목소리로 머뭇거리며 질문을 던졌다.

"아이도 가질 수 있게 될까요?"

루스는 잠시 침묵했다.

"유감스럽지만, 스테퍼니데스 부인, 생리는 없을 겁니다."

"하지만 그 앤 몇 달 동안 생리가 있었는데요." 어머니가 이의를 제기했다.

"불가능한 일입니다. 다른 데서 약간의 출혈이 있었겠죠."

어머니의 눈에 눈물이 고였다. 그녀는 고개를 돌렸다.

"바로 얼마 전에 예전에 치료했던 환자로부터 엽서를 받았습니다." 루스는 위로하듯 말했다.

"따님과 비슷한 사례의 환자였습니다. 지금은 결혼했어요. 그녀와 남편은 아이를 둘 입양해서 아주 행복하게 살고 있답니다. 클리블랜드 오케스트라에서 연주를 하고 있지요. 바순을요."

잠시 침묵이 흐른 후 아버지가 물었다.

"그렇습니까, 선생님? 수술 한 번만 하면 그 애를 집으로 데려갈 수 있습니까?"

"나중에 추가 수술이 필요할지도 모릅니다. 하지만 일단 질문에 대답을 한다면 그렇습니다. 수술이 끝나면 집에 갈 수 있습니다."

"병원에 얼마나 있어야 하나요?"

"하룻밤이면 됩니다."

결정은 어렵지 않았다. 딴 사람도 아닌 루스가 계획했다는 데야. 단 한 차례의 수술과 주사 몇 방이면 악몽을 끝내고 그들의 딸, 그들의 칼리오페를 온전히 되돌려받을 수 있다니. 나의 조부모로 하여금 감히 생각지도 못할 일을 하도록 이끌었던 그와 똑같은 유혹이 이제 아버지와 어머니 앞에 떨어진 것이다. 아무도 몰랐을 거다. 누구도 알 턱이 없었겠지.

나의 부모님이 생식선 발생에 관한 속성 강의를 청강하는 동안 나 — 아직 공식적으로는 칼리오페 — 는 나름의 숙제를 하고 있었다. 뉴욕 공립 도서관의 열람실에서 사전을 뒤적이며 뭔가를 찾는 중이었다. 내 머리말에서 자기 동료나 의학도들과 나눈 대화가 너무 어려워서 내가 알아듣지 못하리라는 루스 박사의 추측은 옳았다. 나는 "5알파환원효소"니, "유방 이상 비대"니, "서혜부"니 하는 말이 무슨 뜻인지 몰랐다. 그러나 루스는 내 능력을 과소평가했다. 그는 내가 다니는 예비 학교의 교과 과정이 엄격하다는 사실을 몰랐다. 내가 조사하고 연구하는 데 매우 뛰어난 재능을 지녔다는 점도 간과했다. 무엇보다도 내게 라틴어를 가르쳐 준 베리 선생님의 능력을 계산에 넣지 않았다. 그래서 이제, 열람실 책상 사이로 월러비를 질질 끌고 다니면서, 몇 사람이 뭐가 왔다 갔다 하나 싶어 고개를 들었다가 다시 숙이는 가운데, 베리 선생님의 목소리가 귓전에 울렸다.

"여러분, 누가 '요도하열(hypospadias)'의 뜻을 말해 봅시다. 그리스어나 라틴어 어원을 활용하도록."

내 머릿속에서 어린 여학생이 책상에서 꾸무럭거리다 손을 높이 들었다.

"그래, 칼리오페?"

베리 선생님이 나를 지목했다.

"'하(hypo)'는 아래나 바로 밑이라는 뜻이에요. '피하'의 'hypodermic'처럼요."

"훌륭해. 그럼 '열(spadias)'은?"

"저…… 그건……."

"누구 우리 힘이 달리는 뮤즈를 도와줄 사람?"

그러나 내 뇌 속 교실에는 아무도 도와줄 사람이 없었다.

내가 여기 온 것은 바로 그 때문이었다. 내 아랫도리에 관련된 건 알겠는데 그게 뭔지는 모르겠거든.

이렇게 큰 사전은 본 적이 없었다. 낯익은 사전들 틈에 끼어 있는 뉴욕 공립 도서관 웹스터 사전의 모습은 다른 건물들 사이에 낀 엠파이어 빌딩 같았다. 매사냥꾼의 긴 장갑을 연상시키는 갈색 가죽으로 장정된 사전은 고색창연한 중세풍의 분위기를 풍겼다. 페이지마다 성경처럼 금박이 입혀져 있었다. 알파벳 순서를 따라 'cantabile(칸타빌레)'를 지나 'eryngo(에링고)'와 'fandango(판당고)'를 지나 'formicate(우글거리다)'로, 'hypertonia(긴장 항진)'을 지나 'hyposensitivity(과민증)'까지 페이지를 훌훌 넘기자 드디어 나왔다.

hypospadias 그리스어에서 파생된 신라틴어. 1) 요도가 음경 아래에 위치한 사람; 거세된 남자. 2) 요도가 포피 아래를 향해 열려 있는 페니스의 기형. 유사어는 EUNUCH를 보시오.

보라는 데를 폈더니 다음과 같았다.

eunuch 1) 거세된 남자: 특히 동양의 궁중에서 하렘의 시종이나 관리로 고용된 자들 중 하나. 2) 정소가 발달하지 않은 남자. 유사어는 HERMAPHRODITE(양성 인간)를 보시오.

계속 실마리를 따라간 결과 마지막으로 여기에 이르렀다.

hermaphrodite 1) 남성과 여성의 성기와 이차 성징을 다 가지고 있는 사람. 2) 여러 종류의, 혹은 모순되는 요소들의 조합으로 이루어진 것. 유사어는 MONSTER(괴물)를 보시오.

여기에서 멈췄다. 그러고는 누가 보고 있지 않은지 주위를 둘러보았다. 드넓은 열람실엔 생각에 잠기거나 뭔가를 쓰고 있는 사람들로부터 뿜어져 나오는 침묵의 에너지가 요동쳤다. 머리 위로는 페인트를 칠한 천장이 돛처럼 높이 솟아 있고, 그 아래로 초록색 책상 램프가 책 위로 구부린 얼굴들을 밝히고 있었다. 나는 책장 위로 머리카락이 닿을 만큼 몸을 구부려 나에 대해 정의된 부분을 덮었다. 녹색 코트 자락이 쫙 펼쳐졌다. 그날 루스와 약속이 있었으므로 머리를 감고 속옷도 새것으로 갈아입었다. 방광이 터질 듯 부풀었지만 다리를 꼬고 참았다. 공포가 살을 에듯 파고들었다. 누군가에게 안겨 위로받고 싶었지만 그럴 수도 없었다. 사전 위에 손을 올려놓고 바라보았다. 말라빠진 나뭇잎 같은 손, 손가락에는 모호한 대상이 선물한 밧줄 모양의 반지가 끼워져 있었다. 밧줄에는 때가 끼었다. 난 그 어여쁜 손을 쳐다보다가 냉큼 내리고 다시 그 단어와 대면했다.

대도시의 도서관에 있는 낡아 빠진 사전에 검은색과 흰색으로 '괴물'이라는 단어가 쓰여 있었다. 모양이나 크기가 딱 묘석같이 생겨서 나 이전에 무수히 많은 사람이 참고한 흔적이 남은 누런 책장의 케케묵고 낡은 책. 볼펜 낙서 자국이며 잉크 얼룩, 말라붙은 핏자국, 과자 부스러기 따위로 지저분했고, 가죽 장정은 쇠사슬로 열람대에 묶여 있었다. 여기 과거의 집적된 지식을 담은 동시에 현재의 사회적 상황을 생생히 제시하는 한 권의 책이 있다. 쇠사슬은 일부 도서관 방문객들이 사전을 돌려보기 위해 집어 갈 수도 있다는 암시를 담고 있었다. 그 사전에는 영어로 된 모든 단어가 담겨 있지만 사슬이 아는 단어는 극소수에 불과할 것이다. 아는 단어라곤 '도둑'이나 '훔치다', 기껏해야 '절도를 당한' 정도이겠지. 그 사슬이 말하는 건 '가난', '불신', '불평등', '타락', 그런 것들일 게다. 나, 칼리 자신이 지금 이 사슬을 손에 꼭 잡고 있다. 그녀는 그 단어를 뚫어져라 응시하면서 사슬을 손에 감고 손가락이 하얘지도록 세게 잡아당긴다. 괴물. 여전히 그 자리에 있다. 꿈쩍도 않는다. 낡은 화장실 벽에서도 이런 단어는 본 적이 없었다. 웹스터 사전에도 낙서가 있지만 유사어는 낙서로 끄적거린 게 아니었다. 유사어는 공적인 권위를 인정받은 것이다. 그것은 그 사회의 문화가 그녀와 같은 인간에게 내린 판결이었다. 괴물. 바로 그녀가 그거였다. 루스 박사와 동료들이 얘기하던 것도 그거였다. 그 단어는 정말로 많은 것을 설명해 주었다. 옆방에서 울고 있는 어머니에 대해서도 설명해 주었다. 아버지의 목소리에 섞인 거짓 쾌활함도 그것으로 설명되었다. 왜 부모님이 그녀를 뉴욕까지 데려와서 의사들에게 비밀리에 보였는지도 알 수 있었다. 그 사진들도 설명이 되었다. 새스콰치[78]나 네스호의 괴물 따위랑 마주친다면 어떻게 하겠는가? 사진

78) 빅풋(bigfoot)이라고도 하는 인간 모양의 생물이다.

부터 찍겠지. 잠깐 동안 칼리 눈에 비친 자기 모습은 이랬다. 숲 가장자리에서 발을 멈추고 있는 육중한 움직임의 털북숭이 생물. 얼음이 덮인 호수에서 용의 머리를 들어 올리는 구부정한 메꽃 모양의 괴물. 눈물이 차올라 글자들이 눈앞에서 춤을 추자 그녀는 고개를 돌리고 황급히 도서관을 뛰쳐나왔다.

그러나 유사어는 계속 따라왔다. 문을 박차고 나와 돌사자상 사이의 계단을 뛰어 내려오는 중에도 줄곧 웹스터 대사전이 뒤에서 소리쳐 부르고 있었다, 괴물, 괴물! 건물 벽에 늘어진 밝은 현수막도 그렇게 외치는 듯했다. 그 단어는 거리를 달리는 버스에 붙은 광고판에도 쓰여 있었다. 5번가에서 택시 한 대가 멈췄다. 아버지가 활짝 웃는 얼굴로 손을 흔들면서 튀어나왔다. 칼리는 아버지를 보는 순간 살 것 같았다. 머리 위에서 울리던 웹스터 사전의 목소리도 멎었다. 의사한테서 좋은 소식을 듣지 못했다면 저렇게 웃고 있진 않겠지. 칼리는 웃으면서 도서관 계단을 구르다시피 내려가다 하마터면 넘어질 뻔했다. 거리에 닿기까지 오 초 내지 팔 초간은 기운이 솟구쳤다. 그러나 아버지에게 가까이 갈수록 의사의 이야기에 뭔가 있을지도 모른다는 생각이 들었다. 사람들은 나쁜 소식일수록 웃는 얼굴로 전한다. 아버지는 가는 세로줄 무늬 옷 속에서 땀범벅이 된 채 그녀에게 싱긋 웃어 주었고, 다시 한번 커프스단추의 비극 쪽이 햇빛 속에서 번쩍 빛났다.

그들은 알고 있었다. 부모는 딸이 괴물이란 걸 알고 있었다. 그렇지만 여기 아버지는 딸을 위해 차 문을 열어 주고 있다. 어머니도 차에 오르는 칼리에게 미소를 짓고 있다. 택시는 그들을 한 식당으로 데려갔고, 곧 그들 세 사람은 메뉴판을 들여다보며 음식을 주문했다. 아버지는 음료수가 나올 때까지 기다렸다. 그런 다음 다소 딱딱한 태도로 시작했다.

"네 어머니와 난 너도 알다시피 의사 선생님과 얘기를 좀 나눴단다. 좋은 소식은 네가 이번 주면 집에 돌아갈 수 있다는 거다. 학교를 그다지 많이 빼먹지 않아도 되겠구나. 다음은 나쁜 소식이다. 나쁜 소식을 들을 마음의 준비가 됐니, 칼?"

아버지의 눈은 나쁜 소식이 꼭 그렇게 나쁜 것만은 아니라고 말하고 있었다.

"나쁜 소식은 네가 작은 수술을 받아야 한다는 거다. 아주 사소한 거야. '수술'이란 말이 어울리지 않을 정도로 말이지. 의사는 그냥 '처치'라고 했던 것 같은데. 의사들이 널 마취해야 하니까 병원에서 하룻밤은 머물러야 한대. 그게 다란다. 좀 아플지도 모르지만 진통제를 줄 테니까."

아버지는 여기까지 말하고 잠시 멈췄다. 어머니가 팔을 뻗어 칼리의 손을 두드렸다.

"잘될 거다, 얘야."

그녀는 목이 멘 소리로 말했다. 눈가가 촉촉해지면서 붉어졌다.

"어떤 수술인가요?" 칼리가 아버지에게 물었다.

"그냥 가벼운 성형외과 처치란다. 점을 빼는 수준이랄까."

그는 손을 뻗어 장난스럽게 칼리의 코를 쥐었다.

"아니면 코 세우는 거."

칼리는 화를 내며 머리를 옆으로 비켰다.

"그러지 마세요!"

"미안."

아버지는 눈을 껌벅이면서 헛기침을 했다.

"저한테 무슨 문제가 있는 거예요?"

칼리오페가 물었다. 목소리가 갈라져 나왔다. 눈물이 그녀의 뺨을 타고 흘러내렸다.

"어디가 잘못된 거예요, 아빠?"

아버지의 얼굴이 어두워졌다. 그는 힘들게 침을 삼켰다. 칼리는 웹스터 사전에 나왔던 그 말이 그의 입에서 떨어지기를 기다렸으나 아버지는 아무 말도 하지 않았다. 머리를 숙인 채 검고 따스하고 슬프고 애정이 가득 담긴 눈으로 테이블 너머 딸을 바라볼 뿐이었다. 아버지의 눈은 너무나 큰 애정을 담고 있어서 더 이상 사실을 말해 달라고 몰아붙일 수가 없었다.

"호르몬과 관련된 거란다, 네 문제는." 그가 말했다.

"난 남자들은 남성 호르몬만 갖고 있고 여자들은 여성 호르몬만 갖고 있다고 생각했는데 말이지, 사실은 누구나 그 두 가지를 다 갖고 있다는구나."

칼리는 계속 기다렸다.

"네 문제는 남성 호르몬은 좀 지나치게 많고 여성 호르몬은 약간 부족하다는 거란다. 의사 선생님이 하려는 건 모든 게 다 제대로 잘 돌아가도록 너한테 가끔 한 번씩 주사를 놔 주는 거야."

아버지는 끝내 그 말을 하지 않았다. 나도 그 말을 하게 만들지는 않았다.

"호르몬 문제라니까." 아버지가 되풀이했다.
"크게 보면 별것도 아니야."

루스는 내 나이 정도 환자라면 중요한 사항들을 충분히 이해할 수 있다고 믿었다. 그래서 그날 오후 그는 말을 빙 돌리지 않았다. 루스는 부드럽고 유쾌하고 교양 있는 목소리로 내 눈을 똑바로 쳐다보면서 나는 단지 다른 소녀들보다 조금 더 큰 클리토리스를 가졌을 뿐이라고 단언했다. 그는 부모님에게 보여 준 것과 똑같은 그림을 내게 그려 보였다. 수술에 대해 자세히 말해 달라고 조르자 이렇게만 말했다.
"수술을 해서 네 생식기를 완전하게 만들어 줄 거다. 아직 제 모습을 다 갖추지 못했으니까 우리가 그걸 해 줄 거야."
요도하열에 대해서 그가 한마디도 언급하지 않았으므로 나는 그 말이 내게 해당되지 않을지도 모른다는 희망을 품었다. 어쩌면 전체 문맥과 상관없이 그 말만 내 귀에 들렸던 건지도 모른다. 루스 박사가 다른 환자 얘기를 했던 것일 수도 있다. 웹스터 대사전에는 요도하열이 페니스의 기형이라고 나와 있었다. 하지만 루스 박사는 내가 클리토리스를 가졌다고 하지 않는가. 둘 다 태아의 같은 생식선에서 자라난다는 것은 알고 있었지만 그런 건 중요하지 않았다. 나한테 클리토리스가 있다면 — 전문가가 그렇게 말하고 있으니까 — 내가 여자애가 아니고 뭐겠는가?
청년기의 자아는 모호하고 형체가 없는 구름 같은 것이다. 내 정체성을 다른 모양의 그릇에 쏟아붓기는 어렵지 않았다.

어떤 의미에서는 내게 어떤 형태가 주어진대도 거기에 맞출 수 있었다. 내가 알고 싶은 건 크기뿐이었다. 이제 루스가 그걸 줄 것이다. 부모님도 그의 편에 있다. 모든 문제가 일거에 해결되리라는 희망은 참을 수 없을 만큼 매혹적이었기 때문에 의자에 누워 있으면서 모호한 대상에 대한 내 감정은 어디쯤에 끼워 넣어야 할까 하는 생각은 떠오르지도 않았다. 그저 이 모든 것이 끝나기만을 간절히 바랐다. 집에 가서 그동안 일어났던 일을 다 잊고 싶을 뿐이었다. 그래서 루스의 말에 얌전히 귀를 기울이며 아무런 토도 달지 않았다. 그는 에스트로겐을 주사하면 내 가슴이 커질 거라고 설명해 주었다.

"라켈 웰치[79]까진 아닐 거다, 그렇다고 트위기[80] 꼴이 나지도 않겠지만."

내 얼굴에서 털이 줄어들겠지. 목소리도 테너에서 알토로 올라갈 거고. 그러나 루스는 언젠가는 생리를 하겠느냐는 내 질문에는 솔직히 대답했다.

"아니. 못할 거야, 영원히. 아이를 가질 수는 없을 거다, 칼리. 가족을 갖고 싶으면 입양을 해야 될 거야."

나는 이 소식을 별 동요 없이 받아들였다. 아이를 가진다는 건 열네 살짜리에게는 먼 나라 얘기였다.

그때 문을 두드리는 소리와 함께 접수계원이 얼굴을 들이밀었다.

---

79) Raquel Welch(1940~2023). 시카고 태생의 육체파 여배우이다.

80) 레슬리 로슨(Lesley Lawson, 1949~)을 비유한 표현으로 비쩍 마른 몸매로 유명한 영국 출신의 모델이다.

"죄송합니다, 루스 박사님. 잠시 시간 좀 내주시겠어요?"

"그건 칼리 마음이지." 그는 나에게 미소 지었다.

"잠깐만 쉬었다 할까? 곧 돌아오마."

"괜찮아요."

"잠깐 거기 앉아서 또 뭘 물어볼까 생각하고 있으렴."

그는 방을 나갔다.

그가 없는 동안 더 이상 질문할 거리 따위는 생각하지 않았다. 그저 아무 생각 없이 멍하니 의자에 앉아 있었다. 내 마음은 이상하리만치 무감각한 상태였다. 복종하기로 한 데서 나온 무아경이랄까. 나는 어린아이의 정확한 본능으로 부모들이 내게 무엇을 원하는지 간파했다. 그들은 내가 지금 이 상태 그대로 있어 주길 원했다. 그리고 그게 지금 루스 박사가 약속한 것이었다.

나는 하늘에 낮게 떠가는 연어색 구름을 보고 멍한 상태에서 깨어났다. 일어나 창가로 가서 강을 내다보았다. 마천루들이 솟아 있는 남쪽 멀리까지 보려고 유리에 바짝 얼굴을 갖다 댔다. "내가 뉴욕에서 자랐더라면." 하고 혼잣말을 했다. "여긴 나를 위한 도시야."라고 속삭였다. 다시 울음이 터져 나오려 했다. 울음을 멈추려고 애썼다. 눈을 문지르면서 진료실 안을 이리저리 돌다가 무굴 모형들 중 하나 앞에서 멈추었다. 작은 흑단 액자 안에서 두 명의 조그마한 사람들이 사랑을 나누고 있었다. 그들의 자세로 보아 상당히 힘이 들 텐데도 불구하고 얼굴은 평화롭기 그지없었다. 그들의 표정에는 지친 빛도, 황홀경에 오른 기색도 없었다. 그러나 물론 초점이 맞추어진 것은 얼굴이 아니었다. 연인들의 육체가 어우러진 교합 자세, 그들의 사지가 빚어내는 우아한 구도는 보는 이의 눈을 그들의 성기로 곧장 이끌었다. 훤히 드러난 여자의 음모는 흰 눈이 덮인 상록수 수풀 같았고, 남자의 성기는 그 수풀에서 자라난 삼나무 같았다. 나는 들여다보았다. 다른 사람들은 어떻게 생겼는지 알고 싶어서 다시 한번 뜯어보았다. 아무리 들여다봐도 나는 어느 쪽도 아니었다. 나는 남자의 절박함도, 여자의 쾌락도 다 이해했다. 내 마음은 더 이상 평온하지 않았다. 어두운 생각이 마음속을 가득 채웠다. 나는 방 안을 빙빙 돌았다. 그러다가 루스 박사의 책상을 보니 거기에 파일 하나가 펼쳐진 채 놓여 있었다. 급하게 나가느라 그대로 두고 간 모양이었다.

예비 조사: 여성으로 양육된 유전학적 XY(남성)

다음의 병례로 보아 유전자 구조와 생식기 구조, 혹은 남성이나 여성의 행동과 염색체 상태가 일치하도록 예정되어 있지 않다는 사실을 알 수 있다.

대상: 칼리오페 스테퍼니데스
면담자: 피터 루스, 의학 박사

예비 자료: 당 환자는 14세다. 그녀는 줄곧 여성으로 살아왔다. 출생 시 신체 외관은 페니스가 너무 작아 클리토리스처럼

보였다. 대상의 XY 핵형은 사춘기에 이르도록 발견되지 않았으며, 그때부터 남성화 경향을 드러내기 시작했다. 성 정체성 클리닉과 뉴욕 병원에 오기 전 한 의사가 이를 알려 주고 이후 다른 두 의사의 소견을 구했으나 이 소녀의 부모는 처음에 그의 말을 믿지 않았다.

검사 중 정류(停留)한 고환을 촉진할 수 있었다. '페니스'는 아래쪽에 요도 구멍과 함께 경미한 요도하열 상태를 보이고 있었다. 이 소녀는 다른 소녀들처럼 항상 앉은 자세로 소변을 보았다. 혈액 검사 결과로 보아도 XY 염색체가 확실하다. 그뿐 아니라 혈액 검사로 대상에게 5알파환원효소결핍증후군이 있다는 사실도 알 수 있다. 관찰을 위한 복벽 절개는 시행하지 않았다.

가족사진(환자 파일을 참고)은 그녀가 열두 살 때 찍은 것이다. 핵형은 XY지만 외견상 남성화된 경향이 전혀 눈에 띄지 않는 행복하고 건강한 소녀의 모습이다.

첫인상: 대상의 얼굴 표정은 가끔 다소 굳어 있기도 하지만 대체로 쾌활하고 감수성이 풍부하며 자주 미소 짓는다. 대상은 종종 얌전하거나 수줍은 태도로 눈을 내리깐다. 그녀의 동작이나 몸짓은 여성적이며, 걸음걸이는 약간 품위가 없지만 그 또래 여성들의 전반적인 경향이다.

키 때문에 처음 보아서는 대상의 성을 확실히 구분하지 못하는 사람도 있겠으나 조금 더 관찰해 보면 어느 모로 보나 진짜 소녀라는 결론에 이른다. 그녀의 목소리는 실제로 부드럽고 울림이 없다. 다른 사람이 말할 때는 그쪽으로 머리를 기울이며, 일반 남성들처럼 기세등등한 태도로 자기 의견을 내세우거나 고집하지 않는다. 종종 재치 있는 유머를 보이기도 한다.

가족: 이 소녀의 부모는 2차 세계 대전 세대 중에서도 매우 전형적인 미국 중서부 출신이다. 아버지는 자신이 공화당원이라고 생각한다. 어머니는 친절하고 지적이고 상냥한 인물로 약간 우울증이 있으며 신경증으로 발전할 경향도 엿보인다. 그녀는 자기 세대의 여성들의 전형인 내조하는 아내 역할에 순응한다. 아버지는 사업상의 책임을 구실로 클리닉에 두 번밖에 오지 않았지만 두 번의 만남에서 확실히 알 수 있었던 것은 그가 위압적인 태도를 지녔으며, '자수성가한' 인물이고, 전직 해군 장교라는 사실이다. 더욱이 대상은 성 역할을 확실히 구분 짓는 그리스 정교회 전통 속에서 양육되었다. 대체로 부모는 동화되어 외관상 매우 '완벽한 미국인'으로 보이지만 더 깊이 잠재한 인종적 정체성의 존재를 간과해서는 안 될 것이다.

성적 기능: 대상은 다른 아이들과 어린 시절 성적 유희를 한 일이 있다고 말했다. 항상 여성 파트너 역할을 맡아 치마를 걷어 올리고 소년이 그녀의 몸 위에서 성교하는 흉내를 내게 했다. 그녀는 이웃집 수영장에서 분수를 맞으면서 성적 쾌감을 경험한 적이 있다. 어린 시절부터 자주 자위행위를 했다.

대상은 진지한 관계의 남자 친구는 없지만 이것은 여학교를 다니기 때문이거나 아니면 자신의 육체에 대한 수치심 탓으로 보인다. 대상은 자신의 생식기 모양이 이상하다는 사실을 알고 있으므로 로커룸이나 공동 탈의실에서는 벗은 모습을 보이지 않기 위해 구석으로 숨었다. 그렇기는 해도 그녀는 가장 친한 친구의 남동생과 딱 한 번 성관계를 가진 일이 있다고 했다. 아팠다고 하지만 십 대의 낭만적인 탐험이라는 점에서는 성공적이었다.

인터뷰: 대상은 속사포처럼 빠른 속도로, 명쾌하고 조리 있게 말했지만 때로는 불안감으로 숨이 가빠지기도 했다. 언어 패턴과 특징을 보면 음의 고저가 있고 똑바로 시선을 맞춘다는 점에서 여성적이다. 남성에게만 성적인 관심을 보인다.

결론: 말투, 태도, 복장 등에서 대상은 염색체 상태와 정반대로 여성으로서의 성 정체성과 역할을 명백히 보인다.

이로써 유전자의 결정 인자보다는 오히려 양육된 성이 성 정체성의 확립 과정에 더 큰 역할을 한다는 사실이 명확해졌다.

이 소녀의 성 정체성은 그녀의 증상이 발견될 당시 이미 여성으로 확고히 굳어진 상태였으므로 여성화하는 외과 수술을 시행하는 동시에 이에 상응하는 호르몬 치료를 병행하는 것이 옳다고 여겨진다. 생식기를 지금과 같은 상태로 놔둔다면 온갖 굴욕과 수치를 겪게 될지 모른다. 외과 수술로 말미암아 성적 쾌감을 부분적으로, 혹은 완전히 상실하게 될 가능성도 있으나 성적 쾌감이 행복한 삶의 유일한 요소는 아니다. 결혼을 하고 정상적인 여성으로 사회에 받아들여지는 것 또한 중요한 목표이며, 여성화 수술과 호르몬 치료 없이는 이 두 가지 목표를 달성하기 어려울 것이다. 또한 새로운 수술 방법은 여성화 수술이 유년기에 시행될 경우 과거에 유발됐던 성기능 장애를 최소화해 줄 것으로 기대된다.

그날 저녁 어머니와 내가 호텔로 돌아오자 아버지의 깜짝 선물이 기다리고 있었다. 브로드웨이 뮤지컬 티켓. 나는 기쁜 척했지만 저녁 식사가 끝난 후에는 부모님의 침대로 기어 들어가 너무 피곤해서 갈 수 없다고 말했다.

"너무 피곤하다고?" 아버지가 말했다.

"너무 피곤하다니 그게 무슨 말이냐?"

"괜찮다, 얘야." 어머니의 말이었다.

"꼭 갈 필요는 없어."

"근사할 텐데, 칼."

"에설 머먼도 나오나요?" 내가 물었다.

"아니, 요 건방진 녀석." 아버지가 웃으면서 말했다.

"에설 머먼은 안 나온다. 머먼은 이제 브로드웨이에 없어. 우린 캐럴 채닝이 나오는 걸 보러 갈 거야. 채닝도 꽤 볼만하거든. 같이 가지 그러니?"

"고맙지만 괜찮아요." 내가 말했다.

"그렇다면 좋아. 후회할걸."

부모님은 외출 준비를 했다.

"안녕, 얘야." 어머니가 인사를 했다.

갑자기 나는 침대에서 뛰어내려 어머니에게 달려가 꼭 끌어안았다.

"왜 그래?"

어머니가 물었다.

나는 눈물을 글썽거렸고, 어머니는 모든 일이 다 잘 해결되었다는 안도의 눈물로 해석했다. 그 옛날 스위트룸에서 쪼개져 나온 비뚤어지고 어두침침한 좁은 통로에서 우리 둘은 꼭 껴안고 울었다. 부모님이 가 버린 다음 나는 옷장에서 가방을 꺼냈다. 청록색 꽃무늬가 아무래도 눈에 거슬려 아버지의 회색 샘소나이트 가방으로 바꾸었다. 내 스커트와 페어아일 스웨터는 그대로 서랍에 놔두었다. 더 어두운 색의 옷들, 파란 크루넥 스웨터, 악어가죽 셔츠, 코르덴만 챙겼다. 브래지어도 버렸다. 잠시 양말과 팬티를 손에 꼭 쥐고 있다가 세면 가방에 던져 넣었다. 짐을 다 꾸리고 나서 아버지의 옷 가방에 숨겨 놓은 현금이 없는지 뒤져 보았다. 돈뭉치는 제법 두툼한 것이 거의 300달러가량 되었다. 루스 박사의 잘못만은 아니었다. 난 그에게 많은 거짓말을 했다. 그는 잘못된 자료에 근거해서 결정을 내렸다. 하지만 그쪽에도 잘못이 있었다.

편지지에 부모님께 드리는 글을 적었다.

사랑하는 엄마 아빠,

엄마 아빠가 절 위해 최선을 다하셨다는 거 알아요. 하지만 뭐가 최선인지 누가 확신할 수 있겠어요. 전 엄마 아빠를 사랑하고, 골칫덩이가 되고 싶지 않기 때문에 떠나기로 결심했어요. 엄마 아빠는 제가 골칫덩이가 아니라고 하시겠죠, 하지만 전 알아요. 제가 왜 이런 짓을 하게 됐는지 알고 싶으시면 루스 박사에게 물어보세요, 그 터무니없는 거짓말쟁이! 전 여자애가 아니에요. 남자애예요. 오늘에서야 그걸 알게 됐어요. 그래서 아무도 절 모르는 곳으로 갑니다. 그로스포인트 사람들이 이걸 알면 시끄러워지겠지요.

돈을 가져가서 죄송해요, 아빠. 하지만 언젠가 꼭 이자 쳐서 갚을게요.

제 걱정은 하지 마세요. 전 잘 지낼 거예요!

편지에는 남자애라고 썼지만 부모님께 전하는 이 선언문에는 "칼리"라고 서명했다.

그들의 딸로서는 이것이 마지막이었다.

서쪽으로 가라, 젊은이여

스테퍼니데스는 다시 한번 베를린에서 튀르키예인들과 어깨를 비비며 살고 있다. 여기 쇠네베르크에 있으면 마음이 편안해진다. 하우프트슈트라세를 따라 늘어선 튀르키예인 상점들은 옛날에 아버지가 나를 데려가곤 하던 가게들처럼 생겼다. 말린 무화과, 할와, 속을 채운 포도 잎 등 음식도 똑같다. 주름지고 광대뼈가 두드러진 얼굴에 검은 눈도 똑같다. 우리 집안이 지나온 역사가 어떻든지 간에 난 튀르키예에 마음이 끌린다. 이스탄불에 있는 대사관에서 일했으면 좋겠다. 거기로 전근시켜 달라고 신청해 두었다. 그러면 완전히 한 바퀴 도는 셈이 되겠지.

그때까지는 이렇게 내 역할을 한다. 아래층 레스토랑에서 빵 굽는 이를 구경한다. 그는 스미르나에서도 썼을 법한 돌로 된 오븐에 빵을 굽는다. 손잡이가 긴 주걱으로 빵을 옮기거나 꺼내면서 온종일 열네 시간, 열여섯 시간을 꼬박 지칠 줄 모르는 집중력으로 일한다. 하얀 밀가루 바닥에 샌들 자국을 남기면서. 빵 굽기의 명수랄까. 그리스 이민 3세인 스테퍼니데스는 독일에 온 이 튀르키예인, 2001년 하우프트슈트라세에서 빵을 굽고 있는 이 외국인 노동자를 보며 감탄한다. 우린 모두 여러 부분들, 서로 다른 반쪽들로 이루어져 있다. 나만 그런 게 아니다.

*

스크랜턴 버스 정류장, 에드 이발소의 종이 요란하게 울렸다. 에드는 읽던 신문을 내려놓고 손님을 맞았다.

잠시 침묵. 이윽고 에드가 입을 뗐다.

"아니, 왜 그래? 내기에서 졌니?"

문 앞에는 십 대 아이가 당장이라도 다시 뛰쳐나갈 듯한 자세로 서 있었다. 껑충한 키에 가느다란 선, 에드가 본 아이들 중에 가장 기묘한 짬뽕이었다. 히피 스타일의 머리카락은 어깨까지 내려왔지만 차림은 검은 정장에 재킷은 헐렁하고 바지는 너무 짧아 투박한 황갈색의 각진 구두가 그대로 드러났다. 퀴퀴한 중고품 냄새는 먼발치에서도 맡을 수 있었다. 그렇지만 가방만큼은 사업가들이 쓰는 큰 회색 가방이었다.

"그냥 이 스타일이 싫어져서요."

아이가 대답했다.

"그건 나랑 같구나."

이발사 에드의 말이었다.

그는 내게 의자를 가리켰다. 나 — 그냥 손쉽게 칼 스테퍼니데스로 개명한 십 대 가출 소년 — 는 가방을 내려놓고 재킷을 옷걸이에 걸었다. 이발소를 가로지를 때는 소년처럼 걸으려고 신경을 곤두세웠다. 나는 중풍을 맞고 쓰러졌던 환자처럼 간단한 동작부터 모두 새로 익혀야 했다. 걷는 정도라면 그리 어렵지 않았다. 베이커 잉글리스 여학교 시절에는 머리 위에 책을 얹고 한참 동안 균형을 잡곤 했지만 이젠 먼 나라 얘기였다. 루스 박사의 말마따나 내 걸음걸이가 원래 좀 품위가 없었던 덕에 품위 없는 성별에 끼어들기는 어렵지 않았다. 내 골격은 남자의 것이었으므로 무게 중심이 높았다. 그러다 보니 조금씩 몸이 앞으로 쏠렸다. 특히 나를 곤란하게 했던 건 무릎이었다. 나는 걸으면서 무릎을 이리저리 잘 부딪혔기 때문에 엉덩이가 좌우로 흔들리고 몸 뒤쪽이 실룩거렸다. 이제는 골반이 흔들리지 않도록 무척 애를 썼다. 소년처럼 걸으려면 엉덩이가 아니라 어깨를 좌우로 흔들어야 한다. 보폭은 넓게 유지한다. 이걸 배우느라 하루하고도 반나절을 길거리에서 보냈다.

의자에 올라앉으니 이제 움직이지 않아도 되어서 기뻤다. 이발사 에드는 내 목에 종이 턱받이를 맨 다음 앞치마로 나를 덮었다. 그는 내 머리 길이를 가늠해 보면서 내내 고개를 저었다.

"너처럼 머리를 기르는 요즘 녀석들은 도대체 알다가도 모르겠구나. 까딱하다간 쫄딱 망해 먹겠어. 손님이라곤 은퇴한 노인들뿐이니. 머릴 잘라 달라고 오긴 오는데 자를 머리가 어디 있어야지."

그는 킬킬 웃었지만 아주 잠깐이었다.

"체, 그것도 좋아, 거 왜 요즘 머리는 좀 더 짧아졌잖아. 옳다구나, 그럭저럭 밥벌이가 되겠다 싶었지. 그런데 이게 웬걸, 이젠 개나 소나 유니섹스 스타일을 한대나. 남자들이 머리까지 감겨 달라니, 내, 참."

그는 문득 내게 의심의 눈초리를 던지며 몸을 숙였다.

"설마 너까지 감겨 달라는 건 아니겠지?"

"잘라만 주세요."

그는 만족스럽게 고개를 끄덕였다.

"어떻게 해 줄까?"

"짧게요,"

과감히 대답했다.

"아주 짧게?"

그가 물었다.

"짧게요." 내가 말했다.

"너무 짧게는 말고요."

"좋아. 너무 짧게는 말고 짧게 말이지. 좋은 생각이다. 여자들이 어떻게 하고 다니나 봐라."

무슨 뜻으로 한 말인가 싶어 몸이 얼어붙는 듯했다. 그러나 그건 농담일 뿐이었다. 에드 자신은 단정하게도 머리카락을 매끈하게 뒤로 넘겼다. 그는 난폭하고 싸움을 즐길 듯한 인상이었다. 의자를 펌프질해 올리고 면도칼을 가는 동안에도 그는 씩씩거리며 콧구멍에서 불을 뿜었다.
"그래 네 아버지는 여태 네 머릴 그냥 두고 보셨냐?"
"지금까지는요."
"그럼 이제 널 바로잡기로 한 모양이구나. 내 장담하지, 절대 후회 안 할 거다. 여자들은 남자가 계집애처럼 하고 다니는 걸 싫어하거든. 여자들이 너한테 섬세한 남자가 좋네, 어쩌네 지껄여도 믿지 마라, 허튼소리니까!"
폭언, 곧게 뻗은 면도날, 면도솔, 이 모든 것이 남자들 세계에서의 환영 인사였다. 이발소 텔레비전에는 축구 게임이 한창이었고, 달력에는 보드카 병과 흰색 털 비키니를 입은 예쁜 여자가 있었다. 내가 발판에 발을 얹자 에드는 번쩍거리는 거울 앞에서 날 앞뒤로 바쁘게 돌려 댔다.
"젠장맞을, 도대체 언제 깎고 처음 온 거냐?"
"달나라에 갔을 때쯤요."
"그래. 그쯤 되겠다."
그는 내 얼굴을 거울 쪽으로 돌렸다. 은빛 거울 속, 거기 마지막으로 그녀 칼리오페가 있었다. 칼리오페는 붙들린 영혼처럼 거기서 아직 못 떠나고 밖을 엿보고 있었다.
이발사 에드는 내 긴 머리에 빗을 꽂고 머리카락을 한 줌 집더니 시험 삼아 가위로 싹둑싹둑 소리를 냈다. 가윗날은 아직 머리에 닿지도 않았다. 그건 일종의 정신적인 이발, 준비 운동이었다. 그 틈을 타고 다시 여러 생각이 고개를 들었다. 내가 무슨 짓을 하는 거지? 루스가 옳았다면 어떻게 하지? 거울 속 저 소녀가 진짜 나라면? 어떻게 그리도 쉽게 다른 쪽으로 넘어갈 수 있다고 생각한 걸까? 도대체 내가 소년들에 대해, 남자들에 대해 무얼 알고 있단 말인가? 난 그들을 그다지 좋아하지도 않는데.

"이건 나무를 베는 거랑 똑같다." 에드가 자신의 이발론을 피력했다.

"일단 시작할 땐 말이지, 가지부터 쳐 내는 거야. 그 다음 몸통을 베어 넘기지."

나는 눈을 감았다. 칼리오페의 시선을 더 이상 되받아치기를 거부했다. 팔걸이를 꽉 잡고 이발사가 어서 끝내기만을 기다렸다. 그러나 다음 순간 가위가 챙 소리를 내며 선반에 놓이고 이번엔 전동 이발 기구가 윙윙 소리와 함께 켜졌다. 그 기구는 벌처럼 내 머리 주위를 맴돌았다. 이발사 에드는 다시 빗으로 내 머리카락을 들추었고, 기계가 내 머리카락을 파고들어 오는 소리가 들렸다.

"이제 됐다."

나는 여전히 눈을 감은 채였다. 그러나 이제 되돌릴 수 없다는 사실을 알았다. 이발 기계가 내 머리를 다듬고 있었다. 마음을 다져 먹었다. 머리카락이 가닥가닥 떨어져 내렸다.

"추가 요금을 받아야겠다." 에드가 말했다.

요금 얘기에 화들짝 놀라 비로소 눈을 떴다.

"얼마나요?"

"걱정 마라. 그냥 똑같이 내. 이건 오늘 내가 애국심에서 한 일이니까. 민주주의를 위해 안전한 세상을 만드는 중이다."

내 조부모는 전쟁 때문에 고향에서 도망쳤다. 오십이 년이 흐른 지금 나는 나 자신으로부터 도망치고 있다. 이론적으로는 나도 조부모와 똑같은 방식으로 나를 구하고 있는 거다. 주머니엔 넉넉지 않은 돈을 챙기고 남자라는 새로운 성으로 위장을 한 채 도망을 친다. 배로 바다를 건너는 대신 여러 대의 차로 대륙을 건넜다. 나는 레프티와 데스데모나가 그랬듯이 새로운 사람이 되는 중이었으며, 내가 막 들어온 이 신세계에서 무슨 일이 일어날지 전혀 알 수 없었다.

나는 또한 두려웠다. 이전에는 한 번도 혼자서 세상에 나와 본 적이 없었다. 세상이 어떻게 움직이는지, 돈이 얼마나 필요한지도 몰랐다. 길을 몰랐으므로 로크무어 호텔을 나와 버스 터미널까지 택시를 탔다. 터미널에 도착해서도 티켓 판매소를 찾느라 넥타이 가게와 패스트푸드 판매대를 지나쳐 한참을 헤맸다. 간신히 판매소를 찾아 펜실베이니아 스크랜턴까지의 요금을 내고 시카고행 야간 버스표를 샀다. 나로서는 그 이상 돈을 쓸 수 없었다. 구석 자리를 차지한 부랑자들과 마약 중독자들이 나를 훑어보면서 쉿쉿 소리를 내기도 하고 입맛을 쩝쩝 다시기도 했다. 그들의 모습은 위협적이었다. 하마터면 가출을 포기할 뻔했다. 서두르면 아버지와 어머니가 캐럴 채닝 쇼에서 돌아오기 전에 호텔에 닿을 수 있을 것 같았다. 나는 대합실에 앉아 금방 누가 낚아채기라도 할 듯 샘소나이트 가방을 무릎 사이에 꼭 끼고 생각해 보았다. 내가 남자로 살겠다고 선언했을 때의 여러 장면을. 부모님은 처음에는 반대하시겠지만 곧 뜻을 꺾고 날 받아들이시겠지. 경찰관이 옆을 지나갔다. 그가 사라지자 나는 한 중년 여인 옆으로 그녀의 딸인 것처럼 옮겨 앉았다. 확성기에서 탑승 시각이 되었음을 알렸다. 나는 다른 승객들, 밤에 여행하는 가난한 여행객들을 살펴보았다. 즈크 가방과 루이 암스트롱의 작은 조상 기념품을 든 늙수그레한 카우보이와 두 명의 스리랑카인 가톨릭 신부가 있었다. 아이들과 침구를 짊어진 뚱뚱한 아줌마 셋, 그리고 기수인 듯한 몸집이 작은 남자가 누런 이 사이로 구겨진 담배를 물고 서 있었다. 그들이 버스를 타려고 줄을 서는 동안에도 내 머릿속에는 아까의 장면이 계속해서 펼쳐졌다. 아버지는 안 된다며 고개를 흔들고 루스 박사는 외과용 마스크를 쓰고 있다. 그로스포인트의 급우들이 나를 손가락질하면서 악의에 찬 얼굴로 웃는 가운데.

나는 겁에 질려 덜덜 떨면서 어두운 버스에 올랐다. 조금은 더 안전할까 싶어 아까 그 중년 여인 옆에 자리를 잡았다. 이런 밤 여행에 익숙한 다른 승객들은 벌써 보온병을 꺼내고 샌드위치를 풀고 있다. 닭튀김 냄새가 뒷좌석에서 풍겨 왔다. 갑자기 몹시 배가 고파 왔다. 호텔로 돌아가서 룸서비스를 주문할 수 있었으면. 빨리 새 옷을 구해야 했다. 좀 더 나이 들어 보이게 차려서 만만해 보이는 냄새를 지워야 했다. 이제 남자처럼 옷을 입어야 했다. 버스가 터미널을 빠져나왔다. 도시를 빠져나와 뉴저지로 향하는 노랗게 빛나는 긴 터널을 통과하면서 내가 무슨 짓을 하고 있나 더럭 겁이 났지만 이제 멈출 수도 없었다. 바위산을 통과해 지하로 내려가자 위쪽으로는 더러운 강바닥이 지나갔고, 곡선 타일의 반대편에는 물고기들이 검은 물에서 헤엄쳤다.

스크랜턴의 버스 정류장 부근 구세군 상점에 들러 입을 만한 것을 찾아보았다. 물어보는 사람도 없었지만 나는 오빠 대신 옷을 사러 온 척했다. 남성복 사이즈를 잘 몰라 당황스러웠다. 재킷이 잘 맞을지 조심스레 몸에 대 보았다. 마침내 적당한 양복을 발견했다. 질겨 보이고 어떤 날씨에도 입을 수 있을 것 같았다. 안쪽 라벨에는 "뒤렌마트 남성복 소매상, 피츠버그"라고 쓰여 있었다. 난 입고 있던 패퍼갤로를 벗고 나를 보는 사람이 없는지 주위를 살피면서 재킷을 입어 보았다. 이럴 때 남자애들이 받는 느낌과는 달랐다. 아버지의 재킷을 입고 남자 흉내를 내는 것과도 달랐다. 날씨가 추워져서 데이트 상대가 자기 재킷을 입으라고 건네준 기분이었다. 내 어깨 위에 얹힌 재킷은 크고 따뜻하고 편안하면서도 이질적으로 느껴졌다.(그렇다면 이런 옷을 벗어 준 내 데이트 상대는 누구일까? 축구팀 주장일까? 아니다. 심장병으로 죽어 버린 2차 세계 대전 참전 용사거나 아니면 홀쩍 텍사스로 옮겨 간 엘크로지 멤버였을 것이다.)

그 옷은 새로운 나의 일부에 불과했다. 가장 중요한 것은 이발이었다. 이제 이발사 에드가 솔을 들고 내 쪽으로 오고 있었다. 솔 끝에서 분가루가 날려 눈을 감았다. 에드는 날 또 한 바퀴 빙그르 돌리고 나서 말했다.

"다 됐다."

눈을 떴다. 거울 속에는 내가 보이지 않았다. 알 수 없는 미소를 짓던 모나리자도 없었다. 얼굴에 헝클어진 머리카락을 늘어뜨린 수줍은 소녀를 대신한 건 그녀의 남자 쌍둥이 형제. 가리개 역할을 하던 머리카락이 없어지니 얼굴의 변화가 훨씬 더 뚜렷하게 드러났다. 턱은 각이 지게 넓어졌고, 목도 굵어지고 중앙에는 후골까지 불룩하게 불거져 있었다. 그건 말할 것도 없이 남자의 얼굴이었으나, 그 안에 담긴 감정은 아직 소녀의 것이었다. 남자 친구와 깨졌을 때 여자들은 머리를 자른다. 허영심을 버리고 사랑을 조롱하며 다시 시작하기 위해서. 나는 이제 다시는 모호한 대상을 만날 수 없음을 깨달았다. 그보다 더 큰 문제, 더 심각한 걱정거리가 까마득하게 쌓여 있었지만 거울 속의 남자를 처음 본 순간 나를 사로잡은 것은 비통함이었다. 이제 끝이구나. 머리를 자름으로써 누군가를 너무 많이 사랑한 나 자신에게 벌을 주는 것이다. 더 강해져야 한다.

이발소를 나올 무렵 난 새로운 인간으로 거듭나 있었다. 버스 정류장을 지나치는 사람들 중 누군가 날 봤다면 틀림없이 근처 기숙사 학생으로 여겼을 것이다. 사립 고등학교 학생, 할아버지 양복을 입고, 보나 마나 카뮈나 케루악[81]을 읽으며 예술가인 척 폼을 잡는 학생쯤으로. 뒤렌마트의 양복은 어딘가 비트 분위기를 풍겼다. 바지는 샤크스킨[82] 같은 광채가 났다. 키가 큰 덕에 열일곱, 열여덟이라고 해도 통할 것이다. 양복 아래에는 라운드넥 스웨터, 스웨터 밑에는 악어 셔츠를 받쳐 입고 아버지의 돈은 두 겹으로 잘 싸서 맨 안쪽에 넣고 발에는 금색 윌러비를 신었다. 누군가 나를 본다면 십 대들이 흔

81) 잭 케루악(Jack Kerouac, 1922~1969). 소설 『길 위에서』로 유명한 비트 운동의 지도자이다.

82) 상어 가죽 모양의 레이온 직물이다.

히 하듯 정장 흉내를 내서 차려입었다고 생각하겠지. 이런 옷들 아래에서 내 심장은 여전히 미친 듯이 쿵쾅거렸다. 다음에는 뭘 해야 좋을지 도통 알 수가 없었다. 갑자기 예전에는 한 번도 들여다보지 않았던 것들에 관심을 쏟아야 했다. 버스 시간표니 버스 요금이니, 예산을 짜고 돈 걱정을 하고 허기를 채울 만한 것들 중에서 무조건 제일 싼 걸 찾아 메뉴판을 훑고. 그날 스크랜턴에서는 칠리였다. 나는 크래커를 여러 개 섞어 칠리 한 그릇을 비우고 버스 노선을 검토했다. 가을이 오고 있으니까 겨울에 대비해 남쪽이나 서쪽으로 가는 게 좋을 것 같았지만 남쪽으로는 가고 싶지 않았다. 서쪽으로 결정했다. 캘리포니아로. 안 될 게 뭐 있겠는가? 요금이 얼마나 드는지 살펴보았다. 걱정한 대로 너무 비쌌다.

오전 내내 가랑비가 오락가락하다 이제 구름이 물러가고 있었다. 초라한 간이식당 건너편으로 빗물을 머금은 유리창을 통해 경사진 잔디밭에 인접한 진입로 너머 주간(州間) 고속도로가 보였다. 배고픈 건 때웠지만 여전히 외롭고 두려운 마음으로 나는 총알같이 달리는 차들을 물끄러미 바라보았다. 웨이트리스가 다가와 커피를 마시겠냐고 물었다. 나는 커피를 한 번도 마셔 본 적이 없었지만 달라고 했다. 커피를 가져오자 크림 두 개와 설탕 네 개를 넣었다. 맛을 보니 커피 아이스크림과 비슷해서 다 마셔 버렸다. 버스들은 뒤에 매연을 단 채 천천히 터미널을 빠져나갔고 고속도로에 진입하면서 빨라졌다. 샤워도 하고 싶고 깨끗한 시트에 누워 자고도 싶었다. 9.95달러짜리 모텔에 묵을 수도 있지만 그러기 전에 더 멀리 가고 싶었다. 나는 한참 동안 매점에 앉아 있었다. 이제 어디로 발을 내디뎌야 할까? 마침내 좋은 생각이 떠올랐다. 계산을 마치고 버스 터미널을 나왔다. 나는 가방을 어깨에 메고 달려오는 차들을 향해 걸어 나가 머뭇머뭇 엄지손가락을 내밀어 보았다. 우리 부모님은 항상 히치하이크를 하지 말라고 주의를 주었다. 아버지는 한 번의 실수로 끔찍한 결말을 맞은 여학생들의 이야기를 자세히 다룬 신문 기사를 보여 주곤 했다. 그래서 엄지손가락을 높이 들지는 못했다. 나의 절반은 히치하이크에 반대했다. 자동차들이 쌩쌩 달려갔다. 차를 세우는 사람은 아무도 없었다. 억지로 쳐든 엄지가 흔들렸다.

난 루스를 잘못 판단했다. 난 그가 내게 얘기를 시킨 후 정상으로 판단되면 그냥 놔둘 줄 알았다. 그런데 아니었다. 이제서야 나는 정상이 뭔지 이해하기 시작했다. 정상은 정상적이 아니었다. 그럴 리가 없었다. 정상이 정상적이라면 그냥 가만히 두면 될 게 아닌가? 뒤로 물러앉아 정상이 제 갈 길을 가도록 놔두면 그만인걸. 그러나 사람들 — 특히 의사들 — 은 정상에 대해 의심을 품는다. 정상이 그 자체로 충분하다는 사실을 믿지 못한다. 그래서 뭔가 인위적인 조작을 가하지 못해 안달한다.

나의 부모님은 잘못이 없다. 그들은 나를 치욕과 사랑받지 못하는 삶, 심지어 죽음을 불러올지도 모르는 고통으로부터 구해 주려고 애쓴 죄밖에 없다. 나는 나중에 가서야 루스 박사가 나를 치료하지 않을 경우 의학상의 위험에 대해 강조했다는 사실을 알았다. "생식선 조직", 그는 내 정류 고환을 이렇게 불렀는데, 이것이 훗날 암으로 발전하는 경우가 종종 있다는 것이었다.(하지만 나는 마흔한 살인 지금까지 아무렇지도 않다.)

길모퉁이를 돌아 세미트레일러[83] 한 대가 배기관에 시커먼 연기를 흘리면서 나타났다. 빨간 운전석 창문으로 운전사의 머리가 스프링 끝에 달린 인형 머리처럼 쏙 튀어나왔다. 그는 내가 가리킨 방향을 보더니 굉음을 울리며 브레이크를 밟았다. 그러곤 차 뒷바퀴에서 연기가 피어오르도록 끼익 소리를 내며 20미터쯤 날 지나쳐서 멈췄다. 나는 가방을 들고 잔뜩 흥분해서 트럭으로 뛰어갔다. 그러나 트럭 앞에 이르자 발을 멈추었다. 문이 너무 높아 보였다. 거대한 차체가 부릉부릉 진동하고 있었다. 운전사의 얼굴은 보이지 않았고 난 우물쭈물 그 자리에 발이 붙어 버렸다. 그때 운전사가 불쑥 얼굴을 내미는 바람에 기절하는 줄 알았다. 그는 차 문을 열었다.

"탈 거야, 안 탈 거야?"

"타요."

내가 말했다.

운전석은 과히 깨끗하지 않았다. 길을 떠난 지 꽤 오래인 듯 음식 포장 용기며 병들이 여기저기 굴러다녔다.

"네가 할 일은 내가 졸지 않게 하는 거야."

트럭 운전사의 말이었다. 내가 미처 대꾸하기도 전에 그는 나를 훑어보았다. 그의 눈은 빨갛게 충혈돼 있었다. 푸 만추[84]

83) 조종석과 트레일러 부분이 분리되는 대형 화물차이다.

84) 1950년대 SF 컬트 영화에 나오는 악당이다.

같은 콧수염에 붉고 긴 구레나룻을 길렀다.

"계속 떠들어야 돼." 그가 말했다.

"무슨 얘길 할까요?"

"그걸 내가 어떻게 알아? 망할!" 그는 화를 내면서 소리 질렀다. 그러다 갑자기 이렇게 말했다.

"인디언 얘기! 너 인디언 얘기 아는 거 있냐?"

"미국 인디언들 말씀이세요?"

"그래. 서부를 다니면서 그 우라질 놈들을 많이 태워 줬거든. 그런 정신 나간 개자식들은 내 평생 처음 봤다니까. 별 거지 같은 얘기를 다 하더군."

"무슨 얘기요?"

"자기들이 베링 육교를 건너온 적이 없다느니 그딴 소리 말이야. 너 베링 육교라고 들어 봤어? 저기 알래스카에 있는 건데 지금은 베링 해협이라고 해. 바다 말이야. 알래스카랑 러시아 사이에 있는 길쭉한 은색 바다. 하지만 아주 오래전엔 거기가 육지였거든, 인디언들은 거기서 건너온 거고. 중국이나 몽골 같은 데서 왔지. 인디언들은 사실 동양인이거든."

"그건 몰랐어요."

내가 말했다. 아까보다 무서운 게 덜해졌다. 트럭 운전사는 나를 액면 그대로 받아들이는 것 같았다.

"그런데 내가 태워 준 놈들은 말이지, 자기네가 그 육교를 건너온 게 아니라고 우기는 거야. 사라진 섬에서 왔다나, 아틀란티스나 뭐 그런 거 말이야."

"저랑 같네요."

"그놈들이 또 뭐라는지 아니?"

"뭐라는데요?"

"글쎄, 헌법을 만든 게 인디언이란 거야, 미국 헌법 말이야!"

보다시피 줄곧 떠들어 댄 건 트럭 운전사였다. 난 거의 입을 열지 않았다. 그러나 내가 거기 있는 것만으로도 그를 깨어 있게 하기엔 충분했다. 그는 인디언 얘기를 하다 유성에 대한 이야기로 넘어갔다. 몬태나에 인디언들이 신성하게 여기는 운석이 있다는 것이다. 또 트럭을 운전하다 보면 밤하늘의 모습이나 별똥별, 혜성, 녹색 광선 같은 것에 도사가 된다는 이야기도 했다.

"너 녹색 광선 본 적 있냐?" 그가 내게 물었다.

"아뇨."

"녹색 광선은 사진으로 못 찍는다고 하지. 하지만 난 한 장 찍었어. 그렇게 뭔가 충격적인 것과 마주칠 때를 대비해서 항상 운전석에 카메라를 갖고 다니거든. 한번은 녹색 광선을 봤지 뭐냐. 잽싸게 카메라를 꺼내 들고서 그걸 찍었지. 집에 사진이 있단다."

"녹색 광선이 뭔데요?"

"해가 뜨고 질 때 생기는 거야. 딱 이 초 동안만. 산에서 제일 잘 보여."

그는 나를 오하이오의 한 모텔 앞에 내려 주었다. 나는 그에게 차를 태워 주고 가방을 모텔 사무실까지 들어 줘 고맙다고 인사했다. 여기에는 양복이 한몫 거들었다. 더하여 값비싼 가방도. 나는 가출 소년의 행색이 아니었다. 모텔 직원은 내

나이를 의심했을지 모르지만 나는 다짜고짜 카운터에 돈을 내고 열쇠를 받았다.

오하이오 다음은 인디애나, 일리노이, 아이오와, 네브래스카였다. 나는 스테이션왜건, 스포츠카, 임대한 밴 따위를 닥치는 대로 얻어 탔다. 혼자 다니는 여자들은 절대 태워 주지 않았고, 남자들만 다니는 경우나 여자들과 함께 여행하는 남자들만 날 태워 주었다. 네덜란드인 여행객 한 쌍은 내게 미국 맥주가 너무 차다며 불평을 늘어놓았고, 싸움을 하고 서로 싫어진 부부의 차를 얻어 타기도 했다. 누구든 예외 없이 나를 십대 소년으로 보았고, 점점 더 나는 진짜로 그렇게 되어 가고 있었다. 이젠 소피 서순한테 갈 수도 없었으므로 콧수염은 점점 자라나서 얼룩처럼 윗입술 위에 자리를 잡았다. 목소리도 더 굵어졌다. 길 위에서 흔들릴 때마다 내 목의 후골은 점점 더 도드라지게 튀어나왔다.

누가 물으면 대학교에 진학하려고 캘리포니아로 가는 길이라고 말해 주었다. 세상 물정에 대해서는 그다지 아는 게 없었지만 대학, 적어도 숙제 따위에 대해서는 어느 정도 알았으니까 스탠퍼드에 가서 기숙사 생활을 할 예정이라고 둘러댔다. 솔직히 말하면 나를 태워 준 사람들은 남의 일에는 관심이 없었다. 이러나저러나 그만이었다. 그들은 나름대로 갈 길이 바빴다. 그들은 지루하거나 외로웠고, 얘기할 상대가 필요했을 뿐이었다.

새로운 종교로 개종한 신도처럼 처음엔 좀 도가 지나치게 행동했다. 인디애나주 게일리 부근에서는 갖은 뽐을 내며 건방을 떨었다. 웃지도 않았다. 일리노이에서는 내내 클린트 이스트우드처럼 눈을 가늘게 뜨고 다녔다. 다 허세에 불과했지만 보통 남자들이 하고 다니는 그대로였다. 우리는 모두 가늘게 뜬 눈으로 서로를 곁눈질했다. 있는 대로 폼을 잡는 내 걸음걸이는 사춘기 사내애들이 남자답게 보이려고 그러는 것과 별반 다르지 않았다. 따라서 제법 그럴듯해 보였다. 지나친 과장이 도리어 자연스럽게 만들었다. 어울리지 않는 행동이 튀어나올 때도 있었다. 신발 바닥에 뭔가 달라붙은 느낌이 들면 다리를 엇갈려 가면서 신발을 땅에 문질러 떼는 게 아니라 발뒤꿈치를 걷어찬 다음 어깨 너머로 고개를 돌려 뭔가 떨어졌는지 확인했다. 잔돈을 헤아릴 때도 바지 주머니 안에서 바로 헤아리지 못하고 일일이 손바닥 위에 올려놓아야 했다. 그런 사소한 실수를 저지를 때마다 더럭 겁이 났지만 그럴 필요는 없었다. 아무도 눈치채지 못했다. 그래서 나는 도움을 받았다. 사람들은 대체로 많은 것을 놓치고 알아채지 못한다.

그때의 느낌들을 모두 이해했다고 말한다면 그건 거짓말일 것이다. 난 겨우 열네 살이었으니까. 자기 보호 본능이 내게 도망치라고 말했고, 그래서 난 계속 도망쳤다. 두려움이 나를 따라다녔다. 부모님이 그리웠다. 그들을 걱정시키고 있다는 죄책감에 시달렸다. 루스 박사의 보고서가 유령처럼 내게 들러붙었고 밤이면 모텔을 전전하면서 울다 지쳐 잠이 들었다. 도망친다고 해서 괴물이 된 기분이 나아지진 않았다. 내 앞에는 외로움과 거부밖에 보이지 않았고, 난 인생이 불쌍해서 눈물을 흘렸다.

그러나 아침에 일어날 때는 기분이 한결 좋았다. 모텔을 나와 세상 속에 우뚝 섰다. 나는 젊었고, 두렵기는 했지만 혈기로 가득했으므로 그리 오래 비관에 빠져 있진 않았다. 그럭저럭 한참씩 나 자신을 잊을 수 있었다. 아침으로 도넛을 먹었다. 설탕과 우유를 잔뜩 넣은 커피를 몇 잔이고 마셨다. 기분을 달래려고 부모님이 있었으면 절대 못 했을 일들을 했다. 예컨대 디저트를 두 개, 세 개씩 주문하고 샐러드는 입에도 안 대기. 이젠 이가 썩게 놔두든지 발을 의자 등에 올리든지 내 맘대로였다. 히치하이크를 하면서 다른 가출 소년들을 만나기도 했다. 고가 도로 밑이나 하수구에서 그들은 스웨터에 달린 후드를 뒤집어쓴 채 삼삼오오 모여 담배를 피우고 있었다. 그들은 나보다 더 거칠고 꾀죄죄했다. 난 그들 무리를 피해 다녔다. 저런 애들은 틀림없이 결손 가정 출신에 육체적인 학대를 받고 살다가 이제는 다른 사람들을 괴롭히고 있을 거야. 난 저런 애들과 달라. 나는 길 위에서 우리 가문 특유의 기동성을 발휘했다. 어떤 무리에도 끼지 않고 독자 노선을 고수했다.

그런데 이제 막 초원을 헤치고 뉴욕 펠럼에 사는 마이런과 실비아 브레스닉의 레크리에이션 자동차가 달려오고 있다. 차는 현대판 포장마차처럼 구불구불한 초원을 굴러와 멈춘다. 문이 열린다. 보통 집 현관문처럼 생긴 문이. 그러자 육십 대 후반쯤 돼 보이는 활달한 여자가 안에 서 있다. 그녀가 말했다.

"네가 탈 자리가 있을 것 같구나."

조금 전까지 서부 아이오와 80번 도로에 서 있던 나는 초원을 누비는 이 배에 가방을 신는 순간 브레스닉 부부의 거실에 와 있었다. 벽에는 액자에 넣은 자녀들 사진이 샤갈의 판화와 함께 걸려 있고, 커피 탁자 위에는 마이런이 밤마다 읽는 윈스턴 처칠의 전기가 놓여 있었다. 마이런은 퇴직한 부품 영업 사원이고, 실비아는 전직 사회사업가이다. 그녀는 옆에서 보면 귀여운 펀치넬로[85]를 닮았는데, 짙게 화장한 뺨은 풍부한 표정을 지녔고, 코는 코믹한 효과를 내도록 일부러 깎은 것처럼 생겼다. 마이런은 침으로 범벅이 된 시가를 물고 있다. 마이런이 운전하는 동안 실비아는 내게 침대, 샤워실, 거실을 한 바퀴 구경시켜 준다.

"어느 학교에 다니지? 장래 희망은 뭐야?"

그녀는 내게 잇달아 질문을 퍼붓는다. 마이런이 운전대에서 몸을 돌리고 소리친다.

"스탠퍼드라고! 훌륭한 학교이지!"

바로 그 순간이었다. 80번 도로 위에서 한순간 머릿속에 뭔가 찰칵 걸리면서 갑자기 남자아이가 되는 방법을 깨달았다. 마이런과 실비아는 나를 아들처럼 대해 주고 있다. 이런 집단 환각 속에서 적어도 잠시나마 난 아들이 된다. 나는 나 자신을 남성으로 생각하게 된 것이다. 그러나 딸 같은 부분도 남아 있는 게 틀림없다. 실비아가 곧 나를 옆으로 데려가 남편에 대한 불평을 늘어놓은 걸 보면 말이다.

---

85) 매부리코와 곱사등이 특징인 꼭두각시 인형이다.

"구닥다리란 건 나도 알아. 이 RV[86] 말이다. 자동차 캠프에서 만난 사람들을 네가 봤어야 하는 건데. 그 사람들은 이걸 'RV 라이프 스타일'이라고 부르대. 멋지기야 하지. 하지만 심심해. 난 문화 행사에 가고 싶어. 남편은 젊었을 때 너무 바쁘게 다니느라 제대로 보질 못했다는 거야. 그래서 이번엔 처음부터 다시 보겠다는 거지. 하지만 이렇게 굼벵이처럼 기어가는 게 말이 되니?"

"여보?" 마이런이 그녀를 부른다.

"서방님께 아이스티 한 잔 갖다주겠어? 목이 타신대."

그들은 나를 네브래스카에서 내려 주었다. 돈을 세어 보니 230달러가 남아 있었다. 하숙집의 싸구려 방을 찾아 밤을 보냈다. 지금도 어두워지면 히치하이크를 하기가 무서웠다.

여행 중에는 사소한 것들을 바로잡을 시간이 있었다. 내가 가져온 양말들 중에는 분홍색이나 흰색 따위의 어울리지 않는 색이 많았다. 속옷도 적당치 않았다. 네브래스카시티의 울워스 상점에서 박스형 팬티를 세 꾸러미 샀다. 여자애였을 때는 대형 사이즈를 입었는데 남자애가 되니 중간 사이즈가 맞았다. 화장품 코너에도 들렀다. 줄줄이 늘어선 여성용 화장품 진열대에 비해 필수 위생용품 진열대는 딱 하나밖에 없었다. 아직 남성용 화장품 수요가 폭발적이지 않은 모양이다. 투박한 이름의 만능 고약도 없었다. 거친 피부를 회복시키는 기능성 화장품도 없었다. 화상 방지용 면도젤도. 나는 데오도란트

86) 레저용 자동차이다.

와 일회용 면도기, 면도 크림을 골랐다. 화려한 오드콜로뉴 병이 눈길을 끌었지만 경험상 애프터셰이브는 별로 좋아하지 않았다. 오드콜로뉴를 보니 원하지도 않았는데 괜히 포옹해 주곤 하던 성악 교사들, 호텔 지배인들, 노인들이 떠올랐다. 남성용 지갑도 골랐다. 계산대에서 나는 콘돔이라도 사는 사람처럼 당황해서 점원 얼굴을 쳐다보지도 못했다. 점원은 나보다 어려 보였는데 북슬북슬한 금발 머리를 하고 있었다. 대도시 아이답게 생긴 인상이었다.

식당에서도 남자 화장실을 쓰기 시작했다. 이 부분이 가장 적응하기 어려웠던 것 같다. 남자 화장실의 불결함, 고약한 악취, 변소 칸에서 들리는 그렁그렁하는 소리, 헐떡거리는 소리 따위에 정나미가 떨어졌다. 항상 바닥은 소변으로 흥건했고 더러운 휴지 조각이 변기에 달라붙어 있곤 했다. 변소 칸에 들어가 보면 배관이 고장 나서 죽은 개구리로 끓인 수프 같은 갈색 물이 변기에 출렁거리는 꼴을 봐야 할 때도 한두 번이 아니었다. 화장실 변기에서 안식을 찾았던 그 옛날을 생각하면! 이제 그런 시절은 다 지나갔다. 남자 화장실은 여자 화장실과 달리 쾌적한 설비가 아무것도 없다는 사실을 곧 알게 되었다. 거울이나 세면 비누가 없는 경우도 허다했다. 배에 가스가 찬 사람들이 안에 틀어박혀 부끄러움도 없이 일을 볼 동안 소변기 앞에서는 남자들이 부산하게 움직였다. 그들은 눈가리개를 씌운 말처럼 앞만 보았다. 그때 비로소 나는 내가 무엇을 버리고 왔는지 깨달았다. 그건 바로 생물학적으로 서로 통한다는 연대 의식이었다. 여자들은 육체를 지녔다는 것이 어떤 의미인지 안다. 육체가 얼마나 다루기 힘들며 얼마나 연약한지를, 또한 육체로 말미암은 영광과 기쁨을 잘 알고 있다. 남자들은 육체를 자신만의 것으로 여긴다. 그들은 사람들이 보는 데서도 슬쩍 자기 몸에 손을 댄다.

페니스에 대해 한마디. 페니스에 대한 칼의 공식 입장은 어땠을까? 페니스들 속에서, 페니스들에 둘러싸인 그의 기분은 여자였을 때와 똑같았다. 한편으로는 끌리고 한편으로는 두렵고. 그전까지 페니스는 내게 그리 중요한 존재가 아니었다. 우리 여자아이들은 페니스를 우스꽝스럽게 여겼다. 우리는 킬킬거리거나 구역질 나는 척하면서 죄스러운 호기심을 감추었다. 박물관 견학을 간 여학생들이 으레 그러듯이 나도 로마 유물 앞에서 얼굴을 붉히곤 했다. 그러다가도 선생님이 등을 돌리면 몰래 훔쳐보았다. 어릴 때 처음 받는 예술 교육은 다 그렇지 않던가? 그 누드상이 옷을 입었다. 고상하게 옷을 입은 것이다. 나보다 여섯 살이 많은 오빠는 절대 나랑 같이 목욕하지 않았다. 오래전에 슬쩍 훔쳐본 그의 성기는 이제 가물가물했다. 나는 애써 외면해 왔다. 심지어 제롬이 내 몸에 들어왔을 때조차 나는 뭐가 어떻게 되는지 보지 않았다. 그렇게 오래 감춰 온 만큼 나로서는 궁금하지 않을 리 없었다. 그러나 남자 화장실에서 훔쳐본 모습들은 하나같이 실망스러웠다. 당당한 남근은 어느 구석에도 없고 있는 거라곤 겨우 꼴망태, 말라빠진 알뿌리, 허물 벗은 뱀이 다였다. 나는 누군가에게 들킬까 봐 겁이 나 죽을 지경이었다. 머리를 깎고 큰 키에 양복을 입었지만 남자 화장실에 들어갈 때마다 머릿속에서 고함 소리가 울리는 듯했다.

“네가 남자 화장실에 있다니!”

그러나 남자 화장실은 내가 예상한 대로였다. 한마디도 입을 여는 사람이 없었다. 아무도 내 존재에 이의를 제기하지 않았다. 나는 그럭저럭 깨끗해 보이는 칸을 찾았다. 앉아서 소변을 봐야 했다. 아직은 그랬다.

밤이면 모텔의 곰팡이가 핀 카펫 위에서 팔굽혀펴기나 윗몸일으키기 같은 운동을 했다. 새로 산 박스형 팬티 바람으로 거울 앞에 서서 체격을 점검해 보기도 했다. 얼마 전만 해도 운동해 봤자 소용도 없는 것 같아 짜증이 나곤 했지만 이제 그런 걱정은 사라졌다. 더 이상 표준에 맞추려고 애쓸 필요가 없었다. 불가능한 목표를 버리고 나니 마음이 한없이 편안했다. 그러나 변화하는 내 몸을 바라보고 있노라면 혼란에 빠지는 순간도 있었다. 가끔은 이게 정말 나인가 싶었다. 내 몸은 건장하고, 희고, 뼈대가 굵었다. 나름대로 아름다운 몸이었지만 스파르타인 같았다. 예민하지 못하고 유연한 면도 전혀 없었다. 아직도 내용물을 억지로 눌러놓은 느낌이었다.

이 새로운 육체와 그에 관한 구체적인 사용법, 금기 사항을 배워 나간 곳도 그런 모텔에서였다. 모호한 대상과 나는 어둠 속에서 움직였다. 그 애가 내 몸 구석구석을 자세히 살핀 적은 사실 없었다. 클리닉에서는 내 생식기들을 의료적으로 검진했다. 거기 있을 때는 끊임없는 검사로 인해 내 생식기들이 다소 물러지거나 무감각해졌다. 시련을 견뎌 내기 위해 내 육체가 문을 굳게 닫아걸었던 것이다. 그러나 이 여행으로 내 몸은 다시 깨어났다. 방문을 잠그고 체인을 건 다음 혼자 실험을 해 보았다. 다리 사이에 베개를 끼우고 드러누웠다. 반쯤 긴장을 풀고 「자니 카슨 쇼」를 보면서 손으로는 여기저기 시굴해 보았다. 내가 어떻게 생겼을지 불안한 생각을 떨칠 수 없었기 때문에 보통 아이들처럼 샅샅이 답사하지는 못했다. 그러나 세상과 나를 아는 모든 이로부터 떨어져 나온 지금이야말로 용기를 내서 시도해 볼 때였다. 난 이 일의 중요성을 깎아내릴 수가 없다. 가끔은 내 결정에 의구심이 들어 부모님과 클리닉으로 돌아가 무릎을 꿇을까 싶다가도 내 다리 사이에서 느껴지는 이 은밀한 쾌감이 나를 가로막았다. 그 쾌감이 나로부터 나온다는 걸 깨달았다. 나는 성적인 부분을 과대평가할 생각은 없다. 그러나 나에게, 더군다나 열네 살짜리에게 신경이 곤두서고 팽팽해지다가 마침내 아주 작은 자극에도 교향곡처럼 터져 나오는 그 순간은 강력한 힘이었다. 그렇게 칼은 자신을 발견했다. 두세 개의 구겨진 베개 위에 웅크린 채 온몸이 녹아내리는 듯한 불모의 관능적인 절정 속에서. 커튼이 드리워지고 바깥 수영장은 물을 뺐는데 차들은 밤새 끝도 없이 달렸다.

네브래스카시티 외곽에서 해치백 스타일의 은색 노바 한 대가 길가로 붙었다. 나는 짐 가방을 들고 달려가 조수석 문을 열었다. 운전대에는 삼십 대 초반의 잘생긴 남자가 앉아 있었다. 그는 트위드 코트와 노란 브이넥 스웨터 차림이었다. 격자무늬 셔츠는 깃을 풀어 헤쳤지만 소매는 풀을 먹여 빳빳했다. 말쑥한 차림새가 그의 느긋한 태도와 대조를 이루었다.

"안녕."

그가 브루클린 억양으로 인사를 건넸다.

"태워 주셔서 감사합니다."

그는 담배에 불을 붙이고 손을 내밀면서 자기소개를 했다.

"벤 쉬어라고 해."

"제 이름은 칼이에요."

그는 내 출신지니 목적지니 판에 박힌 질문은 생략했다. 그 대신 차를 출발시키면서 이렇게 물었다.

"그 옷 어디서 구했니?"

"구세군에서요."

"아주 근사한데."

"정말요?" 내가 말했다. 그러나 곧 고쳐 생각했다.

"절 놀리는 거죠."

"아냐, 그렇지 않아." 쉬어가 말했다.

"난 죽은 사람이 입었던 옷이 좋아. 굉장히 실존주의적인 느낌이 나잖아."

"그게 뭔데요?"

"뭐 말이니?"

"실존주의적이라뇨?"

그는 나를 똑바로 쳐다보았다.

"실존주의자란 순간을 위해서 사는 사람을 말한단다."

아무도 내게 그런 식으로 말한 적이 없었다. 마음에 들었다. 황금색 들판을 지나 차를 몰면서 쉬어는 내게 여러 가지 흥미로운 이야기를 들려주었다. 나는 이오네스코와 부조리극에 대해서 배웠다. 앤디 워홀과 벨벳 언더그라운드[87]에 대한 것도. 이런 얘기들이 문화적으로 무식한 인간들 틈에 있다 온 나 같은 애를 얼마나 흥분시켰는지 말로는 다 할 수가 없다. 팔찌 클럽은 동부 출신인 척하고 싶어 안달을 했고, 나 역시 그런 욕망을 가졌던 것 같다.

"뉴욕에서 산 적 있어요?"

내가 질문했다.

"예전에."

"거기서 오는 길이에요. 나중에 거기서 살았으면 좋겠어요."

"난 거기서 십 년 살았지."

"왜 떠나셨어요?"

다시 똑바로 쳐다본다.

"어느 날 아침 눈을 떠 보니까 떠나지 않으면 일 년 후엔 죽을 것 같더라고."

이 또한 멋져 보였다.

쉬어의 얼굴은 창백한 미남형이었고, 회색 눈에는 동양인 같은 분위기가 흘렀다. 밝은 갈색의 곱슬머리는 꼼꼼히 빗질해서 가르마를 잘 타 놓았다. 글자를 도안한 커프스단추며 이탈리아제 신발 등 세심하게 멋을 부린 부분들도 눈에 띄었다. 단박에 그에게 반해 버렸다. 쉬어는 내가 되고 싶다고 생각하는 바로 그런 종류의 인간이었다. 갑자기 차 뒤쪽에서 지겹고 공허하다는 듯 허풍스러운 한숨 소리가 새어 나왔다.

---

87) 앤디 워홀의 바나나 표지 앨범으로 유명한 밴드이다.

"왜 그래, 프랭클린?"

쉬어가 불렀다. 자기 이름을 듣자마자 프랭클린은 해치백 구석에서 짜증이 가득한 얼굴을 왕처럼 거만하게 들었다. 영국산 사냥개 세터의 얼룩덜룩한 점박이 얼굴이 눈에 들어왔다. 녀석은 늙어 짓무른 눈으로 나를 한 번 쓱 보더니 다시 눈에 띄지 않는 곳으로 숨어 버렸다. 그사이 쉬어는 고속 도로를 빠져나왔다. 그의 운전 스타일은 바람처럼 경쾌했지만 차를 조작할 때마다 운전대를 세게 두들기면서 군대식 동작을 취했다. 그는 편의점 주차장에 차를 댔다.

"금방 올게."

그는 담배를 승마용 채찍처럼 뒷주머니에 꽂고 잰걸음으로 가게를 향했다. 그가 없는 동안 차 안을 둘러보았다. 차 안은 눈이 부실 만큼 깨끗했고, 바닥 매트도 막 진공청소기로 청소한 상태였다. 장갑을 넣는 상자에는 지도와 메이블 머서의 테이프가 잘 정리되어 있었다. 쉬어가 가득 찬 쇼핑백 두 개를 들고 다시 나타났다.

"여행 중에 마실 음료를 정리해 놔야겠는데." 그가 말했다.

그는 열두 팩짜리 맥주 한 상자, 블루넌 와인 두 병, 인조 점토 병에 담긴 랜서스 로제 한 병을 가져왔다. 그는 이것들을 전부 뒷좌석에 실었다. 이것 또한 세련된 취미의 일부였다. 보통 사람들 같으면 플라스틱 컵에 싸구려 리프프라우밀히[88] 와인을 마시면서 그걸 칵테일이라고 부르고, 스위스 군대용 칼로

---

88) 보름스 지역의 유명한 백포도주이다.

체더치즈 덩어리를 자른다. 쉬어는 변변찮은 상점에서 근사한 오르되브르를 구해 왔다. 올리브도 있었다. 개미 새끼 한 마리 없는 황무지를 가로지르면서 쉬어는 내게 와인병을 따고 스낵을 달라고 했다. 이제 내가 그의 시종이었다. 그는 메이블 머서의 테이프를 틀라고 한 다음 그녀의 정확한 구절법에 대해 강의를 했다. 갑자기 그가 목소리를 높였다.

"경찰이다. 잔 내려."

나는 재빨리 마시던 블루넌을 밑으로 내렸고, 우리는 왼쪽에 주 경찰관을 지나치면서 아무렇지도 않은 척했다. 그리고 이때쯤 쉬어는 경찰 목소리를 흉내 내고 있었다.

"저놈들, 도회지물 먹은 뺀질이들이네. 척하면 삼천리이지. 그중에서도 상뺀질이야. 내기할까?"

나는 위선자들과 원칙론자들의 세상에 한 방 먹인 것에 기분이 좋아져서 그가 무슨 말을 하든 깔깔 웃으며 맞장구를 쳤다. 날이 어두워지자 쉬어는 스테이크 식당을 골랐다. 너무 비싸지 않을까 걱정스러웠지만 그는 내게 이렇게 말했다.

"오늘 저녁은 내가 살게."

내부는 떠들썩하고 붐볐으며 남은 자리라곤 바 옆의 작은 테이블밖에 없었다. 쉬어가 웨이트리스에게 말했다.

"보드카 마티니, 올리브 두 알 넣어서 아주 드라이하게, 그리고 내 아들한테는 맥주 한 병 줘요."

웨이트리스가 나를 쳐다보았다.

"신분증 갖고 있나요?"

"없는데요." 내가 말했다.

"그럼 드릴 수 없어요."

"난 애가 태어날 때도 옆에 있었다고요. 내가 보증할게요."

쉬어의 말이었다.

"죄송합니다, 신분증이 없으면 술은 드릴 수 없어요."

"그럼 좋아요." 쉬어가 말했다.

"주문을 바꾸죠. 난 보드카 마티니, 올리브 두 알 넣어서 아주 드라이하게, 그리고 입가심할 맥주 한 병."

웨이트리스가 입술을 악물고는 가까스로 말했다.

"친구분께 맥주를 드릴지 모르니 갖다 드릴 수 없습니다."

"둘 다 내가 마실 거요."

쉬어가 그녀를 안심시켰다. 그는 목소리를 낮추고 힘을 주어 이런 초원 한가운데의 스테이크집에서조차도 먹힐 만한 동부나 아이비리그 출신다운 위엄을 실어 말했다. 웨이트리스는 분한 표정이었지만 순순히 따랐다. 그녀가 가 버리자 쉬어는 내 쪽으로 몸을 기울였다. 그는 다시 시골뜨기의 말투를 흉내 냈다.

"건초 창고에 가서 궁둥이 한 번으로 매수가 안 된대도 저 계집애 잘못은 아니지. 그 짓에는 너 같은 애가 딱 좋마감인데."

그는 취한 것 같지 않았지만 이렇게 노골적으로 나오니까 또 색달랐다. 쉬어는 움직임이 둔해지고 목소리가 커졌다.

"그래……." 쉬어가 말했다.

"내 생각엔 저 애가 너한테 반한 것 같은데. 둘이 잘해 볼 수도 있겠지."

나도 와인을 너무 많이 마셨는지 머리가 빙빙 돌고 정신이 몽롱해졌다. 웨이트리스가 술을 가져와서 보란 듯이 쉬어 쪽에 놓았다. 그녀가 사라지자마자 그는 맥주를 내 쪽으로 밀어 놓고 말했다.

"네 거야."

"고마워요."

나는 맥주를 꿀꺽꿀꺽 마시면서 웨이트리스가 다가오면 테이블 너머로 밀어 놓았다. 이렇게 몰래 마시는 것도 재미있었다.

그런데 그런 나를 지켜보는 눈이 있었다. 바에 앉은 사내가 날 유심히 살피고 있었던 것이다. 하와이안 셔츠를 입고 선글라스를 낀 그 남자는 못마땅한 듯했다. 그러다 갑자기 다 안다는 듯 활짝 웃어 보였다. 그 미소가 불쾌해서 나는 외면해 버렸다.

다시 밖으로 나왔을 때는 완전히 깜깜해진 뒤였다. 출발하기 전 쉬어는 노바의 해치를 열고 프랭클린을 나오게 했다. 늙은 개는 잘 걷지도 못했기 때문에 쉬어는 개를 안아서 꺼냈다.

"가자, 프랭크."

쉬어는 퉁명스럽지만 애정이 담긴 어조로 말하면서 담뱃불을 붙여 물었다. 그는 구치 신발에 옆이 트인 금색 트위드 재킷, 몸을 떠받치는 폴로 선수 같은 강인한 다리에 프랭클린 루스벨트 같은 귀족적인 태도로 몸을 기울여 늙은 개를 풀밭으로 옮겨 놓았다. 고속 도로로 다시 들어가기 전에 그는 편의점에 들러 맥주를 더 샀다.

우리는 한 시간쯤 더 갔다. 쉬어는 맥주병을 꽤 많이 비웠고, 나도 한두 병쯤 해치웠다. 취기가 돌면서 잠이 몰려왔다. 나는 문에 기대어 흐릿한 눈으로 밖을 내다보았다. 기다란 흰색 차가 우리 옆을 지나갔다. 운전자가 내게 미소를 보냈지만 난 이미 가물가물 잠에 빠져들고 있었다. 잠시 후, 쉬어가 나를 흔들어 깨웠다.

"너무 취해서 운전 못하겠어. 차를 세워야겠다."

나는 아무 말도 하지 않았다.

"모텔을 찾아봐야겠어. 네 방도 잡아 줄게. 내가 내지."

나는 반대하지 않았다. 곧 흐릿한 모텔 불빛이 눈에 들어왔다. 쉬어는 차에서 내렸다가 내 방 열쇠를 가지고 돌아왔다. 그는 나를 방까지 데려다주고, 내 가방을 옮겨 주고, 나를 위해 문을 열어 주었다. 나는 침대로 가서 쓰러졌다. 머리가 빙빙 도는 것 같았다. 간신히 침대보를 끌어 내리고 베개를 베었다.

"옷 입은 채로 잘 거야?"

쉬어가 재미있다는 듯 물었다. 그의 손이 내 등을 어루만지는 걸 느꼈다.

"옷 입은 채로 자면 안 되지." 그가 말했다.

그가 내 옷을 벗기기 시작하자 나는 몸을 일으켰다.

"그냥 자게 놔둬요." 내가 말했다.

쉬어가 바짝 몸을 구부리고 쉰 목소리로 말했다.

"부모님이 널 쫓아낸 거지, 칼? 그렇지?"

그날 밤낮으로 마신 술이 한꺼번에 오르기라도 한 듯 갑자기 엉망으로 취한 목소리였다.

"난 잘 거라니까요." 내가 말했다.

"이봐." 쉬어가 속삭였다.

"내가 널 보살펴 줄게."

나는 눈을 뜨지 않은 채 몸을 깊이 웅크렸다. 쉬어는 내 곁을 파고들었지만 내가 아무 반응도 보이지 않자 멈추었다. 그가 문을 열고 나가는 소리가 들렸다.

잠을 깨어 보니 이른 아침이었다. 창문으로 햇살이 비쳐 들었다. 쉬어는 내 바로 옆에 있었다. 그는 눈을 꼭 감은 채 어색하게 나를 끌어안고 있었다.

"그냥 여기서 자고 싶었어." 그가 웅얼거렸다.

"그냥 자고 싶어서."

내 셔츠 단추가 풀어져 있었고 쉬어는 속옷 바람이었다. 텔레비전이 켜져 있고, 그 위에 빈 맥주병들이 늘어서 있었다. 쉬어는 나를 꽉 잡고 신음 소리를 내며 자기 얼굴을 내 얼굴에 갖다 대고 눌렀다. 여기까지는 참았다. 왠지 그래야만 할 것 같았다. 그러나 취기가 덜 깬 그의 관심이 자꾸만 더 집요해지면서 무엇을 노리는지 분명해지자 나는 그를 밀쳐 냈다. 그는 저항하지 않았다. 몸을 공처럼 둥글게 웅크리더니 금세 곯아떨어져 버렸다.

나는 일어나서 욕실로 들어갔다. 무릎을 끌어안은 채 변기 뚜껑 위에 앉아 한참을 망연자실하고 있었다. 다시 밖을 살짝 엿보니 쉬어는 아직도 죽은 듯 잠들어 있었다. 문에는 잠금장치가 없었지만 몸을 씻고 싶어 참을 수가 없었다. 커튼을 열어 놓은 채 문밖을 계속 살피면서 서둘러 샤워를 했다. 그런 다음 새 셔츠로 갈아입고 양복을 다시 입고 방을 빠져나왔다. 아직 첫새벽이었다. 길에는 지나가는 차가 한 대도 없었다. 모텔에서 걸어 나와 샘소나이트 가방에 걸터앉아 기다렸다. 드넓고 탁 트인 하늘. 그 하늘을 날아가는 몇 마리 새들. 다시 배가 고파졌다. 머리가 아팠다. 지갑을 꺼내 점점 줄고 있는 돈을 세어 보았다. 집에 전화할 생각을 백 번은 했을 것이다. 터지려는 울음을 간신히 참았다. 그때 차가 다가오는 소리가 들렸다. 모텔 주차장에서 하얀 링컨 콘티넨털이 나타났다. 나는 엄지손가락을 들어 올렸다. 차가 내 옆에 멈추면서 유리창이 천천히 내려갔다. 운전석에는 그 전날 레스토랑에서 봤던 남자가 앉아 있었다.

"어디로 가니?"

"캘리포니아요."

예의 그 미소를 짓는다. 갑작스럽게 퍼져 나오듯이.

"그렇다면 너 오늘 운 텄구나. 나도 거기 가는 길이거든."

잠시 망설였다. 다음 순간 큰 차 뒷문을 열고 가방을 밀어 넣었다. 그 상황에서는 선택의 여지가 없었다.

샌프란시스코에서의 젠더 위기

그의 이름은 밥 프레스토. 부드럽고 희고 두꺼운 손과 통통한 얼굴에 금실이 섞인 하얀 과야베라[89]를 입었다. 그는 지금 하는 일에 뛰어들기 전에는 여러 해 동안 라디오 아나운서였다며 자기 목소리에 대한 자랑이 대단했다. 그러면서도 정작 그 일이 뭔지는 말하지 않았다. 그러나 붉은 가죽 시트를 씌운 하얀 콘티넨털, 금시계와 보석 반지들, 뉴스 해설자 스타일의 머리 모양 등 어느 모로 보나 꽤 괜찮은 사업임에 틀림없었다. 이렇게 다 큰 남자로 차렸는데도 프레스토는 왠지 마마보이 같은 느낌이 강했다. 그는 90킬로그램에 육박하는 거구였지만 약간 뚱뚱해 보이는 정도였다. 그를 보니 엘리어스 브라

89) 라틴아메리카에서 입는 헐렁한 셔츠이다.

더스 체인 레스토랑의 빅 보이가 생각났다. 빅 보이가 늙어서 어른들 세계의 나쁜 버릇들로 천박해지고 잘난 척하면 저렇게 되겠지.

틀에 박힌 우리의 대화가 시작되었다. 프레스토는 나에 대해 묻고 나는 늘 써먹던 판에 박힌 거짓말을 하고.

"캘리포니아에선 어디로 갈 셈이냐?"

"대학교요."

"어느 학굔데?"

"스탠퍼드요."

"대단하구나. 내 처남도 스탠퍼드에 갔는데. 자기가 세상에서 제일 잘난 줄 아는 놈이지. 아, 어디랬지?"

"스탠퍼드요?"

"그래, 어느 도시니?"

"기억이 안 나요."

"기억이 안 난다고? 스탠퍼드 학생들은 영리하다고 들었는데. 거기가 어딘지 모른다면 어떻게 가겠단 말이냐?"

"친구를 만나기로 했어요. 자세한 건 걔가 다 알아요."

"친구가 있다는 건 좋은 일이지."

프레스토가 말했다. 그는 고개를 돌리고 내게 한 눈을 찡긋했다. 이를 어떻게 해석해야 하나. 나는 잠자코 눈앞의 도로에 시선을 박았다. 우리 사이의 앞좌석 선반에는 청량음료와 칩과 쿠키 봉지 같은 것들이 잔뜩 놓여 있었다. 프레스토는 뭐든지 먹고 싶은 걸 먹으라고 했다. 나는 너무 배가 고파 거절하지 못하고 게걸스럽게 보이지 않으려고 조심하면서 쿠키 몇 개를 먹었다.

"나는 말이지……." 프레스토가 입을 열었다.

"나이를 먹을수록 대학생들이 어려 보이는구나. 사실대로 얘기하면 말이지, 난 네가 고등학생 정도로밖엔 안 보인단다. 몇 학년이지?"

"신입생이에요."

다시 프레스토의 얼굴에 애플 캔디 같은 미소가 확 퍼졌다.

"나도 다시 그 시절로 돌아가고 싶구나. 대학 시절이 인생에서 제일 좋을 때이지. 여자애들이랑 재미 많이 보거라."

그러면서 킬킬거리고 웃어 대서 나도 억지로 따라 웃을 수밖에 없었다.

"난 대학 때 여자 친구가 많았어, 칼." 프레스토가 말했다.

"대학 라디오 방송국에서 일했는데 별의별 레코드판을 다 공짜로 얻곤 했지. 좋아하는 여자가 생기면 노래도 바치고."

그는 감정을 담뿍 실은 굵은 목소리로 시범 삼아 자기 스타일을 보여 주었다.

"이 노래를 문화인류학과의 여왕 제니퍼에게 보냅니다. 당신의 문화를 연구하고 싶어요, 베이비."

자기 목소리에 대한 자부심을 간신히 자제하느라 프레스토는 살집이 많은 머리를 수그리고 눈썹을 추켜올렸다.

"여자에 대해 충고 한마디 해 주마, 칼. 목소리야. 여자들은 다 목소리에 넘어간다니까. 목소리를 절대 우습게 보면 안 돼."

프레스토의 목소리는 진짜로 깊고 남성적이었다. 그가 설명했듯이 목에 붙은 지방이 울림을 더해 주었다.

"내 전처를 예로 들어 볼게. 우리가 처음 만났을 때 말이지, 내가 입만 열면 그녀는 미쳐 버렸다고. 섹스를 할 때도 내가 '잉글리시 머핀'이란 말 한마디만 하면 그냥 빽 갔지."

내가 아무 대꾸가 없자 프레스토가 또 말했다.

"내 말이 불쾌했니? 너 전도하러 다니는 모르몬교도는 아니겠지? 그런 양복에?"

"아니에요."

"좋아. 잠깐 걱정했잖아. 어디 네 목소리 한번 들어 보자." 프레스토가 말했다.

"자, 제일 근사한 소리를 내 봐."

"무슨 말을 할까요?"

"'잉글리시 머핀' 하고 말해 봐."

"잉글리시 머핀."

"이젠 나도 라디오 일은 안 해. 전문 방송인이 아니거든. 하지만 내 소견을 말한다면 넌 디제이는 못 해 먹겠다. 네 목소리는 가느다란 테너야. 목소리가 좋아지려면 노래를 배우는 게 좋을 거다."

그는 날 보고 이를 드러내며 씩 웃었다. 그러나 눈은 전혀 웃지 않았고 오히려 냉정하게 날 뜯어보고 있었다. 그는 한 손으로 감자칩을 먹으면서 다른 손으로 운전했다.

"네 목소리엔 무언가 독특한 게 있어. 딱 집어 말할 수는 없지만."

입을 다무는 게 상책이었다.

"몇 살이지, 칼?"

"아까 말했잖아요."

"아니, 말 안 했어."

"곧 열여덟 살이 돼요."

"나는 몇 살로 보이냐?"

"글쎄요. 예순 살?"

"이런, 여기서 내려라. 예순이라니! 맙소사, 난 아직 쉰두 살이야."

"쉰이라고 말할 참이었어요."

"이게 다 살 때문이야." 그가 머리를 저었다.

"이렇게 살찌기 전에는 늙어 보이지 않았는데. 너처럼 비쩍 마른 애들은 모르겠지? 네가 길에 서 있는 걸 처음 봤을 때 난 여자앤 줄 알았어. 양복은 미처 못 봤거든. 대충 윤곽만 보여서. 그래서 생각했지, 하느님, 저렇게 어린 여자애가 히치하이크를 하다니 어떻게 된 겁니까?"

이젠 프레스토와 시선을 마주칠 수가 없었다. 다시 더럭 겁이 나면서 아주 거북한 기분이 되었다.

"그러는데 널 알아본 거야. 널 본 적이 있잖아. 그 스테이크 식당에서 말이야. 넌 그 호모랑 같이 있었지."

잠시 침묵이 흘렀다.

"그놈이 어린 남자애를 찾아다니는 동성애자인 줄 내 알아봤다. 너 게이냐, 칼?"

"네?"

"사실대로 말해도 좋아. 난 게이가 아니지만 반감은 없다."

"이제 내리고 싶어요. 절 내려 주실래요?"

프레스토는 운전대에서 손을 떼고 손바닥을 허공에 치켜들었다.

"미안하다. 사과할게. 이제는 심문 안 할게. 한마디도 안 하마."

"그냥 내려 주세요."

"네가 원한다면 좋다. 하지만 이해를 못 하겠구나. 우린 같은 방향으로 가야잖니, 칼. 샌프란시스코까지 태워다 줄게."

그는 속도를 늦추지 않았고 나도 그 이상 부탁하지 않았다. 그는 자기 말을 충실히 지켜서 그때부터 거의 입을 열지 않고 라디오를 따라 콧노래만 흥얼거렸다. 그는 한 시간마다 휴게소에 들러 쉬면서 펩시콜라 큰 병과 초콜릿칩 쿠키, 빨갛게 말린 감초 뿌리와 콘칩 따위를 잔뜩 샀고 운전대로 돌아와서는 그걸로 자기 배 속을 가득 채웠다. 씹을 때는 부스러기가 앞에 떨어지지 않도록 고개를 뒤로 젖히면서. 청량음료가 꿀럭꿀럭 그의 목구멍을 타고 넘어갔다. 우리는 평범한 이야기만 주고받으면서 시에라를 거쳐 네바다를 지나 캘리포니아로 들어섰다. 드라이브인 식당에서 점심을 먹을 때는 프레스토가 햄버거와 밀크셰이크 값을 치렀다. 나는 그가 믿을 수 있는 사람이며, 호의적이고, 나에게 뭔가 육체적인 대가를 바라고 잘해 주는 게 아니라는 판단을 내렸다.

"약 먹을 시간이군." 식사를 끝내자 그가 말했다.

"칼, 내 약병 좀 집어 줄래? 글러브 박스에 있다."

거기에는 대여섯 개의 병들이 있었다. 그것들을 프레스토에게 건네주자 눈을 가늘게 뜨고 라벨을 읽으려고 애썼다.

"여기……." 그가 말했다.

"잠깐 운전대 좀 잡아라."

운전대를 잡느라고 어쩔 수 없이 밥 프레스토에게 몸을 바싹 붙이고 있는 사이 그는 병마개를 붙잡고 씨름한 끝에 약들을 털어 냈다.

"내 간은 완전히 엉망진창이야. 이 간염 때문에 타이에서 돌아온 거야. 그 재수 없는 나라에서 거의 죽을 고비를 넘겼어."

그가 파란 알약을 집어 올렸다.

"이건 간에 먹는 약이고. 혈액 응고 방지제도 있다. 그리고 이건 혈압약. 내 피도 말이 아니거든. 난 너무 많이 먹으면 안 돼."

이런 식으로 온종일 달려서 저녁 무렵에는 샌프란시스코에 닿았다. 언덕 위에 늘어놓은 분홍색, 흰색 웨딩 케이크 같은 모습의 도시를 바라보자니 새로운 불안감이 가슴속을 파고들었다. 그 지역을 통과하는 내내 이제 목적지에 도착했다는 생각에만 빠져 있었다. 오기는 왔지만 무얼 해야 할지, 어떻게 살아남을지 알 수가 없었다.

"네가 원하는 데 내려 주마." 프레스토가 말했다.

"네가 가 있을 주소는 알겠지, 칼? 친구 집이냐?"

"아무 데나 좋아요."

"그럼 헤이트로 데려다줄게. 방향을 잡기엔 거기가 제일 좋을 거다."

우리는 시내로 들어갔고 마침내 밥 프레스토가 차를 세우자 나는 문을 열었다.

"태워 주셔서 고마워요." 내가 말했다.

"됐다, 됐어." 프레스토가 손을 내저으며 말했다.

"그런데 거긴 팰로앨토다."

"네?"

"스탠퍼드는 팰로앨토에 있다고. 남들이 네가 대학생이라고 믿게 만들려면 제대로 알고 있어야지."

그는 내가 무슨 말이든 하기를 기다렸다. 그러다 깜짝 놀랄 만큼 부드러운 목소리로 질문을 던졌다. 그런 건 분명히 전문적인 트릭이겠지만 전혀 효과가 없다고는 할 수 없었다.

"얘, 내 말 좀 들어 봐, 너 지낼 곳은 있니?"

"제 걱정은 마세요."

"내가 뭐 좀 물어도 되겠니, 칼? 대관절 넌 뭐 하는 애냐?"

나는 아무 대답도 않고 차에서 내려 뒷문을 열고 가방을 꺼냈다. 프레스토가 자기 자리에서 고개를 돌렸는데 그로서는 힘겨운 동작이었다. 그의 목소리는 여전히 부드럽고 굵직하고 아버지처럼 자애로웠다.

"내 말 좀 들어 봐라. 난 사업을 하고 있어. 널 도와줄 수 있을지 몰라. 너 성전환자냐?"

"이제 가 볼게요."

"불쾌하게 생각지 말거라. 수술받기 전이랑 후랑 거기 관한 거라면 뭐든지 다 알고 있으니까."

"무슨 말씀 하시는지 모르겠어요."

나는 차에서 가방을 끄집어냈다.

"얘, 그렇게 서두를 건 없잖니. 내 전화번호라도 가져가렴. 너 같은 애를 쓸 수도 있어. 네가 뭐든 말이야. 돈이 필요하겠지? 쉽게 큰돈을 벌고 싶으면 늙은 친구 밥 프레스토에게 전화해라."

그를 보내 버리기 위해 전화번호를 받았다. 그러고는 어디로 가야 할지 아는 것처럼 돌아서서 걷기 시작했다.

"밤엔 공원을 조심해라." 프레스토가 내 뒤에 대고 예의 울림이 좋은 목소리로 외쳤다.

"몹쓸 것들이 우글거리니까."

어머니와 자식을 이어 주는 탯줄은 결코 완전히 끊어지는 법이 없다고 우리 어머니는 말하곤 했다. 필로보시안 박사가 육체의 태를 자르는 순간 그 자리에는 영적인 태가 자라나기 작했다. 내가 사라진 후 어머니는 이런 터무니없는 이야기에 어느 때보다도 더 절실하게 매달렸다. 밤마다 그녀는 침대에 누워 신경 안정제의 약효가 나타나길 기다리면서 낚시꾼이 낚싯줄을 점검하듯이 당신 배꼽에 손을 대 보곤 했다. 뭔가 느껴지는 것 같았다. 희미한 진동이 와닿았다. 이것으로 그녀는 내가 아주 멀리서 굶주린 채 어쩌면 아플지도 모르지만 어쨌든 살아 있다고 말할 수 있었다. 그건 깊은 바닷속 고래들이 목 놓아 서로를 부르듯 보이지 않는 탯줄을 타고 울리는 노래였다.

내가 자취를 감춘 뒤 우리 부모님은 내가 돌아올까 싶어 일주일쯤 로크무어 호텔에 더 머물렀다. 결국 사건을 맡은 뉴욕 경찰은 그들에게 집에 돌아가 있는 게 최선이라고 말해 주었다.

"따님이 전화할지도 몰라요. 아니면 집에 나타날 수도 있고요. 애들은 보통 그러거든요. 따님을 발견하면 알려 드리겠습니다. 절 믿으세요. 제일 좋은 방법은 집에 가서 전화를 기다리는 겁니다."

우리 부모님은 내키지 않았지만 그의 충고를 따랐다. 그러나 그들은 떠나기 전 루스 박사와 면담을 했다.

"섣부른 지식은 위험할 수도 있습니다." 루스 박사는 내가 사라진 데 대해 설명이랍시고 이렇게 말했다.

"내가 진료실을 비운 사이 칼리가 자기 파일을 훔쳐봤을지도 몰라요. 하지만 그게 무슨 말인지도 몰랐을 텐데."

"그렇다면 뭐 때문에 애가 도망을 갔겠어요?"

어머니가 물었다. 그녀는 애원하듯 눈을 크게 떴다.

"오해입니다." 루스가 대답했다.

"지나치게 단순하게 생각했어요."

"루스 박사님, 솔직하게 얘기하죠." 아버지가 말했다.

"우리 애가 써 놓고 간 쪽지에 당신을 거짓말쟁이라고 했어요. 왜 그 애가 그런 말을 했는지 설명을 듣고 싶군요."

루스는 너그러운 미소를 띠었다.

"그 앤 열네 살입니다. 어른들을 못 믿을 나이죠."

"우리도 그 파일을 좀 볼 수 있을까요?"

"도움이 안 될 겁니다. 성 정체성은 아주 복잡하거든요. 단순한 유전학 문제만도 아니에요. 전적으로 환경 요인의 문제라고 할 수도 없고요. 유전자와 환경이 결정적인 순간에 함께 작용하지요. 두 가지 요인이 아닙니다. 세 가지입니다."

"한 가지 확실히 해 둡시다." 아버지가 그의 말을 잘랐다.

"당신의 의학적 소견으로는 칼리를 지금처럼 여자로 놔둬야 합니까?"

"심리 평가를 하면서 칼리를 상대한 시간은 얼마 안 됩니다만 그렇다고 해야겠죠. 그 애가 여성으로서의 성 정체성을 가지고 있다는 게 제 소견입니다."

어머니가 냉정을 잃고 미친 듯이 소리 질렀다.

"그럼 왜 그 애가 자길 남자애라고 한 거죠?"

"저한테는 한 번도 그런 말을 한 적이 없어요." 루스가 말했다.

"그건 새로운 사실입니다."

"파일을 봐야겠소." 아버지가 요구했다.

"유감스럽지만 그건 불가능합니다. 그 파일은 제 개인적인 연구 목적으로 만든 겁니다. 칼리의 혈액 검사와 다른 검사 결과는 보여 드릴 수 있습니다만."

그러자 아버지가 폭발했다. 루스에게 고래고래 소리 지르며 욕설을 퍼부었다.

"네놈이 책임져야 해. 내 말 듣고 있어? 우리 딸애는 그렇게 가출해 버릴 애가 아니란 말이야. 네놈이 그 애한테 무슨 짓을 한 게 틀림없어. 애를 겁먹게 만들었다고."

"자기 상황에 겁먹은 겁니다, 스테퍼니데스 씨." 루스가 말했다.

"분명히 말씀드리자면……." 그가 주먹으로 책상을 탕탕 두드리며 말을 이었다.

"지금 가장 중요한 건 그 앨 빨리 찾아야 한다는 겁니다. 이 사건은 심각한 영향을 미칠 수도 있어요."

"무슨 말입니까?"

"우울증에 걸릴 수도 있습니다. 부적응이라든가. 그 애는 아주 미묘한 심리 상태에 있습니다."

"여보." 아버지가 아내를 바라보았다.

"당신, 파일을 보겠어? 아니면 여길 뜨고 이 개자식은 알아서 꺼지라고 할까."

"파일을 보고 싶어." 어머니는 이제 코를 훌쩍거리고 있었다.

"그리고 제발 말 좀 조심해. 예의를 지키라고."

결국 루스는 굴복하고 그들에게 파일을 보여 주었다. 우리 부모님이 파일을 읽고 나자 그는 나중에 내 사례를 다시 검토해 보자고 제안하고 나를 빨리 찾길 바란다고 말했다.

"100만 년이 지나도 저 사람한테 칼리를 다시 보내진 않을 거야."

나오면서 어머니가 말했다.

"저 녀석이 무슨 짓을 해서 칼리가 그렇게 됐는지 모르겠군." 아버지가 말했다.

"하지만 뭔가 하긴 했어."

그들은 9월 말경에 미들섹스로 돌아왔다. 지붕처럼 거리를 덮어 주었던 느릅나무 잎이 떨어지고 있었다. 날씨가 쌀쌀해지기 시작하자 어머니는 밤마다 잠자리에 누워 바람 소리와 나뭇잎 스치는 소리에 귀를 기울였다. 그러면서 내가 어디서 자고 있을지, 무사하기는 한지 생각하며 애를 태웠다. 신경 안정제도 그녀의 불안을 누그러뜨리지 못하고 잠시 몰아내 줄 뿐이었다. 약기운이 돌면 어머니는 당신의 마음 깊숙이 침잠

했는데 일종의 전망대처럼 거기에서 자신의 근심을 관찰할 수 있었다. 그 순간에는 두려움도 조금 덜어졌다. 약기운에 입이 바싹 말랐다. 머리를 솜으로 감싼 느낌이 들면서 시야가 뿌얘졌다. 한 번에 한 알씩만 먹도록 되어 있었지만 두 개씩 먹을 때도 많았다.

어머니는 의식과 무의식의 경계쯤에서 가장 사고가 활발했다. 낮 동안엔 손님들과 어울려 바쁘게 보냈다. — 사람들은 끊임없이 음식을 싸 들고 집에 들렀고, 그녀는 손님을 접대하고 손님이 가고 나면 치워야 했다 — 그러나 밤이면 몽롱한 상태로 용기를 내어 내가 남기고 간 쪽지를 되새겨 보았다. 어머니는 나를 딸이 아닌 그 무엇으로도 생각할 수 없었다. 그녀의 생각은 한 발짝도 더 못 나가고 제자리만 맴돌았다. 어머니는 눈을 반쯤 뜬 채 어두운 침실 건너편 구석에서 반짝이는 불빛을 응시했다. 바로 앞에는 내 옷과 소지품들이 한데 쌓여 있었다. 리본 달린 양말, 인형들, 머리핀, 『메들린』,[90] 파티 드레스, 빨간 메리제인 가죽 구두, 점퍼, 간이 오븐, 훌라후프 같은 것들이 전부 다 침대 발치에 쌓여 있었다. 이 물건들은 내게로 인도해 주는 실마리였다. 이런 실마리 끝에 어떻게 남자아이가 있겠는가?

그러나 이젠 분명한 사실이었다. 어머니는 당신이 놓쳤을지도 모를 징후들을 되짚어 가면서 지난 일 년 육 개월 동안 있었던 일들을 돌이켜 보았다. 십 대 딸에 대해 뜻밖의 충격적

---

90) 청소년 문학의 고전이다.

인 사실을 알게 된 어머니라면 으레 그러듯이. 만약 내가 마약 과용으로 죽었거나 이상한 종교 집단에 빠졌다 해도 마찬가지였을 것이다. 그래서 키가 그렇게 컸던 것일까? 생리가 없었던 것도 그래서였단 말인가? 어머니는 우리가 '황금 양털'에서 털을 뽑기로 예약한 일이며, 내 허스키한 알토 목소리를 비롯해 그 모든 것에 대해 곰곰이 생각했다. 내 옷이 항상 제대로 안 맞았던 일이며, 여성용 장갑이 안 들어간 일까지도. 어중간한 나이에 들어선 탓이라고 어머니가 무심히 보아 넘겼던 모든 것이 갑자기 그녀에게 불길하게 다가왔다. 어쩌면 그렇게 모를 수 있었을까! 그녀는 내 어머니였고, 나를 낳았고, 나 자신보다 더 나에게 가까운 사람이었는데. 내 고통은 곧 그녀의 고통이었고, 나의 기쁨은 그녀의 기쁨이었다. 그러나 칼리의 얼굴이 때때로 이상하게 보이지 않았던가? 너무 강하게, 너무…… 남성적으로. 그리고 몸에도 살이 전혀 없이 뼈뿐이었다. 엉덩이 살도 없었다. 하지만 그럴 리가……. 루스 박사의 말로는 칼리가……. 왜 그는 염색체에 대해 아무 말도 안 했을까……. 어떻게 그런 일이 일어났을까? 생각이 꼬리에 꼬리를 물고 이어질수록 그녀의 마음은 어두워졌고 반짝이던 불빛은 꺼져 버렸다. 그리고 한참 기억을 뒤진 끝에 어머니는 모호한 대상과 나 사이의 친밀한 우정에 생각이 미쳤다. 어머니는 연극 도중 한 소녀가 죽었던 그날을 기억해 냈다. 나를 찾으러 무대 뒤로 달려갔을 때 내가 모호한 대상을 끌어안고 달래 주면서 머리카락을 만져 주던 모습이 생각났다. 그때 내 얼굴에 떠올랐던 격렬한 표정, 그건 전혀 슬픔이 아니라…….

여기까지 생각이 미치자 어머니는 돌아섰다. 반면 아버지는 지난 일들을 뒤지며 시간을 보내지는 않았다. 호텔 메모지에 칼리는 이렇게 선언해 놓았다.

"전 소녀가 아니에요."

그렇다 하더라도 칼리는 한낱 어린아이이다. 그 애가 뭘 알겠는가? 아이들은 별별 말도 안 되는 소리들을 내뱉곤 하지. 아버지는 내가 무슨 이유로 수술을 피해 도망갔는지 도무지 이해가 안 되었다. 아버지는 왜 내가 치료받기를 거부하는지 짐작도 할 수 없었다. 그래서 내가 도망친 이유를 추리하는 건 쓸데없는 일이라고 확신했다. 무엇보다 먼저 나를 찾아야 했다. 나를 안전하게 찾아와야 했다. 치료에 대해선 그다음에 생각하면 된다.

아버지는 이제 하나의 목적에 전력을 기울였다. 매일 나라 반대편에 있는 경찰서에 전화를 걸어서는 뭔가 진전이 없느냐며 뉴욕의 형사를 들들 볶았다. 또 공립 도서관의 전화번호부를 뒤져 경찰서와 가출 청소년 보호소의 전화번호와 주소들을 적어 온 다음 빠짐없이 전화를 걸어 내 인상착의와 비슷한 사람을 본 적이 없는지 물었다. 아버지는 모든 경찰서에 내 사진을 보내고 그의 체인점 운영주들에게도 헤라클레스 식당에 내 사진을 붙여 달라고 요청하는 회람을 보냈다. 벌거벗은 내 사진이 의학 교과서에 실리기 한참 전에 이미 내 얼굴은 온 나라 방방곡곡 게시판과 창문에 나붙었다. 그 사진들 중 한 장은 샌프란시스코 경찰서에도 갔지만 이제 그 사진으로는 내 얼굴을 알아보기 힘들었다. 진짜 무법자처럼 난 이미 외모를 바꾸었다. 생물학적 변화 덕분에 나날이 내 변장은 완벽해져 갔다.

미들섹스에 다시 친구들과 친척들이 몰려들기 시작했다. 조고모와 사촌들이 부모님에게 정신적인 도움을 주려고 왔다. 피터 타타키스는 어느 날 아침 자신의 척추 지압소의 문을 닫고 나의 부모님과 함께 저녁 식사를 하기 위해 버밍햄에서부터 운전해 왔다. 지미와 필리스 피오레토스 부부는 쿨루리아와 아이스크림을 가져왔다. 키프로스 침공은 일어난 적도 없는 일 같았다. 여자들이 부엌에서 음식을 준비하는 동안 남자들은 거실에 앉아 조용조용 대화를 나누었다. 아버지는 술 저장고에서 먼지가 뽀얀 술병들을 가져왔다. 그는 자주색 벨벳 주머니에서 크라운 로열[91]을 꺼내어 손님들에게 대접했다. 낡은 주사위 판이 보드게임 더미 아래에서 나오고, 나이 든 여인네들은 묵주를 돌리면서 마음을 가라앉혔다. 내가 가출한 사실은 모르는 이가 없었지만 그 이유를 아는 사람은 아무도 없었다. 그들은 서로 귓속말을 주고받았다. "임신한 거 아닐까?" "칼리한테 남자 친구가 있었어?" "착한 애로만 알았는데. 이런 짓을 저지를지 누가 상상이나 했겠어." "그 잘나 빠진 학교에서 전부 A만 받는다고 입이 마르도록 자랑이더니 이젠 자랑할 것도 없겠네."

마이크 신부는 위층 침대에 누워 괴로워하는 어머니의 손을 잡아 주었다. 그는 재킷을 벗고 검정 반소매 셔츠 차림으

---

91) 위스키의 일종이다.

로 내가 돌아오도록 기도해 주겠다고 말했다. 또 교회에 가서 나를 위해 초를 켜라고 조언해 주었다. 침실에서 어머니의 손을 잡았을 때 마이크 신부는 어떤 얼굴을 하고 있었을까? 남의 불행을 고소하게 여기는 기색이 조금이라도 보였을까? 전 약혼녀의 불행에서 쾌감을 느꼈을까? 처남의 돈으로도 이런 액운을 막지 못했다는 사실이 통쾌했을까? 아니면 적어도 이번만큼은 아내가 불만에 차서 그를 오빠와 비교하지 않을 거라는 안도감을 느꼈을까? 나로서는 어떤 대답도 할 수가 없다. 어머니는 진정되었다. 그녀가 기억할 수 있는 것은 눈이 자꾸만 감겨 오는 통에 마이크 신부의 얼굴이 엘 그레코의 그림에 나오는 신부처럼 기묘하게 길어져 보인다는 사실뿐이었다.

밤에 어머니는 자다 깨다를 반복했다. 두려움 때문에 자꾸만 잠이 깼다. 아침이 밝아 이부자리를 개켰지만 아침 식사를 한 뒤에는 하얗고 작은 케즈 신발을 카펫 위에 얌전히 벗어 놓고 차양을 친 다음 다시 자리에 누웠다. 그녀의 눈언저리는 거뭇했고 관자놀이에서 뛰는 푸른 정맥이 보일 정도였다. 머리가 터질 듯 괴로운데 전화벨이 울렸다.

"여보세요?"

"아무 소식 없어?"

조 고모였다. 어머니의 뛰던 가슴이 가라앉았다.

"없어."

"너무 걱정 마. 나타날 거야."

잠시 얘기를 나눈 후 어머니는 끊어야겠다고 말했다.

"전화가 너무 오래 통화 중이면 안 되거든."

샌프란시스코에는 아침마다 두꺼운 안개가 깔린다. 먼바다에서 시작한 안개는 패럴론섬의 바위에 오른 강치들을 덮고 오션 비치를 넘어 골든게이트 파크의 긴 잔디밭을 가득 채운다. 이른 아침 조깅하는 사람들과 홀로 태극권을 수련하는 사람들의 모습도 안개에 가려 보이지 않게 된다. 글래스 파빌리언의 유리창이 안개로 흐려진다. 안개는 온 도시 위로, 기념물들과 극장들 위로, 팬핸들의 마약 중독자들 소굴과 환락가의 싸구려 여인숙 위로 천천히 퍼져 나간다. 안개는 퍼시픽 하이츠의 파스텔 색조 빅토리아식 저택들을 덮고 헤이트의 무지갯빛 집들을 감싼다. 차이나타운의 꼬불꼬불한 거리까지 올라간다. 타종 부표처럼 벨을 울리면서 케이블카에 오른다. 코이트 타워 꼭대기까지 기어 올라가 마침내 보이지 않게 된다. 안개는 마리아치 연주자들이 아직도 잠들어 있는 미션[92]에도 흘러든다. 여행객들에겐 성가신 존재이다. 샌프란시스코의 안개, 매일같이 도시 전체를 뒤덮어 개성을 지워 버리는 그 차가운 안개야말로 이 도시가 어떻게 해서 지금과 같은 모습이 되었는지를 잘 설명해 준다. 2차 세계 대전 후 샌프란시스코는 태평양에서 귀환한 해군들이 재출병하는 주요 거점이었다. 바다 멀리 떠돌면서 대개의 해군들은 뭍에 돌아가면 곱지 않은 시선을 받을 애정 행각에 익숙해졌다. 그래서 이런 해군들은 샌프

92) 라틴계 거주지이다.

란시스코에 머물면서 점차 수를 불리고 다른 사람들까지 끌어들여 마침내 도시를 게이들의 중심지, 동성애자들의 중심지로 만들었다.(삶의 예측 불가능성을 증명하는 사례를 하나 더 들자면 이 군산 복합체가 낳은 직접적인 결과가 다름 아닌 카스트로[93]다.) 그 해군들의 마음을 끌었던 것이 바로 안개였는데, 안개는 바다가 지니는 부유(浮游)랄까, 익명의 느낌을 이 도시에 부여했고, 이런 익명성 덕분에 개인적인 변신이 한결 수월했다. 안개가 도시를 덮은 건지 도시가 안개 위를 표류하는 건지 분간이 안 될 때도 있었다. 1940년대로 거슬러 올라가면 안개는 해군들이 하는 짓을 동료 시민들의 눈으로부터 감춰 주었다. 안개는 거기서 그치지 않았다. 1950년대가 되자 안개는 비트족의 머리 위에 카푸치노 거품처럼 넘실거렸다. 1960년대 안개는 물파이프에서 오르는 마리화나 연기처럼 히피들의 정신을 혼미하게 했다. 칼 스테퍼니데스가 도착한 1970년대에는 안개가 공원의 새 친구들과 나를 숨겨 주었다.

헤이트에 온 지 사흘째, 나는 한 카페에서 바나나 아이스크림을 먹고 있었다. 두 개째였다. 새로운 자유가 불러일으킨 흥분도 이제 빛이 바래고 있었다. 단것을 물리도록 먹어도 일주일 전만큼 우울함을 쫓아 주진 못했다.

"한 푼 줄래?"

위를 올려다보았다. 내 작은 대리석 테이블 옆에 구부정하게 서 있는 아이는 한눈에 봐도 어떤 아이인지 알 수 있었다.

---

93) 동성애자들의 거주 지역이다.

내가 멀리하는 지하도의 아이들, 좀도둑질을 일삼는 가출 소년 부류의 아이였다. 스웨트 셔츠[94]에 달린 모자 속의 얼굴은 잘 익은 여드름으로 뒤덮여 시뻘겠다.

"미안." 내가 말했다.

소년은 몸을 구부리고 얼굴을 바짝 갖다 댔다.

"한 푼 달라니까?" 그가 다시 한번 말했다.

끈질긴 녀석이군. 짜증이 났다. 그래서 그를 노려보며 말했다.

"그건 내가 할 말이야."

"난 아이스크림선디를 돼지처럼 처먹을 형편이 못 되는걸."

"돈 없다고 했어."

그는 내 뒤를 힐끗 보더니 한결 누그러진 태도로 물었다.

"왜 저렇게 무지막지하게 큰 가방을 끌고 다니는데?"

"네가 상관할 바 아니야."

"어제도 네가 저걸 들고 가는 걸 봤어."

"이 아이스크림 살 돈은 있지만 그게 다야."

"너 잘 데 없지?"

"잘 데야 널렸지."

"나한테 햄버거 하나만 사 주면 좋은 데 알려 주지."

"널렸다고 했잖아."

"공원에 좋은 데를 알고 있어."

"공원 같은 덴 나도 알아서 갈 수 있어. 공원이야 아무나 다 갈 수 있는 거잖아."

---

94) 운동복 위에 입는 헐렁한 스웨터이다.

"돈 털리기 싫으면 안 가겠지. 너 세상 물정을 모르는구나. 게이트엔 안전한 데가 있고 그렇지 않은 데가 있다고. 나랑 내 친구들은 근사한 델 알고 있어. 진짜로 외진 데야. 경찰들도 거긴 몰라. 그래서 언제든지 모여서 놀 수 있지. 널 거기 있게 해 줘도 좋지만 그전에 먼저 더블 치즈버거 사 줘야 돼."

"조금 전엔 햄버거랬잖아."

"시간을 허비했잖아, 네 잘못이야. 가격은 계속 올라가는 법이라고. 근데 너 몇 살이니?"

"열여덟 살."

"음, 좋아, 그렇게 믿어 주지. 너 열여덟 살 아니야. 내가 열여섯인데 너 나보다 덜 먹었어. 항구에서 왔니?"

나는 고개를 저었다. 내 또래와 얘기해 보기는 오랜만이었다. 나쁘지 않았다. 외로움이 가시는 듯했다. 그러나 여전히 경계심을 늦추지 않았다.

"그래도 너 부잣집 애구나, 그렇지? 이 악어야."

아무 말도 하지 않았다. 그러자 갑자기 그 애가 배고파 죽겠다는 듯 무릎을 떨면서 애처롭게 매달렸다.

"야, 배고파 죽겠어. 좋아, 더블 치즈버거는 말고. 그냥 햄버거로 해."

"좋아."

"잘됐군. 햄버거. 그리고 감자튀김도. 네가 감자튀김이라고 그랬지, 맞지? 안 믿겠지만 나도 부잣집 아들이라고."

그렇게 골든게이트 파크에서의 생활이 시작되었다. 내 친구 매트가 자기 부모에 대해 한 말은 거짓이 아니었다. 그는 좋은 집안 출신이었다. 아버지는 필라델피아에서 이혼을 전문으로 다루는 변호사로 일했다. 매트는 넷째 아들이자 막내였다. 옹골차 보이는 주걱턱에 담배를 너무 피워 대 목소리가 쉬어 버린 그는 그레이트풀 데드[95]를 따라 지난여름 가출했다. 그는 그들의 콘서트장에서 홀치기염색한 티셔츠도 팔고, 때에 따라선 마약이나 LSD도 팔았다. 그가 안내한 공원 깊숙한 곳에서 나는 그네들 무리와 만났다.

"얘는 칼이야." 매트가 그들에게 말했다.

"여기서 한동안 같이 지낼 거야."

"잘됐군."

"너 장의사냐?"

"에이브러햄 링컨인 줄 알았네."

"야, 이건 칼의 여행복이라고." 매트가 말했다.

"저 가방 속엔 딴 것도 있어. 그렇지?"

나는 고개를 끄덕였다.

"너 셔츠 한 장 안 살래? 나 몇 벌 있는데."

"좋아."

캠프는 미모사 숲에 있었다. 가지에 핀 솜털 같은 붉은 꽃들은 담배 파이프를 소제하는 용구처럼 생겼다. 모래 언덕 위로는 상록수 숲이 쫙 펼쳐져 천연의 오두막을 형성했다. 나무들은 속이 텅 비었고, 바닥에는 마른 흙이 깔려 있었다. 수풀은 바람은 물론이고 웬만한 비까지도 막아 주었다. 안쪽에는

95) 미국의 5인조 록그룹이다.

앉을 공간이 충분했다. 수풀마다 침낭들이 몇 개씩 뒹굴고 있었다. 자고 싶으면 그중 아무 데나 들어가면 되었다. 공동 사용이 원칙이었다. 끊임없이 아이들이 떠나거나 새로 들어왔다. 그때마다 뒤에 남긴 물건들이 제법 많았다. 캠핑용 스토브, 파스타 항아리, 자질구레한 식기류, 젤리 항아리, 침구류, 아이들이 던지고 놀면서 가끔 양쪽 수를 맞추느라고 나도 끼워 주었던 야광 프리스비.[96](“맙소사, 이 악어야, 너 던지는 꼴이 꼭 계집애 같구나.”) 고프,[97] 마리화나용 물파이프, 담배 파이프, 아질산 아밀을 넣은 작은 병 따위는 넘쳐나도록 많았지만 수건, 속옷, 치약 같은 건 모자랐다. 우리가 변소로 이용한 곳은 30미터 정도 떨어진 도랑이었다. 인공 연못 옆의 분수는 목욕하기에 안성맞춤이었지만 경찰을 피해 밤에만 해야 했다.

누군가가 여자 친구를 사귀면 한동안 무리 속에 여자가 섞이게 된다. 나는 비밀을 들킬까 봐 그들과 거리를 두었다. 나는 딴전을 피우며 전에 살던 곳에서 온 사람과 우연히 마주친 이민자처럼 굴었다. 눈에 띄고 싶지 않았으므로 입을 굳게 닫고 지냈다. 그러나 나 같은 처지가 아니었더라도 그런 무리 속에선 과묵해질 수밖에 없었을 것이다. 그들은 하나같이 돌대가리들이었고, 지껄이는 내용도 다 그 수준이었다. 언제 누가 제리 가르시아[98]를 봤다더라. 누구한테 어떤 콘서트 암표가 있다더라. 매트는 고등학교도 낙제한 주제에 그레이트풀 데드

96) 플라스틱 원반이다.
97) 말린 과일로 만든 휴대용 식품이다.
98) 그레이트풀 데드의 기타리스트이다.

에 대해 시시콜콜 꿸 때만큼은 비상한 재능을 발휘했다. 그는 그들의 순회공연 일정이며 공연할 도시를 머릿속에 담고 다녔다. 노래 가사를 줄줄이 외우는 건 말할 것도 없고 그들이 언제 어디에서 그 곡을 연주했는지, 몇 번이나 했는지, 한 번만 연주한 노래는 뭐였는지 모르는 게 없었다. 그는 신도들이 메시아를 기다리듯 어떤 노래들이 연주되리라는 기대 속에서 살았다. 언제고 그레이트풀 데드가 「우주의 찰리」를 연주한다면 매트 라슨은 기필코 그 자리에서 우주가 재창조되는 역사를 지켜볼 것이다. 그는 제리의 아내인 마운틴 걸을 딱 한 번 만난 적이 있었다.

"끝내주게 멋진 여자야." 그가 말했다.

"그런 여자랑 한 번 자 봤으면 소원이 없겠다. 마운틴 걸 같은 근사한 여자를 찾는다면 결혼해서 애도 낳고 그럴 텐데."

"일자리도 구하고?"

"공연을 따라다니면 되잖아. 애들은 작은 바구니에 넣어서 말이야. 인디언들이 하는 식으로. 그리고 마리화나를 팔지."

공원에는 우리만 사는 게 아니었다. 공원 반대편의 몇몇 모래 언덕은 턱수염을 길게 기르고 햇볕과 먼지로 얼굴이 거무스름해진 노숙자들 차지였다. 그들은 남들의 캠프를 뒤지기로 악명이 높았으므로 우리도 우리 캠프를 그냥 내버려두지 않았다. 우리가 꼭 지키는 철칙이 하나 있었다. 반드시 누군가가 보초를 서야 했다.

나는 혼자가 되는 것이 무서웠기 때문에 그 돌대가리들과 함께 지냈다. 떠돌아다녀 보니 무리 지어 다니는 이점을 알 수 있었다. 우리는 저마다 다른 이유로 가출했다. 정상적인 환경에서라면 그런 애들은 상대도 안 했겠지만 그때는 달리 갈 데가 없었으므로 게네들과 친구가 되었다. 그 애들과 함께 지내는 게 결코 편하지는 않았다. 그러나 특별히 거친 애들도 아니었다. 아이들은 술에 취하면 싸움을 벌이기도 했지만 폭력이 난무하는 분위기는 아니었다. 너나없이 다들 『싯다르타』를 읽었다. 캠프 안에서 낡은 페이퍼백을 돌려 읽었다. 나도 읽었다. 그 시절을 떠올리면 가장 기억에 남는 건 바위 위에 앉아 헤르만 헤세를 읽으며 부처에 대해 알아 가는 칼의 모습이다.

"부처도 LSD를 했다던데." 돌대가리들 중 하나의 말이었다.

"그걸로 깨달음을 얻은 거래."

"그때 LSD가 어디 있었겠냐."

"아냐, 그 있잖아, 너도 알지, 버섯 같은 거 말야."

"내 생각엔 제리가 바로 부처야."

"맞아!"

"제리가 사십오 분짜리 「산타페에서 춤을」을 즉흥 연주할 때부터 알아봤다니까."

나는 이런 대화에 끼어들지 않았다. 여러분은 돌대가리들이 모두 잠에 곯아떨어질 즈음 수풀 아래쪽에서 칼을 찾을 수 있을 것이다.

나는 가출할 때 내 인생이 앞으로 어떻게 될지는 안중에 없었다. 어디로 갈지도 정하지 않고 도망쳤다. 이제 나는 지저분한 꼬락서니에 돈도 떨어져 가고 있었다. 조만간 부모에게 전화를 해야 할 것이다. 그러나 난생처음으로 나는 그들이 나를 도울 수 있는 일이 아무것도 없다는 걸 알았다. 아무도 손 쓸 수 없었다. 나는 매일 그 패거리를 알리바바로 데려가 한 개에 75센트 하는 채식주의자용 햄버거를 사 주었다. 구걸이나 마약 밀매에는 손대지 않았다. 대부분의 시간을 점점 커져만 가는 절망 속에 미모사 숲을 어슬렁거리며 보냈다. 몇 번인가 해변으로 나가 바닷가에 앉아 있기도 했지만 얼마 안 가 그것도 그만두었다. 자연도 아무런 위안이 되지 못했다. 외부 세계의 문은 닫혔다. 어디에도 내가 있을 곳은 없었다.

우리 부모님은 정반대였다. 어디에 가든, 무엇을 하든 내가 없어졌다는 사실을 잊을 수가 없었다. 내가 종적을 감춘 지 삼 주 째에 접어들자 그렇게 미들섹스로 몰려들던 친구들과 친척들의 발길도 뜸해졌다. 집에는 정적이 감돌았다. 전화벨도 울리지 않았다. 아버지는 어퍼 반도에 사는 챕터 일레븐에게 전화를 걸었다.

"네 어머니가 아주 힘들어하고 계신다. 네 여동생이 어디 있는지 아직도 몰라. 어머니가 네 얼굴이라도 보면 기분이 좀 나아질 텐데 주말쯤 한번 오지 않겠니?"

아버지는 내 쪽지에 대해서는 아무 얘기도 하지 않았다. 그는 내가 클리닉에 다닐 때 챕터 일레븐에게는 아주 간략하게만 설명했다. 챕터 일레븐은 아버지의 목소리에서 심각한 기미를 느끼고 주말에 와서 옛날 자기 방에서 묵겠다고 했다. 그는 차차 나의 상태에 대해 자세한 내용을 알게 되었고, 부모님보다는 온건하게 대응했다. 그의 반응을 보면서 나의 양친, 특히 어머니만큼은 새로운 현실을 받아들이기 시작했다. 아들과

의 회복된 관계를 이 기회에 더욱 다지려고 필사적이었던 아버지가 다시 한번 그를 집안 사업에 끌어들이려 했던 것도 그 주말 동안 있었던 일이다.

"너 이젠 메그랑 같이 안 지내지?"

"네."

"음, 공학 공부는 그만뒀고. 그래 지금은 무슨 일을 하고 있냐? 네 엄마랑 난 네가 마켓[99]에서 어떻게 지내는지 잘 모르잖니."

"바에서 일해요."

"바에서 일한다고? 무슨 일을 하는데?"

"즉석요리를 해요."

아버지는 잠시 말을 끊었다.

"계속 그릴 뒤에서 그 꼴로 있을 바에야 헤라클레스 핫도그를 맡는 편이 낫지 않겠니? 어쨌거나 핫도그를 만들어 낸 사람은 너 아니냐."

챕터 일레븐은 "예."라고 대답하지 않았다. 그렇다고 "아니오."라고 하지도 않았다. 그는 한때는 과학에 미친 괴짜였지만 1960년대가 그를 완전히 딴사람으로 만들어 놓았다. 시대의 흐름을 타고 챕터 일레븐은 우유는 먹는 채식주의자, 초월명상법 연수생, 매스컬린[100] 알약 복용자가 되었다. 오래전에는 골프공을 반으로 톱질해 안에 뭐가 있는지 알아내려 했던

---

99) 미시간주 북부 도시이다.

100) 마약의 일종이다.

시절도 있었건만 자기 인생의 어느 시점에선가 정신세계에 푹 빠져 버렸다. 공식 교육은 한 푼의 값어치도 없다는 확신을 품고 그는 문명을 버리고 칩거했다. 우린 둘 다 자연으로 회귀한 시절이 있었던 것이다. 챕터 일레븐은 어퍼 반도에서, 나는 골든게이트 파크의 숲속에서. 그러나 아버지가 이렇게 제안할 즈음에는 챕터 일레븐도 자연에 슬슬 싫증이 나던 터였다.

"자, 봐라." 아버지가 말했다.

"지금 당장 헤라클레스 지점 하나를 맡아 봐라."

"전 고기는 안 먹어요." 챕터 일레븐이 말했다.

"제가 고기를 안 먹는데 어떻게 가게를 운영할 수 있겠어요?"

"샐러드 바를 설치할 생각을 죽 해 왔단다." 아버지의 말이었다.

"요새는 저지방 건강식을 찾는 사람이 많거든."

"좋은 생각이네요."

"그래? 네 생각도 그러냐? 그럼 네가 그 일을 맡으면 되겠구나." 아버지는 챕터 일레븐을 팔꿈치로 찌르면서 농담을 건넸다.

"샐러드 바를 책임질 부사장을 시켜 주지."

그들은 시내의 헤라클레스로 차를 몰고 나갔다. 그들이 도착했을 때는 한창 분주했다. 아버지가 매니저인 거스 자라스에게 인사를 건넸다.

"잘 지내나."

거스가 올려다보며 잠시 멈칫하다가 이내 활짝 웃었다.

"아니, 이거 밀트군. 어떻게 지냈나?"

"좋아, 좋아. 미래의 사장한테 가게 구경을 시켜 주려고 들렀지." 그가 챕터 일레븐을 가리켰다.

"왕가에 오신 걸 환영합니다."

거스가 농담을 던졌다. 그는 지나치게 크게 웃었다. 자기도 그걸 깨달았는지 슬며시 웃음을 거두었다. 어색한 침묵이 흘렀다. 거스가 물었다.

"그래, 밀트, 뭘로 하겠나?"

"전부 다 두 개씩. 그리고 채식주의자용으로는 뭐가 있지?"

"콩 수프가 있지."

"좋아. 여기 우리 애한테는 콩 수프 한 그릇 주게."

"알겠습니다요."

아버지와 챕터 일레븐은 자리를 잡고 음식이 나오기를 기다렸다. 긴 침묵 끝에 아버지가 입을 뗐다.

"네 아버지 매장이 지금 몇 개나 되는지 아니?"

"몇 갠데요?"

챕터 일레븐이 물었다.

"예순여섯 개. 플로리다에만 여덟 군데가 있지."

설득하려는 아버지의 노력은 거기까지만이었다. 아버지는 말없이 헤라클레스 핫도그를 먹었다. 거스가 왜 그렇게 지나칠 정도로 다정하게 굴었는지는 뻔했다. 딸이 사라졌을 때 다들 하는 생각을 그 역시 하고 있었을 것이다. 그는 최악의 사태를 생각하고 있었던 거다. 아버지도 역시 가끔 그런 생각을 떠올릴 때가 있었지만 누구에게도 털어놓지 않았다. 당신 자신에게조차도. 그러나 어머니가 어딘가에서 내가 떠돌고 있는 것을 느낄 수 있다고 주장하면서 탯줄 이야기를 할 때마다 아버지는 자신도 모르게 그녀를 믿고 싶어졌다.

어느 일요일 어머니가 교회에 가려고 나서는데 아버지가 상당한 액수의 지폐를 건넸다.

"칼리를 위해 초를 켜라고. 다발로 사." 그는 어깨를 으쓱해 보였다.

"나쁠 거야 없겠지."

그러나 어머니가 가고 나자 아버지는 고개를 저었다.

"내가 어떻게 된 거지? 초를 켜라니! 맙소사!"

그는 이런 미신에 굴복한 자신에게 화가 치밀었다. 아버지는 나를 찾아내고 말겠다고 다시 한번 다짐했다. 나를 집으로 데려오겠다고. 무슨 수를 써서든지. 언제고 한 번은 기회가 그의 손에 들어올 테고, 그렇게만 되면 아버지 스테퍼니데스는 절대 놓치지 않을 것이다.

그레이트풀 데드가 버클리에 와 있었다. 매트와 다른 아이들은 떼 지어 콘서트에 몰려갔다. 나는 남아서 캠프를 지키기로 했다. 미모사 숲의 밤이 깊었다. 바스락거리는 소리에 잠이 깼다. 수풀 속을 이리저리 휘젓는 불빛들. 웅얼거리는 목소리. 내 머리 위 나뭇잎들이 하얗게 변하면서 얽히고설킨 나뭇가지들이 눈에 들어온다. 불빛이 땅, 내 몸, 내 얼굴 위로 이리저리 춤춘다. 다음 순간 손전등 빛이 내 은신처 입구를 통해 들어온다.

남자들이 곧 내 앞에 나타났다. 한 명이 내 얼굴에 손전등을 비추고 다른 한 명은 내 가슴팍에 올라 팔을 움직이지 못하게 꽉 잡는다.

"일으켜서 비춰 봐." 손전등을 든 녀석이 말한다.

반대편 언덕에서 온 두 명의 노숙자이다. 하나가 나를 타고 앉아 있는 동안 다른 하나는 캠프 안을 뒤지기 시작한다.

"이 꼬맹이 새끼들, 여기 맛있는 거 안 갖다 놨냐?"

"이 녀석 좀 봐." 다른 놈이 말한다.

"이 꼬맹이 새끼 제 바지에 일 보게 생겼네."

나는 다리를 꽉 오므린다. 여자아이가 느낄 만한 공포심이 아직도 내 안에 있나 보다. 그들이 찾는 건 마약이다. 손전등을 든 놈이 침낭들을 흔들어 보고 내 가방을 뒤진다. 잠시 후 되돌아와 한쪽 무릎을 꿇고 앉는다.

"네 친구들은 전부 어디 갔냐, 응? 너만 남겨 두고 다 도망갔냐?"

그는 내 주머니를 뒤지기 시작했다. 곧 내 지갑을 찾아내 속에 든 것을 다 가져간다. 그러던 중 내 학생증이 떨어진다. 그는 손전등으로 비춰 본다.

"이건 뭐냐? 네 여자 친구냐?"

그는 사진을 들여다보더니 킬킬 웃는다.

"네 애인, 남자 물건 잘 빨게 생겼다. 안 봐도 훤하다."

그는 학생증을 집어 들고 바지 앞섶에 대고 엉덩이를 쑥 내민다.

"옳아, 그래, 그 애가 이렇게 하지!"

"어디 나도 보자."

나를 누르고 있던 녀석이 말한다.

손전등을 든 녀석이 내 가슴 위에 학생증을 던진다. 나를 누르고 있던 녀석이 얼굴을 내게 바짝 숙이고 낮은 목소리로 말한다.

"움직이지 마, 씹새끼야."

그는 내 팔을 풀어 주고 다시 학생증을 집어 든다. 이제 그의 얼굴이 보인다. 회색 수염, 다 썩은 이, 비뚤어져 콧속이 훤히 보이는 코. 그는 사진을 샅샅이 뜯어본다.

"말라깽이 계집애군." 내 얼굴과 학생증을 번갈아 보더니 표정이 바뀐다.

"계집애잖아!"

"빨리도 알아듣네. 내가 계속 말했잖아."

"그게 아니고 저 녀석 말이야." 그가 나를 가리킨다.

"쟤가 얘라고! 저놈이 이 여자애란 말이야!"

그는 다른 놈이 보도록 학생증을 들어 올린다. 손전등이 다시 블레이저와 블라우스 차림의 칼리오페 쪽으로 향한다.

드디어 무릎을 꿇고 있던 녀석도 킬킬 웃는다.

"이놈 우리한테 숨겼단 말이지? 응? 바지 속에다 진짜를 숨겨 놨단 말이야? 그 계집애 꽉 잡아."

그가 명령한다. 내 위에 걸터앉은 녀석이 다시 내 팔을 누르고 다른 놈이 내 허리띠를 푼다. 그들을 물리치려고 애썼다. 몸부림을 치면서 발로 마구 찼다. 그러나 그들은 너무 셌다. 그들은 내 바지를 무릎까지 벗겼다. 한 놈이 손전등을 비추더니 다음 순간 펄쩍 뛰어올랐다.

"하느님 맙소사!"

"왜 그래!"

"빌어먹을!"

"뭐냐니까?"

"이거 괴물 단지잖아."

"뭐라고?"

"토할 것 같아, 좀 봐!"

다른 놈도 보자마자 날 더러운 물건 놓듯이 놓아 주었다. 그는 화가 머리끝까지 치밀어서 일어났다. 그들은 이심전심으로 나를 발길질하기 시작했다. 그러면서 욕설을 퍼부었다. 나를 누르고 있던 놈은 내 옆구리를 발로 걷어찼다. 나는 그의 다리를 잡고 늘어졌다.

"이거 놔, 빌어먹을 괴물 단지야!"

다른 놈은 내 머리를 발로 차고 있었다. 그는 내가 의식을 잃을 때까지 서너 차례 발길질을 했다. 정신이 들었을 때는 사방이 고요했다. 그들이 가 버렸다고 생각했다. 그때 누군가 킬킬대는 웃음소리가 들렸다.

"맛 좀 봐라."

목소리가 들렸다. 두 줄기 누런 물줄기가 번쩍이면서 내 위로 엇갈려 떨어졌다.

"네가 나온 구멍으로 도로 기어 들어가라고, 괴물 자식아."

그들은 나를 떠났다. 내가 인공 연못에 가서 분수를 찾아 몸을 씻고 났을 때에도 아직 날은 밝지 않았다. 피가 흐르는 곳은 없어 보였다. 오른쪽 눈이 부어올라 앞이 안 보일 지경이었다. 숨을 깊이 들이쉴 때마다 옆구리가 쑤셨다. 아버지의 샘

소나이트 가방을 가져왔다. 75센트가 남아 있었다. 집에 전화할 수만 있다면. 그 대신 밥 프레스토에게 전화를 걸었다. 그는 곧 데리러 오겠다고 말했다.

헤르마프로디토스[101]

루스의 성 정체성 이론이 1970년대 초 인기를 끌었다는 사실은 그리 놀랄 일이 아니다. 그 시절에는 내 머리를 처음으로 깎아 준 이발사의 말마따나 유니섹스 스타일이 인기였으니까. 인격을 결정짓는 주된 요소는 환경이며, 아이들은 이제 새로 써넣어야 할 빈 석판 같은 존재라는 게 공통된 의견이었다. 내가 의학적으로 겪은 일들은 사실 당시 사람들이 심리학적으로 겪는 일들에 다름 아니었다. 여자는 점점 더 남자 같아졌고 남자는 점점 더 여자같이 변했다. 1970년대에는 한동안 성 차가 사라진 듯했다. 그러나 그때 또 다른 사건이 터졌다.

---

101) 헤르메스와 아프로디테 사이에서 태어난 아름다운 소년. 헤르마프로디토스에게 반한 요정이 그와 결합하게 해 달라고 신들에게 간청하여 반은 남성, 반은 여성인 존재가 되었다.

진화 생물학이라고 불리는 것이 그것이었다. 그 영향으로 남자는 수렵꾼으로, 여자는 채취꾼으로 다시 분리되었다. 이제 우리를 형성하는 건 더 이상 양육이 아니었다. 그건 자연이 하는 일이었다. 기원전 2만 년까지 거슬러 올라가는 인류의 충동이 여전히 우리를 지배하고 있는 것이다. 오늘날 텔레비전이나 잡지에서 진화 생물학을 단순화한 이론을 흔하게 접할 수 있다. 왜 남자들은 의사소통에 서투를까?(사냥을 할 때는 조용히 해야 하니까.) 왜 여자들은 그렇게 의사소통에 능할까?(과일을 따러 나가면 서로 큰 소리로 불러야 하니까.) 왜 남자들은 집에 있는 물건을 못 찾을까?(사냥감을 쫓는 데 유리하도록 시야가 좁으니까.) 왜 여자들은 그렇게 쉽게 물건을 찾아낼까?(보금자리를 지키면서 넓은 들판을 꼼꼼히 살피는 데 익숙해져 있으니까.) 왜 여자들은 평행 주차를 못 할까?(테스토스테론 수치가 낮아서 공간 지각 능력이 발달하지 못했으니까.) 왜 남자들은 길을 물어보지 않을까?(방향을 묻는다는 건 약점을 드러내는 것이고, 사냥꾼들은 절대 약점을 드러내지 않으니까.) 이것이 오늘 우리가 서 있는 지점이다. 이제 똑같이 되는 데 싫증이 난 남자들과 여자들은 다시 달라지고 싶어 한다. 그러니 루스 박사의 이론이 1990년대 들어 공격을 받게 된 것도 역시 놀랄 일이 아니다. 아이들은 더 이상 텅 빈 석판이 아니었다. 모든 신생아는 이미 유전자와 진화에 의해 각인된 채 태어났다. 나의 삶은 이 논쟁의 중심에 있었다. 나는 어떤 의미로는 그 논쟁의 해답이었다. 처음에 내가 자취를 감추었을 때 루스 박사는 일생일대의 발견을 놓쳤다는 아쉬움에 절망했다. 그러나 나중에, 아마도 내가 도망친 이유를 알게 된 후 내가 그의 이론을 뒷받침하는 증거가 아니라 반대로 뒤집는 증거라는 결론에 도달했다. 그는 내가 조용히 있어 주길 바랐다. 그는 나에 대한 논문들을 출간했고 내가 나타나 반론을 제기하는 일이 없기만을 빌었다.

그러나 실상은 그보다 복잡했다. 나는 어떤 이론에도 들어맞지 않았다. 진화 생물학자들의 이론은 물론이고 루스의 이론에도. 나의 심리 구조는 인터섹스 운동에서 인기를 얻었던 본질주의와도 일치하지 않았다. 언론에서 다루곤 하던 이른바 가성 양성 인간과도 다른 게, 나는 소녀로 있을 때도 전혀 어색함을 느끼지 않았다. 나는 아직도 남자들 틈에 있으면 좀 불편하다. 욕망에 이끌려 나는 다른 편으로 넘어갔다. 욕망과 너무나도 생생한 내 육체 때문에. 20세기 들어 유전학은 우리의 세포에 고대 그리스의 운명 개념을 부여했다. 이제 막 시작된 신세기에 발견된 사실은 조금 다르다. 사람들의 기대와 정반대로 우리 몸속에 묻혀 있는 유전 정보는 한심할 정도로 초라하다. 20만 개는 될 줄 알았는데 인간의 유전자는 고작 3만 개뿐이다. 생쥐보다 그리 많은 것도 아니다. 그러면서 낯설고 새로운 가능성이 고개를 들고 있다. 아슬아슬 흐릿한 밑그림으로 남았지만 완전히 지워지지 않은 것, 자유 의지가 돌아오고 있는 것이다. 생물학은 우리에게 뇌를 주었고, 인생을 살면서 우리는 비로소 뇌에 정신을 담는다. 어쨌거나 1974년 샌프란시스코에서 나는 뇌에 정신을 담기 위해 분투 중이었다.

*

또 시작이군. 소독약 냄새였다. 무릎에 걸터앉은 여자의 코끝을 파고드는 체취 속에서, 심지어 낡은 극장 객석에 감도는 팝콘 냄새 속에서도 미스터 고는 틀림없는 수영장 냄새를 느낀다. 이 안에? 식스티나이너스에? 그는 코를 킁킁거린다. 무릎 위에 앉은 플로라가 말한다.

"내 향수가 맘에 들어요?"

그러나 미스터 고는 대답하지 않는다. 미스터 고는 돈을 받고 자기 무릎에 앉아 몸부림치는 여자들을 보통 무시해 버린다. 그가 세상에서 제일 좋아하는 일은 무릎 위에 여자를 올려놓고 개구리헤엄을 시키는 동안 눈으로는 무대 위에서 번쩍거리는 수직 철봉 주위를 돌며 춤추는 여자를 구경하는 것이다. 멀티태스킹 중이라고나 할까. 그런데 오늘 밤엔 관심을 분산시킬 수가 없다. 수영장 냄새 때문에 정신이 흐트러진다. 일주일 남짓 계속 그랬다. 플로라의 노력으로 서서히 까딱거리며 고개를 돌린 미스터 고는 벨벳 로프 앞에 그어 놓은 선을 바라본다. 쉰 개쯤 되는 쇼룸의 좌석들은 거의 비어 있다. 푸르스름한 불빛 속에 혼자 무대를 보거나 미스터 고처럼 여자를 태운 사람이 겨우 서너 명 정도. 과산화수소로 머리카락을 표백한 여자들이 여자 기수처럼 남자를 타고 있다.

벨벳 로프 뒤에는 깜박거리는 전구로 가장자리를 장식한 층계가 있다. 이 계단을 올라가려면 입장료 5달러를 별도로 내야 한다. 클럽의 2층까지 가면(미스터 고가 들은 바로는) 칸막이한 작은 방으로 들어가는데 거기서는 칩을 넣게 되어 있고, 칩은 아래층에서 한 개에 15센트씩 주고 사야 한다. 이렇게 하면 잠깐 들여다볼 수 있는데 그게 정확히 뭔지는 미스터 고도 잘 모른다. 미스터 고는 영어를 꽤 잘한다. 미국에서 산 지 오십이 년이다. 그런데도 2층 광고 간판은 무슨 소린지 통 알아먹을 수가 없었다. 그래서 궁금해진 것이다. 소독약 냄새는 그 궁금증에 불을 질렀다.

몇 주 새 2층으로 올라가는 사람들이 부쩍 많아졌지만 미스터 고는 아직 가 본 적이 없었다. 그는 10달러만 내면 입장해서 원하는 것을 선택할 수 있는 여기 1층을 고수하고 있다. 쇼룸을 떠나 복도 끝의 다크룸으로 들어갈 수도 있다. 다크룸에는 바늘구멍만 한 빛이 나오는 손전등이 있다. 우글우글 모여 앉은 남자들이 손전등을 이리저리 휘두른다. 멀리까지 손전등을 비추면 여자 한 명, 어떤 때는 두 명이 기포 고무를 덮은 무대 위에 누워 있는 모습이 보인다. 물론 어찌 보면 진짜 아가씨가 하나나 혹은 둘씩이나 거기 있다고 믿어 주는 건지도 모른다. 다크룸에서는 절대 여자를 처음부터 끝까지 다 볼 수 없다. 일부만 볼 수 있다. 손전등이 비추는 부분만 보인다. 예를 들면 무릎이나 젖꼭지만 보이는 식이다. 아니면 미스터 고를 비롯해 구경꾼들의 관심이 집중되는 바로 그 부분, 생명의 근원, 가장 중요한 부분을 실오라기 하나 안 걸친 있는 그대로의 모습으로 볼 수도 있다.

미스터 고는 또 댄스홀에 들어갈 수도 있다. 댄스홀의 여자들은 기꺼이 그의 춤 상대가 되어 준다. 그러나 그는 디스코 음악을 좋아하지 않는다. 그의 나이면 쉽게 지쳐 버린다. 쿠션을 댄 댄스홀의 벽에 여자들을 밀어붙이기엔 힘이 부친다. 그래서 원래 오클랜드의 영화관에 있었지만 이젠 아르 데코식 극장에 붙박이 되어 버린, 다 망가지고 꼬질꼬질한 좌석에 앉아 있는 편이 훨씬 더 좋다.

미스터 고는 일흔세 살이다. 정력을 유지하기 위해 아침마다 코뿔소 뿔을 넣은 차를 마신다. 집 근처의 중국인 한약방에서 웅담을 구할 수 있으면 그것도 먹는다. 이런 최음제들이 제법 효과가 있는 것 같다. 미스터 고는 거의 매일 밤 식스티나이너스에 간다. 그는 자기 무릎을 타고 앉은 여자들에게 이런 농담을 즐겨 한다.

"미스터 고가 고고 추러 간다."

그가 소리 내어 웃거나 하다못해 미소라도 짓는 것은 이 농담을 할 때뿐이다. 클럽이 붐비지 않으면 — 이제 아래층은 붐빌 때가 거의 없지만 — 플로라가 이따금 노래 서너 곡이 나올 동안 미스터 고를 상대해 주곤 한다. 노래 한 곡 부르는 동안 1달러이지만 공짜로 한두 곡 더 있어 주기도 한다. 미스터 고가 플로라를 찾는 건 그래서이다. 플로라는 젊지는 않지만 피부가 깨끗하고 곱다. 건강미가 느껴진다. 그러나 오늘 밤은 겨우 두 곡이 끝났을 뿐인데 플로라가 투덜거리며 미스터 고의 몸에서 미끄러져 내려간다.

"나한테 돈 맡겨 놨어요, 알면서."

그녀는 유유히 걸어가 버렸다. 미스터 고가 일어나 바지를 고쳐 입은 순간 다시 수영장 냄새가 그의 코를 찌르면서 호기심이 확 일어난다. 그는 발을 끌며 쇼룸을 걸어 나와 광고 문구가 나붙은 계단을 쳐다본다.

식스티가 선보이는 옥토퍼시 가든
인어 멜라니!
엘리와 그녀의 전기뱀장어!
특별 출연으로는 헤르마프로디토스 신(반은 남자 반은 여자)
절대 속임수가 아닙니다! 100퍼센트 진짜!

이젠 호기심을 더 억누를 수가 없다. 그는 표를 사서 칩을 손에 한가득 쥐고 다른 이들과 함께 줄을 서서 기다린다. 경비원 옆을 통과해 전구가 깜박거리는 계단을 오른다. 2층 칸막이 방에는 번호 대신 사람이 안에 있는지 없는지를 알리는 전등만 있다. 그는 빈방을 찾아 문을 닫고 동전 투입구에 칩을 넣는다. 곧 차단막이 올라가면서 물속을 들여다볼 수 있는 둥근 창이 나타난다. 천장의 스피커에서 음악이 흘러나오면서 굵은 목소리가 이야기를 시작한다.

"옛날 옛적 고대 그리스에 마법의 연못이 있었습니다. 물의 요정인 살마키스는 이 연못을 신성하게 여겼습니다. 어느 날 아름다운 소년 헤르마프로디토스가 거기에서 수영을 하고 있었습니다."

목소리는 계속되었으나 미스터 고는 더 이상 듣고 있지 않다. 연못을 들여다보니 푸르른 물은 텅 비어 있다. 여자들이 어디에 있다는 건지 알 수가 없다. 옥토퍼시 가든 칩을 괜히 샀다는 후회가 슬슬 몰려온다. 바로 그때 목소리가 노래하듯 외친다.

"신사 숙녀 여러분, 헤르마프로디토스 신을 보시라! 반은 여자, 반은 남자!"

위쪽에서 텀벙하고 물보라가 솟구친다. 연못의 물이 흰색이 되었다가 분홍색으로 바뀐다. 둥근 창유리 건너편 불과 몇 센티미터 안 떨어진 곳에 몸이, 살아 있는 사람의 몸이 있다. 미스터 고는 들여다본다. 눈을 가늘게 뜨고 얼굴을 구멍에 바짝 갖다 댄다. 이런 건 난생처음이다. 다크룸을 그렇게 뻔질나게 드나들었어도 단 한 번도 본 적이 없는 광경이다. 그게 좋은지 싫은지도 잘 모르겠다. 하지만 그 모습을 보고 있노라니 왠지 기분이 이상야릇해지고 현기증이 나면서 무중력 상태에 있는 느낌과 함께 회춘하는 듯한 기분도 든다. 갑자기 차단막이 내려온다. 미스터 고는 주저 없이 투입구에 칩을 또 넣는다.

샌프란시스코의 식스티나이너스는 밥 프레스토의 클럽이었다. 마천루들이 들어찬 시내에서도 보이는 노스 비치에 있었다. 인근에는 이탈리아 카페, 피자 레스토랑, 토플리스 바 들이 줄지어 있었다. 노스 비치에는 차양 위에 자신의 유명한 가슴을 그려 놓은 캐롤 도다[102]의 업소를 비롯해 화려한 스트립쇼 업소들이 즐비했다. 길거리마다 삐끼들이 지나는 사람의 옷깃을 잡아끌었다.

---

102) Carol Doda(1937~2015). 유명한 토플리스 댄서이다.

"손님! 들어와서 보고 가세요! 그냥 보기만 하세요. 한 번 보는 데는 돈 안 받아요."

그러면 옆의 클럽에서 나온 녀석이 또 소리 질렀다.

"우리 애들이 제일이에요, 이 커튼 안에 바로 있다니까요!"

그 옆에서도 질세라 소리쳤다.

"라이브 에로 쇼입니다, 손님! 보너스로 축구 경기도 보실 수 있어요!"

삐끼들은 모두 재미있는 녀석들이다. 그들 중에는 되다 만 얼치기 시인들도 제법 있어서 시티라이트 서점에서 뉴디렉션 페이퍼백을 들추며 소일하곤 했다. 그들은 줄무늬 바지에 화려한 타이를 매고 짧은 구레나룻과 염소수염을 길렀다. 그들은 톰 웨이츠[103]처럼 보이려고 기를 쓰거나 아니면 그 반대였다. 그들은 데이비드 매밋[104]의 작품 속 인물들처럼 결코 존재한 적이 없었던 미국, 사기꾼들과 돈에 눈먼 장사꾼들과 암흑가의 삶을 꿈꾸는 어린아이 같은 공상 속에서 살았다.

흔히 샌프란시스코는 세상을 등진 젊은이들이 오는 곳이라고들 한다. 음침한 암흑가를 파고들면 내 이야기야 색채를 더하겠지만 사실을 털어놓자면 노스 비치 거리는 겨우 두세 블록밖에 안 된다. 샌프란시스코는 어두운 이면이 자리 잡기에는 지리적으로 너무나 아름다운 곳이다. 손에 효모 빵[105]과 기라델리 초콜릿을 든 관광객들이 삐끼들과 어깨를 나란히 하

---

103) Tom Waits(1949~1973). 가수 겸 배우이자 작곡가이다.

104) David Mamet(1947~). 현대 미국 작가이다.

105) 샌프란시스코의 명물이다.

고 돌아다녔다. 낮에는 공원마다 롤러스케이트 타는 사람들과 콩주머니 놀이를 하는 사람들로 넘쳤다. 그러나 밤이 되면 좀 음습한 분위기가 돌았다. 오후 9시부터 새벽 3시까지는 식스티나이너스가 붐비는 시간이었다. 거기가 감지덕지 내가 일하게 된 곳이다. 일주일에 닷새 밤, 하루 여섯 시간씩, 넉 달 동안 — 그리고 다행스럽게도 그 후 다시는 그런 일이 없었지만 — 나는 내 특이한 생김새를 구경시켜 주는 일로 생계를 해결했다. 클리닉에서 단련된 덕분에 수치심이 둔해졌고, 무엇보다 돈이 급했다. 식스티나이너스는 내게 완벽한 범행 장소였다. 나는 카르멘과 조라라는 다른 두 여자와 함께 일했다.

프레스토는 착취자에 포르노 중독자이자 섹스광이었지만 최악이라고 할 정도는 아니었다. 그가 없었다면 난 결코 나 자신을 발견하지 못했을지도 모른다. 프레스토는 두들겨 맞아 만신창이가 된 나를 공원에서 차에 태워 자기 아파트로 데리고 갔다. 나미비아 출신인 그의 여자 친구 윌헬미나가 붕대를 감아 주었다. 내가 다시 정신을 잃자 그들은 내 옷을 벗기고 침대에 눕혔다. 그때서야 프레스토는 자기가 얼마나 큰 횡재를 했는지 알아차렸다. 의식이 끊어졌다 이어졌다 가물가물하는 속에서 그들 사이에 오가는 이야기가 띄엄띄엄 들렸다.

"이럴 줄 알았어. 스테이크 식당에서부터 알아봤다니까."

"이런 앤 줄은 몰랐겠지, 밥. 그저 성전환자 정도로 생각했겠지."

"노다지가 될 줄 알았다니까."

잠시 후 윌헬미나의 목소리가 들렸다.

"몇 살이래?"

"열여덟."

"그렇게는 안 보이는데."

"자기 입으로 그랬어."

"그 말을 곧이곧대로 믿고 싶지? 클럽에서 일을 시키고 싶으니까."

"전화는 얘가 먼저 했어. 그래서 내가 얘길 꺼낸 거고."

그리고 잠시 후 다시 그녀의 말.

"밥, 애 부모한테 전화해 보는 게 어때?"

"얘는 집에서 가출했어. 부모한테 전화한다면 싫어할걸."

옥토퍼시 가든은 내가 가기 이전부터 있던 곳이었다. 프레스토는 여섯 달 전부터 운영해 왔다. 카르멘과 조라는 시작할 때부터 일해 왔고, 엘리와 멜라니는 따로따로 들어왔다. 그러나 프레스토는 뭔가 더 구미를 당길 만한 출연진이 없나 혈안이 되어 찾는 중이었고, 내가 그 일대 경쟁자들을 단숨에 누를 호재라는 걸 알았다. 나 같은 건 눈을 씻고 찾아봐도 없었다.

수조 자체는 그리 크지 않았다. 웬만한 집 뒷마당의 수영장 정도밖에 안 되었다. 길이 4.5미터, 너비 3미터 정도였다. 우리는 사다리를 타고 따듯한 물속으로 들어갔다. 칸막이 방에서는 수면 위는 안 보이고 바로 수조 속이 보였다. 그래서 우리는 머리를 물 밖으로 내놓고 일하면서 서로 얘기도 할 수 있었다. 허리 아래만 물에 담그고 있으면 어쨌든 손님들은 만족할 테니까.

"네 예쁜 얼굴 보자고 손님들이 여기 오는 게 아니니까."

프레스토는 내게 이런 식으로 말했다. 덕분에 일하기가 한결 쉬웠다. 진짜 스트립쇼에서 관음증 환자들과 얼굴을 마주하고 일하라면 못 했을 것 같다. 그들의 시선에 내 영혼을 빨아먹히는 기분이었을 것이다. 그러나 수조 안에 들어가 있을 때는 눈을 감았다. 깊은 바다의 침묵 속에서 물결치듯 몸을 움직였다. 유리창에 몸을 바짝 갖다 댈 때는 얼굴을 물 밖으로 쳐들었으므로 내 몸을 뚫어져라 들여다보는 눈들을 의식하지 않아도 좋았다. 내가 전에 어떻게 얘기했더라? 바다 표면은 여러 갈래의 진화 경로를 재현하는 거울이다. 수면 위로는 조류들이 있고, 아래쪽으로는 수중 생물들이 있다. 두 세계를 담은 하나의 행성이랄까. 고객들은 바다 생물들이었고, 조라와 카르멘, 나는 조류에 가까웠다. 조라는 인어 의상을 입고 바깥의 젖은 카펫 위에 누워 나 다음에 나갈 차례를 기다렸다. 가끔은 내가 풀 가장자리에 매달려 피울 수 있도록 마리화나를 내 입술에 물려 주기도 했다. 내가 맡은 십 분이 지나면 난 카펫으로 기어 올라와 몸을 말렸다. 음향 시스템에서 밥 프레스토의 목소리가 울려 나왔다.

"헤르마프로디토스에게 박수 부탁드립니다, 신사 숙녀 여러분! 오직 우리의 옥토퍼시 가든이야말로 언제라도 떠들썩하게 마시고 즐길 수 있는 곳이죠! 바닷가재에서는 글램 록이 흘러나오고 참치에서는 AC/DC[106]가……."

---

106) 호주 출신 록 밴드이다.

푸른 눈에 금발을 한 조라가 옆구리를 바닥에 댄 채 내게 물었다.

"내 지퍼 잘 채워졌니?"

점검해 보았다.

"이 수조 답답해 죽겠어. 늘 숨이 막힐 것 같아."

"바에서 뭐 좀 갖다줄까?"

"니그로니 칵테일 한 잔 부탁해, 칼. 고마워."

"신사 숙녀 여러분, 옥토퍼시 가든의 다음 스타를 보실 차롑니다. 자, 스타인하르트 수족관[107]에서 지금 막 데려왔습니다. 박스에 칩을 넣으세요, 신사 숙녀 여러분, 놓치면 후회하실 겁니다. 드럼을 좀 울려 주실까요? 아니, 다시 생각해 보니까 롤 초밥이 낫겠군요."

조라의 음악이 시작되었다. 그녀의 등장을 알리는 곡.

"신사 숙녀 여러분, 멀고 먼 옛날부터 수부들은 반은 여자, 반은 물고기인 믿기 어려운 생물이 바다에서 헤엄치는 모습을 보았다는 이야기를 해 왔습니다. 여기 식스티나이너스에서도 그런 이야기들을 믿지 않았습니다. 그런데 얼마 전 우리와 잘 아는 참치잡이 어부들이 기상천외한 걸 잡아 왔습니다. 이제 우리는 그 이야기들이 사실임을 압니다. 신사 숙녀 여러분……." 밥 프레스토가 나지막하게 속삭였다.

"냄새가…… 나지…… 않으십니까…… 비린내가?"

이를 신호로 번쩍이는 녹색 금속 조각을 단 고무 옷을 입

---

107) 샌프란시스코의 명소이다.

은 조라가 수조 속으로 첨벙 뛰어들었다. 옷은 그녀의 허리까지만 올라오고 가슴과 어깨는 벗은 채 드러나 있다. 물속으로 비쳐 들어오는 빛 속에서 조라는 나와는 달리 물속에서도 눈을 뜨고 칸막이 안의 남녀들에게 미소를 지었다. 그러고는 해초 같은 긴 금발을 뒤로 날리고 가슴에는 진주 같은 작은 공기 방울들이 맺힌 채 빛나는 에메랄드빛 꼬리를 차면서 유연하게 움직였다. 그녀의 모습에 외설적인 구석은 손톱만큼도 없었다. 조라의 미모는 좌중을 압도할 만했으므로 누구나 그녀의 흰 피부, 아름다운 가슴, 반짝이는 배꼽이 박힌 팽팽한 배, 비늘을 달고 좌우로 흔드는 엉덩이의 근사한 곡선을 보는 것만으로도 만족했다. 그녀는 옆구리에 팔을 대고 관능적으로 요동치면서 헤엄쳤다. 그녀의 얼굴은 평온했고, 눈은 카리브해 같은 푸른빛이었다. 아래층에서는 끊임없이 디스코 음악이 쿵쿵 울렸으나 위층의 옥토퍼시 가든에서 나오는 음악은 거품에서 흘러나오듯 가벼웠다.

어떤 면에서 보면 나름대로 예술적인 느낌마저 자아냈다. 식스티나이너스는 지저분한 건물이었으나 2층 가든은 추잡하다기보다 이국적인 분위기를 풍겼다. 외설판 트레이더빅 레스토랑[108]이랄까. 구경꾼들은 뭔가 신기한 것이나 진기한 인간들을 보러 왔지만 사실 그들의 마음을 사로잡는 것은 분위기 자체였다. 고객들은 구멍을 들여다보면서 꿈속에서나 상상했

108) 1934년 샌프란시스코에 처음 문을 연 레스토랑 체인. 다국적인 퓨전 음식으로 인기가 높다.

던 몸을 진짜로 보게 되는 것이다. 결혼한 이성애자인 남자 손님들은 페니스를 가진 여자, 페니스라 해도 남자의 것이 아니라 꽃술처럼 가늘고 긴 여성화된 페니스와 차오르는 욕망을 주체 못해 엄청나게 커진 클리토리스를 가진 여자와 사랑을 나누는 꿈을 꾸었다. 게이 손님들은 부드러운 살결에 털이 없는, 거의 여자나 다름없는 소년을 꿈꾸었다. 레즈비언 손님들은 페니스를 가진 여자를, 남자의 페니스도 아닌 것이 그 어떤 딜도[109]도 따를 수 없을 만큼 민감하고 생기 있는 여성적인 페니스를 꿈꾸었다. 전체 인구의 몇 퍼센트가 이러한 성적 변형에 대해 환상을 갖고 있는지는 알 길이 없다. 어쨌든 그들은 밤마다 이 수중 정원에 와서 우리를 보려고 칸막이를 가득 메웠다.

인어 멜라니 다음으로는 엘리와 그녀의 전기뱀장어 차례였다. 이 뱀장어는 처음에는 잘 보이지 않았다. 청록색 물속으로 뛰어든 것은 수련색 비키니를 입은 날씬한 하와이 소녀의 모습이었다. 헤엄을 치다 상의가 벗겨지지만 그래도 여전히 보이는 것은 소녀의 모습이다. 그러나 그녀가 우아한 수중 발레로 물구나무를 서서 비키니 팬티를 무릎까지 내리면…… 아, 그때가 뱀장어가 등장할 순간이다. 거기 날씬한 소녀의 몸 위에, 있지 말아야 할 곳에, 위험한 종자인 고약하게 생긴 갈색 뱀장어가 있었다. 엘리가 유리에 몸을 대고 문지를수록 뱀장어는 점점 더 길어졌다. 뱀장어는 키클롭스 같은 눈으로 손님들을

109) 발기한 음경 모양의 자위 기구이다.

노려보았다. 그녀의 가슴과 가느다란 허리를 훑고 나면 손님들의 눈은 엘리에서 뱀장어로, 뱀장어에서 엘리로 오가며 반대되는 것들의 결합에 전기 충격을 받는 듯한 흥분을 느꼈다.

카르멘은 남성에서 여성으로 성전환을 했지만, 아직 수술은 받지 않은 상태였다. 그녀는 브롱크스 출신이었다. 몸집이 작고 뼈대가 가는 그녀는 아이라이너와 립스틱에 대한 취향이 까다롭기 짝이 없었다. 그녀는 항상 다이어트를 하고 있었다. 뱃살이 나올까 무서워 맥주도 멀리했다. 그녀를 보면 여자들의 행동을 과장해서 따라 하는 듯한 느낌이 들었다. 카르멘은 엉덩이를 심하게 흔들어 대고 머리카락을 과장된 몸짓으로 쓸어 넘겼다. 그녀는 예쁜 수영 선수 같았다. 수면 위의 모습은 소녀이지만 그 바로 아래에선 소년이 간신히 숨을 참고 있었다. 가끔 그녀가 맞는 호르몬 때문에 피부 문제가 생길 때가 있었다. 그녀의 주치의(샌 브루노의 멜 박사)는 끊임없이 투약량을 조절해야 했다. 카르멘의 정체를 드러내는 유일한 특징은 그녀의 목소리였는데 에스트로겐과 프로게스틴을 맞아도 허스키한 목소리만은 그대로였다. 그리고 그녀의 손도. 그러나 남자들은 절대 눈치채지 못했다. 그들은 카르멘이 순수하지 않길 원했다. 그거야말로 진짜 자극적이었다.

카르멘의 사연은 나보다 평범했다. 그녀는 어린 시절부터 자신이 몸을 잘못 타고났다고 느꼈다. 하루는 탈의실에서 나에게 남부 브롱크스 말투로 얘기했다.

"그러니까 말이지, 도대체 누가 나한테 이딴 걸 달아 줬냐 그 말이야. 언제 내가 이런 거 달랬냐."

어쨌든 그건 그대로 그 자리에 달려 있었다. 남자들이 보러 오는 것도 그거였다. 조라는 분석 끝에 카르멘을 좋아하는 사람들은 잠재적인 동성애 욕구를 품고 있다고 결론지었다. 그러나 카르멘은 이 의견에 반대했다.

"내 남자 친구들은 호모가 아니란 말이지. 걔들은 여자를 좋아해."

"절대 그렇지 않아." 조라가 말했다.

"돈만 모이면 곧장 수술하고 말 테. 그때 가서 봐. 조라, 내가 너보다 훨씬 더 여자다울 테."

"난 아무래도 좋아." 조라가 대답했다.

"난 특별히 되고 싶은 것도 없으니까."

조라는 안드로겐 불감증이었다. 그녀의 육체는 남성 호르몬에 영향을 받지 않았다. 그녀는 나 같은 XY이지만 여성으로 성장해 왔다. 그러나 조라는 나보다는 훨씬 나았다. 그녀는 금발 머리에 몸매도 좋고 입술도 도톰했다. 튀어나온 광대뼈 때문에 그녀의 얼굴에는 극지의 사면 같은 모양이 생겼다. 조라가 말할 때 보면 피부가 광대뼈 위로 팽팽하고 턱 사이가 푹 꺼진 것이 마치 밴시[110]처럼 푸른 눈이 구멍처럼 뚫려 있는 느낌이 들었다. 그녀의 몸매는 또 어떠냐 하면 젖소 같은 가슴에 수영 선수의 배, 단거리 육상 선수나 무용수 마사 그레이엄의 다리를 가졌다. 조라는 옷을 벗어도 어딜 보나 완벽

---

110) 울음소리로 가족 중에 곧 죽을 사람이 있다는 것을 알린다는 여자 유령이다.

한 여자였다. 겉으로는 그녀에게 자궁도 난소도 없다는 사실이 전혀 티가 나지 않았다. 조라가 내게 말해 준 바로는 안드로겐 불감증이 완벽한 여성적 몸매를 만들어 준다는 것이었다. 일류 패션모델 중에도 그 증후군을 가진 사람이 많다고 했다.

"비쩍 말랐으면서 젖통은 큰 여자가 몇이나 있을 것 같니? 흔치 않다고. 나 같은 사람한테나 그게 정상이지."

예쁘든 예쁘지 않든 간에 조라는 여자가 되고 싶은 생각이 없었다. 자신을 양성 인간으로 인정하는 편을 더 좋아했다. 그녀는 내가 만난 첫 번째였다. 나와 같은 첫 번째 사람. 1974년이었던 그때 그녀는 "간성(間性)"이라는 표현을 썼는데 당시로서는 드문 일이었다. 스톤월 궐기[111]가 일어난 지 겨우 오 년 되었을 때였다. '동성애자 권리 운동'이 진행 중이었다. 그 운동은 우리를 포함해 뒤이은 모든 정체성 투쟁의 길을 닦았다. 그러나 '북미 인터섹스 소사이어티(ISNA)'가 결성된 것은 1993년에 이르러서였다. 그래서 나는 조라 카이버를 초기의 선구자, 이를테면 광야의 세례 요한 같은 인물이었다고 생각한다. 그 광야는 확대해서 말하자면 미국, 아니 어쩌면 세계 전체일 수도 있지만 더 구체적으로 말한다면 조라가 살던 노이 밸리의 삼나무 방갈로로 당시에는 나도 거기에서 살고 있었다. 밥 프레스토는 내 생김새를 구석구석 살펴본 다음 조라

111) 그리니치빌리지에서 게이 바 '스톤월'에 대한 경찰의 습격이 불씨가 되어 일어난 동성애자들의 항의 시위이다.

에게 전화해서 나와 함께 지내도록 했다. 조라는 나 같은 부랑아들을 받아 주었다. 그것도 그녀의 소명의 일부였다. 샌프란시스코의 안개는 양성 인간들에게도 은신처를 제공했다. ISNA가 다른 어떤 곳도 아닌 샌프란시스코에서 발족되었다는 사실은 놀랄 일이 아니다. 조라는 매우 혼란스러웠던 시기에 일어난 이러한 움직임에 참여했다. 운동이 수면 위로 떠오르기 이전부터 힘이 모이는 구심점이 존재했고, 조라가 그들 중 하나였다. 그녀의 정치적 활동은 주로 연구와 집필로 이루어졌다. 그녀는 몇 달간을 함께 살면서 나를 교육했고, 그녀의 표현을 빌리자면 중서부 지역 출신인 내가 갇혀 있던 두터운 어둠 속에서 끌어내 주었다.

"내키지 않으면 밥을 위해 일하지 않아도 돼." 그녀가 내게 말했다.

"난 어쨌든 곧 그만둘 거야. 이건 그저 임시직이거든."

"돈이 필요해요. 놈들이 내 돈을 전부 훔쳐 갔단 말이에요."

"왜 부모님께 연락하지 않고?"

"부모님께 의지하고 싶지 않아요." 내가 말했다. 나는 고개를 숙이고 인정했다.

"집에 전화할 수가 없어요."

"무슨 일이 있었구나, 칼. 내가 물어봐도 될까? 여기 왜 온 거지?"

"부모님이 날 뉴욕에 있는 의사한테 데려갔어요. 그는 날 수술하려고 했어요."

"그래서 도망쳤구나."

나는 고개를 끄덕였다.

"운이 좋다고 생각하렴. 난 스무 살이 되도록 몰랐어."

이 모든 것이 조라의 집에 간 첫날 벌어졌다. 아직 클럽 일을 시작하기 전이었다. 먼저 타박상을 치료해야 했다. 난 그런 곳에서 지내게 된 데 놀라지 않았다. 나처럼 목적지도 없이 끝 모를 여정을 떠돌다 보면 신성하게까지 보이는 개방성에 몸을 맡기게 된다. 초창기 철학자들이 떠돌아다닌 것도 그런 이유에서이다. 예수도 그랬다. 첫날 나는 바틱[112] 방석 위에 가부좌를 틀고 앉아 불에 달군 라쿠[113] 컵으로 녹차를 마시면서 희망과 호기심으로 커다란 눈을 반짝이며 조라를 올려다보았다. 머리는 짧았고 눈은 지금보다 훨씬 더 컸다. 동료들이 저 아래 무시무시한 악마들의 손아귀로 떨어지는 와중에도 위를 올려다보며 천국의 사다리를 오르는 비잔틴 그림 속 인물의 눈보다 더 컸다. 비록 많은 고난을 겪었지만 나에게도 지식이나 계시의 형태로 어떤 보상을 기대할 권리가 있지 않겠는가? 창문으로 흐릿한 빛이 새어 들어오는 조라의 집에서 나는 그녀가 말해 주는 것으로 채워질 준비가 된 텅 빈 캔버스와도 같았다.

"양성 인간은 언제나 존재해 왔어, 칼. 언제나. 플라톤은 본래 인간이 양성 인간이었다고 말했지. 들어 봤니? 본래 인간

---

112) 무늬에 밀랍을 바르고 염색하여 무늬에는 색깔이 안 들게 하는 염색법이다.

113) 일본에서 16세기부터 제작한 토기로 단시간에 열을 가한 뒤 톱밥에 묻어 다채로운 효과를 낸다.

은 두 개의 반쪽으로, 그러니까 하나는 남자, 하나는 여자로 이루어져 있었어. 그런데 이렇게 나뉜 거야. 그래서 모든 이가 항상 자신의 다른 반쪽을 찾아다니게 된 거지. 우리는 빼고 말이야. 우리는 이미 양쪽을 다 갖고 있으니까."

나는 모호한 대상에 대해 아무 말도 하지 않았다.

"맞아, 어떤 문화권에서는 우릴 괴물 취급해." 그녀가 계속했다.

"그러나 정반대의 문화권도 있어. 나바호족에는 '버다치'라고 부르는 사람들이 있지. 버다치는 본래 생물학적 성이 아닌 다른 성을 받아들인 사람을 말해. 잘 기억해 둬, 칼. '성'은 생물학적인 거야. '젠더'는 문화적인 의미이고. 나바호족은 그걸 안 거야. 만약 어떤 사람이 자기 젠더를 바꾸고 싶으면 그냥 바꾸면 돼. 그렇다고 그 사람을 모욕하는 일은 없어, 오히려 경의를 표하지. 버다치들은 부족의 샤먼이란다. 그들은 치유자이고, 위대한 직조공이고, 예술가야."

나는 혼자가 아니었다! 조라의 이야기를 들으면서 가슴 깊이 와닿은 것은 바로 그것이었다. 동시에 나는 샌프란시스코에 좀 더 머물러야겠다고 느꼈다. 나를 여기로 이끈 것이 운명인지 우연인지 알 수 없지만 난 여기서 필요한 것을 얻어 가야 했다. 돈을 벌어야 한다는 사실은 중요하지 않았다. 단지 조라 옆에 머물면서 그녀로부터 배우고 싶었고, 이 세상에서 혼자라는 외로운 느낌을 덜고 싶었다. 나는 이미 마약과 축제로 얼룩진 젊은 날의 마법의 문에 발을 들여놓았다. 갈비뼈가 쑤시던 증세는 그 첫날 오후에 벌써 나은 듯했다. 젊은 시절에는 대기마저 에너지로 신비롭게 달아올라 활활 타오르는 것 같다. 시냅스가 격렬하게 끓어오르고 죽음이 저 멀리 있던 그 시절.

조라는 책을 쓰고 있었다. 버클리에 있는 작은 출판사에서 낼 거라고 했다. 내게 그 출판사의 카탈로그도 보여 주었다. 거기에는 불교와 미트라[114)]의 신비 종교에 관한 서적부터 유전학과 세포생물학과 힌두 신비주의를 혼합한(그 자체로 잡종 책이랄까.) 이상야릇한 책에 이르기까지 다양한 책들이 망라되어 있었다. 조라가 저술하는 책도 물론 이런 목록에 어울릴 것이다. 그러나 그녀의 출판 계획이 어디까지 실현될지 난 정확히 알 수가 없었다. 그 후로 나는 기회 날 때마다 조라의 책 『신성한 양성 인간』을 찾아보았으나 아직 어디에서도 발견하지 못했다. 그녀가 책을 완성하지 못했다 해도 그건 능력의 문제는 아니었다. 나는 그 책을 거의 다 읽었다. 그때의 내 나이로 문학적 가치나 학문적 가치를 평가하기는 힘들겠지만 조라의 학식은 거짓말이 아니었다. 그녀는 자기 주제를 깊이 파고들어 갔고, 상당 부분을 머릿속에 넣고 있었다. 그녀의 책장에는 인류학 서적들과 프랑스 구조주의자, 탈구조주의자의 저작들이 가득했다. 그녀는 거의 매일 글을 썼다. 책상 위에 종이와 책들을 늘어놓고 메모를 하거나 타이프를 쳤다.

"궁금한 게 있어요." 어느 날 내가 조라에게 물었다.

"왜 남들한테 말했어요?"

---

114) 페르시아 신화에 나오는 빛과 진리의 신이다.

"무슨 소리니?"

"자기 자신을 좀 보세요. 아무도 모를 거예요."

"난 사람들이 알았으면 해, 칼."

"어째서요?"

조라는 긴 다리를 포개고 앉았다. 그녀는 페이즐리 모양의 푸르고 얼음 같은 요정의 눈으로 내 눈을 들여다보면서 말했다.

"우리는 다음에 올 존재들이니까."

"옛날 옛적 고대 그리스에 마법의 연못이 있었습니다. 물의 요정인 살마키스가 신성하게 여기는 연못이었습니다. 어느 날 아름다운 소년 헤르마프로디토스가 수영을 하려고 이곳에 왔습니다."

이 부분에서 수조에 발을 담갔다. 내레이션이 이어지는 동안 발을 앞뒤로 저었다.

"이 잘생긴 소년을 보자 살마키스의 욕망에 불이 붙었습니다. 그녀는 더 자세히 보려고 가까이 헤엄쳐 갔죠."

물속에 1센티미터씩 몸을 담그기 시작했다. 정강이, 무릎, 허벅지까지. 프레스토가 시키는 대로 하다 보면 이 부분에서 구멍의 덮개가 내려갔다. 나가 버리는 손님도 있었지만 대부분은 투입구에 칩을 또 하나 집어넣었다. 덮개가 올라갔다.

"물의 요정은 참으려고 노력했습니다. 그러나 소년은 참을 수 없을 정도로 아름다웠습니다. 보는 것만으로는 부족했습니다. 살마키스는 점점 더 가까이 헤엄쳐 갔습니다. 그리고 욕망에 사로잡힌 그녀는 뒤에서 소년을 와락 끌어안았습니다."

나는 손님들이 보기 힘들도록 일부러 물을 마구 휘저으면서 다리를 차기 시작했다.

"헤르마프로디토스는 물의 요정의 끈덕진 포옹에서 벗어나려고 몸부림쳤습니다, 신사 숙녀 여러분. 그러나 살마키스의 힘은 너무 강했습니다. 그녀의 욕망은 무엇으로도 막을 수가 없어서 결국 두 몸은 하나가 되었습니다. 남자는 여자 속으로, 여자는 남자 속으로 녹아들었습니다. 보십시오, 헤르마프로디토스 신의 모습을!"

여기에서 수조 속으로 완전히 뛰어들어 내 모습을 전부 드러냈다. 그리고 들여다보는 구멍들이 닫혔다. 여기까지 오면 아무도 칸막이를 뜨지 않는다. 너나없이 더 들여다보려고 칩을 넣었다. 물속에서 박스 안에 칩이 짤랑거리며 떨어지는 소리를 들을 수 있었다. 그러고 있노라면 집에서 욕조의 더운물에 머리를 담그고 파이프에서 나는 소리를 듣고 있던 생각이 났다. 주변에서 일어나는 일을 그런 식으로 생각하려고 애썼다. 그러면 모든 것이 아주 멀게만 느껴지는 것이었다. 미들섹스의 욕조 속에 있는 척했다. 놀라움과 호기심, 혐오, 욕망으로 뒤범벅된 얼굴들이 구멍마다 뚫어져라 응시하는 속에서.

우리는 항상 마리화나에 젖어 일했다. 마리화나 흡연은 필수적인 사전 준비 절차였다. 조라와 나는 의상을 입으면서 밤을 시작하기 위해 마리화나에 불을 붙이곤 했다. 조라가 내게 아베르나와 얼음이 든 보온병을 가져다주면 그것을 시원한 에이드 마시듯 들이켰다. 우리의 목표는 반쯤 망각 상태에 빠져 혼자 파티를 즐기는 기분을 내는 것이었다. 그러면 현실감이 떨어지면서 감각이 둔해진다. 조라가 없었더라면 어떻게 됐을지 모르겠다. 안개와 나무들, 키 작은 캘리포니아 관목들, 애완동물 가게에서 사 온 금붕어들이 가득 찬 작은 연못, 푸른색 화강암으로 만들어진 실외의 불교 제단, 이런 것들로 둘러싸인 우리의 작은 방갈로 — 그곳은 내게 피난처이자 세상으로 복귀할 준비를 갖출 때까지 불완전하게나마 머물 집이었다. 거기서 보낸 몇 달 동안 나의 생활은 내 몸처럼 반으로 나뉘었다. 우리는 밤이 되면 식스티나이너스의 수조 옆에서 기다리고, 지겨워하고, 마약에 취해 킬킬거리고, 불평하면서 시간을 보냈다. 그러나 그런 일도 익숙해지는 날이 온다. 스스로를 치유하고 자기 마음속에서 지워 버릴 줄 아는 날이 온다.

낮에 조라와 나는 항상 성실하게 생활했다. 조라가 지금까지 써 놓은 분량은 118쪽 정도였다. 이걸 내가 태어나서 본 중에 가장 얇은 어니언스킨지[115]에 타이프를 했으니 원고가 잘 찢어질 수밖에 없었다. 그래서 조심해서 다루어야 했다. 조라는 셰익스피어의 이절판 원본이라도 드는 양 자기 원고를 꺼낼 때 날 부엌 식탁에 앉아 있도록 했다. 그럴 때만 나를 아이 취급했고 그 외에는 내가 알아서 생활하도록 내버려두었다. 그리고 집세를 보태 달라고 부탁했다. 우리는 대부분의 시간을 기모노 차림으로 집 안을 어슬렁거리며 보냈다. 조라는

115) 얇고 반투명한 광택이 있는 용지이다.

진지한 얼굴로 일에 열중했다. 나는 바닥에 앉아 그녀의 책장에서 뽑아 온 케이트 쇼팽, 제인 볼스의 책이나 게리 스나이더의 시 따위를 읽었다. 외모상 우리는 전혀 닮지 않았지만 조라는 늘 일치단결을 강조했다. 똑같은 편견과 오해에 맞서야 한다면서. 그렇게 말해 준 건 기뻤지만 난 조라가 결코 언니 같지 않았다. 완전히 그렇다고 할 수가 없었다. 옷 속에 숨겨진 그녀의 몸매가 늘 의식되었다. 눈을 딴 데로 돌리고 보지 않으려고 애썼다. 거리에서 사람들은 나를 남자애로 보았다. 조라는 지나간 사람도 돌아볼 정도였다. 남자들은 그녀에게 휘파람을 불었다. 그러나 그녀는 남자들을 싫어했다. 레즈비언만 사귀었다.

조라에게는 어두운 면이 있었다. 곤드레만드레 취해서 가끔 추태를 부릴 때도 있었다. 축구와 남자들의 유대, 아기들, 양육자들, 정치가들, 인간 전체에 대해 분노를 터뜨렸다. 그럴 때는 폭력성까지 엿보여 나는 궁지에 몰렸다. 고등학교 때 그녀는 교내에서 최고 미인이었고, 그녀에게는 아무 의미도 없는 애무와 고통스럽기만 한 성관계를 묵묵히 참아 냈다. 흔히 미인들이 그렇듯 조라에게도 최악의 남자들이 달라붙었다. 운동선수 나부랭이들. 헤르페스나 퍼뜨리고 다니는 놈들. 그녀가 남자들에게 악감을 품게 된 것도 무리는 아니다. 나는 거기서 제외되었지만. 그녀 생각에 난 괜찮았다. 진짜 남자라고 할 수 없으니까. 내가 생각해도 맞는 얘기였다.

헤르마프로디토스의 부모는 헤르메스와 아프로디테였다.

자식이 사라졌을 때 헤르메스와 아프로디테가 어떤 심정이었는지 오비디우스는 우리에게 읊어 주지 않는다. 우리 부모님에 대해 말하자면 지금도 여전히 전화통에서 떠나질 못했다. 집을 비울 때도 한꺼번에 나가지 않았다. 그러나 이제는 나쁜 소식이 들려올까 봐 전화를 받기도 겁이 났다. 비탄에 빠지느니 차라리 모르고 있는 편이 나을 것 같았다. 전화벨이 울리면 받기 전에 멈칫했다. 서너 번 더 울린 다음에야 수화기를 들었다. 그들의 고뇌는 화음이 잘 맞았다. 내가 실종된 몇 달 동안 아버지와 어머니는 똑같은 공포와 똑같이 맹목적인 희망, 똑같은 불면증을 겪었다. 그들의 감정 흐름이 이렇게까지 일치해 보긴 참으로 오랜만이었고, 이를 통해 그들은 처음 사랑에 빠졌던 시절로 되돌아갔다.

그들은 여러 해 동안 그래 본 적이 없을 정도로 자주 사랑을 나누기 시작했다. 챕터 일레븐이 외출하면 위층까지 갈 것도 없이 아무 데고 있던 자리를 이용했다. 서재에 있는 붉은 가죽 소파에서도 해 봤고, 거실 소파에 그려진 파랑새와 빨간 딸기 위에도 축 늘어져 봤다. 심지어 벽돌 무늬가 있는 억센 부엌 카펫 위에서도 두세 번 사랑을 나누었다. 그들이 이용하지 않은 곳은 지하실뿐이었는데 거기엔 전화기가 없었기 때문이다. 그들의 애정 행위는 정열적이기보다는 고통의 묵직한 리듬을 타고 천천히 서글프게 이루어졌다. 그들은 이제 젊지 않았고, 육체도 아름다움을 잃었다. 어머니는 끝난 후 가끔 울기도 했다. 아버지는 눈을 꾹 감았다. 그러한 노력은 감흥도 위안도 선사하지 않았다. 아주 가끔만 빼고.

내가 사라지고 석 달이 지난 어느 날 어머니의 영적인 탯줄로 전해 오던 신호가 멈추었다. 어머니는 침대에 누워 있었는데 배꼽에서 느껴지던 희미한 울림이랄까 욱신거림이 갑자기 사라졌다. 그녀는 일어나 앉았다. 손을 배에 가져다 대 보았다.

"그 애가 안 만져져!"

어머니가 울부짖었다.

"뭐라고?"

"끈이 끊어졌어! 누군가 끈을 잘라 버렸다고!"

아버지는 어머니를 설득하려 애썼지만 아무 소용 없었다. 그때부터 어머니는 내게 뭔가 끔찍한 일이 생겼다고 믿기 시작했다. 그렇게 해서 화음이 잘 맞던 그들의 고통은 불협화음을 내기 시작했다. 아버지는 긍정적인 태도를 유지하려 애썼지만 어머니는 점점 더 절망에 빠졌다. 둘 사이에 싸움이 잦아졌다. 아버지의 낙관주의에 어머니의 마음이 움직여 하루이틀 정도는 기운을 되찾을 때도 있었다. 어머니는 속으로 '그래, 확실한 건 아직 모르잖아.'라고 다짐하기도 했다. 그러나 그것도 잠깐. 혼자가 되면 어머니는 탯줄을 타고 전해 오는 걸 느껴 보려고 애를 썼으나 아무것도, 고통의 신호조차 느껴지지 않았다.

이제 실종 넉 달째로 접어들고 있었다. 때는 1975년 1월이었다. 나를 찾지 못한 채 내 열다섯 번째 생일이 지나갔다. 어머니가 나의 무사 귀환을 빌러 교회에 간 사이에 전화벨이 울렸다. 아버지가 받았다.

"여보세요?"

처음에는 아무 대답도 없었다. 다른 방에 라디오를 틀어 놓았는지 배경에서 음악 소리가 흘러나왔다. 다음 순간 입을 막고 말하는 목소리가 들렸다.

"밀턴, 딸이 보고 싶겠지."

"당신 누구요?"

"딸이란 특별한 존재이지."

"당신 누구요?"

아버지가 다시 묻는데 전화가 끊어졌다.

그는 아내에게 전화 이야기를 하지 않았다. 그저 이상한 놈이려니 했다. 아니면 불만을 품은 직원들 중 하나거나. 1975년은 경기가 나빴고, 아버지는 몇 개 지점을 폐쇄하지 않을 수 없었다. 그러나 다음 일요일 또 전화벨이 울렸다. 이번에는 전화가 울리자마자 받았다.

"여보세요?"

"좋은 아침이야, 밀턴. 오늘은 당신한테 물어볼 게 있는데. 밀턴, 뭘 물어볼지 알고 싶어?"

"누군지 밝히지 않으면 전화를 끊겠소."

"설마 그럴 리야. 밀턴, 당신 딸을 찾을 사람은 나뿐인데."

그 순간 아버지는 아버지답게 행동했다. 침을 꿀꺽 삼키고 어깨를 쭉 편 다음 고개를 약간 끄덕이고는 다가올 사태에 대비했다.

"좋소." 그가 말했다.

"듣고 있소."

상대방은 전화를 끊어 버렸다.

"옛날 옛적 고대 그리스에 마법의 연못이 있었습니다……."

이제 자면서도 할 수 있을 정도였다. 사실 무대 뒤의 흥청거림, 흘러넘치는 아베르나, 마음을 진정시키는 마리화나 연기를 생각하면서 나는 자고 있었다. 핼러윈이 지나갔다. 추수감사절도 지나가고, 다음에는 크리스마스였다. 새해를 맞아 밥 프레스토는 큰 파티를 열었다. 조라와 나는 샴페인을 마셨다. 차례가 오면 난 수조 속으로 뛰어들었다. 나는 마약과 술에 몹시 취한 상태였으므로 그날 밤 평소 같으면 하지 않을 짓을 했다. 물속에서 눈을 뜬 것이다. 나를 쳐다보는 얼굴들을 보니 겁에 질린 표정들은 아니었다. 그날 밤은 수조 안에 있는 시간이 즐거웠다. 어떤 면에서는 퍽 유익하기도 했다. 일종의 치료라고 할까. 헤르마프로디토스의 내면에서 묵은 긴장들이 스르르 풀려 나가면서 소용돌이쳤다. 로커룸에서의 경험이 남긴 정신적 외상도 지워져 갔다. 남들과 다른 몸을 가졌다는 수치심도 사라지고 있었다. 괴물이라는 기분도 희미해져 갔다. 수치심과 자기혐오와 더불어 또 다른 상처도 아물고 있었다. 헤르마프로디토스는 모호한 대상을 잊기 시작했다.

샌프란시스코에서의 지난 몇 주일 동안 나는 조라가 준 자료를 닥치는 대로 읽으면서 스스로를 교육하기에 힘썼다. 나는 우리 양성 인간인들이 어떤 변종인지 알게 되었다. 부신 피질 기능 항진증과 여성화된 고환, 잠복 고환이라고 부르는 것에 대해서도 읽었는데 다 내게 해당되는 증상들이었다. 클라인펠터 증후군에 대해서도 읽었다. 이 경우에는 X 염색체가 추가로 더 붙어 큰 키와 환관증형, 신경질을 유발한다. 의학 자료보다는 역사 자료 쪽이 더 흥미로웠다. 조라의 원고를 통해 인도의 기형 생식기를 갖고 태어난 히즈라(hijra), 파푸아뉴기니 삼비아족의 제3의 성(kwoluaatmwol), 도미니카 공화국의 여성 생식기를 가진 남성 구에베도체 등에 대해 알게 되었다. 1860년 독일에서 저술 활동을 했던 칼 하인리히 울리히는 '제3의 성'에 대해 언급했다. 그는 자신을 '우라니스트(Uranist)'라 칭하면서 남성의 육체에 여성의 영혼을 지녔다고 믿었다. 지구상의 많은 문화권들이 두 개의 성이 아니라 세 개의 성으로 움직였던 것이다. 그리고 세 번째 성은 언제나 특별하고, 고귀하며, 불가사의한 재능을 타고났다.

부슬비가 내리는 어느 추운 밤에 한번 해 보았다. 조라는 나가고 없었다. 일요일이라 우리도 쉬는 날이었다. 나는 마룻바닥에 반가부좌 자세로 앉아 눈을 감았다. 기도드리는 마음으로 정신을 집중하면서 내 영혼이 육체를 빠져나가기를 기다렸다. 무아지경에 빠지거나 아니면 동물과 같은 의식 상태가 되려고 애썼다. 최선을 다했지만 아무 일도 일어나지 않았다. 특별한 힘에 관한 한 나는 해당 사항이 없는 것 같았다. 난 테이레시아스가 아니었다.

일이 터진 건 1월 말 어느 금요일 밤이었다. 시간은 자정을 넘기고 있었다. 카르멘이 수조 속에서 에스더 윌리엄스 역을 하는 중이었다. 조라와 나는 탈의실에서 늘 하던 대로 (보온병, 마리화나와 함께) 시간을 보내고 있었다. 인어 옷을 입은 조라는 꼼짝도 않고 물고기자리 태생의 하렘 여자 노예처럼 의자 위에 몸을 쭉 뻗고 있었다. 그녀의 꼬리에서 팔걸이 위로 물방울이 뚝뚝 떨어졌다. 위에는 티셔츠를 걸쳤다. 셔츠에는 에밀리 디킨슨의 얼굴이 그려져 있었다. 수조에서 울리는 소리가 관을 타고 탈의실까지 들렸다. 밥 프레스토가 과장된 선전 문구를 늘어놓는 중이었다.

"신사 숙녀 여러분, 정말로 전기 충격을 받을 준비가 되셨습니까?"

조라와 나는 다음 대사를 따라 읊었다.

"전압을 좀 높여도 괜찮겠습니까?"

"여기 있을 만큼 있었어." 조라가 말했다.

"이젠 됐어."

"우리 떠나야 해요?"

"그래야지."

"그럼 무얼 하죠?"

"저당 금융업."

수조에서 첨벙거리는 소리가 들렸다.

"그런데 오늘 엘리의 뱀장어는 어디로 갔을까요? 숨어 버렸나 봅니다, 신사 숙녀 여러분. 전기가 나간 걸까요? 어쩌면 어부가 잡았을지도 모르겠습니다. 그렇습니다, 신사 숙녀 여러분, 아마도 엘리의 뱀장어는 지금 어시장에서 경매 중인가 봅니다."

"밥은 자기가 말을 잘하는 줄 안다니까."

조라가 말했다.

"걱정 마십시오, 신사 숙녀 여러분. 엘리가 우리를 실망시키겠습니까? 여길 보십시오, 여러분. 엘리의 전기뱀장업니다!"

스피커에서 이상한 소음이 들렸다. 문 두드리는 소리. 밥 프레스토가 고함을 질렀다.

"야, 웬 난리야? 여기 들어오면 안 돼."

그리고 음향 시스템이 꺼졌다. 팔 년 전 디트로이트 12번 거리의 무허가 술집을 급습했던 경찰이 1975년 초에 이른 지금 식스티나이너스를 급습한 것이다. 작전은 큰 혼란 없이 진행됐다. 단골들은 부리나케 칸막이 방을 빠져나와 거리로 모습을 감췄다. 우리는 아래층으로 끌려가 다른 여자들 틈에 끼어 한 줄로 섰다.

"그런데 거기 너," 경찰관이 내게 다가오며 말했다.

"너 몇 살이나 됐어?"

경찰서에서 전화를 한 통 걸도록 허락받았다. 그리하여 마침내 나는 울음을 터뜨리고 백기를 흔들면서 집에 전화를 걸었다.

오빠가 전화를 받았다. "나야." 내가 말했다.

"칼."

그가 뭐라고 대꾸하기도 전에 나는 한꺼번에 다 쏟아 놓았다. 내가 어디 있는지, 무슨 일이 있었는지 그에게 모두 얘기했다.

"엄마 아빠한테는 말하지 마." 나의 결론이었다.

"말할 수가 없어." 챕터 일레븐이 말했다.

"아빠한테 말할 수가 없다고."

그러고 나서 그는 자기도 아직 믿기지 않는다는 투로 말했다.
"아빠가 사고로 돌아가셨어."

자동차 비행

문화 담당 보좌관이라는 공식 직함을 내세우긴 했지만 신국립미술관에서 열린 워홀의 전시회 오프닝에 참석한 것은 사실 비공식적인 용건 때문이었다. 나는 미스 판 데어 로에[116]의 유명한 건물 안에서 유명한 팝 아티스트가 얼굴을 실크스크린으로 만든 그 유명한 작품 옆을 어슬렁거렸다. 신국립미술관은 어느 모로 보나 훌륭한 미술관이었다. 작품 걸 데가 없다는 한 가지 사실만 제외하면. 나는 별로 개의치 않았다. 유리 벽 너머 베를린을 바라보고 있자니 바보가 된 기분이었다. 전시회 오프닝에 예술가들이 올 거라고 생각했다니. 온 사람

116) 루트비히 미스 판 데어 로에(Ludwig Mies van der Rohe, 1886~1969). 국제주의 양식을 대표하는 독일 태생의 미국 건축가이다.

들은 후원자들과 기자들, 평론가들, 사교계의 명사들뿐인데. 지나가는 웨이터에게서 와인 한 잔을 받아 들고 가장자리에 늘어놓은 가죽과 크롬으로 만든 의자 하나를 골라잡아 앉았다. 이 의자들 역시 판 데어 로에의 작품이다. 세상에 널린 게 복제품이지만 이 의자들은 가장자리의 검은 가죽이 갈색으로 바랜 진짜이다. 나는 담배에 불을 붙여 물고 마음을 다독였다.

사람들은 마오(마오쩌둥)와 매릴린 먼로의 얼굴 주변을 빙빙 돌며 담소를 나누었다. 천장이 높아 음향이 탁하게 들렸다. 머리를 깨끗이 민 빼빼한 남자들이 화살처럼 날아다녔다. 천연 소재의 숄을 두른 머리 희끗한 여인들은 누런 이를 드러냈다. 길 건너편의 문서 보관소가 창밖으로 보였다. 새로 닦은 포츠담 광장은 밴쿠버의 산책로처럼 보였다. 멀리 건축 현장의 조명이 크레인의 골조를 비추었다. 아래쪽 도로에는 차들이 밀리고 있었다. 나는 담배 한 모금을 빨고 유리창에 비친 내 모습을 곁눈질로 힐끗 보았다.

내가 머스킷 총병처럼 보인다고 앞에서 말한 바 있다. 그러나 한편으로는 (특히 늦은 밤 거울 속에서는) 파우누스[117]처럼 보이기도 한다. 아치형의 눈썹, 심술궂어 보이는 미소, 눈의 광채. 치아 사이에 삐죽 내민 시가도 별 도움이 되지 못했다. 누군가 내 등을 가볍게 쳤다.

"시가 바람을 탔군요." 여자의 목소리였다.

---

117) 상반신은 사람, 다리와 꼬리는 염소의 모습을 한 목축의 신이다.

미술관의 검은 유리에서 나는 줄리 키쿠치의 모습을 알아보았다.

"이봐요, 여긴 유럽이에요." 내가 미소 지으며 반박했다.

"여기선 시가가 유행을 안 타요."

"대학 때는 나도 시가를 피웠어요."

"아, 그래요?" 그녀에게 대꾸했다.

"그럼 한 대 해요."

그녀는 내 옆의 의자에 앉아 손을 내밀었다. 나는 재킷에서 시가를 한 대 꺼내 시가 커터와 성냥과 함께 건넸다. 줄리는 코끝에 시가를 대고 냄새를 맡았다. 습기가 적당한지 손가락 사이에 넣고 굴려 보기도 했다. 그러더니 끝을 잘라 낸 다음 입에 물고 성냥을 그어 불을 붙이더니 쉬지도 않고 연기를 뿜어 댔다.

"미스 판 데어 로에도 시가를 피웠죠."

격려 차원에서 한마디 던졌다.

"미스 판 데어 로에의 사진을 보았나요?"

줄리가 말했다.

"정곡을 찌르는군요."

우리는 나란히 앉아 말없이 미술관 내부를 바라보며 시가만 피웠다. 줄리는 오른쪽 무릎을 가볍게 흔들고 있었다. 잠시 후 나는 몸을 돌려 그녀를 바라보았다. 그녀도 내 쪽으로 얼굴을 돌렸다.

"좋은 시가네요." 그녀가 인정했다.

나는 그녀 쪽으로 몸을 기울였다. 줄리도 내 쪽으로 몸을 기울였다. 마침내 이마가 거의 닿을 정도로 서로의 얼굴이 가까워졌다. 우리는 십 초쯤 그러고 있었다. 그러다가 내가 입을 열었다.

"내가 왜 당신한테 전화를 안 했는지 말할게요."

나는 심호흡을 하고 시작했다.

"나에 대해 알아야 할 게 있어요."

내 이야기는 1922년에 시작되는데 그때는 원유 유출량이 문제가 되고 있었다.

*

내 이야기가 끝나는 시점인 1975년, 또다시 원유 공급이 근심거리로 대두했다. 이 년 전부터 아랍석유수출국기구(OAPEC)가 금수 조치를 취했던 것이다. 미국에는 등화관제가 실시되었고 사람들은 펌프 앞마다 장사진을 쳤다. 대통령은 백악관의 크리스마스트리에 전구를 밝히지 않겠다고 발표했으며, 사상 최초로 가스탱크 자물쇠가 탄생했다.

당시에는 생활 물자의 부족이 모든 이의 마음을 무겁게 했다. 경기도 안 좋았다. 예전에 우리가 세미놀에서 전구 하나로 살았던 것처럼 집집마다 어둠 속에서 저녁 식사를 했다. 그러나 아버지는 석유 절약 정책에 적극 동참하지 않았다. 킬로와트를 셈하던 시절은 이제 아버지에게 까마득히 먼 옛날이었다. 그래서 내 몸값을 주러 떠나던 날 밤에도 휘발유를 엄청 먹는 대형 캐딜락을 타고 나섰다.

아버지가 마지막으로 탔던 캐딜락은 1975년형 엘도라도였다. 새카맣게 보일 정도로 짙은 감색인 그 차는 배트모빌과 많이 닮았다. 아버지는 문을 모두 잠갔다. 새벽 2시가 막 지난 시각이었다. 강 하류 쪽의 길은 구덩이가 많은 데다 잡초와 쓰레기가 연석을 가득 메우고 있었다. 성능 좋은 전조등은 길거리에 널린 못, 금속 파편, 낡은 휠 캡, 양철 깡통, 납작 눌린 남자 팬티는 말할 것도 없고 깨진 유리 조각까지 건져 올렸다. 육교 아래에는 능욕을 당한 차 한 대가 나뒹굴었다. 타이어도 없고, 앞 유리는 박살이 나고, 크롬 장식들은 벗겨져 나가고, 엔진도 없어진 상태였다. 아버지는 석유는 물론 다른 많은 것의 부족 현상 따위는 떨쳐 버리고 가속 페달을 밟았다. 한 예로 미들섹스에는 희망이 부족해서 아내는 더 이상 신령이 깃든 배꼽으로부터 아무런 떨림도 못 느끼고 있었다. 냉장고엔 음식이, 찬장에는 간식거리가, 그의 옷장에는 새로 다린 셔츠와 깨끗한 양말이 부족했다. 사교적인 초대와 전화 통화도 부족했다. 우리 부모님의 친구들은 희망과 비애 사이의 연옥 같은 집에 전화 걸기를 점점 두려워했다. 이 모든 결핍으로 인한 고통에 맞서 아버지는 엘도라도의 엔진을 사정없이 풀가동시켰고, 그걸로도 모자라 옆자리에 놓인 가방을 열고 그 안에 든 현금 2만 5000달러 묶음을 계기판 불빛에 비춰 보았다.

어머니는 아버지가 침대를 빠져나가기 한 시간쯤 전부터 깨어 있었다. 그녀는 왜 그에게 한밤중에 일어났느냐고 묻지 않았다. 옛날 같았으면 물어봤겠지만 이제는 아니었다. 내가 사라진 뒤부터는 모든 일과가 뒤죽박죽돼 버렸다. 아버지와 어머니는 새벽 4시에 부엌에서 커피를 마시는 일도 있었다. 어머니는 현관문이 닫히는 소리를 듣고서야 비로소 걱정이 되었다. 그다음 순간 아버지의 차는 시동을 걸면서 도로를 후진하기 시작했다. 어머니는 엔진 소리가 사라질 때까지 귀를 기울였다. 그녀는 생각했다. '어쩌면 이제 안 돌아올지도 몰라.' 도망간 아버지와 도망간 딸의 목록에 이제 도망간 남편까지 올려야 할지 몰랐다.

아버지는 여러 가지 이유로 어머니에게 당신 행선지를 밝히지 않았다. 우선 못 가게 할까 봐 걱정이 되었다. 테시는 경찰에 신고하라고 하겠지만 그는 그러기 싫었다. 유괴범이 경찰은 끌어들이지 말라고 했던 것이다. 게다가 경찰들의 귀찮다는 듯한 태도도 이젠 지긋지긋했다. 일을 제대로 하려면 직접 나서는 수밖에 없었다. 그리고 이건 다 헛수고일지도 몰랐다. 아내한테 얘기한다면 공연히 근심거리만 안기는 셈이 될 것이다. 조한테 전화할지도 모르고, 그랬다가는 누이동생한테 또 귀가 따갑도록 잔소리를 듣게 되겠지. 그래서 아버지는 중요한 결정을 내릴 때 늘 그랬던 것처럼 행동했다. 해군에 들어갔을 때나 우리를 그로스포인트로 이사시켰을 때처럼 아버지는 당신이 제일 잘 안다고 믿고 당신이 하고 싶은 대로 했다.

수수께끼의 전화가 마지막으로 걸려 온 후 아버지는 또 전화가 오길 기다렸다. 드디어 다음 일요일 아침에 전화벨이 울렸다.

"여보세요?"

"좋은 아침이야, 밀턴."

"누군지 몰라도 내 말 좀 들어 봐요. 난 대답을 듣고 싶소."

"그건 당신 사정이고. 밀턴, 중요한 건 내 사정이야."

"난 내 딸을 찾아야겠소. 지금 어디 있소?"

"여기에 나랑 같이 있지."

배경에서는 여전히 음악 소리인지 노랫소리인지가 들렸다. 그 소리는 아버지에게 아주 오래전의 어떤 것을 연상시켰다.

"당신이 그 앨 데리고 있다는 걸 내가 어떻게 믿겠소?"

"그럼 나한테 질문을 해 보시지. 그 앤 자기 가족에 대해 나한테 다 얘기해 줬거든. 몽땅 다."

그 순간 치밀어 오르는 분노는 이루 참을 수 없을 정도였다. 전화를 탁자에 내동댕이치고 싶은 충동을 간신히 참았다. 그러면서 머릿속으로는 계산을 했다.

"그 애 조부모님의 고향 마을이 어디요?"

"잠깐만." 전화기를 막는 기척이 났다. 잠시 후 목소리가 말했다.

"비티니오스."

아버지는 무릎이 후들거렸다. 탁자에 앉았다.

"이제 날 믿겠소, 밀턴?"

"언젠가 켄튀르키에에 있는 동굴에 간 적이 있소. 여행객한테 터무니없는 바가지를 씌운 곳이지. 그 동굴 이름이 뭐였소?"

다시 전화기를 막고. 잠시 후 목소리가 대답했다,

"매머드 동굴."

그러자 아버지는 다시 의자에서 벌떡 일어났다. 얼굴이 어두워지면서 그는 숨 쉬기가 답답해진 것처럼 옷깃을 세게 잡아당겼다.

"이제 내가 질문할 차례야, 밀턴."

"뭐요?"

"당신 딸을 찾는 데 얼마를 내겠어?"

"얼마를 원하시오?"

"지금 거래하자는 거야? 협상할 텐가?"

"협상하겠소."

"흥미진진하군."

"원하는 게 얼마요?"

"2만 5000달러."

"좋소."

"아니야, 밀턴." 목소리가 정정했다.

"이해를 못 하시는군. 난 흥정을 하고 싶단 말이야."

"뭐라고?"

"값을 깎으라고, 밀턴. 이건 거래니까."

아버지는 당황했다. 이 기묘한 요구에 고개를 저었다. 그러나 결국 요구대로 했다.

"좋소. 2만 5000달러는 너무 과해. 1만 3000달러 내겠소."

"우린 지금 당신 딸을 놓고 얘기하는 거야, 밀턴. 핫도그가 아니라."

"그만한 현금이 없소."

"2만 2000달러까지 해 주지."

"1만 5000 주겠소."

"2만 이하로는 안 되는데."

"그럼 1만 7000. 더는 안 돼요."

"1만 9000은 어때?"

"1만 8000."

"1만 8500."

"좋아."

상대방의 웃음소리가 들렸다.

"오, 재미있었어, 밀트." 그러더니 무뚝뚝한 목소리로 말했다. "하지만 내가 원하는 액수는 2만 5000이야." 그러고는 전화를 끊었다.

1933년, 형체 없는 목소리가 할머니에게 벽난로를 통해 말을 걸어온 일이 있었다. 사십이 년이 지난 지금 거짓으로 꾸민 목소리가 아버지에게 전화기 너머 말을 걸었던 것이다.

"안녕한가, 밀턴."

또다시 그 희미한 노래가 들렸다.

"돈을 마련했소." 아버지가 말했다.

"이제 내 딸을 돌려줘요."

"오늘 밤."

납치범의 말이었다. 그리고 돈을 어디에 두어야 하는지, 내가 풀려나 어디에서 기다리고 있을지 일러 주었다.

아버지는 저지대의 강 하류 쪽 평원을 가로질러 그랜드트렁크 앞에 캐딜락을 세웠다. 이 기차역은 1975년이 되도록 없어지지 않았다. 거의 무용지물이 되었지만. 한때 번화했던 터미널은 이제 덩그러니 껍데기만 남았다. 허울만 남은 철도 여객 공사 건물은 안으로 칠이 벗겨진 벽들을 품고 복도는 대부분 막아 놓은 상태였다. 이 거대한 낡은 건물은 가운데 핵심을 중심으로 무너지고 있었다. 팜코트의 구아스타비노 타일은 바닥에 떨어져 산산이 흩어지고, 널찍한 이발소는 쓰레기장이 되었고, 천창은 쓰레기가 쌓여 움푹 꺼져서 폐허로 변해 가고 있었다. 터미널에 연결된 사무실 건물은 누군가 일삼아 그렇게 한 것처럼 500개에 달하는 창문이 하나도 남김없이 박살이 난 채 이제는 13층짜리 비둘기 집이 되었다. 반세기 전 나의 조부모가 도착했던 바로 그 기차역이다. 레프티와 데스데모나가 평생에 단 한 번 그들의 비밀을 입 밖에 냈던 곳. 그런 일은 꿈에도 알지 못하는 아들이 그들처럼 비밀스럽게 지금 역 뒤로 들어왔다.

이런 몸값을 치르는 장면에는 그늘이나 불길한 그림자 같은 누아르 영화풍의 어두운 분위기가 어울린다. 그러나 하늘은 전혀 다른 분위기였다. 분홍빛을 띤 밤이었다. 기온과 대기 의 화학 물질 분포도에 따라 그런 현상이 종종 생겼다. 대기 중에 어떤 특정 물질이 일정량에 이르면 지상의 불빛이 퍼져 나가지 못하고 굴절되어 디트로이트 전역의 하늘이 솜사탕처럼 부드러운 분홍빛을 띠었다. 분홍 밤은 전혀 어둡지 않았지만 대낮의 빛과는 달랐다. 분홍 밤은 이십사 시간 가동하는 공장들의 야간 교대 근무처에서 새어 나오는 불빛들로 빛났다. 가끔은 펩토비즈몰[118]만큼 밝은 빛을 띠기도 했지만 대개

118) 분홍색 액체 위장약이다.

는 섬유 유연제 같은 희미한 빛깔이었다. 아무도 이상하게 여기지 않았다. 아무도 뭐라 하지 않았다. 우리는 모두 분홍 밤을 보면서 성장했다. 분홍 밤은 자연 현상이 아니었지만 우리에게는 자연스러웠다.

이런 기이한 밤하늘 아래 아버지는 되도록 기차 플랫폼 가까이에 차를 댔다. 그는 엔진을 껐다. 그러고는 가방을 들고 미시간의 고요하고 투명한 겨울 공기 속으로 나섰다. 멀리 서 있는 나무들, 전화선, 강 하류 주택가 뜰의 잔디, 그리고 대지마저 온 세상이 꽁꽁 얼어붙었다. 역은 한밤의 정적 속에 완전히 버려진 채 쥐 죽은 듯 고요했다. 아버지는 장식 술이 달린 검은 로퍼를 신었다. 어둠 속에서 옷을 입으면서 로퍼가 제일 편할 거라고 생각했다. 또 칼라에 털이 달린 칙칙한 베이지색 코트를 입었다. 추위를 막기 위해 검은 테에 빨간 깃털이 달린 회색의 펠트 볼사리노 모자를 썼다. 1975년 기준으로는 구식 모자였다. 모자에 가방, 로퍼까지 챙겨 신으니 출근하러 나선 사람 같았다. 그는 걸음을 빨리하면서 기차 플랫폼으로 가는 철제 계단을 올랐다. 가방을 던져 놓기로 한 쓰레기통을 찾으면서 플랫폼으로 향했다. 납치범은 뚜껑에 분필로 엑스 표시를 해 두겠다고 했다.

플랫폼을 따라 서둘러 가느라 아버지의 로퍼에 달린 술이 이리저리 춤을 추고 모자에 달린 작은 깃털은 차가운 바람에 하늘거렸다. 그가 두려워한다고 말한다면 엄밀히 말해서 사실이 아닐 것이다. 밀턴 스테퍼니데스는 자신이 두려워한다는 사실을 인정하지 않았다. 공포감을 나타내는 생리적인 반응들, 즉 가슴이 두방망이질하고 겨드랑이에 열이 오른다 해도 그건 자기 의지와 무관하게 일어나는 현상이었기 때문에 공식적으로 인정할 수 없었다. 그의 세대 중에 아버지만 그런 것은 아니었다. 많은 아버지가 두려워지면 소리를 지른다거나 자기 책임을 피하려고 아이들을 야단치곤 했으니까. 전쟁에서 승리한 세대에게는 이러한 속성이 어느 정도 불가피한 것 같다. 자기반성의 결여는 용기를 북돋아 준다는 점에서는 도움이 되지만, 지난 몇 달간 아버지에게는 오히려 해가 되었다. 내가 없어진 동안 아버지는 남들 앞에서 꿋꿋한 자세를 지켰지만 내면에서는 보이지 않게 불안이 잠식해 들었다. 그는 안을 끌로 파내서 속이 텅 빈 조각상과 같은 꼴이었다. 생각하면 할수록 고통이 심해지자, 아버지는 점점 생각을 하지 않으려 했다. 그 대신 그의 기분을 회복시켜 주는 몇 안 되는 것들, 모든 일이 순조롭다는 판에 박힌 이야기 따위에만 정신을 집중했다. 아버지는 뭔가를 깊이 생각하는 일 자체를 그만둬 버렸다. 어두운 기차 플랫폼에 나가 뭘 하려고 했단 말인가? 왜 거기에 혼자 나갔단 말인가? 우리는 그에 대해 적절히 설명할 길이 없다.

분필로 표시한 쓰레기통을 찾는 데는 오래 걸리지 않았다. 아버지는 잽싸게 삼각형의 초록색 뚜껑을 들추고 속에 가방을 넣었다. 그러나 팔을 거두려는 순간 뭔가가 그를 막았다. 그의 손이었다. 아버지는 생각하기를 그만두었기 때문에 이젠 그의 육체가 대신 그 일을 하는 것이다. 그의 손이 뭔가 말하고 있는 듯했다. 손이 단서를 달았다. "납치범이 칼리를 풀어 주지 않으면 어쩔 셈이지?" 손이 말하고 있었다. 그러나 아버지는 이렇게 답했다. "지금은 그런 걸 생각하고 있을 틈이 없어." 다시 쓰레기통에서 팔을 빼려는데 그의 손이 완강히 저항했다. "납치범이 이 돈을 받고 더 요구하면 어쩔 거냐고?" 손이 물었다. "그럼 그걸 기회로 잡아야지." 아버지는 이렇게 되받아치고 온 힘을 다해 쓰레기통에서 팔을 뺐다. 그의 손이 손잡이를 놓자 가방은 안쪽 쓰레기 위로 떨어졌다. 아버지는 서둘러 플랫폼을 건너와 (손을 질질 끌어당기면서) 캐딜락에 올랐다.

그는 엔진 시동을 걸었다. 나를 위해 차를 덥혀 놓으려고 히터를 틀었다. 금방이라도 내가 나타나리라는 기대로 몸을 앞으로 내밀고 앞 유리를 응시했다. 그의 손은 아직도 기분이 상해 혼자 웅얼거리고 있었다. 아버지는 쓰레기통에 놔두고 온 가방에 대해 생각했다. 안에 든 돈 생각으로 머릿속이 꽉 찼다. 2만 5000달러라니! 쌓아 올린 100달러짜리 지폐 묶음, 현금마다 찍힌 벤저민 프랭클린의 얼굴이 눈앞에 어른거렸다. 목구멍이 바짝바짝 말랐다. 대공황 시기에 태어난 사람이라면 누구에게나 익숙한 극도의 불안이 그의 몸을 엄습했다. 다음 순간 그는 차에서 다시 뛰어나와 플랫폼으로 달려갔다.

이 녀석 거래하고 싶다고 그랬지? 그러면 거래하는 법을 보여 주지! 협상하고 싶다고! 그럼 이건 어떠냐! (아버지는 이제 계단을 오르는 중이었고, 로퍼가 철제 계단에 부딪혀 울렸다.) 2만 5000달러가 아니라 1만 2500달러를 놔둘걸! 이런 식으로 해야지. 반은 지금, 반은 나중에. 왜 진작 그 생각을 못 했을까?

도대체 내 머리가 어떻게 된 거지? 너무 긴장했던 탓이다. ……
그러나 플랫폼에 닿자 아버지는 얼어붙은 듯 그 자리에 우뚝 섰다. 20미터도 채 떨어지지 않은 곳에 털모자를 쓴 검은 형체가 쓰레기통 속으로 손을 넣고 있었다. 아버지의 피가 얼어붙었다. 물러서야 좋을지 앞으로 나가야 좋을지 알 수가 없었다. 납치범은 가방을 꺼내려고 애쓰고 있었지만 가방이 입구에 걸려 잘 안 빠져나왔다. 그는 통 뒤로 돌아가 금속 뚜껑 전체를 들어 올렸다. 밝은 불빛 속에 신부의 수염, 창백한 뺨, 그리고 가장 확실한 것 — 1.5미터가량의 작은 체구가 아버지의 눈에 들어왔다. 마이크 신부였다.

마이크 신부? 마이크 신부가 납치범이란 말인가? 그럴 리가 없다. 믿을 수 없는 일이야! 그러나 의심할 여지가 없었다. 플랫폼에 서 있는 사람은 한때 내 어머니와 약혼했으나 아버지에게 그녀를 빼앗긴 그 남자였다. 몸값을 가져가고 있는 자는 그 대신 아버지의 누이동생 조와 결혼해서 왜 오빠가 주식시장에 투자했을 때 당신은 안 했느냐, 왜 오빠처럼 금을 사 놓지 않았느냐, 왜 오빠처럼 카이만섬에 돈을 감춰 두지 않았느냐고 질투에 차서 비교하는 아내의 바가지에 평생 시달려 온 성직자였다. 가난한 친척으로서 아버지의 후한 대접을 받는 대신 그의 무례를 견뎌야 했고, 아버지가 앉고 싶어 하면 식당 의자를 거실로 옮겨야 했던 마이크 신부였다. 기차 플랫폼에서 발견한 사람이 자기 매부라는 사실은 아버지에게 엄청난 충격이었다. 그러나 한편으로 이해가 되기도 했다. 이제서야 왜 납치범이 가격을 놓고 흥정하고 싶어 했는지, 왜 사업가 흉내를 내려고 했는지, 아아, 어떻게 비티니오스에 대해 알고 있었는지 분명해졌다. 왜 어머니가 교회에 가고 없는 일요일마다 전화가 걸려 왔는지도 설명이 되었고, 배경에서 들려온 음악 소리도 성찬식에서 사제들이 찬송을 부르는 소리였음을 이제야 알 수 있었다. 오래전 아버지는 마이크 신부의 약혼녀를 가로채 결혼했다. 그 결합에서 태어난 아이인 내가 거꾸로 신부에게 세례를 베풂으로써 상처에 소금을 뿌렸다. 이제 마이크 신부는 빚을 갚으려는 것이었다. 그러나 아버지로선 그렇게 하도록 내버려둘 수가 없었다.

"이봐!" 그가 허리에 손을 올리고 고함쳤다.

"지금 도대체 무슨 짓을 하는 건가, 마이크?"

마이크 신부는 대답하지 않았다. 그는 위를 올려다보더니 수북한 검은 수염 사이로 흰 이를 드러내고 아버지를 향해 신부다운 태도로 온화한 미소를 지었다. 그러나 벌써 가방을 낙하산 뭉치처럼 가슴에 꼭 끌어안고 깨진 컵이며 온갖 잡동사니들을 밟으면서 몸을 돌리고 있었다. 그는 서너 발짝 뒤로 가서 그 부드러운 미소를 보내고는 몸을 돌려 전력을 다해 도망쳤다. 마이크 신부는 몸집은 작아도 동작이 재빨랐다. 그는 눈 깜짝할 새 플랫폼 건너편 계단 아래로 사라졌다. 분홍색 불빛 속에서 아버지는 그가 기찻길을 건너 그의 차, ('그리스 녹색'이라고 하는) 밝은 녹색의 연비가 높은 AMC 그렘린 쪽으로 가는 모습을 보았다. 그러자 아버지는 그를 따라잡기 위해 캐딜락으로 달려갔다.

영화에 나오는 자동차 추격전하고는 달랐다. 차선을 벗어나 달리지도 않았고, 차를 들이박지도 않았다. 그리스 정교회 신부와 중년 공화당원 사이의 추격전이니 말해 뭐 하겠는가. 마이크와 아버지는 그랜드트렁크에서 강 쪽으로 속도를 높이면서도(상대적으로 말해서) 제한 속도는 절대 넘기지 않았다. 마이크 신부는 경찰의 눈길을 끌고 싶지 않았다. 아버지는 매부가 갈 데가 없다는 사실을 알고 있었으므로 그를 강까지 추적해 가는 정도로 만족했다. 그래서 기묘하게 생긴 그렘린이 교통 신호에 걸려 멈추면 엘도라도도 잠시 간격을 두고 뒤따라 서는 식으로 굼뜨게 달렸다. 이름 모를 거리들을 향해 폐가들을 지나 고속 도로와 강으로 끝이 막힌 곳을 가로질러 마이크 신부는 어리석게도 탈출을 시도했다. 항상 그런 식이었다. 조 고모가 그 자리에 있었더라면 마이크 신부에게 고함을 질렀겠지. 바보 천치가 아니라면 누가 고속 도로를 놔두고 강으로 달리겠는가. 어느 길로 가도 도망칠 곳은 없었다.

"이제 잡았다."

아버지가 환호성을 질렀다. 그렘린이 우회전을 했다. 엘도라도도 우회전을 했다. 그렘린이 좌회전을 하면 캐딜락도 역시 그 뒤를 쫓아 좌회전했다. 아버지의 기름 탱크는 꽉 채워져 있었다. 필요하다면 밤새도록이라도 마이크 신부를 쫓아갈 수 있었다. 자신감에 차서 아버지는 히터 온도를 조금 더 올렸다. 라디오를 켰다. 그렘린과 엘도라도 사이에 거리를 조금 더 벌렸다. 그가 다시 고개를 돌렸을 때는 그렘린이 또 한 번 우회전을 하는 중이었다. 삼십 초 후 아버지가 같은 모퉁이를 돌자 그의 눈앞에 끝이 안 보일 만큼 길게 펼쳐진 앰배서더 다리가 나타났다. 그의 자신감이 무너져 내렸다. 이건 늘 그랬던 것과는 달랐다. 평생을 교회의 비현실적인 세상 안에서만 살아온 매부 신부가 오늘 밤만큼은 리버라치[119]처럼 차려입고 모든 것을 다 주도면밀하게 계산하고 나온 것이다. 거인처럼, 번쩍거리는 하프처럼 강 위에 걸린 다리를 보는 순간 아버지는 공포에 사로잡혔다. 온몸에 전율이 일면서 마이크 신부의 계획이 한순간에 다 이해되었다. 챕터 일레븐이 징병을 피하겠다고 위협하던 때 생각했던 것처럼 마이크 신부는 캐나다로 가려는 것이다! 밀주업자 지미 지즈모처럼 북으로 자유로운 무법천지를 찾아가려는 거다! 나라 밖으로 돈을 가지고 갈 계획이었다. 이제 더 이상 꾸물거릴 때가 아니었다.

그렘린은 재봉틀 소리를 내는 골무만 한 크기의 엔진에도 불구하고 안간힘을 쓰며 속력을 냈다. 차는 그랜드트렁크역 주변의 허허벌판을 벗어나 이제 환하게 불을 밝힌 가운데 수많은 차로 붐비고 세관이 통제하고 있는 미국과 캐나다 국경지대에 들어섰다. 그렘린의 밝은 초록색은 높은 탄소 가로등 불빛을 받아 어느 때보다 선명하게 빛났다. 그렘린은 엘도라도와 간격을 유지하면서(배트맨의 차로부터 도망가는 조커의 차처럼), 거대한 현수교 입구로 몰려드는 트럭과 차들 틈에 섞였다. 아버지도 다리로 들어섰다. 캐딜락의 엔진이 굉음을 울렸다. 배기관에서 흰 연기가 솟아올랐다. 이 시점에 이르러 두 대의

---

119) 라스베이거스에서 연주한 피아니스트로 본명은 브와지오 발렌티노 리베라체(Wtadziu valentino Liberace, 1919~1987)이다.

차는 무릇 자동차들의 타고난 본분을 정확히 이행했다. 즉 각기 주인의 손발이 된 것이다. 그렘린은 마이크 신부처럼 작으면서도 민첩했다. 그 차는 그가 교회의 성상이 그려진 장막 뒤에서 하던 것과 똑같이 다른 차들 속으로 사라졌다 나타났다 했다. 아버지처럼 묵직하고 큼직한 엘도라도는 늦은 밤 다리를 건너는 차량들의 행렬 속에서 움직이기가 쉽지 않았다. 세미트레일러들이 다리를 가득 메웠다. 윈저의 카지노와 스트립 클럽을 향해 가는 차도 많았다. 밀려드는 차들 속에서 아버지는 그렘린을 놓쳤다. 그는 길옆으로 차를 대고 기다렸다. 갑자기 차 여섯 대쯤 앞에서 마이크 신부가 잽싸게 자기 차선을 벗어나 다른 차 앞으로 끼어들어 요금 징수소로 미끄러져 들어가는 모습이 눈에 들어왔다. 아버지는 창문을 내렸다. 그는 입김이 허옇게 얼 만큼 추운 공기 속으로 머리를 내밀고 외쳤다.

"그 남자를 잡아! 내 돈을 가져갔단 말이야!"

그러나 세관원의 귀에까지는 들리지 않았다. 아버지는 세관원이 마이크 신부에게 몇 가지 질문을 한 다음 — 안 돼! 멈춰! — 손을 흔들어 통과시키는 모습을 볼 수 있었다. 아버지는 경적을 마구 울리기 시작했다. 요란한 경적 소리는 엘도라도의 후드 아래에서가 아니라 아버지의 가슴에서 터져 나오는 것 같았다. 그의 혈압이 치솟고 코트 속에서는 땀이 뚝뚝 떨어지기 시작했다. 미국에서라면 마이크 신부가 법의 심판을 받을 것을 믿어 의심치 않았다. 그러나 일단 캐나다로 넘어가 버리면 어떻게 될지 누가 알겠는가? 평화주의에다 사회주의 의료 제도를 갖춘 나라! 수백만 명이 프랑스어를 쓰는 나라! 거긴…… 외국이다! 마이크 신부는 망명자가 되어 퀘벡에서 살지도 모른다. 서스캐처원주에서 몸을 숨기고 무스 떼와 함께 방랑할지도 모른다. 아버지의 분노는 돈 때문만이 아니었다. 마이크 신부는 내가 돌아오리라는 거짓 희망으로 아버지를 속이고 2만 5000달러를 들고 튀는 것으로 끝나지 않고 가족까지 버리려고 하고 있다. 아버지의 파도치듯 격동하는 가슴속에서 오빠로서의 염려가 돈에 대한 근심과 아버지로서의 고통과 뒤섞였다.

"내 동생한테 이런 짓을 할 순 없어, 내 말 듣고 있나?"

아버지는 덩치 큰 차의 운전석에서 헛되이 소리를 질러 댔다.

"이봐, 머저리. 수수료 얘기도 못 들어 봤어? 돈을 환전하면 그 자리에서 5퍼센트가 날아가 버린다고!"

운전대 앞에서 고래고래 소리 지르는 중에도 세미트레일러들과 스트립 클럽으로 가는 보행자들 사이에 막혀 오도 가도 못 할 상황이 되자 아버지는 분을 참지 못하고 빠져나오려고 버둥거리면서 계속 고함을 질렀다. 그러나 아버지가 아무리 경적을 울려도 눈 하나 깜짝하는 이가 없었다. 세관 직원들은 성질 급한 운전자들이 울려 대는 경적 소리에 이골이 나 있었다. 그들은 그런 사람들을 다루는 법을 알았다. 아버지가 요금 징수소로 들어서자 직원은 차를 옆으로 대라는 신호를 보냈다. 아버지는 창문을 열고 소리쳤다.

"지금 막 지나간 녀석 말이오, 내 돈을 훔쳐 갔소. 그놈을 세워 줄 수 없소? 그렘린을 타고 있소."

"차를 그쪽으로 대요."

"그놈이 2만 5000달러를 훔쳐 갔다니까!"

"차를 대고 내리면 얘기합시다."

"그놈은 이 나라를 빠져나가려고 한다니까!"

아버지가 마지막으로 설명했다. 그러나 세관원은 계속 그를 조사 구역으로 인도할 뿐이었다. 결국 아버지는 포기했다. 창에서 얼굴을 뺀 그는 운전대를 잡고 순순히 빈 차선에 차를 댔다. 그러나 세관을 빠져나오자마자 술 달린 로퍼는 힘껏 가속 페달을 밟았고, 캐딜락은 끼익 비명을 남긴 채 날아갔다.

이제 진짜 추격전다운 추격전이 벌어졌다. 다리를 빠져나오자 마이크 신부도 속력을 올렸다. 그가 차와 트럭들 사이를 아슬아슬하게 빠져나가면서 국경선을 향해 달릴 동안 아버지는 사람들에게 비키라고 헤드라이트를 번쩍거리면서 추격했다. 다리는 강 위로 우아한 포물선을 그리며 걸려 있었고, 강철 케이블에는 붉은 등이 매달려 있었다. 캐딜락의 타이어가 홈이 파인 노면 위를 씽씽 달려갔다. 아버지는 자신이 '비상 기어'라고 부르는 것을 이용하면서 침착하게 행동했다. 이제 고급차와 인기 만화에나 나올 자동차 간의 차이가 드러나기 시작했다. 캐딜락 엔진은 힘차게 부르릉거렸다. 여덟 개의 실린더가 바짝 달아오르고 카뷰레터는 엄청난 양의 연료를 빨아들였다. 피스톤이 쿵쿵 고동치며 뛰어오르고 운전대가 미친 듯이 돌아갔다. 긴 차체의 엘도라도는 초인적인 위용을 자랑하며 다른 차들은 그 자리에 정지해 있는 듯 옆을 스쳐 달려갔다. 무서운 속도로 돌진해 오는 엘도라도를 보고 다른 운전자들은 옆으로 비켰다. 아버지는 차들을 거침없이 뚫고 들어가 마침내 앞에 가는 초록색 그렘린을 발견했다.

"그 차에 넣은 기름으로 어디까지 갈 수 있을지 보자고."

아버지가 고함쳤다.

"머잖아 힘이 달릴걸!"

이쯤 되자 마이크 신부의 눈에도 어렴풋이 엘도라도의 모습이 보였다. 그는 가속 페달을 힘껏 밟았으나 그렘린의 엔진은 이미 한계치에 달해 있었다. 차체가 거칠게 흔들렸지만 속도는 더 오르지 않았다. 점점 캐딜락과의 거리가 좁혀졌다. 아버지는 앞 범퍼가 그렘린의 뒤 범퍼에 거의 닿도록 페달에서 발을 떼지 않았다. 그들은 이제 시속 110킬로미터 정도로 달리고 있었다. 마이크 신부가 눈을 들어 보니 복수심에 이글거리는 아버지의 눈빛이 백미러를 가득 채웠다. 그렘린의 내부가 눈에 들어올 정도까지 다가가자 아버지는 마이크 신부의 얼굴을 힐끗 볼 수 있었다. 신부의 얼굴은 용서를 구하는 듯도 하고 자기 행동을 해명하려는 듯 보이기도 했다. 그의 눈에는 기이한 슬픔, 혹은 나약함이 비쳤지만, 아버지는 그 의미를 알 수 없었다.

이쯤에서 유감이지만 마이크 신부의 머릿속으로 들어가 봐야겠다. 내 몸이 빨려 들어가는 느낌이 들면서 저항할 수가 없다. 그의 마음 맨 앞에는 공포, 탐욕, 필사적으로 탈출하고 싶은 마음이 요동치고 있다. 예상대로이다. 그러나 더 깊이 들어가 보면 그에 대해 전혀 몰랐던 사실들과 마주치게 된다. 예를 들면 평온이라곤 없고, 조금이라도 신에 근접한 부분은 아무리 눈을 씻고 찾아봐도 없다. 마이크 신부의 온화함, 가족끼리 식사하는 자리에서 미소를 띠며 침묵을 지키던 모습, 아이들에게 얼굴이 맞닿을 정도로 고개를 수그리던 모습, 이 모든 그의 특징이 초월적인 세계와는 아무 상관도 없었던 것이다. 그런 모습들은 조 고모처럼 목소리 큰 아내를 데리고 살면서 체득한 일종의 생존 방식에 불과했다. 그랬다. 마이크 신부의 머릿속에는 조 고모가 세탁기나 건조기도 없는 그리스에서 곧바로 임신했을 때부터 시작해서 그간 내내 퍼부었던 외침 소리가 울리고 있다. 나에게도 들린다. "도대체 이게 사는 거예요?" "하느님의 귀에다 대고 말할 수 있다면 천이라도 사게 돈 좀 달라고 말해 봐요." "천주교인들 생각이 맞았다니까. 신부들은 가족을 거느리지 말아야 되는데." 교회에서 마이클 안토니우는 신부로 불린다. 그는 뒤로 물러나 앉아 음식 대접을 받는다. 교회에서는 죄를 용서해 주고 성찬식 빵을 봉헌한다. 그러나 하퍼 우즈의 교회 정문을 나서기가 무섭게 마이크 신부의 지위는 바닥으로 떨어진다. 집에서 그는 아무것도 아니다. 집에서는 휘둘리고 욕을 먹고 무시당한다. 그러니 마이크 신부가 왜 결혼 생활에서 도피하기로 결심했는지, 왜 돈이 필요했는지는 이해하기 어렵지 않았다.

그러나 아버지는 당신 매부의 눈에서 그중 어떤 것도 읽어 낼 수 없었다. 다음 순간 신부의 눈은 다시 바뀌었다. 앞의 도로로 시선을 돌린 마이크 신부는 끔찍한 광경과 마주쳤다. 앞차의 붉은 브레이크 등이 번쩍이고 있었던 것이다. 마이크 신부는 너무 빨리 달려오던 중이었으므로 바로 차를 세울 수가 없었다. 그는 브레이크를 힘껏 밟았으나 너무 늦었다. 그리스 녹색의 그렘린이 앞차를 들이받았다. 엘도라도가 그 뒤를 달려왔다. 아버지는 충격에 대비해 마음을 다잡았다. 그러나 다음 순간 놀라운 일이 일어났다. 금속이 우그러지는 소리와 유리창이 박살 나는 소리가 그의 귀를 파고들었지만 그것은 앞차에서 나는 소리였다. 캐딜락은 멈추지 않고 계속 달리고 있었다. 차는 마이크 신부의 차를 타고 올랐다. 그렘린의 기묘하게 경사진 뒷부분이 경사로 역할을 한 셈이었다. 다음 순간 아버지는 당신이 공중에 떠 있음을 알아차렸다. 짙은 감색의 엘도라도가 다리 위의 사고 차량 위로 솟구쳐 올랐다. 차는 가드레일을 넘어 케이블을 통과해 앰배서더 다리의 기둥 사이로 튕겨 나갔다.

엘도라도는 속도를 올리면서 후드부터 먼저 떨어뜨렸다. 엷게 색을 넣은 앞 유리 너머로 저 아래 디트로이트강이 보였다. 그러나 아주 잠깐이었다. 생명이 육체를 떠날 채비를 하는 최후의 몇 초 동안 일상적인 법칙이 정지했다. 캐딜락은 강으로 떨어지지 않고 위로 날아올라 공중에서 수평 상태로 떴다. 아버지는 놀라는 한편으로 매우 신이 났다. 영업 사원한테서 비행 기능에 대해 들은 기억이 없었다. 더 신나는 건 그런 기능에 대한 추가 비용도 낸 적이 없다는 것이었다. 차가 다리 위로 떠오르자 그는 미소를 지었다.

"자, 이게 소위 자동차 비행이라는 거군."

그는 혼잣말을 했다. 엘도라도가 이렇게 하늘을 높이 날면 기름도 엄청 먹을 텐데. 계기판은 창밖의 분홍빛 하늘과 대조적인 녹색이었다. 온갖 종류의 스위치와 계기들. 대부분 전에는 있는지도 몰랐던 것들이었다. 자동차라기보다 비행기 조종실 같았다. 아버지는 지금 조종석에 앉아 그의 마지막 캐딜락을 타고 디트로이트강 위를 날고 있는 것이다. 누가 보든 상관없었다. 내일 자 신문에 다리 위에서의 10중 연쇄 추돌 사고 속에 캐딜락도 있더라는 기사가 실린대도 좋았다. 아버지 스테퍼니데스는 편안한 가죽 시트에 몸을 파묻고 앉아 눈앞에 펼쳐지는 시내의 스카이라인을 볼 수 있었다. 라디오에서는 아티 쇼의 음악이 흘러나왔고, 펴노브스캇 빌딩에서 깜박이는 빨간 불빛이 보였다. 잠시의 시행착오 끝에 그는 날아가는 차를 조종하는 법을 익혔다. 운전대를 돌릴 필요도 없이 맑은 정신으로 꿈을 꾸듯 원하기만 하면 되었다. 아버지는 차를 육지 위로 돌렸다. 코보홀[120] 위를 지났다. 점심 먹으러 나를 한 번 데려간 적이 있었던 폰차 꼭대기 위를 선회했다. 왜 그런지는 몰라도 이젠 높이 떠 있는 게 두렵지 않았다. 그는 아마도 죽음이 임박했기 때문일 거라고 생각했다. 이젠 두려워할 게 아무것도 없었다. 그는 현기증은커녕 땀 한 방울 흘리지 않고 그랜드서커스 공원을 내려다보면서 디트로이트 바퀴 축의 왼쪽이 어딘지 찾아냈다. 그런 다음 웨스트사이드로 방향을 돌려 제브러룸을 찾아보았다. 다리 위에 돌아왔을 때 아버지의 머리는 이미 운전대에 박혀 뭉개져 있었다. 나중에 사고에 대해 어머니에게 알려 준 형사는 아버지의 시체가 어떤 상태였

120) 1만 명 이상의 인원을 수용할 수 있는 회의장이다.

냐는 질문에 이렇게만 답했다.

“시속 110킬로미터 이상으로 달리던 차가 충돌한 겁니다.”

아버지의 뇌파는 이미 정지한 상태였으므로, 캐딜락을 타고 날면서 제브러룸이 오래전에 불타 없어졌다는 사실을 잊어버렸을 법도 하다. 그는 왜 찾을 수 없는지 의아했다. 예전 이웃은 허허벌판이 되어 있었다. 내려다보니 도시 대부분이 사라져 버린 것 같았다. 텅 빈 땅만 끝없이 펼쳐져 있었다. 그러나 여기서도 아버지의 생각이 틀렸다. 일부 지역에서는 옥수수가 자라고 있었고, 잔디도 다시 돋아났다. 그 아래쪽은 농지처럼 보였다. ‘인디언들에게 돌려주는 편이 낫겠군.’ 아버지는 생각했다. ‘포토와토미족은 좋아할지도 모르지. 카지노를 지을 수도 있을 테니까.’ 하늘은 솜사탕 빛으로 바뀌었고 도시는 다시 평원이 되었다. 그러나 이제 또 다른 빨간 불빛이 깜박거리고 있었다. 퍼노브스컷 빌딩 위에서가 아니었다. 차 안이었다. 아버지가 전에는 한 번도 본 적이 없는 계기들 중 하나였다. 그는 그것이 무엇을 가리키는지 알아차렸다.

그 순간 아버지는 울기 시작했다. 순식간에 얼굴이 눈물로 젖었다. 그는 훌쩍이고 눈물을 흘리면서 얼굴을 만져 보았다. 볼 사람이라곤 아무도 없었기 때문에 그는 몸을 굽히고 자신을 압도하는 슬픔을 토해 내기 위해 입을 벌렸다. 어린 시절 이후로는 울어 본 적이 없었다. 당신의 굵은 목소리가 내는 울음소리에 스스로 놀랐다. 그것은 상처 입고 죽어 가는 곰이 내는 소리처럼 들렸다. 아버지는 차가 하강하기 시작하자 캐딜락 안에서 울부짖었다. 그는 당신이 곧 죽을 것이기 때문이 아니라 나 칼리오페가 여전히 사라진 상태이기 때문에, 나를 구하는 데 실패했기 때문에, 나를 찾기 위해 할 수 있는 일을 다 했지만 그래도 아직 실종 상태이기 때문에 울고 있었다. 차 앞머리가 아래로 기울면서 강이 다시 보였다. 아버지 스테퍼니데스, 늙은 해병인 그는 이제 강을 맞을 준비가 되었다. 마지막 순간 그는 더 이상 나에 대해 생각하고 있지 않았다. 정직하게 아버지의 머릿속에 떠오른 그대로 기록해야겠다. 최후의 순간에 그는 나나 어머니를 비롯해 우리 중 누구에 대해서도 생각하지 않았다. 시간이 없었다. 차가 곤두박질칠 때 아버지에게는 일이 어쩌다 이렇게 되어 버렸는지 경악할 정도의 시간밖엔 없었다. 평생 동안 그는 모든 이에게 제대로 일을 처리하는 방법을 가르쳐 주었는데 이제 당신이 가장 어리석은 짓을 해 버린 것이다. 자신이 이렇게 사태를 엉망진창으로 그르쳐 버렸다는 사실을 믿을 수가 없었다. 그는 분노나 공포도 없이 그저 좀 당황한 투로 덤덤하게 조용히 마지막 말을 내뱉었다.

"바보."

아버지는 당신의 마지막 캐딜락 안에서 스스로에게 말했다. 그리고 다음 순간 강물이 그를 삼켰다.

진짜배기 그리스인이라면 이 비극적인 기록으로 글을 맺을 수도 있다. 그러나 미국인은 낙관적인 자세를 유지하려는 경향이 있다. 요즘 어머니와 나는 아버지에 대해 얘기할 때면 항상 그가 딱 적당한 때에 떠났다는 결론에 이른다. 그는 챕터 일레븐이 가업을 인수한 뒤 오 년도 채 안 되어 다 말아먹는 꼴을 보기 전에 떠났다. 할머니처럼 배 속 아이의 성별을 알아맞히겠다며 작은 은수저를 목에 걸고 다니기 전이었다. 아버지는 아들의 은행 잔고가 바닥나고 신용 카드도 못 쓰게 되기 전에 떠났다. 어머니가 어쩔 수 없이 미들섹스를 팔고 조 고모와 함께 플로리다로 이주한 것도 그 후의 일이었다. 1975년 4월 캐딜락사가 마치 바지를 잃어버린 듯한 꼬락서니지만 연비가 좋은 세빌을 출시하기 석 달 전이었는데 캐딜락 사는 그 이후로 결코 과거의 영광을 재현하지 못했다. 그 밖에도 많은 일이 있었지만 그 일들은 미국인들의 삶에 공통적으로 일어난 비극이라 이런 유일하고 특별한 기록에는 맞지 않기 때문에 여기에는 쓰지 않겠다. 아버지는 그런 일들이 일어나기 전에 떠났다. 그는 냉전이 끝나기 전에, 미사일 방어 체제와 지구 온난화와 9·11과 이름에 모음이 하나뿐인 두 번째 대통령이 나오기 전에 떠났다.

가장 중요한 것은 아버지는 나를 다시 보지 못하고 떠났다는 점이다. 쉬운 일은 아니었을 것이다. 아버지는 나를 너무나 사랑했으니까 충분히 날 받아들일 수 있었을 거라고 생각하고 싶다. 그러나 어떻게 생각하면 우리, 그러니까 아버지와 내가 문제를 해결할 필요가 없게 된 편이 더 낫다. 아버지에게만큼은 나는 언제까지나 딸로 남게 된 것이다. 거기에는 일종의 순수함, 어린 시절의 순수함 같은 것이 있다.

종착역

"그런 경우에도 해당되잖아요."

줄리 키쿠치가 말했다.

"그렇지 않아요."

내가 말했다.

"오십보백보라니까요."

"내가 당신에게 해 준 얘기는 게이나 커밍아웃하지 않은 동성애자하곤 전혀 다른 거예요. 난 항상 여자들을 좋아했어요. 내가 여자였을 때도 여자들을 좋아했다고요."

"말하자면 내가 당신에게 종착역이 아니란 말인가요?"

"그보다는 출발역이라고 할 수 있죠."

줄리가 웃었다. 그녀는 아직도 결정을 내리지 못하고 있었다. 나는 기다렸다. 마침내 그녀가 입을 열었다.

"좋아요."

"좋아요?" 내가 물었다.

그녀는 고개를 끄덕였다.

"좋아요." 내가 말했다.

그래서 우리는 미술관을 떠나 내 아파트로 돌아왔다. 우리는 한 잔씩 더 하고 거실에서 느린 춤을 추었다. 그런 다음 줄리를 참으로 오랫동안 아무도 데려온 적이 없는 침실로 안내했다.

그녀는 불을 껐다.

"잠깐만요." 내가 말했다.

"불을 끈 건 당신 때문인가요, 나 때문인가요?"

"나 때문이에요."

"왜지요?"

"난 수줍고 정숙한 동방의 숙녀이니까요. 내가 당신 몸을 씻어 줄 거란 기대 따윈 말아요."

"씻어 주지도 않는다고요?"

"당신이 조르바 춤을 춘다면 혹시 몰라도."

"내 부주키[121]가 어디 갔더라?"

나는 장난스러운 분위기를 계속 유지하려고 애썼다. 그러면서 옷을 벗었다. 줄리도 마찬가지였다. 차가운 물속으로 뛰어드는 것과 비슷했다. 너무 오래 생각하지 말고 해치워야 한다. 우리는 이불 밑으로 들어가 서로 꼭 껴안았다. 몸은 굳어 있

---

121) 만돌린과 비슷한 몸체에 긴 목을 가진 그리스 현악기이다.

었지만 마음은 행복했다.

"당신에게도 내가 종착역일지 몰라요." 나는 그녀에게 몸을 갖다 대면서 말했다.

"그런 생각을 해 본 적이 있어요?"

그러자 줄리 키쿠치가 대답했다.

"문득 떠올랐어요."

*

챕터 일레븐은 나를 감옥에서 데려가려고 샌프란시스코로 날아왔다. 어머니는 경찰서에서 나를 형이 보호하도록 석방해 달라고 요청하는 편지에 서명해야 했다. 재판 날짜가 곧 확정될 터였지만 나는 미성년자에 초범인 점을 감안해 집행 유예를 받을 가능성이 높았다.(전과 기록이 남지 않았기 때문에 나중에 국무부에 취직하는 데는 아무런 문제가 없었다. 당시에는 이런 사소한 부분까지 걱정할 여력이 없었다. 나는 넋이 나간 상태인 데다 슬픔에 짓눌려 집에 가고 싶은 마음뿐이었다.)

내가 면회실로 불려 나왔을 때 형은 긴 나무 의자에 혼자 앉아 있었다. 그는 아무런 감정도 드러내지 않고 눈을 깜박이면서 나를 바라보기만 했다. 챕터 일레븐은 늘 그런 식이었다. 뭐든 겉으로 드러내는 법이 없었다. 흥분을 해도 일단 머릿속에서 검토하고 평가한 후에야 공식적인 반응을 보였다. 나야 물론 익히 아는 바였다. 혈육의 안면 경련증이나 습관보다 더 자연스러운 게 어디 있겠는가? 여러 해 전 챕터 일레븐이 나를 관찰하겠다며 속옷을 벗긴 적이 있었다. 지금 그는 눈을 치켜뜨고 그때 못지않게 나를 뚫어지게 쳐다보았다. 짧게 쳐낸 내 머리에서 눈을 떼지 못했다. 그는 상복 한 벌과 축이 닳은 구두를 가져왔다. 우리 형이 LSD를 먹을 만큼 먹어 봐서 다행이었다. 챕터 일레븐은 이미 옛날에 환각 증세를 겪어 봤다. 그는 마야족의 베일, 즉 서로 다른 수준에 있는 존재들에 대해 깊이 묵상했다. 그렇게 준비가 된 인물이니만큼 남동생이 된 누이동생을 다루는 일도 그만큼 더 쉬웠다. 세계가 시작된 이래로 나 같은 양성 인간은 늘 있어 왔다. 그러나 내가 울타리에서 나왔을 때 우리 형 세대를 제외하고는 어떤 세대도 나를 받아들일 마음의 준비가 안 돼 있었다. 그렇게 변해 버린 내 모습을 보고도 아무렇지 않을 수는 없었다. 형의 희미한 눈썹이 올라가고 눈이 커졌다.

일 년 넘도록 못 본 터였다. 그동안 챕터 일레븐도 변했다. 머리가 짧아졌을 뿐 아니라 더 많이 벗겨졌다. 자기 친구의 여자 친구가 집에서 파마를 해 주었다고 했다. 예전에는 직모였던 챕터 일레븐의 머리카락이 이제 뒤쪽은 사자 갈기 같고 앞쪽은 벗겨진 꼴이었다. 존 레넌같이 보이지도 않았다. 색 바랜 나팔바지와 할머니 안경도 자취를 감췄다. 이젠 갈색의 골반바지를 입고 있었다. 넓은 깃이 달린 라펠 셔츠가 형광등 불빛 아래 희미하게 빛났다. 1960년대는 아직 종말을 고하지 않았다. 지금 이 순간에도 고아(고아는 포르투갈령 인도의 수도였는데 인도 정부가 고아에 쳐들어가 마침내 1962년에 합병했다.)에서 살아 움직이고 있다. 그러나 내 형에게서만큼은 1975년에 이미 1960년대가 막을 내렸다.

다른 때라면 이런 세세한 부분을 찬찬히 짚어 가며 관찰했을 것이다. 그러나 그때는 그만한 사치를 부릴 수가 없었다. 나는 방을 가로질러 갔다. 챕터 일레븐이 일어나자 우리는 서로 끌어안고 몸을 좌우로 흔들었다.

“아빠가 돌아가셨어.” 형이 내 귀에 대고 되풀이했다.

“아빠가 돌아가셨어.”

나는 그에게 어떻게 된 일인지 물었고, 그는 자초지종을 들려주었다. 아버지는 세관을 통과해 돌진해 갔다. 마이크 신부도 다리 위에 있었다. 지금은 병원 신세를 지고 있다. 고철 덩이가 된 그렘린 안에서 돈이 가득 찬 아버지의 낡은 가방이 발견되었다. 마이크 신부는 경찰에 납치 음모와 몸값 요구를 비롯해 사건 전모를 자백했다. 전말을 대충 전해 듣고 나서 물었다.

“엄마는 어떠셔?”

“괜찮아. 침착하게 잘 버티고 계셔. 아버지한테 꼭지가 돌아버렸지만.”

“꼭지가 돌다니?”

“거기 나가셨다고. 엄마한텐 말도 않고. 네가 집에 온다고 기뻐하고 계셔. 엄마는 그것만 생각하셔. 넌 장례식에 맞춰 돌아가게 생겼어. 그러니 잘된 거지.”

우리는 그날 밤 야간 비행기를 타기로 했다. 장례식은 다음 날 아침이었다. 챕터 일레븐은 사망 증명서를 받고 부고를 내는 등 사무적인 일을 도맡아 처리했다. 그는 내게 샌프란시스코나 식스티나이너스에서 있었던 일에 대해 한마디도 묻지 않았다. 비행기에 올라 맥주를 몇 병 마신 뒤에야 내 상태에 대해 넌지시 비칠 뿐이었다.

"그래 이젠 널 칼리라고 부를 수 없겠구나."

"부르고 싶은 대로 불러."

"'아우'는 어때?"

"난 괜찮아."

그는 말없이 눈을 깜박였다. 형은 생각하는 데 시간이 좀 걸렸다.

"그 클리닉에서 무슨 일이 있었는지 자세한 얘기는 못 들었어. 난 마켓에 있었거든. 엄마나 아빠하고도 별로 말을 못 했어."

"도망쳤어."

"왜?"

"나를 난도질하려고 했거든."

그가 무수히 오가는 생각들을 눈빛 속에 감추고 쳐다보는 시선이 느껴졌다.

"뭐랄까, 꼭 도깨비장난 같아." 그가 말했다.

"나도 그래."

잠시 후 그가 웃음을 터뜨렸다.

"허 참! 도깨비장난이야! 정말 죽여주는 도깨비장난이라고."

나는 될 대로 되라는 듯이 익살스럽게 고개를 흔들었다.

"진짜 그래, 형."

있을 수 없는 일에 실제로 맞닥뜨렸을 때는 그럴 수도 있는 일이라며 받아들일 수밖에 별도리가 없다. 우리가 보통 쓰는 말로는 우리가 공유하는 경험, 행동 방식, 농담 등 평균적인 범위만을 다룰 수 있을 뿐, 그 이상의 영역을 다룰 수 없다. 그래도 어쨌든 우리는 통했다.

"그래도 그게 있어서 한 가지 좋은 점이 있어." 내가 말했다.

"뭔데?"

"난 절대 대머리가 안 될 거야."

"어째서 그런데?"

"대머리가 되는 건 DHT 때문이거든."

"흠." 챕터 일레븐이 자기 머리를 쓰다듬으면서 말했다.

"난 DHT가 좀 과한가 봐. DHT 과다증이라고 하지 않을까."

디트로이트에 도착한 건 새벽 6시가 조금 넘어서였다. 종이처럼 구겨진 엘도라도는 경찰서 마당에 견인되어 있었다. 공항 주차장에는 엄마의 차 이류급 캐딜락이 기다리고 있었다. 흙받기는 녹이 슬었고 안테나는 똑 부러져 나갔다. 내부 계기판을 보면 오일 램프는 작동이 안 되어서 어머니가 그 위에 테이프로 성냥 첩을 붙여 놓았다. 아버지가 우리에게 남기고 간 것은 레몬색 캐딜락이 전부였다. 그 차는 이미 폐차 요건을 갖춰 가고 있었다. 운전석은 아버지의 몸무게로 푹 꺼졌고 가죽 커버에는 아버지의 자국이 선명했다. 어머니는 앞이 보이도록 움푹 팬 자리에 쿠션을 깔고 앉았는데 그 쿠션들은 챕터 일레븐이 뒷좌석으로 던져 놓았다.

금속은 야금야금 산화되고 휠 캡도 없는 덜컹거리는 차를 타고 (계절에 어울리지 않게 냉방을 끄고 선루프까지 닫은 채) 우리는 집으로 출발했다. 유니로열 타이어와 잉크스터 숲을 지났다.

"장례식은 몇 시야?" 내가 물었다.

"11시."

어슴푸레 날이 밝아 왔다. 해가 떠오르고 있었다. 멀리 공단 뒤에서도, 혹은 막혀서 보이지 않는 강 너머에서도 떠올랐다. 햇살이 뚝뚝 새는 물처럼 혹은 홍수처럼 땅 위로 점점 번져 나갔다.

"시내를 지나서 가."

내가 형에게 말했다.

"시간이 많이 걸릴 텐데."

"시간은 충분해. 시내를 보고 싶어."

챕터 일레븐은 내 부탁을 들어주었다. 우리는 루지강과 올림피아 경기장을 지나 I-94번 도로를 타고 로지 고속 도로에서 강 쪽으로 방향을 틀어 북쪽 방향에서 도시로 진입했다.

디트로이트에서 자라면 철이 들게 마련이다. 어린 나이에도 엔트로피를 터득하게 된다. 고속 도로를 벗어나자 얼어붙은 회색 공터의 을씨년스러운 풍경뿐 아니라 폐허가 된 집들의 몰골이 눈에 들어왔다. 한때는 우아했던 아파트 건물들이 쓰레기 야적장 옆에 서 있었다. 그곳엔 예전에 모피 가공 공장들과 영화관들이 있었지만 지금은 혈액은행들과 메타돈 클리닉들이 있었다. 환한 지역에서 디트로이트로 돌아올 때 나는 늘 울적했다. 그러나 지금은 오히려 반가웠다. 황량한 풍경을 보노라면 세상사가 다 그런 듯 느껴져서 아버지의 죽음으로 인한 고통이 가라앉았다. 다른 건 몰라도 디트로이트는 활기차거나 밝은 모습으로 내 슬픔을 조롱하지는 않았다. 시내는 전보다 더 한산해졌을 뿐 그대로였다. 세입자들이 나갔다고 해서 고층 건물을 때려 부술 수는 없는 일이다. 그래서 대신 창문과 문짝에는 널빤지를 쳤고, 껍데기만 남은 대형 상가들은 무기한 폐업 중이었다. 강변 지대에는 한 번도 일어나 본 적이 없는 부흥의 막을 올리면서 르네상스 센터가 건설 중이었다.

"그리스 타운을 지나서 가." 내가 말했다.

형은 그 부탁도 들어주었다. 곧 우리는 식당과 기념품 가게들이 늘어선 구역으로 내려갔다. 조악하게 흉내만 낸 민속풍이 판치는 속에서도 몇 군데나마 진짜 제대로 된 커피점들이 있어 칠팔십 줄에 들어선 노인들의 단골 가게가 되었다. 이렇게 일찍부터 일어나서 커피를 마시면서 주사위 놀이를 하거나 그리스 신문을 읽는 사람들도 있었다. 이 노인들마저 죽고 나면 커피점들은 경영난에 허덕이다 결국은 문을 닫겠지. 그 구역의 식당들도 조금씩 사정이 나빠져서 차양은 찢어지고 현수막에 매단 커다란 노란 전구들은 불이 꺼져 버리고, 모퉁이의 그리스 빵집은 디어본 출신의 남예멘 사람이 인수하게 될 것이다. 그러나 아직은 이 모든 일이 일어나기 전이었다. 먼로 거리에서 '그리션 가든'을 지났다. 거기에서 예전에 할아버지의 장례식에 쓸 마카리아[122]를 산 적이 있었다.

"장례식에 쓸 마카리아 샀어?" 내가 물었다.

---

122) 보리로 만든 그리스 음식이다.

"응. 통째로 사다 놨어."

"어디에서? '그리션 가든'에서?"

챕터 일레븐이 웃었다.

"농담하니? 누가 여기까지 오겠어?"

"난 여기가 좋아." 내가 말했다.

"난 디트로이트가 너무 좋아."

"그래? 그럼 집에 잘 왔군."

챕터 일레븐은 살풍경한 이스트사이드를 거쳐 제퍼슨으로 되돌아갔다. 가발 가게가 있고, 오래된 배너티 댄싱 클럽은 이제 세를 주었다. 중고 레코드 가게의 간판에는 어지럽게 휘날리는 음표 속에서 신나게 즐기는 사람들의 모습이 손으로 그려져 있었다. 크레스지, 울워스 같은 할인 체인점과 샌더스 아이스크림 같은 상점들과 과자 가게들은 문을 닫았다. 밖은 추웠다. 거리를 오가는 사람들도 많지 않았다. 길모퉁이에는 한 남자가 겨울 하늘을 배경으로 우뚝 서 있었다. 가죽 코트가 발목까지 닿았다. 스페이스 펑크 고글로 턱이 긴 위엄 있는 얼굴을 감싸고, 그 위에는 스페인의 갈레온선처럼 생긴 밤색 벨벳 모자를 썼다. 그 사람은 내가 아는 이 교외의 일부가 아니라서 이국적인 느낌이 들었다. 하지만 그렇더라도 어딘지 모르게 친숙했고, 내 고향 특유의 독창적인 에너지를 함축하고 있었다. 어쨌든 그를 보게 되어 반가웠다. 눈을 뗄 수가 없었다.

내가 어릴 때는 저런 골목길의 날라리들이 지나가는 차 뒷좌석에 탄 백인 소녀를 약 올리려고 선글라스를 내리고 한 눈을 찡긋해 보이곤 했다. 그러나 지금 저 날라리는 전혀 다른 표정으로 날 보고 있다. 선글라스를 내리지는 않았으나 그의 입, 벌름거리는 콧구멍, 경사진 이마는 내게 멸시와 증오감을 전했다. 그 순간 나는 충격적인 사실을 깨달았다. (괴물이 아닌) 인간이 되지 않고서는 남자가 될 수 없다는 사실을. 내가 원하지 않는다 해도 어쩔 수 없다.

나는 챕터 일레븐에게 인디언 빌리지를 통과해 우리 옛집을 지나가 달라고 부탁했다. 어머니를 만나기 전에 향수에 푹 젖어 마음을 진정시키고 싶었다. 거리는 지금도 나무들로 빽빽했다. 겨울이라 나무들이 헐벗은 덕에 얼어붙은 강까지 훤히 다 보였다. 이 세상이 이토록 많은 생명을 안고 있다니 놀라운 일이 아닐 수 없었다. 이 거리의 바깥에서 사람들은 돈, 애정, 학교 문제를 비롯한 수천 가지 문제와 씨름하고 있다. 이 순간에도 사람들은 사랑에 빠지고, 결혼을 하고, 약물 중독자 재활 기관에 가고, 스케이트 타는 법을 배우고, 이중 초점 렌즈를 끼고, 시험공부를 하고, 옷을 입어 보고, 머리를 자르고, 세상에 태어난다. 어떤 집에서는 늙고 병든 사람들이 슬픔에 잠긴 사람들을 뒤로한 채 이승을 떠나고 있다. 아무도 모르는 사이에 항상 일어나고 있는 일이지만 정말로 중요한 일이다. 인생에서 진정으로 중요한 것, 삶에 무게를 부여하는 것은 죽음이다. 그렇게 보면 나의 육체적 변형은 사소한 사건에 불과하다. 포주나 관심을 가질까.

우리는 곧 그로스포인트에 도착했다. 벌거벗은 느릅나무들이 길 양쪽에서 서로 맞닿을 정도로 가지를 뻗었고, 따스한 겨울잠에 빠진 집들은 꽃밭 위에 눈을 한 꺼풀씩 덮고 있었다. 우리 집이 보이자 몸이 먼저 반응을 보였다. 내 안에서 행복한 불꽃이 피어올랐다. 그것은 개들이 느낄 법한 감정이었다, 비극엔 무감각하고 절실한 애정으로 가득 찬 그런 감정. 여기가 우리 집, 미들섹스이다. 저기 저 창문, 타일을 붙인 창가에 앉아 밖의 나무에서 오디를 따 먹으며 몇 시간이고 책을 읽곤 했다. 주차장 앞에는 눈이 그대로 쌓여 있었다. 아무도 거기까지 생각할 여유가 없었던 것이다. 챕터 일레븐이 주차장 앞에서 속도를 조금 올리자, 우리는 앉은 채로 붕 떴고 배기관에서는 칙칙거렸다. 차에서 내리자 형은 트렁크를 열고 내 가방을 집으로 나르기 시작했다. 그러나 반쯤 가다가 멈춰 섰다.

"얘, 아우야." 그가 말했다.

"이거 너도 나를 수 있겠다."

형은 개구쟁이 같은 미소를 지었다. 누가 봐도 그는 확실히 패러다임의 변화를 즐기고 있었다. 그는 나의 변신을 자기가 보는 공상 과학 잡지 뒤쪽에 나오는 두뇌 게임 정도로 여기고 있었다.

"갖다 버리지만 말아 줘." 내가 대답했다.

"내 짐은 아무 때나 나르지 뭐."

"받아!"

챕터 일레븐은 이렇게 소리 지르면서 가방을 들어 내게 안겼다. 나는 가방을 받고 비틀비틀 뒤로 주춤했다. 바로 그때 문이 열리면서 어머니가 집에서 신는 슬리퍼 바람으로 서리가 가루처럼 날리는 공기를 맞으며 뛰어나왔다.

테시 스테퍼니데스, 우주여행이 시작되던 때에 남편을 따라 그릇된 방법으로 여자 아기를 만들 결심을 했던 그녀가 지금 눈 덮인 차고 앞에서 그 계획의 결실을 마주했다. 이젠 전혀 딸이라 할 수 없는, 적어도 생긴 걸로는 아들인 나를. 그녀는 지치고 슬픈 나머지 이 새로운 사태에 대처할 기력이 없었다. 내가 이제 남자로 살아가고 있다는 사실을 받아들일 수가 없었다. 어머니는 그게 내가 선택할 문제라고 생각하지 않았다. 나를 낳아서 돌보고 키운 것은 그녀였다. 내가 스스로에 대해 알기 전까지 그녀는 나를 알고 있었지만 이제는 그에 대해 할 말이 없었다. 잘 굴러가던 인생이 모퉁이를 도는 순간 갑자기 전혀 다른 것으로 변해 버렸다. 어머니는 어떻게 이런 일이 일어났는지 알 수가 없었다. 그녀는 여전히 내 얼굴에서 칼리오페를 찾을 수 있었지만 하나하나 뜯어보면 변하거나 두꺼워진 듯했고, 내 턱과 윗입술에는 구레나룻이 나 있었다. 어머니의 눈에는 범죄자의 얼굴처럼 보이기도 했다. 그녀로서는 나의 도착을 밀린 빚을 일부 청산하는 것과 같은 의미로 생각하지 않을 수 없었다. 아버지는 이미 그 벌을 받았고, 이제 그녀가 벌 받을 차례였다. 이 모든 이유 때문에 어머니는 눈시울을 붉히며 차고 앞에 뚝 서 버렸다.

"안녕, 엄마." 내가 입을 열었다.

"저 왔어요."

나는 그녀를 맞으러 앞으로 걸어갔다. 가방을 내려놓고 다시 고개를 들어 보니 어머니의 얼굴 표정이 달라져 있었다. 그녀는 몇 달 동안 이 순간을 고대해 왔다. 이제 그녀의 가느다란 눈썹과 입꼬리가 올라가면서 창백한 뺨에 주름이 번졌다. 의사가 끔찍한 화상을 입은 아이의 붕대를 푸는 모습을 지켜보는 어머니의 얼굴이 저럴까. 환자의 머리맡에서 희망을 가장하고 있는 얼굴. 그 얼굴은 내가 알아야 할 것들을 모두 전해 주고 있었다. 어머니는 사태를 받아들이려 노력할 것이다. 그녀는 나에게 일어난 일들로 말미암아 가슴이 무너지는 고통을 겪었지만 나를 위해 견뎌 낼 것이다. 우리는 포옹했다. 난 키가 더 컸지만 어머니의 어깨에 얼굴을 묻었고, 내가 흐느껴 우는 동안 어머니는 내 머리를 쓸어 주었다.

"왜?" 그녀는 얌전히 울면서 고개를 저었다.

"왜?"

나는 그녀가 아버지에 대해 얘기하는 줄 알았다. 그러나 다음 순간 그녀가 분명하게 말했다.

"왜 도망쳤니, 얘야?"

"어쩔 수 없었어요."

"그냥 원래대로 있는 편이 더 쉬울 거라고는 생각 안 했니?"

나는 얼굴을 들고 어머니의 눈을 들여다보았다. 그러고는 그녀에게 말했다.

"이게 원래 제 모습이에요."

여러분이 알고 싶은 건 아마도 이런 것들일 게다. 우리가 어떻게 사태에 적응했을까? 지나간 기억들은 어떻게 됐을까? 칼리오페는 칼에게 자리를 내주기 위해 죽어야만 했던 것일까? 그 모든 질문에 대해 나는 진부한 이치로 답을 대신하겠다.

이 세상에 우리가 적응하지 못할 것은 없다는. 내가 샌프란시스코에서 돌아와 남자로 살아가기 시작한 후 우리 가족은 일반적인 생각과는 반대로 성은 그다지 중요하지 않다는 사실을 알게 되었다. 소녀에서 소년으로의 변화는 누구나 다 겪는 유아에서 성년으로의 변화보다 훨씬 덜 극적이었다. 대부분의 면에서 나는 이전의 나 그대로였다. 현재도 나는 남자로 살고 있지만 본질적으로는 여전히 어머니의 딸이다. 나는 여전히 일요일마다 빼먹지 않고 어머니에게 전화한다. 여기저기 점점 더 많이 아프다며 어머니가 하소연하는 사람도 나다. 착한 딸들이 으레 그러듯이 노년의 어머니를 보살필 사람도 내가 될 것이다. 우리는 지금도 함께 남자들을 헐뜯는다. 고향을 방문하면 여전히 우리는 같이 머리를 한다. 시대의 변화를 수용하여 '황금 양털'도 이제는 여자들뿐 아니라 남자들의 머리도 잘라 준다.(그리고 언제나 내 머리를 짧게 자르고 싶어 하던 푸근한 소피 아줌마도 결국 소원을 풀었다.)

하지만 그런 건 다 시간이 더 지난 후의 얘기이다. 그때는 서둘러야 했다. 벌써 10시가 다 되었다. 이십오 분 후면 장례식장에서 리무진이 도착하기로 되어 있었다.

"너 씻기부터 해야겠다." 어머니가 내게 말했다.

장례식은 일반적인 절차대로 진행되었다. 감상에 빠져 있을 시간이 없었다. 어머니는 나의 팔을 끼고 집으로 데리고 들어갔다. 미들섹스는 초상집 분위기였다. 거울은 검은 천으로 덮어 두었고 미닫이문에는 검은 띠를 드리웠다. 그건 다 이민 온 사람들의 옛 정취였다. 그것 말고도 집은 이상하리만치 고요하고 침침해 보였다. 늘 그랬듯이 거대한 창문은 바깥 경치를 그대로 실내에 들여놓았고, 그래서 거실은 겨울이었으며 온통 눈이 쌓여 있었다.

"그 양복을 입으면 되겠구나." 챕터 일레븐이 내게 말했다.

"잘 어울리는데."

"형은 양복도 없지?"

"나야 없지. 잘난 체하는 사립 학교는 안 다녔으니까. 그건 그렇고 너 그 옷은 어디서 난 거야? 냄새가 나."

"이래 봬도 양복은 양복이야."

어머니는 형과 내가 서로 놀려 대는 모습을 가까이에서 지켜보았다. 형의 태도를 보고 어머니는 내게 일어난 일을 가볍게 다룰 수 있다는 암시를 얻었다. 당신도 그렇게 할 수 있을지는 확신하지 못했지만 자식들이 어떻게 대처해 나가는지 보고 있었던 것이다. 갑자기 독수리의 울음소리 같은 이상한 소음이 들렸다. 거실 벽의 인터폰이 시끄럽게 울렸다. 새된 목소리가 꺽꺽 외쳤다.

"아이코, 테시야!"

거실에 그리스식 초상집을 꾸며 놓은 데는 따로 이유가 있었던 것이다. 인터폰으로 꽥꽥대던 사람은 다름 아닌 데스데모나 할머니였다.

끈기 있는 독자라면 할머니가 지금쯤 어떻게 되었는지 궁금했을 것이다. 할머니가 자리를 깔고 누운 직후에 아예 자취를 감추었다는 사실을 눈여겨봤을 수도 있겠다. 그러나 그건 일부러 그런 것이었다. 솔직히 말하면 세상이 떠들썩하도록 내 모습이 변해 가던 몇 년 동안 할머니는 대부분 내 관심 밖이었기 때문에 내 이야기에서 빠뜨린 것이다. 할머니는 지난 오 년간 꼬박 손님채에서 누워 지냈다. 내가 베이커 잉글리스에 다니면서 모호한 대상과 사랑에 빠져 있던 시절에도 할머니의 존재는 내 머릿속에 극히 희미한 자리를 차지했을 뿐이다. 어머니가 할머니의 식사를 준비하고 손님채로 쟁반을 나르는 모습이 눈에 띄었다. 매일 저녁 아버지가 뜨거운 물이 든 물병과 약품들을 들고 늘 똑같은 상태인 병실로 의무적인 방문을 하는 모습이 보였다. 당시에는 점점 더 힘들어지기는 했지만 아버지는 그리스어로 당신 어머니에게 얘기했다. 전쟁 통에 데스데모나는 아들에게 그리스 글을 가르치지 못했다. 이제 말년에 이르러 그녀는 아들이 그리스 말까지 잊어 간다는 사실에 두려움을 느꼈다. 때로는 내가 할머니의 음식 쟁반을 들고 가서 살아 있는 타임캡슐과 같은 할머니의 얼굴을 들여다볼 때도 있었다. 침대 옆 테이블 위에는 그녀의 장지(葬地)를 찍은 사진이 액자 안에 있었다. 어머니는 인터폰으로 다가갔다.

"네, 야야." 그녀가 말했다. "뭐 필요한 거 있으세요?"

"오늘은 발이 너무 아프구나. 사리염 좀 있냐?"

"네, 갖다 드릴게요."

"왜 하느님이 야야를 데려가시지 않나 모르겠구나, 테시? 다들 죽었는데! 야야만 빼고 모두! 야야는 이제 너무 늙었어. 하느님은 대체 뭘 하고 계신담? 아무 일도 안 하시나."

"아침 식사는 다 하셨어요?"

"그래, 고맙다, 얘야. 하지만 오늘 말린 자두는 별로더구나."

"항상 드시던 것과 똑같은 건데요."

"뭔가 달라진 게야. 미안하지만 새 걸로 갖다 다오, 테시. 선키스트로 말이다."

"그럴게요."

"좋아. 고맙다, 얘야."

어머니는 인터폰을 끄고 내게로 돌아섰다.

"야야는 더 이상 좋아지지도 않으셔. 정신은 말짱한데. 네가 사라진 후로는 정말이지 계속 나빠지셨어. 아버지에 대해……."

어머니는 눈물을 글썽이며 말을 흐렸다.

"말씀드렸더니 야야는 계속 통곡을 하셨어. 그 자리에서 돌아가시는 줄 알았다. 그런데 몇 시간이 지나니까 나한테 밀트가 어디 있냐고 묻지 않으시겠니. 전부 다 잊어버리셨어. 어쩌면 그게 더 나은지도 모르지만."

"할머니도 장례식에 가시나요?"

"할머니는 이제 걷지도 못하셔. 파파니콜라스 부인이 와서 할머니를 돌봐 드릴 거야. 할머니는 당신이 어디 있는지도 모르시니."

어머니는 고개를 저으며 슬픈 미소를 지었다.

"할머니가 아빠보다 오래 사실 줄 누가 알았겠니?"

다시 눈물이 솟구쳐 올랐지만 어머니는 참았다.

"가서 할머니를 봬도 돼요?"

"그러고 싶니?"

"네."

어머니는 걱정스러운 표정을 지었다.

"뭐라고 말씀을 드릴 건데?"

"뭐라고 해야 할까요?"

잠시 어머니는 말없이 생각에 잠겼다. 그러더니 어깨를 으쓱했다.

"상관없다. 어차피 네가 무슨 얘길 하든 할머니는 기억 못 하실 테니까. 이걸 갖다 드리렴. 발을 담그고 싶어 하셔."

사리염과 셀로판지에 싼 바클라바를 가지고 본채에서 나와 현관을 따라 안마당과 목욕장을 지나 뒤쪽 손님채로 갔다. 문은 잠겨 있지 않았다. 나는 문을 열고 안으로 들어섰다. 방 안의 불빛이라곤 엄청나게 큰 소리로 틀어 놓은 텔레비전에서 나오는 빛뿐이었다. 방 안에서 맨 처음 눈에 띈 것은 수년 전 야드 세일에서 할머니가 구해 낸 아테나고라스의 오래된 초상화였다. 창문 옆 새장에는 한때 많은 식구를 자랑했던 우리 조부모의 새집에서 마지막으로 살아남은 초록 앵무새가 발사나무 횃대에 앉아 몸을 앞뒤로 흔들고 있었다. 레프티의 레베티카 레코드와 놋쇠로 만든 커피 탁자가 있고, 그 위에는 물론 누에 상자가 한가운데를 차지하고 있었다. 지금은 상자 속에 유품들이 가득 차서 뚜껑이 잘 안 닫힐 지경이었다. 누에 상자는 이제 스냅 사진과 오래된 편지, 값비싼 단추, 묵주 같은 것들로 가득 차 있었다. 그 아래 어딘가에는 선박용 밧줄로 만든 결혼 화관 하나가 삭을 대로 삭은 검은 리본에 묶여 있겠지. 그것들을 한번 보고 싶었지만 방 안으로 발을 옮기자 침대 위에 펼쳐진 장관에 온통 시선을 뺏기고 말았다.

우리 할머니는 일명 '남편'으로 알려진 베이지색 코르덴 쿠션에 기대어 위풍당당하게 앉아 있었다. 남편 쿠션의 두 팔이 그녀를 감싸고 있었다. 그중 한쪽 팔 바깥에 달린 고무주머니에는 두세 개의 약병과 함께 흡입기가 삐쭉 튀어나와 있었다. 할머니는 하얀 잠옷을 입고, 허리까지 침대보를 끌어당겨 덮고, 무릎 위에는 튀르키예의 만행 부채를 올려놓았다. 여기까지는 하나도 놀랄 것이 없었다. 내게 충격을 준 것은 할머니의 머리 모양이었다. 아버지의 죽음에 대해 듣자마자 그녀는 머리그물을 벗겨 내고 머리카락을 마구 풀어 헤쳐 아무렇게나 늘어뜨려 놓았다. 할머니의 머리카락은 완전히 은발이었지만 머릿결은 여전히 좋아서 텔레비전에서 나온 빛을 받아 거의 금발처럼 보였다. 머리카락은 어깨 위로 드리워져 보티첼리의 비너스처럼 몸을 덮었다. 이렇게 눈부신 폭포에 싸인 얼굴은 그러나 아름다운 젊은 여인의 것이 아니라 각진 머리에 입가가 바싹 마른 늙은 과부의 얼굴이었다. 방 안의 무겁게 가라앉은 공기와 의약품과 피부 연고 냄새 속에서 그녀가 이 침대에 누워 죽음을 기다리며 보낸 시간의 무게를 느낄 수 있었다. 인생이란 행복을 추구하는 것이라고 믿는 데서 진정한 미국인이 가려진다면 우리 할머니 같은 경우엔 진정한 미국인이 될 수 없을 것 같다. 할머니가 걸어온 고생길과 삶을 인정하지 않는 태도는 노년이 젊은 시절의 다채로운 쾌락의 연장이 아니라 생애로부터 가장 작고 단순한 즐거움마저도 천천히 빼앗아 가는 기나긴 시련임을 일깨워 주는 듯했다. 모든 사람이 절망에 맞서 싸우지만 결국에는 절망이 이긴다. 그럴 수밖에 없다. 우리로 하여금 작별을 고하게 하는 것은 바로 절망이다. 그렇게 서서 보고 있는데 갑자기 할머니가 고개를 돌리더니 내가 있는 걸 알아차렸다. 할머니의 손이 가슴께로 올라갔다. 그녀는 겁에 질린 표정으로 베개 속에 몸을 파묻으며 외쳤다.

"레프티!"

이제 놀란 건 내 쪽이었다.

"아니에요, 야야. 파푸가 아녜요. 저예요. 칼."

"누구?"

"칼이요." 나는 잠시 머뭇거렸다.

"할머니 손자요."

물론 이건 공정하지 않았다. 할머니는 이제 기억력이 쇠했다. 그러나 나로서는 도울 길이 없었다.

"칼?"

"어릴 때 사람들이 절 칼리오페라고 불렀잖아요."

"넌 꼭 우리 레프티를 닮았구나." 그녀의 말이었다.

"제가요?"

"남편이 나를 천국으로 데려가려고 온 줄 알았다."

할머니가 처음으로 소리 내어 웃었다.

"전 밀트와 테시의 아인걸요."

할머니의 미소는 올 때 그런 것처럼 갈 때도 순식간이었다. 그러더니 할머니는 슬픈 얼굴로 미안해했다.

"미안하구나, 얘야. 네가 생각나질 않아."

"이걸 가져왔어요."

나는 사리염과 바클라바를 내밀었다.

"왜 테시가 오지 않고?"

"옷을 갈아입어야 하거든요."

"뭣 때문에?"

"장례식이 있어서요."

할머니는 고함을 지르며 다시 가슴을 쥐어뜯었다.

"누가 죽었어?"

나는 대답하지 않았다. 그 대신 텔레비전 볼륨을 낮췄다. 그러고는 새장을 가리키면서 말했다.

"할머니가 저기서 새를 스무 마리쯤 키우시던 때가 생각나요."

그녀는 새장을 물끄러미 바라볼 뿐 아무 말도 하지 않았다.

"할머닌 다락에서 지내셨죠. 세미놀에서요. 기억나세요? 그 새들을 다 거기서 얻으셨잖아요. 그 새들을 보면 부르사가 생각난다고 하셨죠."

그 말을 듣자 할머니의 얼굴에 다시 미소가 떠올랐다.

"부르사에선 별별 새들을 다 키웠단다. 초록색, 노란색, 빨간색. 전부 다. 작아도 정말 아름다운 새들이었지. 유리로 만든 것처럼 말이다."

"저도 거기 가 보고 싶어요. 거기 교회 기억나세요? 언젠가는 가서 그 교회를 보수하고 싶어요."

"밀턴이 할 거다. 내가 계속 얘기하고 있거든."

"아빠가 못 하면 제가 할게요."

할머니는 내가 그 약속을 실행할 능력이 있는지 가늠해 보려는 듯이 잠시 나를 빤히 바라보았다. 그러더니 입을 열었다.

"네가 생각나지 않는구나, 얘야. 하지만 야야를 위해서 사리염을 준비해 주겠니?"

나는 발 닦는 대야를 가져다가 욕실 수도에서 따듯한 물을 받았다. 소금을 뿌려 넣고 다시 가져왔다.

"그건 의자 옆에 둬라, 얘야."

나는 그렇게 했다.

"이제 야야가 침대에서 내려오게 도와주렴."

가까이 가서 몸을 구부렸다. 할머니의 다리를 한쪽씩 이불에서 빼내어 몸을 돌렸다. 내 어깨 위에 그녀의 팔을 걸치고 의자까지 걷도록 부축했다.

"난 이젠 아무것도 할 수가 없단다." 걸음을 옮기면서 그녀가 탄식했다.

"난 너무 늙었어, 얘야."

"괜찮으신데요, 뭘."

"아니야, 아무것도 기억할 수가 없어. 온몸이 다 아프기만 하고. 심장도 좋지가 않아."

이제 의자에 닿았다. 나는 할머니가 편히 앉을 수 있도록 뒤에서 잘 받쳐 드렸다. 다시 앞으로 와서 할머니의 붓고 푸른 정맥이 튀어나온 발을 거품이 이는 물속에 담갔다. 할머니는 기분이 좋아져서 웅얼거렸다. 그녀는 눈을 감았다. 오 분 정도 할머니는 말없이 따듯한 발 마사지를 즐겼다. 핏기가 발목까지 돌더니 다리로 올라갔다. 불그스레한 기운은 잠옷 자락 아래로 사라졌다가 잠시 후 칼라 밖으로까지 번져 나왔다. 얼굴까지 홍조가 퍼지면서 눈을 떴을 때는 전에 없던 생기가 돌았다. 그녀는 나를 똑바로 응시했다. 그러더니 소리쳤다.

"칼리오페!"

그녀는 당신 입을 손으로 막았다.

"아이코! 너 어떻게 된 거냐?"

"나이를 먹었어요."

그 말만 했다. 그녀에게는 말할 생각이 아니었는데 이젠 숨길 수 없게 되어 버렸다. 그래도 달라질 건 없을 거다. 할머니는 이 대화를 기억하지 못할 테니까. 할머니는 눈이 더 커 보이는 돋보기안경 너머로 나를 계속 뜯어보았다. 아무리 머리를 굴린다 해도 내가 한 말의 뜻을 짐작할 수는 없을 것이다. 그러나 그녀에겐 노년이 되기까지 축적해 온 정보가 있었다. 그녀는 이제 기억과 꿈 속에서 살고 있었지만 이런 상태에서 다시 옛날 동네에서 돌던 이야기들이 떠올랐던 것이다.

"너 남자애가 되었구나, 칼리오페?"

"그렇다고 할 수 있지요."

그녀는 상황을 이해했다.

"우리 어머니가 옛날에 우스운 이야기를 해 준 적이 있지." 할머니가 계속 말했다.

"옛날에는 우리 마을에도 가끔 그런 아기들이 태어났어. 그러니까 여자 아기였는데 열다섯, 열여섯이 되면서 그 애들이 남자처럼 보이기 시작했단 말이지! 우리 어머니가 그런 얘기를 해도 나는 믿지 않았지만 말이다."

"그건 유전 때문이에요. 제가 찾아갔던 의사 말로는 작은 마을에서 그런 일이 많이 생긴대요. 마을 사람들끼리만 결혼하는 그런 동네요."

"필 박사님도 그런 얘기를 하셨지."

"그랬어요?"

"다 내 죄다."

할머니가 단호하게 고개를 저었다.

"무슨 말씀이세요? 할머니 죄라니요?"

정확히 말하면 그녀는 울고 있지 않았다. 할머니의 눈물샘은 말라 버렸으므로 뺨으로 눈물방울이 굴러떨어지진 않았다. 그러나 그녀의 얼굴은 잔뜩 일그러졌고 어깨가 심하게 떨렸다.

"신부님들은 사촌의 자녀들이라도 절대 결혼해선 안 된다고 했어." 그녀가 입을 열었다.

"육촌들은 괜찮아, 하지만 먼저 대주교님께 물어봐야 해."

그녀는 이제 모든 것을 기억해 내려고 애쓰면서 먼 곳을 응시했다.

"네가 네 대부모의 아들과 결혼하고 싶다 해도 그건 안 된다. 하지만 그런 건 교회에서나 중요한 일이라고 생각했어. 아기들한테 무슨 일이 생길 줄은 몰랐다. 난 어리석은 촌년에 지나지 않았거든."

그녀는 자책하는 태도로 말을 이었다. 잠시 내가 거기 있다는 사실도, 당신이 큰 소리로 얘기하고 있다는 사실도 잊은 듯했다.

"그런데 그다음에 필 박사가 내게 끔찍한 얘기를 해 줬어.

나는 너무 무서워서 수술을 받아 버렸지! 더 이상 아기는 안 낳기로 했어. 그러다가 밀턴이 자식들을 볼 때 난 다시 공포에 떨었단다. 하지만 아무 일도 없었지. 그래서 생각하기를 세월이 많이 지났으니 모든 일이 다 잘된 줄만 알았어."

"무슨 말씀 하시는 거예요, 야야? 파푸가 사촌이었어요?"

"육촌이었지."

"그럼 괜찮네요."

"그냥 육촌이 아니었어. 친동생이기도 했지."

가슴이 쿵쿵 뛰었다.

"파푸가 할머니 동생이었다고요?"

"그렇단다, 얘야." 데스데모나가 땅속으로 꺼져 들어가는 듯한 목소리로 말했다.

"오래전 일이야. 다른 나라에서였지."

바로 그때 인터폰이 울렸다.

"칼리?" 어머니가 헛기침을 하더니 곧바로 정정했다.

"칼?"

"네."

"너 좀 씻는 게 좋겠구나. 십 분 후면 차가 도착할 거다."

"전 안 갈래요." 잠시 말을 끊었다.

"여기 야야랑 같이 있을래요."

"네가 거기 가야 해, 얘야." 어머니가 말했다.

나는 인터폰으로 다가가 스피커에 입을 대고 낮은 목소리로 말했다.

"그 교회엔 안 갈래요."

"왜 그러니?"

"그 거지 같은 초에다 돈을 얼마를 내는지 몰라서 그래요?"

어머니가 웃었다. 어머니는 웃을 필요가 있었다. 그래서 나는 아버지 목소리를 계속 흉내 냈다.

"양초 하나에 2달러라니? 날강도 같으니! 오래된 나라에서 온 사람들이라면 그딴 걸로 껍데기를 홀랑 벗겨 낼 수 있을지 모르지만 여기 미국에선 안 된다니까요!"

아버지 흉내 내기는 전염성이 있었다. 이제 어머니도 스피커에 대고 목소리를 낮췄다.

"완전히 사기이지!"

그녀가 말하곤 다시 웃음을 터뜨렸다. 그 순간 우리 두 사람 다 이런 식으로 해 나가면 되겠구나 싶은 생각이 들었다. 이런 식으로 아버지를 계속 살아 있게 하는 거다.

"너 정말 가고 싶지 않은 거니?" 어머니가 내게 물었다.

"너무 복잡해질 거예요, 엄마. 모든 사람에게 모든 걸 다 설명하고 싶진 않아요. 아직은 아니에요. 너무 정신없을 거예요. 제가 거기 없는 편이 나아요."

어머니는 속으로 옳다고 생각되어 곧 마음이 풀어졌다.

"파파니콜라스 부인한테 야야를 돌봐 주러 올 필요가 없다고 얘기해야겠다."

할머니는 여전히 나를 쳐다보고 있었지만 그녀의 눈은 이미 꿈속을 헤매고 있었다. 그녀는 미소를 짓고 있었다. 그러더니 불쑥 말했다.

"내 은수저가 옳았어!"

“저도 그렇게 생각해요.”

“미안하다, 얘야. 너한테 이런 일이 일어나다니 미안하구나.”

“괜찮아요.”

“미안하다, 얘야.”

“전 제 삶이 마음에 들어요.” 그녀에게 말했다.

“전 잘 살 거예요.”

할머니가 아직도 고통스러워 보여서 손을 잡아 주었다.

“걱정하지 마세요, 야야. 아무한테도 말하지 않을게요.”

“누구한테 말하겠니? 이제 다 죽었는데.”

“할머닌 살아 계시잖아요. 할머니가 돌아가실 때까지 기다릴 거예요.”

“좋다. 내가 죽으면 다 말해도 좋다.”

“그럴게요.”

“만세, 얘야. 만세다.”

성모승천 교회에서 아버지의 장례식은 그의 소망과는 반대로 완벽한 정교회식으로 치러졌다. 그레그 신부가 식을 주관했다. 마이클 안토니우 신부 얘기를 하자면 나중에 중절도죄 미수 혐의로 기소되어 이 년을 복역했다. 조 고모는 그와 이혼하고 할머니와 함께 플로리다로 이주했다. 정확히 어디냐고? 뉴스미르나 해변이다. 그다음에는 어떻게 되었냐고? 몇 년 후 어머니는 집을 팔아야 할 처지가 되자 역시 플로리다로 옮겨 가서 세 사람이 함께 헐버트 거리에서 살다가 1980년 할머니가 마침내 세상을 떠났다. 어머니와 조는 지금까지도 플로리다에서 각자 생계를 꾸려 가고 있다.

장례식이 진행되는 동안에도 아버지의 관은 열리지 않았다. 어머니는 조지 파파스에게 남편과 함께 매장하도록 그의 결혼 화관을 주었다. 망자에게 마지막 입맞춤을 할 시간이 되자 조문객들은 일렬로 아버지의 관 옆을 지나면서 반들거리는 관 뚜껑에 입을 맞추었다. 아버지의 장례식에는 예상보다 사람이 적게 왔다. 헤라클레스 체인점 점주들 중에서는 아무도, 심지어 아버지가 오랫동안 허물없이 사귀어 온 사람들조차 얼굴을 내밀지 않았다. 아버지의 사근사근하고 친절한 태도에도 불구하고 그들은 사업상의 동료들일 뿐 친구는 하나도 없었던 것이다. 그 대신 집안사람들이 모습을 보였다. 척추지압소를 운영하는 피터 타타키스가 짙은 와인색 뷰익을 타고 도착했고, 바트 스키오티스도 와서 자신이 부실 공사한 교회에 경의를 표했다. 거스와 헬렌 파노스도 그 자리에 참석했는데 자리가 자리이니만큼 기관 절개 수술을 받은 거스의 목소리는 다른 어느 때보다 더 죽음의 냄새를 풍겼다. 조 고모와 사촌들은 앞쪽에 앉지 않았다. 앞자리는 어머니와 형을 위해 비워 두었다.

그리고 나는 미들섹스에 남아 이제 아무도 기억하지 않는 그리스의 오래된 풍습에 따라 아버지의 영혼이 집으로 다시 들어오지 못하도록 문을 막았다. 이 일은 언제나 남자가 맡았으니 이젠 내게도 자격이 있었다. 나는 검은 양복에 더러워진 웰러비를 신은 채 겨울바람이 쏟아져 들어오는 문간에 섰다. 가지를 늘어뜨린 버드나무들은 잎이 다 졌지만 여전히 집채만 한 몸집으로 슬픔에 잠긴 여인네들처럼 뒤틀린 팔을 쳐올렸고, 연노란 주사위처럼 생긴 우리의 현대식 주택은 하얀 눈 위에 단정하게 앉아 있었다. 미들섹스는 이제 일흔 살이 다 되었다. 비록 식민지 시대의 미국 고가구들로 우리가 집을 망쳐 버리긴 했지만 그 집은 지금도 처음 의도대로 부르주아 생활의 형식적인 면을 탈피해 내부 벽이 거의 없는 집, 새로운 유형의 인류를 위해 마련된 서식처로서 하나의 지표임에 틀림없었다. 물론 그 새로운 인류란 나를 비롯해서 나와 같은 처지의 모든 이를 말한다는 사실을 밝히지 않을 수 없다.

장례식이 끝난 후 사람들은 모두 묘지로 이동하기 위해 다시 차에 올랐다. 장례 행렬이 옛 이스트사이드를 천천히 지나갈 때 안테나 끝에 매달린 자주색 삼각기가 나부꼈다. 거기서 아버지는 자라났고, 언젠가 침실 창가에서 우리 어머니에게 세레나데를 연주했다. 행렬은 맥 거리를 향했고, 헐버트를 지날 때 어머니는 옛날 우리가 살던 집을 찾아보려고 리무진 창밖으로 얼굴을 내밀었다. 그러나 보이지 않았다. 주변에 온통 관목 숲이 자란 데다가 마당은 지저분했고, 낡아 빠진 집들은 이제 그녀의 눈에 다 똑같아 보였다. 잠시 후 영구차와 리무진은 오토바이 행렬과 마주쳤다. 어머니는 오토바이 운전자들이 모두 튀르키예모자를 쓰고 있음을 알아보았다. 종교 집회에 참석하러 가는 사람들이었다. 그들은 정중하게 장례 행렬이 지나가도록 길을 비켜 주었다.

나는 미들섹스에서 여전히 문을 지키고 있었다. 매서운 칼바람이 몰아쳤지만 맡은 의무에 충실하게 꼼짝도 하지 않았다. 어린 시절 배교했던 아버지는 당신의 회의주의를 더욱 굳혔던 모양이다. 왜냐하면 그의 영혼이 돌아와 날 밀치고 집에 들어가는 일은 결코 벌어지지 않았으니까. 버드나무엔 한 점 잎도 남아 있지 않았다. 쌓인 눈이 바람에 날려 동방에서 건너온 내 얼굴을 때렸다. 그 얼굴은 내 할아버지의 얼굴이면서 과거의 나였던 미국 소녀의 얼굴이기도 했다. 그렇게 나는 문 앞에 서 있었다. 한 시간, 아니면 두 시간을. 잠시 후 나는 갈피를 잃었다. 집에 돌아온 행복에도 겨웠다가, 아버지를 생각하며 울기도 하다가, 이다음에는 무슨 일이 일어날까를 생각하면서.

작품 해설

미들섹스 — 과거와 현재, 미래가 겹쳐지고 갈라지는 '사이'의 공간

제프리 유제니디스는 1960년 미국 미시간주 디트로이트에서 태어나 그리스계 미국인 가정에서 자랐다. 가족의 이민자 경험과 문화적 정체성은 그의 작품 세계에 큰 영향을 미쳤으며, 이는 『미들섹스』에서 특히 두드러진다. 2003년 퓰리처상 수상작으로 선정되어 그에게 세계적인 명성을 안겨 준 이 작품에서, 그는 성 정체성과 가족사를 중심으로 하여 공간적으로는 고대 문명의 발생지인 그리스로부터 신대륙 미국까지, 시간적으로는 삼대에 걸친 방대한 서사를 전개한다.

이 소설은 사십 대의 미 국무부 직원인 칼이 자신의 삶을 회고하는 형식으로 진행된다. 그는 희귀한 유전적 질환인 5알파환원효소 결핍증을 지니고 태어나 여성으로 자랐지만 사춘기에 들어서면서 남성적 특징이 발현되기 시작한다. 결국 우연한 사고를 계기로 완전한 여성도 남성도 아닌 모호한 성 정체성이 드러나게 된다. 이러한 칼의 이야기는 성 정체성에 대한 이야기만이 아니라 조부모가 그리스에서 미국으로 이민 오면서 시작된 가족사와 얽히며 전개된다. 그런 점에서 그의 이야기는 국경을 넘나드는 초국가적 서사이면서 동시에 성의 경계를 넘나드는 트랜스젠더 서사의 결합이다. 우리가 누구인지를 정의하는 수많은 기준들 중에서도 중요한 두 가지, 국적과 성을 완전히 바꾸는 것이 가능할까? 다른 나라 사람이 된다면, 다른 성이 된다면 나는 기존의 나와는 전혀 다른 새로운 나로 재탄생할 수 있을까? 이 소설은 우리에게 이런 질문을 던진다.

그리스 이민자 1세대의 경험: 아메리칸 드림의 허상

유제니디스는 칼의 조부모인 레프티와 데스데모나의 과거를 통해 20세기 초반 그리스 이민자들의 이민 서사를 다룬다. 그간 미국이라는 제1세계로의 이주 경험이 빚어내는 초국가적 경험에 관해서는 주로 아시아계나 카리브계 미국 문학을 중심으로 많은 논의가 이루어져 왔다. 최근의 초국가주의 이민 연구는 중심으로 이주한 뒤에도 이주민들의 본국과의 관계가 완전히 단절되지는 않으며, 그들은 미국 본토인과도, 모국의 주민들과도 다른 제삼의 공간의 초국가적 주체가 된다는 점에 주목한다. 이 초국가적 주체들이 존재하는 공간은 이산의 경험을 통하여 창조되는 새로운 공간이다. 자메이카 출신의 영국 사회학자이자 문화 이론가인 스튜어트 홀(Stuart Hall, 1932~2014)은 세계화 시대에 이주의 경험을 통해 '변환'의 정체성이라는 다른 가능성이 출현하게 된다고 말한다. 이렇게 '변환'된 사람들은 그들이 떠나온 과거 세계에도, 도착한 새로운 세계에도 완전히 속하지 않는 일종의 중간 지대에 산다. 그들은 맞물려 있는 몇 개의 역사와 문화들의 산물이다. 그렇기에 그들은 잃어버린 문화적 순수성이나 민족성을 되찾아야 한다는 이상을 거부하는 혼종적 존재들이다.

『미들섹스』에 등장하는 그리스계 이민자들은 아시아계나 카리브계 미국인들처럼 미국 사회에 완전히 동화되지 못하고 타자의 위치에 머물게 만드는 인종적 장벽은 경험하지 않는다. 아시아계 미국인들이 인종적 타자로서의 위치로 인하여 미국 주류 사회의 가치에 의문을 제기하고 초국가적 공간의 가능성을 끊임없이 탐색하는 반면, 남유럽계인 그리스 이민자들은 모국의 흔적을 완전히 지워 버리고 미국 주류 사회로 성공적으로 동화될 수 있다는 점에서 훨씬 유리한 위치에 있다. 그러나 미국 사회는 이민자들이 가진 다양한 차이들을 위계화하고, 이질적인 요소들을 억압하거나 배제함으로써 이들을 미국 시민으로 동화시키려 한다. 그리스계 이민자의 이주 서사는 미국 사회의 안과 밖, 동화와 배제의 양면을 모두 경험한 자들의 이야기로서, 완벽한 미국 시민으로의 성공적인 동화와 재탄생을 꿈꾸는 이민자들의 아메리칸드림 신화의 허구성을 폭로한다.

미국은 이민자들에 의하여 건국된 나라이지만 다양한 인종과 민족 출신의 이민자들이 모두 동등한 자격으로 미국 시민의 정체성을 대표하지는 않는다. 그보다는 '완벽한 미국인'의 허구적 정체성을 미리 상정해 놓고, 이에 맞추어 이민자들의 민족 문화와 인종의 다양한 차이를 위계화하는 방식을 통해 '이상적인' 미국 시민의 정체성을 구축한다. 따라서 그리스계 이민자들은 백인종이면서도 민족적으로는 미국 역사 초기 앵글로 색슨 이민자들의 후예보다 아래 급에 놓인다는 점에서 아시아계 이민자들과 다르면서도 비슷하다. 역사적으로 이탈리아나 그리스 등 남부 유럽 출신 이민자들은 같은 유럽이라 해도 독일이나 영국 등 북부 유럽 출신보다 질이 낮은 이류의 혈통으로 간주되었다. 20세기 초에는 미국의 우월한 정체성을 유지해야 한다는 명목 아래 이들의 이민을 제한하는 조치들이 취해지기도 했다. 따라서 이민 1세대인 레프티와 데스데모나의 이주 서사는 이들이 '완벽한 미국 시민'으로서의 정체성을 획득하기 위하여 완벽한 미국인의 이상이 제시하는 정체성에 맞추어 자신들의 새로운 정체성을 구성하는 과정을 보여 준다. 1922년 스미르나 대학살을 피해 미국으로 가는 배에 오를 때, 이주는 그들에게 단순히 삶의 터전을 옮기는 문제를 넘어서서, 새로운 주체로 자신을 재창조하는 것을 의미한다. 레프티와 데스데모나는 친남매라는 과거를 지우고 그들을 아는 이가 없는 신세계에서 새롭게 부부로 시작하기 위하여, 배 위에서부터 서로 모르는 타인으로 우연히 만나 사랑에 빠진다는 연극을 통해 자신들의 정체성을 새롭게 만들어 낸다.

이는 다른 이민자들 역시 다르지 않다. 그들은 미국이라는 신세계에서 자기가 꿈꾸는 대로 새로운 자아가 되리라는 희망을 품는다. 이민자들에게 미국은 새로운 정체성과 새로운 삶을 약속하는 신세계를 의미한다.

그러나 미국 땅에 첫발을 디딘 이민자들을 기다리고 있는 것은 소위 '미국적 주체'의 기준과 범주에 맞출 것을 강요하는 폭력적인 동화 정책이다. 그들이 미국 땅에 도착한 1922년의 상황은 그리 좋지 않았다. 1917년 제정된 이민법은 서른세 종류의 부적격자들의 미국 입국을 금지했다. 뉴욕 엘리스섬에서 무사히 미국으로 들어오는 관문을 통과한 후에도 미국 시민이 되기 위한 과정은 아직 끝나지 않았다. 법적으로 미국 시민권을 취득했다 해서 완전한 미국 시민이 되는 것은 아니다. 시민권을 얻는다 해도 계급과 인종, 국적, 지역 등 역사적으로 형성된 특이성들은 그대로 남아 있기 때문에, 이처럼 서로 다른 사람들을 통합하고 '미국'으로 구성해 내기 위해서는 국민 문화의 역할이 긴요해진다. 국민 문화의 역할은 시민이 누구인가, 어디에서 사는가, 무엇을 기억하고 잊을 것인가를 정의하는 것이다. 바로 이 국민 문화의 영역을 통해 개인 주체가 정치적으로 미국 시민으로 형성된다. 처음부터 미국으로의 동화에 부정적이고 소극적인 반응을 보이며 낯선 세계에 대한 경계심을 풀지 않는 데스데모나와는 달리, 미국에 동화되어 성공적인 미국인이 되려는 열망에 부푼 레프티는 미국 국민 문화가 요구하는 가치들을 적극적으로 수용하고 그 문화의 기준에 자신을 맞추려 한다.

『미들섹스』에서는 미국의 국민 문화를 포드사의 기업 문화가 대표한다. 포드사는 디트로이트 시민들이 먹고살 수 있는 경제적 기반을 제공할 뿐 아니라, 효율성과 청결, 문명화의 사명을 내세워 미국 국민 문화의 핵심인 자본주의적 가치를 전파하고 주입하는 역할을 한다. 레프티의 미국 적응이 포드 공장 취직으로 이루어진다는 점에서, 미국 시민으로서의 미국 국민 문화 적응은 자본주의 체제로의 적응과 동일시된다. 포드 영어 학원의 졸업식 날, 졸업생들이 공연한 졸업 기념 연극은 이민자들이 진정한 미국 시민으로 동화되었음을 상징하는 의식이다. 이 연극은 미국이 선전하는 '멜팅 팟'이 이민자들의 문화 다양성을 인정하고 함께 녹아 어우러지게 하는 것이 아니라, 미국의 국민 문화 속으로 '녹아 없어지게 하는' 것을 목표로 하는 동화 정책의 본질을 보여 준다. 각 민족의 고유한 특성을 인정하지 않는 이러한 동화 정책은 개인의 개체성을 지우고 동일한 기계 부품처럼 대체 가능한 존재로 바꾸어 놓는 포드주의와도 비슷하다.

레프티는 이 포드 잡탕 냄비의 상징적 의식을 통해 미국 시민으로서의 자격을 획득했다고 생각하지만, 연극이 끝남과 동시에 자신이 받아들여졌다고 생각했던 집단에서 쫓겨남으로써 그 의식이 허구였음이 드러난다. 포드사회관리부에서 지미 지즈모에게 수상쩍은 전과가 있음을 밝혀 냈던 것이다. 포드사가 미국의 자본주의 문화가 표방하는 진보와 문명을 내세운다면, 지미 지즈모의 세계는 미국 자본주의의 타락하고 부패한 이면을 대변한다. 레프티는 완벽한 미국인이 될 수 있으리라 믿었던 처음의 희망과는 달리, 결국 미국 국민 문화 속에 완전히 포섭되지 않고 남은 그리스 문화의 잉여적 여분을 지니고 살아간다. 그는 그리스 고전 시들을 영어로 번역하고, 그리스 악기를 연주하는 것을 소일거리로 삼는다. 이는 그가 결국 노력했음에도 불구하고 '잡탕 냄비' 속에서 동화되는 데 실패했다는 표시이다. 이러한 불일치로 괴로워하던 그는 일종의 자살 충동에서 고향에서부터 시작된 오래된 악습인 도박에 다시 손을 대기 시작하여 결국 가진 재산을 모두 날리고, 뇌일혈 발작의 영향으로 실어증에 걸린다. 많은 이민 문학에서 실어증은 본토 문화와 이민국의 문화 사이에 끼어 정체성 혼란으로 고통받는 이민자들이 겪게 되는 증상이다. 레프티는 적극적인 동화 노력에도 불구하고 과거의 정체성을 완전히 부인하고 지울 수 없었고, 초국가적 주체의 존재를 인정하지 않으려는 동화 정책의 압력은 주체의 분열과 붕괴라는 비극적인 결말을 초래한다.

2세대의 동화 전략: 차별과 배제

미국으로 이민 왔으나 그리스인으로서의 정체성을 버리지 못했던 이민 1세대와 달리, 이민 2세대인 밀턴 스테퍼니데스는 미국 사회에 동화되고 중상류층으로 진입하는 데 성공하는 인물이다. 그는 미국에서 태어나 선조의 고향인 그리스 땅을 밟아 본 적도 없을 정도로 모국과 직접적인 관계가 없다.

밀턴은 다른 그리스계 이민자들과 달리 자신을 완전한 미국인으로 생각하며, 이민자의 후예로서 자신의 삶에 내재한 초국가적 특성을 부인하고 지워 내려고 한다. 미국 아닌 다른 세계의 흔적으로 얼룩지지 않은 완벽한 미국 시민이 되기 위하여 밀턴은 다른 인종과 자신의 출신 민족 집단을 타자화하여 거리를 둠으로써 자신을 미국적 주체로 재구성하는 전략을 취한다. 이를 위해 밀턴은 흑인들을 경멸하고 배척하는 인종주의에 적극 동참한다. 그는 흑인들을 주 고객으로 삼아 돈을 벌면서도 그들을 위한 서비스를 제공할 생각은 전혀 하지 않으며, 흑백 학교 인종 통합 정책에 반대하여 딸을 전학시키려고 한다. 그러나 백인 부유층의 동네에 주택을 구입하려다 어려움을 겪는 데서 볼 수 있듯이, 밀턴은 인종주의적 차별의 가해자이면서 동시에 피해자이기도 하다. 그의 아버지가 그랬듯이, 그는 여전히 인종적으로 열등한 이등 시민으로서 보이지 않는 벽에 부딪힌다. 그러나 밀턴은 자신이 그리스계라는 이유로 차별당하고 있음을 알면서도 이러한 미국 사회의 체계적인 차별에 대해 항의하거나 그 정당성을 의심할 생각을 전혀 하지 않는다. 이는 그가 돈의 힘으로 무엇이든 이룰 수 있다는 아메리칸드림의 성공 신화를 비판 없이 수용하고 있기 때문이다. 밀턴은 기존 문화의 관습을 무비판적으로 수용할 뿐 아니라 차별당함으로써 발생하는 거리를 인정하지 않으려 하므로, 대안적 공간의 가능성을 만들어 낼 초국가적 주체가 될 수 없는 인물이다.

완벽한 미국 시민으로서의 정체성을 구축하기 위한 타자화

전략은 그리스 본국과의 관계에서도 동일하게 적용된다. 밀턴은 그리스어를 배우기는 했으나 거의 쓰지 않아 나중에는 다 잊다시피 하며, 그리스 정교 예배에 참석하기는 하지만 선조의 종교에 대해 경멸감을 품고 있다. 그는 구대륙의 종교에 대한 경멸과 반감을 노골적으로 표하며 과학과 이성을 신봉하는 문명화된 미국인임을 과시한다. 그는 과거 포드사회관리부가 레프티를 계몽해야 할 후진적인 존재로 다루었던 방식을 거꾸로 그리스에 적용한다. 그리스 이민자들을 완벽하게 문명화된 미국인인 자신과 달리 무지몽매한 열등 민족으로 타자화함으로써 거리를 두는 것이다. 그러나 밀턴의 노력에도 불구하고 스테퍼니데스가의 삶 속에는 초국가적 관계들이 파고들어 와 있으며, 그의 삶은 모국의 문화와 역사 위에 기반을 두고 있다. 그의 핫도그 체인점 이름이 헤르클레스라는 점부터가 이 사실을 보여 준다. 밀턴의 장례식에 그의 사업상 동료들은 거의 나타나지 않으며, 아들에게 상속된 그의 핫도그 체인은 얼마 못 가 완전히 파산한다. 이처럼 밀턴의 삶은 이민 2세대로서 자신의 삶에 내재한 초국가성을 부인하고 다른 인종과 민족 집단을 타자화하는 이분법적 체계를 비판 없이 수용함으로써 분열과 모순을 내포하고 있다.

3세대의 경험: 경계들 사이에서 살아가기

밀턴이 '완벽한 미국인'이 되기 위해 억압했던 정체성의 이

질적 요소는 겉으로 보기에는 완벽하게 동화된 미국 중상류층 소녀인 이민 3세대 칼/리오페에게서 모호한 성 정체성이라는 형태로 귀환한다. 칼리의 모호한 성 정체성은 이산의 역사와도 깊은 연관이 있다. 칼리의 유전자 이상이 단순히 생물학적인 문제가 아니라, 데스데모나와 레프티가 살았던 비티니오스의 작은 마을에 뿌리 깊이 박혀 있던 근친혼의 문화적 관습과 역사에서 비롯된 것이기 때문이다. 루스 박사의 파일에 밀턴은 "위압적인 태도를 지닌 자수성가한 인물, 전직 해군 장교"로 묘사되어 있다. 그는 칼리의 부모를 "2차 세계 대전 세대 중에서도 매우 전형적인 미국 중서부 출신"이며, "동화되어 외관상 매우 완벽한 미국인으로 보인다."라고 하면서도 "더 깊이 잠재한 인종적 정체성의 존재를 간과해서는 안 될 것"이라는 의견을 첨부했다. 그는 전문가로서 칼리의 사례가 대단히 희귀한 유전학적 병례이며, 조부모의 고향인 튀르키예 남동부 지방을 비롯한 몇몇 곳에서만 발견되는 돌연변이임을 알고 있다. 그는 칼리가 "완벽한 미국인"으로 보이는 밀턴 부부에게 "더 깊이 잠재한 인종적 정체성"의 표식과도 같은 존재임을 정확하게 짚어 낸다.

칼리의 유전자 이상에 대처하는 성의학자 루스 박사와 밀턴의 태도는 이분법적 체계 안에서 중간 또는 혼종성을 비정상으로 보고 어느 한쪽의 범주에 귀속시키려는 사회의 관점을 대표한다. 루스 박사는 칼리가 여성화 수술로 말미암아 성적 쾌감을 상실하게 되겠지만, 결혼을 하고 정상적인 여성으로 사회에 받아들여지는 것이 성적 쾌감보다 더 중요한 목표라고 결론짓는다. 여성화 수술의 진정한 목적은 인간 밖의 영역으로 밀려난 그를 다시 정상적인 인간의 영역으로 되돌려놓는 것이다. 칼리에게 수술을 강요하는 것은 '정상'에 맞추려는 사회의 압력이다. 성 정체성에서 '정상'의 상태를 고수해야 한다는 압력은 국민적 정체성의 형성에서도 동일하게 작용한다. 인격을 결정짓는 주된 요소는 환경이며, 아이들은 이제 새로 써넣어야 할 빈 석판 같은 존재라는 견해에 기반한 루스의 성 정체성 이론은 미국으로 건너오는 이민자들의 육체와 기억 속에 각인된 과거를 다 지우고 미국인으로서의 정체성을 새롭게 써넣을 수 있다는 동화주의자들의 주장과도 유사하다. 칼리가 성적 쾌감을 포기해야 하듯, 이민자들은 지니고 온 것 중 무엇을 포기하더라도 '정상'으로 미국 사회에 받아들여져야 한다고 강요받는다.

수술을 거부하고 병원과 가족으로부터 도망친 칼리는 본명인 칼리오페를 칼로 바꾸고, 긴 머리를 자르고, 남자 옷을 입고 남자들의 말투와 걸음걸이와 몸짓을 흉내 내고 익혀 가는 식으로 자신의 성적 정체성을 남성으로 바꾸어 간다. 그가 병원이 있던 뉴욕에서 샌프란시스코까지 히치하이킹을 하면서 대륙을 횡단하는 과정은 데스데모나와 레프티가 대서양을 건너오던 이주 과정과 겹쳐진다. 한 축에서 다른 축으로 이동하는 여정은 경계를 넘으면서 혼종된 흔적을 남긴다. 이민자들의 삶이 떠나온 고국과 이주한 나라 중 어느 곳을 진정한 자신의 존재 기반으로 삼든, 그곳이 온전한 어느 한쪽만일 수는 없다. 그들이 어느 한쪽을 선택한다 해도, 그들이 거주하는 공간은 다른 한쪽의 흔적이 침투하여 변형된 혼종적이며 초국가적인 공간이다. 데스데모나는 그리스에서부터 소중하게 품고 온 누에 상자처럼 과거에 집착하고 고향 땅에 대한 관심을 거두지 못하지만, 그녀가 그리는 고향은 더 이상 기억 속 그곳이 아니다. 이러한 혼종성은 성의 경계를 넘어가는 칼의 경우에도 마찬가지이다. 칼은 자신의 뇌는 남성 호르몬에 물들어 있지만, 자신의 이야기를 잘 살펴보면 순환적인 여성성도 찾을 수 있다고 말한다. 칼은 남성으로서의 삶을 선택하고 남성으로 살아가지만, 때때로 표면 밑에 잠복해 있던 칼리오페가 예고 없이 떠오르곤 한다.

칼리는 밀턴이 부정했던 그리스와의 초국가적 관계를 보여 주는 인물인 동시에, 그리스/미국, 구세계/신세계, 남성/여성, 과거/미래라는 양극단의 요소가 공존하는 '사이(in-betweenness)'의 불가능한 가능성을 탐색해야 하는 임무를 지닌 인물이다. 『미들섹스』에서 이처럼 하나의 정체성 속에 내재하는 모순과 불일치는 교정되어야 할 비정상적 요소가 아니라 대안적 공간을 열 틈새가 된다. 칼은 자신이 "젠더 사이에서 의사소통할 수 있는 능력, 한쪽 성의 단일한 시야가 아니라 육체의 입체경을 통해 볼 수 있는 능력"을 가지고 태어났다고 주장한다. 스튜어트 홀은 자아 밑에 숨겨진 진정한, 본질적인 정체성이 있다는 입장을 거부하고, 문화적 정체성에서 차이와 불연속성에 주목한다. 문화적 정체성은 시간과 공간, 역사, 문화를 초월하여 이미 선험적으로 존재하는 무언가가 아니다. 그것은 역사와 문화, 권력과의 끊임없이 변화하는 관계속에서 변형을 겪는다. 문화적 정체성뿐 아니라 성 정체성은 존재하는 것(being)이면서 되어가는 것(becoming)이며, 따라서 과거뿐 아니라 미래에도 속해 있다.

문화적 정체성의 분열과 불연속성을 인정한다면 하나의 정체성 속에 존재하는 다양한 차이는 새로운 정체성으로 분기할 수 있는 가능성이 된다. 홀은 이를 이산적 정체성(diaspora identity)이라 부르면서 변형과 차이를 통해 끊임없이 자신을 새롭게 생산하고 재생하는 정체성이라고 정의한다. 초국가적 경험과 트랜스젠더의 경험은 이러한 이산적 정체성을 만들어 낼 가능성을 가지고 있다. 칼은 스튜어트 홀이 정의하는 이산적 정체성이 현실에서 갖는 한계와 가능성을 실험하는 인물이다. "우리는 모두 수많은 부분들로, 다른 반쪽들로 이루어져 있다. 나만 그런 것이 아니다."(440) 그는 그리스의 과거와 연결된 존재이면서 "다음에 올 존재"이다(490). 공간적으로도, 시간적으로도 그는 어딘가에 고정되거나 한 방향을 향해 일정하게 나아가지 않는다. 칼의 이산적 정체성은 소설의 구조에도 투영된다. 소설은 마흔에 들어선 중년 남성 칼이 과거를 회상하면서 자신의 서사로 재구성하는 과정으로, 베를린에서 미 국무부 직원으로 근무하고 있는 현재의 이야기와, 조부모의 역사까지 거슬러 올라가는 긴 회상 장면이 겹쳐지면서 가출했던 열네 살의 칼이 아버지의 장례식에 참석하기 위해 미들섹스의 집으로 돌아와 그리스의 풍습에 따라 아버지의 영혼이 집으로 다시 돌아오지 못하도록 문을 지키고 서 있는 장면으로 끝난다. 칼은 미들섹스로 돌아와 남성으로서의 삶을 다시 시작해야 한다. 아버지의 죽음과 칼의 재탄생이 겹쳐진다. 독자는 칼의 이후의 삶의 궤적을 이미 알고 있지만, 유제니디스는 전개상 소설의 중간 부분이 되어야 할 것을 결말에 배치함으로써 그 중간의 분기점으로 다시 돌아가 그곳이야말로 결말이자 새로운 서사가 시작될 수 있는 진정한 시작임을 암시한다. 항상 중요한 지점은 변형이 이루어지는 바로 그 시점이며, 그 시점은 모든 가능성을 품고 있는 영원한 분기점이다. 미들섹스(Middlesex)라는 제목은 그런 점에서 중의적이다. 쌓인 눈이 바람에 날려 부딪는 그의 얼굴은 동방에서 건너온 얼굴, 할아버지의 얼굴이면서 과거의 칼이었던 미국 소녀의 얼굴이다. 그의 정체성을 이루었던 과거의 요소들 중 어느 하나도 현재의 그를 위해 자리를 내주고 사라져야 하는 것은 아니다. 그는 과거의 모든 정체성의 흔적을 간직하고 있는 것이 현재의 자신이며, 동시에 그것이 미래의 자신이기도 하다는 사실을 안다. 소설의 마지막에서 "다음에 무엇이 올지"(529) 생각하는 칼의 이러한 불안정성이야말로 그를 모순과 불일치, 변화에 대한 잠재성을 아우르는 혼종적이며 초국가적인 주체로 만든다.

2024년
송은주

작가 연보

1960년 3월 8일 미국 미시간주 디트로이트에서 출생했다. 아버지로부터 그리스 혈통을, 어머니로부터 영국과 아일랜드의 피를 이어받아 삼형제 중 막내로 태어났다.
그로스 포인트 교외의 부유한 동네에서 어린 시절을 보냈다. 중등교육은 사립학교인 유니버시티 리겟 스쿨에서 받았고, 열다섯 살 때 제임스 조이스의 『젊은 예술가의 초상』을 읽고 작가가 되기로 결심했다.

1983년 영문학 전공으로 브라운 대학교를 졸업했다. 대학 시절 일 년간 유럽을 두루 여행했으며, 캘커타에 있는 테레사 수녀의 호스피스에서 자원 봉사도 했다.

1986년 스탠퍼드 대학교에서 영어와 창작 글쓰기로 문학석사 학위를 받았다.

1988년 뉴욕 브루클린으로 옮겨 미국 시인 아카데미의 비서로 일했다. 박봉이기는 했으나 이곳에서 데이비드 포스터 월러스와 조너선 프랜즌을 포함해 치열한 작품 활동을 하는 많은 작가들과 사귀게 되었다.

1990년 《파리 리뷰》에 단편 소설 「버진 수어사이드(The Virgin Suicides)」를 게재하면서 드디어 작가로서 첫걸음을 내디뎠다.

1991년 단편 소설 「버진 수어사이드」가 아가 칸 상을 받았다. 이에 용기를 얻은 유제니디스는 이 작품을 장편 소설로 늘려 집필하기 시작했다. 그러나 근무 시간에 몰래 소설을 쓰다가 해고되고 말았다. 이후 작품에 집중하기 위해 실업 수당으로 생활하며 집필을 이어나갔다.

1993년 첫 장편 소설 『버진 수어사이드(The Virgin Suicides)』 출간으로 비평가들의 극찬을 받았다. 이어서 많은 나라에 번역되어 출간되기 시작했다.

1995년 사진가이자 조각가인 카렌 야마우치와 결혼했다. 딸 조지아 유제니디스가 태어났다.

1999년 『버진 수어사이드』가 소피아 코폴라 감독에 의해 영화로 만들어졌다.

1999년 베를린으로 옮겨 2004년까지 거주하게 된다.

2002년 두 번째 장편 소설 『미들섹스(Middlesex)』를 발표했다. 팔십 년이라는 방대한 세월을 담은 야심작으로, 간성(間性)으로 태어난 칼리오페 스테파니데스의 인생과 자기 발견을 그린 소설이다. 이 책은 출간 즉시 폭넓은 찬

사를 받았고 2003년 퓰리처상을 수상했으며, 2007년 에는 오프라 윈프리 북클럽에 선정되었다. 이 외에도 전미도서 비평가 협회상, 국제 더블린 문학상, 프랑스 프리 메디시스를 수상했다.

2007년 프린스턴 대학교 학부에서 강의하기 시작했다.

2011년 세 번째 장편 소설 『결혼이라는 소설(The Marriage Plot)』을 발표했다. 삼각 관계에 휘말린 세 젊은이가 브라운 대학교를 졸업하고 사회에 정착해 나가는 모습을 담고 있다. 브라운 대학교와 테레사 수녀의 호스피스에서 경험한 내용이 일부 담겼다.

2017년 삼십여 년간 써온 단편들을 모아 『불평꾼들(Fresh Complaint)』을 출판했다.

2018년 뉴욕 대학교의 창작 글쓰기 프로그램의 종신 교수가 되었다. 미국 예술문학 아카데미의 회원이 되었다.

세계문학전집 460

미들섹스 2

1판 1쇄 펴냄 2004년 1월 25일
2판 1쇄 찍음 2024년 12월 21일
2판 1쇄 펴냄 2024년 12월 31일

지은이 제프리 유제니디스
옮긴이 이화연·송은주
발행인 박근섭, 박상준
펴낸곳 (주)민음사

출판등록 1966. 5. 19. (제 16-490호)
서울특별시 강남구 도산대로1길 62(신사동) 강남출판문화센터 5층 (우편번호 06027)
대표전화 02-515-2000 팩시밀리 02-515-2007
www.minumsa.com

978-89-374-6460-7 04800
ISBN 978-89-374-6000-5 (세트)